KB267733

잎새 위의 이슬

잎새 위의 이슬

초판 1쇄 인쇄 2013년 05월 16일
초판 1쇄 발행 2013년 05월 23일

지은이   김 수 진
펴낸이   손 형 국
펴낸곳   (주)북랩
출판등록 2004. 12. 1(제2012-000051호)
주소   153-786 서울시 금천구 가산디지털 1로 168,
        우림라이온스밸리 B동 B113, 114호
홈페이지 www.book.co.kr
전화번호 (02)2026-5777
팩스   (02)2026-5747

ISBN 978-89-98666-21-7 03810

이 도서의 국립중앙도서관 출판시도서목록(CIP)은 서지정보유통지원시스템 홈페이지(http://seoji.nl.go.kr)와
국가자료공동목록시스템(http://www.nl.go.kr/kolisnet)에서 이용하실 수 있습니다.
(CIP제어번호 : 2013006330)

재미(在美) 약사 김수진의 장편소설

잎새 위의 이슬

Dew drops on leaf

김수진 지음

누구도 흉내 낼 수 없는 상상력과 뜨거운 감동
어디에서도 볼 수 없는 놀라운 이야기가 지금 시작된다

book Lab

책을 펴내기 전에

샌프란시스코에서 멀지 않은 베이 지역에 사시는 선배님께 전화를 하였다. 선배님은 얼마 전에 시집을 출판하였었다.

"선배님, 제가 장편소설을 써서 출판하려고 하는데 바쁘시겠지만 제 책을 읽으신 후 책평이나 소감을 짧게 하나 써 주시겠어요?"

"책을 출판하려면 그 전에 곰곰이 이것저것 많이 생각해 봐야 해요. 일단 나온 후 후회할 수도 있으니까요."

선배님의 말씀은 지혜롭고 맞았다. 말 한마디 잘못해도 일단 입 밖으로 나온 말을 다시 지울 수가 없듯이. 더더구나 책이 출판되어 나오면 잘못된 내용의 종이가 두고두고 돌아다니며 괴롭힐 것 같았다.

"그리고 저는 시를 지었지, 소설은 시하고는 다르기에 평할 수 있을지 모르겠어요. 소설도 언어와 문장의 아름다움과 운치가 있어야 하겠지요. 그런 걸 중심으로 읽어보도록 하겠어요."

몇십 년을 U.C. 버클리 대학에서 교수님으로 재직하시면서 한국어를 가르치셨던 선배님이라 문학작품의 수준 높은 것을 기대하고 계시는 것 같아 겁이 났다.

"선배님, 그런 걸 보시면 제 소설은 빵점이에요. 저는 문장의 단어와 구성에는 전혀 신경 쓰지 않고 그냥 이야기하듯 흘러가듯 썼는데요."

"음식 만들 때도 재료가 좋고 알맞게 들어가야 반찬 맛이 더 나듯이 글쓰기도 그래야 된다고 보지 않아요?"

"예, 전 음식 반찬도 남들처럼 제대로 맛있게 못 만들어요. 그런데 글을 쓰다 보니 다 끝내고 난 후 그냥 버리려니 서운해서 책을 내 보고 싶은 마음이 들었어요."

"장편소설이라 다 읽으려면 시간이 많이 걸릴 테니 우선 부분만 보내주세요. 제가 우선 읽어보고 답을 해 드리겠어요. 그런데 장편소설을 쓰는 주위 사람들을 보면 글 쓰는 사람들이 대부분 외로운 것 같았어요."

선배님의 말씀이 나의 마음에 다가오고 있었다.

외로움.

어쩌면 나도 무척 외로웠던 것 같다. 그래서 글을 쓰면서 외로움을 달랬는지 모른다. 남편이 있고 아들 딸 두 자식이 있는데 왜 외로웠느냐고 의아해 할 수도 있을 것이다. 한국이 아닌 이국땅인 미국에 와 있기에? 그것이 이유일 수도 있었다.

그러나 그것보다 다른 그 이상의 것, 실존의 모습, 나 자신과의 대면과 투쟁에서 지쳐 외로워하고 있었던 게 더 맞을 것 같았다.

나는 선배님께 내가 쓴 장편소설의 일부를 이메일 파일로 부쳐 보냈다.

'선배님, 솔직히 말씀해 주세요. 책 출판을 하느냐 마느냐의 선택은 아직도 저에게 남아 있으니까요. 그동안 글 쓰느라고 시간은 많이 걸렸지만 미련 없이 휴지통에 버리겠어요.'

"너무도 아름다운 글 대단히 감사합니다. 글을 통해 아름다운 마음을 전달할 수 있는 재능과 노력이 감동스럽습니다. 박력 있는 이야기꾼인 줄 몰랐는데 대단하시네요. 거기다가 아름다운 마음과 내면적 성찰, 이 모든 것을 미국 문화라는 배경에 그린 한 폭의 한국 그림…… 거의 모든 것을 다 보여주는 좋은 소설인 것 같습니다. 마지막 장이 매우 감동적입니다. 우리의 2세들은 우리와는 생각이 다르지요. 1세들처럼 궁핍하지 않아서 좋아요. 숨어서 소리 없이 이런 장편을 쓰고 있었다는 것이 너무도 놀랐습니다."

아름다운 시를 쓰는 시인의 눈에는 아름다운 것만 비춰이나 보다. 선배님 김경년 시인의 너무 아름다운 마음이 글재주가 없어 기가 죽어 두려움에 떨고 있는 나에게 전해지고 있었다.

장편소설 전체를 보낸 것이 아니라 부분만 보낸 것이었기에 다 읽으신 다음에는 다른 소감과 평이 나올 수도 있다. 하지만 선배님의 그 따뜻한 격려로 나는 책을 출판하기로 마음먹었다.

그동안 선배님 이외에도 이 책이 나올 수 있도록 철자와 띄어쓰기 등 교정, 편집에 도움을 주신 손양희 씨와 출판사 여러 직원들, 그리고 출판사 북랩 사장님 손형국 씨에게 감사를 드린다.

무엇보다 내가 글을 쓸 때 짜증내지 않고 묵묵히 지켜보아 주었던 남편에게 고마움을 전한다.

"미안해요. 밑반찬이라도 하나 더 만들며 집안 살림해야 하는데 글만 쓰며 시간 낭비하고 있어서요."

"당신이 글 쓸 때 옆에서 지켜보고 있으면 그때 당신이 제일 행복해하는 것 같아. 당신이 행복해하면 나도 좋은걸."

마지막으로 나처럼 외로움을 느꼈던 독자가 책을 읽는 동안 재미있게 읽어간다면 그런 독자가 단 한 사람만 있더라도 나는 글 쓴 것을 후회하지 않고 기뻐할 것이다.

목 차

잎새 하나 / 9

잎새 둘 / 13

잎새 셋 / 19

잎새 넷 / 21

잎새 다섯 / 32

잎새 여섯 / 43

잎새 일곱 / 51

잎새 여덟 / 61

잎새 아홉 / 67

잎새 열 / 71

잎새 열하나 / 83

잎새 열둘 / 118

잎새 열셋 / 127

잎새 열넷 / 133

잎새 열다섯 / 139

잎새 열여섯 / 147

잎새 열일곱 / 151

잎새 열여덟 / 158

잎새 열아홉 / 164

잎새 스물 / 175

잎새 스물하나 / 180

잎새 스물둘 / 190

잎새 스물셋 / 196

잎새 스물넷 / 199

잎새 스물다섯 / 208

잎새 스물여섯 / 231

잎새 스물일곱 / 242

잎새 스물여덟 / 252

잎새 스물아홉 / 259

잎새 서른 / 262

잎새 서른하나 / 282

잎새 서른둘 / 298

잎새 서른셋 / 314

잎새 서른넷 / 330

잎새 서른다섯 / 353

잎새 서른여섯 / 361

잎새 서른일곱 / 382

잎새 서른여덟 / 391

잎새 서른아홉 / 403

잎새 마흔 / 408

잎새 마흔하나 / 410

잎새 마흔둘 / 422

잎새 마흔셋 / 426

어두운 밤, 다들 잠들어 있어 조용하기 그지없어야 할 시간이었다. 울음소리가 들려오고 있었다. 그 울음소리는 찢어진 허파에서 나오듯 이어지다 끊어지다 했다. 남들한테 들리지 않게 참고 있다 간간히 터져 나오는 울음소리였다. 현수는 아내 은희가 아들 방에서 자고 있는 것을 알고 있었다. 아내의 등을 두드리며 울음을 참게 만들고도 싶었다. 하지만 지금은 아니었다.

'실컷 울어라. 마음껏 울어라.'

현재로서는 그것만이 아내에게 해줄 수 있는 가장 좋은 조언일 것 같았다. 현수도 울고 싶었다. 그러나 현수는 아내와 달리 울음소리가 나오지 않았다. 눈물이 나오지 않는 심장속의 그의 마른 울음은 메마른 사막 속을 걸어가며 물이 떨어져 목말라 고통스러워하고 있는 것처럼 더 괴로워하고 있는지도 모른다.

조용히 참으며 흐느끼던 은희의 울음소리가 신음소리가 되었다가 갑자기 괴성으로 변하고 있었다. 소리를 지르는 그녀의 괴성은 짐승의 울음소리로 들렸다. 그것은 인간의 울음소리가 아니었다. 처절한 짐승의 울음소리가 뼈마디에 닿아 오고 있었다. 현수는 그의 뼈마디가 그 울음소리에 맞추어 떨리는 것을 느끼고 있었다.

태초에 신은 인간을 만들기 전에 짐승을 먼저 만들었다. 어쩌면 은희는 길에 버려진 고아기 되어 인간의 영혼이 없는 짐승으로 되돌아가 그러한 소리를 내고 있는 것 같았다.

그녀는 발악하고 있었다. 언제까지 저렇게 소리를 지르고 있을 것인가. 어느덧 제풀에 지쳐 힘이 빠졌는지 계속 질러대던 울음소리가 잠시 조용해졌다. 그러다 다시 허파에서 새어 빠져 나오는 바람 소리만이 간간히 연결되고 있었다.

오늘 저녁 시간, 알렉스 경관이 집에 초인종을 누른 후였다. 현관문을 열어 경관의 얼굴을 보는 순간 현수는 직감적으로 무언가 잘못 된 것을 느낄 수 있었다.

"소식을 전하러 왔습니다."

경관은 단지 직무를 수행하고 있을 뿐이었다. 그럼에도 그의 표정에는 말하기 거북한 소식을 전해야하는 부담스러움이 어두움으로 나타나고 있었다.

"네? 찾았나요?"

등 너머 거실 저편에 있던 아내가 급히 현관문 쪽으로 뛰어 나오며 큰소리로 물어보았다. 아내는 아직 경관의 얼굴을 보지 못한 상태였다.

"마침내 찾았어요. 그렇죠? 그런데 지금 어디 있는 거죠?"

아내의 목소리는 흥분에 차 떨리고 있었다.

"네. 그렇지만 좋은 소식이 아닙니다."

경관의 목소리는 그의 표정과 같이 어둡고 무거웠다.

"좋은 소식이 아니라뇨?"

조금 아까까지 기쁨과 흥분에 차 떨리던 아내의 목소리가 이제는 겁에 질린 목소리로 변해 떨리고 있었다.

"이곳에서 멀지 않은 곳, 세보 공원 숲속에서 실종된 당신의 아들과 비슷한 어린 아이의 몸이 발견되었습니다. 그러나 당신의 아들이라고 단정하기에는 아직 이릅니다. 지금 저와 함께 영안실에 가서 아이의 몸이 당신의 아이인가 확인하러 가셔야겠습니다."

"그럴 리가 없어요. 제 아들이 아닐 거예요. 제 아들은 어디엔가 살아있다고요. 그 아이는 제 아들이 아니에요."

하얗게 질린 아내는 경관이 한 말을 완강히 부인하고 있었다.

"그렇습니다. 저도 그 아이의 몸이 당신 아들이 아니기를 바라고 있습니다.

치아 검사, DNA 검사를 하여야 누구인지 확인할 수 있습니다. 그때까지 시간이 며칠 걸립니다. 비슷한 시기에 나이와 성별이 같은 동양 아이의 몸이 발견되었기에 혹시 하여 확인하러 먼저 찾아온 것뿐입니다.”

“그래요. 알렉스 경관님. 제 아들은 지금이라도 친구 집에 있다가 엄마하고 부르며 곧 나타날 것 같아요. 제 아들 모습이 너무 생생하게 보이고 있어요. 어디엔가 살아있다고요.”

“그렇다면 병리 실험실에서 실험 결과가 나올 때까지 기다리도록 하겠습니다. 지금 영안실에 확인하러 가지 않으셔도 괜찮습니다. 그런데 어떤 이유에서인지 지금 영안실에 안치되어 있는 아이의 손가락이 모두 잘려있더라고요.”

갑자기 아내의 무릎이 흔들거렸다. 백짓장처럼 하얗다 못해 푸른 기가 보이며 핼쑥해진 아내의 얼굴에서 경련이 일어나고 있었다. 그러다 아내는 힘없이 바닥으로 쓰러지고 말았다.

“당신은 여기서 쉬고 있어요. 나 혼자 경관 따라가서 확인하고 올 테니까.”

현수는 쓰러진 아내 은희를 일으켜 소파에 앉히며 등을 다독거렸다.

“아니에요. 저도 따라가야 하겠어요. 경관이 지금 금방 아이의 손가락이 모두 잘려있다고 했잖아요. 당신 기억나나요? 그 놈들이 저희를 공갈 협박할 때 우리 아들 영철이가 바이올린 잘하는 것을 알고 손가락을 다 잘라 놓겠다고 했잖아요. 영철이임에 틀림없어요.”

그렇게 말하는 은희의 눈에서 하염없이 눈물이 흘러내렸다.

“당신 근래에 잠도 못자고 제대로 먹지 못해서 몸이 너무 약해진 것 같아. 당신이 지금 따라가 봤자 비위만 뒤집힐 텐데 그냥 여기서 쉬고 있어요. 나 혼자 가서 확인하고 올 테니까.”

“아니에요. 그 아이가 영철이라면 잘 가라고, 안녕히 잘 가라고 마지막 인사말이라도 하고 와야겠어요. 영철이를 그냥 이렇게 허무하게 보낼 수 없잖아요.”

현수, 은희 그리고 경관이 영안실에 도착한 것은 늦은 저녁 시간 이었다.

현수와 은희가 들어가기 전 시체실 문 앞에서 기다리고 있을 때였다. 병리 실험실에서 일하는 테크니션인지 그 보조들 인지 하는 사람들이 지나가면서 서로 이야기하는 소리가 들려왔다.

"왜 어린 아이 손가락을 모두 잘라냈을까? 정신병에 걸린 사이코 짓이야. 사이코들은 손가락 하나하나 잘라내며 어린 아이가 아프다고 소리 지를 때 쾌감을 느낀다고 하잖아. 그 쾌감이 섹스 할 때 느끼는 오르가즘보다 더 크다고 해. 그러니까 그런 짓을 하는 거지. 당한 어린아이만 불쌍하지."

"갱들의 보복일 수도 있어. 그들은 될 수 있는 대로 경찰이 신분을 밝혀 캐내는 것을 늦추기 위해 손가락을 다 없애 버린다고 하잖아. 그래야 손 지문으로 금방 신분 맞추는 것을 할 수가 없으니까."

병리 실험실에서 일하는 직장인은 문 앞에서 기다리는 은희와 현수가 그 어린 아이의 부모인지 알고 있는 것일까.

아이가 죽었다는 것만으로도 큰 충격을 받고 있는데 손가락을 하나하나 자르며 쾌감을 느꼈을 것이라는 그 악한 놈의 짓을 듣고 있노라니 현수 또한 아까의 은희처럼 무릎이 흔들거렸다. 속이 메스꺼우면서 토할 것만 같다가 곧 얼굴이 창백해지면서 온몸에서 힘이 빠져 나오고 있었다. 현수는 핸들을 잡으며 무릎을 꿇고 있었다. 그렇게 하지 않으면 곧 쓰러질 것만 같아서였다. 그렇지만 아내 은희 옆에서 쓰러지고 싶지는 않았다.

'나는 남자다.'

'나는 남편이다.'

'그래, 절대 쓰러져서는 안 된다. 아내를 격려하지는 못할망정 아내 앞에서 약한 모습을 보여서는 안 된다.'

시체실에 들어가 하얀 시트를 걷어냈을 때 현수와 은희는 영철을 보고 있었다. 형체를 알아 볼 수 없도록 얼굴과 손은 모두 탱탱하게 부어있었다. 체격은 영철이만 했다. 동양 남자아이인 것은 명백하였다. 머리 깎은 모습도 같았다. 영철이라고 확인되는 순간 현수와 은희의 눈에는 잘려진 손가락이 없는 두 손만 눈에 확대 되어 들어오고 있었다.

"하나님, 제발 영철이 손이 잘릴 때 아픔을 많이 느끼지 않았게 해 주셨지요. 그렇게 해 주세요."

이미 지나간 과거형인데도 그들은 그 과거의 상태를 현재형으로 만들어 가며 하나님께 간절히 기도하고 있는 자신들을 의식하고 있었다.

어떻게 이런 일이 일어날 수 있을까. 현수는 가슴 속에 있던 화 뭉치가 꿈틀거리며 터져 나오려는 것을 억지로 참았다. 아들을 제대로 지키지 못한 자신에 대한 실망감이 가슴 속에서 화 뭉치로 변하며 커지고 있었다.

못난 아빠를 용서해 다오.

왜 이런 일이 일어나야만 했을까. 일어나지 않게 막을 수 있었을 텐데. 그건 후회라기보다는 차라리 한이었다. 아내가 자기 말을 들었다면, 은희의 고집이 세지만 않았다면. 은희는 왜 그렇게 자기 고집을 피웠을까. 이런 일이 일어날지도 모르니 남의 일에 간섭 말라고 여러 번 주의를 주었는데.

은희가 자기 자신의 이익을 위해 남의 일에 끼어든 건 아니었다. 다른 사람을 위해서였다. 그런데 결과는 어떤가. 그러한 상황이 또한 현수를 괴롭히고 있었다. 살아기며 이웃을 도와준다는 것이 과연 가치 있는 것인가. 남의 일에 끼어들지 않고 도와주지도 않고 모른 체 했다면 이렇게까지 비참한 심정이 되지는 않았을 텐데.

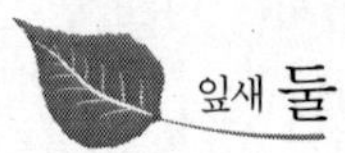

그날은 일요일 아침이었다. 여느 일요일 날과 마찬가지로 은희는 영철이를 차에 태우고 한인 교회인 산호제 제일 침례교회를 가려고 집에서 나와 운전

하고 있었다.

은희의 남편은 미국 회사에서 엔지니어로 일하고 있었는데 현재 본인이 맡아 하는 컴퓨터 프로그램 프로젝트가 밀려 있었다. 때문에 주말에 가서 일을 마저 더 해야만 다음 주까지 싱가포르와 독일에 있는 거래처에 보내주기로 한 약속을 지킬 수 있다면서 주일만 되면 바쁘다는 이유로 가족이 모두 같이 교회 가는 것을 미루고 있었다. 은희와 같은 믿음이 아직 없었기에 매주 그러한 이유를 대면서 피하고 있는 것도 같았다.

고속도로로 들어가기 전 신호등에 빨간 불이 켜져 잠시 기다리고 있었다. 은희는 어제 약국에서 혈압 약을 받으러 왔다가 받지 못하고 집으로 돌아간 환자를 생각하고 있었다. 거의 약국이 마감하는 시간에 마지막 한 알만 남았다며 약을 더 받으러 왔는데 의사에게 전화로 허락을 받아야 하는 처방이었다. 보통은 주말에 먹을 몇 알만 먼저 주고 월요일에 의사에게 허락을 받아 남은 양을 마저 주곤 했다. 그런데 이 환자는 그 전에 이미 몇 알을 먼저 여러 번 주었고 의사와 약속한 날 찾아가지 않았는지 의사의 허락 없이는 몇 알이라도 절대 먼저 주지 말라는 노트가 적혀 있었다. 은희는 의사에게 전화를 걸어 기다리고 있었다. 환자는 다른 주에 살고 있는 누이가 혈압이 높아 뇌졸중에 걸려 쓰러졌기에 거기 갔다 오느라고 의사와 약속을 지키지 못했다고 계속 설명하고 있었다. 이 환자의 누이도 혈압이 높은 것을 보면 가족에게 잠재해 있는 병이었다. 언제 이 환자도 혈압이 높이 올라 뇌졸중으로 쓰러질지도 모른다. 특히 계속 복용해야 하는 혈압 약을 중지하면 그 위험은 더 높아질 것이었다. 마음 같아서는 다시 몇 알 주고 이번에는 의사와 약속을 지켜 꼭 찾아가라고 말하고 싶었다. 하지만 의사 사무실에서 약을 주지 말라는 전화가 미리 와서 노트에까지 적혀 있는데 허락도 받지 않고 주었다가 의사가 주정부 약사회에 신고라도 하면 은희는 벌칙을 받을 수도 있고 약사 면허증이 취소 될 수도 있었다. 약국 마감 시간은 다 되어 가는데 의사한테서는 전화가 한참 동안이나 걸려오지 않았다. 은희는 하루만 기다리면 월요일 날 다시 전화하겠다면서 환자를 집으로 돌려보냈다. 환자가 떠난 후 약국 문을 거의 닫는 순간에야 의사한테서 전화가 걸려 왔다. 의사도 지금 자기 사무실이 아니고 다른 곳에서 전화 하느라 환자 차트가 없어 왜 그런 노트가 쓰여 있는지 알 수 없지만 일주일 분만 주라고 허락을 하였다. 은희가 다시 환자에게 전화 했지만 연락이 되지 않았다. 거의 한 시간 이상을 기다리다 약국 문을 닫고 집으로 돌아왔었다.

다음날 아침 교회를 가는 고속도로 진입로에서 신호등에 빨간 불이 켜져 잠깐 기다리는데 그 혈압 약 때문에 마음이 꺼림칙하고 있었다.

'하루 정도는 괜찮을 거야. 내 잘못도 아니잖아.'

'그 환자는 왜 약국이 거의 끝나는 시간에 나타났지. 그리고 왜 한 알만 남을 때까지 기다린 거야. 토요일 말고 주중에 찾아올 수도 있었는데. 토요일이면 의사 사무실이 닫히는 것 뻔히 알면서.'

은희는 고속도로 쪽으로 가지 않고 찻길을 오른 쪽으로 바꾸어 곧바로 앞으로 달리고 있었다.

"엄마, 교회는 저쪽으로 가야지, 어디로 가고 있어요?"

"엄마가 일하는 약국에 잠깐 들러야 할 것 같아."

"그러면 교회 늦잖아. 난 교회에 늦게 가는 건 싫은데."

"아침 첫 번째 예배시간 말고 두 번째 예배 시간에 들어가면 되잖아."

"싫어. 두 번째 시간에 들어가면 내 친구들이 없어. 다들 모르는 얼굴이라 새 교회 가는 것 같아 싫단 말이야."

"엄마도 마찬가지야. 엄마도 항상 첫 번째 예배 시간에 갔기에 그 시간에 아는 사람들도 많이 만나서 마음이 더 편안해. 하지만 엄마가 지금 아픈 사람 위해서 약국에 가는 거니까 이해해줄래? 만약에 영철이가 아프면 다른 사람들이 영철이를 위해 도와주는 게 더 중요하잖아."

"그래요. 엄마. 그럼 빨리 약국에 가서 아픈 사람 도와주고 교회로 가자."

은희가 일하는 약국은 그렇게 멀리 있지 않았다. 큰 쇼핑센터 건물의 한 부분이었다. 쇼핑센터의 대부분은 케이마트가 차지하고 있고 옆 부분 쪽으로 리커 스토아, 미장원, 신용금고, 약국, 레코드 가게, 생선튀김 가게, 샌드위치 가게 등이 나란히 붙어 있는데 그 중에 하나가 은희의 약국이었다. 리커 스토아가 나란히 붙은 가게들 중 제일 컸고 모퉁이에 있어 위치도 제일 좋았다. 그 가게는 몇 년 전 한국 사람이 사들여 운영하고 있었는데 그 가게 집 아들이 은희의 아들 영철이하고 나이가 같아서 같은 학교에 다니고 있었다. 은희가 약국 쪽 앞 주차장에 주차하려면 리커 스토아를 지나쳐야 했다.

"엄마, 차 여기서 세워 줄래요. 나 저기 들어가서 내 친구 있나 찾아보고 올게요."

"이른 아침부터 사지도 않을 거면서 가게에 들어가면 실례가 되는 거야. 그리고 네 친구가 지금 이 시간에 집에 있지 저 가게에 있겠니?"

"학교 가지 않고 쉬는 날은 가게에 가서 엄마하고 아빠 도와주면서 용돈 받는다고 그랬어. 가게 바닥은 자기가 쓸고 닦는대요. 또 가게 안 쓰레기통에 있는 쓰레기도 모아서 밖에 있는 쓰레기통에 갖다 버리는 게 자기 몫이라고 했어요."

"네 친구 아주 착하구나. 영철아 그런데 지금은 얼른 아픈 사람 약 주고 교회 가야지. 친구 만나서 이야기하다 늦으면 안 되니까."

아직 이른 아침이어서인지 주차장에는 차들이 별로 없었다. 그래서인지 리커 스토아 앞에 주차되어 있는 하얀 포쉐차가 유난히 은희 눈에 들어오고 있었다. 은희가 돈을 많이 모으면 사고 싶은 스포츠 카 중의 하나였기에 더 눈에 들어왔는지도 모른다. 차 지붕이 열리는 포쉐였다. 자동차 뚜껑이 열려서인지 운전석에 앉아 있는 사람의 옆얼굴이 은희 자동차의 사이드 미러에 비쳐 들어오고 있었다.

'어디서 본 얼굴이야. 맞아, 몇 주 전에 우리 약국에 들어왔었어. 처방을 갖고 왔었지. 본인이 의사라고 했었어. 그런데 왜 저기서 기다리고 있을까?'

은희는 그가 영화 인디에나 존스에서 나오는, 머리가 약간은 희끗 거리면서 점잖은 교수인 주인공과 인상이 비슷하다고 느꼈다. 반백 회색의 머리색과 하얀 스포츠 포쉬색이 잘 어울리고 있었다.

은희는 약국 바로 앞에 주차하고 약국 안으로 들어갔다. 막 들어가기 전 흘끗 옆으로 쳐다보니 아직도 그 포쉬차는 리커 스토아 앞 맞은편에 주차하고 있었다.

정해진 몇 초 안에 알람장치에 가서 비밀번호를 누르지 않으면 공기의 진동에 의해 기계가 작동하여 알람회사에서 경찰서에 연락을 하여 경찰이 나타날 수 있었기에 은희는 급히 약국 안으로 걸어 들어가고 있었다. 그때였다. 약국 밖에서 기다리던 아들이 뛰어 들어오며 큰 소리로 엄마를 불렀다.

"엄마, 엄마, 경찰차들이 리커 스토아 쪽으로 여러 대 몰려오고 있어요. 하얀 앰뷸런스도 사이렌 울리며 오고 있고요. 리커 스토아에 가서 무슨 일이 일어났나 알아보고 올게요."

"잠깐, 기다려."

은희는 알람기계의 알람 작동을 끄자마자 영철이가 리커 스토아로 가는 것을 막기 위해 약국 문 밖으로 뛰어 나왔다. 그때였다. 리커 스토아 맞은편에 주차해 있었던 하얀 포쉬차가 떠나고 있는 것이 눈에 들어왔다. 은희는 가게 쪽으로 가려고 하는 영철을 잡고 말했다.

"영철아, 리커 스토아에서는 독한 술병들을 팔잖니. 독한 술을 마시는 사람 중에는 술 때문에 정신이 혼미해져 나쁜 짓 하는 사람들이 많아. 엄마 생각에는 어떤 나쁜 사람이 들어와서 술병을 훔치려다 걸린 것 같아. 그래서 경찰이 그 나쁜 사람 잡으러 온 거야. 그 나쁜 사람 근처에 갔다가 네가 인질로 잡힐 수도 있으니까 그곳은 가지 말았으면 한다."

은희는 그날 혈압 약 환자에게 전화를 하여 약 7일 분을 주었다. 환자는 무척 고마워하였고 은희는 즉시 교회로 향했더랬다.

다음날, 월요일 아침이었다. 직장으로 가기 전 아들 영철이를 학교에 바래다주는 것이 우선 순위였다. 차고 문을 열자 보통 때와 마찬가지로 차고 문 앞 주차장에 신문이 떨어져 있었다.

　신문을 줍는 순간 은희의 약국이 조그맣게 찍혀 나온 사진이 은희의 눈에 들어왔다. 물론 은희 약국이 주가 되어 찍힌 게 아니었다.　리커 스토아를 중심으로 건물이 찍혀 나왔는데 덩달아 은희 약국도 조그맣게 찍혀 나온 것이었다. 보통 아침에는 바쁜 시간이라 기사를 읽지 않는데 눈에 익은 건물 사진이 보이니 은희도 무심결에 차고 문 쪽으로 걸어가면서 내용을 읽었다.

　'뭐라고? 피터 아빠가 총에 맞아 죽었다고?'

　리커 스토아 주인 아들이며, 영철이의 친구 이름은 피터였다.

　'그렇다면 어제 아침 우리가 약국에 갔을 그 시간 즈음에 피터 아빠가 총을 맞은 거 아니야?'

　은희는 신문기사에 놀랐다. 바로 그저께, 토요일까지만 해도 같이 대화를 했던 사람이었다. 그 건물에 나란히 있는 가게들 중에 한국 사람이며 한국 말을 하는 사람은 둘 뿐이었다. 그래서 피터 아빠나 엄마는 가끔 의사 처방을 들고 약국에 찾아와 약도 받아 갔었고 약에 대해 물어보기도 하였었다. 약 뿐만이 아니었다. 어느 때는 새로 이사 가서 그 지역에 따른 새 전화번호를 받아야 되는데 영어가 잘 통하지 않으니까 전화 회사에 전화를 걸어 달라고 부탁을 하여 도와준 적도 있었다. 은희 역시 도움을 많이 받고 있었다. 예를 들어 은희 대신 다른 약사가 와서 약국을 지킬 때가 있는데 그 약사가 나타나지 않으면 은희가 약국을 비울 수 없었기에 방과 후 같은 학교에 다니며 같은 학년인 영철이와 피터를 피터 부모 중 하나가　집으로 같이 데리고 오는 도움을 주고 있었다.

　"피터 아빠가 총에 맞다니. 그리고 돌아가시다니."

　은희는 믿어지지가 않았다. 바로 엊그제까지 서로 이야기를 주고받았기에 더욱 그랬다. 아직도 그때의 피터 아빠의 목소리가 은희의 귀에 들리는 것 같았다.

　그런데 신문 기사를 읽을수록 은희는 더욱 놀라고 있었다.

‘피터 아빠에게 총을 쏜 혐의자가 피터 엄마라고?’

“절대 그럴 리가 없어. 무언가 잘못 보도된 거야. 절대로 피터 엄마가 피터 아빠를 죽일 리가 없어.”

은희는 중얼거렸다. 신문기사에는 아직 확실히 피터 엄마가 범인이라고는 하지 않고 유력한 혐의자라고 써 있었지만 아무 근거도 없이 무작정 그렇게 보도할 리는 없었을 것이다.

‘무언가 오해가 생긴 거야.’

잎새 셋

그날 저녁 은희가 피터의 집을 찾아가자 아들을 잃어버려 수심에 차 있던 피터의 할아버지가 보자 무척 반가워하였다.

“어려운 변을 당했을 때 이렇게 찾아와 주어 정말로 고맙소이다. 피터 할머니가 이 세상을 먼저 떠나고 난 후 하나 밖에 없는 아들이 미국에서 같이 와서 살자고 하여 여기 왔는데. 전생에 내가 무슨 죄를 많이 지었기에 이런 변을 당하는지……”

“할아버지, 힘드시죠? 그렇지만 이럴 때일수록 피터를 위해서라도 힘 내셔야 해요.”

“그러게. 미국에 온 제일 큰 이유 중 하나가 피터 엄마 아빠 모두 일하느라 힘드니까 내가 손자라도 봐주며 도와주려는 것이었는데 피터가 제일 걱정이야. 미국에 가까운 친척이 없으니.”

“제가 힘닿는 대로 도와 드리겠어요. 너무 걱정 마세요.”

“고맙소이다. 그렇지 않아도 아가씨가 오기 전부터 은희 아가씨 생각을 하고 있었지요. 영어도 잘 못하고 다른 사람들이 하는 말, 무슨 말을 하는지 거의 알아듣지 못하겠으니. 앞으로 은희 아가씨가 나를 도와줘야 할 것 같아서."

"그렇게 하겠어요. 제가 직장에서 일하는 시간에 영어 번역이 필요하면 언제든지 약국으로 전화하세요. 일하지 않는 시간에는 곧 바로 할아버지 옆에 와서 해석해 드리겠어요."

"소셜 월커로 카운티에서 일한다는 한국 여성이 아침에 찾아오긴 했었어요. 한국어, 영어 이중 언어를 하기에 이런 변이 생기는 곳을 찾아가 상대변의 대화를 번역을 해주면서 월급을 받는다나. 법정에도 따라가 번역할 거라고. 내가 하는 말을 영어로 잘 전하기는 하는 것 같던데 말만 또박거리면서 잘하지 얼굴이며 태도가 어찌나 냉랭한지. 그런데 그 번역하는 아가씨 말에 의하면 피터 아빠에게 총을 쏜 사람이 피터 엄마라고 하잖아."

그렇게 말하는 피터 할아버지의 얼굴은 무척 화가 난 모습이었다.

"아니 그런 말도 안 되는 소리를 지껄이고 있어. 우리 며느리가 얼마나 착한데. 그런 천벌 받을 일을 했다고 하다니."

"할아버지 말씀이 맞아요. 피터 엄마가 그런 게 아닌데 무슨 오해가 생긴 것 같아요."

"그래. 은희 아가씨도 내 며느리를 믿고 있지. 나도 내 며느리가 그랬다고는 털끝만큼도 의심하고 있지 않아. 그러니 은희 아가씨가 도와줘야겠어. 혐의가 풀리도록 말이야. 법정에 가서 피터 엄마가 무죄라는 것을 밝힐 수 있게 도와주어야해."

"예, 할아버지. 그렇게 하겠어요."

"생각해 봐. 죄도 없는 순진한 우리 며느리가 잡혀 들어가면 며느리도 불쌍하지만 그러지 않아도 아빠를 잃어버려 충격이 큰 우리 손자 피터는 엄마까지 못 보게 되잖아. 피터를 생각하면 마음이 벌써 아파오는 거야."

할아버지는 한숨을 길게 쉬며 띄엄띄엄 말을 이어갔다.

재판이 시작되기 전까지 오랜 시간이 지났다. 배심원 12명을 고르는 데 시간이 걸렸기 때문이었다. 작년 일 년 동안 배심원 부름에 불리지 않았던 일반 평범한 시민자 중에서 무작위로 뽑은 다음 한 사람 한 사람 인터뷰를 하고 있었다. 변호사 쪽에서 좋아하는 배심원을 검사 쪽에서 싫어하기도 했고 검사 쪽에서 좋아하는 배심원을 변호사 쪽에서 싫어하기도 했다. 공정을 기하고 중립을 지키는 사람만이 배심원으로 선택될 수 있었다. 특히 민사 소송이 아니라 살인이 들어간 형사 소송에서는 재판 도중 검사와 변호사가 하는 말과 증거들을 듣고 보고 난 후 배심원끼리 모여 의논을 한 후 만장일치로 의견이 일치하여야만 했다.

드디어 재판을 시작하는 날이 되었다. 피터 엄마 미나는 가슴이 뛰고 있었다. 무엇보다도 사람들 앞에서 대답을 하여야 한다는 것은 떨리는 일이었다. 미나의 이름이 불리자 미나는 자리에서 일어서서 앞으로 걸어 나갔다. 재판관이 있는 곳에서 가까운 곳에 미나 가 앉을 자리가 있었다. 미나가 그 의자에 가서 앉으려 하기 전에 한 사람이 미나의 손을 들게 하고 선서를 하게 했다.

"당신은 진실만을 말할 것을, 전부가 진실인 것을, 진실이 아닌 것은 전혀 없이 말하겠다고 맹세합니까?"

"예."

선서를 한 다음 의자에 올라가 앉자 옆으로는 배심원 12 명이 무표정하게 앉아 있는 것이 보였고 앞으로는 청중석 여러 명이 앉아있는 자리에 시아버님이 앉아계신 것이 눈에 들어왔다.

검사 쪽에서 먼저 질문을 시작하였다.

"사건이 일어난 날 피고는 남편이 있었던 리커 스토아에 함께 있었습니까?"

"예, 함께 있었습니다."

미나가 대답을 할 때마다 미나의 앞 밑 테이블에 앉은 여자가 한 음성이라도 놓치지 않으려는 양 속기로 글을 받아쓰고 있었다.

"보안 카메라가 매일 작동하지만 그날 아침에는 꺼져 있었다고 하던데 사실인가요."

"예."

"왜? 카메라가 고장이라도 났습니까? 왜 꺼져 있었죠?"

"그날 아침 가게 문을 열기 전에 남편이 카메라를 연결하는 스위치를 빼라고 해서 남편 말을 따랐습니다."

미나가 말을 채 끝마치기 전부터 청중 쪽에서 약간의 웅성거리는 소리가 들려 왔다.

"참으로 흥미로운 이야기이군요. 남편이 만약에 그날 그 아침에 총에 맞는다는 것을 알았으면 그 카메라에 총을 쏜 사람의 얼굴이 잡혔을 텐데 그렇게 하라고 했을까요?"

"이의 있습니다."

미나의 변호사 쪽에서 이의를 제기했다. 그러자 검사 쪽에서 다른 질문을 시작했다.

"고객이 들어올 때 피고가 총을 잡고 있었다고 하던데 그렇습니까?"

"예."

"남편이 죽기 한 달 전에 백만 달라가 넘는 고액의 생명보험에 들었다고 하던데 사실입니까?"

"예."

"그렇다면 보험금을 타기 위해서 피고가 남편에게 총을 쏜 것이 아닙니까?"

"아니에요. 저는 총을 쏘지 않았어요. 남편을 죽이지 않았어요."

미나의 변호사 쪽에서 다시 검사의 말에 이의를 들고 나왔다. 재판관도 미나의 변호사에게 동의한 듯 검사가 질문하던 말을 중단시켰다.

"오늘 질문은 여기까지입니다. 이상 끝입니다."

검사는 더 이상 질문을 않고 자기 자리로 돌아가 앉았다. 곧이어 미나의 변호사가 나와 질문을 하기 시작했다.

"피고는 사건이 일어난 날 남편과 같이 있었다고 하였는데 어떻게 있었는지, 무엇을 하고 있었는지 좀 더 자세히 이야기해 주십시오."

"다른 때와 같이 새벽이 되어 오클랜드에 있는 꽃 도매상에 갔었어요. 가게에 왔을 때는 아직 문을 열기 전이었고 남편은 누군가의 전화를 받고 나서 보안 카메라를 잠시 끄라고 했어요. 저는 그 전 날 늦게까지 일해 피곤했었고 또 새벽에 일어났었기에 가게 안 쪽에 붙은 작은 방에 들어가 잠깐 잠이 들었던 것 같아요. 그런데 갑자기 무슨 소리가 나는 것 같아 일어나 나와 보니 아무도 없는데 남편이 총에 맞아 쓰러져 있었어요. 저는 잠결인지라 이게 꿈인가 생시인가 하며 카운터 위에 놓여있는 총을 만지며 생각에 잠겨 있었어요. 그런데 그 총을 아직 잡고 있는 상태에서 잠시 후 손님이 물건을 사러 왔다가 쓰러져 있는 남편과 총을 들고 있는 저를 보고 경찰에 전화했던 거예요."

미나가 한국어로 한 구절씩 이야기할 때마다 1.5세대의 한 한국 여성이 영어로 번역을 하며 도와주고 있었다.

"한 달 전 생명 보험을 들었다고 했는데 피고가 남편에게 보험을 들자고 권했습니까?"

"아니에요. 저는 남편이 생명보험을 들었는지도 몰랐어요. 보험 먼저 들고 난 후 며칠 후에 남편이 말을 해줘 알았어요."

"남편은 그때 왜 생명보험에 들었다고 이야기를 해주었나요?"

"예, 요사이 리커 스토아에 질이 나쁜 사람들이 온다면서 위험하니까 만약을 대비하여 아들과 저를 위해 생명보험을 들고 싶었다고 했어요."

"알았습니다. 질문은 이상 끝입니다."

미나 이외에도 미나가 총을 들고 있는 것을 보았다는 손님, 그리고 경찰관들이 하나하나 차례대로 불려나와 검사와 변호사가 물어보는 것에 대답을 하였다. 검사 쪽은 손님이 목격한 것을 증거로 강조하였지만 미나의 변호사는 총을 쏘는 순간을 목격한 것이 아니기에 그것이 증거가 될 수 없다고 미나를 변론했다.

12명의 배심원들은 양쪽의 이야기를 들으며 결정을 내려야 했다. 죄가 있느냐 아니면 없느냐로. 검사와 변호사가 더 유리한 물증을 잡으려면 시간이 필요했기에 재판이 다시 열리게 되었다. 은희는 재판소의 방청석에 앉아 있다가 밖으로 걸어 나오는 미나의 변호사에게 다가갔다.

"저 잠깐, 시간 좀 내주시겠어요? 말씀 드릴 게 있는데요."

"말씀하시지요. 무슨 이야기인가요?"

미나의 변호사는 갓 대학을 졸업하고 국정 변호사로 일하는지 얼굴이 앳되어 보였다.

"사고가 난 날 아침 그 시간에 제가 그곳을 지나가고 있었어요."

미나 변호사의 눈이 조금 커지는 것 같았다. 마침 그때 미나 변호사보다 머리 하나는 큰 백인이 지나가며 은희가 하고 있는 말에 귀를 기울였다.

"혹시나 도움이 될까 해서요."

미나 변호사는 평균 키의 백인이었지만 은희 옆에 서니 한참 올려다 보아야 할 정도로 큰 키였기에 은희는 보통 때보다 큰 소리로 말하고 있었다.

"마이크 변호사시죠. 제 이름은 은희라고 해요. 저는 미나네 가게에서 몇 가게 떨어지지 않은 가까운 곳에서 약국을 하고 있어요. 그날 저는 약국에 볼 일이 있어 갔었는데 약국 문을 열고 조금 있다가 경찰차가 오는 것을 보았거든요."

은희가 잠깐 말을 멈추었다. 그녀는 바로 옆에 붙어 서있는 머리 하나 더 큰 백인 남자를 쳐다보고 있었다. 은희가 쳐다보자 머리 하나 더 큰 남자는 앞으로 걸어가 버렸다.

"계속 하십시오."

마이크 변호사는 은희의 말을 더 듣고 싶어 했다.

"혹시 아는 분인가 했어요. 저희 바로 옆에 가깝게 서 계시기에."

"전혀 모르는 사람입니다. 방청객 중 한 사람이겠지요. 경찰, 아니면 손님 뭐 그 중의 한 사람이겠지요."

"변호사님, 그날 미나 가게 앞에 서 있던 차를 보았어요. 물론 그 차 주인이 관련된 사건은 아닌 것 같지만. 혹시라도 그 차의 운전사가 범인을 보았을까 해서요."

"그 차의 번호를 기억하십니까?"

"차의 번호는 기억 못하는데요."

"그러면 별로 도움이 되지 않겠는데요. 벌써 목격자를 찾는다는 광고를 신문과 방송국에 내보냈는데도 아무도 연락하는 사람이 없었거든요."

"차가 뚜껑이 열리는 스포츠카 포쉬라는 것은 기억나는데요."

은희는 운전사가 윌리암스 의사라고 말하고 싶었으나 아직 이르다는 생각이 들었다. 만약에 그 의사와 비슷하게 생긴 사람일 뿐, 윌리암스 의사가 아니라면 은희로서는 실없는 사람이 되는 것이었다. 마이크 변호사에게 의사 이름을 대기 전에 은희가 먼저 확인하고 싶었다. 마이크 변호사는 약간 바쁜 듯했다. 국정 변호사답게 또 다른 일정이 꽉 차 있는 듯했다.

"죄송합니다. 또 다른 스케줄이 있어서. 그 시간에 맞추어 가려면 지금 가야 합니다. 미나 사건에 대해 좋은 정보가 있으면 언제든지 주저 말고 연락해 주십시오. 최선을 다하여 미나 사건이 잘 해결되도록 노력하겠습니다."

"고마워요. 그럼 나중에 연락드리겠어요."

은희가 일하던 약국 건물 안으로 대형 체인 약국이 들어왔다. 미동부와 중부에서는 케이마트 약국이 두루 알려져 있으나 캘리포니아 서부 쪽에서는 아직 처음이었다. 약국에서 이익이 생기는지 아니면 약국에 처방 받으러 왔다가 필요한 생활필수품까지 한꺼번에 사가서인지 세이푸웨이 등 큰 식료품 가게들을 비롯하여 케이마트, 월마트 등 체인기업들이 약국을 건물 점포 안에 서로 경쟁을 해가며 설립하고 있었다. 한동안은 약국이 많은데 비해 약사들이 모자랐다. 체인 회사들은 많은 돈을 투자하며 약국과 함께 약사들을 유치하고 있었다.

은희 약국이 있던 케이마트도 예외는 아니었다. 은희가 케이마트 체인 약국으로 일자리를 옮긴 후부터 예전에 비해 많은 시간 여유가 있었다. 약국은 하루에 12시간씩 아침 9시부터 저녁 9시까지 열렸기에 어느 주는 3번만 일해도 되었다. 은희와 같이 일하게 된 파트너 약사는 혼자 일하는 날은 집에 가기 전 커피포트에 커피와 물을 꼭 준비해 놓고 퇴근했다. 그리고 아침이 되면 은희에게 전화를 했다.

"은희 약사, 안녕하세요. 저 데이브인데요. 어제 저녁 집에 가기 전 은희 씨를 위해 커피를 준비해 놓았습니다. 커피포트 버튼만 누르면 됩니다. 그리고 냉장고 안 조그만 상자 속에 초콜릿 쿠키도 사다 놓았으니까 같이 드십시오."

"저를 위해 그렇게 신경 쓰지 않아도 되는데. 아무튼 고마워요. 잘 먹겠어요."

은희는 데이브가 어떻게 자기가 커피 좋아하는 것을 알았을까 고개를 갸우뚱하면서 상대편 약사 기분까지 맞추어 주는 그의 자상한 마음에 감동을 받았다. 버튼만 누르면 주르륵 커피가 포트에서 흘러나와 진한 커피 향을 음미하며 아침 약국 일을 시작하곤 하였다.

오늘 은희는 약국 컴퓨터를 켜자마자 윌리암스 의사의 전화번호를 찾고 있었다. 똑같은 성이 두개가 나왔다. 하나는 정신과 의사 전화 번호였고 또 하나는 뇌신경과 의사 전화 번호였다. 은희는 먼저 후리몬트에서 일하는 정신과 윌리암스 의사 사무실에 전화를 하였다.

"윌리암스 의사 바꿔 주세요."

"윌리암스 의사 대신 밀러 의사 전화번호를 줄 테니 그쪽으로 전화하세요."

의사 진료실 리셉션인 듯한 여성이 사무적으로 대답하고 있었다.

"휴가 중인가 보죠. 언제 돌아오시나요?"

"아직 소식 못 들으셨군요. 저희 사무실에서 이 근처에 있는 각 약국과 윌리암스 의사의 환자 고객들 모두에게 편지를 보내 알려드렸는데요. 윌리암스 의사는 이 주일 전에 돌아가셨어요. 그래서 윌리암스 의사에게 상담과 진료를 받았던 환자들을 본인들이 좋아하는 의사를 찾기 전까지 우선 밀러 의사에게 보내고 있어요."

"이 주일 전에 돌아가시다니? 무슨 일로? 연세가 많으셨나 봐요."

"아니에요. 제가 알기로는 30대 중반이에요. 심장마비로 병원에 입원해 있다가 돌아가셨어요."

"아니 그렇게 젊은 나이에 심장마비라니?"

"그렇게 들었어요. 저희도 돌아가신 이유는 정확히 잘 모릅니다."

은희는 전화를 끊었다.

30대 중반 밖에 안 된 의사가 죽었다고 하니 아깝다는 생각이 들었다. 의사 공부를 10년 이상 하느라고 힘들었을 텐데 공부한 것도 제대로 써보지 못하고 죽다니.

은희는 리커 스토아에서 기다리던, 머리가 회색으로 보이던 반백의 중년 남자를 생각하고 있었다. 그 남자는 30대 중반이 아니었다. 아마도 50대 중반이나 후반일 것이다. 은희는 다른 사무실에 전화를 걸었다.

"여보세요. 윌리암스 의사와 통화하고 싶은데 바꿔 주시겠어요?"

"윌리암스 의사는 이 주일 전부터 사무실에 나오지 않고 있습니다."

"휴가 가셨나요? 언제 사무실에 나오시나요?"

"글쎄. 휴가라고 볼 수도 있겠죠. 하지만 휴가가 아니라 집안에 개인적인 급한 일이 생겨서 쉬고 있어요. 이름과 전화번호를 남겨놓으면 연락해 드리겠어요."

“김은희라고 해요.”

“생년월일이 어떻게 되죠?”

“저는 환자가 아닌데요.”

“그러면 무슨 일로 전화하셨어요?”

은희는 차마 사무실 직원에게 이야기 할 수 없었다.

“월리암스 의사 선생님에게 직접 여쭤봐야 할 내용이에요.”

“저희 월리암스 의사 선생님은 이름하고 전화번호만 있고 전화 건 내용이 없으면 다시 전화하시는 분이 아니에요.”

“그래요. 그러면 제가 다시 전화하겠어요.”

“예. 그렇게 하세요.”

전화는 찰칵 끊겼고 약국 안은 점점 바빠지기 시작했다. 밖에서 보기에는 창구 앞에 아무도 기다리는 손님이 없으니까 일하는 것 같아 보이지 않지만, 전에 받아갔던 똑같은 처방약을 의사 사무실에 전화 걸어 허락을 받은 후 다시 지어 놓는 리필 등 끊임없이 할 일들이 쌓이고 있었다. 그러다가 창구에 새 처방을 갖고 온 환자가 있으면 다른 일들을 중단하고 새 처방부터 먼저 만들어 주었다.

은희가 새로 갖고 온 처방을 하려고 환자의 이름과 의사 이름을 확인했다. 월리암스 의사 처방으로 신경 안정제 바리움과 항우울제인 엘라빌이 적혀 있었다. 환자의 이름을 보니 이전에 일하던 약국에서도 한 달에 한두 번씩 찾아와 약을 지어가던 알렌 스미스였다. 나이가 많이 든 것도 아닌데 등이 구부정하고 퀴퀴한 냄새나는 허술한 옷차림을 하고 다녀 홈리스 같은 느낌이 드는 환자였다.

“스미스 씨 여쭈어 볼 게 있는데 이쪽으로 와 주시겠어요?”

은희는 새 처방을 지으려다 말고 약국 밖 의자에서 기다리고 있는 환자를 불렀다.

“월리암스 의사가 이 주일 전에 돌아가셨다고 들었는데 어떻게 이 처방을 가지고 왔지요?"

"예, 저도 소식 들었어요. 참 안됐지요. 이 처방은 삼주 전에 써준 것입니다. 처방 날짜를 보십시오."

"삼주 전 처방인데 지금에야 약을 타러 왔어요?"

대부분의 바리움 환자들은 처방받기 전부터 약이 떨어져 이삼 일치를 먼저 달라고 구걸하다시피 졸라왔기에 삼주가 지나도록 아직 약을 받지 않았다는 것에 은희로서는 의아한 생각이 들었다.

"돈이 다 떨어져 살 수가 없었어요. 그동안 친구 것 빌려서 먹었는데 오늘 이 처방약 받으면 반 이상 돌려줘야 해요."

항우울제 엘라빌은 가난한 사람들이 받는 메디켈 보험으로 돈 없이도 약을 받을 수 있었지만 중독되는 신경안정제 바리움은 보험으로는 받을 수가 없었다.

"엘라빌이라도 삼주 전에 받아가지 왜 이것까지 갖고 있었어요?"

"어떤 때는 잊어버리고 안 먹기도 해서 엘라빌은 아직도 많이 남아 있어요."

"윌리암스 의사의 환자가 된 지 얼마나 되었나요?"

"한 3년 되었을 거예요. 이곳 후리몬트에 신경 정신과 사무실을 연 후부터 계속 다녔거든요."

"궁금하네요. 어떻게 생겼어요. 키가 큰가요?"

"키는 보통인데 다리를 못 써서 항상 목발이 옆에 있지요. 어렸을 때 운동하다가 다쳤다고 하더라고요."

"심장도 약했나 봐요. 가족 중에 심장이 약한 사람이 있으면 유전된다고 해요. 그 젊은 나이에 심장마비를 일으키다니 정말 안 되었어요."

"심장이 약해서 생긴 게 아니라 약물 과다 복용으로 마비되었다고 들었어요."

"예? 의사가 약물 과다 복용이라니?"

"어렸을 때 야구를 하다가 미끄러져 생긴 사고 때문에 척추신경에 이상이 생겨 통증이 심하게 온다고 했어요. 또 윌리암스의 아버지도 의사같아요. 헤이워드시에 사무실이 있다고 들었어요."

"아 그래요? 그분이 아버지시군요. 그래서 전화해도 사무실에 계시지 않았군요."

"웬일로? 헤이워드시에 있는 윌리암스 의사는 뇌 수술하는 유명한 신경외과 의사라고 들었는데."

"제 두뇌를 수술하려고 전화 했던 건 아니고요."

은희는 두 손으로 자기의 머리를 만져보았다.

"요사이는 건망증이 심해 제 두뇌 어디에 이상이 있나 한번 열어봐야 할 것도 같지만요."

은희는 웃으며 말했다.

"간질 환자였던 제 친구 하나는 윌리암스 의사에게 뇌수술을 받고 난 후 간질도 없어지고 좋아졌다고 해요. 교통사고가 나서 머리통이 부서진 사람만 수술 받는 줄 알았는데 요사이는 간질환자까지 머리를 드릴로 구멍을 내 톱칼로 잘라낸 후 반으로 쪼갠 다음, 수술하여 다시 붙인다고 해요. 세상이 많이 변했지요."

웃는 은희와는 달리 알렌 스미스 환자는 사뭇 진지하게 윌리암스 의사의 뇌수술에 대해 경이롭게 말하고 있었다.

"헤이워드시에 있는 윌리암스 뇌 전문 의사는 아주 유명한 분이라고 들었습니다. 타임지 신문에도 실렸다고 들었어요."

환자의 말을 들어보니 그는 의사를 존경스럽고 자랑스럽게 여기는 것이 분명했다.

"사실은 제 머리 수술 때문에 윌리암스 의사를 찾는 것이 아니고요. 이 건물 모퉁이에 있는 리커 스토아 주인이 총에 맞은 것 아세요? 그 사고가 일어나던 날 제가 지나가다 윌리암스 의사와 비슷한 사람이 가게 앞에 주차하고 있었던 것을 봤거든요."

환자는 무슨 말을 하려는지 입을 웅얼거리다 다물어 버렸다.

"스미스 씨, 저한테 무슨 말을 하려 했던 것 같은데 잘 못 들었어요. 크게 다시 한 번 이야기 해주세요."

그는 이야기를 하려다 말고 앞뒤 좌우를 살폈다.

"그 가게 주인하고 잘 아는 사이인가요?"

"예, 죽은 사람의 부인이 저하고 친구지요. 그 집 아들 피터하고 제 아들 영철이하고도 친구고요."

"제가 당신이라면 그쪽 사건에 관여하지 않겠습니다."

"범인을 찾아야 해요. 피터 엄마는 남편을 죽이지 않았어요. 그러려면 정보가 필요해요. 조금이라도 아는 게 있으면 경찰에게 가서 이야기 해주세요."

"저보고 경찰에게 이야기하라고요? 제가 제일 싫어하는 사람이 경찰입니다. 제가 무슨 말을 하든지 제 말을 믿지 않을 것입니다. 경찰은 제가 거짓말하면 진짜로 알아듣고 진실을 말할 때는 거짓으로 알아들어요. 저에게 색깔을 칠해놓고 그 색으로만 바라보거든요. 저는 다시는 감옥으로 되돌아가고 싶지 않아요. 이렇게 감옥 밖은 자유스러운데."

"감옥에 간 적도 있었어요?"

"그럼요. 그것도 여러 번이나. 감옥 속은 여기보다 자유스럽지는 않지만 차라리 약 얻기는 더 쉬웠어요. 여기서는 신경안정제인 바리움을 의사한테 가야만 살수가 있는데 거기서는 처방전 없이 돈만 있으면 다 통해요."

"어떻게 감옥 안에서 그런 일이 일어날까요. 보는 눈이 있을 텐데요."

"알고도 모른 척 하는 것이겠죠. 마약, 마리화나, 코카인등 다 들어오는 루트가 있지요. 감옥 들어오기 전에 했던 사람들은 돈만 있으면 감옥 안에 들어와서도 계속들 하고 있어요. 다들 돈 벌 기회를 노리고 있습니다. 돈이 있어야 힘이 생기니까."

"무슨 이유로 감옥에 갔었나요? 사람을 죽였나요, 아니면 도적질하다 잡혔나요?"

"아시다시피 바리움을 먹고 있지만 코카인에 중독된 사람이었습니다. 코카인을 사용하고 나면 흥분되어 진정시키기 위해 바리움이 필요하지요. 코카인이 비싸니까 돈이 필요해서 결국 코카인 파는 사람이 되었지요. 사복 경찰이 고객으로 가장하여 사러 왔을 때 덜미를 잡혀 감옥소에 가게 되었지요."

"약을 팔면서 돈은 많이 벌었나요?"

"저희 같은 사람을 피라미라고 합니다. 팔기보다는 사는데 돈이 더 많이 들어가죠. 진짜 돈을 버는 사람들은 피라미가 아니라 피라미를 조종하는 그 위의 조직 안에 있는 사람들입니다."

"그렇게 생각하세요. 그런데 왜 저한테 피터 아빠 살인 사건에 관여하지 말라고 했나요?"

"은희 약사가 남의 일에 끼어들다 다칠까 봐 그렇게 말했습니다. 다른 사람 일에 관여하지 마세요. 그게 현명하게 사는 거예요. 저는 이제 가야 합니다. 안녕히 계십시오."

수개월이 지난 후 재판은 다시 시작되었다. 가을이 시작되기 전 인디안 썸머로 인해 해마다 기승을 부리는 더위로 한여름의 끝을 장식하는 캘리포니아 기후가 엊그제 같은데, 이제는 제법 바람소리까지 윙윙거리며 벌써 겨울이 다가오는 느낌이 들고 있었다. 대서양 바닷바람으로 얼굴에 부딪히는 바람은 셌으나 하늘은 구름 한 점 없이 맑고 파랬다. 은희가 재판소에 도착하자 매스컴에서 나온 듯한 차량들과 커다란 사진기를 든 신문기자들이 여러 명 보였다. 그 중에는 한국 신문사에서 나온 한국사람 기자들도 있었다. 아마도 샌프란시스코에 지사가 있는 한국일보사와 중앙일보사인 것 같았다.

재판소 안의 방청객들도 처음보다 더 많은 사람들로 꽉 차 있었다. 은희가 둘러보니 방청객석 안에 피터의 할아버지도 앉아 있는 것이 보였다.

재판이 시작되면서 검정색 유니폼을 입은 경찰관이 증인으로 불려 나왔다. 검사 쪽에서 먼저 질문을 시작했다.

"경찰관 윌슨 씨는 피고의 얼굴을 본 적이 있습니까?"

"예. 보았습니다."

"언제, 어디서 보았습니까?"

"1995년 3월19일 3시 20분, 피고의 집에서 보았습니다."

"무슨 일로 피고의 집에 갔었습니까?"

"경찰에 911 응급전화가 걸려 왔었습니다. 도와달라는 소리와 함께."

"그래서 경찰이 집에 갔을 때 무엇을 보았습니까?"

"부부싸움이었습니다. 여기저기 부서진 게 떨어져 있었고 둘 다 화가 나 있었습니다."

"아 그래요. 혹시 그때 피고가 한 말이 있습니까, 있었다면 말씀해 주시지요."

"여기 그때의 기록서를 보니 이렇게 쓰어 있군요. 저 남자를 죽여 버리겠다고요."

갑자기 방청객이 웅성거리기 시작했다. 약간의 소요와 동요가 일어나고 있었다.

"이의를 제기합니다."

미나의 변호사가 검사 쪽에서 지금 질문하는 내용은 이번에 일어난 살인 사건과는 관련이 없다고 이의를 제기했다.

"계속하십시오."

그러나 재판관은 미나의 변호사 쪽보다 검사 쪽에서 끄집어낸 새로운 사실을 더 듣고 싶어 계속하라고 말하였다.

"이상입니다."

검사는 더 이상 질문을 하지 않았다. 그럼에도 이미 검사의 질문은 배심원 12명에게 피고 미나가 3월부터 이미 남편을 죽이고 싶어 하다 결국 여러 달이 지난 후 죽인 것으로 의심하게 하기에 충분했다.

마이크 변호사는 재판관에게 잠깐의 재판 휴식을 요구했다. 그 제의는 받아져서 한 시간 후에 다시 속개하기로 결정 되었다. 변호사는 미나를 데리고 조용한 방으로 가 이야기했다.

"경찰 기록에 그렇게 나와 있다는 것은 미나 씨에게 대단히 불리합니다. 재판을 하는 도중 저희는 배심원들의 얼굴을 쳐다보지요. 피고가 죄가 있다고 생각하고 판결할 때는 배심원들이 피고의 얼굴을 보지 않으려고 합니다. 그렇습니다. 그들이 내린 판단 때문에 사형을 당할 수도 있는 거예요. 지금 저는 배심원들에게서 그러한 표정을 느끼고 있어요. 물론 항상 그렇지는 않지만 대부분 맞습니다. 한 가지 제안을 하겠어요. 살인도 일급 살인과 이급 살인에 따라 형기가 많이 달라집니다. 계획과 의도가 들어간 일급살인으로 판정이 나면 무기징역, 아니 캘리포니아 주에서는 사형까지 처하는 형기를 받을 수 있어요. 그러나 살인을 했어도 나를 방어하기 위한 정당방위일 경우에는 형기가 많이 줄어듭니다. 저는 미나 씨의 형기를 줄이기 위해 남편이 미나 씨를 많이 구타하여 그것을 막기 위해 한 것이라고 말하면 좋을 것 같습니다."

미나는 변호사가 하는 제안이 이해가 가지 않았다. 버클리 대학에 재학 중인 한 여대생이 번역사로 변호사에게 들은 이야기를 미나에게 차근차근 설명하고 있었다. 그 여대생도 처음에는 이해를 못했는지 변호사에게 여러 번 물어보았다. 여대생이 미나에게 말하였다.

"형을 줄이기 위해서는 남편에게 얼어맞다가 할 수 없이 정당방위로 남편을 죽였다고 하면 더 유리하대요."

"저는 남편을 죽이지 않았어요. 이 변호사가 저를 믿지 않는가 봐요."

"마이크 변호사는 미나 씨의 형기를 줄여보는 쪽으로 연구하고 있어요. 아무리 미나 씨가 남편을 죽이지 않았다고 부르짖어도 12명의 배심원이 미나 씨 말을 믿지 않으면, 그래서 죄가 있다고 판정이 나면 무기징역이나 사형까지 갈 수 있잖아요. 마이크 변호사는 미나 씨를 살려보려고 연구하다 그렇게 제안하는 거예요.”

“어떻게 제가 남편을 죽이지도 않았는데 죽였다고 말할 수 있겠어요. 제가 죽는 한이 있더라도 그렇게는 못하겠어요. 우리 불쌍한 아들 피터가 들을 텐데요. 저는 남편을 죽이지 않았어요.”

한 시간 후 재판은 속개되었다. 미나가 앞으로 불려 나갔다. 다시 한 계단 높은 좌석으로 올라가기 전 미나는 오른손을 들고 진실만을 말하겠다고 선서를 했다. 검사가 나와 질문을 하기 시작했다.

“피고는 남편을 사랑하였습니까?”

“예.”

“남편이 피고를 때렸는데도 여전히 변함없이 사랑했습니까?”

“처음 얻어맞았을 때는 죽이고 싶을 정도로 미웠지만 시간이 지나면서 맞은걸 잊어버리고 다시 남편을 사랑했습니다.”

“남편에게 맞고 난 후 남편을 떠나 다른 남자와 결혼하겠다는 생각을 해본 적이 없습니까?”

“남편을 떠나고 싶은 마음이 든 적은 있었으나 다른 남자와 결혼하겠다는 생각을 해본 적은 없습니다.”

“남편이 피고를 때릴 때 피고는 남편이 피고를 사랑한다고 생각했습니까?”

“아니요. 제가 얻어맞을 때는 남편이 저를 미워한다고 생각했어요.”

“남편이 피고를 사랑하지 않는다고 생각할 때와 남편을 떠나고 싶은 마음이 들었을 때 피고는 다른 남자와 잠을 잔적이 있습니까?”

“이의 있습니다.”

미나의 변호사가 손을 들며 검사의 질문을 막으려고 하였다.

“계속하십시오.”

재판관은 계속하라고 명령하였다. 미나는 잠시 말을 못하고 머뭇거렸다.

침묵이 흐르고 있었다. 미나는 방청석에 앉아있는 시아버지를 보고 있었다. 드디어 미나가 입을 열었다.

"아니에요. 그런 적 없었어요."

"다시 한 번 물어보겠는데 남편이 아닌 다른 남자와 정사를 한 적이 맹세코 없습니까?"

검사가 쓰는 노골적인 단어에 미나의 얼굴이 붉어졌다.

"없어요."

미나가 고개를 좌우로 흔들며 대답했다. 검사는 미나의 얼굴을 보며 시간을 주고 있었다. 검사의 얼굴에 차가운 미소가 번졌다.

"저는 피고가 법정에서 진실을 말하기를 기다리고 있었습니다. 지금 이 법정 방청객 속에는 없지만 밖에서 한사람의 증인을 불러오려고 합니다. 이상입니다."

미나는 좌석에서 내려오면서 한 사람의 증인이 법정 문 안으로 들어오는 것을 보았다. 변호사가 앉아있는 좌석 옆까지 걸어가는 미나의 다리가 약간 떨리고 있었다. 새로 막 들어온 또 하나의 증인도 법정 석으로 올라가기 전 손을 들고 선서를 하였다. 진실만을 말하겠다고.

검찰 쪽에서 질문이 시작되었다.

"로버트 마이어 씨, 당신의 직업은 무엇입니까?"

"후리몬트에 있는 워싱턴 병원에서 병원 경비과의 매니저로 일하고 있습니다."

"아직 결혼을 하지 않았습니까? 아니면 부인과 자식이 있나요?"

"부인과 자식이 있습니다."

"부인은 어떻게 만났습니까?"

"군인으로 한국에 갔다가 지금의 아내 선자를 만났습니다. 결혼하여 미국에 다시 왔습니다."

"부인을 사랑합니까?"

"예."

로버트 마이어는 다시 강조하며 말을 덧붙였다.

"가슴 밑바닥으로부터 나의 아내를 사랑합니다."

그렇게 말하는 그의 모습은 운동을 많이 하는지 단단한 근육질의 체격에 머리도 자연스럽게 손질하여서 운동선수 같은 스포틱한 느낌을 주고 있었다.

"마이어 씨는 피고를 본적이 있습니까?"

"예."

"어디서 어떻게 보았습니까?"

"직장 일이 끝난 후 집으로 가는 길에 아내에게 꽃을 사다주기 위해 가게에 들어가곤 하였습니다. 꽃다발과 포도주 한 병을 사가지고 가곤 했지요. 제 아내가 워낙 꽃을 좋아해서요."

"부인과의 로맨틱한 시간을 위해 꽃과 포도주를 사가지고 갔군요. 횟수가 어떻게 되나요. 한 달에 한 번씩 아니면 두 달에 한 번씩?"

"일주일에 두 번 또는 세 번씩도 사가지고 갔습니다."

"그럴 때마다 피고를 보았습니까?"

"아니요. 그 시간에는 주로 남편이 가게에 있었고 가끔 점심시간에 왔을 때 보았습니다."

"설명해 주세요. 어떻게 해서 처음 피고의 집에 가게 되었는지요."

"피터의 할아버지가 길에서 미끄러져 크게 다쳐 병원에 온 적이 있었습니다. 그때 병원에서 마주친 제가 얼굴을 기억하여 병원 이곳저곳 가는 길을 잘 가르쳐주었고 도와주었습니다. 그래서 피터 아빠 엄마가 고맙다고 인사한다며 집으로 초대를 하였습니다."

"집에 초대 받아 간 날 피터 아빠 엄마가 다들 있었나요?"

"아니요."

"어떻게 된 거지요?"

"초대 받아간 날 제 아내는 한국을 방문 중이었습니다. 공교롭게도 미나 씨네 집에서도 한국에서 뜻밖의 손님이 와 라스베가스로 여행을 떠났다고 했어요.

미나 씨는 가게도 지켜야 할 겸 또 저를 이미 초대한 것도 있고 하여 떠나지 못하고 있었습니다."

"그래서 결국 집안에 둘만 있게 되었군요."

"예."

"그때가 언제인지 기억이 납니까?"

"오래되어서 정확한 날짜는 모르겠지만 부활절 주일로 학교가 일주일동안 봄 방학이었던 것은 기억납니다. 그래서 피터도 아빠를 따라갔으니까요."

"3월 22일 경이 아닌가요? 왜냐하면 경찰보고서에 의하면 피고가 3월 19일에 경찰에 전화를 했고 다리를 절룩거린다고 쓰여 있었어요."

"이의 있습니다."

미나의 변호사가 손을 들었다. 그는 짜증난 모습이 역력했다. 도대체 무슨 건수를 유도하려고 이렇게 필요도 없는 질문을 계속하고 있는지 공연히 검찰 쪽이 시간만 낭비하고 있는 것 같았다. 그러나 재판관은 계속하라고 지시했다.

"3월22일 피고는 절뚝거리고 있었습니까?"

"예. 그렇습니다."

"로버트 마이어 씨 설명해 주시지요. 그날 무슨 일이 일어났었다는 것을 저에게 진술한 그대로 사실만을 이야기 해주십시오."

로버트 마이어는 입을 다물고 있었다. 침묵이 계속 흘렀다. 그러자 검찰 쪽에서 질문을 다시 시작했다.

"그날, 초대받은 날 이후 둘이서 정사를 하였습니까?"

단도직입적인 질문이었다.

"예, 아니면 아니오 라고 대답해 주십시오."

"예."

로버트 마이어의 대답이 끝나자마자 법정 안은 제법 큰 소음으로 술렁거렸다. 미나의 얼굴이 백짓장처럼 하얗게 변하고 있었다.

"절뚝거리는 다리를 보며 통증을 없애보려고 도와주다가 처음 시도한 것이었는데 멍든 부위를 보면서 제가 유혹당한 것이었습니다. 미나 씨 잘못이 아닙니다. 괜찮다고 하는 것을 제가 도와주겠다고 고집하다……."

"아 그래요. 그러면 그날이 처음이자 마지막이었습니까?"

"다시 또 하였습니다."

법정 안은 전보다 더 술렁거렸다.

"몇 번이나, 언제 밤에 만났습니까?"

"정확한 숫자는 기억 못하겠습니다. 일주일에 한 번, 아니면 이 주일에 한 번씩. 주로 점심시간에 만났습니다."

"왜 그랬죠? 왜 저녁이 아니라 점심시간이었지요?"

"저의 퇴근 시간이 다섯 시였습니다. 다섯 시 반이면 항상 집에 들어갔지요. 저는 제 아내가 저를 의심하는 것을 원치 않았습니다. 그것이 첫 번째 이유였고 미나도 그 시간이 아들이 학교 갔다 오기 전 시간이라 제일 좋았던 것 같습니다."

갑자기 방청객에서 쿵하는 소리가 들렸다. 누군가 쓰러지는 소리였다. 은희가 뒤를 돌아보니 복도 쪽 의자 가장자리에 앉았던 피터의 할아버지였다. 잠시 후, 피터 할아버지는 경호원이 부른 응급차에 있는 들것에 실려 병원 쪽으로 옮겨갔다.

은희가 집으로 돌아가기는 길이었다. 은희의 옆에서 달리고 있던 차가 시그널도 없이 갑자기 은희 앞으로 끼어들어 오더니 은희 차 앞에서 천천히 달렸다.

'차 앞을 가로 막고 들어왔으면 빨리 달려야지 들어와서 더 천천히 달리고 있다니.'

빵빵 클랙슨 소리를 크게 내고 싶었으나 참고 다른 차선으로 옮겨가며 후리웨이 길을 달렸다. 은희의 가슴속에서 왠지 화가 치밀고 있었다. 갑자기 끼어들어와 앞에서 천천히 달리고 있던 옆 차 때문이었을까? 아니면 재판 석에 있었던 피터 엄마 때문이었을까? 어떠한 실망감이 은희의 가슴을 착잡하게 만들고 있었다. 그것은 실망감 이상이었다. 무언가 배신을 당한 느낌이었다. 피터 엄마와 같이 정사를 했다고 얼굴도 붉히지 않고 공식석상에서 말하던 그 코카시안 백인 남자가 미운 것도 아니었다. 재판 석상에서는 거짓을 말하지 못하게 되어있기에 말하고 싶지 않았어도 사실대로 이야기 한 것뿐이었다. 백인 남자의 부인이 같은 백인 여자였다면 이런 배신감은 느끼지 않았을 것 같았다. 백인 아내와 사는 백인 남자가 미나와 정사를 했다면 은희에게는 그건 단지 스캔들 스토리에 불과했다.

　은희를 지금 괴롭히고 있는 것은 은희가 한 번도 보지 못하고 만나지 못했던 백인 남자의 부인이 한국 여자라는 것이었다. 은희는 자기가 마치 그 한국여자인 것 같은 착각이 들 정도로 화가 나 있었다. 아마도 그 백인 남자와 사는 한국 아내의 부모는 딸이 한국남자와 결혼하기를 원했을 것이다. 어느 한국 부모가 딸을 양색시로 만들길 원하겠는가. 둘은 부모의 반대를 무릅쓰고 서로 사랑하였기에 결혼을 하였을 것이다. 그런데 그 남자가 백인 여자와 혼외정사를 하는 것도 기분이 나쁠 텐데 하필이면 같은 한국 여자와 혼외정사를 한 것이 더욱 은희를 기분 나쁘게 만들었다. 피터엄마는 그 남자의 부인이 한국 여자라는 것을 알고 있었을까. 그럼에도 불구하고 둘이 그랬다면 은희는 피터엄마를 용서해주지 못할 것 같았다.

　은희가 피터 할아버지가 실려 간 병원을 찾아갔을 때 피터 할아버지는 여전히 중환자실에 누워 있었다. 아들을 잃어 심신이 약해있는 상태에서 믿고 있던 며느리한테 속은 것을 알게 되자 그러지 않아도 혈압이 높은 상태였는데 머리 부분에서 혈관이 터져 몸이 마비되며 의식을 잃고 만 것이었다.

　며칠 후 중환자실에서 보통 입원실로 옮겨졌을 때 은희가 다시 병원을 찾아갔다. 피터 할아버지는 그 며칠사이에 못 알아볼 정도로 얼굴이 팍 늙어 보였다. 눈 밑은 검은 자국이 보이며 쑥 들어가 있었고 눈 밑의 광대뼈는 더 튀어나와 보이며 입가의 뺨은 움푹 패여 쭈글쭈글한 주름이 눈에 들어왔다.

창백한 얼굴이면서도 얼굴전체가 어두운 회색빛을 띠고 있었다.

"피터 할아버지, 좀 어떠세요?"

피터 할아버지는 은희를 알아보고 처음에는 미소를 띠는 듯하더니 이내 웃음이 사라지고 노기를 띤 얼굴로 변했다.

"알고 있었지? 며느리가 바람피고 다니는 것을 알고 있으면서 왜 알려주지 않았어?"

"저는 몰랐어요. 아직도 믿어지지 않아요. 그럴 리가 없어요."

"그럴 리가 없다니. 법정 안에서 당사자가 나와 사실을 이야기 했는데도 그럴 리가 없다니."

은희는 입을 다물 수밖에 없었다.

"그년이 지아비를 죽였어. 불쌍한 내 아들……"

피터 할아버지의 숨소리가 말을 끝마치지도 못한 채 다시 가빠지고 있었다. 그는 다시 큰 숨을 쉬어내고 계속 말을 이으려고 노력하고 있었다. 은희는 할아버지의 손을 잡았다. 진정시키고 싶었다.

"할아버지, 피터 엄마가 피터 아빠 죽이지 않았어요."

할아버지를 진정시키려고 한 이야기가 그를 더 자극시켰다.

"총으로 직접 쏘아야만 죽인 게 아니야. 남편 몰래 똥개 짓을 하고 다녔으면 그게 남편을 죽인 거야. 똥개 같은 화냥년이 들어와 집안에 똥칠을 하고 집안을 망하게 하는구나. 죽은 후 조상님을 어떻게 봬야 할지. 이게 다 내 잘못이야. 죽은 아내는 절대로 저애는 안 된다고 반대했는데 아들이 좋다고 하니까 내가 승낙한 것이 잘못이었어. 나도 극구 반대했어야 하는데……"

한숨이 섞여 나왔다. 그러다가 한숨은 다시 울분으로 바뀌고 있었다. 증오가 가득 찬 울분이었다.

"색마 낀 여우가 순진한 얼굴의 인간 모양을 하고 태어나서 내 아들을 꼬여내고 잡아간 거야. 이걸 어떻게 앙갚음을 해야 하나. 저승에 먼저 간 아들의 혼을 위로하기 위해서라도 내가 그년을 혼내줘야 할 텐데. 여기 사람들한

테 물어보니까 사형제도가 너무 간단하더군. 독극물을 주사기에 넣어 죽이
거나 전기의자에 앉혀 고통도 없이, 죽는 것도 느끼지 못하면서 편안하게 죽
는다고 하던데. 그것까지는 안 돼. 사지를 찢어 죽여야 해. 손가락 발가락 하
나하나 잘라 내면서 최대한 고통스러워하는 것을 보아야 내 속이 조금 후련
해질 것 같아."

　은희는 귀를 의심하였다. 나이가 들었지만 예의범절이 있는 양반 댁이면
서 항상 너그럽고 자비로운 피터의 할아버지였었다. 좀체 화를 내는 것을 본
적이 없었다. 과묵한 편이었고 함부로 쓸데없는 말을 하는 사람이 아니었다.
그러한 사람이 얼마나 며느리가 증오스러우면 손가락 발가락 하나씩 잘라
가면서 오랫동안 고통스러워하며 죽어가기를 원하는 것일까. 그런데 그렇게
못하고 있으니 할아버지는 더 화가 나고 있었다. 며느리에게 앙갚음을 하기
는커녕 자신의 뼈를 깎아내고 있었다. 은희는 그제야 왜 할아버지의 얼굴이
회색빛으로 보이는지 알 수 있었다. 다른 사람을 미워하는 마음은 피 속의
독이 되어 할아버지 몸속의 장기들을 망가뜨리고 있었다.

　"할아버지 용서해 주셔야 해요."

　은희는 미나를 위해서 그런 말을 하고 있는 게 아니었다. 할아버지를 위해
서였다. 그만큼 할아버지가 미워하는 마음을 느낄 수 있었다. 미워하는 마
음이 커질수록 할아버지의 기운이 더 빠지고 있었다. 밀물이 들어왔다 썰물
이 빠져 나가듯 미움으로 흥분했던 마음은 썰물처럼 온몸의 기운을 빠져나
가게 하고 있었다. 은희는 할아버지가 며느리를 미워할수록 할아버지 자신
의 건강을 해치고 있는 것을 알았다.

　"용서해 주라고? 절대로 용서 못한다. 내 눈에 흙이 들어갈 때까지."

　할아버지는 두 손으로 가슴살을 쥐어뜯으며 말했다.

　"아. 가슴이 아프다."

　할아버지의 숨이 가빠지고 있었다. 이번에는 아까보다 더 심한 것 같았다.

미나와 로버트 마이어가 그렇고 그런 관계가 된 사연은 이러했다. 미나네 가게에 찾아오는 손님들은 여러 계층이었다. 주로 자주 찾아오는 단골손님들은 술에 찌들고 질이 좋지 않은 층이었다. 정부 보조금이 나오는 월초가 되면 의식주 중의 하나로 배고프거나 굶어 죽지 않게 하려고 정부에서 배급하는 후드 스탬프 딱지를 돈으로 바꿔와 음식대신 술병을 사가곤 했다. 면도하지 않은 얼굴은 수염으로 덥수룩했고 오랫동안 빨지 않은 막바지와 윗도리들을 입고 다녀 꾀죄죄한 모습에, 숨 쉴 때마다 고리타분한 냄새와 함께 술 냄새를 풍기고 있었다. 반면 성탄절, 추수감사절이나 연휴 때가 되면 말쑥하게 정장을 입은 신사들이 선물용으로 비싼 위스키를 사가곤 했다. 평일에는 생일 선물용이나 결혼기념일 파티로 포도주 병과 샴페인 병이 많이 나가고 있었다. 그들은 큰 마켓보다 가격이 비싼 것을 알아도 미나네처럼 작은 가게에 와서 사가곤 했다. 큰 마켓 건물 안까지 걸어가지 않아도 되고 줄서서 기다리는 시간도 짧았기에 그런 것이다. 바쁜 그들에게는 시간이 돈보다 더 귀중한 듯했다. 술주정뱅이들인 단골손님들 사이에서 로버트 마이어의 말쑥한 모습은 언제나 미나에게 좋은 인상으로 다가왔다. 훤칠한 키에 인상만 좋은 것이 아니라 가게 점원 차림으로 일하는 미나에게 대하는 태도도 예의 바르고 깍듯했다. 그는 가게 앞 꽃 바케쓰 통에 꽃다발을 진열하여 꽃을 팔기 시작하면서부터 거의 일주일에 2번 이상 찾아오곤 했다.

"누구에게 꽃을 사다 드리나요? 물어봐도 되나요?"

언젠가 미나가 돈을 받으며 물어보았다.

"제 아내가 꽃을 무척 좋아하지요. 어머님도 좋아하고요. 아내와 어머님한테 번갈아 가며 갖다 주는데 솔직히 어머님보다 아내한테 더 자주 갖다 주고 있어요."

"당신의 아내는 참 행복하겠어요. 이렇게 자주 꽃 선물로 사랑의 정표를 받다니."

"저도 참 행복해요. 아내가 기뻐하면 저도 즐거워진답니다."

로버트 마이어는 윙크를 하며 가게 문을 나섰었다.

그 후에 다시 나타났을 때 미나는 꽃다발을 곱빼기로 만들어 주며 돈은 똑같이 받았다.

"두 배로 만들었으니까 이번에는 어머님도 드리고 아내에게도 주세요. 돈은 똑같이 받았으니까요. 단골손님에게 드리는 특별 혜택이에요."

"안 됩니다. 한 다발 대신 두 다발 주면 저는 고맙지만 주인이 알면 아기씨가 해고 당할까봐 염려됩니다. 저는 절대 못 가져갑니다."

로버트 마이어의 심각한 표정에 미나는 웃음을 참고 있었다.

"제가 일자리를 잃을까 봐 걱정하시는 거예요?"

"예. 주인이 지금 자리에 없어도 누군가 보고 있고 듣고 있어요. 비디오에 찍힐 수도 있고요."

"걱정 마세요. 저를 해고시킬 사람은 없어요. 제가 이 가게 주인인데요."

"어, 저는 아가씨가 이 가게 점원인줄 알았는데요."

"많은 가게 손님들이 그렇게 알고 있어요. 제 남편이 저하고 나이 차이도 많이 나고 또 미국 와서 고생을 많이 하다 보니 더 나이 들어 보이나 봐요. 어떤 손님은 제가 딸인 줄 알았다고 해요. 아무든 저녁 이맘때쯤이면 더 이상 꽃 사갈 사람도 없을 테고 내일 새벽 오클랜드 꽃 도매시장가서 다시 사올 거거든요. 떨이하는 거니까 부담 갖지 말고 아내와 어머님 두 분께 갖다 드리세요."

"많이 주셔서 감사합니다. 아내가 즐거워할 게 눈에 선합니다. 감사합니다. 아가씨."

"당신 아내가 꽃 때문에 즐거워진다니 저도 덩달아 즐거워지네요. 자주 오세요. 저녁 이맘때면 항상 꽃 떨이해서 많이 드릴게요.”

“꽃이 필요하면 꼭 이곳으로 오겠어요. 아가씨 이름이 미나라고 했죠. 미나 씨 얼굴이 제 아내하고 아주 비슷해요. 제 눈에는 둘이 자매 같아요. 안녕.”

그렇게 말하는 로버트 마이어의 얼굴이 수줍어하는 소년처럼 붉어지고 있었다. 그리고 그는 그가 말한 것처럼 꽃이 필요하면 정기적으로 나타나 꽃을 사가지고 갔다.

그러던 어느 날 미나 시아버지가 혈압조절이 안되어 스트로크가 일어나 손이 마비되고 있었다. 손뼉을 치려고 하는데 왼손은 올라가고 오른손은 올라가지 않았다. 그러더니 몸 중심을 잃고 뒤뚱거리다가 시멘트 바닥 딱딱한 곳에 쓰러져 왼팔 뼈가 부러지는 일이 생겼다. 미나와 미나 남편은 아버지를 차에 싣고 급히 워싱턴 병원 응급실로 달려갔다. 처음 있는 일이라 무척 당황하고 어찌할 바 몰라 초조한 순간들이었다. 말이 잘 통하는 한국에서 일어나도 당황하고 걱정되는 상황이었는데 하물며 이런 일이 말이 잘 통하지 않는 이국땅에서 일어나니 우왕좌왕 할 수밖에 없었다. 그나마 집에서 제일 가까운 병원인 후리몬트의 워싱턴 병원으로 가는 게 제일 나아 보였다. 그때 워싱턴 병원 복도에서 우연히 로버트 마이어를 만났다.

“어떻게 여기를?”

“예. 저는 이 병원 경비부서에서 매니저로 일하고 있어요. 제가 도와드리겠습니다.”

병원에서 순조로이 수속을 하였다. 미나의 시아버지는 부러진 팔에 기브스를 하고 마비된 오른 팔도 잘 회복이 된 채 며칠 후 퇴원을 하게 되었다.

그 후에 로버트 마이어가 꽃을 사러 가게에 왔을 때 고맙다고 미나 집으로 점심식사 초대를 하였던 것이었다. 그것은 미나 남편도 알고 있었다. 미나 남편에게는 아버지가 언제 다시 아플지 모르는 일이었다. 그러니 병원에서 일하는 사람을 한 사람 알고 있으면 득이 되지 손해 볼일이 없다는 계산이었다.

점심식사 초대는 미나와 미나 남편이 같이 고맙다는 답례를 하려고 한 것이었다. 그런데 초대에 응하는 날짜 회답이 오고 난 후 공교롭게도 한국에 있는 먼 친척의 친구 분이 미국에 찾아온다는 날짜와 겹치고 말았다. 다른 날로 바꿀 수가 없었다. 이미 그전에 다른 날짜는 로버트 마이어의 스케줄에 어긋났고 그가 원하는 날은 미나와 미나 남편 스케줄에 어긋나 겨우 만들어 정한 날이었던 것이다. 이제 와서 다시 한국에서 손님이 오니 다른 날로 바꾸자고 하면 핑계만 대는 실없는 사람으로 보일 것 같았다. 그래서 한 사람은 남아 아침저녁 가게 문도 열어주고 가게 문 닫기 전에는 그날 들어온 돈도 모아 은행에 입금시키면서 약속했던 점심초대 준비를 그대로 하고 다른 사람은 한국에서 오신 손님을 모시고 라스베가스를 거쳐 그랜드 캐년을 다녀오기로 결정한 것이다. 피터 아빠가 장기간 운전도 잘 했지만 한국에서 오는 손님들이 피터 아빠의 먼 친척 쪽이라 피터 아빠가 시아버님과 아들 피터와 함께 다녀오는 게 서로에게 마음이 편했다.

로버트 마이어가 미나네 집에 온 날 이미 피터 아빠와 할아버지, 피터 그리고 손님들은 새벽 일찌감치 봉고차에 짐을 싣고 로스앤젤리스를 향하여 떠난 뒤였다.

미나는 아침에 가게 문을 연 후 일주일에 사흘정도 파트타임으로 일하는 점원에게 맡기고 집에서 음식장만을 하고 있었다. 그래도 손님을 초대했는데 빈손으로 대접할 수는 없었다. 음식장만을 하면서 집안 청소도 하였다. 한국에서 온 손님들이 가지고 온 보따리 껍데기에서 나온 종이를 치우는데도 시간이 많이 걸렸다. 비뚤어져 배치되어 있는 가구들 정리하랴 가구 위에 쌓인 먼지 닦으랴 음식 끓이는 것 타지 않게 지켜보랴 온몸이 지쳐서 노곤해 가고 있었다. 무엇보다도 며칠 전 남편과 미나와의 언쟁 끝에 남편이 발로 걷어찬 허벅지 안이 더욱 아프고 피곤하게 만들었다. 미나가 의식적으로 아픈 것을 감추려고 하여도 자신도 모르게 절뚝거리고 있었다.

로버트 마이어는 약속한 시간, 정확한 시간에 초인종을 눌렀다. 일찍도 아니고 늦지도 않은 정확한 시간이었다. 아마도 십 분 전에 집 앞에 와서 기다렸다가 정확한 약속시간에 초인종을 누른 것 같았다. 12시 반이었다.

처음에 그가 들어왔을 때 미나는 혼자 있다는 사실이 무척 어색하였다. 한국에서 갑자기 손님이 와 남편이 따라가야 했다고 미나는 머리를 긁으며 설명을 했다. 그래도 초대를 받아왔는지라 로버트 마이어는 한 손에 초콜릿 박스 한 상자와 와인 한 병을 들고 들어왔다. 미나가 남편이 집에 없다고 하자 그는 현관문으로 들어오다 말고 그냥 가겠다고 하였다. 미나는 새벽부터 남편이 여행을 떠나자마자 시작한 음식준비로 밥상을 다 차려 놓았는데 손님이 그냥 간다고 하니 서운한 생각이 들었다.

"불고기, 잡채, 미역국이랑 다 만들었는데요. 새우도 튀겼고요."

부엌과 거실에서 맛있고 구수한 반찬 냄새가 진동하고 있었다.

"드시고 가세요."

들고 온 선물 상자와 와인병만 놓아두고 문밖으로 나가려고 하던 로버트 마이어가 미나의 표정을 읽자 차마 나가지 못했다. 미나가 그의 팔을 잡고 밥상 쪽으로 끌어당겼다. 로버트 마이어도 처음에는 어색한 듯 했으나 곧 이 이야기 저 이야기하며 식사를 하게 되었다.

"불고기, 잡채 다 맛있지만 미역국 정말 맛있군요. 한 그릇 더 주시겠어요?"

미역국을 좋아하는 미국 사람이 미나에게는 신기하게 여겨졌다. 미나가 미역국을 뜨러 갈 때 다리가 절뚝거리는 것을 로버트 마이어가 눈치 챈 것 같았다.

"미나 씨. 앉아 계십시오. 제가 뜨지요. 국자만 주세요."

밥을 다 먹은 후 그는 그러지 말라는데도 그릇을 다 싱크대로 옮기고 설거지까지 하고 있었다.

"손님이 설거지 하는 법이 어디 있어요. 제가 초대한 것이 아니라 일 시키러 부른 것 같아요. 제발 그냥 놔두세요."

"괜찮습니다. 저도 소화가 되고 좋지요."

"그 양복에 음식냄새 밸까봐 그래요."

"음식 냄새 배면 좀 어때요. 그런데 미나 씨 다리 다쳤어요? 제가 다시 직장에 가기 전에 한번 보고 가야겠어요."

"별거 아니에요."

"본인은 별거 아니래도 큰 상처일 수 있어요. 제가 의사는 아니지만 병원에서 일하니까 많이 보고 듣고 있지요. 웬만한 외상 상처 응급조치하는 건 알고 있어요."

"별거 아니래도요."

"아까부터 유심히 보았는데 심한 것 같아요. 다리도 절뚝거리고 있고 아픔 때문에 걸을 때마다 표정에 나타나고 있어요."

설거지가 끝나자 이번에는 그가 미나를 끌어당겨 의자에 앉혔다. 상처는 허벅지 안쪽으로 깊숙이 있었다.

"아……."

로버트 마이어의 손이 닿자 미나는 아파서 신음소리를 냈다.

"옥시풀이나 베타다인 액으로 소독을 해야겠어요. 소독약이 어디 있지요? 그냥 내버려두면 감염되어서 악화될 수 있어요. 한시라도 빨리 소독하는 게 좋아요. 제가 여기까지 왔으니 도와 드리겠어요."

로버트 마이어도 그때까지는 미나를 도와주려는 마음이었다. 옥시풀과 베타다인 액과 큐팁과 솜이 준비되었다. 상처를 치료해주고 싶은 순수한 마음과 상처를 치료받고 싶은 순수한 마음에서였지 처음에는 두 사람 다 다른 동기가 전혀 없었다. 미나는 옥시풀에 젖은 큐팁이 상처를 문지를 때마다 아픔이 몰려왔다. 거품이 상처위에서 부글부글 일어나고 있었다. 옥시풀이 마른 후 베타다인을 바르니 살을 에어내는 아픔이 왔다. 미나는 아픔을 참으려고 했으나 신음소리가 입에서 터져 나왔다. 로버트 마이어가 아픔을 달래주려고 하는지 입김을 불어주었다. 미나의 신음소리에 그도 같이 아픈 듯했다. 입김이 상처를 지나 허벅지로 옮기는 듯 미나의 허벅지에 전율이 오고 있었다. 처음에 치료만 받고자했던 순수한 마음이 거짓말처럼 없어지면서 미나는 의자에 앉은 채 더 이상 상처를 보려하지 않고 살며시 눈을 감았다.

"아, 이 느낌. 얼마나 오랜만에 느끼는 황홀감인가."

남편이 미나와 잠자리를 하지 않은 게 얼마나 오래 되었던가. 그동안 가게 일이 바쁘고 피곤하다면서 남편은 잠자리까지 달리하였다. 요사이는 아무 것도 아닌 조그만 말 한마디에도 자기 신경을 거슬렀다면서 화내기 일쑤였다. 당뇨병이 생기면 그렇다고 해 아무 말도 하고 있지는 않지만 미나는 남편의 손이 자기 등을 문지르던 예전이 그리워질 때가 많았다.

미나는 자신이 이상했다. 지금 로버트 마이어는 상처를 치료하고만 있을 뿐이었다. 살균약인 베타다인 액을 상처에 바르니까 너무 아파 미나가 신음소리를 내었고 그 아픔을 달래주기 위해 베타다인액을 빨리 마르게 하려고 입김을 불고 있을 뿐이었다.

그런데 왜 그의 입김이 내 몸에 느껴져 온몸에 전율을 느끼며 허벅지 쪽으로 짜릿한 쾌락이 전해지고 있는 것일까. 상처를 치료하던 로버트 마이어도 미나가 신음소리를 내지 않고 조용해지자 다시 베타다인 액을 한 번 더 바르려고 하다 미나의 눈치를 살폈다.

이제 조금 아픈 게 가라앉아 조용해졌는데 다시 베타다인 액을 발라 아프게 하고 싶지는 않았다. 그런데 한 번만 발라서는 아직도 살균이 되지 않을 것 같았다. 그래서 미나의 얼굴을 올려다보았다. 그녀는 아픔대신 미소를 머금고 눈을 감고 있었다. 그가 미나의 어깨에 살며시 손을 얹었다. 눈을 뜨나 보기 위해서였다. 미나의 몸이 떨리고 있는 것이 그의 손에 전해져왔다. 그전까지 치료를 받기 위한 한 환자에 불과했던 미나가 비에 젖은 참새가 떨면서 따뜻한 둥우리에 들어와 몸을 말리고 싶어 하듯 그의 사랑을 받고 싶어 떨고 있는 것이 느껴졌다.

치료만 하려했던 처음의 순수한 마음만 갖기에는 미나나 그나 둘 다 너무 젊었다. 약간은 가무잡잡한 미나의 매끈한 허벅지와 종아리가 그의 눈에 들어오기 시작했다. 지금 자기는 미나의 그 매력적인 허벅지 사이에 자기 머리를 두고 무릎을 꿇고 치료하고 있었다. 그의 머리위로는 그녀의 봉긋한 젖가슴이 닿을 듯 말 듯했다. 마음 같아서는 흥분이 되어 자기 손으로 그 젖가슴을 꼭 움켜쥐고 흔들고 싶었으나 허벅지 안 상처만으로도 아픈 그녀를 더 이상 아프게 하고 싶지는 않았다.

로버트 마이어는 떨고 있는 미나를 다치지 않게끔 사랑할 수 있는 방법을 모색하고 있었다. 그의 입김이 미나의 허벅지 사이로 조금씩 깊게 조금씩 더 세게 불고 있었다. 그리고 그 입김은 팬티 안으로 들어갔다. 그가 미나의 팬티를 벗기려하자 미나는 갑자기 제 정신이 드는지 그의 손을 막으며 저지하였다.

'아 이러면 안 되는데. 나는 남편이 있는 유부녀가 아닌가. 로버트도 부인이 있는 유부남이고.'

"당신을 절대 다치지 않게 할께."

로버트의 달콤한 목소리가 미나의 유혹의 저지를 다시 무너뜨렸다.

로버트는 삼각팬티를 아래로 벗기지 않고 옆으로 돌려 입김대신 입술을 살며시 갖다 대었다. 날개 하나를 잃은 참새가 날개 하나 만으로 퍼덕거리며 날아보고자 하다 지쳐 쓰러지듯 유혹에 젖은 미나가 유혹에서 반쯤 깨어 나오고자 하다가 더 깊숙이 나락하고 있었다. 그의 혀가 미나의 부드러운 두 조갯살 속의 진주 같은 그곳에 닿아 움직일 때마다 미나의 신음소리가 나오고 있었다. 그 신음소리는 상처에 약 바를 때의 아픈 소리와 비슷했으나 아픔에서 나오는 신음소리가 아니었다. 미나의 쾌락에 찬 신음소리가 울릴 때마다 부드러운 두 조갯살의 진주위에 파진 계곡으로 흥건한 윤활유즙이 펑펑 솟아오르고 있었다. 로버트는 그 매끈한 계곡으로 자기의 불룩해진 그것을 대고 싶었으나 참고 있었다.

'오늘은 안 된다. 허벅다리 상처가 날 때까지 참자.'

그의 혀가 빠르게 움직이다 또 천천히 아주 천천히 움직이고 있었다. 미나는 달콤한 사탕을 빨아먹는 기분이었다. 아니 공중의 구름위에 앉아 붕붕 떠다니는 느낌이기도 했다. 미나가 즐기고 있다는 것을, 그것도 아주 많이 느끼고 있다는 것을 로버트는 알 수 있었다. 남자는 여자가 자기 행위에 따라 즐기고 있는 것을 알면 더 사랑스러워지는가 보다. 그렇게 해서 두 사람의 그렇고 그런 관계가 된 첫날이 지나가게 되었다.

일곱

어떻게 보면 첫날엔 미나가 못 보여줄 것을 유부남에게 보여준 것뿐이지 정확하게 두 사람의 관계가 있었던 것은 아니었다. 그리고 못 보여줄 것을 보여준 이유도 남편이 발로 찬 상처 때문인지라 치료받다 일어난 일이니 그 첫날로 두 사람의 일이 끝났으면 어쩌다 실수로 일어난 일이라고 치고 그냥 지나갈 수도 있었다.

로버트 마이어는 미나 집에 방문한 후 한 달이 지나도록 꽃을 사러 나타나지 않았다. 다행히 미나 남편은 그 이유에 대해 질문을 하고 있지 않았다. 그러던 어느 날 미나와 미나 남편이 같이 가게에서 일하던 날이었다. 점심시간 때쯤 갑자기 손님들이 몰려들고 있었다. 가게는 항상 그랬다. 한동안 아무 손님도 없이 조용하다가 사람들이 모여들기 시작하면 정신없이 바빴다. 미나 남편도 미나도 둘 다 다른 금전등록기 앞에서 계산기를 두드리며 돈을 받고 있었다. 이윽고 미나는 가게 문 입구로 들어서는 로버트 마이어를 보자 얼굴이 붉어지면서 가슴이 뛰기 시작했다. 그러한 자신의 태도를 보고 남편이 눈치챌까봐 걱정이 되기도 했다. 로버트 마이어는 미나의 금전등록기 줄에 서지 않고 남편 금전등록기 손님들 줄 뒤에 서서 자기 차례를 기다리고 있었다. 아무것도 모르는 남편은 그를 향해 손을 흔들며 인사를 하였고 로버트도 남편을 향해 손을 흔들며 반갑게 답례 인사를 했다. 미나는 줄 서서 기다리는 손님들 때문에 바쁘다는 이유로 모른척하고 싶었으나 그와 눈이 마주치자 손을 흔들어 주었다. 미나의 민망해하고 당황해 하는 눈빛과는 달리 로버트는 태연하고 자연스러운 태도였다. 로버트 차례가 되자 남편은 그 뒤에서 기다리던 손님들한테는 미안하다고 하며 설명하기 시작했다.

"한국에서 갑자기 손님이 오는 바람에 저희 집으로 오시라고 해놓고 저는 없고 처만 있게 해서 죄송합니다."

"괜찮습니다. 저도 초대해 주서서 맛있는 점심을 먹고 가 고마웠다고 곧 전화했어야 했는데 직장에서 바쁜 일이 생겨 이렇게 늦게 와 고맙다고 전해 죄송합니다."

"저희 아버님이 병원에 입원했을 때 잘 도와주셨으니 저희가 고맙지요."

뒤에서 기다리는 다른 손님들 때문에 남편도 더 이상 대화를 못하고 있었다. 꽃다발을 한 아름 들고 돈을 내려고 하는 로버트에게 남편은 돈을 받지 않으려했다.

"그냥 갖고 가세요."

"아니, 왜요?"

"저희를 고맙게 도와 주셨으니."

"고마운 것은 고마운 것이고 받을 것은 받으셔야죠. 공짜로 주시면 저도 다시 못 오지요. 돈 받으세요."

"그러면 오늘만 받지 않고 다음부터는 다시 받겠어요. 오늘은 내지 마세요."

로버트가 한 달 만에 가게에 찾아온 날 밤 미나는 잠자리에서 잠을 이루지 못하고 뒤치락거리고 있었다. 남편이 미나 몸을 만진 것도 까마득한 옛날 일로 여겨졌다.

남편에게 당뇨병이 있다는 것을 알고부터 미나는 식품마켓에 가서 재료를 조사하는 것이 습관이 되고 있었다. 처음에는 쇼핑카트에 사고자 하는 물건을 넣기 전에 레벨에 적혀있는 재료들을 일일이 읽느라고 시간이 걸렸지만 이제는 웬만하면 어느 음식에 설탕이 있고 어느 상품에는 설탕 소금 성분 등이 없는지를 알아내고 있었다. 그래도 어느 때는 다시 한 번 확인하느라 꼼꼼히 따져보기는 했다.

미나가 식사 때마다 남편의 음식을 꼼꼼히 챙기는데도 남편의 당뇨병 중세는 나아지기는커녕 악화되고 있었다. 혈당이 떨어지면 기운이 없어했고 혈당이 오르기 시작하면 사소한 일에도 예민하게 반응하고 짜증을 내었다. 어느 날엔 아들 피터를 먹이려고 사온 파운드 딸기 아이스크림이 하루 만에 온데간데없이 사라졌다. 혹시 잊어버리고 식품점에 두고 온 것인가 해서 다시 사 가지고 냉동실에 넣어두었다. 그리고 새벽 2시에 부엌에서 소리가 나, 나가보니 남편이 아이스크림 통을 꺼내 일주일 동안 먹을 한 통을 다 먹고 있었다. 어제 사온 아이스크림도 식품점에 두고 온 것이 아니었다. 남편 뱃속으로 들어간 것이었다.

"아랫동네에 사는 동진이 아빠가 당뇨병 합병증 때문에 신장이 망가져 신장투석하며 살다 3년 만에 돌아가셨다고 했어요."

"그런 재수 없는 얘기 꺼내지 마. 죽을 때 죽더라고 먹고 싶을 때 먹어야지. 그리고 배가 고프면 잠도 오지 않아."

단것이 몸에 해롭다는 것을 알면서도 더 입에 당기고 있는 것 같았다. 아니, 먹지 못한다고 하니까 더 머릿속에 나타나 괴롭히니까 괴로운 힘을 당하지 않으려고 먹고 있는지 모른다. 절제를 못하고 있는 남편의 식성처럼 미나의 몸은 남편을 요구하고 있었다. 그러나 남편이 미나의 몸을 만져주기는커녕 남편에게 안겨 본 것도 까마득한 옛날일로 느껴졌다.

남편이 벌써 불구가 된 것은 아닌가. 당뇨병에 걸리면 혈관이 망가져 젊은 나이에도 불구가 된다는 것은 알고 있었다. 남편이 성적 불구자가 되었어도 남편은 미나를 사랑할 수 있었다. 남편에게는 아직 두 손이 있었고 열 개의 손가락도 있었다. 그리고 그 딸기 아이스크림을 먹는 입과 입술이, 혀도 있지 않은가.

어쩌면 로버트 마이어도 불구라는 생각이 들었다. 그러한 생각이 들자 웃음이 나왔다. 그러나 그가 불구라도 좋으니 다시 한 번 안겨보았으면 하는 마음이 일어나고 있었다. 절제를 못하는 남편의 식성처럼 미나의 머릿속에는 그가 나타나 상상 속에서 괴롭힘을 당하고 있었다. 괴롭힘을 당하지 않는 길은 남편이 아이스크림을 먹듯 실천을 해보는 길 밖에 없을 것 같았다. 로버트 마이어의 따뜻한 입김이 미나 가슴속에 따뜻하게 다가오며 허벅다리 속으로 전율이 오고 있었다. 거기에 비하면 지금의 남편은 미나의 심정을 아는지 모르는지 미나와의 잠자리도 피하고 있었다. 서로의 손조차 잡아본 지 오래된 남편을 생각할 때마다 초겨울의 냉기가 가슴속으로 밀려들어오고 있었다.

미나는 뒤척이며 한 달 만에 찾아온 로버트가 한편으로는 반갑기도 했고 한편으로는 서운한 감정이 들어 두 가지 감정이 뒤범벅이 된 채 상상 속에서 그를 안고 같이 뒹굴고 있었다. 그러나 그것도 잠시, 가슴속은 허전할 뿐이었다. 미나는 다시 남편을 생각하고 있었다. 누군가 부부사이를 거리로 따지니까 가장 가까운 사이가 될 수도 있고 가장 먼 사이로 변할 수도 있다고 하지 않았던가. 결혼 전의 진성 오빠는 미나에게 얼마나 가까운 사이로 다가왔었던가. 결혼 후에도 남편은 미나에게 다정다감한 사람이었다. 그러나 언제부터인가 남편은 아주 먼 사이로 변해 있었다. 그는 미나는 안중에 없고 돈을 버는 데만 급급해 있었다. 어느 때는 돈 회전이 제대로 돌아가고 있지 않은지 초조해하고 근심불안해하는 기색이 역력했다. 그러다가 돈이 생기면 그대로 만족하지 않고 더 크게 빨리 벌어보고자, 사업을 바꾸어 보고자 하거나 다른 투자를 하려고 골몰했다. 그러니 미나가 무슨 생각을 하고 있는지, 어떻게 변하고 있는지 남편은 아랑곳하고 있지 않는 것이었다. 요사이 다시 남편은 무엇인가 쫓기고 있는 사람처럼 불안해하고 있었다.

'무슨 투자를 하려고 하는가. 아니면 이제 나에게서는 매력이 전혀 없어져

버린 것일까. 이제는 남편 눈에 내가 장작개비 같은 딱딱한 나무막대기로 보이는 걸까.'

속살이 비치는 나일론 잠옷을 걸치고 남편에게 다가가도 미나에게는 한눈도 팔지 않고 냉장고 안에서 꺼낸 딸기 아이스크림만 먹고 있는 남편이었다.

침대에 들어가기 전 램프의 반 조명에 비취는 자신의 몸매가 화장대 거울을 통하여 미나의 눈에 들어왔다. 둥그렇고 풍만한 가슴이었다. 환한 형광등이 아닌 램프의 반조명인데도 풍만한 가슴 위로 검은 젖꼭지가 어슴푸레 눈에 보였다. 엉덩이는 처녀 때보다 살이 쪘고 커 보였지만 아직도 허리는 엉덩이와 젖가슴 사이에서 잘록해 보였다. 미나 자신이 바라보는 거울속의 자기 몸매였지만 아름다웠다. 쪽 뻗은 종아리며 팽팽한 젖가슴이며, 미나는 자기 몸을 감상하면서 성적 흥분을 느끼고 있었다.

'내 몸이 장작개비라니.'

처녀 때보다 더 매력적인 몸매로 바뀌어 있었다. 처지지 않고 불룩하게 나온 가슴과 엉덩이는 굴곡을 이루며 매끄럽게 뻗어나가 미나 눈에도 요염하게 보였다.

미나는 또다시 로버트 마이어와의 그 순간을 생각하고 있었다. 그가 집에 찾아왔던 날, 그날 저녁 미나는 죄의식에 차 있었다. 태어나서 남자라고는 남편만을 알고 있었다. 자기의 비밀스러운 곳을 다른 남자에게 보이고 또 혀를 닿게 하였다는 것이 수치심으로 엄습하고 있었다. 요사이 남편의 태도 때문에 싫고 미웠지만 남편에 대한 정조를 잃어버렸다는 것에 대해 남편에게 미안했다. 그러나 이미 엎질러진 물이었다. 다시 담을 수가 없었다. 그래서 없었던 일로 하기로 마음먹었다. 그래야만 마음이 편안해질 것 같았다. 다시는 로버트와 그런 일을 하지 않겠다고 마음먹었다. 그러나 오늘 미나는 거울 속에 비친 자기 모습을 보면서 그와 다시 그러한 일을 하는 것을 꿈꾸고 있었다.

'이미 한 번 저질렀는데. 전혀 하지 말았어야지, 한 번이나 두 번이나 세 번

이나 그게 뭐가 다를까.'

'로버트는 매너가 너무 좋았어. 그가 불구라도 좋아. 그의 입김과 혀만으로 나를 애무해 주어도 나는 구름 위를 날아다니는 형용할 수 없는 황홀한 기분이었어. 어쩌면 그가 불구가 아닐 수도 있어. 그날 그의 바지 사이로 두 덩이가 불룩하게 나와 있었어. 아마도 내 허벅지 안의 상처 때문에 그가 참았는지도 몰라.'

그러한 생각이 들자 미나는 갑자기 그가 더 좋아지기 시작했다. 그리고 그가 불구인지 아닌지 알아보고 싶은 호기심도 작용하고 있었다.

남편은 그 일을 하기 전에 애무도 하지 않고 미나에게 접근하여 끝내버리곤 하였다. 미나가 피곤하여 하기 싫을 때도 남편 자신이 원할 때면 미나 기분은 아랑곳없이 덤벼들어 일을 끝내는 남편이었다. 그러한 미나 남편과 비교하여 로버트가 불구가 아닌데도 허벅지 상처 때문에 참았다면 그는 자제할 줄 아는, 감탄할만한 남자임에 틀림없었다. 미나는 로버트가 미나의 비밀스러운 곳에 혀를 닿고 난 후부터 남편과 더 멀어지는 느낌이었다. 그리고 그와는 매우 가까운 사이가 된 기분이었다. 그런데 한 달 동안이나 미나를 보러오지 않았다. 직장 일이 바빠서라고 하였는데 미나에게는 핑계 같았다.

왜 한 달 동안이나 피했을까 하면서 미나는 그를 다시 만날 궁리를 하고 있었다. 그 마음은 더욱 간절하게 변해갔다.

'그래. 남편이 알 필요 없어. 그의 아내도 알 필요 없어. 두 가정을 깨지 않고 그하고 나만 즐기면 되잖아. 둘만이 몰래 즐기는 것은 괜찮을 거야. 서로의 배우자에게 절대 비밀로 하면 상처를 주는 게 아니잖아.'

미나가 밤잠을 뒤척이며 그러한 생각을 하고 있는 동안 로버트 마이어도 멀지않은, 같은 후리몬트시에서 같은 시간에 미나를 생각하고 있었다. 단지 미나와 다른 상황은 미나는 남편과 잠자리를 따로 하고 있어 혼자 침대에서 뒤척이고 있었고 로버트가 자는 침대에서는 그 옆에 사랑하는 아내가 자고 있다는 것이었다.

그는 잠자고 있는 아내의 얼굴을 들여다보았다. 아내는 아기처럼 새근새근 콧속에서 작은 소리를 내며 평화롭게 자고 있었다. 그의 세 아이를 낳아주고 세 아이 뒷바라지를 하며 모두 모범생으로 잘 키우고 있는 나무랄 데 없는 아내였다. 그러한 아내 마음에 상처를 주고 싶지 않았다. 그래서 한 달 동안이나 미나를 보지 않으려고 노력했었다. 시간이 지나면 다 잊어버릴 수 있을 것 같았다.

그런데 시간이 지날수록 더욱 미나의 모습이 눈에 어른거렸다. 미나는 그의 아내와 같은 동양인이라 비슷한 얼굴이었지만 더 가무잡잡한 피부색이었다. 허벅지 안을 치료해 줄 때의 쭉 뻗은 종아리며 두 다리가 눈에 어른 거렸다. 그러나 무엇보다도 눈에 어른거리는 것은 젖은 참새처럼 바들바들 떨고 있던 미나의 감촉과 두 허벅지 사이로 머리를 파묻고 그녀의 비밀스러운 곳을 빨아주고 핥을 때 쾌락에 찬 그녀의 신음소리와 또 흥건히 괴어오르던 미끈미끈한 그녀의 액체였다. 미나가 상처가 없었다면, 그래서 그가 그날 그 일을 저지르고 왔었다면 아마 이렇게 눈에 어른거리지 않았을 것 같았다. 미나의 상처 때문에 미완성으로 하고 온 것이 그의 마음을 더 불붙게 하였다. 어떻게라도 해서 미나와 단 한 번만 일을 하고 나면 마음의 불을 끌 수 있을 것 같았다. 미나는 원하지 않는데 자기가 억지로 범할 것 같은 느낌이 들자 로버트는 미나 가게를 한 달 정도 가지 않기로 작정한 것이었다. 이제 한 달이 지났으니 불이 꺼졌기를 기대하면서 갔었다. 그러나 한 달은 길어보여도 유혹의 불길을 끄기에는 너무 짧았다.

다음날 미나는 가게를 나가기 전 얼굴과 옷맵시에 더욱 신경을 쓰고 있었다. 어쩐지 그가 다시 찾아올 것 같은 기분이 들어서였다. 몸에 쫙 달라붙는 불루진 바지에 목이 파진 쫄쫄이 웃옷을 받쳐 입으니 나이도 어려보이는 것 같아 기분도 상쾌해지고 있었다. 묶어 올렸던 긴 머리도 흘러내리니 더 여성스러워 보였다. 가게에 나온 손님들이 미나가 신선해 보인다, 예쁘다 하고 한마디씩 추켜 주었다. 미나보다 훨씬 어린 점원이 더 나이 들어 보였다.

아니나 다를까. 점심시간 때 즈음 로버트 마이어가 나타났다.

"다리 상처는 다 나았습니까?"

그는 미나에게 질문을 하면서 목이 파지고 달라붙는 쫄쫄이 옷에서 현저히 나타나는 미나의 풍만한 가슴 곡선을 감탄스럽게 바라보고 있었다. 미나는 아마 그러한 그의 시선을 받고 싶어 오늘따라 골라 입고 온듯했다.

"예, 아주 오래 전에 다 나았어요."

지금 이 시간 미나 남편은 없었다. 미나가 아들을 학교에서 데리러 가는 시간에 나타나 저녁 늦게까지 가게 문을 열곤 하였다. 가게에 나타나기 전까지 집에서 늦잠을 자거나 돈 계산을 하고 은행에 입금하러 가기도 했다. 미나는 새벽에 오클랜드 꽃 도매시장에 가기 위해 새벽같이 일어나기 때문에 저녁엔 남편보다 일찍 잠자리에 들고 있었다.

남편은 없었지만 점원이 눈치챌까봐 미나는 조심하고 있었다. 로버트는 점원은 아랑곳 하지 않고 미나에게 시선을 주고 있었다.

"미나 씨 오늘 참 아름다워요."

"고마워요. 그런 칭찬을 해 주어서."

미나도 그의 눈과 입을 응시하고 있었다. 이제는 서로가 서로의 눈과 입을 응시하고 있었다. 둘은 서로 말을 하고 있지 않았지만 쳐다보는 눈을 통해 서로가 같은 것을 원하고 있다는 것을 읽고 있었다.

"잠깐만 따라 오세요. 가게 문밖에 새로 사온 싱싱한 꽃을 보여 드릴게요."

로버트는 점원 때문에 조심하는 것을 눈치 채고 미나 뒤를 쫓아 나갔다. 미나가 걸을 때마다 불루진 바지에 꽉 끼어 삐져나오게 보이는 엉덩이가 아주 매력적으로 양옆으로 흔들리고 있는 것을 뒤에서 쳐다보고 있었다. 미나는 아침에 오클랜드 꽃 도매시장에서 갖고 온 새로 나온 싱싱한 꽃을 보여주었다.

"미나 씨 여기서 얼마 멀지 않은 곳 마우리에 컴퍼트 모텔이 있는 것 아세요?"

"예, 고속도로로 운전하다보면 간판이 보였어요."

"30분 후에 거기서 볼 수 있을까요."

미나가 어젯밤 꿈꾸던 것을 로버트가 요청하고 있었다.

"예, 가게를 점원한테 맡기고 가겠어요."

"먼저 가서 기다리고 있겠어요. 이따 봐요."

그때부터 모텔에서 미나와 그의 그렇고 그런 관계가 계속되었다. 우선 로버트의 딱 한 번만 하고 끝내겠다는 처음의 결심도 흐지부지 되었다. 미나는 그의 아내와 비교하여 가슴도 훨씬 풍만했다. 그러나 가슴만이 아니었다. 그 짧은 시간을 이용하여 그들은 끌어당기고 엎치락뒤치락하고 땀을 빼며 황홀한 시간을 보내었다. 어쩌면 남편 몰래 아내 몰래 하고 있었기에 더 스릴이 있어 쾌락의 극치를 향하고 있었는지 모른다. 아니면 미나는 남편에게서 받지 못하고 있는 육체적인 사랑을 그에게서 받아보려고 노력하고 있었는지 모른다.

로버트는 아내와 미나 둘 다 사랑하고 있는 자기 자신을 보고 있었다. 둘 다 놓치고 싶지 않았다. 그는 혹시라도 아내가 눈치 채고 마음의 상처를 입을까봐 미나와는 절대로 퇴근 후에 만나지 않았다. 퇴근시간인 5시에 정확하게 끝내서 제시간에 집으로 가곤 했었다. 여전히 일주일에 두세 번씩 꽃다발을 사가지고 갔다. 미나와의 그 일은 직장 점심시간을 이용하였기에 아내는 전혀 눈치 채지 못했다. 로버트는 미나와 쾌락의 극치를 헤매고 온 날은 아내에게 더 자상하고 친절했다. 아마도 자기도 모르게 내면의 죄의식 속의 보상심리가 작용하였던 것 같았다.

하루는 로버트가 미나와 그 일을 하는 동안에 미나가 자기 남편과 똑같은 사랑의 행위를 하고 있는 게 연상이 되자 기분이 나빠졌다.

"미나, 나는 지금 당신이 너무 좋은데, 당신은 지금 당신 남편과 나를 비교하고 있는 거 아니야? 당신이 나 말고 당신 남편하고 이렇게 하고 있는 걸 생각하니까 질투가 나는데. 궁금한데 물어봐도 되나. 미나는 남편하고 일주일에 몇 번씩 이렇게 하고 있어?"

"남편하고 하지 않은지 벌써 일 년이 넘고 있어요. 아마 당뇨병 때문에 그런 것 같아요."

로버트는 무척 놀라는 것 같았다.

"남편이 불구가 되었으면 이혼해야지."

"이혼하면 누가 저 같은 사람하고 살겠어요. 아무래도 혼자될 텐데 그럴 바에야 같이 사는 거지요."

"미나가 이혼하면 내가 제일 먼저 결혼 신청할 텐데."

"농담마세요. 아내가 눈치챌까봐 저하고는 점심시간에만 만나면서."

그렇게 말하는 미나였지만 그가 하는 말이 듣기 싫지는 않았다. 미나도 그와 결혼하여 떳떳하게, 행복하게 같이 살면 얼마나 좋을까 생각해 보기도 하였다. 그러나 남의 가정을 깨뜨리고 싶지는 않았다. 이렇게 위험을 감수하면서까지 미나와 사랑을 나누어 주는 그가 고마울 뿐이었다.

남편과 전혀 잠자리를 하지 않는다는 미나의 이야기를 들은 후 부터 로버트는 미나가 자기 여자로 느껴졌다. 미나가 큰 문제를 일으키지 않는 한 그는 두 여자를 오가며 육체에서 허락된 성을 젊은 몸으로 최대한 만끽하고 있었다. 처음에는 유부녀와 간통하는 죄의식이 있었는데 이제는 그 감정이 무뎌지고 아무 불평 없이, 다른 요구도 없이 그가 원할 때마다 모텔로 나와 주는 미나가 저절로 굴려온 호박같이 보였다. 그래서 처음에 딱 한 번만 하고 다시 않겠다던 결심은 이루어지지 않은 채 그와 미나와의 관계는 계속되고 있었다.

아무도 모르게 둘만 알고 즐기자던 두 사람만의 비밀스러운 사랑의 행위는 밤 말은 쥐가 듣고 낮말은 새가 듣는다는 한국의 속담처럼 꼬리가 잡히며 세상이 알게 된 것이었다.

　재판은 미나에게 불리한 쪽으로 진행되고 있었다. 미나가 남편을 쏜 범인이라고 주장하는 검사 쪽은 여러 가지 상황과 증거를 밝히고 있었다. 첫 번째로 미나가 총을 들고 있는 것을 본 가게 손님의 증언이었다. 그 장면을 목격한 손님은 가게로 들어오기 전 다른 사람이 가게에서 나오는 것을 전혀 보지 못했다고 말하였다. 미나가 들고 있었던 총에서는 미나의 남편과 미나의 손가락 지문만 나타나고, 다른 사람의 지문은 전혀 나타나지 않고 있었다. 미나의 남편이 죽기 한 달 전 들은 생명보험의 큰 액수도 미나에게 불리한 쪽으로 기울게 하였다. 그 이외에도 미나와 미나의 남편이 싸워서 경찰이 왔을 때 미나가 한 말, 그것이 무의식적으로 튀어 나왔든지 의식적으로 했든지 남편을 죽여 버리겠다고 한 말이 법정에서 경찰보고서 기록에 적혀있는 증거로 대두되고 있었다.

　미나를 방어하는 변호사 쪽은 가게 손님이 미나가 총을 들고 있는 것을 보았지 쏘는 순간을 본 것은 아니라고 반박하고 나왔다. 또한 미나가 그전에 사회에 물의를 일으키는 다른 범죄를 지은 적이 한 번도 없다는 것을 근거로 미나 스스로가 진술한 남편을 쏘지 않았다는 말이 거짓이 아닌 것을 받아들여야 한다고 주장했다.

　12명의 배심원들은 검사 쪽에서 하는 주장과 변호사 쪽에서 하는 주장을 듣고 결정을 내려야했다. 죄가 있다 아니면 죄가 없다로.

　사전 계획 하에 의도적으로 죽인 것으로 판결이 나면 형량의 대가는 처절했다. 제 일급 살인죄는 캘리포니아에선 사형에 처해지거나 늙어 죽을 때까지 감옥에서 살아야하는 무기징역이었기 때문이다. 그러기에 12명의 배심원

61

들은 무모한 사람이 사형에 처해지는 것을 막기 위하여 신중히 이것저것 따져보고 배심원들끼리 서로 토론을 한 다음에 결정을 내려야 했다.

그러나 미나를 결정적으로 불리한 상황으로 이끈 것은 그녀가 법정에서 거짓말을 한 것이었다. 로버트 마이어를 통하여 알려진 미나의 거짓말은 배심원들 사이에서 더 이상 미나를 신뢰할 수 없게 만들었다. 법정 앞에 서기 전 한 손을 들고 거짓말을 전혀 하지 않겠다고, 모두 진실만을 말하겠다고 맹세까지 한 후였기에 더욱 그랬다. 아마도 미나는 법정 안에서 하는 거짓말이 얼마나 큰 파문을 일으키는지 미처 생각해 본적이 없었는지 모른다. 아니면 로버트 마이어가 자기와의 관계를 법정 안에서 폭로한다고는 한 번이라도 상상해 본적이 없었는지도 모른다.

전에는 로버트 마이어의 이름만 들어도 미나의 온몸이 서서히 흥분의 도가니로 움직였었다. 양다리 허벅지 안에서 시작한 상상의 쾌감은 현실에서 실제로 짜릿함을 느끼며 죄의식 없이 꿈의 판타지로 살고 있었다. 그러나 그 꿈의 판타지는 로버트 마이어와 미나만의 비밀이어야 했었다. 비밀이 없어진 순간 판타지는 더 이상 존재하지 않았다. 판타지는커녕 커다란 검은 손이 미나의 가슴과 머리를 조르고 있었다. 이제는 로버트 마이어라는 이름이 들리는 순간 온몸에 두드러기가 나면서 소름이 끼치고 있었다.

로버트 마이어는 알고 있을까. 그가 미나와의 관계를 법정에서 시인하고 난 후 미나의 인생이 얼마나 파괴되고 있는지. 며느리를 끝까지 믿고 있었던 시아버지는 쇼크로 돌아가셨다는 것을. 미나가 가장 사랑하는 아들 민우는 이제 할아버지도 없이 아빠도 없이 엄마마저 감옥소에 들어가면 단신 고아가 된다는 것을. 그러나 그 무엇보다도 더 무서운 것은 간통한 엄마의 아들이 되어 주위 사람들한테 손가락질 당하며 비웃음을 받는다는 것임을. 그리고 이제 12명의 배심원들은 미나가 로버트와의 관계를 법정에서 부인한 것을 꼬투리 삼아 거짓말하는 여자로 생각하고 남편을 죽이지 않았다는 미나의 말도 거짓말로 알고 죄가 있다고 판정을 내린다는 것을.

　로버트에게는 단지 몇 개월간의 또 다른 한 여자와의 쾌락장난에 불과한 것이었을 것이다. 어린아이들이 장난감 가게에 가서 사고 싶은 장난감을 사 들고 한동안 좋다고 갖고 놀다가 싫증나면 차버리듯이. 미나는 로버트에게 단지 장난감 노리개에 불과했던 것이다. 그것이 미나를 괴롭히고 기분 나쁘게 하였다. 로버트 마이어는 미나를 그저 노리개로 생각해서 법정에서 미나와의 간통을 시인한 것일까. 로버트 마이어, 그는 아내도 사랑하였고 미나도 사랑하였다. 아내는 차분하였고 집안일도 잘했고 요리솜씨도 좋았다. 항상 남편의 비위를 맞추려고 하였다. 마당에는 여러 가지 꽃을 심었기에 뒷마당은 그림처럼 아름다웠다. 그런데도 남편이 꽃을 사오면 너무 좋아 팔짝 뛰었다. 그래서 그는 더 자주 꽃을 사다주었는지 모른다.

　아이들은 아빠보다 엄마를 더 따르는 것 같았다. 그럴 수밖에 없는 것이 엄마는 일찍 일어나 아이들이 좋아하는 음식을 하여 아침을 먹이고 또 도시락을 맛있게 싸서 보내지만 아빠가 밖에서 하는 일은 아이들에게 직접적인 영향을 끼치지 않았기에 엄마의 사랑만을 피부로 느끼며 받고 있는 듯했다. 그러한 편견을 눈치 챈 아내는 현명하게 아이들 앞에서 아빠의 위신을 높이며 아빠가 너희를 위해서 밖에서 힘들게 일하고 있다는 것을 설명하곤 하였다. 아무튼 나무랄 데 없는 아내였다. 그러한 아내에게 상처주고 싶은 마음이 털끝만큼도 없었다.

　미나는 아내와 전혀 달랐다. 처음에는 남편에게 얻어맞은 부위를 마사지하다 일이 시작되었지만 까무잡잡한 피부에 활달한 성격이 아내와는 전혀 달랐다. 그래선지 자주 만날수록 아내와는 다른 매력에 이끌리고 있었다. 어느 날 그 자신도 놀라고 있었다. 자기가 아내와 미나를 모두 사랑하고 있다는 것에. 미나가 남편과 헤어지면 그녀와 결혼하고 싶었다. 그래서 다시 놀라고 있었다. 자기가 지금 아내도 사랑하고 있지만 미나에게 더 끌리고 있다는 것에.

　그러한 때에 경찰에서 조사를 받은 것이었다. 로버트도 비밀을 공개하고 싶은 생각은 전혀 없었다. 사랑하는 아내가 배신당하며 상처받을 생각을 하니 가슴이 다 얼어왔다. 그런데도 로버트는 알고 있었다. 법정에서는 진실을 이야기해야 한다는 것을. 어렸을 때부터 학교에서 배워온 미국시민으로서 법을 준수하는 습관이 몸에 배어 있었다. 창피를 당하는 것은 알고 있었지만 본인이 거짓말을 하더라도 경찰이 이미 증거를 갖고 조사하는 것이라 거짓이 드러난다는 것을. 그렇게 되면 진실을 이야기하지 않은 것보다 더 불리해진다는 것을. 아내가 상처를 받고 로버트를 떠날 위험이 있었는데도, 미나가 곤경에 빠질 것을 알고 있었는데도 법정에서 진실을 이야기해야 했었다.

재판이 미나에게 불리한 쪽으로 진행되고 있다는 것을 아는 사람은 미나 본인 이외에도 미나의 변호사였다. 이제 미나는 검사 쪽에서 일어나 증거를 대면서 당신이 이렇게 남편을 향하여 총을 쏘았다며, 그렇지 하며 큰소리를 지르는데도 아니라고 부인도 하지 않고 잠잠히 있었다. 미나는 포기한 얼굴이었다. 배심원 12명의 발표가 있기 바로 전이었다. 미나의 변호사가 재판관에게 한 가지 더 증거를 보일 것이 있다하여 하루연기를 신청했다. 그리고 그 연기는 승낙을 받았다.

미나의 변호사가 미나에게 한 번 더 물어보았다.

"미나 씨 한 번 더 다른 방법을 생각해 보세요."

"다른 방법이라뇨?"

미나가 의아해하며 물어보았다.

"지금이라도 자기방어였다고 법정에서 설명했으면 합니다."

"자기 방어라면 제가 남편에게 총을 쏜 것을 시인하는 거지요."

"그렇죠. 남편이 먼저 미나 씨를 다치게 한 증거는 많이 있잖아요. 가정에서 부부싸움이 있던 날 경찰이 호출되어 미나 씨 집에도 갔었고 그때 경찰기록에 의하면 미나 씨 몸에 멍이 들어 있었고 다리도 절룩거렸다고 했어요. 그런 폭행을 피하려다 그렇지 않으면 미나 씨가 다쳐 죽을 수도 있어 돌발적으로 저질렀다고 하세요."

"이제는 변호사님도 저를 믿지 못하고 있군요."

"그런 뜻이 아니었습니다. 워낙 답답해서 미나 씨를 도우려고 생각한 제안입니다. 저는 10년 이상을 변호사로 일했습니다. 법정에 많이도 섰지요. 그래서 이제는 배심원이 죄가 있다 없다를 발표하기 전에 그들의 표정보고 이미 맞출 수가 있어요. 오늘 12명의 배심원들은 발표하기 전 아무도 미나 씨에게 눈을 맞추려고 하지 않았어요. 미나 씨가 죄가 있다라고 발표하려니 눈을 피하는 거예요. 미나 씨가 남편이 미워 미리 계획 하에 총을 쏜 것으로 판정이 나면 사형이나 무기징역까지 갑니다. 미나 씨가 죽이지 않았다는 증거를 누군가 배심원들에게 이해시키지 않으면 지금까지의 제가 한 변호로는 역부족입니다. 자기 방어의 돌발적인 사고로 하면 형량은 6년으로도 줄어듭니다. 모범수로 있으면 더 줄어들고요. 미나 씨 아들을 생각하세요. 감옥소에서 몇 년 만 지내다 나와 아들을 돌봐야 하지 않겠어요?"

"변호사님 말씀 고맙습니다. 그 방법을 써서 형기를 줄일 수 있어 제가 제 아들을 보살필 수만 있다면 다시 잘 생각해 보겠어요. 그런데 만약 그 방법을 사용했는데도 배심원들이 여전히 저를 믿지 못하여 사전 계획 하에 총을 쏘았다는 판결이 나올 수도 있는 거지요?"

"네 맞습니다. 배심원들에게 달렸습니다."

"변호사님, 저는 총을 쏘지 않았어요. 저의 형량을 줄이기 위해 하는 조언은 고마운데요. 저는 아들에게 더 이상 충격을 주고 싶지 않아요. 엄마가 간통한 여자로 이미 충격을 주었는데. 제 아들은 믿고 있을 거예요. 엄마가 아빠에게 총을 쏘지 않았다는 것을요. 제가 사형선고 받고 죽더라도 아들을 더 이상 실망시키고 싶지 않아요."

"알았습니다. 미나 씨의 뜻이 정 그렇다면."

재판 공청석 뒷자리에 앉아 있던 은희는 재판날짜가 연기되었다는 발표가 있으면서 사람들이 하나 둘 일어나자마자 미나와 미나 변호사가 있는 쪽으로 걸어 나갔다.

"변호사님, 저번에 말씀드렸던 제가 보았던 목격자와 간신히 연락이 되었어요. 그분이 알고 있는지 그건 저도 모르겠어요. 하여튼 오늘 저녁 그분 댁을 찾아가기로 했어요.”

“아, 그래요. 작은 정보라도 도움이 될 수 있으니 결과를 아는 대로 곧 제게로 연락해 주세요.”

“도움이 될 거라고 큰 기대는 하지 않는데 그래도 꼭 한 번 만나서 물어보고 싶은 생각이 자꾸 들어서요.”

은희가 마이크 변호사와 대화를 하며 법정 문을 나오고 있는데 농구선수로 보이는, 머리 하나는 더 큰 백인 남자가 은희와 변호사가 주고받는 말에 귀 기울이고 있었다. 은희 뒤에서 한동안 머리를 숙이고 있는 것이 대화를 엿듣고 있는 것이 분명했다.

“미나 씨 남편 총격 사건이 일어난 그 시각에 그 가게 앞에 있었던 차와 운전수를 은희 씨가 보았다고 했는데, 오늘 저녁 그 운전수를 만나보려 하는 것입니까?”

“예, 언뜻 보았지만 그 운전수가 저희 약국에 왔었던 윌리암스 의사 같았어요.”

“어제 은희 씨가 저한테 전화를 해서 오늘 재판관에게 하루 연기를 신청하였지요. 연기 허락을 못 받을 수도 있었지만 다행히 받았으니 은희 씨가 그 목격자와 만나자마자 연락해 주십시오. 일단 그 목격자가 그 자리에 있었다는 것만 알아내도 저희가 직접 만나 이야기 할 수 있으니까요.”

“저도 언뜻 보았기에 윌리암스 의사라고 확신할 수 없어요. 그래서 오늘 찾아가는 거예요. 그 전에 만나보려고 몇 번 시도했는데 연락이 되지 않았어요. 윌리암스 의사 댁에도 좋지 않은 일이 있었던지라 더더구나 귀찮게 할 수가 없었어요. 간신히 연락이 되어서 오늘 6시에 제가 그 댁에 가 잠깐 뵙기로 약속된 거예요.”

“여러모로 미나 씨 도와주는 은희 씨에게 감사드립니다. 그럼 수고 해주십시오.”

잎새 **아홉**

밖에는 비가 내리고 있었다. 12월 첫 주, 올해 처음 오는 비는 아니었지만 오랫동안 오지 않다가 오는 비라 길거리는 차 휘발유 기름과 물이 섞여 미끄러웠다. 그래서인지 고속도로에는 간혹 충돌사고 난 차들과 순찰 경찰차들의 위에 붙여놓는 번쩍거리며 돌아가는 불빛이 보였다.

은희는 오늘 저녁 6시 윌리암스 의사와의 약속을 생각하고 있었다. 은희 성격에 잘 알지도 못하는 사람에게 전화를 걸어 그 집을 찾아간다는 것은 은희 스스로가 생각해도 그 전 같으면 상상도 할 수 없는 일이었다. 은희가 윌리암스 의사를 본 것은 그가 약을 사러 처방전을 가지고 두 번 정도 약국에 왔었던 것뿐이었다. 몇 번이나 그 차안에 있던 회색머리의 신사가 윌리암스 의사가 아니라고 생각하며 만나는 것을 피하려고도 하였더랬다. 더구나 두 달 전부터 시작한 남편의 냉담과 침묵이 은희가 만나러 가는 것을 더 망설이게 만들고 있었다.

바로 그날 밤, 유리 창문이 깨진 날 부터였다. 여느 때와 마찬가지로 저녁을 먹고 설거지를 하고 있었다. 뒷마당에 있는 진돗개가 시끄럽게 짖고 있었다. 이 진돗개는 집 앞을 산책하며 걸어가는 동네 사람들이나 옆집 고양이에게도 시끄럽게 짖어대기에 대수롭지 않게 생각하고 있었다. 그런데 갑자기 부엌 창문 유리가 깨지면서 돌멩이가 날아 들어왔다. 은희가 사는 동네는 나쁜 동네가 아니었다. 처음에는 동네 어린아이들이 장난하며 놀다가 잘못 날아 들어온 것이라 생각했다. 그런데 날아 들어온 돌멩이는 종이로 싸여 있었고 고무줄로 감겨 있었다. 종이를 펴니 "끼어들지 마라." 라는 문구가 타자기로 찍혀있는 게 보였다. 은희 남편의 얼굴이 변하고 있었다. 밖으로 뛰어나가 찾아보았으나 아무도 없었다. 진돗개만 흥분해서 미친 듯이 짖고 있었다. 그때까지만 해도 은희 남편은 화는 나 있어도 은희에게 큰 소리를 내지는 않았다.

일주일이 다시 지나서였다. 이번에도 진돗개가 계속 시끄럽게 짖고 있었다. 이번에는 시끄러운 소리가 나자마자 은희 남편이 뒷마당으로 뛰어나갔다. 마당 한쪽으로 무엇이 떨어지는 것이 눈에 띄었고 개는 벌써 그곳으로 달려가 킁킁 냄새를 맡으며 으르렁거리고 있었다. 이번에는 돌멩이 대신 죽은 새와 종이가 묶여있었다.

왜 죽은 새일까. 누군가 죽은 새를 보내면 흉한 일이 생긴다며 원한이 있을 때 죽은 새를 보낸다는 것을 들은 적이 있었다. 그러나 죽은 새가 징그럽게 찢어져 있는 것도 보기 싫은데 더 화가 난 것은 죽은 새에 묶여 있는 종이 안의 내용을 읽고 난 후였다.

"당신이 계속 끼어들면 당신 아들이 다친다. 당신 아들이 타깃이다. 경찰에 알릴 생각은 아예 마라."였다.

은희 남편의 손이 떨리고 있었다. 얼굴은 핏기가 없이 창백해졌다.

'아, 얼굴이 저렇게까지 하얘질 수 있구나.'

남편이 은희의 하얀 살에 비해 검은 편이라고 항상 생각해 왔기에 너무나 갑자기 변한 남편의 하얀 얼굴이 은희 눈에 충격적으로 들어왔다.

"은희. 얼마 전에 당신 약국에 오는 환자 중에 이름이 무어라고 했더라. 맞아 알렌 스미스라고 했지. 당신이 윌리암스 의사에 대해 물어보고 나서 얼마 후 파킹장 차안에서 죽어있었다고 했지. 경찰에서는 홈리스가 집이 없어 차안에서 자다가 죽었고, 약 중독자니까 별로 대수롭지 않게 생각하는 것 같다고 했는데 당신은 좀 이상하다 했잖아."

"예, 당신에게 이야기 했어요. 죽기 며칠 전에 약 받으러 왔었어요. 저보고 왜 아버지 의사를 찾느냐 해서 피터 아빠 총격사건 이야기를 하니까 주위를 두리번두리번 하면서 저에게 무슨 말을 해 줄듯 하더니 저보고 그 일에 상관치 않는 게 좋아 보인다고 했어요. 그러더니 얼마 후 차안에서 자다가 죽은 채 발견되었다고 약국 손님한테 들었어요."

은희 남편은 물을 주전자에 넣어 끓이고 있었다.

"차를 한잔 마시면서 이야기하자고."

은희 남편은 한동안 말을 하지 않았다. 주전자 속의 물이 끓고 있는지 삐이삑 소리를 내었다. 녹차와 현미를 섞어 만든 가루를 넣어 뜨거운 물을 부으니 현미의 구수한 냄새가 풍겨 나왔다.

"은희, 이제부터는 윌리암스 의사를 찾지 않겠다고 나한테 약속해."

"왜요?"

"나도 모르겠어 그 이유는. 아무튼 당신이 윌리암스 의사를 찾으러 다니거나 만나거나 하면 나쁜 일이 생길 것만 같은 두려운 생각이 들고 있어. 민우 아빠 사건에 더 이상 끼어들지 말자. 우리가 상관 안 하는 게 좋겠어."

"어떻게 당신은 스미스하고 똑같은 말을 하세요. 그 사람이야 교육도 제대로 못 받은 사람이고 집도 없는 거지이고 마약 중독자지만 당신은 이지적이고 최고 교육을 받은 사람인데도 다를 게 없어요."

"은희, 지금 교육받고 안 받고 그걸 논하는 게 아니야. 우리 가정을 지키느냐 못 지키느냐 하는 위험을 말하고 있는 거야."

"제가 그때 본 사람이 윌리암스 의사가 아닐 수도 있어요. 그리고 만약에 제가 본 사람이 윌리암스 의사라고 해도 그가 전혀 목격자가 아니고 그냥 차 안에 앉아 있을 수도 있었던 거예요. 그런데 누군가 제가 윌리암스 의사를 만나지 못하게 하고 있다면 그야말로 민우 엄마 무죄를 증명하기 위해서 윌리암스를 만나야만 할 것 같아요. 제가 그때 그 장소에서 윌리암스 의사를 보지 못했다면 몰라도 그 사람도 입 다물고 저도 입 다물고 있으면 민우 엄마가 죄가 없는데도 무기 징역이나 사형까지도 갈 수 있어요. 어떻게 모른 척 해요."

"당신이 그 시각 그 장소에 없었다고 생각해. 남의 일에 참견하지 마. 그렇게 할 일이 없어? 시간 있으면 남의 일에 상관하지 말고 아들 위해 반찬하나 더 만들고 집안 청소하라고. 그렇게 할 일이 없어?"

"만약에 당신이 죄가 없는데 죄가 없다고 말할 목격자들이 도와주지 않으면 어떻겠어요."

"민우 엄마는 벌을 받는 것에 불과해. 남편이 있는데도 다른 유부남하고 간통죄를 지었잖아. 무기 징역이든 사형이든 그 죄에 대한 대가야. 그러니까 당신은 그 갈보 년을 도울 생각 말라고."

은희 남편 입에서 심한 단어가 나오고 있었다. 그리고 목소리도 올라가고 있었다.

"다시 한 번 말하겠는데 윌리암스 의사를 만날 생각은 아예 하지 마. 당신이 고집을 피우고 만나면 헤어질 생각하고 있어."

은희는 남편이 흥분해서 혀에서 잘못된 단어가 튀어 나온 것인 줄 알았다.

"금방 헤어진다고 그랬어요?"

"맞아. 이혼이야. 난 위험을 이야기하고 있는 거야. 우리 가정을 지키고 싶어. 그러려면 당신이 민우 엄마 일에 참견 말고 윌리암스 의사를 만나지 말아야해. 당신 고집대로 나가면 우리 가정에 위험이 올 거야. 아들을 다치게 하고 싶지 않아서 그래. 이번엔 절대로 안 돼. 아들이 다쳐서는 절대로 안 돼."

남편은 주먹으로 테이블을 소리 나게 쾅하고 부서져라 두드렸다. 은희는 어이가 없었다. 어떻게 이혼이라는 단어를 그렇게 쉽게 내뱉을 수 있을까.

그때부터 서로에겐 대화 대신 침묵이, 미소대신 냉담한 표정이 오가고 있었다. 은희에게는 남편이 고집부리는 것으로 보였고 남편에게는 은희가 고집 부리는 것으로 보였기 때문이었다.

윌리암스 의사 집은 리버모어에 있었다. 후리몬트에 있는 은희의 집에서 윌리암스 의사 집까지는 차가 막히지 않는다 해도 40분이 넘게 걸렸다. 금요일 퇴근시간이라 시간이 더 걸릴 것이 분명했다. 마침 오늘은 은희의 아들 영철이가 나가는 오케스트라에서 크리스마스 리사이틀을 하는 날이었다. 일 년에 봄철, 겨울철 2번 하는 리사이틀이었지만 크리스마스 전에 하는 리사이틀은 더 의미가 있었다. 귀에 익은 성탄 캐럴이 연주되어서기도 하였지만 성탄 축제 준비를 하는 모든 사람들의 마음이 들떠 있었다. 더더구나 올해의 크리스마스 리사이틀은 은희 가족에게는 의미가 깊은 리사이틀이었다. 올해 오디션에서 여러 명의 경쟁자를 물리치고 영철이가 콘체르토 마스터로 뽑혀 바이올린 제일 앞자리에 앉아 연주가 시작하기 전 악기의 조율도 맞추며 일어나서 대표로 인사를 하기 때문이었다. 은희는 아직도 아기로 보이는 어린 아들이 훌쩍 커가며, 바이올린을 하는 사람이면 누구나 하고 싶어 하는 콘체르토 마스터에 뽑힌 것이 대견하기만 하였다. 어느 때는 아들이 바이올린 연습을 하다 음정이 틀려 귀에 거슬리는 소리를 내도 싫지가 않았다. 아들을 조용히 옆에서 보고 있다 보면 가슴이 뿌듯해 오고 있었다. 자랑스러운 아들이었다.

오케스트라는 후리몬트 미숀 산호제 지역에 있는 올로니 대학 음악 강당에서 열리기로 되어있었다. 올로니 대학은 크지는 않았지만 음악 강당은 무대를 비롯하여 음향시설 등이 보통 극장 이상 버금가는 시설을 갖추고 있었다. 들어가는 입구에 매표소가 있어 표를 사야했고 먼저 예약표를 산 사람도 늦게 오면 들어가지 못하고 중간 휴식시간이 될 때까지 밖에서 기다렸다가 들어가야만 했다.

　학교 수업이 끝나면 집에 와서 한 시간씩 바이올린 연습을 하는 아들이 대학 음악 대강당에서 남들과 같이 연주하는 것을 관중석에서 지켜보며 박수를 치며 잘 했다고 격려하고 싶은 부모의 마음이었다. 그래서 은희는 빠지고 싶지도 않았고 늦고 싶지도 않았다. 오케스트라는 7시 반에 시작이었다. 7시 반에 시작이었지만 7시 까지 가고 싶었다. 윌리암스 의사를 6시에 만나서 15분까지만 이야기를 하고 교통체증 트래픽에만 걸리지 않으면 가능하기는 했다.

　그러나 오늘따라 비가 내리고 있었다. 그래서인지 고장 난 차들이 서 있는 것이 더 많이 보였다. 고속도로가 아닌 일반 찻길에도 사거리 신호등에 전기가 나가 빨간불만 깜박거리며 차들이 천천히 움직이고 있었다. 은희는 마음 같아서는 당장 윌리암스 의사에게 전화를 걸어 오늘 말고 다른 날 만나자고 약속을 미루고 싶었다. 그러나 오늘 6시 약속도 간신히 만든 약속이었다. 그리고 미나 변호사 마이크도, 또 재판관도 결과를 기다리고 있는 약속이었다.

　은희는 여러 번 윌리암스의 사무실에서 만나려고 했었다. 처음에는 휴가 중이었고 다음번에 갔을 때는 대학에서 강의 중이라고 하였다. 또 다음번에 찾아갔을 때는 응급환자 때문에 병원에 가 있었다. 그렇게 여러 번 찾아가 번번이 못보고 온 것을 윌리암스 의사는 모르고 있었다. 그러다 마침내 어제 전화로 연결이 되었다.

　"무슨 일로 저를 찾고 있는지요. 사무실에 있는 비서가 여러 번 저를 찾아왔었다고 하는데 저는 지금 처음 들었습니다."

　"예. 직접 찾아봬서 여쭈어 볼 말씀이 있어서요."

　"전화로 여쭈어보면 질문에 대답해 드리겠어요."

　"전화로 여쭈어 볼 수가 없어요. 직접 찾아가 뵈어야만……."

　"약사 은희 씨라고 하였죠. 전화로 말할 수 없다면 간단히 주제만이라도 알려주시겠어요."

"예. 몇 달 전 제가 일하던 약국 근처에서 일어난 총격 사건 때문에요."

"……."

한동안 전화에서 아무런 소리가 들리지 않았다. 은희는 전화가 끊어진 줄 알았다. 그때 의사의 목소리가 다시 들렸다.

"서로 아는 사이입니까?"

"예, 아들들끼리 친구이고요, 엄마끼리도 친구라고 할 수 있어요. 제가 나이는 열 살 정도 한참 위이지만요."

"어떻게 진행되는지 법정에 가본 적이 있어요?"

"예, 여러 번 갔었어요. 그런데 제 친구한테 좋지 않은 방향으로 진행되고 있어요."

"저한테 할 질문은?"

"꼭 찾아뵙고 여쭈어 봐야 해요. 법정 판결이 거의 끝나가고 있어요. 그래서 시간이 없어요. 절대로 귀찮게 하지 않겠어요. 5분내지 10분만 여쭈어 볼게요. 오늘 찾아가겠습니다."

"오늘은 아내와 이미 선약이 되어 있습니다. 병원 사무실 밖에서 아내가 기다리고 있어요. 아내의 친척집에 초대 받았거든요."

"그러면 내일은 어떠한가요. 내일 제가 병원 사무실로 찾아 가겠어요."

"금요일은 사무실에 나가지 않는 날이에요. 대학 강의를 나가는 날이죠."

"5분 내지 10분만 여쭈어 보면 되는데요."

"……."

다시 침묵이 흘렀다.

"실례가 되지 않는다면 내일 6시까지 저희 집으로 오시겠습니까? 제가 지금 제 스케줄을 확인하고 있는데 내일 아침부터 저녁까지 일정이 벌써 꽉 차 있어요. 지금까지 모르는 사람한테 저희 집에 오라고 해본 적이 한 번도 없었는데 저를 꼭 그렇게 5분내지 10분 보고 싶어 하시니까, 전화로는 할 수 없다고 하시니까."

"고마워요. 그러면 내일 6시까지 댁으로 찾아가겠어요."

"성함이 은희 씨라고 하였죠. 은희 씨, 그런데 한 가지 명심하세요. 6시부터 6시 15분까지만 가능하고 그 이후에 저는 저의 아내와 손녀딸 음악 발표회에 가기로 되어 있어요. 그러니 더 많은 질문이 있어도 6시 15분 이후에는 대답을 할 수가 없어요."

"10분이면 충분해요. 감사합니다. 내일 뵙겠습니다."

후리몬트에서 리버모어로 가는 길은 680을 타고 북쪽으로 올라가다 580이 나온 후 다시 동쪽으로 가면 나왔다. 퇴근 시간에는 680이나 580 모두 차가 많았다. 그 중에서도 680에서 580으로 연결하는 후리웨이는 차가 거의 멈춘 것처럼 천천히 움직여 시간이 배나 걸리고 있다고 라디오 뉴스에서 전하고 있었다. 은희는 샛길로 빠져나가 리버모어로 가로 질러가는 고속도로를 이용해야겠다는 생각에 그쪽으로 방향을 돌려 가고 있었다. 산 언덕사이와 계곡 사이로 만든 샛길 고속도로라 길은 구불구불 하였지만 시간은 많이 절약될 것 같았다. 달리고 있는 2차선 고속도로 밑 계곡사이로 시냇물이 흐르고 있었고 좌우로 나무가 빽빽이 보였다. 한참을 달리다 보니 다시 누런 건초의 산 둥우리가 보이고 있었다. 차는 언덕 사이로 누런색 산둥우리를 구불구불 돌며 리버모어시를 향해 달리고 있었다.

오늘 아침 남편이 회사에 출근하기 전이었다. 은희는 오케스트라 리사이틀에 입을 아들의 검은 양복과 하얀 와이셔츠를 준비하고 있었다. 작년 이맘때쯤에 신었던 검정색 구두는 너무 작아서 어제 새 구두를 사왔었다. 평소 학교에는 운동화를 신고 다녔기에 일 년에 두 번하는 리사이틀에서만 신는 검정색 구두가 발이 너무 빨리 자라 해마다 사야했다. 딱 두 번 신은 새 구두를 버리려 하니 아까웠지만 아들이 무럭무럭 자라 발 크기도 커지는 거라 생각하니 아들이 대견스러우면서 흐뭇해졌다.

"주말에 일하니까 오늘이 쉬는 날이라고 했지?"

"예, 맞아요. 오늘은 약국에 가지 않아요."

"5시에 회사에서 일 끝내자마자 빨리 오도록 할 테니 준비하고 있어. 금요일 퇴근시간이라 길이 막히면 통근길이 2시간 넘을 수도 있으니까 나 기다리지 말고 먼저 영철이 데리고 가. 영철이 리사이틀에 늦지 않게 해."

바로 은희가 남편에게 부탁하고 싶었던 말을 남편이 먼저 은희에게 부탁하고 있었다. 윌리암스 의사를 오늘 6시에 만나기로 했다는 말을 하고 싶었다. 그러니 먼저 영철이를 데리고 음악 강당으로 가라고 말을 꺼내고 싶었으나 남편의 기분을 살피며 눈치만 보고 있던 차였다.

"어제 꿈이 좋지 않으니까 오늘은 아무데도 나가지 말고 집에만 있어. 저녁에 영철이 오케스트라만 같이 가자고. 회사에서 일 끝내자마자 집에 올 테니 준비하고 있어."

"어제 무슨 꿈을 꾸었어요?"

은희는 궁금해졌다. 무슨 꿈을 꾸었기에 좋지 않았다는 것일까?

"돌아가신 할아버지를 꿈에 뵈었어. 할아버지가 돌아가신 후 보고 싶어 꿈에라도 보게 해 달라고 소원한 적이 있었어. 하지만 한 번도 꿈에 나타나지 않더라고. 그런데 한 10년 전인가 한 번 좋지 않은 큰 일이 생기기 전날 꿈속에서 할아버지의 얼굴 본 것이 생생하게 기억나. 무척 근심스러운 얼굴이었거든. 어제 또 같은 모습으로 나타 나셨어."

"무슨 말씀을 하시던가요?"

"말씀을 하시는데 들리지가 않았어. 입술이 움직이고 있었는데도 들리지가 않았어. 그런데 근심스러운 표정이었어. 그래서 할아버지가 말씀하시는 내용은 몰라도 무언가 조심하라는 것을 근심스러운 표정으로 읽을 수 있었어."

유리창이 깨지며 종이에 싼 돌멩이가 날아온 날부터 남편은 노이로제에 걸린 것이 틀림없어 보였다. 신경과민증이 지나쳐 꿈까지 꾸며 잠을 설치고 있는 것이 분명했다. 이제 곧 미나의 재판 날이 마지막이 되어 가는 것을 남편은 알고 있을까. 아니면 알면서 모른 척하는 것일까.

은희가 주말에 일하기로 하고 오늘 쉬는 이유는 아들의 오케스트라 일정 때문이기도 했지만 미나의 재판에 참석하기 위해서이기도 했다. 그래서 하루 쉬는 날로 신청을 하였던 것이었다. 그런데 은희 남편은 꿈 이야기를 하면서 아무데도 나가지 말고 집에 있으라고 말하고 있는 것이다.

"회사에서 조금 더 일찍 나올 수 없나요? 아들 오케스트라가 있다고 하고 4시 반 정도에 나오세요. 실은 오늘 어제 한 약속을 지켜야할 일이 있거든요. 6시에 했기에 집에 오면 7시가 넘을 것 같아서요."

"무슨 약속을 오늘 같은 날 하고 있어. 오늘 약속이 있더라도 취소하고 다른 날로 약속해야 할 텐데. 무슨 약속이야? 누구하고 만나기로 되어 있어?"

은희는 대답을 못했다. 결혼 초기엔 남편의 성격을 잘 모르니까 아는 대로 말을 했다가 사소한 일로 말다툼이 생기기도 했지만 이제는 결혼생활 십여 년이 지나 남편의 눈치도 볼 줄 아는 터였다. 지금 신경과민이 되어있는 남편에게 솔직한 대답을 하면 아마도 화가 머리끝까지 치밀 것 같았다. 은희는 남편을 화나게 만들고 싶지가 않았다. 그래서 화제를 돌려보려 하였다.

"늦지 않도록 노력할게요. 7시까지 오도록 하겠어요. 7시 반에 시작이니까 7시면 충분하잖아요. 그런데 오늘 영철이 잘 하겠죠? 떨지 말아야 할 텐데요. 떨지만 않으면 실수가 없을 거예요. 우리 아들이 콘체르토 마스터라니 자랑스러워요."

"6시에 누구 만나기로 했어?"

하지만 남편에겐 통하지 않았다. 남편은 계속 같은 질문을 하고 있었다.

"당신이 알 필요 없어요."

"아니, 아내가 어디 가는지 남편이 알 필요가 없다고. 그게 부부 사이에 할 말이야?"

남편의 목소리가 화가 나서 올라가고 있었다.

"제 뜻은 당신이 몰랐으면 하는 거예요. 당신에게 도움이 되는 게 아니라면 꼬치꼬치 누구 만난다고 이야기하고 싶지 않다는 거예요."

"내가 조금 전에 이야기했잖아. 어젯밤 꿈이 좋지 않았다고. 내게 도움이 되든 안 되든 나는 당신이 무슨 약속이 있는지 알고 있어야겠어. 더더구나 영철이 바이올린 리사이틀이 있어 연주하는 날인데."

오늘은 영철이가 처음으로 콘체르토 마스터로 뽑혀 일년 동안 연습해왔던 곡들을 발표하는 날이니 중요한 날이기도 했다.

"윌리암스 의사를 6시에 만나기로 했어요. 약속을 다른 날로 바꿀 수가 없었어요."

아니나 다를까 남편의 얼굴빛이 변하고 있었다.

"당신 지금 정신이 있어, 없어? 내가 몇 번 이야기해야 알아듣겠어?"

남편의 목소리가 빨라지다가 한숨을 쉬며 느려졌다.

"내가 지난번에 말했던 것 기억나지? 당신이 윌리암스 의사를 다시 만나겠다고 말하면 이혼하겠다고."

조금 전까지는 남편의 눈치를 보던 은희였지만 이제는 함부로 말하는 남편으로 인해 은희도 흥분하기 시작했다.

"이혼하겠다고요. 아무 말이나 쉽게 뱉으면 다 들을 줄 아세요? 마음에 드는 여자가 생겼나 보죠. 마음대로 하세요. 당신의 눈을 멀게 한 여자가 당신 앞에 나타나서 이제는 제가 마음에 들지 않으니까 헤어질 생각만 하는 거예요."

"그런 여자 없어. 내 눈을 멀게 한 마음에 드는 여자는 은희 당신 밖에 없어."

"그럼 뭐예요. 왜 이혼이라는 단어를 쓰고 있어요? 제가 싫으면 싫다고 솔직하게 말해요. 다른 여자도 마음에 있으면서 저도 좋다 그 여자도 좋다 양다리 걸치는 남자 제일 싫다고요. 그리고 당신한테 제가 마음에 안 드는 점이 있듯이 저한테도 당신이 마음에 안 드는 점이 있다고요."

은희의 목소리도 흥분해서 커지고 있었다.

"당신이 이혼이라는 말을 쓰면서 저를 위협하고 있는 것 아세요? 마음에 드는 여자는 은희 당신밖에 없다 하면서, 이혼할 마음도 없으면서 제가 다른 사람과 약속하는 것이 싫어 만나지 못하게 하느라고 그런 말을 하고 있다면 당신은 저를 위협하는 거예요. 당신 정말 비겁한 사람으로 보여요."

"윌리암스 의사 만나지 말라고 했잖아. 남의 일에 참견 말라고 했잖아."

남편의 목소리도 흥분해서 올라갔다.

"당신이 뭐기에 저보고 만나지 말라 하며 저를 구속하는 거예요. 저에게는 제 의지대로 살 자유도 없나요. 제가 지금 나쁜 짓을 하고 있나요? 저를 구속하는 사람 저도 싫어요."

"당신이 나를 싫어해도 할 수 없어. 당신이 끝까지 남의 일에 끼어들면 당신하고 헤어져서 살 거야. 영철이를 위해서."

남편도 은희를 향해 큰 소리를 지르고 있었다.

학교에 가기 전 영철은 엄마와 아빠의 목소리가 올라가는 것을 듣고 있었다. 그러지 않아도 요새 엄마 아빠 사이가 전과 같이 다정하지 않고 냉담한 상태인 것을 눈치 채고 있었다. 항상 침착하고 조그마한 것이라도 영철이가 잘할 때마다 칭찬해주던 아빠였다. 뭔가 잘못하고 실수할 때에도 등을 다독거리며 격려해주고 힘을 내게 하는 아빠였다. 아빠는 영철이에게 큰 바윗덩어리처럼 안전하게 기댈 수 있는 단 한 사람이었다. 섬세하게 이것저것 챙겨주는 엄마의 보살핌이 진한 사랑으로 가슴에 닿아오기는 했다. 그래도 우선 엄마의 몸매는 아빠보다 약해보였고 굵직한 아빠의 남성 특유의 낮은 목소리가 더 듬직하여 아빠가 더 안전하게 보호해주고 의지할 수 있는 피난처였다.

그러한 아빠가 요사이 무언가 불안해하고 있었다. 아빠는 영철이에게 불안하다는 말을 전혀 하지 않았는데도 영철은 느끼고 있었다. 영철 자신도 불안해지고 있었기 때문이다. 감기 걸린 사람이 재채기를 하면 옆에 있던 사람이 전염되기는 하지만 아빠의 불안이 왜 영철에게 전염되었는지는 모를 일이었다.

엄마와 아빠의 큰 목소리가 섞여 나오는 것을 들을 뿐, 두 사람의 대화 내용의 정확한 뜻은 알 수 없었으나 좋은 일이 아닌 것만은 틀림없었다. 궁금해진 영철은 화장실을 가는 척하며 아빠 엄마가 있는 방으로 가까이 가 대화를 엿들었다. 엄마는 이혼이라는 단어에 흥분하고 있었다. 이혼이라는 게 무슨 뜻일까? 영어로 무어라고 하나? 엄마는 왜 그 단어에 화가 나고 있을까? 이혼이라는 뜻을 모르는 영철은 엄마가 소리 높이며 화를 내는 게 이해가 되지 않았고 엄마가 밉기까지 하였다. 영철은 아빠편이 되어 있었다.

'왜 엄마는 아빠 말을 고분고분 듣지 않나. 아빠가 이혼이라는 말을 했기로서니 왜 저렇게 화를 내고 있는가. 엄마 미워.'

그렇게 말하고 싶었다. 그런데 조금 더 듣다 보니 이혼이라는 단어가 헤어진다는 뜻이라는 것을 알게 되었다.

'엄마 아빠가 지금 헤어지는 것을 말하고 있는 건가. 왜? 무엇 때문에. 나 때문에?'

갑자기 영철의 눈에 눈물이 핑 돌았다. 이혼이라는 뜻을 알아낸 영철은 순간 충격으로 숨이 멎는 것 같았다.

'아니다. 내가 아빠와 엄마 말을 잘못 해석하고 있는 것이 틀림없다. 나를 위한다면, 나를 사랑한다면 아빠와 엄마가 같이 살아야 하는 건데. 아빠 엄마가 같이 사는 것이 내가 원하는 건데, 아빠를 이해할 수 없다.'

영철은 더 이상 아빠 엄마 말을 듣는 것을 멈추고 밖으로 나왔다. 서로가 흥분해서 소리를 높이던 은희와 남편은 영철을 보자 잠시 입을 다물고 있었다.

"영철아, 학교 버스 늦지 않게 어서 서둘러라."

"아빠, 엄마한테 여쭈어 볼게 있어요."

"영철아 아주 급한 질문 아니면 학교 다녀와서 물어보렴. 엄마 아빠가 지금 대화중인데 아직 끝나지 않았거든. 그리고 너도 학교 버스 놓칠 것 같으니까."

"예, 알겠어요."

영철을 학교로 보낸 후 은희와 현수는 다시 같은 화제로 돌아갔다. 아까

보다는 목소리도 낮추고 흥분의 감정도 가라앉힌 상태였지만 여전히 은희도, 남편도 서로의 주장을 고집하고 있었다.

"그러니 당신이 저와 헤어지고 싶으면 오늘이라도 종이 갖고 오세요. 당신이 도장 찍기 전에 먼저 찍어드릴게요. 오해는 마세요. 제가 먼저 헤어지자는 말 하지 않았어요. 당신이 먼저 시작했어요."

"은희. 나는 당신을 사랑하지만 영철이를 다치게 하고 싶지 않아 그랬던 거야."

"집 뒷마당에 날아온 죽은 새 때문에 그러는 거예요? 조무래기 동네 아이들 장난 때문에 그러는 거예요? 당신 정말 겁쟁이에요."

"당신 말이 맞아. 나는 지금 겁을 내고 있어. 그것도 굉장히 겁을 내고 있어. 한 번이면 충분해. 더 이상 영철이까지 다치게 하고 싶지 않아."

"한 번이면 충분하다니요? 무슨 뜻이에요?"

남편은 한동안 말을 하지 않고 은희 눈을 쳐다보기만 했다.

"무슨 뜻인지 모르겠어? 정말로 모르는 거야. 모른 척 하는 거야."

은희도 남편 눈을 한동안 쳐다보고 있었다. 정말로 무슨 뜻인지 몰라 쳐다보는 눈이었다.

"은희, 이런 말 들어본 적 있어? 한 뱃사공이 바다에서 풍랑을 만났다. 배에는 뱃사공의 늙은 어머니와 사랑하는 아내와 사랑하는 어린 아들이 있었다. 수수께끼는 뱃사공이 풍랑을 만나 배에 물이 차 다 죽게 되어있는데 뱃사공 외에 한 사람만을 살릴 수 있다면 누구일까 하는 거야. 은희가 뱃사공이라면 누구를 구하겠어?"

"글쎄요. 제가 뱃사공이라면 제가 죽고 두 명을 구하면 되겠어요. 저하고 남편이 죽고 어머님과 아이를 구해야죠."

"문제에 뱃사공은 꼭 살아있어야 했어. 배 저을 줄 아는 사람은 뱃사공 밖에 없었나봐. 뱃사공이 죽으면 다 죽으니까 뱃사공은 넣지 말고 셋 중에서 골라보라고."

"어머님이야 오래 사셨으니까 가시고 부인도 새로 구하면 되고 제일 어린 아이를 살려야겠어요."

"나도 그렇게 생각했는데 수수께끼의 정답은 늙은 어머니야. 왜냐하면 당신 말대로 아내도 새로 구할 수 있고 아기도 새 아내와 같이 새로 만들 수 있지만 나를 태어나게 한 어머니는 다시 못 만든다나."

"한국 효도성으로 보면 좋은 수수께끼 같지만 씁쓸하네요. 저라면 아이를 구할 것 같아요. 이것저것 이유, 논리를 떠나서 아이한테 마음이 가잖아요."

"바로 그거야. 은희. 내가 하는 말 잘 들어. 영철이가 벌써 10살이 되었어. 부인은 새로 만들 수도 있어. 남편도 새로 만날 수 있어. 그렇지만 10살 된 아이를 만들 수는 없어. 다시 영 살부터 시작하고 싶지 않아. 10년 동안 우리의 정성과 인생을 투자한, 우리 마음에 드는 흡족한 아들이잖아. 아들을 지켜야만 한다면 사랑하는 아내와라도 헤어지겠다고 하는 내말 이해하겠어?"

누런 건초의 언덕 둥우리 사이로 길이 구불구불거리며 올라가고 내려가는 길이 보이자 은희는 약간 겁이 나기 시작했다. 원래 구불구불 거리는 고속도로를 달리는 것은 질색인 데다 또 전혀 가보지 않았던 길이라 다리까지 떨리고 있었다. 샛길 고속도로는 오는 길 가는 길 선이 하나 밖에 없어 길이 구불거릴 때 발란스를 맞추기 위해 브레이크를 밟으며 속도를 줄일 때마다 뒤차들이 행렬을 이루며 따라 붙고 있으니 진땀이 나고 있었다. 열대 이상 뒤꽁무니를 붙어 따라오는 뒤차들을 먼저 보내려고 차를 멈춰보려 하였으나 잠깐 주차할 수 있는 마땅한 자리도 보이지 않아 계속 달리고 있었다. 빨리 가야 하는 뒤차들에게 미안도 하였고 아침에 남편 말이 생각이 나며 후회도 되고 있었다.

'구불거리는 언덕길 고속도로에서 제대로 빨리 운전도 못하면서 내가 누구를 도와준다는 것일까'

뚜렷한 목표가 보이는 것도 아니었다. 학교를 다닐 때는 공부를 열심히 하여 좋은 성적을 받으면 이름 있는 대학에 들어가고, 또 열심히 하여 졸업하면 좋은 직장을 가질 찬스가 더 많다는 목표가 확실히 눈에 들어 왔었다. 그래서 하기 싫을 때가 있어도 열심히 참아서 하지 않았던가. 지금은 무엇 때문에, 무슨 목표가 내 앞에 보이고 있는가. 사건은 오리무중에 있었고 은희가 이리 뛰고 저리 뛰며 열심히 해도 도와줄 수 있는 찬스가 나타나지도 않을 것 같았다. 그때 갑자기 아침에 남편이 한 말이 떠올랐다.

"한 번이면 충분해. 무슨 뜻인지 모르겠어? 정말로 모르겠어? 모른척하는 거야."

남편은 이미 은희가 아무 도움도 되지 않으면서 시간만 낭비하고 있을 것을 지적했던 것 같다. 당신은 이렇게 실수투성이다, 잘 못하고 있다 라고 지적을 받으면 그 사실을 인정하기 전에 도리어 상대방을 공격하면서 나를 정당화시키느라고 언쟁을 하는 수가 있었다. 은희도 남편 앞에서는 그 시간에 남편이 한 말에 동의는 하지 않았지만 시간이 지나자 지금 은희가 얼마나 어리석은가 스스로 느끼고 있었다. 구불구불한 언덕길을 내려가 평지의 고속도로로 다시 내려 올 때까지 맞는 길로 가고 있는지도 의심이 되고 있었다.

은희는 스스로 어리석다고 자각하면서도 그만두지 못하는 자신이 경이롭기도 했다. 아무도 은희에게 그렇게 하라고 말하지 않았는데도 무언가가 그렇게 하라고 하는 그 힘에 끌려가고 있는 것 같았다. 그 알 수 없는 힘은 은희 가슴 속에서 나오는 것 같기도 했고 먼 곳에서 부르는 것 같기도 했다. 몇 번이나 포기하려고 마음 먹었던가. 어쩌면 남편 이상으로 하루에도 몇 번씩 미나 사건을 외면하려고, 아니 미나 자체를 무시하려고 했었는지 모른다. 그러나 오뚝이를 넘어뜨리면 몸통 바닥에 붙은 자석 무게 때문에 다시 일어서는 오뚝이 머리처럼 제자리에 돌아와 미나를 생각하는 은희가 되어있었다.

   그것은 그리움이었는지도 모른다. 은희가 국민학교 3학년 때였다. 한국동란 6.25는 은희가 태어나기 몇 해 전에 일어났었지만 10여년이 지나 국민학교 3학년이 되어도 언제 또 쳐들어올지 모른다는 가정 하에 수업시간 도중에도 갑자기 사이렌 소리가 울리면 수업하다 말고 학생 모두 책상 밑으로 숨어들어가는 연습을 종종 하고 지내던 시절이었다. 수업이 끝나 집으로 돌아가는 길에는 가끔 미국 군인 트럭으로 보이는 군용차가 와 있고 사람들이 줄을 서서 우유가루와 옥수수 알들을 배급받기도 했었다. 돈이 있는 사람이나 없는 사람 구별하지 않고 줄만 서면 한 봉지씩 받아올 수 있었다. 공짜 우유가루를 받아 오는 날이면 오븐과 빵 만드는 기계가 없는 그때의 한국에서는 그 나름대로 한국식으로 이스트를 넣어 찜통에 넣어 둥그런 찐빵을 만들기도 했고 기름에 넣어 빈대떡처럼 지지기도 했었다. 은희에게는 그 구호물자가 그냥 과외일 뿐이었다. 꼭 필요해서가 아니라 다들 주니까 가서 거저 하나 받아오는.

   은희는 같은 반 친구들도 다들 자신과 같은 처지로 알고 있었다. 은희는 말이 적고 조용한 편이었다. 다른 친구들이 먼저 와서 말을 걸어야지, 은희가 먼저 가 친구 만드는 성격이 아니었다. 거기에다 은희 아버지는 직장 관계로 해외 출장을 자주 나가고 있었다. 그럴 때마다 아빠는 아직 한국에서는 볼 수 없었던 펴지지 않는 주름치마에 레이스가 달린 하얀 블라우스 등을 사가지고 왔다. 그것을 학교에 입고 가면 누가 보아도 은희는 인형보다 더 예쁘고 깜찍하였다. 은희는 아빠가 사온 옷이라 학교에 입고 가기는 했지만 친구들의 시샘어린 눈동자를 느낄 수가 있었다. 친구들은 헝겊에다 곡식을 넣어 공처럼 만든 오재미 놀이를 하는데 옷이 더러워진다면서 은희는 끼워 주지를 않았다. 은희는 반 친구들 사이에서 왕따 당하고 있었다.

아빠가 딸을 사랑해 사다준 예쁜 옷이 외면적으로는 은희를 돋보이고 예쁘게 하고 있었지만 친구들과 비교하여 너무 좋은 옷이 놀림감이 되어 은희를 곤혹스럽게 만들고 있었다. 반 친구들이 오재미를 던지며 뛰고 부딪히고 뒹굴며 낄낄거리고 즐겁게 시간을 보내고 있을 때 은희 혼자 외톨이가 되어 얘기하고 얘기 들어주는 상대도 없이 외롭게 서 있어야 했다. 그렇다고 은희가 먼저 가서 이야기하는 성격도 아니었다. 은희는 다음날 평범한 옷을 입고 가려고 시도 하였다. 그러자 은희의 마음을 모르는 엄마가 은희를 나무라기 시작했다.

"아빠가 이번에 일본 출장 가서 사온 이 옷이 정말 예쁘다. 엄마가 딸한테 거짓말 하겠니? 어느 누구한테라도 물어 보아라. 다들 예쁘다고 하지. 이 옷 입고 가거라."

엄마 말이 틀린 것은 아니었다. 단지 엄마는 은희 마음속을 헤아리지 못하고 있었다. 엄마 말을 거역하지 못하는 은희는 다시 그 옷을 입고 학교에 나가며 친구들한테 놀림을 받을까봐 학교에 가서 공부하는 게 싫어지고 있었다.

은희 아빠는 옷 외에도 예쁜 연필통, 꽃무늬가 들어가 있는 연필, 그리고 연분홍 예쁜 찰고무 지우개도 사가지고 왔었다. 처음 초등 학교에 입학했을 때 학교에서는 입학한 학생 모두에게 단단하게 쇠로 만든 진초록 색 필통을 하나씩 주었었다. 때문에 다들 그 필통을 쓰고 있었다. 그래서 은희는 엄마가 아침에 가방에 넣어준 분홍색 연필통을 꺼내지 못하고 있었다. 필통이 예뻐서 친구들한테 자랑하고 싶은 마음도 있었지만 또 놀림감이 될 것 같았다. 그래서 교과서 책과 공책, 책받침만 꺼내놓고 쭈뼛거리고 있는데 옆에 앉은 친구 양이가 말을 걸었다.

"너 필통 갖고 오는 것 잊어 버렸구나. 나도 그런 적 있어. 걱정하지 마. 내 연필 써."

"고마워."

엉겁결에 은희는 양이가 준 연필을 받았다. 연필은 아주 작았다. 그런데도 연필깍지를 끼우니 쓰는 데는 전혀 지장이 없었다. 몽당연필이었다. 길이는 3cm도 되지 않아 보였다.

"너 집에서 공부 많이 하는구나. 새 연필이 이렇게 작아지도록 글을 쓰다니."

"새 연필이 아니야. 처음부터 그 크기였어. 연필 사는 돈을 아끼느라고 아빠가 남들이 쓰다가 작아서 더 이상 못 쓰니까 버린 것을 갖고 온 거야. 연필깍지 끼니까 아직도 쓸 수 있잖아. 작아서 싫으니? 은희야."

"싫지 않아. 작으니까 귀엽고 연필깍지 끼고 쓰니까 쓰기도 더 편안해. 아주 좋은데. 고마워."

"네가 그렇게 몽당연필을 좋아하면 내일 많이 갖다 줄게. 우리 아빠가 훌륭한 사람이 되려면 공부 열심히 해야 한다며 이런 몽당연필 많이 갖다 주었어."

양이는 자신의 아빠를 매우 자랑스럽게 이야기하고 있었다. 아빠를 위하여 아빠 말씀대로 공부도 열심히 해 보겠다는 마음가짐도 표정에 역력히 나타나고 있었다. 양이는 다음날도 몽당연필을 갖다 주었다. 손가락에 잡기에도 어려울 정도로 작아버린 연필이었지만 연필깍지를 끼우면 글쓰기에 어려움이 전혀 없었다. 그리고 보기에도 앙증스럽고 귀여웠다. 은희와 양이의 친구사이가 다정해져 가며 몽당연필 숫자도 늘어나고 있었다.

어쩌면 어린 은희였지만 계급사회에서 느끼는 귀족의 우월함보다 서민 사이에서 느끼는 대중의 편안함을 몽당연필 속에서 자연스럽게 받아들이고 있었는지 모른다. 은희는 친구가 준 몽당연필을 좋아하고 있기에 그 연필로 숙제도 하고 싶었지만 어쩐지 그 연필을 집에 갖고 가 엄마가 보면 한소리 들을 것 같았다. 그래서 은희는 집에서는 엄마가 깎아주는 연필을 잡고 숙제를 하고 있었다.

은희 엄마는 연필심을 삭삭 소리 내며 연필 칼로 뾰족하게 갈고 있었다.

하루는 은희가 연필 깎기 기계대신 손수 깎고 있는 엄마가 시간 낭비하고 있는 것 같아 답답해 보여 엄마에게 말했다.

"엄마 연필 깎기 기계로 드르륵 돌리세요."

"은희야, 엄마도 알아. 그게 쉽다는 것을. 그런데 엄마는 이렇게 연필 하나 하나 깎을 때마다 우리 은희 이 연필로 공부 잘하게 해 주세요 하며 기도하는 마음으로 깎고 있단다. 그러면 엄마 마음도 기뻐져."

그 다음부터 은희는 엄마가 연필 깎을 때마다 조용히 입을 다물었다. 엄마의 손길과 정성을 느끼면서.

어느 날 엄마는 연필 깎는 칼날이 무뎌져 잘 깎이지 않는다며 새 연필 칼을 찾으려고 책상 서랍 속을 뒤지고 있었다.

"아이고 지저분해라. 이게 다 뭐야."

여분의 새 연필 칼 대신 엄마는 은희가 모아둔 몽당연필들을 먼저 찾아버리고 말았다.

"어디서 이런 쓰레기를 가져 왔니? 쓰지 않는 것은 빨리 쓰레기통에 버려라."

엄마는 은희에게 물어보지도 않고 몽당연필을 모두 쓰레기통에 버렸다.

"엄마. 연필깍지만 끼우면 제 손에 딱 맞아요. 버리지 마세요."

"다른 새 연필도 많은데. 남이 보면 너를 어떻게 생각하겠니. 아니 네가 아니라 네 부모인 내가 궁색하게 보여. 도대체 어디서 이렇게 많이 모아온 거야. 너 교실 쓰레기통 뒤져서 갖고 온 것 아니냐? 쓰레기통에는 눈에 보이지 않는 더러운 벌레가 우글거리고 있을 텐데."

"엄마, 우리 반에 있는 친한 친구가 주었어요."

"은희야 너 친구 잘 만나야 한다. 친구가 인생을 좌우하는 것 명심하고 함부로 사귀면 안 된다. 나쁜 친구 만나면 너도 나쁘게 된다고."

"아주 좋은 친구예요."

"좋은 친구라니? 어째서 너에게 좋은 친구니?"

"어떤 친구들은 나 빼놓고 자기네들끼리 짝지어 놀고 내 등 뒤에서 괜히 흉

보고 낄낄거리며 웃고 그러는데."

"아니 왜? 왜 너를 흉보고 뒤에서 웃고 그래? 네가 뭐 잘못한 것 있었니?"

"잘못한 것 없어도 혼자 다니면 뒤에서 짝지어 다니는 무리들 사이에 놀림감이 되는 것 같아요. 내가 입고 온 옷보고도 낄낄거리며 웃으니까요."

"엄마가 내일 학교 가서 너희 담임선생님을 만나야겠다. 그런 아이들은 선생님한테 주의를 들어야 해."

"안돼요. 엄마, 고자질 한 게 되어 더 놀림감이 될 거예요. 지금은 저도 양이라는 친구가 생겨 같이 다니니까 다른 아이들이 함부로 놀리고 무시 못해요. 저번에도 아빠가 일본 출장 가서 사온 주름치마 입고 갔었는데 걸상에서 일어나니까 치마에 전기가 일어서 혼자 붙어서 올라갔어요. 그러니까 치마 속에 있었던 속 팬티가 보여 다들 낄낄거리며 웃는데 양이가 두 팔을 허리에 대고 두 눈을 무섭게 하며 웃고 있는 아이들을 쳐다보니까 다들 조용해졌어요. 그때 얼마나 양이가 고마웠는데요. 다른 아이들 같으면 내 기분은 상관치 않고 같이 웃었을 텐데. 나도 그랬을 것 같은데. 양이는 그러지 않았어요. 그래서 좋은 친구라고 한 거예요."

"네 편이 되었다니 좋은 친구이구나. 공부는 잘하는 아이니?"

"저보다 더 열심히 하는 친구예요. 아빠가 훌륭한 사람이 되려면 공부를 열심히 해야 한다고 했대요."

"양이 아빠는 뭐하는 사람이냐? 엄마는 있겠지. 형제들은 몇이야?"

그러고 보니 양이한테 아빠 이야기는 들어도 엄마 이야기는 들은 적이 없었다.

'엄마는 친구 양이에 대해 질문해야지 왜 양이보다 그 가족에 대해 알고 싶어 하는 걸까.'

은희가 사귀고 있는 사람은 양이였기에 양이 아버지가 뭐하는 사람인지 은희가 알 필요도 없었고 물어보고 싶지도 않았다. 양이 아버지 직업이 그리 좋지 않다는 것은 추측할 수 있었다. 그렇지만 그 추측을 엄마에게 말하고 싶지는 않았다. 몽당연필은 처음에는 빌려 썼고 은희가 좋아하는 것을 보고 양이가 하나둘씩 준 것이었다. 은희 엄마에게는 쓰레기였지만 양이에게는 아빠의 사랑이 담긴 것이고, 은희에게는 친구의 우정이 담긴 귀중한 사랑의 선물이었다. 그런데 엄마는 양이 아버지에 대한 은희의 추측을 읽고 있는 것 같았다.

"은희야. 친구를 사귈 때는 형편이 서로 비슷한 사람이어야 한다. 경제, 교육 등이 너무 차이나면 친구가 될 수 없어. 이용당하기도 하고 상처 받을 수도 있어. 엄마 말은 그렇게 상처 받기 전에 너무 가까이 하지 말라는 거야."

은희 엄마는 쓰레기통에 버린 몽당연필을 혹시 은희가 다시 꺼내기라도 할까봐 버린 쓰레기통 속의 휴지와 봉지 등을 모두 꺼내 밖에 있는 큰 쓰레기통으로 가져다 버렸다. 은희의 가슴속 한 구석이 휑하니 비어가는 느낌이었다.

은희가 양이에게 받은 것은 몽당연필뿐만이 아니었다. 어느 겨울날 양이는 은희에게 토끼 가죽 조각을 갖다 주었다. 하얀 토끼털이 부드럽게 느껴지는 조각이었다. 처음 보는 은희에게는 신기하기만 하였다.

"너 이거 어디서 샀어? 아주 비싸겠다."

"산 것 아니야."

"사지 않았다면 이런 걸 어떻게 구해. 감촉도 좋은데."

은희는 토끼털을 손등에 비비며 부러운 듯 궁금하여 자꾸 물어보고 있었다.

"은희야, 좋으면 너 가져도 돼. 나는 또 있으니까."

"정말로? 내가 가져도 돼? 너 또 있어?"

"나 더 큰 조각 집에 있어. 그러니까 은희야 너 가져."

"더 큰 게 집에 있다니 너 참 좋겠다. 이렇게 좋은 걸 사지 않고 어떻게 구했어? 누가 너한테 선물했구나. 그런데 내가 가지면 미안하잖아. 나 갖고 싶어도 참을 테야."

"괜찮아. 실은 얼마 전에 내가 사는 동네에 산토끼가 나타나서 동네 사람들이 잡은 거야. 토끼 고기는 먹고 이 가죽은 남은 거란다."

"와, 너희 동네에 산토끼도 살아? 신나겠다. 나도 네가 사는 동네에 살고 싶다. 그런데 산토끼는 매우 빠르다고 들었는데 어떻게 잡았니? 토끼가 빠르니, 사람이 빠르니?"

"물론 토끼가 빠르지. 그래서 토끼가 언덕 위로 뛰어 도망갈 때는 도저히 잡을 수가 없어. 그래서 동네 사람들이 토끼가 일부러 올라가도록 내버려둔 다음에 꼭대기에 올라간 토끼가 갈 데가 없어 다시 내려올 때 언덕 밑에서 둥그렇게 포위하고 있다가 뛰어 내려오는 토끼를 잡는단다. 내려오는 토끼는 빨리 뛰지 못하거든."

"토끼 사냥 재미있겠다. 나도 한번 구경하고 싶다."

"나는 잡힌 토끼가 불쌍해서 더 이상 보지 않고 집으로 돌아와 버렸어. 동네 어른들은 재미있어하지만 그리고 토끼고기는 구워서 양념해서 술안주로 먹어버리거든. 남은 토끼 가죽은 우리 아빠한테 필요하면 쓰라고 갖고 오긴 하지만."

"도망 다니다 붙잡힌 토끼가 불쌍하긴 하지만 집에서 자주 먹는 미역국, 무국 속에 들어간 소고기도 마찬가지야. 살아있던 것을 죽여서 먹는 거니까. 불쌍하다고 생각하면 아무 것도 못 먹겠다."

"식물성으로 먹자. 밥, 콩나물, 시금치, 배추 등."

"양이야, 배추, 콩나물은 잘라낼 때 아프지 않을까?"

"아플 것 같은데, 잘라낼 때는. 그러면 이제부터 물만 마시고 살아야겠네. 아니야. 우리 머리 자를 때 아프지 않았잖아. 배추 자르는 것은 머리카락 자르는 것과 같지 손가락 자르는 것 같지 않을 거야. 은희야 우리가 물만 먹고 살수 없으니까 상관 말고 아프거나 말거나 이것저것 다 먹어야겠다."

"맞아. 이것저것 다 골고루 먹어야 키도 크고 얼굴도 예뻐진다고 엄마가 그랬어."

"그래. 아픈 것 불쌍한 것 상관 말고 먹자먹자."

"먹자먹자."

은희도 양이의 목소리를 흉내 내며 따라했다. 그러면서 은희와 양이 둘은 까르륵 웃었다. 토끼잡이 이야기를 들은 날 이후 은희는 양이가 사는 동네를 나름대로 상상하고 있었다. 나무가 울창한 숲속이었다. 계곡도 있었고 졸졸졸 흐르는 시냇물도 있었다. 곳곳에 큰 바위도 있었고 쉬었다 갈만한 나무 그루터기도 있는 아름다운 숲속 저 멀리 양이 집이 보였다. 공기 좋은 숲속, 시끄럽지 않고 조용한 곳에서 가끔씩 산토끼가 뛰어다니는 곳, 자연의 아름다움 속에 파묻혀 있는 곳이 양이가 사는 동네였다.

어느 날, 체육시간이었다. 체육 선생님은 은희 반 친구들을 반으로 갈라서게 하였다. 앞에는 높게 올라가는 철봉 사다리가 놓여있었다. 왼쪽에 나란히 서있는 줄은 청군이 되고 오른쪽에 나란히 서있는 줄은 백군이 되었다. 은희는 왼쪽에 서 있었기에 청군이 되었다. 모두들 들떠 있었다. 이기는 팀은 체육점수도 더해지지만 예쁜 공도 하나씩 받는다고 하였다. 체육 선생님의 호루라기 소리가 나자마자 맨 앞줄에 있던 아이들은 철봉으로 뛰어나갔다. 사다리 철봉을 올라가서 맨 꼭대기에 오르고 몸을 재빨리 돌려 반대편 사다리 철봉으로 내려오는 시합이었다. 앞에 섰던 친구가 뛰어 되돌아오자 두 번째 서있던 친구가 뛰어나갔다. 처음에는 거의 막상막하였지만 시간이 흐르자 청군 팀이 훨씬 앞서 있었다. 누가 보아도 청군 팀이 이길 것이 확실했다. 그때 은희 차례가 되었다. 은희도 열심히 철봉 쪽으로 뛰어나갔다. 꼭 이기고 싶었다. 사다리 철봉을 조심스럽게 그러나 재빨리 올라가고 있었다. 맨 위에 올라가 몸을 돌릴 때였다. 아래를 내려다보는 순간 다리가 후들후들 떨리기 시작했다. 다리가 너무 떨려 몸도 돌아가지 않고 있었다. 은희는 철봉 꼭대기에 올라가 몸을 4분의 1만 돌린 채 더 이상 돌리지도 못하고 사시나무 떨듯 떨며 울고 있었다. 청군에 서있던 친구들이 소리를 질렀다.

"은희야 빨리 내려와."

은희도 내려오고 싶었다. 그냥 뛰어내려오고 싶었다. 그런데 몸이 마비가 되었는지 얼어붙었는지 마음대로 움직여 주지 않고 있었다. 마침내 백군 팀이 은희 때문에 청군 팀을 앞지르기 시작했다. 아이들은 지금이라도 은희만 내려오면 은희 뒤에 섰던 청군 팀이 백군 팀을 따라잡아 이길 것 같았는지 소리 지르고 있었다.

"은희야 내려와, 어서어서. 은희야 내려와."

맨 뒤에 서있던 마지막 백군 팀이 올라가자 이제는 졌구나 싶었는지 청군 팀이 "우으"하며 백군 팀을 향하여 야유를 했다. 그 야유 소리는 은희에게 하는 소리로 들리고 있었다. 자기 때문에 청군 팀이 졌다는 죄책감에, 내려오지 못하고 위에서 벌벌 떨어야했던 수치심에 반 친구들을 쳐다볼 수 없었다. 숨고 싶었고 도망가고 싶었다. 그렇게 아무도 가까이 오지 않고 비웃는 듯할 때 양이가 은희 곁에 와서 손을 꼭 잡아주었다.

"은희야 기운 내."

"다들 나 미워하고 있잖아. 나 때문에 졌잖아."

"다들이 아니야, 나는 너 미워하지 않아."

"창피해, 집에 가서 다시는 학교에 오고 싶지 않아."

"다들 곧 잊어버릴 거야. 그리고 너는 높은데 무서워하지, 나는 캄캄한 곳에 가면 무서워한다고. 네가 높은 데를 무서워한다는 것 친구들이 이해할거야. 우리 다 잊어버릴 테니까 너도 잊어버려."

그렇게 기죽은 은희를 위로하는 양이가 무척 어른스러웠다. 같은 나이 또래보다 생각이 더 깊었고 하는 행동도 철부지 같은 어린아이 행동이 아니었다. 그때만 하더라도 생년월일이 늦게 등록이 되는 경우가 있었기에 진짜 생년월일과 다르기도 하여 양이가 정말로 한두 살 위인지 아니면 양이의 환경이 그렇게 만들었는지 몰라도 친구로서 은희를 언니처럼 보호해주고 있었다.

그러한 양이가 점심시간만 되면 밖으로 나가 운동장을 거닐었다. 은희는 옆에서 같이 점심을 먹지 않는 양이가 섭섭하기도 하였다.

"양이야 너는 왜 매일 밖에 나가 너 혼자 점심 먹어? 내 옆에서 나하고 같이 먹지."

"나 점심 싸오지 않았어."

"그러면 너 배고프겠다."

"아니야. 아침 많이 먹고 와서 전혀 배고프지 않아. 점심시간엔 아무것도 먹기 싫어."

은희는 고개를 갸우뚱거렸지만 양이가 정말로 먹기 싫은 것으로 알고 있었다. 왜냐하면 양이가 "점심시간엔 아무것도 먹기 싫어."하고 말하자마자 뒤도 돌아보지 않고 운동장으로 나가버렸기 때문이었다. 은희 스스로는 그 시간에 배가 무지 고팠다.

"사람들도 참 많이 다르지. 나는 이렇게 배가 고픈데 양이는 그렇지 않다니."

그 시절 한겨울 철에는 교실 난방시설이 석탄난로였었다. 교실 한 가운데 석탄난로가 있어 부삽으로 석탄을 채워 불을 때면 온 교실이 훈훈해졌다. 차가운 도시락밥을 데우느라 난로 위와 근처에 올려놓으면 점심시간이 가까워 오면서 반찬냄새가 맛있게 진동하기도 하였다. 하루는 은희 도시락 통이 맨 아래에 있어서 장조림 타는 냄새가 나고 있었다. 더 타지 않게 하느라 아래 있는 도시락을 위로 올려놓으며 도시락 뚜껑을 열어보았다. 반들반들한 하얀 쌀밥에서는 김이 모락모락 나고 있었고 살짝 타려고 했던 장조림과 계란말이가 먹음직스럽게 놓여있었다. 은희를 도와주려고 털장갑을 긴 채 뜨거운 도시락 통들을 난로 옆으로 옮기던 양이가 작은 소리로 말했다.

"네 도시락 뚜껑 열린 것 보니까 너무 맛있게 보인다. 맛있는 냄새가 너무 배고프게 만들어."

"양이야. 너는 점심시간엔 전혀 배가 고프지 않다고 했잖아."

양이가 은희를 멍하니 쳐다보았다. 은희도 양이를 한참 쳐다보고 있었다. 양이의 얼굴이 핼쑥하다는 것을, 다른 친구들보다 피부에 윤기가 없고 핏기도 없이 마르다는 것을, 눈만 휑하게 크다는 것을 보고 있었다. 바보처럼 은희는 양이의 형편을 전혀 모르고 있었다.

"내가 너한테 전혀 배가 고프지 않다고 그렇게 말했었니? 그럼 네 말이 맞아. 그런데 오늘은 이 석탄난로에서 데우는 도시락 냄새가 배고프게 만드네."

그렇게 말하는 양이가 입을 야무지게 꼭 물었다. 무언가 참아 보려는 모습이었다.

"너 배고프면 내 도시락 같이 나눠 먹자. 실은 나는 매일 똑같은 반찬 먹으니까 별로 먹기 싫어."

은희도 거짓말을 하고 있었다. 오늘따라 은희도 무척이나 배가 고팠다. 쉬는 시간에 교실 밖에 나가면 영하로 내려간 추운 겨울날씨 때문인지 배가 더 허기지고 있었다. 무엇보다도 난로 위에서 데워진 도시락 안의 누룽지로 변해가며 만드는 밥 냄새와 반찬 냄새가 모락모락 풍겨 나오면서 은희를 더 배고프게 자극하고 있었다. 그렇지만 은희가 배고프다고 하면 양이가 먹지 않을 것 같았다.

"난 정말로 먹기 싫어. 어제 도시락 반찬도 이거하고 똑같았고, 그제도, 그전에도 그랬어. 매일 똑같은 반찬 이제 보기도 지겨워. 오늘 아침엔 두부찌개, 생선구이, 미역국 많이 먹고 왔어. 아직도 배 많이 부르다고."

"그러면 은희야, 나 조금만 먹을게. 반에 반만 먹을게. 고마워."

그날 은희와 양이는 도시락을 나누어 먹었다. 양이가 밥을 한 숟가락씩 입에 넣을 때마다 은희는 양이를 쳐다보았다. 그렇게 맛있게 먹는 표정을 본 적이 없었다. 한 움큼 입속에 들어간 밥과 반찬을 우물우물 씹고 있는 양이는 한참이나 밥맛을 음미하며 얼굴까지 환해지다가 침을 꼴깍 삼키며 목구멍 속으로 들어가 버린 음식을 아까워하는 표정이었다. 은희가 쳐다보는 것을 눈치 챈 양이가 무안해하고 있었다.

"내가 너무 많이 먹었지. 미안해. 이제 그만 먹을게."

"아니야 아직 반에 반도 먹지 못했잖아. 더 먹어. 내가 먹는 거 시작하기 전에 다섯 숟가락만 더 먹어."

"내가 다섯 숟가락 더 먹으면 도시락 밥 다 없어지겠다. 너 먹을 게 없잖아."

"아니야 그렇게 먹어도 아직 반이나 남거든. 너 다섯 숟가락 더 안 먹으면 나도 먹지 않을래."

"그래. 은희야. 그럼 먹을게. 너 고집 되게 세구나."

양이는 다시 한 숟가락씩 먹음직스럽게 먹고 있었다. 그럴 때마다 양이의 핼쑥한 얼굴에 발그스레 핏기가 돌고 있는 듯했다.

다음날 은희는 엄마에게 떼를 썼다.

"엄마, 도시락밥 꼭꼭 눌러 많이 싸 주세요."

"얘는, 너무 누르면 밥이 붙어 맛이 없단다."

"맛이 없어도 좋으니까 많이 넣어 주세요."

"우리 은희가 꿀돼지가 되었나? 아니면 키가 크려고 그러나. 그래 은희야 꾹꾹 눌러 많이많이 싸 줄 테니 무럭무럭 자라라."

그렇게 밥을 많이 넣어 도시락을 갖고 간 다음날 양이는 교실에 보이지 않았다. 교실 창문 밖으로는 사나흘 전부터 내린 눈으로 운동장이 온통 하얀 눈으로 덮여 있었다. 그 하얀 눈 사이로 건물 처마 밑에 얼어붙은 고드름이 햇볕에 반사되어 반짝거리고 있었다. 항상 은희의 단짝이던 양이가 보이지 않자 은희의 가슴속도 처마 밑의 얼어붙은 고드름처럼 얼어붙는 것 같았다. 양이는 그 다음날도 보이지 않았고 또 그 다음날도 마찬가지였다. 공부하기를 좋아하는 양이가 왜 여러 날 학교를 오지 않고 있는지 물어보고 싶었으나 알 길이 없었다.

그해 겨울은 무척이나 눈이 많이 쌓였다. 은희가 양이를 보지 못한지도 일주일이 지난 후였다. 은희 반 담임선생님이 학교 수업이 끝나 집으로 가기 바로 전 학생들한테 부탁을 하고 있었다.

"여러분, 우리 반에 있는 어떤 친구가 어려움을 당하고 있다면 서로 도와주어야겠지요. 부모님이 갑자기 편찮으셔서 일을 못한다거나 해서 제대로 식사를 못하는 친구가 있어요. 그래요 여러분이 태어나기 몇 해 전 6.25 전쟁이 갑자기 일어났을 때 어제까지 잘 살던 친구들이 피난가다 부모와 헤어져 고아가 된 경우도 많이 있어요. 제 이야기는 우리가 남보다 여유 있을 때 세끼를 제대로 못 먹어 배고파하는 친구를 도와주자는 거예요. 내일 여러분들이 학교에 오기 전 쌀이든 보리쌀이든 한 컵이나 두 컵 정도 들고 오세요. 그걸 모아 어려운 친구를 도왔으면 해요."

다음날 반 친구들이 갖고 온 쌀과 보리쌀을 합하니 족히 세 부대나 되었다. 가난한 친구 집에 배달하는 일을 할 반 학생 중에 은희도 뽑히게 되었다. 반장과 부반장은 당연히 가게 되었고 은희는 돌아가며 하는 분단장이었는데, 5명의 분단장 중에 또 뽑기를 하여 은희가 뽑히게 되었다.

은희는 수업이 끝난 후 부대자루를 가슴에 안고 반장과 부반장 뒤를 타박타박 따라 걸어가고 있었다. 맨 앞에는 담임선생님이 종이에 있는 주소를 몇 번이나 들여다보며 길을 찾고 언덕길을 걸어 올라가고 있었다. 담임선생님 품 안에도 은희가 안고 있는 부대자루 보다 배나 더 큰 부대자루가 안겨 있었다. 선생님이 직접 집에서 가져온 듯했다. 그것이 무엇이든 간에 선생님의 이마와 콧등에는 추운 겨울 날씨인데도 불구하고 땀이 맺히고 있었다. 아마도 선생님은 학교에 며칠 동안 연락도 없이 나타나지 않는 반 학생을 궁금하게 여기며 걱정을 하고 있다가 이렇게 도와주고 싶은 마음이 생겨 가정방문을 하러가고 있는 것 같았다.

다들 장시간 안고 언덕길을 올라가기에는 벅차하고 있었다. 거기다 바닥은 눈이 내렸다 녹은 후 다시 날씨가 추워 얼어붙어 빙판이 되어버린 곳이 있어 여간 조심하지 않으면 엉덩방아 찧기에 안성맞춤이었다. 이런 동네가 있었나 하는 은희도 처음 와보는 곳이었다. 우선 은희의 눈에 들어온 동네는 지저분하기 짝이 없었다. 음산한 폐허는 사람들이 버리고 간 쓰레기와 오물들이 쌓여 있어 시궁창 같았고 여기저기 질서 없이 널려있는 헛간처럼 보이는 집은 깨어지고 조각난 양철로 누덕누덕 기운모양이 초라하고 지저분해

보였다. 어떻게 보면 은희네 뒷마당에 있는 개집보다도 못해 보였다. 밤에는 전기도 들어오지 않는지 석유초롱불등이 문간틀에 놓여 있었다. 주소도 번지도 없는 동네였다. 그래도 한집에 가서 물어보니 친절하게 가르쳐 주었다. 중간에 가다 다시 놓치면 또 다른 집에 가서 물어보았다. 그렇게 서너 번 집마다 들어가 물어본 후 마침내 담임선생님은 집을 찾은 듯했다.

문을 두드려 집에서 나온 학생은 양이었다. 그동안 감기몸살에 걸렸었는지 눈도 퀭하게 들어가 있었고 얼굴도 알아볼 수 없게 핼쑥해 있었다. 양이는 담임선생님과 반 친구들을 보자 부끄러워 몸 둘 바를 몰라 하고 있었다. 은희와 양이의 눈이 마주쳤다. 양이는 은희의 눈을 피했다. 은희도 선생님이 찾아온 가난한 반 친구가 양이네 집이었는지 전혀 짐작을 못하고 있었던지라 양이를 보고도 반가워도 못하고 놀란 양 눈만 크게 뜨고 있었다. 어쩌면 양이가 이런 동네에 살고 있다고 마음속으로 창피해하고 있는 것을 은희도 같이 창피해 하고 있는 것 같았다. 상상하던 양이의 동네는 이런 곳이 아니었다. 양이가 가져다 준 하얀 토끼털도 있고, 계곡에 시냇물이 졸졸 흐르고 나뭇가지 사이로 새들이 노래하는 자연 속에 있는 아름다운 집이었다.

토끼가 뛰어다니는 산속은 은희가 엄마와 같이 걸어 올라갔었던 절이 있는 산속을 생각하고 있었기에 그랬다. 아주 어렸을 때 엄마는 은희를 데리고 산길을 따라 올라가 산 속에 있었던 절 속에서 아름다운 한복을 입고 머리는 곱게 비녀를 꽂아 한 폭의 그림 같은 모습으로 두 손을 합장한 후 구리로 만든 커다란 부처님 앞에서 끊임없이 절을 했었다. 엄마가 계속 절하고 있는 동안 은희는 절문 앞에 나무사이를 뛰어다니다 혹시라도 엄마의 절하는 모습이 그림자라도 보이지 않으면 멀리 가지 않고 다시 절 근처 마당으로 뛰어다니던 어린 시절의 아름다운 산 속을 생각하고 있었던 것이다.

그러나 지금 은희가 보고 있는 양이의 집 동네는 나무 한그루 없는 언덕이었다. 조각을 기운 듯 양철로 만든 벽 사이로 바람이 들어오지 못하게 신문으로 벽지를 한 방에는 여전히 틈새 사이로 바람소리가 나고 있었고 몸이 으스스 추워오고 있었다. 그렇게 난방시설도 없는 곳에서 잠을 자면 양이가 아니라 어느 누구라도 감기몸살 걸릴 것이 뻔한 일이었다. 나무를 베어내고 여기저기 무허가 건물을 짓느라 민둥산을 만들어 버려 달처럼 보여선지 아니면 언덕 위라 아랫동네 보다는 밤하늘에 떠있는 달이 더 가까워서인지 언제부터 사람들은 양이가 사는 동네를 달동네라고 불렀다.

그해 겨울은 눈도 많이 내렸지만 날이 어두워지면 바람도 무척 불었던 것 같았다. 은희는 그날 밤 응접실 창문에 부딪히는 바람소리를 들으며, 창문 밖으로 보이는 하늘 위에 떠오른 달을 바라보며 양이를 걱정하고 있었다.

'양이야 기운 내. 너 얼어 죽으면 안 돼. 오늘 보니까 너 눈도 퀭하게 들어갔던데. 빨리 감기 낫고 학교 돌아와. 나 이제 너 주려고 도시락밥도 많이 싸오고 있어. 그동안 나는 너무 몰랐어. 교실에서 나갔을 때 왜 진작 눈치 채지 못했을까. 너 점심시간마다 얼마나 배가 고팠니? 미안해 정말 미안해 내가 바보라서.'

세차게 불어오는 바람 때문에 부러진 나뭇가지가 돌아다니며 부딪힐 때마다 불협화음의 소리를 내고 있었다. 그럴 때마다 은희는 양이의 배속에서 배고플 때 나오는 꼬르륵 하는 불협화음 소리를 들은 듯 양이에게 말하고 있었다.

"너 많이 배고팠지."

아래층에 있는 안방을 나와 부엌으로 가려던 은희 엄마가 은희를 보았다.

"은희야. 너 쪼그리고 앉아서 무얼 보고 있니? 창문사이로 찬바람 들어오는데 감기 걸리겠다. 방금 너 혼자서 뭐라고 중얼거리고 있었니?"

"혼자 그냥 말했어요. 엄마 괜찮아요."

"추우면 배가 더 고프단다. 너 배가 쫄쫄거리나 본데 수정과하고 약과 있으니까 갖다 줄까? 참 군고구마가 있구나. 너무 많이는 먹지 마라. 자기 전 시간이니까."

"예, 엄마 그럴게요."

엄마는 은희가 중얼거리는 말 속에서 배고프다는 단어를 들었음에 틀림없었다. 은희는 전혀 배고프지 않았지만 엄마가 갖고 온 따뜻한 군고구마와 수정과를 밤참으로 먹었다.

다음날도 그 다음날도 양이는 학교에 나타나지 않았다. 일주일이 지나고 한 달이 지났다. 그리고 또 다시 한 달이 지났다. 날씨는 아직도 쌀쌀하고 숨을 내쉴 때마다 뿌얀 입김이 눈에 띄면서 냉기가 도는 겨울 날씨였지만 하얗고 분홍 벚꽃이 벌써 피기 시작하고 있는 이른 봄이 되고 있었다. 그런데도 양이는 학교에 나타나지 않고 있었다. 은희는 궁금증을 참다못해 학교 담임선생님에게 찾아가 물어보았다.

"선생님, 혹시 양이가 무슨 큰 병에 걸린 게 아닐까요?"

"오, 은희 너 모르고 있었구나. 양이는 벌써 몇 달 전에 다른 학교로 전학했단다."

"그랬어요? 저는 계속 기다리고 있었어요. 그날 선생님하고 같이 위문품을 안고 양이가 사는 동네에 찾아간 이후부터예요."

"맞아 그때 은희도 같이 갔었지. 그때가 12월 성탄절 때였던가. 은희도 그때 한 부대 안고 양이 집에 올라갔었잖아. 은희야 그때 고마웠다. 선생님 혼자는 너무 무거워서 다 한꺼번에 운반할 수 없었는데."

"천만에요. 선생님. 저는 선생님 도와주는 게 너무 좋았어요. 언제든지 다시 시키세요. 그런데 선생님 한 가지 여쭈어 보겠어요."

은희는 선생님 얼굴을 쳐다보며 잠시 머뭇거렸다.

"그래 물어보렴. 무슨 질문이 있니?"

"선생님은 알고 있었나요. 양이가 그렇게 가난한 것을."

선생님은 한동안 대답을 하지 않고 있었다. 그러다가 고개를 끄덕였다.

"알고 있었어. 선생님은 금방 알 수 있었단다. 누가 가난하고 누가 가난하지 않다는 것을. 우선 도시락 먹는 것 보면 알 수 있지. 쌀밥 싸온 사람, 보리밥 싸온 사람, 또 반찬도 보면 알 수 있지. 장조림 고기 싸온 사람, 장아찌 싸온 사람. 학생이 가난하거나 가난하지 않거나 선생님은 모든 반 학생한테 공평하고 싶었어. 그러려면 보고도 모른척해야 했어. 보리밥에 장아찌 반찬 싸온 학생이 흰쌀밥에 장조림 싸온 학생보다 가난하지만 그래도 도시락 점심은 먹었지. 양이는 아예 점심시간마다 밖에서 돌아다녔잖아."

"선생님은 알고 있었어요? 양이가 점심시간에 굶는다는 것을. 저는 양이가 아침을 많이 먹고 와서 일부러 끼니를 굶는다고 하여 그렇게 곧이곧대로 믿었어요."

선생님은 약간은 어이가 없다는 듯 은희를 내려다보고 있었다.

"양이는 키는 부쩍 크고 있는데 핏기가 없었잖아. 선생님은 알고 있었단다. 양이가 집에서도 제대로 먹고 있지 못하다는 것을. 그래서 제안을 한 거야. 반 친구들이 쌀 또는 보리쌀 한 공기씩 갖고 오자고."

"그랬었군요. 그런데 일찍 도와주었으면 더 좋았을 텐데요."

"선생님은 아까도 이야기 했듯이 가난하고 가난하지 않은 학생들을 구별하고 싶지가 않았어. 구별하여 마음의 상처를 주고 싶지 않았던 거야. 그런데 은희야. 선생님은 양이 집을 찾아간 날 양이가 그렇게까지 가난한 것을 처음으로 알았어. 은희가 아까 나한테 물어 보았지. 선생님은 알고 있었어요, 양이가 그렇게 가난한 것을 하고. 내가 한동안 대답을 못한 이유가 그거야. 선생님은 모르고 있었단다. 아까는 알고 있었다고 대답했지만 사실은 모르고 있었다고 대답해야 더 맞는 대답일거야."

"또 한 가지 질문이 있어요."

"그래. 물어보렴."

"왜 양이는 전학을 갔나요. 왜 다른 학교로 갔나요."

"담임선생님으로 양이가 학교를 여러 날 빠지자 책임을 느꼈단다. 그래서 양이 집을 물어물어 찾아간 거야. 그런데 양이 혼자 어린나이에 그러한 집에 있다는 것을 차마 볼 수가 없었어."

"선생님. 양이는 항상 아빠 자랑을 했어요. 양이가 모르는 문제가 나오면 아빠가 설명도 해주고 가르쳐 준다고 했어요. 왜 양이 혼자 집에 있는 거예요? 양이 아빠는 어디 갔나요? 양이 엄마는요?"

"양이는 공부도 잘하고 성적도 좋았어. 지금 양이 실력으로는 명문 중학교에 틀림없이 입학할 수 있어. 양이 아빠도 똑똑한 사람임이 분명해. 그런데 선생님이 듣기로는 양이 아빠가 운동권에 포함되어 지금 감옥에 간 것 같아."

"선생님 운동권이 무슨 뜻이에요? 그리고 양이 아빠가 감옥에 가다니. 감옥은 나쁜 짓 하는 사람만 가두어 두는 곳이 아니에요?"

"운동권이란 일종의 정치권이야. 사람들마다 주장하는 것이 있단다. 그 주장하는 것이 서로 같을 경우 모아서 집단을 만드는 거야. 이 사회를 더 살기 좋은 곳으로 만들겠다는 꿈들이 있는 사람들이지. 어떤 때는 선생님도 그러한 꿈을 꾸기도 한단다. 양이처럼 가난한 사람들을 도와주고 싶은데 도와주지 못할 때가 그 예란다. 잠시 일시적으로는 도와주지만 계속 도와주지는 못하잖아. 혼자서는 역부족이야. 미국처럼 큰 나라는 사회보장 복지 시설이 잘 되어 있다고 들었어. 큰 회사들이 사회사업으로 도와주면 세금 혜택을 받는 거야. 양이처럼 어린아이들이 도움을 계속 받을 수가 있는 그러한 제도들이 잘 되어 있거든. 우리나라도 언젠가 그렇게 됐으면 하는 거야."

"그게 왜 나쁜가요? 좋은 꿈인데 왜 양이 아빠가 운동권에 있다고 감옥에 가야 하나요?"

"운동권에 있는 사람들이 그러한 꿈, 이상을 실현하기 위한 제도를 주장하다 보면 지금 현 정권에 대해 비판하게 되잖아. 어느 누구나 비방당하면 좋아하지 않거든. 그러다보니 권력 있고 힘 있는 사람들, 현 정권이 운동권을 하는 사람들, 가난한 사람들을 돕고 빈부차를 없애자는 이론을 공산당으로 오해하여 감옥에 집어넣기도 해. 하여튼 양이가 집에 혼자 남아있는 것이 마음에 걸려 동회에 수소문한 끝에 양이 먼 친척을 알아냈어. 선생님이 그 친척을 만났을 때 거기도 가난한지라 양이를 보고 반가워하는 눈치가 아니었지만 선생님이 두 손 빌며 양이 아빠가 나올 때까지만 맡아달라고 부탁했단다. 그래서 학교도 전학한 거야. 그 친척은 서울에 살지 않고 경기도 시골 지방에 살고 있어서."

석탄 난로에 데워진 도시락 단 한번만 먹고 헤어지게 되다니. 양이가 다른 학교로 전학을 간 소식을 안 은희는 방과 후 혼자 타박타박 집으로 걸어오고 있었다. 그러면서 양이와 같이 자신의 집으로 손잡고 서로 조잘대며 재미있게 걸어왔던 날들을 생각하고 있었다. 학교에서 집으로 가는 길은 큰 길을 나와 사람들이 별로 다니지 않는 한적한 골목길을 지나야 했다. 언제부터인가 그 골목길에 주인도 없는 개 한마리가 어슬렁거리며 나타나곤 하였다. 배고프며 지쳐 보이는 개의 눈빛은 사납기까지 하여 은희가 움직이면 달려와서 꼭 물을 것만 같았다. 은희는 꼼짝 않고 서 있다가 마침 다른 행인이 그 골목길에 나타났기에 살며시 뒤에 붙어 그 어른을 좇아 모른 척 골목길을 빠져나와 집으로 왔었다. 다시 그 무서운 개를 만날 것 같아 걱정을 하자 양이가 먼저 은희 집을 같이 걸어 가겠다고 제안을 하였던 것이다. 고마운 양이였다. 양이의 집은 방향이 달랐는데도 은희가 걱정하는 것을 보고 부탁을 하지도 않았는데도 먼저 은희를 고려해주는 착한 마음씨의 양이였다.

아니나 다를까. 그날도 어제 보았던 똑같은 개 한마리가 그 골목길을 들어가자 어슬렁거리며 나타나고 있었다. 어디서 싸우다 뜯겼는지 털이 군데군데 빠진 자국과 뭉친 자국도 있어 굶주린 이리처럼 보였다. 그날따라 주인도 족보도 없는 그 개는 배가 고팠던지 작은 어린아이들인 은희와 양이를 향하여 갑자기 달려오고 있었다. 은희는 너무 무서워서 "아!" 소리를 지르며 도망갔다. 그러자 개는 은희 뒤를 더 빨리 좇아왔다. 거의 물리기 바로 직전이었다. 양이가 무릎을 굽혀 길바닥에서 돌멩이를 줍고는 은희에게 소리 질렀다.

"은희야 무서워하면 안 돼. 도망가지 말고 너도 무릎 굽혀 땅에서 돌멩이 줍는 흉내라도 내. 어서."

양이의 말대로 무릎을 굽히고 돌멩이를 주우려하자 은희를 물려고 했던

개가 주춤주춤 뒤로 물러나가기 시작했다. 그러면서 양이가 던진 돌멩이에 얻어맞자 개는 깽깽거리는 소리를 내며 뒤도 돌아보지 않고 도망가 버렸다. 아직도 놀라서 벌벌 떨고 있는 은희에게 양이가 설명했다.

“저 똥개들은 네가 무서워서 도망가면 따라와서 물어뜯고 네가 땅에서 돌 멩이라도 주워 공격 자세를 취하면 도망간단다.”

그 다음부터 은희는 골목길에서 개들을 보아도 무서워하지 않았다. 양이 가 말한 대로 무릎 굽혀 돌 집는 흉내만 하여도 그 모습을 본 개들은 멀리 도망가 버리곤 하였다.

그러던 어느 날, 그 골목길에서 똥개대신 남자아이 하나가 서서 누군가를 기다리고 있는 것을 보았다. 그 남자아이는 학교에서도 말썽꾸러기라 반 친 구들이 좋아하지 않는 아이였다. 목욕도 하지 않고 세수도 매일 하지 않는 지 몸에서 역겨운 냄새가 풍기며 지저분해 보였다. 공부도 못했다. 숙제도 해 오지 않아 매번 담임선생님한테 꾸지람을 받는 아이였다. 친구들 말에 의하 면 아빠는 알콜 중독자에 깡패라서 매일같이 술 먹고 집으로 들어와서 엄 마를 때린다고 하였다. 엄마는 몇 번이나 집에서 도망 나갔는데 그 남자아 이의 아빠가 다시 찾아 잡아끌고 집으로 데리고 온 후 술에 취하면 다시 때 린다고 하였다. 그래서인지 아빠도 엄마도 어느 누구하나 이 남자아이한테 는 신경을 쓰고 있지 않는 것 같았다. 그 남자아이를 골목에서 보자 은희는 겁이 났다. 사람이 많이 다니는 큰길이면 몰라도 다니는 사람이 보이지 않는 좁은 골목길이라 겁이 더 나고 있었다.

학교 운동장에서 쉬는 시간에 반 친구들은 고무줄놀이를 했다. 기다란 고 무줄 양 끝을 한 사람씩 잡고 다른 여러 명의 친구들은 노래를 부르며 고무 줄 위를 왔다 갔다 하며 놀이를 하는 거였다. 하다가 발에 걸리면 양 끝의 하나를 붙잡고 있어야 했기에 정신을 집중해서 뛰어 놀기에 재미있었다. 그 렇게 놀고 있을 때 그 남자 아이는 면도칼을 갖고 나타나서 고무줄을 끊어 버리고 기다란 고무줄과 함께 도망가 버리곤 하였다. 고무줄놀이 노래를 부르며 재미있게 놀던 네다섯 명의 친구들도 무서워서 모두 도망가 버리곤 하였었다. 여러 명이 그런 일을 당했는데도 아무도 선생님한테 가서 고자질 하지 않았다. 고무줄을 뺏기고 잃어버리는 것이 낫지 그 남자아이가 보복할 것이 무서웠기 때문이었다. 그 남자 아이의 집 방향은 이 골목 쪽이 아니었다.

'저 아이가 나를 못 알아보았으면 좋겠는데.'

은희는 고개를 숙이고 빨리 걷고 있었다. 그때 갑자기 앞을 가로 막는 사람이 있었다. 고개를 들어보니 그 남자아이였다. 은희의 가슴이 겁이 나서 떨리고 있었다. 남자아이는 은희의 눈을 한참이나 응시하고 있었다. 비록 세수는 하지 않아 때가 낀 더러운 모습이었지만 쳐다보는 눈은 무서운 눈이 아니라 수줍어하는 눈망울이 역력했다. 은희는 그렇게 쳐다보고 있는 남자아이에게 화를 내며 비키라고 할 수가 없었다.

"안녕, 동식이구나. 여기서 웬일이야?"

은희는 아직 속으로는 두려움에 떨고 있으면서도 미소를 머금고 인사를 했다.

"내가 너한테 선물할 게 있어서 기다리고 있었어."

그러면서 동식이는 가방 안을 뒤적이더니 고무줄 한 타래를 은희에게 건네주었다. 얼마나 많이 면도칼로 자르고 빼앗아서 이어 모았는지 그 연결해 놓은 것이 야구공 사이즈보다 더 둥그런 타래였다.

'나 엄마한테 말하면 새 고무줄 살 수 있어. 이것 필요 없어.'

그렇게 말하고 싶었다. 그런데 그렇게 말하면 남자아이가 화를 낼 것만 같았다. 그래도 은희는 물어보고 싶었다.

"왜 이것을 나 주는 거야?"

남자아이는 은희를 쳐다보며 머뭇머뭇하더니 말을 더듬거리며 말했다.

"나 너 조…… 좋아 하거든. 그래서 너한테 뭔가 선물하고 싶은데 돈이 없으니까 너 주고 싶어서 계속 뺏어서 모은 거야."

고무줄 타래 공을 손에 꼭 쥐어주니까 얼떨결에 받기는 했지만 집으로 돌아오면서 은희는 마음이 착잡했다. 엄마가 보면 틀림없이 야단을 맞을 것 같아 던져 버리고 싶었지만 만약에 내일 그 남자아이가 그 골목길에 나타나 다시 달라고 했을 때 던져버린 것을 알게 되는 것도 겁이 나고 있었다.

어이가 없었다. 자기를 주려고 친구들이 노는 고무줄을 자르고 뺏어 모으다니. 아버지가 깡패라더니 아들도 깡패가 되려나. 그러한 것을 환경적으로 배우는 것인지 혈통적으로 이어 받는 것인지 의아했다.

은희가 다음날 양이한테 이야기하자 은희와 같이 또 같이 가주겠다고 하였다. 고마운 양이였다. 은희가 문제가 있을 때마다 도와주는 양이였다. 은희가 말 수도 적고 수줍어하는 성격인데 반해 양이는 활발했고 씩씩했다. 은희는 왼손에 양이는 오른손에 책가방을 들고 서로의 한 손을 꼭 잡은 채 두 손을 흔들며 힘차게 은희 집으로 걸어가고 있었다. 대로를 지나 한적한 골목길에 들어서자 동식이가 벌써 골목 모퉁이에서 기다리고 있었다. 양이의 손을 잡았던 은희의 손에 힘이 빠지며 흔들던 팔을 멈추었다.

"양이야 골목 모퉁이에 서 있는 저 남자아이 보이지. 우리 모른척하고 피해 가자."

"은희야, 매일 모른척하고 피하면 너를 더 괴롭힐 것 같아. 한 번 대면해 보자. 어떻게 나오나."

고무줄을 뺏어갈 때 쓰던 면도칼로 찌르기라도 할 것 같아 은희는 피하고 싶었다. 양이는 겁이 없나보다. 아니면 속으로는 겁이 있으면서도 밖으로 없는 척 했는지도 모른다.

"너 은희 괴롭히지 마."

양이는 남자아이를 보자 다짜고짜 말을 시작했다. 이제는 정말로 화가 난 남자아이가 주머니에서 칼을 뽑아낼 것 같아 은희는 양이 뒤로 몸을 숨겼다.

"나 은희 괴롭힌 적 없는데."

남자아이의 목소리는 다행히 화가 난 목소리가 아니었다.

"너는 괴롭힌 적이 없다고 생각할지 모르지만 이런 골목길에서 은희 집으로 가는 길을 막아서면 괴롭히는 거지.”

“막아설 생각 없었어.”

“그럼 왜 여기 서서 기다리고 있는 거야?”

“그냥, 은희 얼굴 보고 싶어서.”

“학교에서 보면 충분하지. 왜 여기까지 와서 다시 보니?”

“…….”

남자아이는 말이 없었다.

“너 은희 좋아하는구나?”

남자아이는 고개를 끄덕이고 있었다. 짓궂고 음탕한 눈이 아니었다. 솔직함을 표현하는 앳된 순진함과 애절함이 나타나고 있었다.

“너 혼자 좋아하고 있잖아. 네가 정말 은희 좋아하면 너도 은희가 좋아하게 변해야지. 네가 여기서 서서 기다린다고 은희가 너 좋아하겠니?”

“알아. 은희는 날 좋아하지 않는 것을. 은희 뿐만 아니라 아무도 날 좋아하지 않아. 어떻게 해야 은희가 날 좋아하겠어?”

남자아이는 양이에게 물어보고 있었지만 은희를 쳐다보며 은희의 대답을 기다리고 있었다.

‘네가 어떻게 하든 무엇을 하든 나는 널 전혀 좋아하지 않을 것 같아. 단념해라.’

그렇게 대답하고 싶었다. 그러나 말이 입 밖으로 나오지 않고 있었다. 은희는 남자아이의 눈을 피해 발등만 뚫어져라 쳐다보았다.

양이가 다시 끼어들었다.

“우선 네가 공부를 열심히 잘해서 반에서 일등을 하면 은희가 널 좋아할 거야. 나도 널 좋아할 거고. 은희하고 나하고 경쟁을 하면서 널 좋아할지 몰라.”

양이의 말에 은희는 미소를 지었다. 양이와 은희가 경쟁을 하면서 한 남자아이를 좋아하다니 소설이나 영화에서 나오는 이야기 같아서였다. 또한 그 남자아이가 일등을 한다는 것은 상상을 할 수가 없었기에 절로 웃음이 나왔다. 그 웃음을 참고 있으니 미소로 변하고 있었다. 숙제도 제대로 해오지 않아 벌 서는 것을 밥 먹듯 하는 아이가 꼴찌에서 일등으로 올라간다는 것은 상상할 수 없었기에 그랬다. 그럼에도 남자아이는 눈을 반짝거리며 은희에게 다시 다짐하듯 물어보고 있었다.

"그게 정말이야? 내가 반에서 일등하면 은희 네가 정말로 나 좋아할 거야?"

은희는 그렇게 물어보는 남자아이의 질문에 속으로 놀라기는 했지만 공부를 잘 한다는 것을 상상을 할 수 없었기에 고개를 끄덕이고 있었다. 고개를 끄덕이는 은희를 본 남자아이의 얼굴이 환하게 변하고 있었다. 양이가 다시 말을 시작했다.

"우리 아빠가 그랬어. 반에서 꼭 일등을 못해도 10등 안에만 들면 명문 중학교 입학할 수 있다고. 계속해서 좋은 대학 나오면 좋은 직장 쉽게 구할 수 있다고. 의사, 변호사, 선생님, 대학교수님, 과학자 ,국회의원, 장관, 사회사업가 그렇게 훌륭한 사람 되려면 지금 국민학교 때부터 착실히 공부하라고 했어. 너 일등 해봐. 내가 지금 말한 직업에서 대우 받으며 일할 수 있어. 그런데 너 커서 도둑 놈 되어 부자 될 생각하지 마라."

남자아이의 얼굴이 벌겋게 닳아 오르며 불쾌한 표정이 되었다.

"너 지금 뭐라고 그랬어? 도둑놈이라고 그랬어?"

은희도 다시 겁이 나기 시작했다. 왜 양이가 약 오르는 단어를 꺼냈는지 이해가 되고 있지 않았다. 잘 끝맺어 가려고 하는데 심지에 불을 붙이고 있는 것 같았다.

"응 내가 도둑놈이라고 그랬어. 너 도둑놈 뜻이 뭐야. 자기 것도 아닌데 남의 것 허락 없이 훔쳐가는 게 도둑놈이잖아. 붙잡히지 않으면 남의 물건, 돈으로 부자가 되어 풍족하게 살지만 붙잡히면 감옥에 들어가 살잖아. 네가 고무줄 베어다가 모아서 은희에게 주었지. 그게 도둑이지 뭐야. 바늘 도둑이 소 도둑 된다고 하잖아. 우리가 아무도 담임선생님한테 고자질 하지 않아서 망정이지 알기라도 하면 너 다시는 학교에도 못나오고 퇴학처분 당했을 거야. 앞으로는 친구들이 노래 부르며 고무줄놀이하고 있을 때 면도칼로 잘라 내서 훔쳐 가지 마."

아까는 도둑놈이라는 단어 때문에 무시를 당해 약이 올라 벌겋게 달아오른 얼굴이었지만 이제는 창피해서 붉어지고 있었다. 똑같이 붉어지는 뺨이었지만 눈빛이 달랐다. 화가 나서 불쾌한 눈빛과 창피해서 부끄러워하는 눈빛이.

"은희야 네 가방에 고무뭉치 아직 있지. 꺼내 줄래?"

은희가 꺼내 양이에게 건네주었다.

"너 이거 고무줄 주인한테 다시 돌려 줘. 은희 엄마가 이것보고 담임선생님한테 말하면 네가 정학이나 퇴학당할 것 같아. 그렇다고 버릴 수도 없어서 고민하고 있다가 너한테 돌려주려 내가 같이 온 거야. 그러니까 제 주인 찾아 돌려주겠니?"

남자 아이가 머리를 긁적이고 있었다.

"맨 처음에 뺏은 것만 기억나는데. 그 다음 부터는 놀이하는 곳마다 가서 베어 와서 누구 건지 모르겠어."

"정 누구 건지 모르겠으면 네가 쓰레기통에 버려. 우리가 버릴 수 없잖아. 다음부터는 훔치지 마. 일등하고 똑똑해도 훔치는 사람은 싫어. 그렇지만 네가 다시 훔치지 않고 공부 열심히 하면 우리 모두 너 좋아하는 것 약속할 수 있어. 이 골목에서 기다리지 마. 그 시간에 숙제 해. 너 그리고 얼굴 잘생겼는데 세수 목욕은 언제 했니? 목욕하지 않으면 냄새나니까 사람들이 피하는 거야. 이제는 너도 컸으니까 네 부모님이 바빠서 못해주면 네가 알아서 옷도 빨아 입고 다녀. 이제는 우리도 어른이잖아."

남자아이가 양이 보다 키가 훨씬 더 커서 어른스러워 보였는데도 남동생 마냥 양이의 말에 귀 기울이고 있었다. 목욕하지 않아 냄새난다는 등 은희가 그러한 지적을 당하면 너무 창피해서 서 있는 자리에서 땅 구멍이라도 파 도망가고 싶은 마음이 들었을 텐데 그 남자아이에게는 다른 영향을 미치는 것 같았다. 아마도 칭찬도 하지 않고 꾸중도 하지 않는 부모 밑에서 방관자로 자라온 남자아이라 양이의 지적이 창피 보다는 도리어 자기를 향한 관심과 집중으로 작용해 마음이 움직이고 있는 것 같았다.

여하튼 그 날 이후로 은희는 골목길에서 남자아이가 나타날까하는 불안감에 사로잡히지 않아도 되었다. 골목길에서 기다리는 시간에 남자아이는 숙제를 하고 있었고 전보다 조금씩 말쑥해지고 있었다. 남자아이의 부모도 담임선생님도 남자아이가 변해가는 이유를 몰랐다. 더 이상 말썽꾸러기도 아니었고 선생님의 학습 질문에도 대답을 잘하는 모범생이 되어가고 있었다.

은희와 양이는 방과 후 은희 집으로 걸어가고 있었다.

"은희야. 전에 이 골목에서 너 기다리고 있던 남자아이, 정말로 너를 사랑하고 있는 것 같아."

"사랑? 나는 전혀 감정 없는데. 아니 나는 그 남자아이 싫어해."

"너는 왜 그 아이가 싫은 거야?"

"그냥, 그냥 싫어. 내 근처에 오는 게 싫은 거야. 그 남자아이가 내 가까이 온다고 생각하면 송충이가 내 몸에 기어 다니는 기분이야. 그런 기분이면 내가 그 남자아이 싫어하는 것 분명하지?"

"그냥 싫다고 그랬지. 그 남자아이도 아마 네가 그냥 좋은걸 거야. 그래서 변하는 것 같아. 아빠가 그랬어. 어렸을 때 환경이 좋지 않은 어려움 속에서도 이겨낸 사람들이 커서 훌륭한 사람이 된다고. 아빠는 미국 대통령 중 링컨 대통령 이야기를 많이 해 주었어. 링컨 대통령도 어렸을 때 아주 가난했다고. 그런데 저 남자 아이도 누가 아니? 큰 다음에 대통령이나 장관이라도 되어서 은희 너하고 결혼하자고 하면 그래도 싫어할 거야?"

"결혼, 벌써 결혼 이야기하니까 우리 다 커서 어른된 것 같다. 글쎄. 그렇게까지 훌륭한 사람이 되면 한번 고려해 볼게."

그렇게 말하면서 은희와 양이는 깔깔거리며 웃고 있었다.

"근데 양이야. 그 남자아이가 그렇게까지 훌륭한 사람이 되면 네가 말을 잘한 덕분이야. 그러니까 네가 그 남자아이와 결혼해 부인이 되라고. 나는 대통령 부인이나 장관부인 자격도 없고 너무 힘들 것 같아."

"다른 여자 좋아하는 남자와 결혼하는 것 나는 질색이야. 나는 나만 좋아하는 남자와 결혼할건데."

"지금 잠깐 좋아하는 거지. 커서도 날 좋아하겠니? 그런데 정말로 동식이가 일등하면 어떡하지? 그때 물어봐서 고개를 끄덕이었거든."

"너 좋아하지도 않으면서 왜 고개를 끄덕였어?"

"그때는 무서웠어. 너 등 뒤에 숨어 있었잖아. 그리고 동식이가 일등 한다고 상상이 전혀 안 갔어."

"지금은 상상이 되니? 일등 할 것 같아?"

"지금처럼 변하는 것 보니 할 것도 같아."

"일 등하라고 해. 그리고 너 좋아하라고 해. 그 남자아이가 너 좋아하는 게 무슨 상관이야. 싫어해서 미워하며 너 괴롭히는 게 더 문제지."

"양이야. 네 말이 맞다. 좋아하는 것도 신경 쓰이지만 누가 나를 싫어하거나 미워서 괴롭히면 더 신경 쓰일 거야. 그렇지만 양이 너 하고는 제일 친한 친구로 지내고 싶어. 너는 어때? 나 말고 더 좋아하는 친구 있니?"

"나도 너하고 제일 친한 것 같아. 이렇게 자주 너희 집까지 바래다주며 걸어가면서 이 얘기 저 얘기 하니까. 너는 다른 친구들이 너한테 와서 말 걸 때까지 가만히 혼자 자리에 앉아 있잖아. 나야 먼저 이 친구 저 친구한테 가서 말을 거니까 너보다 아는 친구들은 많은데 그 많은 친구들 중에서 네가 제일 맘에 들어."

"양이야. 그러면 우리들의 우정, 변하지 않겠다고 약속하자."

"그래. 약속이야"

은희의 새끼손가락과 양이의 새끼손가락이 서로 꼭 끼워 맞추어졌다.

"변하지 않는 영원한 우정이란 우리 중 하나가 어려운 일을 당할때 도와주어야 하는 거야. 다른 친구나 가족이 무어라고 하든 그 친구를 위해 자기 몸처럼 사랑하고 구해야 하는 거라고 봐. 나는 그렇게 하기로 마음먹었어.

양이야 너도 그럴 거지?"

"그럼 은희야. 네가 어려운 일 당할 때 너를 도와준다는 것 약속할 수 있어. 실은 그 사내아이 이 골목길에 처음 만나러 오는 날 속으로 겁이 나더라고. 사람이 많은 운동장에서도 아랑곳없이 면도칼로 고무줄 베어가는 아이라 혹시라도 네 얼굴이나 내 얼굴 면도칼로 베어 내면 어쩌나하고. 그런데 내 얼굴에 흉터가 생기는 한이 있더라고 너를 위해 그 사내아이와 싸워보자 하는 마음이 생기더라고. 나는 벌써 너를 위해 준비가 되어 있어. 더 힘들고 어려운 일이 생겨도 너를 위해 싸울 거야."

"고마워 양이야. 너하고 나하고 제일 친한 것 우리만의 비밀로 하자. 그리고 우리가 죽을 때까지 영원한 우정 변치 말자."

깍지 낀 새끼손가락을 풀지 않은 채 둘은 계속 잡은 손을 흔들어대고 있었다.

양이가 전학을 가버린 것을 담임선생님께 듣고 안 은희는 집으로 혼자 타박타박 걸어오면서 양이와 새끼손가락 끼고 했던 약속이 생각나고 있었다. 그러자 갑자기 엄마한테 이야기하면 도와줄 것 같다는 생각이 들었다. 양이가 기다리고 있을 거라는 생각이 들자 은희는 집으로 달려갔다. 한시라도 빨리 이야기해서 양이를 도와주고 싶었다. 뛰어오느라 숨을 헉헉거리며 얼굴이 벌겋게 달아 은희는 집으로 들어오고 있었다.

"엄마, 양이가 계속 학교에 나오지 않아요. 다른 학교로 전학했대요."

"다른 학교로 가면서 너한테 말도 없이 가다니."

"저도 아파서 못 나오는 줄 알았는데요. 아빠가 집에 없어서 시골 친척집으로 아빠 올 때까지 가 있을 거래요. 엄마 그런데 저 양이 도와주고 싶어요. 저 돼지저금통 깨뜨려야겠어요. 양이 갖다 주고 싶어요."

"아니 아빠가 집에 없다니. 그리고 네가 도와주고 싶다고? 한 번 일시적으로 도와주는 건 소용이 없단다. 도와주려면 계획을 잘 세워서 계속 도와야 해."

은희는 엄마가 거절할까봐 걱정을 하고 있었는데 더 깊게 생각하는 지혜로운 엄마를 보자 힘이 나고 있었다. 은희는 돼지 저금통을 부서서 당장 도와주는 것만 생각하고 있었는데 말이다.

"그래요. 엄마. 저 가정부 언니 대신 제가 집안 청소할 테니 저에게 용돈을 주세요. 그리고 백점 맞을 때마다 상으로 용돈을 주세요. 그걸 모아 계속 양이를 도와주겠어요."

"우리 은희가 친구 도와주느라 백점 받아 오겠구나. 엄마는 대 찬성이다. 은희가 공부도 더 열심히 할 것 같아. 그런데 양이 아빠는 어디 아프니? 딸을 시골 친척집에 두고 집에 없다니 안됐다."

은희는 엄마와의 대화가 순조롭게 진행되고 있어선지 더 이상 자기가 하는 말에 신경도 쓰지 않고 곧이곧대로 알고들은 대로 대답하고 있었다.

"아빠가 감옥에 갔대요."

"뭐? 너 지금 방금 감옥이라고 했어? 그 얘기 어디서 들은 거야?"

조금 전까지 웃고 있던 엄마의 표정이 변하고 있었다.

"담임선생님한테서 들었어요."

"무슨 잘못을 저질렀기에? 감옥이라니. 도둑질하거나 사기를 쳤거나 끔찍한 살인을 했거나 그래야 감옥에 가는 건데 도대체 무슨 짓을 한 거야?"

"그런 나쁜 짓 한 것 아니에요."

은희는 감옥이라는 단어를 꺼낸 것이 잘못이라고 알아챘지만 이미 늦은 것을 알고 조금이라도 양이 아빠편이 되어 해명하려하고 있었다.

"나쁜 짓 한 것도 없는데 왜 감옥에 가?"

"선생님 말씀이 정치 운동권에 서서 가난한 사람 편에 서서 운동하다보니 지금 권력 있는 현 정권 비위에 걸리는 말, 비평 때문에 공산당으로 오해받아 감옥소에 갔다했어요."

엄마의 얼굴 표정이 아주 굳어가고 있었다. 한동안 아무 말도 없이 침묵을 지키고 있었다. 한참 지나자 엄마가 다시 말을 시작했다.

“잘 들어라. 은희야. 엄마는 네가 양이를 도우는 것 반대한다. 다행히 다른 학교로 전학 갔다고 하니 만날 일이 없겠지만 앞으로 마주치더라도 아는 체 말아라.”

“엄마 왜요? 양이는 잘못한 것 없어요. 양이 아빠도 가난한 사람위해 정치운동 데모한 것이 뭐가 잘못인가요? 미국처럼 커다란 나라가 잘되어 가는 게 가난한 사람 위한 사회보장제도가 잘 되어 있어서래요.”

“은희야 사람마다 꿈과 이상이 있어. 그것이 옳다고 실현하고 싶어 해. 엄마는 네가 꿈과 이상을 버리라는 것은 아니야. 그런데 그 꿈이 현실화되려면 시간도 걸리고 많은 희생이 따르고 있어. 아직 어린 너에게 정치 이야기 운동권 이야기 하는 것 이해하기 힘들겠지만 엄마는 아빠를 다치게 하고 싶지 않고 또 우리 집안을 다치게 하고 싶지 않아.”

“양이를 도와주는데 왜 아빠가 다쳐요?”

“엄마가 조금 아까 말했지. 아직 네가 어려 정치 운동권 이해하기 힘들 거라고. 감옥에 갈 정도로 정치 운동하는 사람이면 그 주위에 비밀 요원들이 감시하고 있다고 들었어. 비밀 요원들은 우리와 비슷하게 보이는 평범한 사람이라 아무도 그가 비밀리에 우리의 동작을 보고 하는지 모른다고 해. 그들은 우리가 그 감옥에 들어간 가족을 돕는 것을 알아내면 공연히 도와주는 사람이 나가는 회사에 와서 트집을 잡는 거야. 돈 명세서를 교제비로 썼다, 그래서 세금을 내지 않았다 등을 하면서. 결국 아빠도 감옥에 들어가게 만들고 회사도 휘청거리다가 망하게 되는 거지. 과대망상증으로 들리겠지만 그렇게 되는 경우를 종종 보고 있어. 은희야. 너는 그렇게 아빠가 다치기 원하지 않지? 아빠가 그렇게 되면 네가 아무리 공부를 잘해도 돈이 없으니 학교도 못 가.”

은희는 더 이상 엄마에게 요청할 수 없었다. 아니 아빠가 다친다는 상상은 이제까지 해온 상상 중에서 제일 싫었다. 그것은 공포에 가까웠다. 엄마의 설명은 은희를 잠잠하게 만들었다. 더 이상 은희는 양이 이야기를 엄마

앞에서 꺼내지 않았다.

시간이 흐르고 있었다. 떨어지는 잎사귀를 보면서 양이가 너무 그리워지고 보고 싶을 때가 있었다. 마른 잎사귀가 많이 떨어져 쌓여있는 곳에 올라가 발로 밟으면서 잎사귀 부서지는 소리를 들으며 양이와 대화하기도 했다.

하얀 눈이 소복이 쌓인 아침 아직 아무도 걷지 않은 하얀 길을 걸어가면서 뽀득뽀득 나는 소리를 들으며 양이와 대화하는 적도 있었다. 그러는 동안 새싹이 돋는 봄이 왔고 다시 한여름 더위를 거쳐 떨어지는 잎사귀를 보면서 양이를 생각하고 있었다. 잎사귀가 다 떨어져 앙상하게 나뭇가지만 있는 나무 한 그루를 보면서 은희는 양이를 보고 있는 것 같았다. 양이를 못 본지도 어느새 3, 4 년의 세월이 흘렀다. 은희도 이제는 중학교에 들어가 새로운 친구들을 만들고 있었다. 수업이외의 특별활동 반시간이 있어 은희도 미술반에 들어가 수채화를 그리고 있었다. 국민학교 미술시간에는 주로 크레용이나 크레파스로 색칠을 했는데 중학교 미술 특별활동시간에는 수채화를 많이 그렸다. 강한 색칠을 좋아하던 양이가 떠오르며 시골학교를 가지 않았으면 지금쯤 은희와 같은 중학교에 입학이 되어 같이 수채화를 그리고 있었을 텐데 하는 생각이 들었다.

"그림 중에 수채화가 제일 어려운 것 같아. 내가 원하는 색을 화면에 대면 전혀 다른 색이 나타나. 다시 그 위에 붓을 대니 지저분한 색으로 변했어. 거의 완성되었던 그림이 붓 하나로 고쳐지기는커녕 다 망가지고 있어."

"그래 수채화 보다 유화를 했으면 좋겠어. 그런데 은희야 너 양이 소문 들었니?"

같은 국민학교에서 온 친구가 미술반에 있어 옆에서 그림을 그리며 물어보았다.

"무슨 소문인데? 내가 아는 소문은 양이가 중학교 들어가는 대신 시골 공장에서 일한다는 거였는데."

"우리 나이에 공장에서 일하면 공장 주인이 벌금 낸다고 해. 그래서 양이가 식모로 일한다고 들었어."

"그러니? 양이도 공부도 열심히 했고 성적도 좋았는데. 우리처럼 같은 중학교에 들어올 수 있었을 텐데. 식모로 일해도 낮에 일하고 독학하면 중학교 졸업장 똑같은 검정고시 시험 봐서 고등학교 대학교 갈수 있을 거야."

"그런데 은희야 식모 이야기는 몇 년 전 이야기고 요새 들은 소문은 더 좋지 않아."

"어떤 소문인데?"

"친구 하나가 양이를 종3에서 우연히 만났다고 해."

"양이가 서울에 있어? 지금 서울에 있어?"

은희가 흥분해서 다시 물어보고 있었다.

"왜 너 양이 서울에 있으면 만나려고 하니?"

"그럼 국민학교 친군데. 시골 어디로 갔는지 몰라 지금까지 못 만났는데 서울에 있다면 만나고 싶어. 그동안 어떻게 지냈나 궁금도 하고."

"은희야. 너 종3이라는 말 들은 적 있어?"

"종3이 종로3가잖아. 우리가 광화문에 있으니까 계속 종로 쪽으로 가면 종로 3 가가 나오겠지."

"종로 3가가 어디 있나 물어보는 게 아니고 종3 뒷골목 쪽으로 들어가면 여관으로 쓰이는 매춘굴이 있다고 해."

"그래? 나는 처음 듣는 이야기야. 그런데 종3하고 매춘굴하고 양이하고 무슨 상관이야? 너 혹시?"

은희의 얼굴빛이 변하고 있었다.

"그럴 리가 없어. 양이는 그럴 친구가 아니야. 누가 잘못보고 그냥 소문을 퍼뜨린 거야."

"양이 아버지가 감옥에서 매 맞고 죽은 후 양이는 시골 친척집도 너무 가난해서 식모로 일하며 돈을 모으고 있었대. 그런데 식모로 일하던 그 집 주인 남자가 양이 몸을 건드렸나봐. 집주인 아내는 그것도 모르고 양이한테 잘해주었는데 어느 날 자기 남편이 양이한테 그 짓을 하는 걸 보았나봐. 그 날로 양이가 돈도 못 받고 쫓겨 나와 길거리에서 잘 수도 없고 배가 고파 서성거리니까 누가 도와주는 척하면서 종3 매춘굴로 데리고 가 팔아버렸다고 했어. 그런데 그 매춘굴이 어떻게 지독한지 하루 종일 남자 열 명 받아도 돈을 모으기는커녕 고리대금 빚만 늘어난대. 그 빚을 갚기 전에는 빠져 나올 수가 없다고 해. 아는 친구를 꼬여내서 친구를 팔면 자기 빚이 조금 줄어드나봐. 중학교 다니면서 그 짓을 한다는 소문이 있어. 물론 부모는 모르나봐 학교에서도 알면 금방 퇴학당하겠지만 담임선생님도 부모도 자기 딸이 그런 짓하는지 전혀 모른데."

"믿기지가 않아."

"나도 그랬어. 왜 부모가 여유 있는 부잣집 딸이 그런 짓을 하며 돈을 벌어야 하는지. 친구 잘 못 만나면 몸도 버리고 인생 망치는 거야."

"양이가 그럴 리가 없어. 양이는 항상 옳은 것과 그른 것이 분명했어. 자기 빚 적게 하려고 다른 친구 파는 양이가 아니야."

"은희야. 양이가 그랬다는 게 아니야. 부잣집 딸아이는 예를 든 거야. 네가 양이 만나고 싶어 하니까 조심하라고. 은희 너처럼 순진하게 생기고 순진하게 행동하는 아이는 금방 넘어 갈 것 같아. 양이 보러 갔다가 양이는 그렇게 하지 않더라도 주위에 있는 양이 친구들이 너를 감언이설로 꼬여내면서 이용하러 들 것 같아."

"내가 만일 그런 일 당하면 난 그냥 당하고만 있지 않을 거야. 부모님이든 경찰에 가서 구해 달라고 요청할 거야."

"자신 있어? 엄마한테 말할 수 있을 것 같아? 엄마 나 친구 때문에 이렇게 저렇게 해서 몸 버렸어요 하고. 엄마가 딸 때문에 누워 병나는 것 보는 것보다 입 다물고 나 혼자 해결하려 할 것 같아. 그리고 더욱이 경찰에는 말 못할 것 같아. 경찰에 가서 알리면 내 몸 버려 처녀가 아니라는 것을 세상에 알리는 거잖아. 어느 남자가 그런 여자와 결혼하려 하겠니. 세상에 몸 버렸다고 알린 여자하고."

"그렇다고 가만히 이용만 당할 수는 없잖아. 자기가 원하는 것도 아닌데 빚 때문에 그런 짓을 하며 몸을 팔수는 없잖아."

"어떤 사람들은 돈 때문에 그런 짓을 하는 게 아니래. 그런 짓을 하지 않으면 살수가 없다고 해."

"무슨 뜻이야?"

"우리가 밥을 먹지 않으면 배고파 살 수 없듯이 그 짓을 해야만 살게 태어날 때부터 구별된 사람들도 있나 봐. 어린아이 때야 아니겠지만 어느 나이가 되어 그 맛을 알면 그 짓을 해야만 하나봐. 마약 중독자가 마약에 중독되듯이 매춘을 하는 여자들은 자기 돈이 충분히 있어도 그 짓이 좋아 여러 남자들과 몸을 섞는다고 해.

아마 그 부잣집 딸도 그런 끼가 있어 부모 몰래 그걸 하는지도 모르지. 하여튼 우리 나이에 상대하는 남자들이 30대 40대 아저씨들뿐만 아니라 50대 60대도 있다고 들었어. 대부분 부인이 있는 남자들인가 봐."

"그런 이야기 들으니 구역질난다."

"그러게 말이야. 우리에게는 구역질나는데 그 짓을 하는 걔네들은 환상의 세계에 도취된 기분에 살고 있을 테니."

"양이가 안됐어."

"너 또 양이 걱정하고 있구나. 잊어버려."

친구는 물감이 묻은 붓을 물통에 넣어 이리저리 휘적거리며 씻어내고 있었다.

그렇게 양이의 뜬소문을 들은 후 여러 달이 지난 후였다. 아침 등교 길이었다. 은희는 다림질한 하얀 웃옷에 자랑스러운 네모난 학교 배지를 달고 까만 교복 스커트를 입고 버스 정류장에서 학교로 가는 합승 버스를 타고 차가 떠나기를 기다리고 있었다. 합승 차는 안국동을 거쳐 광화문으로 가는 차였다. 정류장에 있었던 학생들과 직장으로 가는 승객들이 모두 올라타자

차는 막 떠나려고 하였다. 그때였다. 멀리서 떠나려고 하는 합승차를 향하여 한 사람이 허겁지겁 뛰어오는 게 보였다. 은희는 운전석 옆 오른쪽 자리에 앉아 있었기에 오른쪽에 붙은 백미러로 뛰어오고 있는 사람이 보였다. 양이였다. 아마도 은희가 합승 차에 오르는 것을 멀리서 알아보고 은희를 만나러 뛰어오는 것 같았다. 차장 아가씨는 뛰어오고 있는 사람을 보지 못했는지 운전수 아저씨를 향하여 "오라잇"하고 말했다.

은희의 가슴이 쿵쿵 뛰고 있었다. 그것은 순간처럼 보이는 짧은 시간이기도 하였지만 은희가 상황을 바꾸게 할 결정을 내릴 수 있는 긴 시간이기도 하였다. 은희는 차장 아가씨를 향하여 '잠깐만'하고 차를 떠나지 못하게 한 다음에 차에서 내릴 수도 있었다. 자동차 오른쪽에 붙은 백미러에서 양이를 알아낸 후 부터 차장 아가씨가 오라잇 할 때까지의 시간은 은희에게 굉장히 오랜 시간이었다.

차는 이미 떠나버렸고 차를 놓친 양이는 정류장이 지났는데도 계속 뛰어오고 있었다. 그러다가 숨이 차는지 멈추어 서서 차를 향하여 두 손을 흔들고 있었다. 그때야 은희가 뒤돌아보았다. 어쩌면 양이가 뒤돌아보는 은희를 보고 반가워했는지 모른다. 더 크게 두 팔을 위로 하고 흔들고 있었다. 은희가 뒤돌아보기 전부터 양이를 보고도 모른척하고 있었다는 것을 알면 양이의 기분이 어땠을까? 그렇게 반가워하며 뛰어왔을까?

차는 이미 멀리 떠나버려 더 이상 양이의 모습이 보이지 않고 있었지만 은희의 뇌리에는 교복을 입지 않은 남루한 옷차림의 양이가 헐떡거리며 은희가 탄 버스를 향하여 뛰어오던 모습이 어른거리고 있었다. 그것이 은희가 마지막으로 양이를 본 것이었다. 죽을 때까지 제일 친한 친구를 하자고 약속을 먼저 꺼낸 사람은 은희였다. 영원한 우정을 비밀리에 지키자며 어려운 일이 생기면 도와주자고 다짐했던 것도 은희였다. 그럼에도 은희는 차에서 내려가지 않은 자신이 미워지고 있었다. 뛰어내려 같이 껴안고 반가워서 펄쩍펄쩍 뛰고 싶었었는데 왜 모른 척 했을까? 은희의 가지런히 자른 단발머리에 비해 양이의 부스스한 머리가 초라하게 보여 합승에 탔던 다른 승객들이 은희까지 무시할 것 같아 창피해서 내리지 않은 게 아닌가? 아니면 잠재의식 속에 자신의 아빠를 다치지 않게 하려고, 아니 구역질나는 매춘의 소굴로 혹시라도 끌어들이지 않을까 의심 때문이었을까? 그것이 무엇이든 간에 은희는 엄마와 미술반 친구 말 때문이라고 변명할 수는 없었다.

은희는 자기 자신이 변한 것을 그제야 알아차렸다. 더 이상 은희는 순수하지 않다는 것을, 그래서 약속했던 순수한 우정도 못 지키고 있다는 것을.

은희는 양이에게 미안했다. 국민학교 시절 어려운 일이 있을 때마다 양이는 은희를 도와주었었는데. 은희가 왕따 당해 학교 가기 싫어하고 공부도 제대로 하지 않았다면 이렇게 좋은 명문 중학교에 입학도 못했을 텐데. 똑같이 머리 좋고 똑같이 공부 열심히 해 성적이 좋은 두 자매 같은 친구가 이제는 전혀 다른 인생의 길을 걷고 있는 모습에 은희는 미안해하고 있었다.

그리고 인생의 다른 시점에서 미나를 만났을 때 미나는 은희보다 10살이나 어린 나이임에도 은희는 양이를 은연중에 생각하고 있었는지 모른다. 그리고 그것은 그리움처럼 나타나고 있었다.

잎새 **열둘**

구불구불거리는 고속도로에서도 제한 속도가 40마일이라고 도로변 사인에 적혀 있는데도 60마일 이상의 속도를 내면서 잘 달리는 차가 있는가하면 은희는 브레이크를 밟으며 운전을 하여서인지 차의 속도가 30마일로 떨어지고 있었다. 브레이크를 밟지 않으면 구불거리는 길에서 발란스가 맞지 않아 옆으로 삐져 나가 경사진 땅 밑으로 구를 것만 같아서였다. 은희는 조금 더 속도를 내 보려고 노력했지만 길이 다시 심하게 구불거리기 시작하면 브레이크를 밟고 있었다. 그랜드 캐넌이나 요세미티등 장거리 여행을 떠날 때마다 남편 현수가 산길에서 운전을 했었기에 은희는 자기가 이렇게까지 운전을 못하는지도 모르고 있었다는 것을 새삼 알아차리며 자신이 어리석어보였다. 내일이라는 시간은 촉박하게 다가오고 있는데 미나에 대한 판정은 불리하게 되어가고 있었다. 미나의 검사는 가혹하리만큼 배심원들이 믿을 수 있게 미나의 행위와 일어났던 사건들을 하나하나 질책해가고 있었다. 은희도 미나를 전혀 모르고 그 12명의 배심원 중에 하나라면 그 검사의 조리 있는 말을 들은 후 피고 미나가 죄가 있다라고 표를 던질 것 같았다.

"피고 미나는 남편을 죽이려고 전부터 계획하고 있었습니다. 그 증거로 남편이 죽기 여러 달 전 피고가 남편을 죽여 버리겠다고 한말이 그날 피고의 집에 왔었던 경찰들에 의해 경찰 기록에 남아 있습니다. '남편을 죽여버리겠다' 피고가 얼마나 남편을 미워하고 있었는지 그 말로 충분합니다. 남편을 미워하던 피고는 남편을 죽인 후 다른 사람이 죽인 것으로 꾸며 생명보험을 타 먹으려고 바로 한 달 전에 거액의 생명 보험도 들었습니다. 보통 사람들은 작은 금액의 생명보험 들기도 벅찬데 왜 피고 미나는 남편이 죽기 바로 한 달 전에 거액의 생명 보험을 들었겠습니까? 피고는 또한 남편 말고 다른 정부와 사랑에 빠져 외도를 하고 있었습니다. 다른 남자와 사랑에 빠져 눈이 멀다 시피 된 피고는 더 이상 사랑을 하지 않는 남편을 죽이려고 사건 당일 아침 가게 안에 있었던 보안 카메라 전깃줄도 의도적으로 끊었습니다. 매일 작동이 잘되고 있는 감시 카메라를 왜 피고가 그날 아침 끊었겠습니까? 피고가 남편에게 총을 쏘는 장면이 찍히지 않게 하려고 사전에 계획한 것입니다. 그리고 피고는 남편이 위험한 일이 생길 때 쓰려고 서랍 속에 두었던 권총을 꺼냈습니다. 팡팡. 남편을 미워하여 죽이려고 마음먹고 있었던 피고는 이렇게 남편을 향하여 총을 쏘았습니다. 팡팡."

냉정하게 생긴 백인 여자 검사는 마치 자기가 증오하던 어떤 남자를 쏘듯이 두 눈썹사이의 미간을 좁혀 주름살을 만들어 눈을 째리며 양 입가에는 심술궂은 미소까지 담은 채 총을 잡아당겨 보이며 총 쏘는 흉내를 내고 있었다.

"남편을 죽인 후 피고는 증거를 없애려고 손을 씻었습니다. 그리고 다시 총을 잡았습니다. 그때 가게 손님이 들어왔습니다. 가게 손님은 총 쏘는 장면을 직접 본 것과 다름없습니다. 왜냐하면 가게 안에는 피고와 총에 맞은 피고의 남편 외에는 아무도 없었고 손님이 들어오기 전에 아무도 나오는 것을 보지 못했기 때문입니다. 배심원 여러분, 피고는 본인이 남편을 죽이지 않았다고 무죄를 요구하지만 피고는 이미 이 법정 안에서 거짓말을 한 적이 있습니다. 절대로 거짓말을 하지 않겠다고 선서까지 했음에도 남편 이외에 다른 남자와 정사를 한 적이 없다고 하였는데 피고와 간통을 한 로버트 마이어 씨가 나타나 사실을 이야기함으로 피고가 거짓말하고 있음을 밝혔습니다. 그렇다면 피고가 남편을 죽이지 않았다는 것 또한 거짓말을 하고 있음을 알 수 있습니다. 또 한 가지 배우자 살인의 90 % 이상이 범인이 배우자인 것으로 통계가 나오고 있는 것을 참고하시기 바랍니다."

재판이 계속될 때마다 미나는 움츠러들고 있었다. 어떻게나 백인 여자 검사가 묘사를 잘하고 있는지 미나 스스로가 정말로 자기가 자기 남편을 그렇게 쏘아 죽인 것으로 착각이 들 정도였다. 그래서인지 미나는 더 이상 본인이 범인이 아니라고, 무죄라고 말하지도 않고 입을 다물고 의기소침해 하고 있었다. 다른 사람들 눈에는 그러한 미나의 태도가 더욱 미나가 범인이라는 의심이 가게 만들 뿐이었다.

은희도 그 중의 하나였다. 미나가 입을 다물고 있으니 자기가 저지른 범행을 인정하고 무슨 벌이든 기다리는 모습 같았다. 은희가 윌리암스 의사를 만나러 가는 것도 시간 낭비인 것 같았다. 남편 말대로 재판 결과만 기다리자 싶기도 하였다. 그런데도 이상하게 은희 마음속에 무언가 석연치 않은 게 떠오르고 있었다. 정확히 무엇인지는 모르겠지만 윌리암스 의사를 꼭 만나보고 싶었다. 그 의사를 만나도 그 무엇이 시원하게 해결된다는 근거가 없었는데도 마음속에 떠오르는 석연치 않은 것을 풀기 위해서 누군가 자기를 윌리암스 의사 집으로 떠다밀고 있었다.

퍼 붓듯 계속 내리던 비는 거짓말처럼 멈추어 있었고 가로등의 불빛과 언덕 밑 평지에 보이는 상가와 집들의 불빛들이 모여 다른 세계로 들어오고 있는 것 같았다. 일단 시내로 들어와 큰 길을 따라 윌리암스 의사 집을 찾는 것은 어렵지 않았다. 길은 가로와 세로로 줄자를 대어 만든 듯 구분되어 있었다. 윌리암스 의사의 집주소를 보고 차를 세운 은희는 초인종을 누르고 기다리고 있었다. 조금 긴장이 되었다. 어렴풋이 은희가 일하던 약국에 와서 처방전을 쓰고 있었던 얼굴만 기억하며 사적으로 알지 못하는 사람 집에 이렇게 찾아왔다는 것은 한국에서도 예의가 없는 행동이었다. 그런데 미국 사회에서는 더욱 그렇다는 것을 알면서도 은희는 마음과는 달리 문 앞에 서 있는 자기 자신이 놀랍기까지 하였다.

초인종을 누르고 조금 있으니 기다리고 있었다는 듯한 여인이 문을 열고 은희를 집안으로 안내했다. 여인은 외출 준비가 되어 있는 듯 정장을 한 상태에서 발만 구두대신 집에서 신는 슬리퍼를 신고 있었다. 벽과 벽 사이로 넓게 깔려있는 베이지색 연한 카펫을 보며 은희는 구두를 벗으려고 하였다. 여인은 은희의 두꺼운 겉옷을 받아 현관 문 옆에 있는 붙박이 옷장 옷걸이에 걸으며 신발은 그냥 신고 들어와도 좋다고 하였다. 혹시라도 빗물에 젖은 구두바닥이 베이지색 카펫에 무늬라도 남길까봐 은희는 현관위에 놓여있는 매트 위에서 구두바닥을 두세 번 누르며 응접실과 거실을 바라보고 있었다.

은희가 상상하던 의사가 사는 집은 화려했는데 보통사람이 사는 수준으로 조촐했다. 구두를 벗지 않아도 좋다고 한 여인은 남편이 지금 전화를 받고 있으니 응접실 소파에 앉아 잠깐 기다리라고 하며 사라졌다. 그제야 은희는 그 여인이 윌리암스 의사의 부인인 것을 알 수 있었다. 불론디 머리인 여인은 반짝거리는 불론디의 노란색이 아니라 옥수수 색으로 보였지만 여전히 아름답게 머리를 단정하면서도 뒤통수가 나오게, 볼륨 있게 만들어 호리호리한 몸매와 함께 뒤에서 보면 젊어보였다. 마시는 차를 갖다 주었을 때 아주 가까이 보니 눈가장자리와 눈 밑 주름살이 보였지만 조금 떨어진 곳에서 보면 눈 화장을 잘 하여서인지 또렷하고 세련되어 보였다. 은희는 녹차를 마시며 방안을 두리번거리고 있었다. 연한 베이지색 카펫에 비해 가구들 색은 무게가 있는 어두운 색이었다. 가구 하나는 낡아보였다. 손자국에 많이 닿아서인지 페인트 색도 벗겨지고 마찰에 의해 반들반들 거리고 있었다. 그렇게 낡은 가구임에도 이상하게도 싸구려로 보이지도 않았고 초라하게 보이지도 않았다. 무게가 있으면서도 아늑한 이 방 분위기에 아주 잘 어울리고 있었다. 어쩌면 비싼 돈을 주고 사온 골동품 같기도 하였고 아니면 할아버지나 증조할아버지가 쓰다 집안에 전해 내려오는 가구 일 수도 있었다. 그 골동품처럼 생긴 가구 위 벽에 붙어 있는 그림이 은희 눈을 끌어 당기고 있었다. 한 남자가 무릎을 꿇고 기도하는 모습이었다. 남자의 얼굴은 고뇌에 찬 모습이었고 그의 모습은 져가고 있는 하늘 석양을 향하고 있었다. 은희가 처음 보는 유화였다. 종교서적을 파는 책방에서도 본적이 없었고 그림을 파는 화실에서도 본적이 없었다. 처음 보는 그림이라 은희 마음을 움직이고 있는지도 모른다.

밀레의 해가 져가는 저녁노을에서 밭에서 일하던 두 부부가 기도하며 서 있는 모습을 보며 사람들의 마음이 움직이듯이 은희는 한 남자가 무릎 꿇고 등을 굽힌 채 기도하는 모습에, 그 남자의 주위에 보이는 언덕 둥우리 어두운 배경사이로 저녁노을의 빛을 통해 보이는 남자의 기도 하는 얼굴을 보며 은희의 마음이 움직이고 있었다. 쉬워 보이는 것 같아도 계속 기도하는 것이 가장 어려운 일 중의 하나였다. 저렇게 절실하게 기도하는 그림을 붙여 놓은 이 집 주인은 어떠한 사람인가 생각이 미치고 있었다. 어디서 사 온 그림일까? 은희도 저 그림과 같은 똑같은 그림 유화를 하나 사서 거실 벽에 걸어놓고 싶었다.

그렇게 은희가 잠시 차를 마시며 생각하고 있을 때 전화를 마친 윌리암스 의사가 응접실에 나타났다. 그도 은희가 오기 전부터 준비하고 있었는지 외출복으로 정장을 하고 있었다.

"죄송합니다. 전화가 와서 기다리게 해서요. 그런데 무슨 일로 저를 꼭 보겠다고 했는지요. 오늘 저녁 제 손녀딸이 음악회에서 하프를 연주하기로 되어 있어요. 꼭 간다고 몇 달 전부터 약속을 했어요. 비도 오고하여 찻길이 막힐 것 같아 일찍 떠나고 싶었지만 은희 씨와 약속한 게 있어서 기다리고 있었습니다. 조금 늦은 것 같아요. 15분 정도 기다리다 안 오면 막 떠나려던 참이었습니다."

"죄송합니다. 680과 580을 피해 84번으로 왔는데 비가 너무 갑자기 쏟아져서 속도를 줄여야만 했어요. 저도 제 아들이 바이올린 콘체르토 마스터로 올해 처음으로 뽑혔기에 제가 빨리 돌아가야 하는데요. 돌아갈 때는 84번 대신 580과 680을 사용해야겠어요."

"조금 전 뉴스를 들으니까 지금부터 30분전 580에서 680으로 가는 길에 트럭이 미끄러져 엎어져서 길이 막혔다고 그러더군요. 길이 뚫리려면 적어도 3시간 이상 걸린다고 해요. 그리고 84번이 길이 좁아도 저희 집에서는 진입로가 더 가까워 시간도 돌아가는 것보다 더 빨리 갈수 있어요. 저는 84번으로 갈려고 합니다. 그런데 아드님도 바이올린 콘체르토 마스터로 오늘 음악회 한다고 했는데 혹시 장소가 어디인가 물어보면 실례가 되겠습니까?"

"후리몬트시에 있는 올로니 대학 음악 강당에서 7시 반부터 시작이에요."

"저런. 저희 손녀딸도 오늘 거기서 하는데요. 제 아들집이 후리몬트시에 있거든요. 이런 줄 알았으면 그 음악 대학 강당에서 만나는 게 좋았을 텐데. 저희도 지금 그쪽으로 가려고 준비하고 있었답니다. 서두르고 싶지 않지만 시간이 벌써 많이 지체되었으니 오늘 오셔서 꼭 저를 보고 말할 게 있다고 한 것 이야기해 주십시오."

윌리암스 의사는 손목시계를 잠깐 보고 있었다. 은희도 아들 오케스트라에 늦지 않게 서두르고 싶은 마음이 있었다. 그런데도 왜 여기까지 찾아와서 이야기하려는 말이 곧 입 밖으로 나오지 않았다. 은희는 망설이고 있었다. 평상복을 입고 약국에 찾아왔을 때 그리고 스포츠카에 앉아 있을 때와 지금 음악회를 가려고 정장을 하고 있는 모습이 전혀 닮아 보이지 않았기에 그랬다.

주마등처럼 은희의 뇌리 속에서 움직이고 있었다. 사이렌 소리와 함께 불이 반짝거리며 경찰차가 모여들고 있을 때 윌리암스 의사의 차가 미끄러져 나가던 것을. 그때 그 차가 지붕이 뚜껑을 접혔다 폈다 하는 스포츠 카 포쉬였기에 운전자의 얼굴을 유심히 보아 그 의사라고 생각이 들었지만 시간이 흘러서인지 지금은 운전자의 얼굴이 희미하게만 생각이 나고 있었다.

똑딱똑딱 시계 초침이 움직이는 소리가 들리는 것 같이 방안은 조용했다. 은희는 실례가 될까봐 무안당할까 봐 주저하고 있다가 안간힘을 쓰며 질문을 하였다. 여기까지 찾아왔는데 만약에 틀리더라도 물어보자.

"의사 선생님을 제가 직접 보고 싶었습니다. 왜냐하면 미나 가게에서 총격 사건이 일어났던 날 제가 제 약국을 지나다 하얀 스포츠카 포쉬에 있었던 분이 윌리암스 의사 선생님 같았어요. 그래서 얼굴을 확인하고 싶었어요."

윌리암스 의사 얼굴이 약간 긴장하는 듯하더니 이내 미소를 머금고 은희에게 반문하고 있었다.

"그래서요. 지금 확인해 보니 같은 사람이라고, 틀림없이 같은 사람이라고 확신이 오고 있습니까?"

은희는 그 질문에 다시 생각에 잠겼다. 거짓말을 할 수는 없었다. 은희는 고개를 좌우로 흔들며 대답을 하였다.

"아니에요. 확신 못 하겠어요. 그때는 윌리암스 의사하고 비슷하다고 생각했었는데요. 지금은 다른 사람으로 보여요."

"그러면 오늘 오셔서 대조 확인을 하였고 그 대답도 가졌으니 잘 되었군요. 밖에 비도 오고 도로 사정도 좋지 않으니 음악회에 늦지 않게 지금 출발

해야 하겠습니다."

그래도 조금은 기대를 하고 왔는데 은희는 그냥 떠나는 게 아쉬웠다. 이제 미나 사건은 조금도 도움 없이 궁지에 몰리고 있는 것 같아 조바심도 나고 있었다.

"윌리암스 의사 선생님, 떠나기 전 한 가지만 더 여쭈어 보겠는데요. 직접적으로 질문하겠어요. 그날 미나 가게 앞에 계셨어요? 아니면 계시지 않으셨어요?"

"조금 아까 은희 양께서 본 사람이 저와 다르게 보인다고 해서 그냥 가려고 했었는데요. 저도 끝까지 그 사람이 제가 아니라고 하면 은희 양 기억으로는 증명이 되지 않아 제가 아닐 수도 있겠지요, 하지만 은희 양께서도 솔직하게 대답하고 있으니 저도 은희 양 질문에 솔직하게 대답하겠어요. 은희 양이 본 사람은 제가 맞습니다."

은희의 가슴이 뛰고 있었다. 똑딱똑딱 시계 초침 소리가 들리듯 조용한 방안에 이제는 은희 가슴속에서 쿵쿵 뛰는 심장 박동 소리가 들리는 것 같았다.

"그렇다면 의사 선생님, 그 미나 가게에서 총 쏘는 사람을 보지 못했나요? 아니면 그 가게 안에서 총 쏘는 소리와 함께 조금 후 어떤 사람이 가게 안에서 나와 도망가는 것을 보지 않았던가요?"

윌리암스의 얼굴이 조금 찌푸려져 가고 있었다.

"저는 총 쏘는 장면을 직접 목격하지 못했습니다. 제가 직접 보았다면 당연히 증인이 되어 법정에 나가 사실대로 말을 해야겠지요. 은희 씨도 아시다시피 저는 주차장 차속에 있었지 가게 안은 들어가지 않았거든요. 그리고 사람이 가게 안에서 나온 것을 보았다 해도 그 사람이 총격을 한사람인지 그냥 가게 안에 물건 사러 들어갔다가 나온 사람인지 알 수가 없어요. 가게는 항상 손님들이 들락날락 하지 않습니까? 제가 직접 목격하지 않은 이상은 그 사람 같다고 추측 신고 할 수 없어요."

"선생님 도와주세요. 미나의 마지막 재판 날이 내일이에요. 선생님 말 한마디가 미나를 살릴 수 있어요. 선생님이 미나 가게 앞에 주차하고 있었다고 법정에 나와 말씀해 주세요. 그리고 손님들이 가게에서 나오는 것을 보았다고 말씀해 주세요. 그 손님 중 한명이 총 쏜 것일 수도 있잖아요."

"은희 씨, 죄도 없는 사람을 증거도 없이 법정에서 죄인을 만들어 벌을 주는 게 아닙니다. 그들은 지문이며 모든 증거 될 만한 것들을 모아 상황 파악을 다 한 다음에 판결을 내리는 것이에요. 제가 법정에 나가 그때 제가 밖에 있었다고, 다른 사람이 가게 안에 있다가 밖에 나가는 것을 보았다고 말하여 유죄 받을 사람이 무죄가 되지는 않지요. 밖에 나간 사람이 총을 쏘는 것을 직접 목격했다고 진술하면 모를까. 그런데 저는 보지 못했어요. 그래요. 저는 법정에 나가 증인이 될 수 없어요."

"제 친구 미나는 남편에게 총을 쏘지 않았어요."

"한 가지 물어보겠는데요. 어째서 은희 씨는 친구 미나가 남편을 죽이지 않았다고 생각하나요?"

"미나가 저한테 그리고 법정에서 모든 사람들이 듣는 곳에서 자기가 남편을 죽이지 않았다고 말했어요."

"미나가 한말을 은희 씨는 백퍼센트 믿습니까? 어떤 근거로 미나가 거짓말을 하지 않는다고 믿고 있습니까? 미나 당신의 친구는 당신에게나 다른 사람에게 한 번도 거짓말 한 적이 없습니까?"

윌리암스 의사가 은희 눈을 똑바로 쳐다보며 질문하고 있었다. 은희는 그 눈을 똑바로 계속 마주칠 수가 없었다.

"이제 더 이상 시간도 없군요. 우리 손녀딸 하프 연주하는 음악회에 곧 떠나야겠습니다. 제 아내가 손녀딸 찍겠다고 밤에도 찍히는 비디오카메라 며칠 전에 사다놓고 기다리고 있습니다."

"예, 바쁜 일정임에도 오늘 시간을 내 만나주셔서 감사합니다."

"그럼 조심해서 운전해 가십시오."

　은희는 다른 길로 가고 싶었으나 큰 사고가 나 길이 막혔다는 방향으로 갈 수는 없었다. 은희는 왔었던 구불구불한 길로 다시 되돌아가고 있었다. 비는 말끔히 멈춰 있었다. 그래서인지 차들은 아까 올 때보다 훨씬 더 빠른 속도를 내고 있었다. 퇴근 시간과 겹쳐 또 은희처럼 큰 길로 가려다 뉴스를 듣고 샛길로 빠져 나온 사람들까지 합쳐서인지 되돌아오는 84번 길은 많은 차들로 붐비고 있었다.

　경찰이 속도위반으로 과속 벌금 매기며 잡지만 않는다면 은희도 80마일 아니 100마일까지도 똑바로 뻗은 길은 달릴 수 있었다. 문제는 길이 다시 구렁이가 기어가는 모습으로 구불거리고 있었다는 것이다. 은희의 오른쪽 발이 브레이크를 밟을 때 마다 은희 바로 앞에 가던 차는 점점 멀어져 가고 은희 뒤로는 계속 차들이 붙어서 쫒아오고 있었다. 공터가 나오면 은희는 차를 멈추어 섰고 뒤에 오던 차들을 모두 먼저 보냈다. 그러기를 벌써 서너 번 했다. 다시 은희 앞으로 가던 차가 한참 멀리 가고 있었다. 언덕 구릉 사이사이로 뻗어진 2차선 도로가 어두운 밤이라 은희 눈에는 보이지 않았지만 빨강색 불빛이 크리스마스트리에 돌려놓은 장식 불처럼 이어지고 있는 게 보였다. 처음에는 은희도 빨강색 줄을 이해하지 못하다가 은희와 같은 방향으로 가는 차들의 꽁무니 불빛임을 알아차릴 수 있었다.

　은희는 공터가 다시 나올 때까지 속력을 내고 있었다. 갑자기 지나간 차에서 흘러나온 기름이 약간 파여 있는 도로 웅덩이에 고여 있었던 물과 범벅이 되어 차바퀴가 헛돌며 미끄러져 갔다. 우선 미끄러지지 않으려고 브레이크를 밟자 차는 서기는커녕 방향이 더 틀어지고 있었다. 그때였다. 은희와 반대 방향으로 달려오던 차도 미끄러졌는지 은희 쪽으로 달려오고 있었다. 은희는 산골짜기 쪽으로 향하던 방향을 왼쪽으로 옮기자마자 은희 쪽으로 달려오는 차를 피하려고 무의식적으로 다시 핸들을 산골짜기 방향으로 돌리고 있었다. 아차하며 산골짜기로 빠져 들어갈 뻔한 상태에서 은희는 "휴우"하면서 다시 핸들을 돌려 앞쪽으로 갔다. 그런데 은희 쪽으로 커다란 4x4 SUV차가 달려오고 있었다. 왜 은희 쪽으로 달려오는지 이해가 되지 않았다. 달려오는 차를 무시하고 곧바로 가면 자기가 피하겠지 하는 생각도 해 보았다. 문제는 만약에 피하지 않고 계속 달려오면 은희 차는 작고 상대편 차는 커서 은희 차가 박살이 날 것 같았다. 거기다 은희 바로 뒤에 붙어오는 차도 4x4 SUV인 큰 차인데 은희의 차 왼쪽으로 계속 끼어들어 앞질러 가려 몇 번씩이나 시도 하다 놓치고 있었다. 그럴 때마다 은희 차는 바로 골짜기 옆으로 미끄러져 가는 느낌이었다. 큰 고양이 두 마리가 조그만 쥐새끼 한 마리를 갖고 놀고 있는 것 같았다. 은희 차를 골짜기로 밀어 넣는 느낌이 나자 뒤에 붙은 차가 수상한 생각이 들었다. 아까 공터에서 섰을 때 저 뒤차도 같이 섰던 것 같았다. 은희는 자기가 원래 운전을 빨리 못해 뒤에 붙어오는 여러 대의 뒤차들을 먼저 보내고 싶어 섰지만 은희 바로 뒤차는 설 이유가 없었다. 우연히 같이 설수도 있기는 하겠지만.

그리고 보니 윌리암스 의사의 집에서 나왔을 때부터 옆집 맞은편에 주차해 있었던 차 같기도 했다. 차가 낭떠러지 근처 가까이로 미끄러질 때마다 은희의 손에서 땀이 났다.

'어제 남편이 나쁜 꿈을 꾸었다고 했지. 돌아가신 할아버지 얼굴을 보았다고. 오늘 밖에 나가지 말라고 했지.'

"아니야 미신이야. 내가 마음이 약해지고 있는 거야. 남편이 꾼 꿈까지 생각하고 있다니."

길은 내려가는 길이었다. 멀지 않은 곳에 차가 설만한 공지가 보이고 있었다. 낮에 훤할 때는 좋은 경치가 보이는지 전망대라는 팻말이 붙어 있는 곳 같았다. 은희는 그 평지에 서서 바짝 따라오는 차들을 먼저 보내려고 그 평지까지 조금 빨리 달리고 있었다. 은희 뒤에 있던 차가 은희가 공지에 멈추려고 하는 것을 모르는지 은희 앞으로 가로 질러 가려고 앞으로 차선을 바꾸고 있었다. 왼쪽으로 구부려진 길이라 앞에서 오는 차가 보이지 않았다. 막 뒤차가 앞쪽으로 가려고 하는 순간 바로 앞쪽에서 큰 차가 튀어나왔다. 은희는 순간적으로 은희 바로 뒤차와 앞으로 오는 차가 부딪히는 줄 알았다. 그때였다. 은희 뒤차는 은희 앞쪽으로 오는데 시간이 모자라는지 은희 차 바로 옆으로 들어왔다. 은희는 뒤차가 앞으로 오는 줄 알고 속력을 줄였다가 이제는 옆으로 오는 차를 피하기 위하여 속력을 내며 악세라이터를 밟고 있었다. 간신히 옆 차와 충돌을 막으며 앞으로 가고 있는데 뒤차와 부딪힐 줄 알았던 차가 은희 쪽으로 달려오고 있었다. 은희는 뒤차가 옆으로 끼어드는 것을 피하느라고 밟은 악세라이터 속력으로 앞에서 오는 차를 피하느라 오른쪽으로 핸들을 돌렸다. 차선과 벼랑 사이에 세워있는 쇠철망이 부딪히는 소리가 들렸다. 차는 허공을 향하여 튕겨 나가는 듯하더니 밑으로 구르고 있었다. 5층은 되는 높이였다. 차가 땅에 부딪히는 순간 은희 머리에 묵직한 충격이 왔다. 순간 은희는 정신을 잃었다. 그러다 잠시 후 정신이 다시 돌아오고 있었다. 차는 여전히 뒹굴며 내려가고 있었다. 차가 뒹굴며 차지붕과 바퀴가 서로 바뀌어 내려가면서 바위 모퉁이에 부딪힐 때마다 쇠로 만든 차체가 찌그러져 가는 소리가 비명처럼 날카롭게 들리고 있었다. 그 소리를 들으며 은희는 지금이 마지막이라는 생각이 들었다.

제일 먼저 아들 영철이가 생각났다. 매일 약국 일이 바쁘다며 제대로 아들한테 해주지 못하고 떠나는 엄마가 미안했다. 더 맛있는 반찬도 많이 만들어 주고 사랑도 듬뿍 줄 것을 제대로 표현도 못하고 떠나다니. 아들 얼굴 다음으로 남편 얼굴이 떠올랐다. 아침에 윌리암스 의사를 만나러 가면 이혼하겠다고 하던 말이 협박으로 들려 그때는 남편이 싫었지만 지금은 그렇게 말하던 남편이 이해가 되고 있었다. 먼저 떠나서 미안해요. 영철이 아빠. 영철이한테 잘 해주는 새엄마 만나서 행복하고 재미있게 사세요. 다음으로 은희는 엄마와 아빠의 얼굴이 눈에 들어왔다. 부모님보다 자식이 먼저 떠나면 최고의 불효라고 들었는데 엄마 아빠 죄송해요. 살아 있을 때 제대로 효도 한번 못하고 떠나서 죄송합니다.

일분도 안 되는 짧은 시간이었다. 그 짧은 시간에 주마등 같이 아들 영철이, 남편, 엄마, 아빠, 남매 얼굴들이 떠오르며 지나가고 있었다. 잠시 주위가 조용했다. 굴러 떨어지던 차가 멈추어 선 것 같았다. 땅에 차가 닿으며 쿵하고 부딪혔던 머리가 지끈거리며 아파왔다. 은희는 아픈 머리를 느끼며 아직 자기가 죽지 않았다는 것을 알 수 있었다. 지금 어디에 와있나 궁금해졌다. 은희가 밖을 내다보니 별빛과 달빛이 물위에 비쳐오는 것이 창문 옆으로 보였다. 차는 바퀴를 하늘로 향한 채 아슬아슬 물속으로 들어가기 직전 벼랑에 걸쳐 있었다. 은희는 머리도 아팠지만 현기증도 나고 토할 것 같이 속이 메슥거려 차 밖으로 나와 보려고 노력하고 있었다. 그때 차가 갑자기 기우뚱거렸다. 차가 물속에 빠지면 수영도 제대로 못하는 은희는 익사하고 말 것 같았다. 누군가 구해줄 때까지 움직이지 않고 가만히 있을까 하니 뒹굴며 내려오던 차가 휘발유 엔진에 불이라도 붙어 폭파될 것 같은 예감도 들었다. 그리고 보니 타는 냄새도 나는 것 같았다.

은희는 차가 물에 빠지는 한이 있더라도 우선 빠져나가보려 하였다. 차체가 찌그러졌는지 차문이 열리지 않고 있었다. 간신히 창문을 내리고 창문 밖으로 몸을 내밀어 차 밖으로 나올 수 있었다. 창밖으로 나올 때 오른쪽 어깨가 무척 아팠다. 아마 어깨뼈가 금이 가거나 부러진 것 같았다. 은희가 나오자마자 차는 물속으로 잠기면서 휘발유 기름통이 터져 불꽃을 튀기고 있었다. 아찔한 순간이었다. 은희는 벼랑 끝 바닥 언덕 경사진 곳에 기대며 불꽃과 연기 속에서 터져 나오는 화염의 세력에 놀라 쳐다보고 있었다. 기름에서 터져 나오는 불은 물이 있는데도 진정을 하지 않고 있었다. 차가 물속에 빠졌기에 망정이지 나무 숲속으로 떨어졌으면 기름에서 터져 나오는 화력으로 숲속에 있는 나무를 다 태울 뻔한 듯했다.

 그때까지만 해도 은희는 자신의 실수로 골짜기 밑으로 떨어진 것이라 생각했다. 은희는 오층 정도 높이의 언덕 위에 차들이 계속 지나가고 있는 것을 볼 수가 있었다. 은희가 세우려고 했던 전망대 공터 위에 차들이 몇 대서 있는 게 눈에 들어왔다. 그 중의 한대는 아까부터 자기를 괴롭히며 차 앞 대가리를 앞으로 들어놓던 4x4 에스유비 큰 남색 차 같았다. 은희는 그들이 응급차를 부르고 있는 줄 알았다. 그때였다. 갑자기 총소리가 들렸다. 첫 번째 총은 빗나갔다. 두 번째 총탄이 은희 머리를 관통하면서 쓰러졌다. 전혀 예상하고 있지 않은 상태였다.

 "왜? 나를?"

 은희의 손이 총알이 관통한 머리 옆에 있었다. 끈끈한 핏물이 물처럼 쏟아져 나오는 것을 손으로 느끼며 은희는 갑자기 졸음이 오고 있었다. 온 사지가 뻣뻣해가며 정신을 잃고 쓰러져 있어 누가 보아도 죽은 사람으로 보였다. 번쩍거리는 불빛이 현란하게 돌아가고 있었다. 사이렌 소리가 여기저기서 들렸다. 한동안 정신을 잃고 있던 은희의 귀에도 응급차의 사이렌 소리가 어렴풋이 멀리서 들려오고 있는 것 같았다. 그동안 얼마나 시간이 흘렀는지 모르지만 사람들이 은희를 들것에 실어 위로 올리고 있었다. 밤공기가 찼다. 어쩌면 그 밤공기의 찬 기운 때문에 은희가 아직까지 생명이 유지되고 있는지도 모른다. 총알이 은희 머리를 관통하면서 펑펑 쏟아져 나오던 피가 찬 공기 때문에 천천히 조금씩 나오고 있었다.

 은희가 전망대가 있는 주차장 평지에까지 올라갔을 때였다. 하얀 병원의 구급차도 와 있었지만 불자동차 외에 차를 끌어 올릴 수 있는 장비차 외에도 경찰차들이 여러 대 서 있었다. 은희를 향해 총을 쏘았던 4x4차는 더 이상 보이지 않고 있었다. 대신 윌리암스 의사의 차가 서 있다가 은희가 하얀 구급차로 옮겨가는 순간 같이 구급차에 타려 하고 있었다. 은희는 정신이 몽롱한 상태에서도 방어 자세로 변하고 있었다. 윌리암스 의사는 거기 서 있

던 경찰관들에게 자기의 신분증과 본인이 의사라고 면허증 등을 보이며 설
명을 하고 있었다.

"윌리암스 의사가 은희를 치료한다고요? 안돼요. 다른 의사한테 치료 받을
래요."

은희는 방어의 자세가 된 상태에서 소리를 지르고 있었다. 그런데 입에서
전혀 소리가 나오지 않고 있었다. 은희가 말하고자 하는 단어들이 나오지
않아 의사 전달이 되고 있지 않았다. 은희가 소리를 지를 때마다 음음 하는
신음소리만 간혹 입술사이에서 작게 나오고 있었다. 은희의 신음소리를 들
었는지 윌리암스 의사와 경찰 수사관이 같이 은희 쪽으로 오고 있었다. 윌리
암스 의사는 은희의 위 눈꺼풀과 아래 눈꺼풀을 올리고 내리면서 눈동자 안
을 보고 있었다.

"아주 운이 좋습니다. 정신이 들고 있어요. 저렇게 차가 찌그러졌는데도
살아 있다니. 그렇지만 시간이 촉박합니다. 뇌수술을 곧 받아야할 텐데 지
금 가는 병원에 뇌수술 전문의가 대기하고 있는지요. 환자가 지금은 살아
있어도 시간이 지나면 위험해요. 만약의 경우를 대비해서 제가 따라가겠습
니다. 제 전공이 뇌수술 전문의이니까요."

은희는 말하려는 단어대신 음음 소리만 나오고 있었지만 다른 사람들이
하는 말은 정확히 들리고 있었다. 은희는 윌리암스 의사를 더이상 신뢰할 수
가 없었다. 미나 가게 앞에서 주차하고 있었던 것부터 시작해서 그 집에 갔
다 오다 차가 낭떠러지로 굴러 떨어진 후 총까지 맞았으니 무언가 말 못할
꺼림칙한 비밀 때문에 자기가 당하고 있는 것만 같았다. 그런데 이제 자기의
목숨이 달린 뇌수술을 그 사람에게 맡기다니. 신뢰할 수 없는 의사에게 자
기를 맡긴다는 생각을 하고 있으니 현기증과 함께 구토가 나오고 있었다. 토
하기 전까지 구역질 날 때의 기분은 머리가 깨질듯 아픈 것 이상으로 은희
를 괴롭히고 있었다. 응급차는 달리고 있었는데 너무 느리게 가고 있는 것
같았다. 은희는 눈을 감고 있었는데도 응급차 안의 희미한 불빛조차 은희
눈을 성가시게 하고 있었다.

은희 남편 영철의 아빠 현수는 아까부터 두리번거리며 음악 강당 극장 문 앞에 서있는 사람들의 얼굴을 살펴보고 있었다. 아내의 얼굴이 보이지 않아서였다. 벌써 와 있는데 사람들이 너무 많아서 못 찾고 있는 게 아닌지 하며 두리번거리고 있었지만 끝내 자기 말을 듣지 않고 윌리암스 의사 집을 찾아 갔다가 비가 오는 길에서 늦어지는 것이라 생각이 드니 아내의 고집스러운 성격에 화가 나고 있었다. 더더구나 올해는 영철이가 오디션 할 때 노트 읽기, 장조 단조 변하기, 테크닉 등 무엇보다도 바이올린 소리가 좋아서 세 사람의 바이올린 심사 선생님의 만장일치로 제일 바이올린에서도 가장 앞자리인 콘체르토 마스터로 뽑혀 처음으로 관중 앞에서 연주하는 날이었다.

영철이 처음 후리몬트시에 있는 청소년 오케스트라에 3년 전 가입했을 때만 하여도 제일 바이올린이 아니라 제이 바이올린의 맨 뒷자리에서 겨우 시작하였었다. 그나마 뽑혀 들어간 게 다행이라고 맨 뒷자리도 감지덕지 여기고 있었다. 영철이 바이올린을 시작한 게 얼마 되지 않았는데 비해 다른 아이들은 이미 영철이 보다 3년 이상을 앞서서 배워왔었기에 그랬다. 대부분 4살 또는 5살부터 배우기 시작했다고 했다.

영철이를 가르치는 바이올린 선생님은 영철이에게 엄격했다. 하루는 영철이 바이올린 키는 자세가 좋지 않다고 주의를 주고 있었다. 쉽게 고쳐질 리가 없었다. 매번 올 때마다 시정과 함께 주의를 주고 있는 선생님을 보니 아빠가 듣기에도 거북하고 잔소리로 들리고 있었다. 또한 아들이 선생님한테 너무 잔소리 들어 기죽을 것 같아 걱정도 되었다. 바이올린을 취미로 배우고 있는 아들이 음악을 배우며 그의 인생의 교양과 정서를 배우기 원했던 것이 아빠의 원래 취지였는데 도리어 잔소리 듣다 성격장애라도 될까 노파심이 들고 있었다.

이미 그전에 영철이 글 쓰는 태도를 아빠가 고쳐보려고 여러 번 시도했다가 요사이는 입을 다물고 있었기에 그랬다. 연필심 바로 위를 잡고 글 쓰는 게 답답해 보여 조금 위에 잡고 쓰라고 이야기 했지만 이미 자기 나름대로 굳혀진 습관은 고치기가 어려워 연필심 바로 위 잡고 쓰는 것을 보면 답답한 마음이 들어도 이제는 아무 말도 하지 않고 있었다.

아빠는 바이올린 선생님께 말했다.

"선생님, 저도 연필심 조금 위로 잡고 쓰라고 여러 번 말했는데요. 이미 몸에 배었는지 고쳐지지가 않고 있어요. 그런 제 아들이니 바이올린 자세 고치라는 것은 선생님께서 단념하세요."

아빠도 너무 들으니까 지겨워 말하고 있었는지 모른다. 아니 자세가 나빠도 아빠 귀에는 영철의 바이올린 소리가 아주 멋있게 들리고 있었다. 오케스트라 연습장에 가보면 영철이와 다들 비슷한 자세로 하고 있던데 꼭 자세를 고치지 않아도 소리만 잘 만들어 내면 될 텐데 왜 이리 주의를 자꾸 주고 있는가 하여서였다.

"오늘부터 석 달 안으로 제가 말한 대로 자세를 고치지 않으면 더 이상 영철이 못 가르치겠어요."

선생님의 그 대답에 영철이 아빠는 황당했다. 아무리 이 선생님한테 배우겠다는 학생들이 많아 기다리고 있다고 하지만 자세를 원하는 대로 고치지 않으면 더 이상 못 가르친다니. 오디션 때 다른 아이들이 바이올린 소리 내는 것을 들으니 영철이 보다 3년 전 부터나 먼저 배웠다는 아이들도 악보를 보며 틀리지 않게 키고 있는데도 바이올린의 아름다운 선율대신 칼 가는 소리와 줄 째지는 소리를 내어 귀에 거슬리게 하는 소리 투성이가 대부분이었다.

한편으로는 선생님을 바꾸어 볼까도 생각했지만 선생님을 바꾸었다 영철이도 귀에 거슬리는 소리 내는 연주자가 될까 걱정이 되었다. 선생님이 그동안 영철이를 잘 지도하고 있었다는 생각이 들었다. 영철이 아빠는 그 날부터 영철이를 거울 앞에서 연습시키게 되었다.

"영철아 지금 네가 바이올린 하는 자세 보아라. 한쪽 어깨가 내려와서 움츠리고 오른 손을 움직이고 있으니 오른 손으로 먹을 것 좀 주세요. 돈 좀 주세요 하고 말하는 동냥하는 거지 모습이야. 선생님 말씀대로 어깨도 내려가지 않게 하고 오른쪽 팔꿈치도 내리지 않고 움직여봐. 그래, 그래 그렇게 하니까 이제는 내가 회장이다 내말 잘 들어라 하는 권위 있는 지도자로 보이고 있어. 너 거지되고 싶어 아니면 지도자 되고 싶어? 네가 골라 지금부터 거울 보며 연습해봐."

영철의 자세는 조금씩 하루마다 바뀌어 갔다. 누가 보아도 자신만만하게 바이올린을 키는 모습이었다. 그렇게 바이올린을 잡고 키는 자세를 바꾸고부터 시간이 지나자 뒷자리에 앉아있던 영철은 앞자리로 옮겨갔고 다시 제일 바이올린으로 자리를 바꾸더니 콘체르토 마스터까지 받게 된 것이었다. 작년에 했던 콘체르토 마스터는 영철이 보다 나이가 많은데도 영철이 뒷자리로 물러가 앉게 되었다. 여하튼 그렇게 뽑힌 영철이 인지라 오늘 무대에서 오케스트라를 대표하여 전체 조율도 맞추어 주고 대표인사도 하는 것을 본다는 것은 영철이 아빠와 엄마 모두에게 보통이상으로의 감격 모습이었다.

그런데 아내가 나타나지 않고 있었다. 15분 전부터 음악 강당 문이 열리며 줄섰던 사람들이 들어가고 있었다. 혹시라도 이제 나타나나하고 끝까지 기다리고 있던 은희 남편도 마지막으로 극장 안으로 들어갔다. 더 이상 극장 안은 사람들이 못 들어오게 문지기가 문밖에서 기다리고 있었다.

영철은 무대 위에서 관중석을 보고 있었다. 영철이 뿐만이 아니었다. 무대 위에서 연주하는 모든 청소년 학생 연주자들이 하나같이 관중석에 있는 자기 가족이나 친구들을 찾아내고 있었다. 가족을 찾아낸 연주자 각각이 다른 방향을 향하여 미소 짓고 있었다. 아직 찾지 못한 연주자만 여전히 고개를 움직이며 찾고 있어 웃는 얼굴이 아니었다. 영철도 가장 늦게 들어와 관중석 맨 끝에 앉아있는 아빠를 찾아내자 눈웃음을 짓고 있었다. 그런데 당연히 아빠 옆에 앉아있어야 할 엄마가 보이지 않았다. 영철의 얼굴 표정이 순간적으로 어두워졌다. 아빠가 관중석에 앉아 있어도 엄마가 보이지 않자 영철의 가슴이 뻥 뚫리는 기분이었다. 영철 이외에도 얼굴 표정이 어두운 또 하나의 연주자가 있었다. 첼로를 잡고 앉아있는 미나의 아들 민우였다. 민우는 관중석을 아무리 두리번거려도 엄마도 아빠도 할아버지도 보이지 않는 것을 잘 알고 있었다. 그런데도 어딘가에 앉아있을 것만 같았다. 작년 이맘 때 성탄절 청소년 연주회에는 세분이 모두 나란히 앉아있었었는데. 그것도 앞에서 세 번째 줄에.

민우는 뒷좌석 왼쪽 어두운 곳에 앉아있는 동양인 남자가 꼭 자기 아빠 얼굴과 같아 보였다. 머리모양도 같아 보였고 옷 입은 모습도 같아 보였다. 그래서 자꾸 그쪽을 다시 쳐다보고 있었다. 거기 앉아있는 사람이 민우를 향하여 반갑게 손을 흔들 것만 같았다. 그런데 꼭 민우 아빠처럼 생긴 그 남자는 민우를 향하여 손을 흔들지 않고 다른 쪽을 향하여 손을 흔들고 있었다. 그러자 민우는 아빠도 할아버지도 돌아가셨고 엄마도 유치장에서 재판을 기다리고 있어 음악회에 못나오는 것을 생각해 내며 그 뒷좌석의 동양인 남자는 민우와 아무 상관이 없는 사람이라는 것을 깨닫자 얼굴 표정이 어두워졌다.

민우가 아직 미성년자이기에 정부에서 일시적으로 포스터 페어런트라는 대치부모를 붙여 주었지만 그 일시적인 대치부모는 민우의 연주회에는 관심이 없는지 음악회 강당 안으로는 들어오지 않고 끝나는 시간에 데리러 오겠다면서 집으로 가버렸다. 민우의 첼로를 들으려 온 가족은 관중석 속에 아무도 없었다.

영철이 일어났다. 영철의 바이올린 소리에 맞추어 무대 위 여기저기서 삑삑거리며 조율 맞추는 소리가 났다. 검정색 양복바지 저고리에 하얀 와이서츠를 입고 까만 나비넥타이를 한 영철의 모습은 어린 초등학교 학생 모습이라기보다 당당하게 잘 생긴 음악가로 보였다. 영철아빠의 가슴은 뿌듯해지고 있었다. 혼자 보고 있는 게 아까웠다. 이 순간을 아내와 같이 보고 있다면 얼마나 좋았을까 생각하고 있었다.

지휘자가 나타나 지휘봉을 올리자마자 우렁찬 악기소리가 강당 안을 울리며 퍼져나가고 있었다. 여러 종류의 금관악기 연주자들이 일어섰다 앉았다하며 큰소리를 내더니 조금 후에는 목관악기의 갖가지 다른 연주자들이 부드러운 소리로 분위기를 만들고 있었다. 이제는 바이올린 첼로 베이스까지 합한 음악소리가 마치 물이 흘러가듯, 그러다 소용돌이를 만난 듯 북소리, 꽹과리 소리까지 울려 퍼지니 악기소리가 음악 강당을 흔들고 있는 듯했다. 악기 소리도 좋았지만 관객들이 무엇보다도 좋아하는 것은 자기 아들딸들이 그동안 연습했던 곡들을 무대 위에서 저렇게 멋진 소리로 내고 있다는 게 대견스러워 음악에 더 빠져 들어가고 있는 것 같았다.

음악 연주가 시작하고 얼마 지난 후 한 백인 여자가 급히 극장 문을 들어서려다 극장 문을 지키고 있던 문지기에게 저지를 당하고 있었다.

"조금 늦으셨습니다. 다음 프로그램 2부 시작하기 전 휴식 시간에 들어가셔야겠습니다."

"제 손녀딸이 하프를 연주하는데요. 꼭 와서 본다고 약속을 했거든요. 집에서 오는 도중 차사고 난 곳에 제 남편이 도와준다고 멈추어 서는 바람에 이렇게 늦어졌네요."

"제가 알기로는 하프 연주는 프로그램 1부에 있지 않고 2부에 있어요."

"그렇다면 정말 다행이에요. 밖에서 기다리다 2부에 들어오겠어요."

여인은 휴게실에 놓여있는 소파에 앉지 않고 극장 문 밖 매표소가 있는 곳으로 나가 옥상난간에 몸을 기대 밖에 보이는 밤 풍경을 내려다보고 있었다. 층층대 언덕 밑으로 멀리 베이인 바다의 만이 보이고 있었다. 어두워진 저녁이라 바닷물은 보이지 않았지만 만 주위로 지어진 빌딩과 집에서 나오는 불빛들이 반짝반짝 보이고 있어 둥그렇게 곡선을 그리며 보석처럼 영롱하게 빛을 내고 있었다.

여인은 오랜 세월 남편하고 살아왔지만 어느 때는 전혀 이해할 수 없는 때가 있었다. 오늘이 바로 그랬다. 여인의 생각으로는 남편이 관여할 일이 아니었다. 그냥 지나치고 왔으면 음악회에 늦지도 않았고 지금쯤 음악 강당 안에 둘이 같이 앉아 음악 감상을 하고 있었을 텐데. 손녀딸이 할아버지가 오지 못하는 것을 알면 마음의 상처나 받지 않을까 걱정도 되고 있었다. 하나밖에 없는 아들이 얼마 전에 죽었다. 그 손녀딸은 그 아들에게 하나 밖에 없는 딸이었다. 아빠가 없으니 할아버지가 아빠 역할을 해 주겠다고 자기에게 약속한 게 엊그제 같은데 벌써 그 약속을 저 버리고 병원 구급차 백차를 타고 가버리다니.

여인이 운전을 하고 있었다. 남편은 여인의 옆 좌석에 앉아 얼마 전에 사온 비디오카메라가 제대로 작동하나 하며 연습 삼아 앞에 가는 차들과 차 밖으로 보이는 밤 풍경을 찍고 있었다. 마침 새로 사온 비디오카메라는 예전 것보다 크기도 작았지만 밤에도 찍힌다하여 가격이 다른 비디오보다 더 비쌌다. 남편이 연습을 하고 있었지만 비디오 영상은 찍히고 있었다.

그때였다. 남편의 카메라 각도가 향한 쪽으로 멀리 자동차가 떨어지고 있었다. 그 모습을 보며 둘 다 충격을 받고 있었다. 불쌍한 한 사람이 죽어가는구나. 아니 살아남아도 병신이 되어 한평생 살겠구나하며. 여인의 앞에 가던 차들은 사고 난 지점을 옆으로 바라보면서 지나치고 있었다. 여인의 차도 사고 난 지점으로 점점 가까이 갔다. 갑자기 남편의 충격 받은 목소리가 새어나오고 있었다.

"아니 저럴 수가. 구급차를 요청하러 차를 저기 세운 줄 알았더니 도리어 총을 쏘다니."

여인은 그 사고 난 지점을 옆으로 하며 다른 차들과 마찬가지로 그냥 지나치려하고 있었다. 남편이 차를 세우라고 부인에게 크게 소리 질렀다. 전망대가 보이는 주차장에 차를 세우자 4x4 차는 밖으로 사라지고 말았다. 남편은 구급차가 올 때까지 기다리다 그 구급차 안으로 가 버렸기에 여인 혼자 이렇게 늦게 음악회에 나타난 것이었다. 머리에 총을 맞은 환자가 들것에 실려 골짜기에서 전망대 주차장까지 올라 왔을 때 환자의 상태를 살피던 남편은 다시 놀라고 있었다. 이제나 저제나 남편이 빨리 되돌아와 음악회를 향해 떠나려고 조급하게 기다리고 있던 아내에게 나타나 남편은 말하였다.

"여보 환자가 이제 보니 오늘 우리 집에 왔었던 아가씨군. 금요일 이 시간 뇌수술 전문의가 대기하고 있으면 모를까 생명이 위태로운데 내가 따라가 봐야만 될 것 같소. 일단 응급실에 가서 다른 전문의가 있으면 음악회로 갈 테니 당신 먼저 가시오. 둘 다 못가면 손녀딸이 섭섭해 할 테니. 또 한 가지, 내가 들은 것은 저 아가씨의 아들도 오늘 후리몬트시에 있는 같은 음악회에서 바이올린 연주한다고 들었는데 이따 연락이 되면 당신이 그 가족에게 연락을 해야 될 것 같소. 이따 봅시다."

여인의 생각으로는 남편이 관여할 일이 아니었다. 의사가 되는 것도 힘들지만 의사 배우자가 되는 것이 더 힘들다는 것을 지금처럼 남편이 섭섭하고 이해할 수 없을 때 더욱 느꼈다.

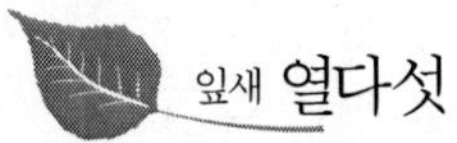

잠속으로 빨려 들어가면서 은희는 잠시 아픔의 고통을 잊고 있었다. 은희의 몸이 어두운 공간을 빠른 속도로 헤엄치고 있었다. 그 어두운 공간에서 갑자기 뾰족하게 생긴 큰 바위가 나타났다. 모서리에 부딪히면 아플 것 같아 피하려고 하였으나 은희의 의지와는 달리 빠른 속도로 몸이 가고 있었다. 몸이 바위 쪽에 부딪히기 바로 전 은희는 놀라고 있었다. 잠시 후 은희 몸이 모서리에 부딪혔는데도 전혀 아프지 않았다. 용수철처럼 튕겨 나온 후 더 멀리 어두운 공간으로 날아갔다. 은희는 꿈을 꾸고 있었다. 꿈속에서도 자기가 꿈을 꾸고 있다는 것을 알아챌 수 있었다. 꿈에서 깨어 나와 보려 하였지만 깨어나지 못하고 계속 꿈을 꾸었다.

어두운 공간을 날아 올라가며 은희는 여기가 어디인가 알 수 없었고 우주의 끝을 묘사하고 있던 검은 구멍인 불랙홀로 소용돌이치며 빨려 들어가는 느낌이었다. 캄캄하기만 하던 주위 공간을 날아가던 은희의 눈에 어슴푸레 어느 초가집 창문의 초롱불빛이 새어나오는 것이 보였다. 초라해보여도 따뜻하고 평화로웠다. 은희는 어두운 저녁 멀리서 시냇물이 졸졸 흐르는 소리를 들으며 걷고 있었다. 눈앞에 반딧불이 보였다. 시골에서 자라지 않았던 은희에게 는 반딧불이 어두운 밤공기를 타고 날아다니는 게 너무 예쁘고 신기했었다. 대학 1학년 때 농촌 봉사 활동에 갔다가 처음 본 반딧불이었다. 다른 대학에서 봉사활동 온 남학생들도 있었다. 그 중엔 대학시절 중간에 군대에 갔다 온 은희보다 3살이나 나이가 더 많은 지금의 남편 현수도 있었다. 그때는 부부가 아니었고 각 학교에서 봉사 나와 만난 학생들에 불과했다.

시골 밤하늘에 떠오른 반짝거리는 별들을 보며 북극성이 어디인가 북두칠성이 어디인지하며 서로들 헤아리고 있었다. 저별은 너의 별 저별은 나의 별하며 그 시절 유행하던 윤형주 씨가 작사 작곡한 노래들도 불렀다. 서로 모르고 서먹하게 지내던 사이에 사랑의 마음도 싹트며 가까워지고 있었다. 그래서인지 초가집 창문으로 보이는 초롱불이 은희 마음속에 따뜻하게 꿈속에서 다가왔다. 꿈이 바뀌어 가고 있었다. 가슴 설레게 만들던 첫사랑의 기억을 생각나게 하는 반딧불이 날아다니는 시골길과 초가집 창문 속의 초롱불에 따뜻한 마음이 생기고 있던 은희 눈앞에 아기의 얼굴이 보였다. 아기의 얼굴은 영철이 같기도 하였고 영철이 아빠 얼굴 같기도 하였다. 은희는 꿈속에서 꿈을 꾸면서도 영철 음악회에 늦으면 아니 된다며 스스로 조바심을 내고 있었다.

"조금 더 빨리 달려야 해. 영철 아빠가 오기 전 집에 가서 영철이를 음악강당까지 바래다주어야 할 텐데. 양말 구두 나비넥타이 모두 준비해 두었잖

아. 영철아 조금만 기다려, 곧 갈 테니. 엄마 곧 갈 거야."

아기가 엄마를 부르고 있었다.

"엄마 빨리 와, 엄마 빨리 와."

"그래 엄마 곧 갈 거야. 조금만 더 기다려."

영철이 아기 얼굴이었다. 세살 박이 영철이 아기 얼굴이었다.

"엄마 빨리 와, 엄마."

아 저 목소리. 얼굴은 영철이 같았으나 목소리는 계집아이였다. 은희의 머리가 갑자기 쇠망치에 얻어맞은 듯 쿵하고 울렸다. 자동차가 굴러 떨어지다 땅에 부딪힐 때에도 머리가 울리긴 했었다. 그러나 지금 쿵하고 울린 것에 비하면 그 강도는 아무것도 아니었다.

"아기야 너 지금 어디 있니? 엄마가 빨리 갈게."

은희의 심장이 갑자기 빨리 뛰고 있었다. 너무 빨리 뛰어 이러다가 갑자기 멈출 것 같았다. 은희는 달렸다. 아기가 있는 곳을 향하여. 은희가 헐떡거리며 간신히 아기에게 갔는데도 은희 앞에는 축 늘어진 아기의 몸만 보이고 있었다. 은희는 축 늘어진 아기를 안고 기진맥진 서 있다가 백화점 앞 주차장에서 쓰러져 버렸다. 그때도 오늘처럼 경찰차와 병원 백차들이 은희 주위로 몰려들어 불을 반짝거리며 왱왱 소리를 내고 있었다.

"이렇게 오랫동안 내 딸을 잊어버리고 있었다니."

그래. 10여년 전 일이었다. 영철이가 태어났기에 영철이와 영옥이를 혼돈하고 살고 있었던 것이 아닌가. 그러나 그것도 아니었다. 은희는 영옥이를 은희의 기억에서 완전히 지워버리고 살고 있었던 것이었다. 지금 영옥이 사건을 생각하며 은희의 가슴은 찢어질 듯한 아픔이 찾아오고 있었다. 그것은 그냥 아픔만이 아니었다. 죄의식이었다. 자기를 용서할 수 없는 죄의식이 은희를 휩싸고 있었다.

절대로, 절대로 용서할 수 없었다.

남편의 공부가 거의 끝나가고 있었다. 미국에 와서 잠시 자리 잡을 때까지만 봐주기로 했던 갓난아기였는데 시간이 어느새 흘러 2 년이 넘어가고 있었다. 공부 끝날 때까지 만이라도 할머니에게 맡기자고 남편은 이야기하였다. 은희는 생활이 힘들고 바쁘더라도 한국에서 아기를 빨리 데려와야 한다며 몇 번이나 남편에게 졸라대고 있었다. 그럴 때 아기를 봐주던 시어머님한테서 전화가 왔다. 허리를 다쳐 더 이상 아기를 봐 줄 수가 없으니 조속히 데려다 키우라고 하였다. 마침내 아기가 한국에서 미국으로 오는 날이었다. 비행장에서 엄마와 아빠의 가슴이 두근거리고 있었다. 할머니 손을 잡고 비행장에서 아장아장 걸어 나오는 아기는 놀랍게도 엄마와 아빠를 금방 알아보는 것 같았다. 엄마의 얼굴을 한참 쳐다보더니 방긋거리며 웃었다. 은희의 눈에서 눈물이 핑 돌았다. 할머니가 아기에게 말했다.

"엄마 아빠 큰 사진을 벽에다 붙여서 매일 너에게 보여주었었지. 사진하고 똑같이 생긴 엄마가 저기 있잖아. 가서 엄마 안녕하고 안아주렴."

아기는 약간 부끄러워하며 은희에게 아장아장 걸어오고 있었다. 아기의 따뜻한 체온이 은희의 가슴속으로 쏘옥 들어오면서 표현할 수 없는 사랑이 은희 마음을 적시고 있었다.

"아빠한테도 가서 인사하고 안아주렴."

아기는 할머니 말은 듣지 않고 엄마만 꼭 안고 떨어지지 않으려하였다.

"어머님 감사합니다. 이렇게 거의 이년 이상이나 영옥이 길러주시느라 고생이 많으셨어요. 어떻게 이 은혜를 갚아야 할지요."

은희는 떨어지지 않는 아기를 안고 시어머님에게 고맙다고 인사했다. 아기가 아빠한테 가지 않아도 아기 아빠는 아기가 좋아서 싱글벙글하고 있었다. 원래 허리가 약했던 시어머님은 아기를 보면서 아기가 울 때마다 업어주었던지 더 약하고 굽어져 있었다. 혹시라도 아기가 다치면 아들 부부에게 말 들을까봐 자기자식 키울 때보다 더 신경이 쓰였다고 하였다. 아들이 아직 완전히 공부 끝나 자리 잡은 게 아니라서 공부 끝날 때까지 만이라도 좀 더 보아주려 하였지만 허리도 점점 더 악화되며 통증이 심해가고 있었다. 그것보다도 몇 달 전 아기가 감기에 걸려 그냥 보통 감기인줄 알았는데 열병으로 변하여 의사한테 보여 처방약을 받아 먹였는데도 열도 내리지 않고 헛소리를 했다. 이러다가 아기가 죽을 것 같아서, 그러면 두고두고 아들 며느리에게 말을 들을 것 같아 병이 낫자마자 한사코 아기를 제 부모에게 맡기기로 결심했다고 하였다. 그래서인지 아기 생부모에게 갖다 맡기는 시어머님은 책임감에서 벗어나게 되어서인지 후련해 보이는 것 같았다.

그런데도 아기를 두고 일주일 후 한국에 되돌아가서는 아기가 눈에 어른거리며 보고 싶어 한 달 이상을 계속 울었다고 하였다. 우선 아기는 밤마다 깨어나 울어 제치고 있었다. 그 다음날 직장에 나가서 일을 해야 하는 은희였지만 밤중에 깨어나 우는 아기 달리다보면 밤을 거의 꼬박 새우는 적도 여러 번 있었다. 마침 그 이야기를 털어놓고 직장 동료에게 말을 했더니 밤에 깨어나 아기가 우는 이유는 배가 고픈 거라며 자기 바로 전에 우유를 많이 먹이라고 하였다. 그 이야기대로 하니 정말로 아기는 아침까지 깨어나지 않고 새근새근 잠을 푹 자고 었었다.

은희는 쉬는 날이면 딸 영옥이에게 잘 해보려고 무던히 애를 쓰고 있었다. 동네 놀이터에 가서 그네도 타고 미끄럼도 타고 놀았다. 가게에 데리고 가서 영옥이가 좋아하는 사탕도 사주고 예쁜 머리핀도 사서 꽂아 주었다. 처음에는 영옥이 때문이라 생각하고 있었으나 은희 스스로도 즐기고 있었다. 영옥이 머리핀 사면서 자신의 머리핀도 하나 더 사고 있었다.

하루는 동네 공원에 있는 공원 츄츄 트레인에 타서 공원 가장자리를 돌고 있었다. 그러다 풀밭에서 뛰어다니며 놀고 있었다. 아직 집에 가도 저녁 할 시간보다 한 시간이나 일렀다. 은희는 집으로 가려고 하다가 방향을 돌려 백화점으로 갔다. 직장에서 입을 바지가 필요했다. 옷을 빨다보니 기계로 빨아서 그런지 벌써 바지 밑이 뜯어져 있었다. 남이 뒤에서 보면 속 팬티가 보일 것 같았다. 은희는 비싼 고급 백화점 쪽으로 가지 않고 가격이 싼 백화점으로 갔다. 백화점에 다 왔는데도 아기가 공원 풀밭에서 뛰어다니며 놀아 피곤한지 정신없이 자고 있었다. 아기가 자지 않으면 같이 손잡고 백화점에 들어가 물건을 사곤 하였었다. 곤하게 자고 있는 아이를 깨우고 싶지 않았다. 은희는 잠시 망설이고 있었다.

"아기를 깨울까? 아니 조금 더 푹 자게 하는 게 아기에게 나을 거야. 아기를 재운 채 업고 갈까? 너무 무거워 힘들 거야. 등에 업혀 다니는 것보다 여기 이 차에서 자게 하는 게 아이한테는 더 편안 할 거야. 빨리 바지만 하나 사고 나올 텐데."

은희는 아기를 차 속에 둔 채 백화점으로 들어갔다. 백화점 안으로 빨리 걸어가고 있었다. 바지도 빨리 찾아 집어 들었다. 문제는 가격이 싼 백화점이라 돈 받는 곳에 줄이 길었다. 줄이 반 정도 줄어들었을 때였다. 은희의 마음이 조금씩 초조해지고 있었다. 그냥 사지 않고 가버릴까 생각하고 있었다. 그러다가 줄이 반이나 줄어들었는데 조금만 더 기다리자는 생각이 들었다. 줄어든 반이었지만 아까보다 훨씬 시간이 많이 들고 있었다. 은희 앞에 있는 사람은 옷 한 벌만 산 것이 아니라 5벌 이상 사들고 와서 하나하나 깐깐이 가격이 맞다 틀리다 하며 돈 찍는 점원과 다투고 있었다. 그때 은희 앞에 있었던 여자가 조금 빨리 끝냈다면 상황이 바뀌었을 것이었다. 그 여자 뒤에서 기다리던 은희의 귀에 아기의 목소리가 들리는 것만 같았다.

"엄마 빨리 와. 엄마 빨리 와."

차가 건물 밖에 있었으니까 아기의 직접적인 목소리는 결코 아니었다. 그런데도 은희는 귀에 들려오는 아기의 목소리를 못 들은 척 무시하고 있어선지 몸에서 땀이 나고 있었다.

'이제 저 앞에 있는 여자는 곧 끝낼 거야. 이제 내 차례가 될 텐데.'

아니 그 순간 뛰어 나갔다면 아무 일도 없었을지도 모른다. 어떠한 힘이 은희를 계산하기 위해 서 있는 줄에서 계속 서있지 못하게 하며 가게 밖으로 몰아내고 있는 것 같았다. 그런데도 은희는 그 힘을 막아내고 서 있으려니 몸에서 진땀이 나고 있었다. 마침내 은희가 돈을 내고 바지를 사들고 아기가 있는 차로 왔을 때 아기는 차 속의 여름 더운 공기에 의해 질식되어 축 늘어져 있었다. 은희는 아기를 안은 채 기절해 버렸다.

은희가 병원 침대에서 깨어났을 때 현수가 은희를 보고 있었다. 은희는 현수의 눈을 마주칠 수 없었다. 그때 차라리 남편이 은희를 막 야단쳤었다면 은희의 죄의식이 조금 사라졌을 수도 있었다. 하지만 현수는 그 일에 대해 한마디도 나무라지 않았다.

은희는 멍하게 보내는 시간이 많아지고 있었다. 자기를 용서할 수 없고 자기를 미워하는 괴로운 마음에서 벗어나지 못한 채 멍하니 돌아다녔다. 그렇게 자기를 경멸하며 멍하게 보내다 은희는 아기가 죽은 후 몇 달 뒤 차를 전봇대에 부딪히고 말았다. 자살을 하려고 일부러 부딪혔는지 아니면 정신이 멍하게 죽음의 환상을 생각하고 있다가 부딪혔는지 은희 자신도 알 수 없었다.

'이 곳은 너무 좋은 세상이야. 왜 꾸물거리며 이렇게 좋은 세상으로 오지 않는 거야. 네가 스스로 삶을 끊으면 여기서는 네가 상을 받는단다. 세게 세게 받아라.'

그러한 죽음의 환상 속으로 들어가 세게 받혔는데도 은희의 목숨은 끊어지지가 않았다. 대신 은희는 그 자동차 사고 이후 딸 영옥이 사건을 완전히 잊어버리고 있었다. 처음에 현수는 은희가 영옥이 사건을 잊은 체 하는 것으로 알았었다. 그런데 영옥이 탁아소 이야기 하는데 전혀 모르고 있었다. 그래서 현수도 은희의 기억상실증을 도와주고 있었다. 왜냐하면 은희가 영옥이 죽기 전의 제 정신으로 돌아온 것이 좋았기 때문이다. 아기가 쓰던 물건을 박스에 집어넣은 채 모두 치워버리고 아기가 오기 전으로 만들어 놓았다. 부모님께도 전화하여 영옥이 이야기를 꺼내지 말라고 하여 아무도 은희 앞에서는 말하지 않고 있어 딸이 있었다는 것조차도 모르고 있을 정도였다.

그렇지만 현수에게도 영옥이 사건은 큰 충격이었다. 영옥이가 죽은 후 아기를 가지려고 노력했었다. 현수는 무던히 노력했지만 허사였다. 노력해도 아기가 생기지 않자 자기의 운명에 자식이 없는 팔자로 알고 지내자고 포기

하고 있었다. 그러다가 아기가 죽은 후 7년 만에 간신히 영철이를 얻었다. 소중히 얻은 영철이를 다시 잃어버릴 수 없었다. 무슨 수나 방법을 쓰더라도 영철이를 지켜야 한다는 마음이 들고 있었다. 그런데 몇 달 전 미나 남편사건이 생기면서 집안으로 돌멩이가 날아 들어오고 유리창도 깨지면서 낙서종이에 영철이를 다치게 하겠다는 협박 내용도 들어있었다. 현수는 은희가 그 일에 끼어드는 것을 전혀 원하지 않고 있었다. 현수는 영옥이 사건을 은희에게 말하고 싶었다. 그래야 현수의 마음을 은희가 이해할 것만 같았다. 그러면서도 현수는 은희의 아픈 기억을 차마 다시 건드릴 수가 없었다. 그래서 영옥이 사건에는 침묵하고 있었다.

"아아 내 아기. 어쩌다가 이렇게."

은희는 꿈을 꾸고 있다고 생각하면서도 여전히 꿈속을 헤매고 있는 자기를 보고 있었다. 은희가 차속에 갇혀 있었다. 차문을 열어보려 하였으나 열리지 않았다. 차 안은 점점 더워지기 시작했고 숨을 쉬기가 어려울 정도였다. 차의 창문을 열어보려 하였으나 꿈적도 하지 않고 있었다. 이제는 은희의 몸이 무기력하게 약해져서 아무것도 움직일 수도 없었다. 은희는 누군가 나타나서 문을 열어주기를 기다리고 있었다. 숨이 점점 가빠오고 있었다. 땀이 물처럼 흐르고 있었다. 가슴에 통증이 오고 있었다. 숨이 막힐 정도로 오는 가슴의 통증은 머리로 옮겨졌다. 온몸이 삶아 뜨거워지는 아픔보다 차 안에 산소가 모자라 숨이 막혀오는 가슴의 고통은 이루 말할 수 없이 괴로웠다. 은희는 그렇게 몸부림치다 쓰러졌다. 차안에서 기운 없이 이미 쓰러져 있는 상태였기에 정신을 잃었다는 표현이 더 맞을 것이다. 잠시 정신을 잃은 상태에서도 은희는 차안에 있는 자기의 모습을 볼 수가 있었다. 은희가 아니었다. 차 안에는 은희의 사랑하는 딸 영옥이가 쓰러져 있었다. 은희가 영옥이가 되어 영옥이가 사고 나던 날 순간이 재연되고 있어 은희가 그 순간의 고통을 그대로 느끼고 있었던 것이었다.

"아기야, 미안해 미안해."

살인자. 은희는 영락없는 살인자였다. 그것이 의도적이든 의도가 전혀 들어가지 않았든 한 인간의 소중한 생명을 앗아가게 한 것은 사실이었다. 그것도 아주 끔찍하게. 지워지지 않는 도장이 은희 이마에 찍혀있었다. 다른 사람에게는 보이지 않을망정 은희 눈에는 눈에 띄게 보였다. 은희의 가슴은 답답해지고 있었다.

병원 응급차가 캐스트로 밸리시에 있는 에덴 병원으로 도착하였다. 은희가 응급차에 실려 병원까지 오는 동안은 그렇게 긴 시간이 아니었다. 그런데도 은희는 무척 긴 시간이 흐른 것처럼 느껴졌다. 깨어질 듯한 머리의 아픔도 왔었고 잠도 들었다가 다시 토할 것 같은 메스꺼움도 오면서 꿈속을 헤매었다. 은희는 잊혀버렸던 자신의 과거를 처음에는 안개처럼 뿌옇게 보고 있었다. 그러다가 절대로 용서할 수 없는 자기의 실수를 또렷하게 되찾고 있었다. 그러한 또렷한 기억은 숨 쉴 수 없는 가슴의 통증을 느끼게 했다. 은희가 들것에 실려 백차에서 내리자마자 이미 병원 안에서는 연락이 되어있었는지 직원들이 재빨리 뛰어나와 은희를 수술대로 날랐다. 에덴 병원 Trauma Center에서 일하는 안덜슨 의사와 윌리암스 의사가 서로 통성명 하면서 대화를 주고받았다.

"저는 윌리암스 의사입니다. 손녀딸 음악 연주회를 보러 가는 길에 차 사고를 목격했습니다. 제 전공은 뇌수술입니다. 총 맞은 것을 보고 그냥 갈 수가 없어 백차에 따라 왔습니다. 혹시나 도움이 될까 해서요."

"아 그러세요. 그 유명하신 뇌수술 전문의 윌리암스 의사시군도. 이미 의학 저널에서 그리고 미디어에서 이름이 알려진 분이라 그 전부터 윌리암스 의사의 이름을 많이 들어오고 있었습니다. 이렇게 직접 뵈어서 영광입니다. 저는 작년에 뇌신경 전문의 휄로우 쉽을 마치고 주로 교통사고 나서 급히 들어오는 환자들을 보고 있습니다. 이 병원 Trauma Center에서 일한지는 일 년이 되고 있습니다. 총알이 머릿속을 관통한 경우는 아직까지 수술해 본 적이 없어요. X 레이를 찍어 보아야 알겠지만 제 생각으로는 수술을 하더라도 90% 죽을 가능성이 더 많은 것 같습니다. 보호자가 사인을 해야 할 텐데요."

"보호자가 올 때까지 기다리면 생명이 더 위험하지 않겠습니까?"

"그렇지요. 시간을 지연할수록 살아날 가능성은 더 적어지고 있지요. 살아나더라도 불구가 될 확률은 더 커지고 있고요. 그렇지만 보호자의 사인 없이 수술하다 환자가 죽기라도 하면 저희가 소송 받을 수가 있어요. 지금 위험한 상태이니 수술하다 죽어도 괜찮다는 내용의 종이에 사인을 하면 저희가 책임지지 않습니다. 종이에 사인 받지 않고 수술하다 죽은 환자의 보호자들이 병원을 상대로 소송해서 돈을 뜯어가는 경우가 많아지다 보니 인정상 했다가는 제가 해고당할 수 있어요."

윌리암스 의사도 잠시 주저하며 아무 말도 하지 않고 생각하고 있었다. 자기가 강요하여 지금 젊은 의사가 곤란해지는 것은 원하지 않았다. 그렇다고 보호자가 오는 것을 무작정 기다릴 수도 없었다. 이미 응급차인 백차 안에서 윌리암스 의사는 아내에게 전화를 걸었다. 음악회 강당이라 전화소리가 들리지 않게 끊어버린 것 같았다. 그래도 메시지는 남길 수 있었다.

"바이올린 하는 학생 중에 엄마 이름이 김은희이면 그녀의 보호자는 에덴 병원으로 빨리 오라고 연락해 주시오."

윌리암스 의사는 다시 한 번 아내에게 전화를 하였다. 전화를 끊고 잠시 생각에 잠겨 있던 윌리암스 의사는 에덴 병원 안덜슨 의사에게 말했다.

"수술은 제가 하겠습니다. 그래요. 베트남 전쟁 때 군의관으로 가서 복무

했었습니다. 머리에 총 맞은 많은 미국군인들 뇌수술을 했었고 그리고 살려냈어요. 살려내려면 수술을 빨리 시작하는 게 제일 중요하다고 봅니다. 물론 이 환자 제가 꼭 살려낸다고 장담 할 수 없습니다. 만약에 환자가 죽거나 수술이 잘못되어 바보나 병신 불구가 되어도 제가 모든 책임을 지겠습니다. 만약 병원 측에서 사인을 요구하면 제가 책임진다는 사인을 하겠습니다.”

“정 그러시다면 저도 수술실에서 월리암스 의사 옆에서 도와 드리겠습니다. 지금 상태로는 환자의 얼굴이 너무 부어올라 눈 코 입도 알아 볼 수가 없군요. 이왕 마음을 결정했으니 더 늦지 않게 빨리 수술 시작하지요.”

은희는 수술대 위에 올라가 있었다. 수술실 안은 무균상태를 보존하느라 아무나 들어올 수 없어서 사고를 조사하러 나온 경찰과 탐정형사들은 밖에서 기다리고 있었다. 초록색 수술복을 입고 초록색 캡을 머리에 둘러 쓴 의사들과 간호사들만 수술실 안에서 움직이고 있었다. 아직 수술은 시작되지 않았지만 수술에 필요한 칼, 핀셋, 가위 등을 수술대 근처 의사가 잡기 쉬운 곳으로 간호사가 올려놓으며 수술을 준비하고 있는지라 금속성 부딪히는 소리가 울리고 있었다. 이제 막 입안에 커다란 고무 마스크를 물린 채 마취를 시키려고 하는 것 같았다. 은희를 수술할 의사가 은희의 얼굴 가까이 다가와 다시 한 번 체크하고 있었다. 의사는 수술 모자를 쓰고 입에 마스크를 하여 눈만 보이고 있었지만 그 눈이 마취과 의사 눈이 아니라 월리암스 의사의 눈임을 알았다. 은희의 마음은 그의 눈을 보며 편안해지고 있었다. 처음 백차에 탔을 때는 혹시나 하는 의심 때문에 걱정하던 은희였었다. 자기를 골짜기 밑으로 밀어붙이고 총까지 쏜 일당 중의 한사람으로 여겨졌기에 그랬다. 그래서 불안하였었고 싫었다. 그런데 지금 그의 눈은 은희의 마음을 가라앉히고 있었다. 은희는 월리암스 의사와 이 응급실의 담당자인 의사 안덜슨 의사가 서로 이야기하는 것을 듣고 있었다. 그 둘은 아마도 은희가 듣지 못하고 있는 줄 알고 은희 옆에서 이야기 했는지도 모른다.

“90% 죽을 가능성이 더 많은 것 같습니다.”하고. 이 수술이 끝나면 은희는 이미 이 세상 사람이 아니고 저 세상 사람이 되어 있을 것이다. 그런데 이상하게도 죽는다는 것이 더 이상 은희를 괴롭히지 않고 있었다. 죽은 후의 세상이 어떠할까하는 호기심까지 생기고 있었다. 이렇게 머리와 가슴에 통증이 와 고통스러워하며 질질 끌며 숨 쉬고 사는 것보다 수술을 하다 죽으면 고생 없이 그대로 죽을 수 있어 좋았다. 죽더라도 빨리 고통을 끊어줄 수 있게 수술을 해주는 의사가 고마웠다. 또 한 가지 이유가 있었다. 지금 은희가 죽으면 영옥이를 만날 수 있을 것 같았다. 은희는 딸 영옥이를 만나 꼭 안아주고 싶었다. 그리고 말을 전하고 싶었다.

"영옥아 엄마 용서해 줄래. 엄마가 얼마나 너를 많이많이 사랑했는데. 그런데 엄마가 바보 같아서 실수했어. 용서해 주겠니?"

영옥이가 절대로 엄마를 용서 하지 못한다 하더라도 은희는 딸에게 가서 말을 전하고 싶었다. 그러한 생각을 하고 있으니 수술이 잘못되어 자기가 죽는다는 것이 어쩌면 기다려지고 있었다. 은희는 오늘 아침 남편이 하던 말이 이해가 되었다.

'모르는 거야 아니면 모른 체 하는 거야?'

그렇다. 거의 십여 년 이상을 은희는 모르며 지나고 있었다. 은희와 이혼하겠다던 남편이 밉지도 않았고 섭섭하지도 않았다. 남편 말이 지당하게 맞는 말이었다. 아들 영철이 대신 은희가 다친 것이 천만다행이었다. 영옥이도 다쳐 죽었는데 아들 영철이까지 다쳤으면 은희 남편까지 정신이 돌아버릴지도 모를 일이었다. 입과 코 안으로 고무 마스크가 들어오고 있었다. 마취과 의사가 숫자를 세라고 은희에게 말했다.

'다음주 월요일 미나 사건 재판소에서 미나 변호사가 나를 기다릴 텐데. 미나 변호사에게 누군가 내 교통사고를 이야기 해…….'

은희의 생각이 끝나기도 전에 은희는 잠에 빠지고 있었다.

후리몬트시에 위치한 올로니 시립 대학 음악강당에서 열리고 있었던 청소년 오케스트라 성탄 음악회는 성공적으로 끝났다. 마무리 단계로 음악 강당 아래층에 위치한 리셉숀 홀에서 간단한 다과회 모임을 하였다. 연주자의 학부모들이 가져온 쿠키와 케이크 등이 테이블 위에 가득히 놓여졌다. 성탄절을 상징하는 별모양의 과자위에 빨강색 초록색 사탕 부스러기가 뿌려져 있어 반짝거리며 예뻤으나 하나 집어 먹으니 너무 달아 목이 말랐다. 다른 쪽 벽 앞에 서는 발런티어 세 명이 탁자를 펴놓고 모금운동을 벌이고 있었다. 현수는 50불을 수표에 적은 후 한 봉사자에게 건네주었다. 테이블에 앉아있는 학부형 봉사자 한명이 현수의 수표 종이를 받아들고 고맙다고 미소를 지었다.

"콘체르토 마스터 바이올린 아버지시죠. 이렇게 후리몬트 청소년 오케스트라를 위해 기부금을 내 주시니 감사합니다."

"수고 하십니다. 모금 운동을 하면서 시간 쓰고 계시니 수고 많으십니다. 저희는 마음은 봉사하고 싶은데 시간이 바쁘다는 이유로."

"영철 엄마가 항상 연습시간보다 먼저 와서 학생 연주자들의 의자들도 꺼내놓고 준비해요. 또 연습이 끝나면 다시 의자를 접어서 창고에 집어넣고요. 저희 음악회를 위해 봉사 활동 많이 하고 있어요. 그런데 영철이 엄마가 보이지 않네요. 오늘 이 시간에 일하고 있나요?"

현수는 머리를 긁적이고 있었다.

"글쎄. 오늘은 일하는 스케줄이 없는 걸로 알고 있었는데요."

"갑자기 직장에서 사람이 없다고 전화가 올 수도 있지요."

의료기관에서 일하는 간호사들이 많아 다른 동료가 아프면 대신 불려나가 일한 적이 있기에 그들은 나름대로 추측하며 말하고 있었다.

'그렇다면 전화라도 해야지. 못 온다고 메시지로도 남기면 될 텐데.'

현수는 다시 은희 직장에 전화를 걸어 보았다. 9시가 넘어선지 음성 메시지만 나오고 있었다. 현수가 다시 핸드폰으로 아내의 핸드폰에 전화를 걸었다. 신호는 가는데 전화를 받지 않고 있었다. 여러번 울리더니 메시지가 나왔다.

'지금 자리에 없습니다. 메시지를 남겨 주시면 곧 전화해 드리겠어요.'

그러한 녹음 메시지를 벌써 서너 번 들은 것 같았다. 현수는 곧 전화해 주겠다는 메시지에 도리어 짜증이 나고 있었다.

'전화를 받든가 아니면 아예 전화기를 갖고 다니지 말던가. 그리고 메시지를 자주 체크하든가 해야지. 곧 전화해 준다고? 사람 정말 약 오르게 만드네.'

전화기를 귀에 대고 얼굴을 찡그리고 있는 현수 앞으로 옥수수 색깔의 연한 노란 머리의 한 여인이 걸어오고 있었다. 그 여인은 아까부터 현수와 영철이가 바이올린 든 것을 눈여겨보며 올까말까 망설이더니 전화 거는 모습을 보자 사람들 사이를 비집고 조금 빨리 걸어오고 있었다.

"죄송하지만 질문을 해도 될까요?"

"예, 무슨 질문을?"

현수가 전화기를 주머니에 집어넣으며 대답하였다.

"혹시 김은희라는 이름을 아십니까?"

"예, 무슨 일로 제 아내 이름을 물어보고 있는지요?"

"저는 윌리암스 의사의 아내입니다."

"윌리암스 의사 선생님?"

그제야 현수는 직감적으로 무슨 일이 생긴 것이 아닌가하여 놀라고 있었다.

"아까부터 눈여겨 김은희 씨 남편을 찾고 있었어요. 제 손녀딸과 김은희 씨 아드님이 오늘 같은 음악회에서 연주한다는 것을 들었어요."

"오늘 아침 윌리암스 의사와 오늘 약속이 있다고 아내한테서 들었어요. 저는 음악회에 늦을지도 모르니 가지 말라고 했지요."

"저희 남편도 은희 씨도 오늘 둘 다 이 음악회에 온다는 것을 모르고 있었어요. 그러니까 은희 씨가 리버모어시에 있는 저희 집까지 찾아왔겠죠."

"그런데 제 아내가 어디 있습니까?"

"에덴 병원에 있어요. 큰 차 사고가 났어요. 빨리 가보시라고 전해드리는 거예요."

"예에?"

현수의 눈이 놀래서 동그래지고 있었다.

"좋은 소식이 아니라 나쁜 소식 전하는 게 참 힘들군요. 저희 남편도 지금 김은희 씨가 있는 병원에 있습니다. 무슨 일이 일어났는지 알고 싶겠지만 자초지종을 이야기 하다보면 시간이 많이 걸리니까 일단 병원에서 만나서 대답하기로 하겠어요. 뇌수술을 받고 있다고 들었어요. 김은희 생명이 위독하다고 해요."

현수의 마음이 뛰고 있었다. 은희는 기어이 윌리암스 의사를 만나러 가고야 말았다. 여기저기 충돌 사고가 나고 있는 오늘 같이 비 오는 날에. 큰 트럭이 은희 차 옆으로 지나가다 미끄러져 은희 차 위로 덮치기라도 했던 것일까. 생명이 위독하다니. 다른 사람들에게는 무섭기로 소문났었지만 어렸을 적 현수에게는 다정다감했던 할아버지가 어느 날 심장마비로 돌아가신 후 현수는 할아버지가 보고 싶어 꿈속에라도 보게 해달라고 소원하면서 잠이 들곤 했었다. 한 번도 현수의 꿈에 나타나지 않던 할아버지의 얼굴이 영옥이, 세 살 밖이 딸 사고가 일어나던 전날 밤 나타났었다. 그리고 어젯밤 두 번째로 할아버지의 얼굴을 꿈에서 보았다. 정말로 할아버지였을까? 아니면 할아버지의 모습으로 나타나 자기에게 위험을 알리는 꿈이었을까? 여하튼 현수는 그렇게 소원하며 보고 싶어 하던 할아버지의 얼굴을 꿈속에서 보는 것이 이제는 두려움으로 변하고 있었다.

현수가 병원에 막 도착하여 차를 주차시키고 있을 때 은희의 수술도 끝나고 있었다. 병원 주차장에는 아직도 경찰차가 기다리고 있었다. 현수는 그 경찰차가 은희 때문에 따라 온지 짐작을 못한 채 응급실로 급히 걸어갔다. 컴퓨터 앞에 서있는 간호사에게 현수가 은희의 이름을 말하며 본인이 남편임을 말하자 간호사는 검정색 경찰복을 입은 경관에게 손을 흔들고 있었다.

"이제야 나타났군요. 저기 서 있는 경관이 보호자나 남편이 나타나면 곧 연락을 하라고 해서요."

경관이 현수에게 걸어오고 있었다. 현수는 걸어오는 경관을 무시하고 간호사에게 다시 물어보았다.

"제 아내가 어디 있습니까? 제가 지금 들어가서 볼 수 있는지요?"

"지금 곧 수술이 끝난 것으로 알고 있어요. 수술실에서 중환자실로 옮겨 갈 거예요. 환자는 아직 의식이 없어요. 의사 선생님이 허락하면 들어가서 볼 수가 있어요. 그런데 들어가기 전 경찰서에서 온 경관들이 아까부터 기다리고 있었어요."

경관 두 명이 현수 앞으로 다가왔다.

"저는 스티브 존슨 경관입니다. 김은희 씨 남편 되십니까?"

검정색 경관복에는 스티브 존슨이라고 써 있는 명찰이 가슴에 붙어 있었다.

"예. 제가 교통사고 난 김은희의 남편입니다. 생명이 위독하다는 말을 듣고 급히 왔습니다. 중환자실에 들어가 곧 보고 싶군요. 수술이 잘 되었겠지요?"

"저희 질문과 조사가 끝날 때까지는 들어갈 수가 없습니다."

"아니. 뭐라고요? 제 아내 제가 보겠다는데 들어갈 수 없다고요?"

"그래요. 단순한 교통사고가 아닙니다. 범죄 사건이에요. 살인 미수 사건이에요. 누군가 김은희 씨를 죽이려고 총을 쏘았습니다. 총알이 머리를 뚫고 지나갔습니다."

"예에?"

현수는 다시 경악하고 있었다.

"당신은 그동안 어디 있었습니까?"

"저는 직장에서 일하다가 아들 음악연주회 보느라 퇴근하자마자 올로니 시립 대학 음악 강당에 있었습니다."

"그렇다면 당신이 총을 쏜 사람이 아니라는 것, 당신의 알리바이가 성립되는군요."

"아니. 알리바이가 성립되다니. 당신들은 제가 아내에게 총을 쏘았다고 저를 의심하고 있었나요?"

현수의 목소리가 떨리고 있었다.

"부부 사이의 살인 사건의 90퍼센트 이상이 그 배우자라는 것이 통계적으로 나오고 있어요. 저희는 직업적으로 김은희 씨 주위에 있는 모든 아는 사람들을 일단 혐의자로 보고 조사하게 되어 있습니다. 물론 제일 가까운 남편도 포함되는 것이지요. 그래서 당신의 알리바이는 성립되지만 다른 사람을 시켜 살인하는 경우도 많이 있으니까 김은희 씨가 의식이 되돌아 올 때까지 또 조사가 끝날 때까지 혼자서 중환자실에 들어가는 것을 금지합니다."

"저는 들어가 보아야겠어요. 제 아내가 저를 기다리고 있을 겁니다."

"의사가 허락하면 저희가 같이 들어가서 볼 수는 있습니다."

"그렇게 하지요. 빨리 보고 싶습니다."

"의사는 조금 전 수술이 끝나서 지금 옷을 갈아입고 있는 것 같습니다. 의사가 수술실에서 나오기 전까지 질문을 해도 되겠습니까?"

"예. 질문 하십시오."

"혹시 아내를 싫어하거나 미워하던 사람들을 알고 있는가 해서요. 직장에서나 친구들 사이에서."

"제 아내 성격은 원만해서 직장에서나 친구들 사이에서 잘 지내고 있지 미움 받고 있지 않았어요. 대부분 제 아내를 좋아했다고 봅니다."

"그렇다면 왜 누가 아내를 죽이려고 했는지 의심되는 사람이 있습니까?"

"예, 한 사람 있습니다. 있고말고요. 이름을 말해 드리겠습니다."

경관 스티브 존슨은 수첩과 볼펜을 꺼내 현수가 말하는 이름을 쓰려고 현수의 말을 기다리고 있었다.

"제 추측으로는 지금 제가 말하려는 이름, 그 사람이 분명합니다. 그 사람의 이름을 대기 전에 왜 제가 그 사람을 혐의자로 의심하는지 설명을 먼저 해야겠습니다. 제 아내 친구 중에 미나라고 있습니다. 여러 달 전에 가게에서 일하다가 남편이 총에 맞아 죽었어요. 본인이 남편을 죽이지 않았다고 하는데도 재판은 미나에게 불리하게 되어가고 있어요. 제 아내는 친구 미나 말을 믿고 있어요. 사고 나던 날 미나 가게 앞 주차장에 서 있었던 자동차 안의 사람을 제 아내가 보았다고 합니다. 그 차 안에 있던 사람을 제 아내가 만나려고 시도하는 것을 안 사람들이 저희 집 유리창도 깨고 죽은 새도 던져 보내며 제 아들도 다치게 하겠다는 종이를 돌에 싸서 던졌어요. 그 차 안에 있던 사람이 분명합니다. 그 사람이 다른 사람들을 시켜 제 아내를 죽이려 한 것이 분명합니다."

"그 차 안에 있던 사람을 아내인 은희 씨가 만나려고 했었다는데 이름을 말하던가요?"

"예 그 사람 이름은 윌리암스 의사예요."

"지금 윌리암스 의사라고 했어요? 윌리암스 의사는 두 분이 있다고 들었어요. 어느 분을 말씀하고 있었는지요?"

"예 뇌수술 전문의라고 들었습니다. 오늘 그 의사를 만나러 그 의사집에 간다고 들었어요. 그 사람이 범인임에 틀림없습니다."

경관은 수첩에 이름을 적다말고 옆에 서 있는 동료 경관의 눈을 쳐다보고 있었다. 그때 마침 수술복대신 평상복으로 갈아입은 윌리암스 의사가 걸어 나오면서 은희 남편 현수가 그가 은희에게 총을 쏜 범인이라는 말을 듣고 있었다. 그는 화도 내지 않고 어깨만 한번 으쓱 올리고 있었다.

"당신은 당신의 아내 뇌수술을 한 의사 이름이 윌리암스 의사인 것을 알고 계십니까? 아 지금 이쪽으로 오고 계셨군요."

"뭐라고요. 아니 왜? 윌리암스 의사가 제 아내의 뇌수술을 하다니. 그렇다면……."

"당신 말에 의하면 아내를 죽이려 하였다는데 도리어 살리려고 수술까지 하였습니다."

스티브 존슨 경관이 현수에게 말하고 있는데 윌리암스 의사가 경관과 현수 사이 가운데로 들어왔다.

"제가 윌리암스 의사 입니다. 저쪽에 있는 간호사가 당신이 김은희 씨 남편이라고 그러더군요."

"예. 제가 남편입니다. 그런데 수술경과가 어떠한지요. 들어가서 봐도 되는지요?"

"수술은 잘 끝났습니다. 아직 의식이 없어요. 결과는 장담을 못하겠어요. 계속 수술 후 회복상태를 지켜보아야 하겠어요. 환자는 지금 중환자실에 있어요. 보호자 남편은 지금 들어가 보십시오. 만약 수술 경과가 좋지 않아 이상이 생기면 제가 혐의자가 되겠군요. 그러한 위험을 무릅쓰고 저는 수술을 했고 수술을 하는 동안 최선을 다했습니다. 이제 결과는 하나님께 달려 있다고 봅니다. 이제 저는 제 아내가 기다리고 있으니 집으로 가려고 합니다. 이 병원 담당 스텝진 의사들한테 제 의견을 지시하고 떠나겠습니다. 만약 경과가 더 나빠지면 다시 오늘 밤 저를 부르라고 연락해 놓고 갑니다. 그럼 안녕히 계십시오."

혼자 들어가 아내가 혼수상태로 있다 죽기라도 하여 현수 자신이 의심을 받느니 경관하고 같이 들어가는 것이 차라리 낫다는 생각을 하며 현수는 경관과 함께 은희가 있는 중환자실로 들어갔다.

아내의 얼굴은 알아 볼 수가 없게 부어 있었다. 얼굴뿐만이 아니었다. 부러진 어깨뼈에 기브스를 한 몸뚱이가 대롱대롱 연결되어있는 정맥 혈관주사 튜브들 사이에 축 늘어져 힘없고 약하게 보이고 있었다. 심장 박동에 맞추어 그려지는 그래프만 올라갔다 내려갔다 움직이고 있어 아직 심장이 뛰고 있는 살아있는 생명체구나 하고 여겨질 뿐, 가련한 몸뚱이만 저항 없이 침대 위에 누워있는 모습을 보자 현수의 눈에서 눈물이 나오고 있었다. 어쩌면 그 저항 없이 축 늘어져있는 몸뚱이를 보면서 십 년 전 일어났었던 딸 영옥이 몸뚱이를 생각하고 있었는지도 모른다.

다시 이런 일이 일어나다니? 왜 나한테 이러한 일이 또 일어나고 있는 것일까? 왜? 가슴속 화 뭉치가 울분으로 변하고 있었다. 딸 영옥이 사건 때는 혹시 아내가 상처라도 받을까봐 표시도 못하고 참고 있었는데 지금은 그 전 딸 사고 때의 화 뭉치까지 합쳐져 폭발 직전의 상태로 가고 있었다. 현수는 울분을 참지 못해 큰 소리로 함성을 지르고 싶었으나 그러지도 못하고 두 주먹으로 눈물이 흐르고 있는 두 눈만 문지르고 있었다. 뒤에 서 있던 경관은 그렇게 눈물을 흘리고 있는 현수를 보더니 주머니에서 수첩을 꺼내 또 무언가 적고 있었다. 아마도 용의자의 일거일동을 묘사해서 회의 때 보고하게 되어있었는지도 모른다.

눈물과 콧물이 뒤범벅이 되어 울고 있던 현수의 뇌리에 갑자기 한 가지 생각이 떠올랐다. 그렇다. 영옥이 3살 박이 때는 이미 현수가 왔을 때 어떻게 할 수도 없이 숨을 거둔 상태였었다. 이 세상 사람이 아니었다. 그런데 은희는 아직 숨을 쉬고 있지 않은가. 아직 기회가 있었다. 물속에 빠진 사람이

지푸라기라도 잡고 살아나고 싶어 하는 심정이 되고 있었다. 어떻게라도 해서 은희를 살리고 싶었다. 현수는 자기가 어떻게 해야 은희를 살릴 수 있을까 생각해 보았다. 자기 마음과는 달리 은희를 살릴 수 있는 방법이 자기에게는 전혀 없었다. 윌리암스 의사의 말이 떠올랐다.

'이제 결과는 하나님께 달려 있다고 봅니다.'

"존슨 경관님, 이 병원 안에 기도실 방이 있나요?"

"예, 병원마다 기도실 방이 있다고 들었습니다. 아래층 병원 문 입구에 자리 잡은 안내하는 사람한테 물어보면 친절히 가르쳐 드릴 것입니다."

현수는 기도 방으로 가고 있었다. 조금이라도 더 먼저가 더 많이 기도하고 싶어 발걸음을 빨리하여 기도 방으로 향하고 있었다. 병원 안내원이 가르쳐 준 기도 방은 벽 한가운데 십자가가 붙어 있었다. 기도 방이 둘이 있는데 현수는 교회를 나가지 않으면서도 아내가 다니는 교회를 생각하며 십자가가 있는 기도 방으로 들어갔다. 방안은 기도를 할 수 있게 조명이 약간 어둡게 되어 있었다. 누군가 십자가 밑에 촛불을 켜놓고 가서 그렇게 어둡지는 않았다. 현수는 우선 무릎을 꿇었다. 그리고 두 손을 모은 채 이마에 대고 중얼거렸다.

"살려 주십시오. 살려 주십시오……."

기도를 많이 해보지 않았던 현수로서는 똑같은 말만 중얼거리고 있었다. 10번 20번…… 그리고 100번, 100번 이상을 똑같은 말만 반복하면서 현수의 맘속에 무언가 미안한 마음, 죄책감이 떠올랐다.

'뻔뻔한 놈 같으니라고. 하나님이 기뻐하는 일을 하나도 한 적이 없으면서 살려주십시오 하며 자기가 원하는 것만 기도하고 있다니. 만약에 네가 하나님이라면 그런 얌체기도 들어주겠니?'

현수는 다시 기도하고 있었다.

"죄송합니다. 하나님, 이제 하나님 기뻐하는 일을 찾아 하겠습니다. 제발 제 기도를 들어주십시오. 제 아내 은희가 일요일마다 같이 교회를 가자고 했었는데 바쁘다고 핑계되면서 나가지 않았습니다. 은희와 일요일마다 교회 나가겠습니다. 은희 꼭 살려 주십시오.”

'사람하고 한 약속도 한번 한 약속이면 지켜야하는데 하나님한테 한 약속 꼭 지켜야 해. 함부로 약속하는 것 아니야.'

그렇게 현수는 마음속에 떠오르는 생각에 따라 다짐하고 있었다. 그런데 또 한 가지 생각이 떠올랐다.

'오늘 아침 아내에게 말하지 않았어? 윌리암스 의사를 만나러 가면 이혼하겠다고. 남아일언중천금인데 그렇게 말을 함부로 해도 되나? 어때. 아내는 남편 말 듣지 않고 윌리암스 의사를 만나러 갔으니 이혼해야 되는 것 아니야. 아내와 헤어지는 것과 아내와 사별하는 것과 둘 다 아내를 더 이상 보지 않을 것인데 왜 살려달라고 조르는 거야. 아내가 죽으면 더 낫지 않아? 현수를 좋아하는 아내의 후배 이혼한 여자도 있고 또 현수한테 무조건 잘해주는 2 살 많은 연상의 여자 과부도 있잖아. 둘 중의 하나 골라 다시 장가가면 될 텐데. 그 둘 다 싫으면 아직 나이 많은 것도 아닌데 시집 못간 노처녀들 많으니까 그 중에 하나 골라 새장가 가면 더 좋잖아. 그 고집통이 현수말도 듣지 않는 은희 살려 달라 기도하지 말고 그냥 가게 내버려 두라고.'

아내와 헤어진다고 은희에게 한 것은 혹시 아들 영철이가 아내처럼 다칠까봐 한 말이었다. 그런데 영철이 대신 아내가 다쳤다. 영철이 다친 것 보다는 더 잘된 것 같으면서도 마음이 그렇지가 않았다. 왜 자기가 은희와 헤어지겠다는 말을 했는지 자기 자신도 이해가 되고 있지 않았다. 영철이를 보호하고 싶어서? 그건 사실이었다. 그런데도 지금 은희가 없는 세상에서 현수 혼자와 영철이만 있는 현실은 현수에게 영철이마저 의미 없게 다가오고 있었다.

미국 와서 20년 동안 같이 고생하던 일들이 주마등처럼 떠오르고 있었다. 남들이 일회용으로 한 번 쓰고 버리는 종이 컵, 플라스틱 쟁반 그릇들도 버리지 않고 다시 씻어 쓰던 아내였다. 휴지도 반쪽만 갈라서 쓰는 알뜰하게 생활비를 절약하며 살아오던 은희였다. 그러했던 은희 행동들이 주마등처럼 떠오르니 남의 눈에는 지금 잘 살고 있는 것으로 보이는 현수와 은희였지만 처음 미국 와서 너무나 거지처럼 생활비 줄이며 살아오다 한 번도 사치스럽게 호강시켜보지 못한 아내가 이 세상을 떠난다는 게 안타까웠다.

경제적인 면에서 뿐만이 아니라 영적인 면에서도 아내 은희가 현수를 감싸주고 있었다. 현수는 자기가 얼마나 아내를 사랑하고 있었는지 이제야 자각하고 있는 자신이 우둔해 보였다. 현수는 기도하고 있었다.

"다른 여자들 아무도 제 눈에 들어오지 않습니다. 오늘 아침 헤어지겠다고 한말 잘못했다고 아내에게 말할 기회를 주십시오. 아내에게 용서받을 수 있는 말을 들을 수 있게 해 주십시오. 아내가 죽으면 저도 죽고 싶습니다. 제 아내 꼭 살려 주십시오."

현수는 안간힘을 쓰며 기도하고 있었다. 마치 황소를 잡고 씨름하는 기분이었다. 그렇게 안간힘을 쓰며 씨름하다 쓰러지면 아내가 죽을 것만 같았다. 그래서 쓰러지지 않으려고 더 안간힘을 쓰고 있었다. 온몸에서 진땀이 나고 있었다.

현수가 아내를 살려달라고 기도할 때였다. 누군가 현수에게 질문하고 있었다. 소리는 전혀 들리지 않았지만 현수의 마음속으로 질문이 들리고 있었다.

'지금 상태로는 은희가 살아나더라도 머리에 총을 맞았기에 바보가 되든지 불구로 평생 살게 될 텐데 그래도 아내가 죽지 않고 살아남기를 원하는가?'

진땀이 나던 현수의 몸이 나른해 지고 있었다. 아내의 뇌가 정상으로 작동하지 않으면 아내가 괴로워할 것 같았다. 현수는 알고 있었다. 아내가 얼마나 자존심이 강하고 예민한 성격을 갖고 있는데 바보같이 변한 자신을 보고 혹시라도 절망하여 괴로워할 것 같아 마음이 아팠다. 그럼에도 현수는 아내가 바보로 변하는 한이 있더라도, 불구가 되어 제대로 걷지 못하는 병신이 되더라도 아내가 죽지 않기를 바라고 있는 자신을 보고 있었다.

"바보, 병신 불구가 되더라도 아내를 보살피며 사랑하며 살아갈 테니 은희를 제발 살려 주십시오."

그렇게 한참을 기도하고 있는 현수의 마음속으로 평안함이 찾아오고 있었다. 이상하게 아내를 꼭 살려줄 것 같은 마음이 떠오르고 있었다. 바보 병신 불구가 되어도 아내를 지키겠다며 살려달라고 부르짖는 현수의 간절한 기도에 아마 하나님께서도 현수의 마음가짐에 감동을 한 것 같았다. 예수님의 못 박힌 손이 은희의 머리를 만지고 있는 모습을 현수는 눈부시게 쳐다보고 있었다. 황소와 씨름하듯 너무나 안간힘을 쓰며 기도를 하고 있었기에 착각증세를 일으키고 있었는지도 모른다. 하여튼 현수는 그 모습을 보면서 마음이 따뜻해지고 평온해지고 있었다. 아내가 살아난다는 생각이 가슴속으로 밀려들어오고 있었다. 바보가 되어도 좋았다. 불구가 되어도 좋았다. 죽지 않고 살아나서 옆에 있어주기만 하면 되었다. 숨 쉬고 있는 모습만 보아도 행복하여지고 있었다.

새벽이 오고 있었다. 기도를 하느라 시간 가는 줄 모르고 있었는데 새벽 미명으로 인하여 캄캄했던 주위가 밝아오며 조금씩 눈에 비춰지고 있었다.

다음날 아침 지역 신문과 지역 방송에서는 뉴스가 나왔다. 사고가 난 당시 그 사고를 본 사람들의 정보를 기다리고 있었다. 차가 많이 다니는 84번 고속도로였지만 또 그날 밤 따라 비와 바람이 많이 오고 불며 차들이 줄줄이 이어 달렸건만 전화는 3군데서만 걸려왔다. 3군데서 걸려온 전화도 목격자들이 말하는 내용이 서로 달랐다. 한 목격자는 승용차가 도와주러 가는 것을 보았다고 하였고 다른 두 목격자는 SUV가 서있는 것을 보았다고 했다. 아무도 자동차 번호를 기억하고 있지 않았다. 자동차 색깔도 한 사람은 진한 남색이라 했고 다른 한 사람은 검정색이라고 했다. 전화가 걸려온 목격자 셋 모두에게 총을 쏘는 것을 보았냐고 물었더니 본 적이 없다고 하였다. 도리어 목격자 셋 모두들 자기가 본 차가 굴러 떨어진 차를 도와주려고 차를 세운 것으로 알고 있었다.

이틀이 지나고 일주일이 지나도 목격자들의 전화가 없자 경찰이 현상금을 내걸고 있었다. 총을 쏜 저격범의 인상착의나 범인의 정보를 알아내게 해

주면 만 불 현상금을 준다는 내용이 나오자 전화가 30군데 넘게 걸려왔다. 자동차 번호를 정확하게 아는 사람은 아무도 없었다. 모두들 자동차가 낭떠러지 밑으로 굴러 떨어지는 것을 보며 충격을 받아 자기네들은 미끄러지는 사고를 내지 않으려고 더 조심해서 핸들을 꼭 잡고 앞만 보고 운전하느라 사고 난 현장을 유심히 보지 않았다고 했다. 하여튼 자동차 번호를 전부 외우는 사람은 없었으나 순간적으로 본 기억들을 합하니 어떤 사람은 숫자 3을 보았다고 했고 또 어떤 사람은 K자를 본 것 같다고 하였다. 30명 중에 다섯 명만 차에서 사람이 걸어 나오는 것을 보았다고 하였다. 총을 쏘는 것은 보지 못했지만 그 사람의 키가 보통보다 큰 호리호리한 남자라고 하였다. 그 사람이 진짜 범인인 줄은 아무도 모르지만 경찰로서는 그 다섯 사람의 기억을 토대로 흐릿한 인상착의 몽타주라도 만들어 사진을 배포하는 것이 지금으로서는 최선의 방법이었다.

그냥 자동차가 낭떠러지 언덕 밑으로 굴렀다면 범인이 고의로 장난을 쳐서 떨어지게 했더라도 은희의 운전 미숙으로 발생한 단순한 자동차 사고로 처리되었겠지만 저격범이 은희에게 총을 쏜 것은 끔직한 범죄였다. 수사를 맡은 형사는 범인을 찾아내야 했다. 냉혈한, 악질 범인임에 틀림없었다. 그러한 냉혈 범인을 내버려두면 또다시 범죄를 일으켜 다른 사람이 다칠 것이었다.

무엇 때문에 총을 쏘았을까? 단지 은희가 운전을 제대로 빨리 못하고 브레이크를 잡으며 속도를 늦추고 있으니 뒤에서 운전하던 사람이 갑자기 신경이 거슬려 약이 올라서 죽일 생각을 하게 된 것 같기도 했다. 그런 악질 범인은 잡아서 감옥에 집어넣거나 정신 병원에 집어넣어 치료를 받게 해야 했다. 그런데 범인이 사라져버린 지금 수사관으로 이렇게 저렇게 추리만 하고 있지 범인을 찾지 못하면 또 하나의 미 해결책으로 끝나버릴 사고로 되어가는 것이다.

그럼에도 책임을 맡은 지휘자 수사관 알렉스는 희미한 기억으로 만들어진 몽타주를 보며 한 가지 희망을 갖고 있었다. 평범한 얼굴이었다. 크지도 작지도 않은. 백인이었다. 거기까지는 너무 평범해서 어려웠다. 그런데 키가 크다고 하였다. 농구선수 빼놓고는 키가 큰 사람은 그리 많지 않았다. 누군가 사건을 해결해 줄만한 실마리 정보를 제보해줄 것 같은 희망을 갖게 되었다.

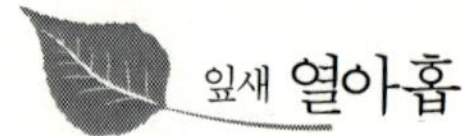

쌀쌀한 바람이 머리 밑으로 스며들자 월터는 어깨를 올리고 거북이 등처럼 머리를 어깨 등 밑으로 파묻은 채 사무실 안으로 들어오고 있었다. 오늘 같은 날씨는 헐렁한 운동복 바지에 가죽잠바를 걸치고 잠바 깃을 목 위로 올리면 바람도 막고 딱 좋을 것 같았다. 그러한 편안한 모습을 그려보고 있는 자기 모습과는 대조적으로 값이 비싼 유명 브랜드인 이태리제 양복을 입고 반들거리는 값비싼 구두를 신고 폼 재고 걸어 들어오고 있지만 엄청나게 비싼 돈을 주고 산 옷인지 알아주는 사람은 아무도 없는 것 같았다. 알아주는 사람은 없어도 비싼 옷을 살 때마다 월터의 기분은 좋았다. 자기만한 나이에 경제적으로 성공했다는 확증서를 받는 것 같아 기분이 좋아지고 있었다. 중고등학교 시절 공부 잘하는 학생들 사이에서 비교가 되어 주눅이 든 적이 있었다. 그 공부 잘하는 학생들이 지금은 변호사, 의사, 비즈니스맨으로 일하며 비싼 양복을 사 입어도 200불 정도에서 끝나는데 자기는 대학을 들어가지도 못했지만 10배가 넘는 2000불짜리 양복을 사 입고 있었다. 그래야만 대학교 간 친구들보다 자기가 더 성공한 기분이 들것 같았다.

월터는 초등학교 시절 부모님을 따라 남미 콜롬비아에서 미국으로 이민 왔었다. 부모님은 월터를 집에다 두고 매일 일을 하러 나갔다. 어렸을 적에는 엄마가 오전 중에 일을 하러 나가면 밤중에는 아빠가 일을 하러 나갔다. 한밤중에도 일을 하는 곳이 많았다. 병원의 응급실, 경찰서 등만 한밤중에 일하는 곳이 아니었다. 대낮에 문을 열었던 사무실이 저녁에 문을 닫으면 월터 아빠 같은 사람들이 한밤중에 나타나 빌딩 청소를 하여야 했다. 월터가 웬만큼 크자 엄마 아빠는 둘 다 낮에도 밤에도 주말에도 일을 했다. 그렇게 둘이서 휴가도 없이 두 군데 세 군데서 일을 했건만 항상 단칸방 아파트를 빌려 살았지 자기 집을 사본 적이 없었다. 그래서 월터는 친구 집에 놀러 갔을 때 앞마당 뒷마당이 있는 집이 부러웠다. 거기다 수영장까지 있는 친구 집에 가 더운 한여름에 물을 튀기며 놀았을 때는 언젠가 자기도 크면 꼭 이런 집에서 살고 싶었다. 돈을 모아 부자가 되는 것이 제일 큰 꿈이었다.

월터의 엄마와 아빠는 그렇게 계속 일만 하였다. 월터가 어렸을 때 부모들하고 휴가 한 번 간 적이 없었다. 그러다 아빠가 같이 일하는 직장에서 자동차 기름 값을 절약한다며 같이 카풀을 하며 직장에 한 차로 출근을 하다 젊은 여자와 눈이 맞아 그 여자 임신을 시켰고 그 사실을 안 엄마도 화가 나서 같이 일하는 직장에서 안 나이 어린 총각하고 잠을 자다가 아기를 갖게 되었다. 나이 차이도 많이 나고 엄마를 전혀 사랑하지 않은 그 남자는 아기를 낙태 시키라고 강요했지만 카톨릭인 엄마는 그 남자의 말을 듣지 않았다. 그래서 월터가 고등학교 시절 엄마와 아빠 쪽에서 나이도 비슷한 누이동생 둘을 갖게 되었다. 월터의 엄마와 아빠는 카톨릭이라 그런지 이혼도 하지 않고 같이 살고 있었다. 안을 보지 못하는 바깥사람들은 평범하고 단란하게 살고 있는 것으로 알았다. 그렇지만 집안은 멍이 들어 있었다. 월터의 엄마가 낳은 계집아이도 월터 아빠의 아기로 알았지 아무도 나이 어린 총각의 아이로 의심하지 않았다.

아빠와 눈이 맞아 임신하여 계집아이를 낳은 여자도 월터에게는 새엄마가 되는데도 밖에서는 아빠의 누이동생으로 알고 있었다. 두 여자들은 자존심도 없는지 아빠를 하나 두고 같은 집에서 살고 있었다. 왜 그랬는지 월터도 알 길이 없었다. 어쩌면 아빠가 너무 좋아 다른 남자한테 가지 못하고 서로 끌어당기려고 했는지도 모른다. 하지만 새엄마는 영주권도 없었고 영어도 전혀 못했다. 그러니 청소일은 잘하고 월터 아빠에게 밤일은 잘해도 일단 아기를 낳은 이상 직장 일도 못하고 미국에서 추방당하지 않으려면 입 다물고 아빠가 하라는 대로 말을 들어야했다.

적어도 밥은 굶지 않고 또 아기도 보며 키울 수 있어 좋았다. 월터 엄마도 마찬가지였다. 아기를 낳았으니 당장 돈을 벌수가 없었다. 무엇보다 제 손으로 아기를 키우고 싶었다. 아기가 생긴 후 조금 더 사이즈가 큰 아파트 방 세 개짜리 옆 동으로 이사를 갔어도 방은 충분치 않았다. 방 수가 2개에서 3개로 된 곳으로 이사를 가자 아파트 값이 더 올라갔기에 아빠는 더 시간을 늘려 일을 하게 되었다. 밤에는 청소일 낮에는 배달일 등을 하고 있었다.

낮에는 아기들 엄마 여자 둘만 있는 경우가 많았다. 서로 모른척하는 것 같으면서도 신경전을 벌이며 으르렁거리고 있었다. 수업이 끝나 집에 오면 그 분위기를 느낄 수 있었다. 집안 분위기는 항상 팽팽함이 감돌고 있었다. 집에 와 가정의 휴식을 취하기는커녕 팽팽한 분위기 속에서 질식되어 갔다. 그래서 수업이 끝나면 곧바로 집에 오지 못하고 다른 곳을 어슬렁거리며 될 수 있는 대로 늦게 집으로 오려고 하였다. 그러니 공부가 잘 될 리 없었다.

아파트 방 벽은 너무 얇았다. 방 3개 중 방 하나는 그래도 아빠가 아들에게 쓰라고 내주었다. 나머지 방 2개의 하나는 Walter의 친엄마가 또 하나는 새엄마가 쓰고 있었다. 아빠는 그 두 방 둘 중의 하나에서 자야했다.

월터는 모르는 척 하였지만 자기도 모르는 사이에 관찰하고 있었다. 아빠는 새엄마 방에서 거의 한 달 이상이나 자고 있었다. 그러다 어느 날 아빠가 엄마 방으로 들어가는 기척이 있었다. 다음날 아침 엄마의 얼굴 표정이 무척 환해 있었다. 대신 새엄마의 얼굴 표정은 시무룩해 보였다. 그래도 아빠는 새엄마를 더 좋아하고 있었다. 벌써 하는 태도가 달랐다. 과일 등 포도 송이 한 알이라도, 그리고 아이스크림 한 숟갈이라도 새엄마 입에 먼저 넣어

주고 마치 또 하나의 딸자식처럼 애지중지 대하고 있었다. 새엄마를 더 좋아하는 아빠를 보고 처음에는 대들고 반항하고 싶었으나 어느새 그것이 너무 자연스럽게 받아지고 있었다. 엄마가 다른 남자의 아기를 가졌으니 아빠가 이만큼이라도 엄마를 용서하고 받아주어 고맙다는 생각이 들고도 있었다.

그러던 어느 날 밤이었다. 학교 성적이 좋지 않아 대학입학이 어려울 것 같아 잠도 제대로 오지 않아 몸을 뒤척이고 있었다. 월터와 친한 친구 하나는 장학금까지 받고 MIT 공대에 합격이 되었다고 하는데 왜 그동안 열심히 숙제도 공부도 하지 않았나 후회하고 있었다. 대학을 못가는 학생은 반친구 중에 자기밖에 없는 것 같아 기가 죽었다. 창피해 더 이상 학교 가기가 싫었다. 잠이 오지 않는 상태에서 몸을 뒤척이고 있는 순간 옆방에서 신음소리가 들리고 있었다. 조금 있으니 침대가 쿵덕거리는 소리가 들렸다. 아빠의 신음소리 같기도 하였고 여인의 신음소리 같기도 하였다. 그러다가 조금 조용해지더니 다시 계속됐다.

아빠는 월터가 곤하게 자고 있는 시간을 기다렸다가 하고 있는지도 모른다. 아파트의 벽 한 장은 너무 얇았다. 옆방에 있는 월터가 도리어 아기가 깨어나면 어쩌나 걱정할 정도로 그들은 계속 반복하고 있었다. 그 다음날은 월터의 아빠가 밤중에 일하는 날이었다.

밤중에 소변이 마려워 월터는 화장실에 가려고 하였다. 그런데 복도에서 새엄마가 방에서 나오는 것을 보았다. 새엄마는 한 밤중이라 누가 방밖 복도에 나오는 것을 예상 못하였기에 잠옷 차림이었다. 복도에서 마주치자 서로가 잠깐 놀라는 표정을 짓고 아무 말도 하지 않고 각자의 방으로 들어갔다. 잠깐이었다. 그런데도 월터의 가슴은 이상하게 뛰고 있었다. 잠옷속의 새엄마의 몸이 월터의 눈앞에서 어른거리고 있었다. 반투명하게 비치는 분홍색 잠옷이었다. 나일론 옷감이 야들야들하게 흔들리고 있었고 아기에게 젖을 주는 풍만한 두 가슴위로 새까만 두 젖꼭지가 눈에 선명하게 보이고 있었다. 젖가슴뿐만이 아니었다. 하늘거리는 나일론 속치마 잠옷 사이로 두 허벅지 위에 팬티를 입지 않고 자고 있는지 두둑한 음부의 검은 털 부분까지 보고 말았던 것이었다. 처음에는 월터의 두 눈이 검은 두 젖꼭지에 머물려있다 점점 눈이 내려가 아래까지 보고 말았던 것이다. 새엄마도 놀랬는지 곧바로 몸을 뒤로하고 자기 방으로 들어갔었다. 그러자 이제는 등 뒤로 비치는 불룩 튀어나온 새엄마의 엉덩이까지 보고 말았다. 아기를 낳은 지 얼마 되지 않았는데도 허리는 잘록해 보였고 엉덩이는 볼품 있게 둥그렇게 튀어나와 있었다.

월터는 방으로 들어와 심호흡을 하고 있었다. 방금 본 새엄마의 몸을 떨쳐내려고 하자 더 눈에 어른거리고 있었다. 새엄마의 몸이 그리스 신화에 나오는 비너스 여인처럼 아름답게 보이고 있었다. 거기다 어제 저녁 아빠와 새엄마가 침대위에서 쿵덕거리며 내던 신음소리가 귀에 들려오고 있었다. 월터의 몸이 불처럼 뜨거워졌다. 참으려고 하면 더 생각이 나고 있어 월터는 침대위에서 몸을 뒹굴고 있었다. 자위를 하면서는 어제 저녁에 들렸던 소리의 주인공이 새엄마와 아빠가 아니었다. 새엄마와 월터가 뒹굴고 있었다. 그가 그런 식으로 자위를 하며 자기의 욕망을 배출한 것까지는 좋았으나 곧 죄책감에 빠지고 있었다. 비록 마음속으로 하였지만 아빠의 얼굴을 더 이상 볼 수가 없었다. 아빠의 아내와 간음을 하였다. 어쩌면 마음속이 아니라 정말로 범할 것만 같았다.

그래서 다음날 월터는 집을 나가기로 마음먹었다. 이제 자립할 나이가 되었으니 밖으로 나가 일을 하자. 돈을 벌어 부자가 되자. 부자가 되기 위해서는 무슨 일이든 하겠다. 그렇지만 아빠, 엄마처럼 우둔하게 벌지는 않겠다. 열심히 벌어 하루 세끼 입에 풀칠하는 게 고작인 삶은 살지 않겠다. 나 혼자 돈을 벌어 모아 부자가 되는 것은 한계가 있다.

'다른 사람을 이용하여야 해. 나는 사람만 잘 정리하면 되는 거야. 그래. 돈이 돈을 만들어야 해.'

그렇게 하여 집에서 나온 지가 엊그제 같은데 이제는 누가 보더라도 의젓

한 비즈니스맨이 되어 있었다. 같은 또래의 친구들이 보면 이미 성공하여 돈을 많이 벌고 있는, 부러움을 살만한 젊은 사업가로 변신하여 있었다. 그럼에도 쓸쓸한 바람 때문인지 그의 마음속은 채워지지 않는 허전함이 휩쓸고 있었다. 보통 때는 마음속에 있는 텅 빈 공허함을 없애보려고 가끔씩 게임장에 가서 게임을 하기도 하였다. 게임에 이길 때는 기분이 좋아졌고 텅 빈 마음도 잠시 없어지기도 하였다. 그래서 욕심이 생겨 점점 더 어려운 수준의 게임을 하게 되었다. 그러다가 어느 날 더 이상 이기지 못하고 게임에 지는 수준에 오르면 그의 성격이 난폭해지고 있었다. 그 전보다 더 텅 빈 공허함이 그를 찾아와서 주위사람들한테 짜증까지 내고 있는 자신을 발견하곤 하였다.

월터의 이름이 적혀있는 사무실 문을 열자 비서가 일어나 그의 겉옷을 받아주었다. 착한 비서라는 생각이 들었다. 석 달 전에 나간 비서는 몸체도 뚱뚱한 중년 아줌마였는데 월터가 사무실에 들어오면 아침인사만 하고는 타이프를 치며 더 바쁜 척 일을 하곤 하였었다. 새로 들어온 비서 제니퍼는 갓 학교를 졸업한 듯 나이도 어려 보였다. 연한 옥수수빛 머리를 질끈 뒤로 동여매었고 몸매도 가냘팠다. 화장을 하지 않은 것 같은데도 피부가 워낙 투명하게 고아서 깨끗해 보였다. 입술만 연한 색으로 살짝 바른 것 같아 예전에 일하던 뚱뚱한 중년 비서와는 대조적이었다. 새로 들어온 비서는 옷도 단정하게 입고 다녔다. 그런데도 그의 눈에는 그 단정한 옷매무새 사이로 각선미 있는 몸 선을 그려 볼 수 있었다. 어쩌면 젊다는 그 자체가 월터의 상상력에 불을 붙이고 있는지도 모른다. 갑자기 남자친구가 있을까 궁금해졌다. 저렇게 매력 있고 이지적으로 생긴 아가씨가 내 비서로 있으면 족하지 더 이상 무엇을 원하는지 그녀의 남자친구까지 궁금해 하였던 자기의 모습에 웃음이 나왔다. 독신으로 살다 가기로 작정하지 않았던가. 가정을 꾸미고 정착해서는 안 된다. 그의 직업이 가정을 꾸미고 정착하기에는 너무 위험했다. 위험한 직장에서 부자가 되고 싶은가? 아니면 가난하더라도 단란한 가정을 꾸려가며 사랑하는 아내와 자식들과 살 것인가? 두개를 다 가질 수는 없었다.

월터는 부자가 되고 싶었다. 수단과 방법을 가리지 않고 부자가 되고 싶었다. 본질로 하면 전혀 양심과 법적으로 맞지 않는데도 모든 것을 완전하게 법적으로 맞게 처리되어야 했다. 그러한 일에 그는 적격이었고 지금까지 잘 해내고 있었다. 그렇지만 항상 위험이 따르고 있는 것을 잘 알고 있기에 독신으로 살자고 작정하였다.

사무실 안에 있는 자기 방으로 들어가 의자에 앉자 전화 메시지가 남겨 있는지 빨강불이 반짝거리고 있었다. 막 메시지를 체크하려는데 문을 두드리는 노크소리가 났다. 제니퍼였다. 손에는 조간신문과 커피가 들려 있었다. 그럴 필요 없이 스스로 갖다먹겠다고 말했는데도 그녀가 자기에게 세심하게 신경 써주는 것이 내심 고마웠다. 커피냄새를 맡으며 월터는 제니퍼의 몸매를 안보는 척하면서 다시 훔쳐보고 있었다. 따가닥따가닥 거리며 사무실 바닥에 부딪혀 소리 나는 뽀족구두 속에 신은 발이 작고 귀여웠다. 그 구두위로 쭉 뺀은 종아리도 귀여워보였다. 뽀족한 구두굽이 위태롭게 보이는데도 잘 걷고 있었다. 잘 보이려고 뽀족한 하이힐 속에 갇혀 조그만 발이 혹사하고 있는 것 같아 애처로워 보였다. 걷고 있는 발 뒷모습을 보고 있자 그 구두를 벗기고 발바닥과 발가락들을 마사지해주고 싶은 충동도 일어나고 있었다.

커피를 마시며 두 눈을 잠깐 감고 상상을 하고 있던 월터가 커피 잔을 비우자 커피 잔을 치우러 온 제니퍼와 눈이 마주쳤다. 갑자기 그가 당황하고 있었다. 이유를 모르는 제니퍼는 왜 그가 갑자기 자기 눈과 마주치자 얼굴을 붉히는지 의아해졌다. 그러면서도 그녀는 그러한 그가 귀엽다는 생각이 들고 있었다. 젊고 귀여운 보스 밑에서 비서로 일하는 자기가 운이 좋다고 생각이 들었다. 그녀가 갖고 온 신문을 한 장 넘기다말고 월터의 얼굴 표정이 심각하게 변하고 있었다. 비서에게 밖으로 나가라고 말한 그는 사무실 문을 닫아놓고 전화를 걸었다.

"어떻게 된 겁니까? 신문에 몽타주까지 실리고?"

"시키지도 않았는데 혼자 그런 일을 했다고요? 그 사람 여기 규율을 알고 있습니까?"

"한 시간 이내로 이 사무실에 오십시오. 앞으로 어떻게 할 것인가 의논합시다."

전화를 받는 사람의 말은 전혀 들리지 않고 있었지만 월터의 화난 목소리는 사무실 문을 닫았는데도 제니퍼의 귀에 들렸다.

한 시간 정도가 지난 후였다. 보통 때는 보지 못하던 한 신사가 나타났다. 월터보다 훨씬 나이가 들어 보이는 중년 신사였다. 비서인 제니퍼가 월터의 사무실로 인도하자 곧바로 머리를 깍듯이 숙이고 서 있었다. 20살은 더 들어 보이는 나이 지긋한 신사가 아들처럼 젊어 보이는 청년 앞에 다소곳이 머리 숙여 서있는 모습이 그녀에게는 이해가 되지 않았다. 월터는 아무도 사무실 안으로 들어오지 못하게 하라고 비서에게 지시했다.

밖으로 나가 얼마 지나지 않아서였다. 월터의 큰 고함소리가 들렸다. 정확한 대화 내용은 들리지 않고 있었으나 고함소리로 보아 보스가 대단히 화가 나 있는 것은 틀림없었다. 무슨 일인가? 무슨 비즈니스 때문에 저렇게 화가 났을까? 제니퍼는 지금까지 이 회사에 들어와서 석 달 동안 보스가 화낸 것을 본적이 없었던지라 궁금증이 생기기도 했지만 지금 화내는 월터의 성격됨됨이에 다소 실망하고 있었다.

알후레도가 이 직종에 들어온 것은 월터보다 훨씬 먼저였다. 월터가 상관이 되었을 때 그는 묵묵히 입을 다물고 있었다. 속마음을 내보이지 않고 일을 하였기에 지금까지 같은 직종에 붙어 일을 하고 있는지도 모른다. 승진하고 싶은 마음이 있기는 했다. 그렇지만 또 한편 승진되고 싶은 마음이 없었다. 월터 이전의 보스가 어디로 갔는지 아무도 모른다. 미국 동부나 중부로 간 경우도 있었지만 브라질 칠레등 남미로 가는 경우도 있었다. 한 가지 공통점은 그들은 직계 가족이 없었다. 알후레도는 느지막하게 결혼을 하여 아내가 있고 자식들이 있어 이제는 중고등학교를 다니고 있었다. 지금의 알후레도에게는 아내와 자식들을 집안의 한 가장으로 돌보고 보호하는 것만이 삶의 목적중 제일 중요한 중심사였다. 지금보다 더 높은 지위를 준다 해도 위험할 것 같으면 피하고 싶었다. 위험한 환경에서도 스릴을 느끼며 도전하던 젊었을 때와 비교하니 지금의 나이 들어가며 용기 없어져가는 자신이 한심하게 보일 때도 있었다.

알후레도는 월터가 이전의 다른 보스보다 마음에 들었다. 사소한 일에는 간섭을 하지 않고 직접 결정할 수 있게 자유권을 주고 있었다. 콩 나와라 팥 나와라 하지 않아서 좋았다. 신속하게 판단을 하였기에 결정을 내리자마자 어려운 문제들이 잘 처리되고 있었기에 좋았다. 그런데도 이상하게 월터를 보면 마음 한구석으로 부터 겁이 났다. 자기는 실수를 하는 사람을 보면 눈감아 주고 덮어주면서 의리를 더 지키며 인간관계를 중요시 하는데 반해 월터는 의리 보다는 자기의 이익을 더 생각하는 기회주의자로 보이고 있었기에 그랬다.

"차가 굴러 떨어지면 그냥 내버려두지 왜 총을 쏘아대었는지 설명해 주십시오."

"예. 앞차와 뒤차가 서로 연락을 취하며 차를 낭떠러지 밑으로 굴려 떨어지게 하는 데는 성공을 하였지만 차가 물속으로 잠기지 않고 벼랑 끝에 걸쳐 있다가 차창문 밖으로 기어 나오는 것을 보았다고 합니다. 그래서 완전을 가하느라 머리를 향해 총을 쏘았다고 합니다."

"완전을 기하느라고요? 도대체 그 여자 운전사를 죽이면 우리에게 무슨 이득이 있습니까? 그리고 아까 전화로는 당신은 총을 쏘라고 지시를 하지도 않았는데 자기 혼자 알아서 했다고 하는데 아니 어떻게 그런 짓을?"

"리커 스토아 주인이 총에 맞아 죽었을 때 그 여자 운전사가 윌리암스 의사가 가게 앞에 주차한 것을 보았다고 합니다."

"그 차를 본 것이 무어 그리 대단한 일이라고 그 여자 운전사를 죽여야 합니까? 아직도 이해가 전혀 되지 않는군요.”

“레이몬드가 그 가게에서 나올 때 윌리암스 의사가 보았다고 합니다. 또 그 윌리암스 의사를 그 여자 운전사가 보았고요. 그러니까 증인들을 없애려고 그리고 증거를 없애려고 한 것입니다.”

“그 가게 주인은 아내가 죽였다는데 왜 레이몬드가 끼어들어 증인과 증거를 없애려고 합니까?”

“모르셨군요. 그 가게 주인은 레이몬드가 총을 쏜 것입니다.”

“뭐라고요? 정말 어처구니없군요. 그 가게 주인을 죽이라고 알후레도 당신이 지시했습니까?”

“아니요.”

“그렇다면 누가 지시했습니까? 내가 알기로는 당신이 그 사람을 고용한 것 같은데. 이번에도 당신은 시키지도 않았는데 자기가 알아서 했다는 겁니까?”

“예. 그렇습니다.”

“예. 그렇습니다? 당신 그걸 대답이라고 합니까? 보스가 시키지도 않았는데 함부로 사람을 죽이다니?”

월터의 목소리가 급기야는 올라가고 고함소리로 변하고 있었다.

“어떻게 그런 바보 멍텅구리 같은 사람을 고용했습니까? 뒷수습을 누구보고 하라는 것입니까? 조용하게 일을 처리해도 회사의 비밀이 알려질까 조심하고 있는데 이렇게 신문에 몽타주까지 실리고 있으니.”

“생각처럼 그렇게 바보는 아닙니다. 도리어 그 반대입니다. 그래서 혼자 알아서 처리한 것으로 봅니다. 제가 처음에 이 직장에 들어왔을 때 이야기를 해 주었거든요. 배신하는 사람, 즉 우리 회사와 체계를 위험하게 하는 사람은 언제든지 자기 판단 하에 죽여도 좋다고요. 레이몬드는 그 가게 주인 남자가 저희 비밀을 알고 있으면서 빠져 나가려고 배신한 것으로 판단한 것입니다.”

“그 가게 주인이 배신했다면 총을 쏘기 전에 당신하고 상의라도 했어야 하지 않소?"

"저하고 상의했다면 저는 죽이는 것을 반대했을 것입니다. 레이몬드는 저와 달리 아직 너무 젊어 두려움이 없는 거예요."

"당신 그 바보처럼 행동한 레이를 두둔하는 것입니까? 신문에 몽타주까지 실렸는데 앞으로 뒷수습을 어떻게 하려고 합니까?"

"저는 레이몬드가 화가 나면 참지 못하고 불같이 터지는 급한 성격이 있기는 하지만 저의 직장에 꼭 필요한 사람이라고 생각해서 뽑았습니다. 그렇지만 당신이 싫어하면 오늘부터 일을 그만두게 해고 시키겠습니다."

"그 사람 일을 그만두게 해서 끝날 일이 아니요."

"무슨 뜻입니까?"

"……"

월터는 알후레도의 눈을 보고 있었다. 알후레도는 월터의 눈을 두려움에 차 읽고 있었다.

"꼭 당신한테 세밀하게 지시를 하여야만 합니까? 경찰이 끼어들었소. 그들이 뒤지다보면 언젠가는 당신 그리고 나 우리 모두 다치게 되오. 그러기 전에 알아서 없애버리라는 것이오."

알후레도는 예상 밖의 지시를 듣고 있는지 얼굴빛이 하얗게 변하고 있었다.

"월터, 그건 절대로 안 됩니다."

"왜 안 된다는 것이요? 당신이 조금 전에 이야기하지 않았소. 우리 체계를 위험하게 하는 사람은 언제든지 자기 판단 하에 사람을 죽여도 좋다고. 지금 나는 그 룰을 적용하고 있는데."

"그렇지만 레이몬드는 안됩니다. 왜냐하면 실은 레이는 제 아내의 친척 중에 하나밖에 없는 아들이거든요. 제가 레이를 없앤 후 아내를 어떻게 보겠습니까?"

"레이가 당신의 친척이라? 이거 일이 점점 더 어렵게 풀려나가고 있군요. 절대로 친척이나 가족을 조직으로 끌어들여서는 아니 된다는 규칙을 당신은 어겼군요?"

"규칙을 어겨서 죄송합니다. 살려 주십시오. 무슨 어려운 일이든 시키는 건 다 하겠습니다. 그렇지만 제발 제 처의 조카 레이몬드만은 살려주십시오."

나이가 든 알후레도는 이마를 사무실 바닥에 닿을 정도로 등을 굽힌 채 무릎을 꿇고 두손으로 빌며 조카를 살려달라고 애원했다.

잎새 스물

깊은 잠속에 빠졌다 깨어나듯이 은희의 의식이 되돌아오고 있었다. 안개 속을 헤매듯 몽롱한 정신이 계속되고 있었다. 은희는 수술이 언제나 끝나려나 생각하였다. 아직도 수술이 시작되지 않고 있다고 생각 하였다. 수술은 이미 8시간 전에 끝나있었다. 주위에 있는 사람들에게는 8시간이 긴 시간이었는데 은희에게는 찰나에 불과했다. 입에 얼굴을 가리는 고무 마스크를 쓰고 숨을 들이키면서 숫자를 세었던 것이 몇 초 전이었다. 왜 빨리들 수술을 시작하지 않나 두리번거리니 몽롱한 정신이 조금씩 제 정신으로 돌아왔다. 하얀 빛이 들어왔다. 처음에는 윤곽이 잡히지 않더니 뿌옇게 사물이 보였다. 은희의 눈꺼풀이 움직이기 시작하자 은희를 지켜보던 간호사가 곧 의사를 불러왔다.

"지금 기분이 어떻습니까?"

젊은 의사가 은희에게 물어보았다. 아마도 그날 대기하고 있었던 당직 의사인 것 같았다. 은희가 대답을 하였다. 소리는 나오고 있으나 말이 되어 나오지 않았다.

"기분 괜찮은데요. 그런데 저 제 남편과 이야기하고 싶어요."

그렇게 은희는 말하고 있었으나 은희 귀에 들리는 소리는 그저 "우우-"였다. 젊은 의사는 연필처럼 생긴 헤드라이트 불을 은희 눈에 비추며 눈 안을 조사하였다.

"수술은 잘 된 것 같습니다. 좀 더 경과를 보아야 하겠지만 지금 상태로는 생명에는 지장이 없다고 보아야 하겠습니다."

젊은 의사는 옆에 있는 사람에게 설명하고 있었다. 그제야 은희는 자기의 수술이 이미 끝난 것을 알아챌 수 있었다. 다행히 귀는 정상으로 들리고 있었다. 감기려고 하는 눈꺼풀을 안간힘을 쓰며 다시 떠보니 젊은 의사 옆에 경찰복을 입은 경관 둘이 서 있었다. 경관이 은희에게 다가와 물어보았다.

"사고 나던 당시를 설명해 주시겠습니까?"

부어오른 얼굴 붕대 사이 눈썹 밑으로 찢어질 듯 떠진 실눈 사이의 눈동자와 마주쳤다.

"우우-, 우우-."

거의 붙어버린 두 눈덩이 사이지만 은희의 눈동자는 경관에게 무엇인가 설명하고 있었다. 그렇지만 아무도 "우우" 소리로는 이해할 수 없었다.

"시간이 지나서 회복이 되면 다시 제대로 말할 수 있을 겁니다. 그때 물어보십시오."

젊은 의사가 경관에게 말을 했다.

"회복이 되는데 시간이 얼마나 걸리는가요?"

"적어도 한 달, 아니면 3개월 이상이 될 수도 있어요."

"적어도 한 달이라니? 이런 범죄 사건을 조사하려면 하루, 이틀 시간이 매우 중요하지요. 한 달이 지나면 범인은 이미 도망가 버리고 사건 수사는 미궁에 빠져 흐지부지 돼 버리지요."

"사건 수사도 중요하지만 저는 의사로서 환자 회복이 더 중요합니다. 우선 오늘은 이만 돌아가시지요. 환자가 지치면 회복도 느리고 경과가 악화되어 생명이 위태로워질까 걱정이 됩니다."

"그렇군요. 그럼 오늘은 이만 돌아가겠습니다. 다시 며칠 후 와서 환자와 언어 소통을 하도록 해 보겠습니다. 그동안 저희가 사람을 보내겠습니다. 만약을 위해서 병실 문밖에 사복 입은 경관을 배치하여 망을 보도록 하겠어요. 외부인이 병실에 들어가지 못하게 지시를 해주십시오."

"각별히 조심하도록 지시하겠습니다."

일주일이 지난 후였다. 스티브 존슨 경관과 이번 사건 수사 총 책임자 알렉스 경관이 은희 병실을 방문하였다. 은희가 아주 빠르게 회복되고 있다고 하는데도 은희의 얼굴은 더 부어 있었다. 그나마 수술 첫날은 눈꺼풀을 올려 눈을 뜨기라도 하였는데 일주일이 지난 지금은 아예 부어서 붙어있어 눈을 떴는지 감았는지 알아볼 수조차 없게 되었다. 거기다 목소리도 처음과 같았다. 전혀 단어도 나오지 않고 여전히 우우 소리만 나오고 있었다. 종이와 펜을 가져와서 글을 써 보이기는 했으나 세 살짜리 어린아이가 그리는 그림보다 못한 줄만 그리고 있었다.

시간이 흐르고 있었다. 범인은 어딘가 숨어 사건을 해결하려는 탐정 경관들을 비웃고 있을 것이다. 선량한 시민들이 열심히 벌어 내는 세금으로 경관, 수사관이라는 직책을 맡아 나라에서 월급만 받아먹고 제대로 범죄사건 하나 해결 못하는 바보들 하면서.

여러 가지 가능성을 동원하면서 다른 방향으로도 수사를 하고 있었지만 범인을 잡아내는 것은 먼 나라의 이야기처럼 멀리 느껴졌다. 여러 명의 목격자와 이야기도 해보았지만 그래도 제일 중요한 목격자는 은희 본인이었다. 범죄 해결의 실마리를 제공할 은희가 말을 못하고 있으니 초조해지고 있었다.

"제 말이 들리고 있습니까?"

"우."

"지금 소리 낸 우가 예라는 말입니까?"

"우."

"아니면 아니라는 말입니까?"

"우."

알렉스 경관은 은희의 손가락과 손목이 조금씩 흔들리고 있는 것을 보았다. 경관은 보고서를 쓸 때 쓰고 있던 단단한 받침대 판자를 은희 손목 옆으로 가지고 가며 말하였다.

"제 말이 들리면, 그리고 제가 하는 말이 이해가 되고 있으면 이 받침대 판자를 향해 손가락으로 한번 두들겨 주십시오."

'퉁'

은희의 손가락이 판자를 향해 두드리는 소리가 들렸다.

"만약에 제가 하는 말이 틀리거나 아니라고 하면 두 번 두들겨 주십시오. 지금 연습 상 두 번 두들겨 주시겠습니까?"

'퉁 퉁'

은희의 가느다란 손목이 2번 움직이며 판자에서 퉁겨지는 소리가 2번 울렸다. 주위는 갑자기 쥐 죽은 듯 조용해지고 있었다. 은희가 말을 못하고 글을 못 쓰고 있다고 하여 듣지도 못하고 제대로 생각도 못하고 있는 줄 알았는데 은희는 주위에서 하는 말을 알아듣고 있었다.

"교통사고 나던 날, 차 도로에서 언덕 밑으로 굴러 떨어진 날 기억하고 있습니까?"

'퉁'

은희의 손목이 한 번 움직였다.

"당신을 앞질러 가로 질러 가던 차번호를 기억하십니까?"

'퉁퉁'

얼굴이 부어있고 붕대가 감겨있어 표정이 없는 얼굴이었지만 은희가 괴로워하고 있다는 것을 느낄 수가 있었다. 그래서인지 경관은 은희를 위로했다.

"괜찮습니다. 제 질문에 대해 모른다 해도 전혀 신경 쓰지 마십시오. 통계적으로 모르는 것이 더 정상입니다. 제가 물어보는 것을 모른다 해도 기분 나빠하지 않겠다고 예 해주시겠습니까?'

'퉁'

은희가 그러겠다고 받침판 판자를 한번 두드리며 대답하고 있었다. 경관은 가방 속을 뒤적이며 신문에 나온 몽타주를 보여주었다.

"이 사진의 얼굴 어디서 본 것 기억납니까?"

은희는 생각하고 있었다. 본 것 같았다. 어디선가 본 것 같았다. 그렇지만 곧바로 예 할 수는 없었다. 왜냐하면 은희에게는 백인인 서양 사람들은 서로 비슷해보였다. 아프리카 흑인 사람들은 또 그들끼리 서로 비슷해보였다. 북극에 있는 펭귄 떼들 속의 펭귄들이 서로 비슷해 보여 구별 할 수 없듯이. 백인들 눈에는 또 동양 사람들이 서로 비슷해 보인다고 하였다. 그 때 경관이 몽타주 사진의 묘사를 읽고 있었다.

"키가 큽니다. 6피트 5인치."

그제야 은희는 몽타주 인물을 본 기억이 갑자기 떠오르고 있었다.

'그래. 그 법정 안에서야. 미나의 변호사와 이야기하고 있을 때였어. 우리의 하는 이야기를 엿듣듯이 바로 옆에 서 있었어.'

은희가 판자판을 향하여 '퉁'하고 한 번만 소리를 내었다. 몽타쥬를 묘사하고 있던 경관과 그 주위사람들이 갑자기 조용해졌다.

"이 사람을 개인적으로 알고 있습니까?"

'퉁퉁'

범인을 곧 잡으리라고 생각하다 실망이 되고는 있지만 은희가 얼굴을 본 적이 있다는 것이 없다는 것보다는 큰 도움이 되었다. 경관은 집으로 돌아기며 생각에 잠겼다. 예와 아니오만 대답할 수 있는 목격자에게 정보를 찾아내려면 어떻게 어떠한 질문을 하여야 하나.

죽은 사람은 대답을 하지 않으니 사건의 해결은 애매모호하게 끝난다. 월터가 다니는 회사의 운영이 바로 그 방법을 쓰며 법망을 빠져나오는 조직단체이기도 하였다. 1964년 11월 케네디 대통령을 암살한 리 오스왈드를 달라스 클럽 주인인 루비가 다시 죽여 아직까지 오스왈드 혼자 의도로 한 것인지 다른 사람이 시켜서 한 것인지 아직도 미해결이다. 그렇게 애매모호하게 만들어 사건의 진상을 찾기도 전에 증거를 없애는 방법을 쓰고 있었다. 나이가 지긋하게 먹은 알후레도가 무릎을 꿇은 채 구걸하다시피 부탁을 하던 모습이 떠올랐다. 그는 충직한 부하이기도 하였다. 그동안 아래에서 일어나는 조그마한 일들을 하나하나 물어보지 않고 잘 처리하고 있는 것이 고맙기도 하였다. 다른 부하들은 사사건건 물어보아 월터의 의견을 존중하는 것은 좋았지만 도리어 괴롭히고 있었다. 또 한 가지 처음 만나는 순간부터 사람 됨됨이를 느낄 수 있었다. 자기가 다치는 한이 있더라도 보스를 다치게 하는 일이 없을 만큼 믿음직스러움이 있었다. 그래서인지 월터 또한 부하인 알후레도를 다치게 하고 싶지 않았다. 그리고 그의 부탁을 들어주고 싶었다. 그럼에도 이번 사건은 무언가 잘못되어가고 있는 것을 오감이 아닌 육감인 피부를 통해 느껴졌다.

"앞으로 어떻게 한다지?"

곰곰이 따져보았다. 친척 조카만 아니었다며 일은 쉽게 해결되었을 것이다. 직업적으로 돈을 받아 사람을 죽이는 사람에게 시키면 일은 쉽게 끝났다. 그들은 깨끗하게 처리했기에 죽은 사람에게 미안한 생각이나 죄책감을 느끼지 못했다. 죽을 사람은 마땅히 자기가 한 잘못에 책임을 지는 것에 불과했다.

"레이몬드의 몽타주까지 신문에 나왔으니 곧 걸릴 텐데."

문제가 더 시끄러워지면 월터의 보스가 월터를 없앨 것이었다. 그러기 전에 알후레도를 없애야 했다.

"아 그럴 수는 없지. 지금까지 같이 지낸 의리가 있는데. 그렇다면 다른 방도가 없을까?"

두 주먹을 양 이마에 대고 누르고 있었다. 제니퍼는 그러한 월터를 보며 가엽다는 생각이 들었다. 그의 머리를 식혀주고 싶었다.

'복잡한 머리를 어떻게 식혀줄까?'

자기의 봉곳이 솟아나온 가슴을 보며 그 가슴 안으로 그의 머리를 감싸주면 머리가 식혀질 것 같은 느낌이 들고 있었다.

'내가 왜 엉뚱한 생각을 하고 있지?'

그녀의 얼굴이 갑자기 붉어졌다. 그러면서 한 손으로 젖가슴 밑에 대고 젖가슴을 위로 올리고 있는 자기 모습을 보았다. 제니퍼의 한 손이 마치 월터의 머리처럼 느껴지면서 자기 손으로 젖가슴을 올렸는데도 빵빵한 느낌이 기분 좋게 다가오고 있었다. 이렇게 빵빵하면서도 주무르면 촉감 좋은 기분을 그에게 전해주고 싶었다.

그때였다. 월터가 제니퍼의 책상 옆에 다가와서 서 있었다. 다른 생각을 하느라 책상 옆으로 오는 것을 모르고 있었던 것 같았다. 제니퍼의 눈이 놀라 허둥거렸다.

"벌레가 가슴 밑으로 기어 들어왔나 봐요. 그래서 만지고 있었어요."

그녀는 물어보지도 않은 필요치 않은 말까지 하며 허둥거리고 있었다. 왜 자기를 보고 그런 말을 하나 그는 고개를 갸웃거렸다.

"아. 그래요. 간지럽겠군요. 이 서류와 편지가 오늘 중으로 나가야 하니까 12시전까지 우체국으로 나가게 처리해 주시겠습니까?"

"예, 그러겠어요."

월터는 아까와는 달리 제니퍼를 보아도 아무 생각이 없었다. 그의 머릿속에는 단지 신문에 난 몽타주만 가득 차 있었다.

하룻밤을 꼬박 지새우다시피 한잠도 자지 못한 현수는 집으로 돌아오자마자 잠을 청하였다. 온몸과 사지는 노곤한데도 잠이 들 듯말 듯하며 잠이 오지 않았다. 같은 침대에서 같이 자던 아내가 없어서 허전하기도 하였지만 집에 들어오자마자 찾아보았던 영철이 때문이었다. 그 녀석은 엄마가 많이 다친 것도 모르고 코까지 골며 자고 있었다. 그렇게 천진난만하게 자고 있는 아들의 얼굴을 보면서 현수는 걱정이 앞장섰다. 아내를 저 정도로 다치게 하는 악당 놈들이라면 아들도 다치게 할 것이 분명했다. 아들이 다치는 것을 상상하다보니 등골이 싸늘하게 시렸다.

"안 돼. 절대로 안 돼. 영철을 다치게 해서는 안 돼."

이를 악물며 다짐하자 윗니와 아랫니 부딪히는 소리가 탁탁거렸다.

현수의 눈에는 아직도 윌리암스 의사가 범인과 연관된 유력한 용의자로 보이고 있었다. 그런데 그가 수술을 하다니. 죽였다 살렸다하며 장난을 치고 있는가. 병 주고 약 주고 하고 있는가. 도대체 무슨 꿍꿍이속이 있어 조작들을 하고 있는 것인가. 이 생각 저 생각을 하면 잠이 곧 들지 않던 현수가 어느새 잠속으로 끌어당겨 들어가고 있었다. 피곤했던 온몸이 쇠뭉둥이처럼 무겁게 되어가며 바다 밑 끝으로 한없이 내려가는 기분이었다.

정신없이 잠을 자고 눈을 뜬 시간은 이미 주위가 어두워진 저녁시간이었다. 이불 속 솜뭉치가 물을 먹어 무거워진 것처럼 잠을 충분히 잔 것 같은데도 온몸이 무거워져 침대에서 잘 일어나지지 않았다.

"지금이 몇 시나 되었지?"

현수는 정신을 차리자마자 영철을 찾았다. 영철은 곤히 자는 아빠를 깨울새라 발끝으로 조용히 까치발 걸음을 하며 자기 방에서 거실로 다시 부엌으로 가 먹을 것을 냉장고에서 꺼내 먹고 있었다.

"벌써 6시가 넘었구나. 도대체 내가 몇 시간이나 잠이 들었었나. 12시간 이상 잠을 자다니."

겨울날은 해가 짧아 밖은 이미 어두워져 있었다. 하루를 몽땅 잃어버린 것 같았다. 오늘 아내가 일하러 가는 약국에 못 갔었다고 지금 전화를 해 주어야만 할 것 같았다. 전화가 울리고 있었다.

"여보세요. 데이브 약사하고 말하고 싶은데요."

"제가 데이브입니다."

"직접 전화 받았군요. 저는 은희의 남편 현수입니다. 오늘 제 아내 은희가 일하는 스케줄로 알고 있는데 사고가 생겨 못 갔다고 대신 전화하고 있습니다. 데이브 약사가 제 아내 대신 일해 줄 수 있나 해서요."

"일해 주고말고요. 물론 은희 씨대신 오늘 제가 일했습니다."

"오늘 토요일뿐만이 아니라 오랫동안 약국을 못나가게 될 것 같아요. 오늘은 주말이라 은희 보스에게는 연락이 되지 않고 있는데요. 월요일 날 연락하려고 합니다."

"염려 마십시오. 제가 보스에게도 직접 전화하여 알리겠습니다. 은희 씨가 큰 교통사고가 나서 오늘 제가 일했고 오랫동안 약국을 못나오겠다고요."

"……."

"그럼 약국 일하는 것은 제가 할 테니 걱정하지 말고 안녕히 계십시오."

"고맙습니다. 안녕히 계십시오."

전화는 끊겼다. 현수는 데이브가 은희 대신 일 해 주겠다고 하니 고마웠다. 그런데 전화가 끝나기 바로 전 현수는 말을 잇지 못하고 있었다. 자기는 틀림없이 사고가 났다고만 말을 했는데 데이브는 어떻게 은희가 큰 교통사고가 났다고 알고 있는 것일까? 무언가 꺼림칙한 생각이 마음속으로 일어나고 있었다. 그렇지만 현수는 금세 그렇지 않다고 고개를 저었다.

"사고라고 하니까 교통사고로 그냥 연결되어 말을 하는 거겠지. 하기야 미국에서는 사고라면 대부분 교통사고니까."

형체를 알아볼 수 없이 부어올랐던 은희의 얼굴이 눈, 코, 입 윤곽을 들어

내었다. 두뇌 수술 후 머리와 얼굴을 온통 감아 쌓던 붕대를 벗기고 나서도 알아볼 수 없이 퉁퉁 부어 있었던 얼굴에 마침내 오똑한 코가 나타나고 있었다. 아직도 정확한 발음을 내고 있지는 않았지만 은희의 입에서 우우가 아닌 말소리도 나오고 있었다.

"여-영-으."

현수는 은희가 아들 영철이를 찾고 있는 것으로 알았다.

"영철이 걱정하지 마. 학교 잘 다니고 있어. 공부도 잘하고 있고."

"여-엉. 여-엉-오-오-윽."

"물론 당신이 걱정하는 것 나도 이해하고 있어. 나도 마찬가지로 영철이 신변 걱정하고 있으니까. 당신이 사고 난 이후부터 사복경찰관들이 영철이 학교와 집근처에서 영철이 주위를 지키고 있어. 그러니까 아이 걱정은 하지 말고 당신이나 빨리 나을 생각하라고."

현수는 아내에게 영철이 걱정을 하지 말라며 위로하고 있지만 현수 자신을 위로하고 있기도 하였다. 아침에 일어나 제일 먼저 눈을 뜨면 아들 방에 들어가 침대에서 자고 있나 없나를 확인하고 있었다. 혹시나 해서였다.

낮 2시 반 경 학교에서 돌아왔다고 회사로 전화가 오는데 5분만 늦게 전화가 걸려 와도 마음이 두근거리고 회사에서 하던 일이 손에 잡히지 않았다. 현수가 요청도 하지 않았는데도 경찰이 먼저 아들 영철이 주위를 호위하며 지켜주겠다고 하였다. 고맙기도 하고 안심도 되었지만 마음이 더 불안해지기도 했다. 경찰이 보기에도 사건이 위험해 더 애꿎은 일이 앞으로도 일어날 수 있다는 예측아래 도와주는 것이기에 그랬다. 어서 아내가 깨어나서 범인을 잡아내고 쇠고랑을 차게 해 감옥소에 집어넣어야만 영철이에 대한 걱정도 사라질 것 같았다.

겨울에 긴 잠을 자다 봄이 되면 깨어나는 곰들처럼 잠만 자고 있던 은희가 조금씩 깨어나고 있었다. 은희가 제대로 말을 하기 시작하자 현수는 아들 영철이를 병원으로 데리고 왔다. 특정한 사람을 제외하고는 면회가 거절되었었기에 병실 문 밖에서만 서성거리던 영철의 가슴은 엄마를 볼 생각에 가슴이 뛰었다. 그동안 엄마가 너무 보고 싶었다. 아빠 말에 의하면 엄마 얼굴이 많이 다쳐 알아 볼 수 없게 험상궂게 되었으니 놀라지 말라고 하였지만. 아무리 엄마 얼굴이 무섭고 추하게 변해도 영철이에게는 예쁘고 사랑스러운 엄마였다. 엄마가 병원에 입원한 동안 학교에서 일어났던 이야기를 하고 싶었다. 미술시간에 만들었던 거북이 석고가 알라메다 카운티 축제에서 일등상을 탄 것도 엄마에게 자랑하고 싶었다. 영철이는 그 거북이를 손에 들고 있었다. 진한 초록색을 칠한 거북이 등에는 육각형 모양의 둥그런 줄이 12개나 그려 있었고 거북이 눈 밑과 입 옆으로는 빨간 점이 묻혀 있었다. 거북이 머리는 위로 향해 있었고 앞 두 다리는 크게 벌려 있으며 뒤 두 다리는 꼬리와 함께 작게 포개져 있었기에 마치 힘차게 앞으로 기어나가는 모습이었다.

“네가 혼자 이렇게 다 만들었어?”

“선생님이 여기저기 고치라고 도와주었어요.”

“아주 멋있다. 엄마가 보면 좋아하겠다. 엄마는 원래 조각 작품 감상하는 것 좋아하거든.”

영철은 엄마에게 자랑할 생각에 가슴도 두근거렸다.

‘엄마를 먼저 안아줄까, 거북이를 먼저 보여줄까.’

영철이 이런저런 생각을 하면 병실 문 밖에서 기다리고 있는데 간호사가 안으로 들어오라고 문에서 손짓을 하였다. 예상은 하고 있었지만 엄마의 얼굴은 영철이에게 충격적이었다. 그러한 엄마 얼굴을 보며 영철은 엄마 곁으로 곧 다가서지 못하였다. 눈물이 앞을 가로막았기 때문이었다.

“내 아기 왔구나. 왜 이렇게 늦게야 왔니? 엄마는 네가 얼마나 보고 싶었는데. 너도 엄마 보고 싶었지. 대답해 보렴. 엄마 많이 보고 싶었다고.”

“예. 엄마 많이 보고 싶었어요. 이 만큼이나요.”

영철은 두 팔을 넓게 벌렸다.

어렸을 때 엄마는 가끔 영철이에게 물어보곤 하였다.

"엄마 예뻐?"

"응 엄마."

"얼마만큼?"

"이만큼."

"겨우 그 만큼?"

"아니 이 만큼이나."

영철이 두 팔을 한참 벌릴 때까지 엄마는 영철이에게 물어보곤 하였다. 더 벌릴 수 없을 만큼 넓게 팔을 벌리면 엄마의 얼굴이 환하게 변하곤 하였다.

"네 손에 있는 거북이가 움직이고 있구나. 어서 물속에다 넣어 주렴. 그렇게 잡고 있다가 죽을까 걱정된다."

"엄마 눈에 살아 있는 것으로 보여요? 제가 만든 거예요. 카운티까지 올라가 일등상 받았어요."

"농담하지 마라. 지금 움직이고 있잖아. 어떤 때는 몇 분 아니 몇 초 만에 생명을 잃는단다. 죽은 다음에 후회하지 말고 빨리 지금 물속이나 물 근처에 놓아주어라."

아빠가 영철에게 눈짓으로 신호를 보냈다.

'엄마 눈에는 그렇게 보이는 거야. 엄마가 아직 아파서 그러니까 다음에 설명하고 엄마가 하라는 대로 말 들어라.'

영철은 더 이상 자신이 만든 거라고 우길 수가 없었다. 영철은 거북이를 꽃이 담긴 꽃병 옆 물이 약간 담긴 소반에 가져다 놓았다. 햇빛이 따사롭게 비치는 창문사이로 유리창에 반사된 진 초록색 거북이가 햇살이 움직임에 따라 정말 살아 움직이고 있는 것처럼 보였다.

"너 왜 옷을 남자 아이처럼 입고 다니니? 스커트보다 바지가 편하기는 해도 여자처럼 하고 다녀야지. 머리는 왜 그렇게 짧게 깎았니? 꽃핀도 꽂고 머리도 길어 묶고 다니면 더 좋을 텐데."

영철은 엄마가 다른 사람에게 말하는 줄 알고 주변을 두리번거렸다. 아빠 외에는 아무도 없었다. 아빠의 표정도 당혹해 하는 것 같았다. 영철이 오기 전이었다. 잠에서 깨어난 은희가 말하였다.

"우리 아기 보았어요. 어쩌면 그렇게 예쁘게 자랐던지. 당신 얼굴하고 똑 같았어요. 처음에 신생아 병동에 갔었을 때도 갓 태어난 여러 아기들이 각기 상자 속에 들어가 있는데 당신 얼굴하고 똑 같아 금방 우리 아기라고 알아냈었어요. 그때도 예뻤지만 지금은 더 예뻐졌어요."

현수는 이제야 이해가 되고 있었다. 은희가 아들 영철이를 이야기 한 것이 아니라 딸 영옥이를 이야기하고 있었던 것이었다. 그리고 지금처럼 의사소통이 되고 있지 않을 때도 은희는 영옥이를 부르고 있었다는 것을. 은희에게 잊혀버렸던 사건이 그래서 현수마저도 잊고 지냈던 사건이 다시 기억되고 있었다. 은희는 그 아팠던 사건을 기억 못한 채 그 사건 전으로 돌아가 살고 있는 것 같았다.

"당신 지금 영철이한테 스커트를 입고 머리를 곱게 묶고 다니라니? 영철이 당신 아들이야. 계집아이가 아니라고."

"영철이라뇨? 영옥이는 어디 갔어요? 오늘 아침에 영옥이 보았다고요."

"그래 당신이 꿈속에서 영옥이를 보았나 보군."

"꿈이 아니었어요. 영옥이가 엄마 학교 다녀오겠어요 하며 학교로 가던 게 생생하게 제 귀에 들려오고 있어요. 학교 가기 전 제 가슴에 꼭 안겼다가 인사하고 나갔어요. 아직도 그 아이 촉감이 느껴지는데요. 따뜻한 체온도 또 포동포동한 살의 탄력도 생생하게 느껴지고 있어요. 꿈은 흐리멍덩하지 그렇게 생생하지 못 하잖아요."

'당신 딸 영옥이는 죽었어. 그것도 아주 오래 전에. 더 이상 영옥이 얘기 꺼내지 마.'

그렇게 소리치며 아내가 지금 하고 있는 말이 틀리다는 것을 알게 하고 싶었다. 그런데 소리치고 싶은 마음과는 달리 아무 소리도 하지 못하였다. 뇌수술 후 간신히 의식이 돌아오긴 했지만 약기운 때문이거나 아니면 수술 후유증으로 정신이 오락가락 하고 있는 게 분명했다. 환청이나 환상을 보고 있는 것 같았다. 그러한 아내에게 사실을 알려 보았자 상처만 줄 것 같았다. 아내를 빨리 회복시키려면 입을 다물고 있는 게 최상의 방법 같았다.

그렇게 보고 싶은 엄마를 기다리고 기다리다 보았는데도 영철이를 알아보지 못하는 엄마를 보며 영철의 가슴은 무너지고 있었다. 평생 못 알아보면 어쩌나 하는 의문도 생겼다. 만약에 나쁜 놈들이 아빠까지 다치게 하여 아빠도 자기를 못 알아보면 어쩌나 하는 의문도 떠올랐다. 친구 피터 민우가 떠올랐다. 그때였다. 영철의 가슴이 강해지고 있었다.

'약해지면 안 돼. 나는 남자로 이 세상에 태어났어. 아빠가 다치기라도 하면 내가 엄마를 보살펴 줄 거야. 엄마가 평생 나를 못 알아 본다 해도 나는 엄마를 보호해 줄 의무와 책임이 있어. 내가 엄마를 보살펴 줄 거야.'

경찰 수사관 알렉스도 은희 병실을 다시 찾아왔다. 결과는 그 전보다 더 실망스러웠다. 은희 기억력에 희망을 걸고 있었는데 은희는 윌리암스 의사마저 기억 못하고 있었다. 왜 윌리암스 의사를 찾아갔는지도 모르고 있었다. 그 날 저녁 신문에서는 은희가 범인은 고사하고 사고가 난 것조차 기억 못한다는 기억 상실증 기사가 나오고 있었다.

아침 신문 기사를 읽고 안도의 숨을 쉬는 두 사람이 있었다. 월터와 알후레도였다. 만약의 경우 은희가 죽지 않고 깨어나 용의자 하나로 지목된 레이몬드를 지적할 경우를 대비하고 있었다.

"레이야. 너는 왜 시키지도 않은 일을 해서 내 속을 썩히느냐. 한 번도 아니고 두 번씩이나. 나는 지금 굉장히 후회하고 있단다. 너를 우리 조직으로 들어오게 한 것을. 네 성격이 너무 급한 게 문제다."

"알후레도 아저씨. 제 성격이 급한 것은 사실이지만 성격 급하기 때문에 일을 저지른 게 아닙니다. 이 조직을 위해서 그렇게 하는 것이 최상이라고 생각했기 때문입니다."

"네 본심은 알고 있다. 하지만 모든 게 네가 생각하는 대로 그렇게 단순한 게 아니란다. 너는 네 위험을 무릅쓰고 이 조직을 위해 일했다고 하지만 결과적으로 네 모습이 매스컴을 통해 나타나고 있어. 조직에 치명타를 줄 수가 있단다. 나는 네 신변을 걱정하고 있어."

"알후레도 아저씨 제 신변은 걱정하지 마십시오. 저는 이 조직을 위해 제 목숨까지 바칠 생각이 되어 있습니다. 제가 고아처럼 지낼 때 아저씨께서 저를 돌봐 주었기 때문입니다. 아저씨가 일하는 조직 단체이니 제가 수갑을 차고 감옥소에 가더라도 좋습니다."

'이 어리석은 것아 내가 지금 네 신변을 걱정하는 것은 경찰이 너를 잡아 감옥에 집어넣었다가 다시 풀려나오는 게 아니야. 경찰이 아니라 이 조직 단체에 의해 네가 쥐도 새도 모르게 죽임을 당할 수 있다는 거야. 왜 내 말의 알맹이 뜻을 알아채지 못하고 있느냐?'

알후레도는 레이를 물끄러미 쳐다보고 있었다.

'그래 지금의 나는 너무 늙어버렸는지도 모른다. 위험보다는 안전을 생각하고 있으니. 조직보다는 한 사람의 생명을 더 소중하게 생각하고 있으니.'

"레이야 내가 너를 먼 이국땅으로 보내려고 한다. 한 오 년 아니 십 년 동안 그 곳에 피하고 있어라. 네 이름 네 얼굴이 사람들 기억에 사라져갈 때. 오랜 시간이 지난 후면 다시 캘리포니아에 와서 살아도 되고."

"아저씨, 저는 절대로 이국땅으로 가지 않으렵니다. 아직 아저씨에게 말씀 드리지 못했는데 제 여자 친구도 여기 살고 있습니다."

"그곳에 가서 또 다른 여자친구 만들면 될 거야. 너는 키도 크지만 얼굴도 수려하니까 여자친구는 걱정하지 않아도 될 것 같다. 곧 만들 수 있어. 지금은 너의 신변에 더 신경을 써야 될 것 같다."

"알후레도 아저씨. 두 번 다시 말 꺼내지 마십시오. 저는 이 나라 밖에 나가 살고 싶지 않습니다. 도망자로 살고 싶지 않아요. 그럴 바에야 여기서 죽겠어요. 그게 더 맘이 편할 것 같으니 다시는 이곳을 떠나라고 강요하지 마십시오."

레이를 구제하려고 먼 이국땅으로 보내려던 알후레도의 의사는 흐지부지되었다.

은희가 혹시라도 레이를 지목하여 문제가 시끄러워지는 것을 걱정하였는데 은희의 기억상실증 기사는 월터와 알후레도 모두에게 안도의 숨을 쉬게 하였다.

잎새 스물둘

미나의 재판이 마무리 되어가는 날이었다. 미나의 얼굴은 많이 초췌해 있었다. 그러지 않아도 약간 어두운 살결이 더 어두워 보였고 눈 밑 눈 두덩이도 검게 파여 들어가 보였다. 원래는 살결이 검어도 윤기가 흐르던 피부가 마르고 시들어 보였다. 며칠 전 은희가 미나에게 다가와 걱정 말고 용기를 내라며 기운을 북돋아 주고 갔었다. 은희는 미나를 믿고 있으며 진범을 찾아내는데 필요한 증인 하나를 데리고 오겠다고 하였는데 증인은커녕 은희도 보이지 않고 있었다. 한 가닥 희망을 걸고 있었던 미나는 마음이 초조해지고 있었다.

배심원 12명이 투표한 결과를 갖고 와서 발표하는 시간이 되었다. 미나와 미나의 변호사가 자리에서 일어났다. 재판관이 종이에 적힌 답을 읽고 있었다.

"피고는 죄가 있음을 알립니다. 피고의 죄는 일급 살인죄로……"

더 이상 미나의 귀에 재판관의 말이 들리지 않았다. 미나의 다리가 후들

후들 떨렸다. 변호사가 이미 결과가 불리하게 진행되고 있다고 여러 번 예고를 하였는데도 막상 유죄의 판결을 받는 순간 누군가 쇠망치로 미나의 머리를 쾅 두들기는 것 같았다. 그래서인지 눈앞이 희미해지며 미나의 눈앞에서 보이는 사물이 흔들거렸다. 토할 것 같이 속이 메슥거리기도 했지만 마치 사막을 혼자서 걸어가며 목이 말라 쓰러져가는 것 같았다. 하늘에서 내리쬐는 태양빛이 너무 눈에 부서 쳐다보지 못하듯 배심원 하나하나가 미나를 쏘아대는 눈빛이 너무 부셔오고 있었다.

'우리는 공정하게 판단을 내리려고 무척 애를 썼습니다. 과학적인 모든 증거를 검토하였지요. 물론 12명의 배심원 중에 몇은 증거가 충분치 않다고 당신이 무죄라고 생각했지만 우리가 다시 토론과 토론을 장시간 거듭한 끝에 그들도 우리와 같이 당신이 죄가 있다고 시인을 하게 되었지요. 당신의 판결을 우리가 쉽게 내렸다고 생각지 마십시오.'

그렇게 말하며 미나의 눈을 맞 쏘아대고 있는 것 같았다.

'이 더러운 년. 거짓말쟁이, 유부녀가 다른 유부남과 놀아나다니. 네가 남편을 살해했거나 안했거나 그게 문제가 되는 게 아니야. 네가 다른 유부남과 놀아나며 네 즐거움을 만끽할 때 넌 이미 네 남편을 살해한 것과 똑같아. 남편을 죽인 것 이상으로 너는 그것에 대해 벌을 받아야 해. 너는 죽어야 싸.'

미나의 귀에 그들의 말소리가 그렇게 들려오고 있었다. 미나는 그런 질책을 듣고 싶지 않아 귀를 막아보려고 하였다. 하지만 손목에 힘이 빠져 전혀 움직여지지 않았다. 사막의 모래벌판에 쓰러지듯 갑자기 미나의 몸이 쿵하며 재판실 바닥에 쓰러졌다. 미나를 일으켜 세우려고 여러 명이 달려오고 있었다. 그러나 미나의 뇌리 속에는 배심원 하나하나가 미나를 향해 돌을 던지고 있었다. 그들이 던지는 돌멩이가 몸에 부딪히는 것 같았다. 몸에 부딪힌 돌이 미나의 가슴에 맞은 듯 가슴이 아파오고 있었다.

그렇게 유죄 판결이 있었던 날 미나는 법정에서 쓰러졌다. 치료를 받고 다시 정신을 차린 후 미나는 사형수와 무기징역 죄인들이 많이 갇혀 있는 여자 죄인 감옥소로 가게 되었다.

　알렉스 수사경관은 머리를 긁적이며 난감한 표정을 짓고 있었다. 은희가 정신을 차린 후 또박또박 말을 잘 하기 시작하면 사건을 해결할 수 있으리라 확신하고 있었다. 그런데 피해자인 은희는 알렉스 경관이 가장 유력한 혐의자로 보고 있는 몽타주의 얼굴 레이몬드를 보고 전혀 모르겠다고 말하였다. 도리어 말을 제대로 하지 못할 때 손가락으로 종이판을 두드리던 때가 더 기억력이 있어보였다. 윌리암스 의사 사진을 보여주며 왜 그날 만나러 갔느냐고 물어보았더니 은희는 그 의사도 전혀 모르는 사람이라고 고개를 좌우로 흔들었다. 차가 비탈길로 굴러 떨어지는 순간 뇌진탕으로 기억상실증에 걸릴 수 있다는 의사의 말을 듣고서야 이해가 되는 듯했다.

　“그렇지만 사고가 난 후 며칠 지나 의심이 가는 혐의자의 사진을 보여주었을 때 본적이 있다고 한 번 두들겼습니다. 예는 한 번 아니오는 두 번 두들기라고 했는데 알아들었었거든요. 뇌진탕으로 충격을 받았다면 사고 바로 직후부터 기억이 손상되어야 하는 것 아닙니까?”

　“그렇게 해석할 수도 있겠지요. 왜 기억상실증에 걸리는지 정확한 이유는 아무도 모릅니다.”

　“아니. 박사학위까지 받은 뇌 전문 의학 의사 선생님께서 그렇게 이야기 하실 수 있습니까?”

　“공부를 하면 할수록 저희가 알고 있는 게 아직도 너무 적고 너무나 많이 모르고 있다는 것만 배울 뿐입니다.”

　“의과 대학에 연구팀들이 있다고 들었는데요.”

　“계속 연구들을 하고 있지요. 사람 두뇌가 어떻게 만들어져 기억이 되고 있는지를. 길거리에 자다 죽은 사람들, 오랫동안 가족도 친척도 나타나지 않는 시체가 병원 연구실로 들어오면 뇌 전문 연구팀에서 뇌를 1밀리 간격으로 잘라내어 해부를 하며 하나하나 연구들을 하고 있지요. 아 이런 연구한다는 것은 비밀로 해야 되는 건데 말을 했군요. 만약에 그 가족들이라도 나중에 알아내면 기분이 나쁠 테니까요."

"그렇게 연구들을 하고 있는데도 아직도 기억상실증의 정확한 이유를 모르다니?"

"인간의 뇌가 부분에 따라 하는 기능이 틀리다는 것은 알려져 있습니다. CAT이나 MRI 조사를 하면 정상이 아닌 부분이 나타나 진단을 하고 있지요. 뇌에 있는 혹도 떼어내고 심한 간질병을 치료하느라 뇌수술을 하고도 있어요. 계속 연구를 하고 있기에 예전보다는 많이 알려지고 있지만 아직도 기억상실증은 정확하게 어떠한 이유에서 그러한지 추측을 할 뿐입니다. 복합적인 이유가 있다고 봅니다. 이 우주만큼이나 오묘한 것이 인간의 두뇌가 아닌가 생각됩니다. 이 우주의 끝이 어디인지 아직 아무도 모르고 있지 않습니까? 물론 지구의 끝이 낭떠러지가 아니고 둥그렇다는 것을 갈리레오가 연구해내기는 했지만 그 알아낸 것 때문에 갈릴레오는 사형을 당했지요. 둥그렇다고 알아낸 것이 인간의 오래된 역사에 비교하면 겨우 몇 백 년 전 일이잖아요. 갈릴레오 이후에 둥그런 지구가 어느 속에 들어가 있는지는, 우주의 밖이 그 끝이 어떻다는 것은 불랙 홀이라는 단어를 쓰며 그렇게 연결이 되어있을 거라고 추측만 하고 있지 우주의 밖이 어디에 있는지 정확히 대답을 하는 사람은 아무도 없습니다. 제가 유치원 때 했던 질문인데 지금 나이가 60이 넘었는데도 아직도 그 질문에 대해 대답을 못 찾고 있어요. 유치원 때 생각한 적 있었어요. 나는 이 방안에 있다. 이 방은 집안에 있다. 집은 지구 위에 있다. 지구는 우주 안에 있다. 그렇다면 우주는 어디 안에 있는 것일까 하고요. 그 때 책상 앞에 앉아 있었는데 책상까지는 딱딱한 것을 손으로 느꼈는데 그리고 집도 지구도 우주의 많은 별들도 딱딱한 형체가 있는데 그 밖은 느껴지지가 않는 거에요. 우주의 끝 밖은 아직도 저에게 풀 수 없는 신비한 상상으로만 남겨져 있습니다."

알렉스는 자기 또한 탐정 형사로 일하느라 직업상 여러 가지 질문을 하며 문제를 풀어오고 있었지만 유치원 때는 친구들과 밖에서 공놀이, 술래잡기나 권총 싸움하면서 놀기만 좋아했던 자기에 비해 이 의사는 어린아이답지 않게 별 생각을 다하며 자라고 있었구나 생각하였다.

"그렇군요. 우주도 그렇고 인간의 두뇌 사고도 그렇고 정확하게 아는 사람이 없군요. 그런데 은희의 기억상실이 일시적인 것입니까? 언젠가는 기억이 되돌아오겠지요. 그게 언제쯤 된다고 보십니까?"

"뇌신경 세포가 어느 정도 영향을 받았는가에 달렸습니다. 한 달이 될 수도 있고 몇 년이 될 수도 있습니다. 뇌에 충격을 받아 다치면 뇌 안에 있는 모든 것이 부어오릅니다. 그건 저희가 손을 다쳤을 때 손이 부어오르는 것과 똑같은 현상이지요. 문제는 단단한 두골 뼈가 있어 그릇처럼 막고 있기에 부어오른 뇌세포에 산소 공급과 영양분 공급이 제대로 되지 않고 있어요. 뇌 안에 압력도 생겨 올라가고 있고요. 그러다가 뇌 속에 있는 혈관들이 다쳐 뇌세포가 죽기라도 하면 기억상실증이 되기도 하고 뇌 부분에 따라 몸이 마비가 되기도 합니다."

"제 아내의 아버지도 지금 노인들을 보살피는 양로원 병원에 입원시켰어요. 금방 저녁식사를 같이 했는데도 왜 이렇게 저녁식사 차리는 게 늦느냐고 해서 의아해 했는데 하루는 밖에 나갔다가 차로 들어오는데 저희가 이사오고 계속 있었던 시어즈 백화점을 보더니 저 백화점이 새로 생겼다고 하더라고요. 그래서 병원에 갔더니 알츠하이머병이 있다고 하여 양로원에 입원시켰어요. 집 밖에 혹시라도 나갔다가 집에도 못 찾아올 수 있다고 해서요 자기 이름도 주소도 몰라 집 밖에서 자다가 굶어 죽는 경우도 있다 해서예요. 그런데 그 양로원 병원에 가니 제 아내 아버지 같은 환자가 대부분이었어요. 그렇게 많은 사람들이 걸리는지 몰랐거든요."

"노인들이 갖는 기억상실증을 알츠하이머 의사가 처음 병명을 만들어 그렇게 불리고 있지요. 예전에는 60세 평균 수명이라 그 병에 걸린 사람이 별로 없었는데 요사이는 90세 100세 이상으로 장수를 하기에 나이 들어 생기는 병을 통계적으로 더 많이 볼 수 있는 겁니다. 그런데 은희 씨의 기억상실증 하고 또 노인성 치매하고는 같은 기억 상실이지만 같지 않아요. 치료 방법도 같지 않고요. 약물 치료이외에도 물리 치료와 대화 요법이 필요하다고 봅니다. 뇌에 있는 부기가 빠지고 뇌신경의 혈관들이 다 정상으로 되어 빨리 기억이 돌아올 수도 있지만 어쩌면 영원히 기억이 되돌아오지 않을 가능성도 있고요."

"뇌에 있는 혈관들, 크고 작은 핏줄기들 그리고 눈에도 보이지 않는 신경 세포들을 의사 선생님께서 신경 쓰고 있군요. 정말 어려운 일을 하고 계십니다."

"저는 제가 배운 지식과 그동안 수술하였던 경험에 의해 한 생명을 위해 최선을 다할 뿐입니다. 항상 느끼는 것은 제가 하는 것 같았는데도 사람의 생명은 제가 아니라 하나님이 주관하고 있다고 봅니다. 저는 최선을 다 했어도 장담을 못하겠어요. 그러다보니 항상 이 지구를 창조하신 하나님 조물주 앞에서 겸손하게 되고 있어요."

"언젠가 제 딸이 교회에서 주일 학교 시간에 들었다며 저한테 말하더군요. 사람 몸속에 있는 혈관, 핏줄기를 다 합하여 이어 놓으면 저희가 살고 있는 지구의 밖을 4번이나 돌 수 있다고요. 믿을 수가 없었는데 제 딸이 주일 학교 시간에 들었다고 하니 거짓말이 아니구나 했어요. 아직도 믿어지지 않지만 사람의 몸속도 저희 생각으로 이해가 되지 않게 경이롭게 만들어진 것 같습니다."

"지구의 둥그런 둘레는 2만 5천 마일이라는 거리가 된다고 해요. 그런데 어린아이의 혈관을 동맥, 정맥 혈관뿐만 아니라 모세 혈관까지 다 합한 걸 더하니 십만 마일이라는 길이가 나왔다고 합니다. 사람마다 조금씩 다르기는 하겠지만 아무튼 합하면 굉장히 긴 핏줄기가 우리 몸속에 있는데 저희들은 모르고 지내고 있지요. 또 한 과학자가 사람 몸속에 있는 DNA길이를 계산한 것이 흥미롭더군요. 현미경으로 보이는 작은 세포하나에 있는 나사처럼 생긴 DNA를 코일을 풀어 이어 놓았더니 사람 키 정도 되는 6 feet가 된다고 해요. 한 사람 속에 있는 DNA를 모두 연결시키니 그 길이가 우리가 살고 있는 지구에서 달까지 8번이나 갔다왔다하는 왕복거리가 된다고 합디다. 하나님을 믿지 않는 사람들은 이 우주와 모든 것들이 우연히 생긴 거라고 하는데 이렇게 눈에 보이지 않는 작은 세포 하나만 보아도 조물주의 탁월함을 느낄 수 있어요. 우연히 생긴 것 치고는 너무 오묘하지 않습니까?"

잎새 스물셋

3개월이 지났다. 또 다시 시간이 가 어느덧 반년이 지나고 있었다. 은희의 사건도 범인을 잡지 못하자 미해결의 도장이 찍힌 후 미해결의 사건만 모아두는 서류함 캐비닛에 들어간 후 사건은 점점 잊히고 있었다. 은희 사건 이외에도 또 다른 사건들이 계속 일어나고 있었다. 사람들은 새로 일어나는 사건에 더 관심을 쏟았다. 시간이 지나면서 은희도 잘 회복되고 있었다. 기억상실과 수술할 때 꿰맸던 수술 자국만을 제외하고는 은희는 정상으로 돌아와 일을 하고 있었다. 수술자국도 머리털이 다시 자라났기에 손으로 쓸어 넘기기 전에는 눈에 띄지 않았다. 만약의 경우를 위하여 두통약을 갖고 다니고 있었으나 그 약을 먹지 않은지도 일주일이 넘고 있었다.

은희는 다시 전에 다니던 약국으로 가서 약사로 일했다. 놀랍게도 고객환자들 이름은 모두 알고 있었다. 환자들이 약에 대해 물어보면 이전과 다름없이 약에 대한 지식과 정보도 잘 전해주고 설명해 주었다. 사고가 난 후 은희가 없을 동안 데이브는 은희 몫까지 일을 하며 오버 타임 일을 하였기에 급료도 많이 받았다. 오버 타임으로 일을 하면 돈은 1.5배 받지만 몸뿐만 아니라 정신적으로 지치고 있어 대부분의 약사들은 지나치게 많이 일하는 것을 원하지 않았다. 그럼에도 데이브는 불평 없이 일을 하였다. 은희가 다시 나와 일을 하게 되자 그는 여간 기뻐하지 않을 수 없었다.

"다시 와서 일을 할 수 있게 되어 아주 반갑습니다. 약국에 못나오는 동안 은희 약사를 찾는 환자들이 많았어요. 저한테 물어보라고 해도 꼭 은희 약사에게 상담하겠다고 기다리는 환자들이 여럿 있었어요. 그러다가 기다리지 못해 결국 저에게 물어보기는 하였지만."

"아마 여자 환자들이라 남자 약사에게 물어보기가 쑥스러워 그랬겠지요."

"아니 정 반대입니다. 은희 약사를 찾는 환자들 대부분 남자 환자들이었어요."

"그럴 리가 있어요. 농담하시는 거죠. 그러고 보니 제가 일하는 날 데이브 찾는 환자들이 대부분 여자 환자들이에요. 이상하죠?"

"젊은 여자 환자면 그 중에 하나 골라 데이트 신청할 텐데 대부분 할머니 환자들이죠."

"맞아요. 할머니인데도 여 약사인 저보다 남자약사가 더 마음에 드나 봐요."

"은희 약사 찾은 환자들도 대부분 80살이 넘는 할아버지 환자들이었어요."

둘은 그렇게 말하며 서로 웃었다. 어느 날은 은희를 도와준다며 보수를 받지 못하는 것을 알면서도 같이 나와서 거들고 있었다.

하루는 한 환자가 윌리암스의 처방을 갖고 왔다. 은희는 처방을 보며 알약을 세고 있었다.

"윌리암스 의사 인상이 어떠했습니까?"

데이브가 은희에게 느닷없이 질문을 하였다.

"인상이라뇨?"

"젊은 윌리암스 의사가 작년에 죽었다고 들었어요. 아까운 사람이죠."

"이 처방과 성이 똑 같은 것 보니 한 가족인가 봐요."

"모르고 있었어요?"

데이브가 도리어 의아 하다는 듯 은희에게 반문하였다.

"저는 모르는데요."

"어떻게 다른 환자들은 다 알아보면서 그건 기억을 못하고 있나요."

데비브가 고개를 좌우로 흔들고 있었다.

"저는 정말로 모르겠어요."

"그렇다면 윌리암스 의사를 찾아간 것도 모르고 있나요?"

"제가 찾아갔었어요? 제가 왜 찾아갔어요? 무슨 일로 찾아 갔는지 혹시 아는 게 있으면 말해 주세요."

"정말로 그 의사 얼굴이 전혀 생각나지 않습니까?"

"만난 적이 없는데 어떻게 생각이 나겠어요?"

"은희 씨 뇌수술 한 의사가 윌리암스 의사인데도 만난 적이 없다고요?"

"제 뇌수술한 의사가 윌리암스 의사라고 말은 들었어요. 그렇지만 수술하는 동안 저는 마취가 되어있어 볼 수 없었고 수술 후에는 여러 번 저를 체크하러 왔었다고 하였지만 저는 혼수상태라 잠자고 있어 그런지 본 기억이 없어요. 그리고 제 상태가 호전되자 그 병원에 있는 다른 뇌 전문 의사가 저를 보고 있었거든요."

"은희 씨 윌리암스 의사가 그 병원 스태프진도 아닌데 왜 은희 씨 뇌수술을 하였을까요?"

"사람들 말로는 그 의사가 이 지역 전체에서 제일 뇌수술 잘하는 분으로 유명하다고 해요. 그 의사가 아니었으면 제가 지금쯤 바보가 되었을 거라고 하더라고요. 그런데 왜 그때 왔었는지 저도 모르겠어요. 남편한테 물어보고 대답해줄게요."

"남편한테까지 물어보고 대답할 필요는 없습니다. 저는 단지 은희 씨가 정말로 기억을 못하는지 아니면 못하는 체 가장하고 있었는지 체크하고 있었을 뿐입니다."

그렇게 말하는 데이브의 입 가장자리에 미소가 번지고 있었다.

 잎새 스물넷

잎사귀가 다 떨어져 앙상한 가지만 붙어있는 나무를 쳐다보며 월터는 그 동안 전혀 느껴보지 못했던 새로운 아름다움을 보고 있었다. 신록의 여름의 나뭇잎에 쌓여있었던 풍성함은 없었지만 가느다란 가지 사이사이로 보이는 잿빛 하늘과 어울려 쓸쓸하면서도 세련된 앙상한 선의 모습들이 모여 그나름대로 독특한 자태를 나타내고 있었다. 갑자기 그 독특한 아름다움을 그려보고 싶은 마음의 충동이 일어났다.

어렸을 때부터 그림을 그리는 것을 좋아하였다. 초등학교 때와 중고등학교 시절 교실에서 선생님께 칭찬 받은 적도 여러 번 있었다. 그렇지만 그림은 취미에 그쳐야 했었다. 그림을 계속하여 전공을 하고 싶다는 꿈은 갖고 있었지만 그림 하나 완성하는데 시간이 많이 걸렸다. 어느 때는 꼬박 사흘이 걸렸고 그림 하나 완성하는데 일주일 아니 그 이상인 한 달이 걸릴 때도 있었다. 바위하나 그리는데도 햇빛에 따라 들어오는 명암을 연필로 스케치하는 구석구석 세밀한 부분들, 그림을 보는 사람은 한 눈에 멋있다, 돌덩어리인 큰 바위가 그려져 있구나 하고 보지만 그리는 사람은 그 모든 세밀한 부분들을 스케치하는 작업이 시간의 연속이었다. 그렇게 시간의 연속과 시간과의 싸움이었지만 아름다움을 느끼는 자태를 포착하는 순간은 그림을 그려야만 하는 월터이기도 하였다.

그림물감과 종이를 파는 화방에 들러 그림도구를 오랜만에 사들고 온 월터는 하얀 종이를 보고 마음이 들떴다. 레이몬드의 문제로 머리가 복잡해지고 있었는데도 하얀 종이를 대하니 모든 게 잊혀지고 있었다. 앙상한 나뭇가지 선들을 잘 스케치하여 쓸쓸하면서도 세련된 그 아름다움을 나타나도록 묘사하는 것에만 열중하고 있었다.

　시간이 지나 그림이 다 그려졌을 때 결과는 기대했던 것만큼은 나오지는 않았지만 그래도 그림 그리는 동안만은 스스로 즐거워하였다. 그래서인지 시간을 많이 소비하고 있었는데도 월터는 또 한 장의 그림을 그리고 싶었다. 제니퍼의 얼굴을 그리고 있었다. 그리고 다른 화면에는 제니퍼가 서있는 모습과 나무를 같이 그리고 있었다. 그녀가 눈앞에 없었는데도 누가 보아도 영락없이 그녀의 모습이었다. 그림을 끝마치고 난 월터 자신도 놀랐다. 얼굴을 너무 비슷하게 그려서가 아니었다. 왜 자기가 비서의 얼굴을 그리고 있었는지 이해가 되지 않아서였다. 절대로 같은 직장에 있는 여자와는 사귀지 않는 것이 자기의 철칙주의 하나였다. 또한 듣기로 제니퍼는 이미 사귀는 남자친구가 있었다고 들었다. 약혼까지는 하지 않았지만 다른 남자와는 데이트 하지 않는다는, 그리고 장래 결혼까지도 생각하고 있는 신중한 사이라고 들었다. 학교도 명문 대학을 다니고 있는 수재였고 전공도 법률 쪽으로 하고 있는 미래 변호사가 될 앞날이 촉망되는 신체 건강한 젊은이라고 그랬다. 그 젊은이보다 자기가 돈을 많이 벌기는 하여도 제대로 교육도 받지 않고 고등학교를 중도 하차한 월터였기에 제자신이 많이 꿀리고 있었다.

　남자친구 뿐만이 아니었다. 그녀조차도 월터보다 학벌이 좋았다. 그러한 그녀가 자기를 좋아할 리가 없었다. 그런데 왜 그 여자의 얼굴과 서 있는 모습을 그려놓고 그림을 보며 마음을 설레고 있는지. 그림을 찢어버리려다 주저하였다. 그림 속의 아가씨 얼굴과 앙상한 나무줄기며 그녀의 표정이며 전체적인 화면에 나타나는 느낌이 기대보다 너무 잘 그려져 있었다. 어느 미술관이나 박물관에서 보는 예술품 작품을 감상하고 있는 것 같았다.

　"그렇다. 나는 이 그림속의 여자, 그림을 사랑하고 있는 것이다. 나는 절대로 실제의 여자를 사랑하지는 않을 것이다. 이 여자를 위해서도 나를 위해서도 사랑해서는 안 된다."

　평생 독신으로 살겠다는 그 전의 결심을 다시 떠올렸다.

　직장에 들어온 지 여러 달이 지나자 제니퍼는 처음과는 달리 모든 일에

익숙해지고 있었다. 일 뿐만이 아니었다. 사람과의 사이도 처음보다 더 자연
스럽게 가까워지고 있었다. 다른 직원들과의 농담도 들어가며 가끔 웃기도
하였다. 그렇게 다른 직원들과는 가까워지고 있었는데 보스인 월터와는 아
직도 먼 거리를 느꼈다. 제니퍼는 보스의 시선을 끌어보려고 노력하는 자기
의 모습을 발견하고 있었다.

하루는 백화점에서 빨강색 실크 블라우스를 입고 있는 마네킹을 보니 예
뻐 보였다. 보통 때는 가격이 싼 곳에서 옷을 사는데 그날은 가격에 상관없
이 맘에 드는 그 옷을 샀다. 가슴 쪽으로 자글자글하게 주름이 잡히면서 꽉
끼어 입는 옷이었다. 그래서 가슴의 곡선도 나타나면서 잘룩한 허리의 곡선
도 나타나는 여성스러우면서도 깜찍하게 보이는 옷이었다. 제니퍼로서는 거
금을 주고 산 옷이라 그 다음날 그 실크 블라우스를 입고 직장에 갔을 때
가슴이 약간 뛰고 있었다. 아니나 다를까 보는 직원들마다 예쁘다고 한마디
씩 하였다.

아침 열시가 지나 보스가 사무실 안으로 들어오고 있었다. 컴퓨터 책상
앞에 앉아 일을 하다말고 예전과 같이 차도 만들어 우편물과 함께 사무실
보스 방으로 들어갔다. 자기 옷에 대해 한마디 말하는 것을 들으려고 기다
리고 있었다.

"제니퍼양, 왜 거기 서서 기다리고 있습니까? 저한테 할 말이 있습니까?"

"아니 없어요. 혹시 저한테 뭐 시킬 게 있나 해서요."

"시킬 게 있으면 이따 부르겠습니다."

무안당하기도 하고 무시도 당하는 느낌이 들었다. 보스의 눈에는 자기가
거금을 주고 새로 산 이 옷이 눈에도 보이지 않나 싶었다. 그런데 이상하게
도 그렇게 무시를 당하는 느낌이 들자 더 시선을 끌어보고 싶은 마음으로
변하고 있었다. 제니퍼는 아침 인사를 하며 반갑게 웃었는데도 월터의 눈은
침착하리만큼 무표정하였다. 미소를 보내고 있지 않았다. 주의 깊게 다른 직
원과 아침 인사를 하는 것을 눈여겨보았다. 보스는 다른 직원과는 그들의

아침 인사에 미소 짓고 있었다.

'그렇다면 지금 직장에서 하고 있는 일 태도가 마음에 들고 있지 않다는 것일까. 일 처리를 잘 못하고 있다고 직접 알려주면 고칠 수 있을 텐데.'

어느 때는 밥맛도 없어지며 잠도 잘 들지 않았다. 직장을 옮겨 볼까도 생각하고 있었지만 지금 다니고 있는 직장이 여러모로 유리했다. 대학 수업시간에 차질이 없이 다닐 수 있어 좋았다. 그리고 무엇보다도 아직 직장 경험이 풍부하지 않은 이력서에 비해 월급 수당이 높았다. 그래서 직장을 그만두고 싶지는 않았다. 직장인으로 어떻게 하면 보스의 마음에 들어볼까 연구해 보고 있었다.

어제는 월터가 연한 회색 양복에 요사이 유행하는 연분홍색 와이셔츠를 입고 와서 멋있다는 회사 직원들의 부러움과 함께 옷을 맵시 있게 입는다는 칭찬소리를 들었는데 오늘은 쥐색 어두운 양복에 보라색 와이셔츠를 입고 나타났다. 옷 잘 입는 직장인으로 뽑힌다는 것은 아무나 쉽게 할 수 있는 게 아니었다. 여자나 남자나 마찬가지였다. 돈을 엄청나게 쓰는데도 어울리지 않아 촌스러울 수도 있었고 심하면 우스꽝스럽기도 하였다. 월터의 경우는 옷걸이도 좋아선지 품위가 있어 보이고 옷에 색깔까지 맞추어 잘 입고 있으니 누가 보아도 감탄할 만 했다. 제니퍼보다 15살이나 연상이었는데도 진한 양복 색 때문인지 앳돼 보였다. 의자에 앉아 무릎을 올렸을 때 나타나는 구두 속의 양말도 진한 보라색이었다. 진한 보라색 와이셔츠와 진한 보라색 양말을 보는 순간 그녀도 감탄하고 있었다.

제니퍼가 사귀는 남자친구는 케이마트나 월마트에서 산 바지 3개로 몇 년을 입고 다니는 것 같았다. 그래도 냄새나지 않게 하느라고 세탁기에 돌려 빨아 입고 다니는지 옷감이 닳아 바지 어느 부분은 헤어졌는데도 골덴바지가 편안하다며 헤진 바지를 여전히 입고 다니고 있었다. 비교가 되며 보스의 고급스러운 옷이 제니퍼의 눈에 들어왔다. 지금 그녀가 보스 월터에게서 감동받고 있는 것은 그가 입은 옷맵시와 색상의 조화로움이었다. 그는 지금 그녀 앞에서 너무 멋진 남자로 보이고 있었다. 어린 시절 동화책을 읽으며 꿈속에서 같이 춤추던 왕자님으로 보이고 있었다. 그 순간 그녀는 자기 자신에게 놀라고 있었다. 보스는 자신을 거들떠보지도 않는데 혼자 사랑에 빠지고 있는 것 같았다.

월터가 제니퍼를 끝까지 거절할까? 호기심도 나고 있었다. 그녀가 좋아하고 있는 만큼 이상으로 자기를 더 좋아하게 만들고 싶은 욕심도 일어나고 있었다. 그걸 알아보는 방법은 의식적으로 접근하는 길 밖에 없었다. 월터가 지금 사귀고 있는 여자가 있나 궁금해졌다. 다른 여자 직원에게 물어보니 서너 달 못 간다고 하였다. 여자들은 월터를 좋아하는데 그가 결혼하여 가정을 꾸리는 것은 준비가 아니 되었는지 약조를 피하기 위하여 헤어지는 것 같다고 말들을 하였다. 지금은 아무도 만나지 않는 것 같다고 하였다. 혹시 누가 볼까봐 마음을 두근거리며 제니퍼는 월터의 주소와 전화번호를 컴퓨터 파일에서 찾아내었다. 주소, 전화번호, 생년월일을 종이에 끄적거리며 마치 남의 비밀정보를 훔쳐내는 도둑 스파이가 된 기분이었다.

학교 수업도 없고 직장에 나가 일하지 않아도 되는 주말이었다. 보통 때 같으면 학교 도서관에 가서 숙제를 하거나 도서관 책을 빌려다 읽곤 하였는데 제니퍼는 쪽지에 있는 주소를 보며 월터의 집 근처를 자동차로 돌고 있었다. 제니퍼가 살고 있는 아파트와는 분위기가 다른 동네였다. 높아보았자 이층으로 만들어진 헤이워드시에 살고 있는 제니퍼의 아파트촌은 그가 살고 있는 샌프란시스코의 고층 아파트에 비하니 시골이었다. 고층 아파트 근처에는 웅장한 대리석 바위모양으로 지어진 현대식 건축양식의 가톨릭 성당이 위치하고 있었다. 적어도 20층은 높아 보이는 그 아파트와 다른 아파트 건물사이로 성당 꼭대기의 대리석 지붕 건물양식의 일부가 세모로 각지게 눈에 들어오고 있었다. 그녀는 잠시 차를 멈추어보려고 주차할 만한 곳을 찾고 있었으나 차가 들어갈 만한 여유 있는 곳이 없었다. 차를 계속 운전하면서 뒷골목으로 들어가는 아파트 입구를 보니 경비원이 문 입구 안에서 지키고 있는 게 눈에 들어왔다. 무인 자동 경비 장치가 되어있는 아파트가 대부분인데 인건비가 비싼 곳에서 경비원까지 있다니 고급아파트인 것이 틀림없었다.

제니퍼는 차머리를 돌려 큰 행길 가로 나왔다. 조금 지나니 길옆으로 상점들이 보였다. 진열장에 보이는 상품들도 구경할 겸하여 상점 주차장에 차를 세웠다. 계피 롤빵을 파는 가게 앞을 지나자 계피 향과 단내가 섞인 향긋한 냄새가 그러지 않아도 시장기가 있었던 그녀의 식욕을 더 자극하였다. 김이 모락모락 나는 계피 빵을 하나 시켜놓고 조그만 테이블에 앉아 맛있게 입안으로 집어넣으며 먹고 있었다.

테이블 앞으로 어느 남자가 섰다. 그녀는 뜨거운 시나몬 롤이 식으면 맛이 없어질 것 같아 식기 전에 다 먹으려고 맛있게 빵만 보며 먹고 있었다. 청바지만 빵 너머로 보였다. 한참을 먹어도 청바지의 다리가 움직이지 않고 서 있는 것 같아 그제야 제니퍼는 청바지 위로 고개를 올려 남자의 얼굴을 바라보았다.

"어머나. 월터 씨 아니에요? 여긴 어쩐 일로?"

"제니퍼 양 맞지요. 저도 긴가민가해서 한참 앞에 서 있었지요. 여긴 웬일로?"

"여기 앞에 앉으세요. 저야 계피 빵을 워낙 좋아하는데 계피향이 저를 유혹하여 그냥 가지 못하고 들어와 먹고 있는 거예요."

"저도 집에 있었는데 갑자기 시나몬 롤을 먹고 싶다는 충동이 생겨 집에서 여기까지 걸어 나와 들어온 것입니다. 먹고 싶을 때마다 가끔 들르곤 하는데 오늘 제니퍼 양을 만나다니 뜻밖입니다."

"월터 씨 집이 여기서 아주 가까운가 보아요. 걸어서 여기까지 오다니."

그녀는 그의 집이 이미 어디인지 정확히 알면서도 모른 척하며 물어보고 있었다.

"몇 블럭 되지 않아요. 운동도 할 겸 집에서 이 근처 상점까지는 걸어 다니지요. 그런데 제니퍼 양은 어떻게 이곳으로 오게 되었나요? 여기서 누구 만나기로 되어 있나요?"

"아니에요. 아무도 만날 사람이 없어요. 그래서 주말이라 외롭기도 하고 심심도 해서 샌프란시스코 야경 구경하러 혼자 운전해서 여기까지 왔다가 차들이 하도 밀리니까 지쳐 가지도 못하고 여기 들어와 쉬고 있는 거예요."

"아무도 만날 사람이 없다니? 제가 듣기로는 제니퍼 양 남자친구가 있다고 들었는데요."

"있어요. 맞아요. 그런데 여기 있지 않고 동부에서 학교 다니고 있어요. 안 본지도 일 년이 넘어가고 있는데요."

"세월은 화살처럼 빨리 간다고 합니다. 곧 그 남자친구가 공부 끝나고 올 테니 외로워하지 마십시오."

"저는 세월이 너무 느리게 느껴지고 있어요. 일 년이 십 년으로 느껴지고 있는데요."

"제니퍼 양 같은 젊은 사람이 세월이 느리고 지겹게 느껴지면 안 되겠지요. 그렇다면 오늘 제가 샌프란시스코 야경 구경 하러 나온 것 도와 드리겠어요. 그래도 괜찮겠어요?"

"네, 좋아요. 시내에서는 바트나 전철만 타고 다녔었는데 오늘 처음 차를 운전해서 나오니 어느 길은 들어가기만 하고 또 어느 길은 나오기만 하고 그러다 돌면 길이 막혀있고 뒤죽박죽되어 거꾸로 운전할까봐 집으로 가려던 참이었어요. 시내 야경 구경 시켜 준다니 너무 고마워요."

"제 차로 가겠어요. 여기서 잠깐만 기다리고 있어요. 제가 제 차를 곧 갖고 올 때까지."

"제 차는 다시 올 때까지 여기 그냥 두고요. 저도 같이 걸어가겠어요."

제니퍼와 월터는 상점을 나와 같이 걸어갔다. 차들은 많아도 걸어 다니는 사람은 많지 않았다. 제니퍼는 월터가 이렇게 자기 옆에서 걷고 있다는 사실에 기뻐졌다. 직장에서 보는 양복 입은 월터가 아니었다. 청바지 위에 티셔츠를 입은 월터는 느낌이 달랐다. 청바지와 티셔츠 안으로 보이는 근육이 느껴지고 있어 더 매력적이었다.

아파트까지 걸어온 월터는 차고에서 차를 빼내었다. 금방 보아도 알 수 있는 날렵하게 생긴 스포츠카였다. 족히 십만 불은 넘을 것 같았다. 제니퍼는 생전 처음 타보는 비싼 스포츠카에 몸을 담고 있었다. 우선 자동차 의자부터 마음에 들었다. 편안한 바스켓 속에 들어간 것처럼 등과 양팔을 받쳐주었다.

"어디로 모실까요? 공주님."

월터가 운전석에 앉으며 제니퍼를 바라보며 물었다. 그는 제니퍼의 눈을 한참 들여다보았다. 그녀는 그와의 눈 맞춤에서 전율을 느끼고 있었다. 어쩌면 비싸고 좋은 차를 갖고 있다는 스포츠카의 소유자로서 제니퍼를 위해 운전할 수 있다는 자부심이 넘친 눈빛을 보내고 있었는지도 모른다. 직장에서 제니퍼가 그렇게 기다리던 눈 맞춤이었다. 여러 번 직장에서 눈 맞춤을 시도했었지만 무슨 이유이든 간에 번번이 무시당하고 있는 듯했었다. 눈 맞춤이 입맞춤보다 더 강열한 전율이 되어 제니퍼의 온몸에 퍼져나가고 있었다.

"밤바다가 보이는 클리프 하우스 쪽으로 갈까요. 시내 불빛이 보이는 투인 피크 전망대로 가 밤경치를 보러 갈까요."

"어두운 밤바다보다는 반짝거리는 시내 불빛이 더 좋아 보여요."

투인 피크 꼭대기를 올라가니 자동차들이 이미 여러 대 와 주차하고 있었다. 전망대 쪽으로 걸어가니 가슴 밑으로 내려다보이는 샌프란시스코 시내 야경 불빛이 절경을 이루고 있었다. 머리 위로 보이는 밤하늘 속에 박힌 별빛도 더 가깝게 보였다. 제니퍼가 그 아름다운 절경에 도취하여 취해있는 모습을 옆에서 조용히 주시하고 있던 월터의 마음도 뿌듯해지고 있었다. 그녀가 좋아하고 행복해 하니 자기 마음도 기뻐지며 행복해졌다. 갑자기 궁금증이 생겼다.

"제니퍼 양, 당신이 사귀고 있는 남자친구와는 이런 곳에 같이 오지 않으세요?"

"제임스 제 남자 친구요. 그 사람은 공부만 해요. 돈도 없지만 공부하느라 시간도 없어요. 지하철 바트 타고 둘이서 시내에 몇 번 온 적은 있어도 여기는 처음이에요."

"아 그렇군요."

"오늘 이곳 구경시켜 주어서 고마워요. 그런데 월터 씨 저하고 한 가지 약속해 주시겠어요?"

"무슨 약속을?"

"다시는 제 남자친구 제임스 이야기 물어보지 마세요. 그 사람 공부 끝나고 다시 여기 올 때까지 잊어버리며 살고 싶어요."

"……."

월터는 대답을 피하고 있었다.

'무슨 의도로 그러한 말을 하고 있는 것일까? 잊어버리며 살고 싶다.'

월터도 그녀의 눈빛이나 몸짓에서 직감으로 그녀가 자기를 좋아하고 있는 것을 느꼈다. 그런데 지금 그녀는 월터에게 제안하고 있는 듯싶었다.

"왜 아무 말씀도 하지 않으세요? 약속하세요."

그녀는 다시 다짐하고 있었다.

"무슨 약속?"

월터는 그녀에게 다시 물어보고 있었다. 그러한 그들 옆으로 가까이 서있는 한 쌍이 서로 붙어 진하게 오랫동안 키스를 하고 있었다. 제니퍼가 보기에 민망했는지 자동차 안으로 들어가겠다고 하였다. 밤공기도 추워지고 있었다. 자동차 안으로 들어와 앉아 옆에 있는 차들 안을 보니 자동차 안에 있는 남녀 쌍들이 모두 차안에서 진한 키스들을 하고 있었다.

"이제 돌아가죠. 제니퍼 양. 샌프란시스코 시내 야경 구경 다 했으니까."

혹시라도 그녀의 말을 잘못 해석하여 실수라도 할까 월터는 운전대를 돌려 집으로 돌아가고 있었다.

"조심해서 헤이워드까지 운전해 돌아가십시오."

시나몬 롤 빵집 근처에 주차한 곳에 와서 제니퍼 차문을 열어주며 월터가 말하였다.

그녀는 베이브릿지 긴 다리 고속도로를 통해 집으로 되돌아오며 월터에게 끌리고 있는 자기 모습을 보고 있었다. 제임스 같았으면 오늘 같은 저녁 자기에게 적극적으로 입맞춤도 하고 온몸도 어루만져 주며 애무와 포옹을 해주었을 것이었다. 월터는 전혀 제니퍼에게 손도 대지 않았다. 그렇게 자제할 수 있는 그의 태도에 더 마음이 끌렸다. 그런데 이상하게도 그러한 그의 자제력과 의지력을 깨보고 싶은 호기심과 충동이 같이 일어나고 있었다.

중간고사가 다가오고 있었다. 직장 일을 하느라 시간이 얼마 없으니 남은 시간 정신을 집중하여 시험 준비를 해야 하는데도 보스의 얼굴이 자꾸 떠올랐다. 월터의 생년월일을 적은 종이쪽지가 교과서 사이에 끼어 있었다.

마침 중간고사가 끝나는 주일이었다. 제니퍼는 조그만 선물과 생일 케이크와 초를 사들고 월터가 사는 아파트로 향하였다. 지난번과 거의 같은 시간에 떠났는데도 날씨가 흐려서인지 많이 어두워 있었다. 라디오에서 나오는 뉴스를 들으니 오늘 저녁 큰 폭풍이 온다고 일기예보가 나오고 있었다. 이미 생일 케이크를 산 제니퍼는 생일이 지난 후 축하하는 것보다 생일인 오늘 축하하는 것이 낫겠다는 생각을 하며 계속 운전하였다.

잎새 스물다섯

검은 구름이 비로 변하고 있었다. 빗방울이 차 창문을 한두 방울 때리더니 금세 폭우로 변해 바케스 물통을 차 위에서 부어내리듯 쏟아졌다. 여기저기 움직이지 못하고 서있는 차들도 많이 보이고 있었다. 보통 한 시간이면 시내를 들어갈 수 있었는데 차들이 모두 느릿느릿 움직이고 무엇보다도 톨게이트 앞에서 수많은 차들이 행렬을 이루며 기다리고 있어 세 시간 이상이나 걸렸다. 제니퍼가 월터의 아파트에 도착했을 때는 이미 9시가 넘어 있었다. 늦은 시간에 불쑥 찾아가는 게 예의가 아닌 것은 알고 있었지만 전화를 하면 오지 말라할 것 같았고 또한 깜작 놀라게 하고 싶었다. 깜작 생일 파티도 유행하고 있었기에 그랬다.

갑자기 차에서 덜커덕 거리는 소리가 났다. 차 속도가 갑자기 줄어들기 시작하자 뒤에 따라오던 차들이 빵빵거리며 빨리 가라고 경적 소리를 내고 있었다. 느린 속도지만 간신히 차를 몰고 성당 주차장까지 끌고 와 차문을 열고 살펴보니 차 뒷바퀴 타이어가 바람이 빠져 반으로 홀쭉해 있었다. 고속도로에서 펑크가 나지 않아 다행이라고 생각하며 월터에게 전화를 걸었다. 아무리 해도 전화를 받지 않고 있었다. 메시지를 남겨놓고 차 안에서 30분을 기다리며 제니퍼는 시간을 낭비하고 있는 자신이 한심스러워 보였다. 월터는 이미 선약이 되어 있어 다른 사람들과 생일 축하 파티를 하고 있는지도 모른다. 그렇다고 세 시간 이상이나 걸려 여기까지 왔는데 그냥 돌아가려니 아쉬웠다. 환영 받지 못한다 하더라도 자기의 정성을 보여주고 싶었다. 보스를 위해 준비한 작은 선물과 케이크를 전해주고 싶었다. 생일 케이크에는 월터의 이름이 쓰여 있으니 다른 사람에게 줄 수도 없었다.

그의 아파트 위치를 잘 알고 있는 제니퍼는 차안에서 무작정 기다리는 것보다 선물을 직접 들고 찾아가는 것이 나아 보였다. 월터가 없으면 아파트 경비원에게 전해주면 될 것 같아서였다. 세차게 오던 비는 약해지기는 했지만 아직도 그치지 않고 계속 오고 있었다. 차안에는 우산도 없었다. 비닐봉지를 하나 찾았으나 케이크 상자가 젖어 망가지면 아니 될 것 같았다. 이 정도 비는 몸이 젖기는 해도 걸어도 상관없을 것 같았다.

그녀는 성당 주차장을 나와 걸었다. 비 오는 날 우산 없이 걷고 있는 사람은 제니퍼 외에는 아무도 없었다. 우산 들고 걷는 사람도 없었다. 어두운 저녁거리에 차들만 움직이고 있었지 걷고 있는 사람은 아무도 없었다. 남자들도 무서워하는 시내 밤거리인데도 제니퍼는 혼자 걷고 있었다. 거기다 머리와 몸이 비 때문에 점점 흠뻑 젖어갔다. 경비원에게 선물을 전해주러 들어갔을 때 그녀의 머리와 몸에서 물이 주르륵 뚝뚝 바닥으로 떨어졌다. 그러한 자기의 모습이 부끄러웠는지 제니퍼가 경비원에게 설명하였다.

"제 자동차 타이어가 펑크가 나서요. 더 이상 움직이지 못해요. 이 근처 차 고치는 곳 아시나요?"

"지금 이 시간에는 문을 다 닫았을 겁니다."

경비원이 딱한 눈초리로 제니퍼를 쳐다보았다. 그때였다. 월터가 들어오고 있었다. 제니퍼는 젖은 자기 몸이 보이는 것이 창피하여 숨고 싶은 심정에 안절부절 하였다.

"제니퍼 여기는 웬일이십니까? 아니 비를 많이 맞았군요. 온 몸이 젖어 있어요."

안절부절 못하는 제니퍼를 대신하여 경비원이 설명하였다.

"이 아가씨가 당신에게 주려고 생일 케이크와 선물을 갖고 왔어요. 자동차 타이어에 바람이 빠져 성당 앞에 세워놓고 이렇게 선물 들고 여기까지 걸어 왔다고 했어요."

"아 그랬군요. 우선 제 방으로 들어오세요. 몸이 많이 젖었으니까 몸을 따뜻하게 하고 옷도 말려야겠어요."

월터는 제니퍼를 거의 안다시피 감싸며 엘리베이터 쪽으로 데리고 갔다. 그녀의 얼굴은 걸어오느라 붉어져 있었지만 입술은 추위로 파랗게 질려 떨고 있었다.

"제 생일 날짜는 어떻게 아셨습니까?"

"……"

좁은 엘리베이터 안에 둘이만 있으니 더 가깝게 느껴졌다. 월터는 귀중한 유리그릇이 깨어지기라도 할까봐 감싸듯 제니퍼를 조심스럽게 거의 안다시피 둘러 감싸며 호위하고 있었다. 그러한 월터의 태도를 보며 비 맞으면서도 걸어오기를 잘했다는 생각이 들었다. 입을 다물고 있는 제니퍼를 내려다보며 월터는 다시 말했다.

"제 생일 날짜를 기억하여 이렇게 선물까지 들고 찾아오니 감사합니다. 이렇게까지 할 필요가 없었는데요. 하여튼 제 생일 축하하려 이렇게 생일 날짜 기억한 사람은 제 생전에 제니퍼 양 밖에 없군요."

"그럴 리가 있겠어요. 우선 월터 씨 엄마 아빠가 제일 먼저 이전에 생일을 기억해서 축하했을 텐데요."

"아니요. 저희 부모는 너무 가난해서 제가 어렸을 때 한 번도 생일을 축하해 준 적이 없어요."

"저는 월터 씨 부모가 아주 부자라고 생각했었어요."

"궁금하네요. 왜 저희 부모가 부자였을 거라고 생각했나요?"

'당신이 입고 다니는 옷, 고급 스포츠카 그리고 이런 비싼 아파트에서 사니까요.'

그녀는 입을 다물고 있었다. 자기 생각을 말하면 웃을 것 같았다.

"저희 부모가 부자가 아니라 실망했습니까? 제니퍼 양."

"아니에요. 부모가 부자이든 가난하든 그게 무슨 상관이에요? 솔직하게 말씀하시니까 더 신임이 가는데요."

"제니퍼 양은 아직 어려 너무 순진하군요. 너무 쉽게 신임하면 위험합니다."

월터는 7층에 위치한 자기 아파트로 올라가며 대화를 하였다.

"제니퍼 양이 오는 줄 알았으면 방을 더 정돈하여 둘 것을, 맘에 들지 않더라도 참고 보아주십시오. 우선 들어가자마자 큰 타월을 줄 테니 몸을 닦아야 할 것 같습니다."

711호 방으로 들어가니 넓은 거실이 눈에 들어왔다. 정돈되지 않은 방을 상상하며 들어왔는데 너무 정돈되어 있는 방에 놀랐다. 제니퍼는 벽에 붙어 있는 거울을 통해 보이는 자기의 모습에 다시 놀라고 있었다. 물에 빠진 생쥐같이 흐느적거려 보였다. 머리도 비에 젖어 헝클어져 있었고 몸에서도 비에 젖은 후 마를 때 나는 걸레 냄새가 나는 것 같았다. 전혀 매력이 없는 시궁창에 굴려 다니는 창녀로 보이고 있었다.

제니퍼의 생각과는 정반대로 월터는 제니퍼의 비에 젖은 몸을 바라보며 전율을 느끼고 있었다. 큰 타월을 갖고 와서 제니퍼의 머리를 닦아주며 그녀의 눈이 타월 속에 들어갈 때마다 그녀의 몸매를 음미하고 있었다. 살짝살짝 훔쳐보는 그녀의 몸매였지만 사무실에서 보는 얌전한 아가씨가 아닌 가냘프면서도 잘록한 허리 그리고 가슴의 곡선, 엉덩이의 곡선 등이 요염하게 월터의 눈을 자극하고 있었다. 가을날 들판에 피어있는 코스모스처럼 청초하게 보이던 제니퍼가 양귀비꽃처럼 요염하게 보이고 있었다. 그리고 비에 젖어 제니퍼의 몸에서 나는 냄새도 들국화의 풋풋한 신선한 냄새로 맡아지고 있었다.

따뜻한 아파트 방안에 들어오니 그동안의 긴장이 풀려서인지 그녀의 몸이 노곤해지면서 피곤이 몰려왔다. 아파트 바닥에 전기 열이 돌아가고 있는지 발바닥도 따뜻해졌다. 생각보다 꽤 넓은 아파트였다.

"제 옷을 빌려 드릴 테니 갈아입고 입고 입었던 옷은 세탁기에 넣거나 건조기에 넣어 말려서 다시 입으세요."

"예, 시간이 걸리더라도 그렇게 해야겠어요."

"자 이제 제니퍼 집처럼 생각하며 마음 편하게 하고 싶은 것 다 하세요. 저보고 나가라고 하면 밖에 나가 있다 들어오겠어요."

"아니에요. 밖은 추운데 안에 계세요. 월터 씨가 그럴 분이 아니라는 것 이미 알고 있어요."

"제니퍼 양이 그렇게 저를 믿고 있으니 저 자신이 더 걱정스러워지는군요. 그럼 저녁을 아직 먹지 않은 것 같은데 제가 간단하게 부엌에서 요리하나 준비하고 있겠습니다. 몸이 풀리게 닭 국물이 들어간 음식으로 따뜻하게 준비하겠습니다."

"고마워요. 저는 그동안 옷만 갈아입기 보다는 몸이 너무 젖어 샤워까지 해 몸을 씻었으면 하는데요. 그래도 되겠지요?"

"아 그럼요. 제 신경 쓰지 말고 편하게 쓰세요."

그녀가 목욕하면서 물 떨어지는 소리가 월터의 귀에 들렸다. 착 달라붙어 젖은 옷 사이로 보이던 그녀의 몸매로 샤워에서 뿜어대는 물이 몸뚱이로 부딪히는 것을 그려보며 월터는 즐겁게 음식을 장만하였다. 그러면서 다짐하였다.

'너 딴 생각하지 마. 절대로 제니퍼에게 손대면 안 돼.'

'그래 절대로 손을 대지 않겠다. 그렇지만 상상만 하는 것은 괜찮겠지. 그래 상상만 하며 즐기자.'

월터의 큰 옷으로 갈아입고 나온 제니퍼는 목욕탕 밖으로 나와 세탁기와 건조기가 있는 방으로 가고 있었다. 세탁기 방으로 간다는 것이 문이 비슷해서 도서실 방으로 들어갔다. 갑자기 정신이 멍해 오고 있었다. 자기와 똑같이 생긴 얼굴의 그림이 보여서였다. 지금까지 사무실에서 자기는 안중에도 없이 무시하고 있는 줄 알았었는데 월터는 자기 모습을 그리고 있었다. 그는 왜 자기를 좋아하면서도 의식적으로 피하고 있었던 것일까. 아무나 이렇게 멋진 그림을 그리지 못할 것 같았다. 그녀는 자기의 얼굴이 들어간 그림이 너무 좋아 가슴이 찡해오고 있었다. 이미 자기가 그를 좋아한다고 알고 있었지만 이제는 이렇게 그림에 소질이 있는 그의 재능에 탄복하여 월터가 더 좋아지고 있었다.

물소리와 인기척이 나지 않고 조용해지자 궁금하였는지 월터도 도서실 방으로 들어왔다.

"이 방은 제 비밀 방인데 여기로 들어오다니요."

제니퍼 얼굴 그린 것이 들키자 그는 계면쩍어하고 있었다.

"자 저녁 준비가 다 되었으니 식탁으로 나오세요."

월터의 큰 옷이 제니퍼의 손 밖까지 나와 있자 그는 마치 아빠가 다섯 살 어린 딸에게 하듯 손목까지 옷을 손수 접어주었다. 다시 잠옷 바지가 길어 보였던지 식탁 의자에 앉으라하고 무릎을 꿇은 채 그녀의 바지단도 접어 올려 주었다. 그러한 월터를 보며 그가 아빠가 되면 아이들을 잘 보살피리라는 생각이 들었다. 월터가 만든 닭고기 국물 이외에 간단한 소고기 요리와 포도주 한 병도 나왔다. 그의 찬장 유리창 안으로 포도주 이외에도 위스키 코냑 등 독하고 비싼 술병들이 보이고 있었다.

빨간 포도주 반잔만 마셨는데도 몸이 더 노곤해졌다. 그러한 제니퍼의 마음을 읽고 있는지 그가 다시 제안을 하였다.

"저녁식사 후 벌써 11시가 넘어가고 있으니 제 아파트에서 쉬고 내일 가도 됩니다. 물론 제 걱정은 하지 마세요. 방문을 안에서 잠그고 주무십시오."

"아까도 말씀 드렸지만 저를 다치게 하지 않는다는 것 이미 알고 있어요. 제 차도 지금 타이어 때문에 움직이지 못하니까 월터 씨 제안을 따라야겠어요. 고마워요."

"천만에요. 제가 고맙지요. 이렇게 제 생일에 제 이름이 있는 케이크까지 갖고 오셨으니. 제 생전 처음입니다. 제니퍼 양의 정성에 정말 감동 받았습니다."

"아직도 믿기지 않아요. 선물 케이크 받은 게 태어나서 처음이라니."

월터는 그녀의 눈을 한참 들여다보고 있었다. 그녀의 마음을 읽어보려 하는 것일까. 그러면서 그는 찬장에 가서 위스키 한 병을 꺼내 강한 술에 얼음을 띄워 마셨다.

"그래요. 제가 어렸을 때부터 한 번도 받은 적이 없어요. 아주 가난하게 자랐지요. 그래서 이렇게 돈 벌어 멋있게 쓰며 살아보려고 몸부림치는 투쟁을 하며 살고 있는지 모르겠어요."

"어렸을 때 잘 살다가 지금 못사는 것보다 차라리 어렸을 때 가난하게 살다 역경을 이겨내 지금 잘 사는 것이 더 좋아 보이는데요."

"그렇게 볼 수도 있겠지만 여전히 어렸을 때 가정환경이 너무 가난하면 잃어버리는 것이 많지요. 대인 관계에서도 자격지심이 생기고."

"자격지심이라니? 무슨 뜻인가요?"

"가난하니까 대학을 못 다녔습니다. 그러니까 대학을 나온 사람들 보면 저보다 잘난 것 없는 것 같은데도 공연히 꿀리고 있습니다. 그게 자격지심이라는 거지요."

"월터 씨가 대학을 못 다녔다는 것 오늘 처음 알았어요. 대학을 못 다녔더라도 회사에서 우두머리로 일을 잘하고 있잖아요. 학교에서의 지식과 경험을 얻는 것도 중요하지만 직장의 경험으로 일을 잘해 인정받는 게 더 중요하다고 보는데요. 그리고 월터 씨가 말을 하지 않는 한 아무도 대학을 졸업하지 못했다고 알 수 없을 것 같아서요. 저도 대학 졸업하신 줄 알았어요."

"제가 다른 사람한테 말을 하거나 하지 않거나를 떠나서 제 잠재의식이 저한테 말을 하고 있어요. 예를 들자면 대학을 다니는 제니퍼를 보면 대학을 다닌다는 그 사실만으로도 제가 좋아하면서도 스스로 피하고 있는 제 모습을 발견합니다."

"……."

제니퍼의 뺨이 붉어지고 있었다. 말을 못하고 당황해하는 그녀를 보고 월터는 다시 말을 잇고 있었다.

"죄송합니다. 제가 독한 술을 마시더니 조금 취해 쓸데없는 말을 한 것 같습니다."

"37개 촛불을 꽂아야죠. 제가 케이크 위에 불을 붙일 테니 다른 전기 불은 *끄세요*."

동그란 유리 탁자 위에 놓인 케이크 위에서 37개 촛불이 어둠속에서 반짝거리며 흔들리고 있었다. 둘은 같이 생일 축하노래를 부르고 월터는 부풀린 입에 힘을 다하여 37개 촛불을 일시에 *끄느라* 숨을 불어대었다. 촛불이 꺼지자 방안이 너무 어두워 앞이 잘 보이지 않았다. 캄캄한 방에 둘만이 있다는 것이 너무 가까이 있어 보이기도 하지만 아직도 서로를 잘 모르고 있으니 아주 멀리 떨어져 있는 것 같았다.

"생일 케이크 정말 고맙습니다."

방의 불을 다시 켠 후 케이크를 자르며 고맙다고 다시 인사하였다.

"저는 거실 소파에서 잘 테니 제니퍼는 제 침대에서 편하게 자고 가세요."

월터는 그녀를 부축해서 방으로 데리고 갔다. 그만큼 제니퍼의 몸이 비틀거리고 있었다. 포도주 2잔에 이렇게 취하다니 보통 때 전혀 술을 대지 않는게 분명했다.

"제가 이 방에서 자면 월터 씨는 어디서 주무시겠어요?"

"거실에 있는 소파 아랫부분을 잡아 빼면 침대로 변하거든요. 그러니 제 걱정은 하지 말고 이 방에서 편히 쉬고 가세요."

"제가 거실 소파에서 자고 가겠어요."

"안 됩니다. 이 큰 침대가 있는 방은 안에서 문을 잠그면 밖에서 아무도 못 들어가요. 제니퍼 양의 안전을 위하여 여기서 자고가야 합니다. 이 문 손잡이 꼭지를 꼭 누른 후 문을 닫고 주무세요. 자. 저는 이제 나가겠습니다."

그녀는 월터가 사용하던 침대 이불속에 들어가 잠을 자려고 뒤척였다. 월터의 땀 냄새일까? 홀아비한테서 나는 퀴퀴한 냄새 같기도 한데 싫지는 않았다. 월터의 침대에서 몸을 뒤척이며 그를 다시 생각하고 있었다. 고등학교까지만 다녔다. 대학을 다니지 않았다. 오는 처음 아는 사실이라 약간 충격을 받고 있었다. 그렇지만 그 이유 때문에 제니퍼를 좋아하면서도 피하고 있다면 아니 될 일이었다. 제니퍼의 남자친구 제임스도 고등학교 시절 방황하면서 학교를 그만 둘 생각을 하고 있을 때 제니퍼가 다독거리며 다시 학교를 다니게 했고 그래서 다시 좋은 성적이 나와 장학생으로 명문 대학까지 다니게 된 것이었다.

제니퍼는 제임스에게 한 적이 있었기에 월터에게도 할 자신이 있었다. 월터를 다독거리며 격려하면 그도 대학을 다닐 것 같았다. 그런데 어렸을 때 그렇게 가난하고 가정환경이 좋지 않았다고 하였는데 어디서 그 많은 돈이 나와 비싼 양복, 값비싼 스포츠카, 비싼 아파트에서 살고 있는 것일까? 아마도 일하여 모은 돈으로 주식투자를 잘하여 돈을 많이 번 게 틀림없었다.

제니퍼는 월터의 솔직함에 끌리고 있었다. 아까는 술기운 때문인지 몸이 노곤해지며 잠이 오던데 이제는 술기운마저 없어져 잠도 오지 않고 정신만 말똥말똥해졌다. 잠이 들게 포도주 한잔을 더 마셔볼까 하는 생각도 들고 있었다. 제니퍼는 발뒤꿈치를 들고 조심조심 방 밖으로 나가 거실로 들어갔다. 잘 보이지는 않았으나 거실에 있었던 소파가 소파침대로 변하여 있었고 월터가 그 위에서 자고 있었다. 방바닥이 따뜻하니 거실 바닥에다 수건을 깔고 자도 몸이 따뜻해올 것 같았다. 제니퍼는 옷을 벗기 시작했다. 비가 오는 밖의 추운 날씨와는 달리 아파트 안의 방 온도는 여름같이 덥기만 하여 좋았다.

거실에 있는 소파 아랫부분을 잡아 빼 침대를 만들어 잠자고 있던 월터 또한 잠을 못 이루고 뒤척이고 있었다. 잠자리가 바뀌어서였겠지만 바로 옆 방에서 제니퍼가 자고 있다는 게 잠 못 이루게 하고 있었다. 절대로 손을 대지는 않겠지만 상상은 괜찮다고 마음먹었기에 나름대로 제니퍼의 비에 젖어 달라붙은 몸매를 상상하며 흥분하고 있었다. 그런데 소파침대는 접혔던 구조가 펴지면서 침대가 만들어져 그런지 월터가 조금 몸을 움직일 때마다 삐걱거리는 소리를 내었다. 그래서 월터는 제니퍼가 옆방에서 듣고 알아챌까보아 움직이지도 못하고 상상 속에서 욕망을 분출하지도 못하고 점점 더 불타오르고 있었다.

그때였다. 제니퍼가 자고 있는 방에서 문이 열리는 소리가 들리더니 살금살금 걸어 나오고 있었다. 자고 있는 양 모른 척 하였다. 그러더니 바로 옆에서 옷을 훌훌 벗어버리고 있었다. 옷이 다 말린 것으로 갈아 입나보다고 생각하였다. 그런데 그녀가 알몸으로 소파침대에 나란히 눕고 있었다. 여전히 상상이라고 생각하고 싶었다. 나란히 옆에 누운 그녀가 자고 있는 줄 아는 월터의 한 손을 빼 자기 젖가슴에 대었다. 젓가락 같이 빼빼 말라 나뭇가지

처럼 딱딱하리라 생각 했었는데 손에 닿은 그녀의 봉긋 나온 젖가슴과 허리 배는 탄력 있고 팽팽했다. 모른 척하며 상상을 계속하려했는데도 월터의 숨소리가 거세지고 있었다. 제니퍼의 입이 아래로 가고 있었다. 더 이상 상상이 아니었다. 꿈꾸던 상상이 현실로 변하고 있었다.

이제는 월터가 제니퍼를 애무하고 있었다. 부드럽게 그러다가 아주 강하게 그럴 때마다 제니퍼가 자지러지듯 몸을 떨고 있었다. 걱정이 된 월터가 그녀에게 괜찮냐고 물어보니 계속 더 하라고 애걸하였다. 다시 그녀의 입이 월터의 그것을 물고 있었다. 신음하던 월터가 더 이상 참지 못하고 그녀의 두 허벅다리를 잡고 삽입하였다. 그때 월터가 놀라고 있었다. 지금까지 상대했던 여자들과 다른 느낌이었다. 제니퍼도 아픈 듯 잠깐 고통을 호소했다. 모든 게 끝났을 때 월터는 침대소파의 하얀 시트 이부자리 위에 빨간 피가 선명하게 몇 방울 떨어져 있는 것을 보았다.

"제니퍼 당신 지금까지 한 번도?"

"예 그래요."

"당신의 남자친구와 한 번도 안했다는 겁니까?"

"서로 키스와 애무는 했어요. 그런데 제임스는 교회에다 서약을 했다고 해요. 사랑하는 사람과 결혼식을 올리기 전까지는 남자 여자 모두 순결을 지키겠다고요."

"그렇다면 제임스가 제니퍼 보다 3살 위니까 25 살인데 아직까지 한 번도 해 본적이 없다는 겁니까?"

"예 저를 위해 하지 않겠다고 약속했어요. 저보고도 약속하라고 했는데. 월터 씨 제임스 이야기 다시 꺼내지 않기로 약속했잖아요."

"알았습니다. 다시 꺼내지 않겠습니다. 저는 솔직히 제가 제니퍼의 처녀성을 깨뜨린 것에 충격을 받았습니다. 생전 처음으로 제 이름이 새겨진 생일 케이크도 받고 또 처음으로 처녀와 잠을 잤군요."

"……"

"왜 진작 말하지 않았어요. 제가 조금 더 조심했어야 했는데."

"괜찮아요. 저는 그만큼 월터 씨를 좋아하고 있으니까요. 당신의 애무 너무 좋았어요. 제가 샌프란시스코에 있는 당신 집까지 오기 너무 멀어요. 차라리 일 끝나면 직장에서 가까운 저의 아파트 헤이워드 쪽으로 오세요."

그날 이후 제니퍼가 살고 있는 헤이워드 아파트에 밤마다 고급차가 서고 있었다. 처음에는 주위 아파트 사람들이 싸구려 아파트가 즐비한 동네에 웬일로 이런 고급차가 와서 서있나 여러 명이 몰려와 구경하며 돌아가기도 하였다. 그러다가 월터와 제니퍼가 같이 나오며 차를 타는 것을 보고 그녀를 신데렐라처럼 운이 좋은 아가씨로 보고 있었다. 그렇게 그 둘은 만나고 있어도 직장에서는 아무도 눈치 채지 못하였다.

제니퍼는 전과 같이 비서로 얌전하게 일하고 있었고 월터는 직장 보스로 여러 명의 직원을 감독하며 일하고 있었다. 제니퍼의 손목에 비싼 시계가 채워진 적이 있었다. 동그란 시계 테 둘레에 작은 다이아몬드가 42개나 박힌 고급 시계였다. 생일 날 월터에게서 선물을 받아 손목에 끼고 다녀도 아무도 그 시계 출처를 물어보는 사람이 없었다. 그저 평범한 시계로 보고 있었다. 진짜 다이아몬드가 박힌 비싼 시계였는데도 학생인 제니퍼가 끼고 다녀서인지 유리조각이 박힌 것으로 보여 천 불짜리 대신 십 불짜리로 보이고 있어나 보다. 월터가 제니퍼의 방에 찾아온 지도 벌써 일 년이 되어가고 있었다. 이제 일 년이면 싫증이 날 때도 되었는데도 제니퍼의 방에 들어오면 우선 마음이 편안했다. 자기 아파트만은 못 했지만 좁아도 월터가 하고 싶은 일은 할 수 있었다. 월터는 상상 속에 그날 첫날밤에 일어났던 제니퍼의 누드를 그리고 있었다. 그러나 그녀의 얼굴을 그린 것만큼 성과가 나지 않았다. 그래서 그녀의 옷을 벗긴 후 제대로 그 앞에서 그려보고 싶은 충동이 일어나고 있었다.

학기말 시험 때가 다가오면 제니퍼는 옷을 벗어 그가 원하는 포즈를 취한 채 책을 들고 공부했다. 그녀는 책 내용에 집중하여 시간 가는 줄 모르고 월터 또한 연필선 하나하나 신경을 쓰며 스케치 하는데 정신을 집중하여 시간 가는 줄 몰랐다. 그녀의 올린 머리, 묶은 머리, 흐트러진 머리 등, 포즈는 비슷해도 머리에 따라 다른 느낌의 그림이 나오고 있었다. 거기에다 옷을 벗고 있었는데도 책을 잡고 읽고 있는 지적인 모습과 섞여 또 다른 여인의 아름다움이 조화를 이루고 있었다.

처음에 아파하며 제대로 못하던 제니퍼가 이제는 능수능란하게 움직였다. 시간이 지날수록 월터와 제니퍼의 둘만의 기술이 점점 더 늘어가며 서로에게 즐거움과 만족감을 주고 있었기에 곧 제임스가 학교를 끝내 동부에서 되돌아오면 그녀를 못 만날 생각을 하니 은근히 걱정이 되고 있었다. 걱정하고 있는 자기 모습을 보며 그제야 월터는 자기가 제니퍼에게 너무 빠져있는 것을 알게 되었다. 제니퍼는 월터와의 첫날 밤 이후 제임스 오빠에게 전화를 걸어 자기는 다른 사람을 좋아하니 자기를 잊고 다른 사람을 만나라고 말하려고 하였었다. 그러나 오랫동안 사귀어 왔던 정이 생각나며 그의 가슴에 상처 주는 것에 두려움이 오면서 하루 이틀 주저하며 말하는 것을 망설였다. 무엇보다도 자기가 그 말을 꺼내 제임스가 학교도 중단하고 자기에게 달려와 학교 수업을 망칠까 걱정이 되었다. 모른 척하고 지내다 학교가 끝난 후 졸업한 후 말해도 나쁠 것이 없어 보였다.

중고등학교 사춘기 시절 제임스가 어려움이 있어 비뚤어나갈 때 그의 말을 불평 없이 들어가며 다독거려 다시 제자리로 찾아오게 하였었다. 그래서인지 제임스가 학교를 잘 끝내고 변호사 시험도 잘 통과하여 변호사로 성공하면 마치 제니퍼도 성공한 기분이 들 것 같았다.

아침에 학교를 가려고 아파트 문을 열고 나오고 있는데 바로 옆 아파트 문에서 다른 여자가 걸어 나오고 있었다. 제니퍼 옆으로 바싹 따라 붙어서 말을 걸었다.

"제 이름은 낸시라고 해요. 우리 바로 옆 아파트 방에서 살면서 소개하지 않고 지내고 있네요. 매일 저녁 찾아오는 그 멋진 남자 돈도 많고 너무 부럽군요. 이렇게 여릿하게 생긴 꽃봉오리한테 무슨 매력이 있다고 좋아하는지. 저처럼 통통해야지 힘이 있게 잡아 줄 텐데."

아침부터 비꼬는 말을 하며 자기를 놀리는 것 같아 못들은 척하며 걸어가려 했으나 더 가까이 다가오고 있었다. 그녀가 얼마나 매력적인가 다시 보니 너무 통통하여 똥배가 불룩 나와 있었고 걸을 때마다 엉덩이 위 허리 쪽 군살이 접혀 실룩거리고 있었다. 살이 쪘으면 풍성한 옷을 입고 다니면 좋으련만 도리어 딱 달라붙는 옷을 입고 있어 실룩거리며 흔들리고 있는 살덩어리가 더 눈에 과장되어 보이고 있었다.

"빨강 스포츠카 때문에 부러워하는 거예요?"

낸시는 제니퍼의 질문에 곧 대답을 하지 않고 대신 입속에 있었던 풍선껌을 질근질근 씹더니 입안으로 크게 풍선을 만들어 다시 손으로 잡아 빼 입안에 집어넣고 있었다. 새빨갛게 칠한 입술 주위가 풍선껌 때문인지 얼룩져 있었다.

"스포츠카도 부럽지만 그것보다 더 부러운 게 있어요. 어제 보니 그 남자가 여기 온 시간이 7시였는데 떠난 시간을 보니 10시가 넘었더라고요. 3시간 동안이나 당신을 즐겁게 해주는 그 남자의 힘이 더 부럽군요."

제니퍼의 얼굴이 붉어지고 있었다. 그렇게 붉어지는 그녀의 마음을 읽듯 다시 떠들었다.

"보이지는 않지만 아파트 벽이 얇아 다 들리고 있어요. 비싼 스포츠카를 타고 다니는 왕자님이라 더 유심히 보니까 더 잘 들리는 것 같아요. 어제 보니까 침대에서 삐걱거리는 소리가 3시간 이상 계속되더라고요."

'3시간이나 삐걱거리는 소리를 들었다고요? 그건 월터가 그림을 그리고 있느라 제가 모델이 되어 몸 위치를 바꾸느라 소리가 난 건데요. 초안을 잡느라 지시하는 대로 옆으로도 누워보고 엉덩이를 올려보기도 하고 또 머리를 허벅다리 사이에 파묻혀 보기도 하고 몸 위치를 바꾸었던 거예요. 시종일관 그것만 하지 않았어요.'

어제 저녁 일을 설명하고 싶었으나 사적인 것을 잘 알지도 못하는 사람에게 말하고 싶지는 않았다.

"학교 수업이 아침에 있거든요. 또 수업이 끝나자마자 일하러 직장에 가야해요. 나중에 봐요. 그럼 안녕."

제니퍼는 차안으로 들어가고 있었다.

"잠깐만, 그 전에 만났던 가난한 학생하고는 끝난 거예요?"

"가난한 학생이라뇨? 누구?"

제니퍼는 가난한 학생이 제임스라는 것을 알고 있었다. 1년 전까지만 해도 방학이 되면 덜덜거리는 낡은 차를 타고 찾아왔었기에 그랬다. 그렇지만 그것 또한 자기의 사적인 것인데 알리고 싶지 않았다. 왜 따라와서 남의 일에 호기심을 갖고 물어보며 귀찮게 하는지 피곤해지고 있었다.

"그 학생, 제임스 학생이요."

제니퍼가 차의 시동을 걸다말고 엔진을 끄며 놀래고 있었다.

"어떻게 제임스라는 이름을 알고 있어요?"

"작년에 저 쫓아다니던 남자친구가 이 아파트에 찾아 왔다가 제임스가 바로 이 아파트 방으로 들어가는 것을 보았다고 했어요. 자기와 제임스가 중고등학교 때 친한 친구였는데 자기는 반항하며 나쁜 길로 빠져 지금 막노동 일을 하며 하루살이 인생을 살아가고 있는데 옛 친구 제임스는 장학금까지 받으며 명문대학에서 법률 공부를 하고 있다고 했어요. 지금은 가난해도 변호사나 판사가 되어 이곳에 나타나면 훌륭한 사람이 되어 친구들 사이에 선망의 대상이 될 거라고 해서 그 이름을 기억하는 거예요."

"아 그랬군요. 더 이상 만나고 있지 않아요."

제니퍼는 학교로 차를 몰면서 생각하고 있었다. 세상은 넓은 것 같으면서도 좁았다. 낸시의 이전 남자친구와 제니퍼의 이전 남자친구가 고등학교 친구라니. 지금도 가끔 서로 전화 통화하며 지내고 있는 것은 아닐까. 자기 친구를 통하여 귀에 들어가는 것보다는 제니퍼 스스로가 말을 하여야 조금이라도 상처를 덜 줄 것 같았다.

그날 저녁 제니퍼는 제임스에게 전화를 걸었다.

"제니퍼, 내가 먼저 전화하려 했었는데. 그 동안 중간고사 시험이 여러 개 있어서 한 달 이상 전화를 못해 미안해요. 직장 인터뷰도 여러 개 했는데 어쩌면 여기 남지 않고 서부지역으로 갈 수도 있을 것 같아. 물론 많은 사람들이 서부 쪽 기후가 좋아 특히 샌프란시스코 베이 지역에서 살려고 하니까 경쟁이 좀 심하긴 하지만.

제니퍼가 동부 뉴욕 쪽에 와서 살기 싫다하였으니까 내가 꼭 경쟁에 이겨 서부 쪽으로 가서 일하도록 할게."

'제가 좋아하는 사람이 생겼어요. 서부 쪽으로 오지 않아도 괜찮아요. 저는 이제 상관 말고 거기서 좋은 사람 만나세요.'

그렇게 말을 하고 싶은데도 전화로 그런 말을 한다는 것이 너무 힘들다는 것을 알았다. 그래도 자기의 의사를 전해야만 했다. 우선 제임스의 말을 다 들은 후 말을 꼭 하리라 생각하고 있었다. 한 달 이상 통화를 못하고 있다가 제니퍼가 전화를 해서인지 전화 속에서도 제임스의 목소리가 들떠 있었다. 중고등학교 시절 때도 그랬지만 그렇게 그가 계속 말하고 있을 때는 중단하고 싶지가 않았다. 제니퍼는 항상 듣는 입장이었다.

"제니퍼. 내가 당신을 얼마나 그리워하고 있는지 모르지. 빨리 학교가 끝나 당신하고 결혼하고 싶어. 요사이는 사흘 밤마다 당신이 내 꿈에 나타나 내가 당신의 알몸을 껴안은 채 몽정을 하고 있다고."

이상한 일이었다. 제니퍼는 사흘 밤마다 월터와 그것을 하고 있었는데.

"미안해. 전화로 저속한 이야기를 해서. 그렇지만 내가 당신을 얼마나 요구하고 있는지 알려주고 싶었어. 당신에게 보낸 학교에서 찍은 사진 중 해더라고, 법대생 선배가 나를 가끔 찾아와 유혹할 때가 있어. 나보다 두 살 위인 그 여자 선배가 나보고 성불구자냐고 물어 볼 때가 제일 힘들어. 성불구자가 아니라는 것을 보여주고 싶은 유혹이 너무 클 때가 있어."

제니퍼는 제임스의 말을 멈추고 있었다.

"유혹이 너무 클 때 욕망을 분출하세요. 제 걱정은 하지 마세요. 저도 다른 사람 좋아한다고 말하려고 전화했던 거예요. 그러니까 저한테 더 이상 부담감 갖지 말고 이 여자 저 여자 좋은 아가씨 찾아야 해요."

"제니퍼, 내가 또 실없는 말을 해서 당신이 오해했군. 당신이 부담이 되어서 정절을 지키고 있는 게 아니야. 나는 교회에다 하나님께 약속을 했어. 그 약속을 못 지키면 한평생 내 자신이 더럽고 실망스러울 것 같아. 그리고 당신을 사랑하니까 당신에게 결혼 첫날 줄 수 있는 가장 큰 선물로 정절을 지키는 거야. 그리고 당신이 다른 사람 좋아한다고 하는데 누구도 나만큼 제니퍼 당신을 사랑하리라 믿지 않고 있어. 그러니까 몇 달만 더 참고 기다려. 제니퍼. 사랑해요."

전화를 하고 있는 도중 월터가 들어왔다. 아파트 문 열쇠를 하나 받은 월터는 이제 아무 때나 들어올 수 있었다. 수화기를 내려놓은 채 음성 전화로 듣고 있었기에 방에 들어온 월터도 전화에서 나오는 제임스의 목소리를 같이 들었다. 제임스의 목소리를 침대에 걸터앉아 같이 듣고 있으니 유부남과 간통이라도 하다 남편에게 들킨 듯 기분이 이상해졌다.

"저 전화는 동부에서 학교 다닌다는 당신의 남자친구……."

제임스라는 이름을 말하려고 하는데 제니퍼는 그녀의 두 손가락을 월터의 입에 대며 말을 못하게 하였다. 전화가 막 끝나자 월터가 다시 아파트에 찾아오지 않을 것 같은 예감이 들었던지 그녀는 더 적극적이었다. 이제 막 성의 즐거움에 눈을 뜨기 시작한 초보자 제니퍼에게 노련한 숙련자 월터의 움직임은 그가 무엇을 하던지 그녀를 즐겁게 하고 있었다. 그는 제니퍼의 매력에 존경심을 가지고 음미하며 만지고 있는 것 같았다. 절대로 험악하게 다루지 않았다. 머리카락 속으로 손을 넣어 그의 손가락이 움직이면서 입술이 제니퍼 귀 옆으로 와 입김이 닿으면서부터 그녀의 몸은 전기에 감염된 듯 이미 떨고 있었다. 그의 손가락은 쓸어 담기 듯 부드럽게 조금씩 조금씩 아래로 내려가곤 하였다. 마치 하나의 예술 작품을 감상하듯이. 봉긋하게 솟아오른 젖가슴을 만지면서도 그는 손가락으로 원을 그리고 있었다. 손에 닿아오는 젖가슴 특유의 탄력과 감촉을 음미하며 즐기고 있는 듯했다. 그의 손은 단지 가슴에서 손가락으로 원을 그리고 있었는데도 그녀의 몸은 엉덩이 밑까지 찌르르하며 전기가 오르고 있었다. 연한 자줏빛 젖꼭지를 향해 월터의 입술이 닿고 있었다. 맛있는 아이스크림을 핥으며 아껴먹듯 그녀의 젖꼭지를 핥아주고 있었다. 이미 그때쯤이면 제니퍼는 월터의 아랫도리도 딱딱하고 커다랗게 변하고 있음을 알 수 있었다. 그런데도 그는 함부로 사용하고 있지 않았다. 월터의 입술이 제니퍼의 젖가슴 밑으로 조금씩 내려오면서 배꼽 부분에서 다시 원을 그리며 핥아주었다. 그리고 허벅지 사이를 핥아주고 조금씩조금씩 더 다리 안으로 들어가며 월터의 혀가 제니퍼의 조개 살처럼 생긴 비밀스러운 그곳에 닿았을 때 처음에는 느리게 움직이던 그의 혀가 나중에는 점점 빨리 움직였다. 그녀는 참지 못하고 소리를 지르고 있었다. 이미 기분이 황홀해지면서 온몸에 흥분이 오고 있었는데 이제는 완전히 그녀 몸에 불이 활활 타고 있는 듯했다. 비밀스러운 그곳 주위에는 부드러운 윤활유 같은 미끄러운 즙이 흥건히 넘쳐흐르고 있었다. 월터가 잠시 빠르게 놀리던 혀를 멈추고 있었다. 그러자 그녀가 월터의 팔뚝에 손톱자국을 만들며 앙탈지게 애원하고 있었다.

"조금만 더, 조금만 더 해 주세요."

그렇게 말하는 제니퍼가 귀엽고도 사랑스러웠다. 월터의 혀가 다시 제니퍼의 비밀스러운 곳을 찾아내어 37살의 숙련자로서 노련하게 움직이고 있었다. 빠르게 가다 천천히, 멈추는 듯하다 다시 더 빠르게. 속도가 바뀔 때마다 그녀의 신음소리도 변하고 있었다. 그녀의 몸이 부들부들 떨고 있었다.

"그만, 그만하세요."

극치의 기분에 오르면 조그만 자극에도 견딜 수 없는지 그녀가 소리를 질렀다.

"이젠 제 차례에요. 제가 당신을 기분 좋게 해 드리겠어요."

너무 기분이 좋아 몸이 부들부들 떨며 온몸이 지친 상태에서도 간신히 일어나 그에게 다가왔다. 아까부터 딱딱하고 커다랗게 변한 그의 아랫도리를 그녀의 혀가 살며시 핥아주었다. 그냥 살짝 끝부분에 그녀의 혀가 닿았는데도 월터는 신음하고 있었다. 그녀는 혀로 핥고 있으면서도 은근히 겁이 나고 있었다. 흥분이 되어 이미 커질 대로 커진 그것을 보고 있노라나 자기의 작은 몸에 들어오면 다 들어오지도 못하고 아플 것만 같아서였다. 두려운 생각이 든 제니퍼는 혀 대신 그것을 입안 가득히 넣고 빨아대었다.

"아 그만해. 제니퍼. 당신을 즐겁게도 못하고 사정해 버릴 것 같아."

너무나 흥분해 가던 그가 신음소리를 내며 그만하라고 말하였다.

"너무 자극을 받았나봐."

"저는 이미 기분이 좋았는데요. 그만 해도 돼요."

"아니야 지금 시작의 일부인데."

월터는 다시 제니퍼의 몸을 어루만지고 있었다. 이제는 젖가슴 쪽이 아니라 등 뒤를 어루만졌다. 등 뒤를 따라 내려오던 그의 혀가 엉덩이 쪽에서 멈추었다. 엉덩이 사이로 난 계곡을 향하여 그의 혀가 다시 돌진하고 있었다. 월터의 혀가 움직일 때마다 제니퍼의 기분이 다시 좋아지고 흥분되고 있었지만 그녀는 그에게 미안한 생각이 들었다. 그의 혀가 있는 곳이 사람 몸에서 제일 더러운 배설물이 나오는 항문 근처라는 것을 알았기 때문이었다. 물론 이 일을 하기 전에 목욕은 했지만 그가 그녀의 창피한 몸 부분도 마다하고 그녀를 기분 좋게 하려 애무하는 그 마음 씀씀이에 감동받고 있었다. 그런 생각을 하고 있으니 그가 더 좋아졌다. 그녀의 신음소리가 다시 터져 나오고 있었다. 조금 아까 가슴 앞부분을 애무할 때도 황홀하고 기분이 좋았는데 다시 또 그렇게 몇 번씩이나 기분이 좋아지고 있었다. 그녀의 비밀스러운 곳에서 윤활유가 흥건히 터져 나오자 그 속으로 들어가고 싶어 하던 월터가 드디어 참지 못하고 말하였다.

"잠깐 대어보기만 할게. 그래도 되겠어?"

그의 그 큰 것이 그녀의 작은 곳으로 들어오면 두려웠지만 잠깐 대어보기만 하면 괜찮을 것 같았다. 그녀가 허벅지를 벌리고 월터의 그것이 닿도록 도와주었다. 미끈미끈한 그녀의 즙에 닿아 여러 번 움직인 그가 더 이상 자제할 수 없었다. 대어보기만 하려던 그의 의도와는 달리 월터의 그것이 빨려 들어가고 있었다.

"아프면 말해. 그만할 테니까."

혹시라도 아플까봐 물어보고 있는 그가 영국 신사같이 예의 바르고 여성을 아끼고 위하는 남자로 느껴졌다. 아플까보아 두려워하던 예상과는 달리 무언가 그녀의 몸에 가득 찬 느낌이 들고 있었다. 그렇게 크고 길어보이던 그것이 그녀의 몸 안으로 깊숙이 들어와 아래가 딱 맞닿아 부딪쳤다. 월터의 신음소리가 커졌다.

"월터. 제가 너무 작아서 당신 아픈 것 아니에요?"

"아니 그 정 반대야. 너무 좋아서 나는 소리야. 당신 끝에 닿으니까 너무 좋아."

그렇게 둘의 몸은 결합되고 있었다. 그가 움직일 때마다 구름 위를 둥둥 떠다니는 기분이었다. 월터가 제니퍼를 한손으로 살포시 일으켜 앉히고 있었다. 그 둘은 서로 양발을 엉긴 채 두 팔로 안고 있었다. 한 몸에 되어 있는 그 부분에서 뜨거운 열이 퍼져나가는 것을 느끼며 이제는 헤어질 수 없는 연인이 되었다는 것을 알아챌 수 있었다. 그녀의 몸이 활처럼 휘고 있을 때 그녀의 질 안도 갑자기 떨고 있는 것을 월터는 느낄 수 있었다. 그녀는 작고 약해보여도 그녀가 질 안을 잡아 조일 때마다 그녀보다 훨씬 힘이 센 남자의 문어다리처럼 딱딱했던 그것이 부드러운 솜처럼 부드럽게 변하고 있었다. 월터도 몸을 떨었다. 시간이 지나 비몽사몽에서 깨어났을 때에야 월터는 자기가 실수로 그녀 몸 안에 사정을 해버린 것을 알아채었다.

직장에서였다. 어느 때는 단지 월터를 바라보고 있다가도 제니퍼의 아랫도리가 촉촉해지며 미끄러운 윤활유가 나왔다. 월터의 사무실과 그녀의 컴퓨터가 있는 책상과는 거리가 멀었는데도 그에게서 나는 몸체취가 코를 통해 느껴졌다. 그러면서 그녀의 아랫도리 그 부분이 묵직해 오며 그 안으로 무언가 가득 차게 하고 그것을 빨아 잡아당기고 싶은 충동이 일어나고 있었다. 서류 정리를 하며 얌전히 일을 하고 있었는데도 그리고 아무도 애무해주지 않았는데도 자기의 몸이 흥분되어가고 있는 것을 느낄 수 있었다.

그때였다. 사무실에서 월터가 제니퍼를 불렀다. 그녀가 들어가자 문을 닫으라고 하였다. 한동안 아무 말도 하지 않고 쳐다보고만 있었다. 월터의 이글거리는 눈빛을 읽으며 그도 제니퍼와 똑같은 시간에 같은 감정을 갖고 있었다는 것을 알아챌 수 있었다. 옷으로 가려서 보이지는 않았지만 그의 아랫도리 부분도 두둑해져 있음을 알아챌 수 있었다. 몸은 서로 몇 인치 간격을 두고 떨어져 있어도 전기 파장이 서로의 몸을 하나로 만들어 가고 있는 듯 했다. 문 밖에서 지나가는 다른 직원들의 목소리가 들리고 있었다. 그러한 다른 직원들의 시선과 호기심을 무시하고 사무실 안에서 잠시 합하면 스릴이 넘치는 더 짜릿한 기쁨과 흥분, 즐거움도 맛 볼 것 같았다. 잠시 머뭇거리며 둘은 서로 보고만 있었다. 도저히 사무실 안에서 문을 잠가 놓고 할 수는 없었다.

"제니퍼, 이 서류를 줄 테니 힐튼 호텔로 가 주시겠습니까? 거기서 30분 안으로 중요한 사람과 회의를 하게 되어 있습니다."

가끔씩 다른 주에서 찾아 온 회사 사람들과 서너 명씩 모여 힐튼 호텔의 방 하나를 빌려 회의를 하기도 하였다. 그렇지만 한두 달 전 부터 비서인 제니퍼가 예약을 해왔지 이렇게 갑자기 회의를 한다는 것은 처음 있는 일이었다.

"예 알겠어요. 지금 곧 서류를 갖고 가도록 하겠어요."

호텔에 가니 회사 이름으로 예약된 방이 없었다. 호텔 라운지에서 서류를 팔에 든 채 서성거리고 있는데 월터가 걸어 들어왔다. 호텔 지배인은 그가 자주 오는 고객 손님이므로 그에게 각듯이 대하고 있었다.

"갑자기 급한 회의를 본사와 해야 합니다. 예약을 하지 못했습니다. 방을 급하게 쓸 수 있을까 합니다."

"지금 이 시간 방은 많이 비어 있습니다. 넓은 방으로 할까요?"

"이왕이면 넓은 방이 좋겠군요. 담배냄새가 나지 않는 조용한 방으로 해주십시오."

"높은 층에 넓은 방이 있습니다. 엘리베이터에서 떨어진 가장 자리에 위치한 방이 제일 조용하다고 봅니다."

"예 그걸로 해주십시오."

방으로 들어가자마자 커다란 거실이 눈에 들어왔다. 월터는 문밖 고리에 "회의 중이니 방해하지 마시오."라는 사인을 걸고 문을 안에서 잠그고 있었다. 제니퍼는 이렇게 넓은 호텔방이 있는지 놀란 양 거실 안을 걸어 다녔다. 맨 꼭대기 층이라 그런지 호텔 창문 밖으로 보이는 풍경이 아득하게 멀리 내려다보이고 있었다. 차들도 사람들도 장난감처럼 조그맣게 보였다.

"제니퍼. 당신이 너무 좋아 참을 수가 없었어."

"오늘 저녁에 제 아파트로 오면 될 텐데."

"그때까지 기다릴 수가 없어서. 오늘 회의가 있다는 말을 거짓말이에요. 미안해요. 당신에게 거짓말을 해서."

"저도 당신을 원하고 있었어요. 어떡하죠. 저희 둘 다 몇 시간 참지 못하고 서로 원하고 있으니."

월터는 그녀의 종아리를 두 손가락으로 지압을 해가며 마사지 하고 있었다. 발가락 사이사이와 발바닥을 손가락으로 꼭 누를 때마다 피곤이 풀리며 기분이 좋아졌다. 그의 손가락은 발뿐만이 아니라 허벅지로 올라가면서 나중에는 양 어깨까지 올라가며 정성스럽게 온몸을 마사지 하였다. 마치 제니퍼가 마사지 사를 고용해서 받고 있는 느낌이었다. 그가 마사지를 하며 어루만지며 주무르고 있을 때 이미 그녀의 몸은 최상으로 올라가 바들바들 떨었다. 월터는 제니퍼의 몸을 여자로 보기 보담은 값 주고 살 수 없는 귀한 예술품을 다루듯 깨질까봐 조심스럽게 다루고 있는 듯했다. 월터가 보스고 제니퍼가 비서가 아니었다. 제니퍼를 함부로 대하기 힘든 공주마마나 여왕마마처럼 대하고 있었고 월터는 그 밑에서 일하는 노예나 하인처럼 행동하고 있었다. 손가락도 쓰면 거친 피부가 혹시라도 아프게 될까봐 입김과 부드러운 혀만 사용하고 있었다. 그렇게 십여 분을 입김과 혀로만 애무하고 있으니 제니퍼는 두둥실 떠다니는 편안하고 행복한 기분에 젖어 이 시간이 영원히 계속되면 얼마나 좋을까 생각이 들었다.

이제 월터가 기다리던 자기 차례가 되었다. 그는 제니퍼 보고 무릎을 꿇으라고 하고 그녀의 등 뒤로 올라타고 있었다. 처음 해보는 자세였는데도 싫지가 않았다. 등 뒤 아래로 들어온 그의 묵직한 그것이 움직일 때마다 온몸에 쾌감이 번지고 있었다. 스스로 노력을 하지도 않았는데도 자기의 몸 안에서 그것을 자연스럽게 잡아당기며 조이고 있었다. 어렸을 때 동네에서 우연히 본 개들이 하고 있던 모습이 떠올랐다. 어쩌면 월터와 제니퍼 둘 다 참지 못하여 사람들이 다니는 길거리에서 그 짓을 하던 개들 같았다. 자기네들도 참지 못하여 여기까지 와서 하고 있으니 개와 똑같은 느낌이 들었다. 개처럼 보여도 부끄럽지가 않았다. 이렇게 둘이 좋아하는 사람과 둘이 서로 즐기고 있다는 것이 너무 행복하기만 하였다. 질 안의 벽이 떨리며 진동을 하면서 제니퍼가 마침내 참지 못하고 소리를 질렀다. 월터 또한 마찬가지였다. 그래서 다시는 몸 안에 사정을 하지 않기로 작정을 했는데도 다시 그녀의 몸 안에 자기 씨앗을 뿌리고 있었다.

벌써 한 시간 이상을 침대에서 이 모양 저 모양으로 뒹굴고 있었던 것을 알아챌 수 있었다. 샤워를 하고 호텔에서 나와 회사를 다시 오니 다른 여 직원이 의심하는 눈초리로 흘킷 보는 눈빛이 좋지 않았다.

"어디 갔다가 이렇게 늦게 왔어요? 두 시간이나 어디에 있었어요?"

"서류 전해주고 왔어요."

제니퍼 옆 책상에서 일하는 중년의 뚱보 여자 직원이 제니퍼의 눈 아래가 피곤하여 검게 들어간 것을 쳐다보며 다시 물어보았다.

"서류만 전해주는데 그렇게 시간이 많이 걸려요?"

"서류도 전해주고 집에 급한 일이 생겨 잠깐 집에도 들렸다 오느라고 시간이 걸렸어요."

그렇게 말하는 제니퍼는 그 뚱보 여자 직원의 눈을 바로 마주치지 못하였다.

"근무시간에 그렇게 사적인 일을 하면 해고의 원인이 되는 것 아시나요. 다음에는 꼭 전화를 해서 집에 급한 일이 생겨 늦어진다고 알리세요."

"다음부터 조심하겠습니다."

잎새 스물여섯

앙상한 나뭇가지들만 보이던 몇 그루의 나무에선 파릇파릇 잎사귀가 돋아나고 있었다. 날씨는 아직도 쌀쌀한데 만발하게 핀 분홍색 벚꽃의 화사함이 대조적으로 청순하게 뽐내는 것 같았다. 어느 날 제니퍼는 월터가 사다준 연한 분홍색의 살랑거리는 원피스를 입고 월터와 함께 그 앙상한 나뭇가지들이 많은 나무 사이를 걸었다. 아직도 잎 새가 나오지 않아 쓸쓸해 보이는 나무사이로 제니퍼는 벚꽃같이 청순해 보였다. 한밤중에 요부 같이 움직이던 그녀의 몸매는 상상하기 어려울 정도로 온데간데없어졌고 연한 분홍색 드레스 속의 그녀의 얼굴과 몸매는 순진하고 청순하면서도 화사하게 빛이 났다. 월터는 어제 저녁 그녀의 몸을 배경으로 데상 하던 때를 회상했다.

처음보다 그녀의 몸매가 살이 쪄가고 있었다. 가슴과 엉덩이도 더 커 보였고 아랫배도 조금 불룩 나오며 곡선을 이루고 있었다. 젖꼭지 색깔도 예전보다 더 진해지고 있었다. 아마도 전보다 음식을 더 많이 먹고 있어 살이 찌고 있는 것 같았다. 혹시라도 자기가 골라 사온 옷이 작을까봐 걱정했는데 맞춤옷처럼 옷은 잘 맞았다.

둘은 오랜만에 나들이를 하고 있었다. 샌프란시스코에 있는 하이야트 호텔 꼭대기 층에 있는 에클립스 레스토랑에 예약을 한 후 저녁을 먹으러 그 방향으로 스포츠카를 몰고 있었다. 남자는 비싼 양복을 입고 여자는 고급스러운 예쁜 옷으로 단장을 한 채 값비싼 스포츠카를 몰고 있으니 남들이 보기에 부러움이 되는 한 쌍이었다. 안내양의 안내를 받아 예약된 테이블에 앉으니 바로 옆 창문 사이로 샌프란시스코 시내가 내려다 보였다. 빌딩의 지붕에 있는 꼭대기 레스토랑이 가운데를 축으로 조금씩 천천히 돌고 있었다. 그래서인지 처음에 들어왔을 때 눈앞에 바로 보이지 않던 풍경들이 들어왔다. 마치 연필 같기도 하고 피라미드 같기도 한 길쭉하게 생긴 삼각형 모양의 트랜스 어메리카의 높은 건물도 가깝게 보였다.

월터 가 양복 주머니에서 조그만 상자를 하나 꺼내었다.

'아마도 프러포즈를 하나 보다'

제니퍼의 가슴이 두근거리며 뛰고 있었다.

"제니퍼, 모델료도 받지 않고 그동안 계속 제 그림 모델을 해 주어서 고맙습니다. 그래서 그동안 모델료로 이 선물을 샀어요."

상자 속에는 목걸이와 귀걸이만 보였지 반지는 보이지 않았다. 실망이 되었지만 반짝거리는 다이아몬드와 빨강 루비가 박힌 보석을 보니 좋아서 환하게 웃었다.

"제가 목에다 걸어 주겠어요."

그가 일어나 등 뒤로 와서 목걸이를 걸어주자 주위에 앉아있던 사람들이 보고 다들 손뼉을 치며 같이 즐거워하였다.

"또 한 가지 있어요."

이번에는 오른쪽 주머니가 아니라 왼쪽 주머니로 손이 들어가고 있었다.

'이번에야 말로 반지를 꺼내려나 보다.'

제니퍼는 다시 희망을 걸고 있었다. 조그만 상자 속에서는 반지 대신 발걸이가 나왔다. 그는 다른 사람들 보는 것에 개의치 않고 무릎을 꿇고 앉아 그녀의 뾰족한 구두 속에 있는 발을 뽑아낸 후 발목에 발걸이를 채워주고 있었다. 주위에 앉아있던 사람들이 아까보다 더 크게 박수를 쳤다.

"제니퍼, 당신을 깜짝 놀라 기쁘게 해 주느라고 물어보지도 않고 제 마음대로 골랐어요. 혹시라도 디자인이 마음에 들지 않으면 여기 영수증이 있으니 일주일 안에 이 보석상에 가면 다른 디자인이나 같은 가격의 다른 보석으로 바꿀 수 있다고 했어요."

건네주는 영수증을 받아 읽어보니 믿을 수 없는 가격이었다.

그가 지불한 가격이 만 불이나 되었다. 또 다른 종이에는 품질을 인정하는 사인 이외에 원래는 2만 불 가치가 있는데 만 불을 지불했다는 증명서도 있었다. 만 불이면 일을 하지 않고 학교를 다녀도 일 년 생활비로도 충분했다. 그녀는 고급 선물에 충격과 감동을 같이 받고 있었다.

'100불짜리도 나한테 과분한데 선물로 만 불씩이나 쓰다니.'

잠깐 휴게실에 갔다온다하고 귀걸이도 귀에 달아보았다. 목걸이와 디자인이 같은 한가운데 빨강색 루비가 있고 가장자리로 삥 돌려 작은 다이아몬드가 박혀있어서 휴게실 전등 불빛에 반사되어 찬란하게 반짝거렸다.

그녀는 빨강색 립스틱을 입에 바르고 있었다. 귀걸이와 목걸이에 있는 빨강색 루비 색깔과 매치하고 싶었다. 사랑에 빠져 있기에 예뻐 보이는 것일까? 비싼 보석 때문에 예뻐 보이는 것일까? 자기가 보아도 거울에 비친 얼굴이 너무 예뻐 보였다. 휴게실에서 다시 월터가 있는 테이블까지 걸어오는 동안 그녀의 발목에서는 발걸이가 귀에서는 귀걸이가 찰랑거렸다. 연한 분홍색 드레스도 살랑거리며 같이 흔들렸다. 그녀는 고급 옷과 고급 보석 때문인지 상류 사회에 사는 귀부인 같이 남보다 계급이 한참 올라가 살고 있는 착각이었다.

요사이 제니퍼는 온몸이 나른해지며 쉽게 피곤해지고 있었다. 월경도 넉 달째나 거르고 있었다. 전에도 학기말 시험 때문에 온몸이 피곤하면 월경이 나오지 않은 채 두 달이나 석 달이 지나면 다시 나오곤 하였기에 다시 때가 되면 나오려니 하고 별 신경을 쓰지 않았다. 그리고 제니퍼는 의사에게 처방받아 사온 피임약을 하루에 한 알씩 잊지 않고 꼬박꼬박 먹고 있었다. 그러기에 월경이 비추이지 않아도 혹시나 하는 생각을 해 본적이 없었다. 그녀가 피임약을 먹고 있는 것을 알면서도 월터는 항상 그녀 몸 밖으로 사정을 하였다. 그만치 그가 임신되는 것을 원치 않고 있다는 것을 보여주고 있었다.

지나간 석 달 동안 음식 냄새가 역겨울 때가 있었다. 그럴 때마다 그녀는 몸이 피곤해서 일어나는 현상으로 알고 그냥 지나쳐버리고 있었다. 그러나 오늘 아침 옆집 낸시가 만드는 음식 냄새가 창문새로 스며 들어왔다. 멕시코에서 온 낸시는 멕시코 음식을 만들고 있는 것 같았다. 보통 때는 멕시코 음식을 좋아해서 점심시간에 버리또나 타코를 잘 사먹었는데 지금은 양파와 돼지고기를 볶고 있는지 기름 냄새가 비위에 거슬렸다. 아침에 먹었던 땅콩버터를 바른 빵 한조각과 커피가 위속에서 뒤틀리며 올라왔다. 음식을 다 토해내니 기분이 아까보다 맑아졌는데 다시 비위에 거슬리는 냄새를 맡자 더 토해낼 것도 없는 위속에서 헛구역질이 계속되고 있었다. 그러더니 초록색 물까지 위 속에서부터 입으로 나왔다. 쓸개에서 나오는 담즙인지 위속의 위산인지 맛이 쓰기도 하고 시기도 했다.

그 날 의사를 만나고서야 임신이 되었다는 것을 알게 되었다.

"임신 4개월째입니다."

"그럴 리가 없어요. 저는 피임약을 하루도 거르지 않고 잊지 않고 먹었는데요."

"백 퍼센트 피임을 보장 못해요. 콘돔을 같이 사용해야 해요."

"콘돔을 사용하면 제 남자친구가 느낌이 다르다고 싫어해요."

"그건 맞는 말이에요. 그렇지만 기분만 생각하면 안 되죠. 에이즈 병이 생긴 이후로는 목숨이 위태로워져요. 전쟁터에 생명을 잃지 않게 총을 갖고 가듯이 관계를 할 때는 콘돔을 사용하여야 합니다. 그런데 파트너가 몇 명이나 되는가요?"

제니퍼는 의사 질문에 기분이 나빠졌다.

'싸구려 여자로 보지 않고서야 왜 파트너가 몇 명이나 물어보고 있는 것일까? 나는 한 사람뿐인데.'

그녀의 얼굴색에서 그녀의 기분을 알아챘는지 여자 의사가 다시 설명하였다.

"여기에 오는 환자들에게 물어보면 평균 파트너가 남자나 여자나 5명이 되더군요. 저희는 모든 환자에게 물어보고 있는 것뿐이에요. 통계를 내서 참조를 하는 거예요."

"저는 파트너가 한사람뿐이에요. 그리고 제 남자친구도 파트너는 저 혼자라고 확신할 수 있어요."

"파트너가 한사람이라고는 아무도 보장 못합니다. 물론 신임을 하며 사랑하는 것은 좋지만 친구들과 같이 파티를 갔다가 본의 아니게 같이 잘 수도 있고요. 제 얘기는 파트너를 믿지 말라는 뜻이 아니고 스스로 목숨을 지키라는 거예요."

그러고 보니 요사이 월터가 아파트에 오는 것이 뜸해지고 있었다. 얼굴 표정도 무척 피곤하여 보였고 어느 때는 아무 말도 하지 않은 채 심각한 얼굴로 시간만 보낼 때도 있었다. 그래서 물어본 적이 있었다.

"심각한 얼굴을 아까부터 하고 있는데 제가 불안해요. 제가 싫어진 게 아니에요?"

"당치도 않은 소리. 지금 회사일 때문에 머리가 아파서 그래."

"제가 듣고 도와드릴게요. 머리가 아플 정도인 회사일이면 다른 사람한테 말해야 머리 아픈 게 풀릴 것 같은데요."

"회사 일급비밀이야. 아무한테나 말할 수 없는 성질이야."

"제 자신이 실망스러워요. 제가 더 똑똑하고 현명하면 저한테 털어놓고 말해서 조언을 받았을 것 같은데 제가 워낙 부족하니까 입 다물고 있는 거죠?"

"그런 뜻으로 말한 게 아니야. 이 결정짓는 것은 아무에게도 말하지 못하고 나 혼자 결정해야 되는 거야. 당신은 나한테 조언하는 대신 이렇게 옆에만 앉아있어도 내 마음이 편안해지고 있어."

다른 여자 다른 파트너가 생겼다면 그것 또한 직감으로 알 수 있을 것 같았다.

"제 남자 친구 저 만나기 전에 다른 여자와 관계를 한 것은 알고 있어요. 그렇지만 저를 만난 이후는 저는 제 파트너 믿어요."

"당신에게 파트너가 한사람이니 임신된 애기 아빠가 누구인지 확실 하겠군요."

"예, 아빠는 누구인지 확실히 알아요."

"그렇다면 임신한 것 축하드립니다. 임신했을 때 먹는 비타민을 처방에 써줄 테니 하루에 한 알씩 먹으세요."

"저는 아직 대학교를 다니고 있어 끝내려면 몇 년 더 걸리는데요. 제 파트너도 아기를 원하지 않는데요."

"지금 막 알았는데 파트너가 애기를 원하지 않는 것을 어떻게 알았어요?"

"제가 피임약을 먹는다 해도 사정을 제 몸 안에 하지 않고 밖에다 해요. 그러면서 제가 임신되지 않게 조심하고 있다고 했어요. 어쩌다 실수로 제 몸 안에 뿌린 것 빼 놓고요. 그게 임신이 된 것 같아요."

"남자들이 임신을 원하지 않다가도 아기가 생기면 기뻐하며 결혼식까지 올리는 것 많이 보고 있어요."

"그렇게 되면 너무 좋겠어요. 그런데 만약에 결혼도 원치 않고 아기도 원치 않으면 저 혼자 너무 힘들어요. 아기를 낙태 시킬 수 있을까요 아기 낙태약이 있다고 들었는데요."

"임신 4개월이면 너무 늦었어요. 아기뿐만이 아니라 엄마도 위험하게 돼요. 뱃속의 아기는 보이지만 않을 뿐이지 머리 손 발 모든 게 만들어져 있어요. 엄마가 느끼는 것 아기도 느끼고 생각하고 있다고 봐요. 시중에서 파는 낙태약은 관계를 한 후 난자와 정자가 만나 배란이 되더라도 사흘 안에 그 약을 먹으면 호르몬 성분 때문에 여자의 자궁 속에 배란된 알이 정착하여 자라기 전에 씻겨 내려가는 거예요. 한 달에 한 번씩 월경이 나오면서 씻어 내리 듯이요. 그러니까 이미 자라난 생명을 죽이는 것은 아니라고 보고 있어요. 아기를 정 키울 수 없으면 저에게 말해주세요. 임신이 되지 않아 애타게 기다리며 키우고 싶어 하는 부모를 찾아주면 되잖아요. 이 병원에도 그런 부처가 있어 미혼모를 도와주고 있어요.'

다른 병원을 찾아 현금을 내고라도 낙태할 수 있는 곳이 있나 생각해보고 있던 제니퍼의 머리가 욱신욱신 쑤셔왔다. 결혼식도 하지 않고 두꺼비 같은 배를 하고 다닐 생각을 하니 벌써부터 창피해지고 있었다. 월터가 원하지도 않는 아기를 가졌으니 당분간은 비밀로 하는 것이 나아보였다. 그렇지만 한 달도 못가 표시가 날 것 같았다.

마음이 산만해 있을 때였다. 전화가 따르릉 울렸다. 대부분 광고 전화가 많이 와서 받지 않으려하다가 전화 수화기를 들었다.

"여보세요."

"왜 이렇게 목소리가 기운이 없어? 무슨 일 있는 것 아니야?"

"누구세요?"

"나 모르겠어? 내 목소리까지 잊어버린 거 아니야?"

"……"

제임스였다 순간적으로 눈에 눈물이 핑 돌았다. 왜 눈물이 나오는지 모를 일이었다. 자기는 다른 사람을 사귀고 있으니 다른 여자 만나라고 했더니 한동안 전화가 오지 않아 자기를 완전히 단념하고 다른 여자와 사귀고 있는 줄 알고 있었다. 그런데 오늘 원하지 않은 임신이 된 것을 처음으로 알게 된 바로 그날 제임스가 전화를 걸고 있었다.

"제니퍼, 왜 아무 말도 없는 거야? 정말 아무 일도 없는 거지. 어머님은 안
녕하시고?

어머님한테 전해 드려. 이제 당신 딸도 법조계에서 일하는 변호사 부인이
곧 될 거라고. 나 학교도 졸업하고 시험도 다 패스했어. 다 제니퍼 덕분이
야. 3개월 후면 서부 쪽으로 가서 일할 것 같아. 지금 예, 아니오 라고 대답
하지 않아도 좋아. 하여튼 나는 당신 곁으로 가서 당신이 나를 좋아하도록
최선을 다할 거니까. 몸조리 잘하고 있고 그동안 안녕."

3개월 후에 제임스가 온다면 자기는 임신 7개월에서 8개월이 될 텐데 배
불뚝이 된 모습을 그에게 보이고 싶지가 않았다. 결혼도 하지 않은 상태에서
배불린 모습을 들킬 생각을 하니 벌써부터 자존심도 상하면서 울적한 생각
이 들었다.

오래간만에 월터가 아파트 방으로 방문하였다. 그의 얼굴은 피곤해 보였
고 자라난 수염을 깍지 않아서인지 초췌해 보였다. 코밑과 턱 주위에 돋아난
수염은 말끔하게 면도한 얼굴보다 더 남성다워 보였지만 그의 짧은 수염 털
이 그녀의 부드러운 그곳에 닿았을 때 따끔따끔 아팠던 기억이 되살아나고
있었다.

"제니퍼 오늘은 당신이 내 그림의 모델만 되어 주겠어? 오늘 같은 날 당신
하고 그걸 하다가는 당신을 다치게 할 것 같아. 그런데도 오늘 찾아온 이유
는 한 달 전에 그리다 만 그림을 완성하고 싶어서 온 거야. 당신을 그리고 있
을 때가 제일 마음이 평온해지거든."

"그렇게 하세요."

제니퍼는 읽을 책을 한권 들고 와서 옷을 홀홀 벗었다. 처음 모델을 할 때
에는 부끄러워 목욕탕에 가서 옷을 벗은 후 온몸을 타올로 감싼 후 조금씩
벗겨 보여 주었으나 이제는 익숙하게 자연스럽게 모델의 편안한 자세로 변하
고 있었다.

그녀의 몸을 스케치 하고 있었다.

"웬일이야. 요사이 당신 살이 찌고 있는 것 같아. 오해는 하지 마. 살이 쪄 당신이 싫다는 말이 아니니까. 그런데 한 달 전에 그리다만 그림 초안과 비교하니까 당신의 배가 더 올라와 있어서 그래. 내가 잘 못 그렸나?"

"저는 똑같이 먹는데요."

월터는 지우개로 한 달 전에 그렸던 초안의 부분을 지워가며 열심히 집중해서 스케치하고 있었다. 그렇게 한 가지 일에 파묻혀 몰두하는 그의 모습에 존경심이 우러나왔다.

마침내 그림이 다 그려진 후였다.

"월터 씨 말씀 드릴게 있어요. 제가 거짓말 했어요. 저만의 비밀로 하려고 했었는데 지금 말해야 될 것 같아요."

"거짓말이다, 비밀로 하려 했었다, 점점 더 궁금해지는군요. 제가 한 번 그 거짓말한 것 비밀로 하려 했다는 것 추측해 말해 볼까요?"

그는 이미 눈치 채서 알고 있는 것일까? 그의 아기가 자기 뱃속에서 자라고 있다는 것을 알고 있으면서도 모른척하고 있었나?

"그래요. 추측한 것 들어볼래요."

"당신의 남자친구가 이곳에 온 것 맞지요? 그래서 저 몰래 만나고 있었군요. 아니 처음 저희 둘이 만났을 때 그 남자친구가 여기 올 때까지만 그를 잊어버리고 있겠다고 저한테 그랬어요. 그러니까 몰래 만난다고 하면 제가 잘못 표현하는 게 되겠네요."

"월터 씨는 제가 제임스와 결합되는 것을 원하세요?"

"처음에 당신과 만났을 때 당신의 남자친구가 올 때까지 만이라도 당신과 만나면 좋을 것 같았어. 그리고 그것이 당신이 원하는 것이라 여겼어. 그런데 그가 올 때가 가까워오니까 당신을 뺏기고 싶지가 않아. 내 욕심처럼 들리겠지만 난 진심으로 당신을 사랑하고 있어. 글쎄 어떻게 표현해야 이해가 될까. 이 아파트에 와서 당신이 없으면 미치고 돌아버릴 것 같아. 내가 지금 질투하고 있는 것일까?"

"당신이 저를 그렇게 사랑하고 있다는 말을 들으니까 기뻐요. 그런데 제가 갖고 있는 비밀에 대한 당신의 추측은 틀렸어요. 저는 제임스를 만나지 않고 있어요. 가끔 전화가 와서 소식은 듣고 있었지만 월터 씨 만난 후 한 번도 만나지 못했어요."

"그렇다면 당신의 비밀을 말해봐. 듣고 싶어."

"얼마 전에 알았어요. 당신의 아기가 제 뱃속에서 자라고 있어요. 벌써 4개월이 지나 5개월 쪽으로 다가서고 있어요. 아기를 유산 시키려고 했더니 의사가 너무 늦었다며 아기도 저도 둘 다 위험하대요. 제가 정 아기를 키우지 못하면 의사가 입양시키라고 그랬어요."

그녀는 쉬지 않고 말하고 있었다. 아기 가졌다는 말을 듣자마자 그가 끌고 가 유산이라도 곧 시킬까봐 미리 빨리 설명하고 있는 것 같았다.

자기의 아기가 그녀 몸에서 자라고 있다는 소식은 충격적이었다. 한 번도 가정을 꾸미고 더구나 자식까지 갖고 키울 생각을 해본 적이 없어서였다. 그런데도 그 소식은 그에게 인생의 새로운 도전을 하게하고 있었다. 5개월이나 되어가다니 그녀를 다치게 하고 싶지가 않았다. 그렇다고 자기의 분신을 다른 부모에게 주어 입양시키고 싶지도 않았다. 갑자기 자기를 닮은 자기의 분신이 태어날 생각을 하고 있으니 기쁨으로 마음이 흥분되었다. 월터는 그녀에게 다가가 가만히 안아주었다.

"제니퍼, 우리 결혼해요. 지금 뱃속에 있는 아기 잘 키웁시다."

"예."

그녀의 눈에서 기쁨의 눈물이 흘렀다. 제임스에게 뺏길까봐 불안해하던 월터도 그녀의 대답을 듣는 순간 자기를 닮은 아기와 사랑하는 여인을 영원히 같이 할 수 있다는 기쁨으로 가득 차 있었다.

"당신의 배 한번만 만져보고 싶어. 아기가 발로 차면 느껴진다고 하던데."

결혼 날짜를 정하고 나서 제니퍼는 마음이 들뜨고 있었다. 배가 너무 부르고 있어 한달 안에 해야 할 것 같았다. 그런데 청첩장을 받는 친구들도 가족들도 대부분 일을 하니까 한두 달 전에 연락을 해야지 시간이 맞지 않았다. 장소를 예약하는 것도, 좋은 곳을 찾으려니 일 년 이상이나 기다려야 했다. 그래서 결혼식은 아기를 낳은 후 하기로 마음먹고 일단은 직장을 그만두고 월터의 아파트로 들어가 살기로 계획을 세웠다. 제니퍼가 갑자기 직장을 그만 두니 다른 직원들이 섭섭해 하며 아쉬워하고 있었다.

그녀는 학교도 휴학 신청을 한 후 월터의 아파트에서 지내면서 독학으로 공부는 여전히 계속하고 있었다. 3시간 정도 공부를 하고 난 후 식품점에 가서 음식재료를 사다가 요리도 연구하며 만들었다. 무거운 배를 안고 움직이는 제니퍼가 안쓰러워 보였는지 제니퍼를 바라보는 월터는 그녀가 가엾다는 생각이 들고 있었다.

"제니퍼, 나를 위해 저녁 준비 하는 것 고마운데 당신하고 아기 몸 생각도 해야지. 이제부터는 저녁 준비하지 마세요. 밖에서 내가 음식을 사오던가 아니면 같이 밖에 나가 사 먹든가 합시다."

"저 힘들지 않아요. 이렇게 저녁마다 음식 준비하는 것 너무 행복해요. 원래 저 음식 만드는 것 싫어했었는데 사랑하는 사람을 위해 하나라도 더 맛있는 것 만드는 게 이렇게 기쁘고 행복한 것인지 예전에는 미처 몰랐어요."

구름 한 점 없이 파란 하늘이었다. 미국 전 지역에서 제일 날씨와 기온이 좋다는 샌프란시스코의 베이 지역이기도 하였다. 시내는 에어컨을 거리에 틀어놓은 듯 서늘한 기운이 돌기는 했지만 쨍쨍한 캘리포니아 햇볕 아래서 눈에 들어오는 물체들이 따사롭게 보이고 있었다.

제니퍼는 7층 발코니에 조그만 화분을 여러 개 사온 후 오키드와 튤립 뿌리를 심은 곳에 물을 주었다. 꽃망울이 터지며 꽃봉오리가 진한 자줏빛으로 활짝 퍼 달려 있었다. 대롱대롱 긴 줄기에 붙어있는 꽃봉오리가 흔들리면 혹시라도 다칠까봐 조심해서 발코니 창문가로 옮기고 있는 제니퍼의 배는 눈에 띄게 불어나 있었다. 월터는 테이블 앞에 앉아 커피 한잔을 마시며 신문을 읽고 있었다. 따사로운 햇볕이 어울려 일상생활이 한가롭게 보이고 있었다. 제니퍼는 화분 속에 있는 화초를 다듬다가 손톱 속에 끼어들어온 흙을 씻느라고 세탁기와 건조기가 있는 방으로 들어가 손을 씻고 있었다. 그러다가 그 방구석에 쌓여있는 여러 주일 모아놓았던 신문을 갖다버리려고 하다 한곳에 눈을 고정하고 있었다. 그 신문 중에 나온 사진 하나가 어디서 본 듯했다.

"어디서 보았을까?"

직장에서 쉬는 날이 되자 오랜만에 은희는 집안 대청소를 하고 싶은 마음이 들었다. 방은 침실이 네 개였고 화장실 겸 목욕실이 세 개였다. 응접실 거실, 아침 먹는 식탁실, 손님이 왔을 때 식사 하는 식탁실 거기다 도서실로 만든 방까지 합하니 도합 방 숫자 가 열개가 넘었다. 가구에 묻은 먼지를 하나하나 닦고 있자니 시간이 꽤 걸렸다. 집은 넓고 커서 보기 좋았지만 청소하는 데는 시간이 많이 걸렸기에 자주 청소를 하지 않고 가끔 아래층에 있는 방만 진공소제기로 카페트 먼지를 없애고 가구에 묻은 먼지를 닦곤 하였었다. 나름대로 대청소라는 거창한 단어를 써가며 이것저것 청소를 시작하다 시간이 지나니 몸이 피곤하기 시작하였다.

이사 오기전의 그전 집을 생각하였다. 지금 살고 있는 집보다 삼분지일 정도 되는 작은 집이었지만 그때도 여전히 청소는 자주 못하고 지냈던 것 같았다. 집안 전체를 치우는 것은 손님이 오기 전날이었지만 음식 장만하느라 시간이 항상 모자랐고 생화를 사다 방안을 장식하는 등 시간이 걸렸기에 전체 청소는 마음속 이상에만 그치고 제대로 해본 적은 없었다. 레몬 냄새가 나며 가구에 반지르르 윤을 내게 하는 액체를 스프레이 뿌려 먼지를 닦아내는 일은 결코 힘든 노동일이 아니었는데도 시간이 흐르면서 몸이 피곤해졌다.

사고가 난 후 아직도 몸이 완전히 회복되지 않은 것 같았다. 그래도 뿌옇게 보이던 가구가 반짝거리며 새 가구처럼 변하고 있으니 기분이 좋아져 은희는 쉬지 않고 움직이며 닦고 있었다. 남편이 직장에 나가고 아들을 운전해 바래다 준 후 곧 청소를 시작했는데도 벌써 11시가 넘어가고 있으니 여러 시간이 집안 청소 하는데 흘러가 버렸다. 부엌 바닥을 마지막으로 물걸레로 닦아내고 이제는 그만 하고 커피나 한잔 끓여 먹으며 쉬고 있으려던 은희는 이 집에 이사 와서 한 번도 청소해보지 않았던 이층에 있는 방을 생각하였다.

침실 네 개 중 하나였다. 아래층에 있는 침실은 손님이 올 경우를 대비해 손님방으로 꾸며놓았기에 쓰지 않고 이층에 있는 침실 세 개 중 제일 큰 침실은 은희 남편과 은희가 쓰고 있고 또 하나 침실은 아들이 쓰고 있기에 나머지 하나 침실은 창고용으로 쓰고 있었다. 버리기는 아깝고 쓰지 않는 물건들이 차곡차곡 들어가 있었다. 청소는커녕 들어가 보지 않은지도 여러 해가 지난 것 같았다.

한 달에 한 번씩 청소를 해도 가구에 먼지가 희미하나마 뿌옇게 붙어 있는데 창고처럼 쓰고 있는 그 방 안에 있는 가구 위에는 얼마나 많이 먼지가 쌓여 있을까 궁금해졌다.

커피를 한잔 뽑아내려고 원두를 갈아내고 여과지 하얀 종이를 넣은 후 커피기계 스위치를 눌렀다. 진한 커피 향내가 방금 청소한 방안에서인지 더 신선하고 향기롭게 퍼졌다. 커피가 다 빠져나오기를 기다리다말고 은희는 이층 계단으로 올라갔다. 오늘은 그 창고로 쓰고 있는 침실방의 먼지도 웬만큼 닦아내고 싶어서였다. 남편이 버리기 아까운 물건들을 그 방으로 갖고 가 넣어두곤 하였는데 그 방에 물건이 얼마나 쌓여져있나 궁금해지고 있었다.

방문을 열자 블라인드 커튼으로 창문이 가려져 있어 방안 전체가 어두워 제대로 보이지 않았다. 냄새도 방안과 방밖이 틀렸다. 퀴퀴한 먼지 냄새가 맡아졌다. 방밖은 방금 청소한 레몬 냄새가 풍기고 있었고 아래층에서는 향긋한 커피 냄새가 올라오고 있는 것과는 대조적이었다. 처음에는 어두워 제대로 눈에 들어오지 않던 물건들이 보이기 시작하였다. 구식이 되어버린 앰프와 스피커가 눈에 들어왔다. 미국에 처음 이민 와서 돈도 없었던 시절 한국에 비해 가격이 엄청나게 싸다며 그래도 은희 가족에게는 거금이라 전 재산을 투자하여 남편이 좋아하는 전기 제품 재산 1호로 사들인 물건이기에 버리지 못하고 있었다. 이제는 새로 나온 부피가 작으면서도 성능이 좋은 앰프와 스피커가 있으니 버리자고 했는데도 그 구식이 성능이 더 좋은 것이라며 쓰지도 않으면서 버리지도 않고 있는 남편이었다.

한국에 있을 때 그렇게 사고 싶었던 이름 있는 메이커였는데 여유가 없어 못 사다가 여기 와서 사들였기에 20년이 지나도 구식으로 보이지 않고 가치 있는 재산으로 보고 있는지도 모른다. 그 이외에도 컴퓨터, 텔레비전, 그리고 복사기, 프린터 등 주로 남편이 쓰던 전자제품들이 방에 가득 차 있었다. 은희는 그 전자 제품사이에 놓여있는 박스를 열어 보았다. 유행에 뒤떨어진 옷가지들이 들어 있었다. 아마도 자선 기증 하려고 박스 속에 넣어두었다가 잊어버린 것 같았다. 유행에는 뒤떨어졌지만 박스 안을 다시 뒤적이다 보니 옷가지 몇 개는 집에서 입거나 공원에 운동하러 걸어 다닐 때 괜찮을 것 같아 다시 옷을 건져냈다. 옛날에 입고 다니던 옷에 틀림없었다. 기억은 전혀 나지 않고 있었다. 옷이 낡아 닳지도 않았고 구멍도 나지 않았는데 왜 남을 주려 했는지 이해가 되지 않았다. 은희는 또 다른 박스를 열어보았다. 그 박스 안에도 다시 입을 만한 옷가지들이 나올까하여 열고 있었다. 박스와 박스 사이 틈새에는 먼지가 수북이 쌓여 있었다. 회색 빛 솜뭉치처럼 쌓여 있는 먼지 높이가 1cm가 더 되는 것 같았다. 또 다른 박스 안에서는 은희 사이즈의 옷이 아니라 어린아이 옷이 나왔다. 작은 분홍 원피스, 작은 주름치마, 하얀 블라우스 등등……. 작은 계집아이의 옷을 발견하면서 갑자기 은희의 가슴이 뛰면서 매스껍고 토할 것 같았다.

'남편이 나 말고 다른 여자와 두 살림을 차리고 있는 게 아닐까? 그렇지 않고서야 왜 계집아이의 옷이 여기 있단 말인가.'

남편을 의심하자 은희는 어지러웠다. 자기를 속이고 두 살림을 차리고 있는 남편에 대한 분노 때문에 숨이 제대로 쉬어지지 않았다. 거기에다 박스와 박스 사이에 쌓여 있던 두터운 먼지들이 은희의 코 사이로 들어오고 있는 것 같았다. 눈에는 보이지 않는 작은 벌레들이 우글거리고 있는 먼지가 코를 통하여 허파 속으로 들어오는 것 같은 착각이 들자 숨 쉬는 것이 더 어려워졌다. 은희는 빨리 창고 방을 빠져나가고 싶었다. 신선한 공기가 있는 방 밖으로 나가 심호흡하려고 가능한 한 빨리 나가려고 허둥대고 있을 때였다. 갑자기 은희 옷을 등 뒤에서 누군가 끌어 잡아 당겼다. 방이 어둡기는 하였지만 그 방안에 아무도 없었던 걸로 알고 있었던 은희였기에 누군가 옷을 등 뒤에서 끌어당기는 순간 은희의 머리칼이 쭈뼛 솟아오르며 놀랐다.

그러면서 은희는 발을 헛디디면서 미끄러져 쓰러졌다 .그 순간 머리가 구식 스피커 각진 모서리에 부딪치고 있었다. 모서리에 부딪치는 순간 충격으로 아찔하게 아파왔다.

은희는 기절을 하였는지 잠시 뻣뻣하게 누워있었다. 시간이 조금 흐르자 은희는 깨어나 부딪혀 커다란 혹이 생긴 머리 부분 자리를 만지고 눌러보니 아팠다. 넘어진 자리에서 일어나며 등 뒤에 누가 있었나 살펴보니 아무도 보이지 않았다. '그렇다면 누가 내 옷을 뒤에서 끌어 잡아 당겼을까? 귀신이나 유령이라도 있었단 말인가?' 은희가 방안 뒤를 다시 보는 순간 박스사이로 의자가 놓여 있는 게 눈에 들어 왔다. 의자 구석에 은희의 웃옷의 뒤가 걸려 빨리 은희가 나오려고 할수록 뒤에서 끌어당기는 현상이 일어난 것이었다. 아무도 은희를 해치려는 사람이 없다는 것을 알아내자 그제야 숨을 고르게 쉴 수가 있었다.

이제는 수북이 쌓여 있는 회색 먼지조차 은희를 괴롭히지 않았다. 부풀어 오른 혹에 손을 대자 열이 전해졌다. 은희는 지금 장소만 다를 뿐이지 사고가 난 현장으로 돌아가 있었다. 그때도 지금처럼 움직이지 못하고 누워 있었던 것 같았다. 아니 지금은 일어나 움직일 수 있는데도 그냥 계속 누워 있고 싶었다. 잊힌 기억들이 물밀듯 밀려오고 있었다. 기억하고 싶었으나 전혀 생각나고 있지 않았던 일들이. 아니면 기억하고 싶지 않았었기에 그동안 생각이 떠오르지 않았던 것일까.

은희는 차를 운전하고 있었다.

'그래. 비오는 날이었어. 앞뒤에서 차들이 나를 괴롭혔지. 오는 차와 부딪히지 않으려고 핸들을 꺾는 순간, 아. 나는 구르고 있었어.

맞아. 윌리암스 의사를 만나고 집으로 돌아오는 길이었어. 차는 비탈길을 구르고 있었고 땅에 부딪힐 때마다 머리가 아파왔었어. 차가 마침내 섰을 때 나는 지금처럼 누워 있었어. 차 속에서 나는 누군가 생각하고 있었어. 영철이가 아니었어. 영옥이. 나는 내 딸 영옥이를 왜 다시 기억하지 못하고 있었던 것일까? 저 작은 계집아이의 옷을 보면서도 영옥이를 기억해내지 못하고 있었다니.'

은희는 조금 전까지 남편을 의심하며 남편에 대한 분노로 제대로 숨을 못 쉬던 박스로 다시 가 박스 안에서 조심스럽게 옷을 꺼내 가슴에 품었다.

"영옥아, 미안해. 엄마 용서해 주겠니? 아기야. 지금 어디 있니? 네가 이렇게 고운 옷을 입고 아장아장 걸어 다닐 때 엄마가 너를 가슴에 안고 다녔었는데. 네가 입고 다니던 옷까지 잊어버리고 있었다니. 엄마 용서해 주겠니? 엄마는 네가 너무 보고 싶었단다. 그래서 너무 보고 싶은데 볼 수 없으니까. 아니야. 엄마 때문에, 나 때문에 네가 그런 사고가 났잖니. 절대로, 절대로 나를 용서할 수 없어. 너도 절대로 엄마 용서하지 마라."

창고 방안에서 아기 옷을 가슴에 품은 채 은희는 울고 있었다.

어떠한 사물을 보고 불현듯 그 사물과 연관이 되어 잊혀 있던 사건들이 기억나는 경우가 가끔 있었다. 지금 은희의 머릿속은 아기의 옷을 보며 불현 듯 떠오른 듯한 기억들이 사라지지 않고 계속 다른 기억으로 옮아가며 꼬리를 물고 있었다. 이 자그마한 귀여운 아기 옷을 입고 아기가 아장아장 걷고 있었다.

샌프란시스코 시내에 있는 금문교 공원이었다. 은희는 주말에 아기를 데리고 남편과 함께 공원에 만들어진 인공호수 물가인 나무 밑 돌바위 위에 앉아 있었다. 지금 그 인공호수 주위에는 조그만 모형 배들을 직접 만들어 호수 위에서 배 띄우기를 하는 사람들이 여럿 있었다. 리모트 컨트롤을 이용하여 배들은 조심스럽게 움직이고 있었다. 각자가 직접 만든 배들이라 모두 모양이 달랐다. 그 중에는 돛단배도 있었고 기선도 있었고 군함모양의 배들도 있었다. 배 하나 만을 제외하고는 대부분의 배들이 물속으로 가라앉지 않고 물위에서 미끄러지며 잘 움직였다. 모형 배를 움직이고 있는 사람들은 나이가 든 아저씨나 할아버지로 보였다.

자기네가 직접 설계하여 만든 배가 물에 빠지지 않고 미끄러져 가자 아저씨와 할아버지의 얼굴에 자부심과 만족에 찬 미소가 퍼졌다. 더더구나 은희 가족 같은 많은 사람들이 공원을 거닐다 멈추어 서서 보고 있으니 자기네가 만든 작품에 흐뭇해하는 것을 부채질 하고 있었다. 은희는 어느 배가 제일 마음에 드는가 견주고 있었다. 이 배를 보면 그게 마음에 들었고 저 배를 보면 그것도 마음에 들었다. 하나만 주겠다고 고르라고 하면 무척 힘들 것 같았다. 할 수만 있으면 다 수집하고 싶었다. 모형 배 수집을 하여 응접실에 진열하여 손님이 오면 보여주고도 싶었고 가끔 호수에 와서 남편과 같이 모형 배를 물위에 띄워 리모트 컨트롤로 작동하면서 장난감 갖고 놀듯 재미있고 한가하게 시간도 보내고 싶었다.

그러나 미국에 이민 와서 몇 년 밖에 되지 않은 은희 가족에게 돈 여유가 없는 터라 그건 희망사항, 꿈에 불과했다. 그래도 다는 못 갖더라도 하나는 사고 싶었다. 은희는 남편에게 졸랐다.

"여보. 저 할아버지한테 가서 물어보세요. 얼마나 하나. 제일 싼 걸로 하나 사 가지고 가요. 하나 꼭 사고 싶어요."

은희 남편이 미국 할아버지 쪽으로 가서 말을 하고 있을 때였다. 모형 배들이 움직이고 있는 것을 보던 호숫가에 있던 사람 중 하나가 새 모이 봉지를 꺼내 새 모이를 바닥에 뿌렸다. 모이를 본 새들이 여기저기 나무사이에서 날아왔다. 새들이 날아와 모이를 집어 먹은 후 뒤뚱뒤뚱 걸어 다니며 움직이고 있었다. 아마도 다른 모이가 그 근처에 있어 그 곳을 향하여 움직이고 있는 것 같았다. 아기가 새를 보고 다가갔다. 아기가 새 바로 뒤에 접근하자 모이를 쪼아 먹으려던 새가 놀라 후다닥 다른 곳으로 날아가고 있었다. 아기는 날아올라가는 새를 향하여 아장아장 거리면서도 빨리 달려가려 하였다.

"새야 새야. 나하고 놀자."

날아 올라가던 새가 아기가 자기를 잡으려하려고 생각했는지 방향을 돌려 호숫가 쪽으로 파닥거리면 날아가고 있었다. 새만 보고 쫓아가던 아기는 바로 앞에 물이 있는 것도 모르고 아장아장 새를 향하여 뛰어가고 있었다.

"새야. 멀리 가지마. 나하고 놀자니까."

아기가 호숫가 물속으로 발을 디디기 바로 전 은희는 쏜살같이 아기 쪽으로 달려가 아기를 안아 올렸다.

"휴우. 모형 배에 정신 쏠리다 하마터면 우리 아기 다칠 뻔 했어요. 모형배가 너무 비싸면 사지 않을래요."

미국 할아버지와 이야기 하고 온 남편에게 은희는 말하였다.

"가서 물어보고 왔는데 자기네는 팔지 않는다는군. 여기 모인 모형 배 동아리 모임은 자기네들이 직접 그림을 그려서 배 모양을 설계하고 재료도 직접 사서 스스로 만들어 배를 띄우는 거래. 이게 자기네들 취미 생활이라고 하는데. 배 모양만 작은 크기이지 실제 배와 똑같이 계산하고 설계해서 만드는 거래. 내 말은 부력이나 물 저항 다 계산해서 설계하고 또 한 가지는 다른 사람 것을 흉내 내면 안 된다고 해. 그러니까 배 모양이 다 다르잖아. 저것보아. 3층짜리 배도 있잖아."

"그러고 보니 3층이네요. 어 저 배도 귀엽고 멋있다. 이름까지 붙어 있네요. 우리도 배 하나 만들어요. 가게에서 파는 대량생산품 똑같은 모형 말고 우리만의 독특한 배 모양으로."

"그럴까. 그래서 우리 아기 이름 영옥이를 배에다 새겨놓고 물 위에 띄워 볼까."

"그런데 저희가 만든 배가 물 위에 떠서 움직이지 않고 물속으로 가라앉으면 어떡하죠?"

"저기 작업바지 같은 덥수룩한 바지 입고 있는 할아버지가 하버드 대학 물리학을 전공한 분이래. 지금은 나이가 들어 직장을 쉬고 모형배나 만들며 지내고 있는데 아직도 총명해서 계산도 잘하고 남들이 그린 배 모양보고 물에 빠지지 않게 조언을 많이 해 준다고 해."

"좋은 취미 생활하며 남들도 도와주며 남은 인생을 지내는 할아버지이네요."

골프 취미 생활만 잘 알려져 있는 한인 사회에 비해 다 다른 각자의 취미 생활로 남은 인생을 즐기고 있는 호숫가의 나이든 아저씨와 할아버지가 은희에게는 인상적이었다.

"모형배도 예쁘지만 우리 아기 하마터면 물속에 빠질 뻔 했어요. 제가 얼마나 놀랐던지."

은희는 아기를 꼭 안아 주었다. 그 때의 몰랑몰랑한 아기의 팔뚝과 몸매가 은희에게 지금 전해졌다.

'그래. 이 옷하고 똑같은 옷은 아니더라도 크기는 비슷했어. 그때 아기 너는 새야 새야 놀자고 뛰어 갔었지. 새는 날아가도 너는 뒤쫓으며 계속 친구가 되자고 부르고 있었어. 그래 네가 지금까지 있었다면 너는 여러 사람들과 친구를 만드는 무척 사교적인 사람이 되어 있었을 텐데.'

생각은 꼬리를 물며 이어졌다. 그럴 때마다 은희의 눈에서 눈물이 줄줄 흘러나왔다. 코와 눈물샘이 연결되어 있어선지 눈물뿐만 아니라 콧물도 나오고 있어 코가 막혀 숨이 제대고 쉬어지지 않았다. 은희는 세면대로 가 찬 수 돗물을 틀어놓고 얼굴을 씻으며 이마를 식혔다. 수도관 앞에 붙어있는 거울 속에 은희의 얼굴이 비쳤다. 커다란 눈이 너무 울어서 부어오른 눈두덩이 사 이로 가느다란 실눈이 거의 붙어 보였다. 그동안 까맣게 잊히고 있었던 사건 들이 하나하나 떠오를 때마다 움찔거리며 놀래기는 하였으나 앞뒤가 연결이 되며 대부분이 이해가 되었다.

그런데 한 가지 이해가 되지 않았다. 왜 남편이 영옥이에 대해 입을 다물고 있었는지 이해가 되지 않았다. 처음에는 그저 남편의 속마음을 이해할 수 없었다. 그러나 시간이 지날수록 남편에 대한 분노로 바뀌고 있었다. 매일 밤 제일 가까이에서 잠을 자고 있는 가까운 사이인데도 불구하고 털어놓고 말을 하지 않고 있었다니. 그러한 남편의 성격 때문에 여러 번 섭섭해 왔던 은희였지만 이번만은 은희가 남편을 용서하지 못할 것 같았다.

영옥이. 자기는 까맣게 잊어버리고 지내고 있었지만 남편은 알고 있었다. 20년이란 세월. 왜 남편은 자기에게 입을 다물고 영옥이에 대해 전혀 말을 꺼내지 않았을까. 누군가 은희를 속였을 때 전혀 모르고 있다가 나중에 속임을 당했다는 것을 알아냈을 때의 심정과 같은 느낌이었다. 우롱당하는 기분이었다. 불쾌해지고 있었다. 한 가지 방법은 은희의 과거의 기억이 되돌아 왔지만 남편에게 계속 모른 척 하며 지내고 싶었다. 그러면서 남편의 반응을 보고 싶었다. 그래 어쩌면 이제부터는 은희가 남편을 속이며 살게 될 것이다. 근 20년을 같이 살아왔지만 서로 사랑한다고 생각하며 남편과 아내로 지내고 있었지만 아직도 남편을 알고 있기에는 너무 많이 모르고 있는 은희였다.

'남편은 바보 천치로 변한 나의 기억력을 보며 속으로 다른 꿍꿍이 생각을 하고 있었을까.'

그렇다면 남편은 나쁜 사람, 비열한 사람이었다. 왜 털어놓고 이야기해서 당신처럼 과거를 까맣게 잊어버리고 사는 바보와는 살지 못하겠다, 헤어지자는 말을 하지 못하고 있었을까. 남편에 대한 불신이 싹트기 시작하면서 부터 은희의 속이 다시 메슥거려왔다. 아무것도 모르고 지냈던 때가 더 좋았다. 비록 남편이 은희를 사랑하고 있지 않는다 해도 사랑한다고 믿고 있었던 그 순간이 행복이었다.

은희 혼자 이 생각 저 생각하며 시간 낭비하고 있는지도 모른다. 기억이 갑자기 되돌아 온 충격 때문에 신경쇠약증에 걸려 은희가 공연히 의부증에 걸린 여인네들처럼 남편을 의심하고 있는지도 모른다. 은희의 기억력은 이제 또렷하게 한 가지씩 연결되고 있었다. 은희가 윌리암스 의사를 만나러 가려고 한날 아침 남편이 은희에게 한 말이 기억났다.

"당신 정말 모르는 거야, 아니면 모른 척 하고 있는 거야? 한 번이면 됐어. 영철이 다치게 하고 싶지 않아. 그러니까 남의 일에 끼어들지 마."

"한 번이면 됐다니요. 무슨 뜻이에요?"

그때 남편은 은희에게 영옥이에 대한 귀띔을 하고 있었다. 눈치 것 알아채리라는 말이었을 것이다. 그때는 전혀 몰랐는데 이제야 그 말이 이해되었다.

영옥이, 내 딸 아기 영옥이. 세살이 채 안되었었어. 그 나이의 어린아이는 어느 아기나 다 귀엽고 예뻤다. 조물주 걸작품이 많이 있지만 그 중의 하나가 아기 얼굴 같았다. 그저 보고만 있어도 사랑을 주고 싶게 만드는 천진난만한 얼굴. 너무 귀여워 살짝 깨물어 보고 싶은 아기 얼굴.

은희는 그 아기의 얼굴을 어렴풋이나마 정확하게 떠올리고 있었다. 보송보송한 갓난아기의 솜털이 아직도 얼굴에 붙어 있었던 포동포동한 복숭아 빛 뺨의 감촉을.

"영옥이 최고 예쁘지."하면 기분이 좋아 웃음 짓던 순진하고 앳된 아기의 눈망울을. 그 세 살 박이 아기의 눈망울이 또렷이 기억되자 가슴이 저려왔다. 아기를 안아보고 싶었다. 그러나 아기는 은희의 가슴에서 빠져나간 채 보이지 않았다. 텅 빈 품안이 텅 빈 가슴으로 전해지며 아기가 애틋이 보고 싶어 가슴이 갈기갈기 찢어졌다.

은희의 기억이 되돌아 온 것을 아무도 몰랐다. 물론 그날 저녁 남편이 직장에서 돌아온 후였다. 은희는 조심을 하였는데도 남편은 금세 은희의 모습과 하는 행동이 전과 변한 것을 알아차렸다.

"당신, 오늘 낮에 무슨 일이 있었어?"

"아니. 아무 일도 없었는데요."

"그러지 말고 솔직히 말해봐. 내가 듣고 도움을 줄 수 있으면 좋잖아."

"정말 아무 일도 없었어요. 그런데 제가 어떻게 하였기에 당신 눈에 낮에 무슨 일이 있었던 걸로 보이는 거예요?"

"당신하고 20년을 살았는데. 당신 얼굴을 보면 무슨 일이 있었다고 다 그려져 있어. 아무 일도 없었다면 다행이고. 그런데 당신 눈 왜 그렇게 많이 부어있어?"

"낮에 텔레비전 연속극 보았는데 많이 슬퍼서 울었어요."

그렇게 은희는 남편에게 아무 일도 없었다고 하며 하루하루 지냈다. 정말 아무 일도 없었다는 듯 아무에게도 이야기 하지 않고 사는 것도 힘든 일이었다. 매일 밤 은희는 남편이 먼저 잠들기를 기다리며 몸을 뒤척거렸다. 은희가 울고 있다는 것을 남편에게 보이고 싶지 않아서였다. 남편의 코고는 소리가 들리고서야 은희도 마음 놓고 코를 훌쩍거리며 소리를 내며 울곤 하였다. 은희의 베개가 은희의 눈물로 식은땀으로 젖어갔다.

아침마다 은희의 두 눈두덩이 부어 있었다. 누가 보아도 자기 전에 울다 잤다는 것을 알아챌 수 있었다. 다행히 남편은 직장일 때문에 아침 7시에는 이미 출근을 하고 있었다. 아침시간은 은희가 영철이를 학교에 보내주고 직장에 가므로 남편은 일부러 은희가 아침잠을 조금 더 자라고 깨우지 않았다. 남편은 직장에 7시 반 정도에 도착하여 집에다 전화를 걸었다.

"지금 7시 반인데. 당신 깨어났나 해서 확인 전화하는 거야."

그래서 은희 남편은 은희의 두 눈두덩이 아침마다 부어있는 것을 보지 못했다. 은희가 전과 같지 않다는 것을 가족인 남편과 아들 영철이 이외에 알아차린 또 한사람이 있었다. 같은 약국에서 일하는 약사 데이브였다.

"은희 씨. 어제 무슨 일 있었어요?"

"왜 그런 질문을 하세요?"

"두 눈이 부어 있어서. 혹시 울다가 잠이 들었나 해서요."

"슬픈 연속극 보다 잠이 들었어요."

"아 그렇군요. 전 혹시 남편하고 싸우기라도 해서 울었나 했어요. 농담해서 죄송해요. 그런데 혹시 남편에게 말하기 싫은 속상한 일이 있으면 저에게 하십시오. 제가 듣고 도와 드릴 수 있으면 하겠습니다."

은희는 데이브를 쳐다보았다.

'어떻게 데이브도 내 마음을 읽고 있을까?'

남편은 내 얼굴에 내 생각이 그려져 있다고 하던데 데이브도 내 생각이 내 얼굴에 그려져 있는 것을 읽고 있는 것인가. 아무 일도 없었다는 듯 아무에게도 이야기하지 않고 숨기고 산다는 것이 얼마나 어렵다는 것을 요사이 절절히 느끼고 있던 때였다. 그동안 무슨 일이 있을 때마다 남편에게 털어놓던 은희였다. 그러면 속도 시원해지고 해결의 실마리도 찾곤 하였었다. 아니 어떤 때는 해결을 보지 않더라도 문제점들을 무시해 버리는 조언을 받아 정말 아무 일도 일어나지 않았던 것처럼 세상을 쉽게 살아가곤 하였었다. 그런데 이제 남편에게 숨기고 아무 말도 하지 못하고 혼자서 끙끙거리며 괴로워하고 있는 자신을 보며 다른 한사람을 찾아 속 시원하게 자기 마음을 털어놓고 싶은 생각을 하고 있던 참이었다.

그런데 데이브가 은희에게 제안을 하고 있었다.

‘혹시 남편에게 말하기 싫은 속상한 일이 있으면 저에게 하십시오.’

그러한 제안을 데이브에게 받는 순간 은희는 다 털어놓고 싶었다. 요사이 은희가 기억이 되돌아와서 얼마나 괴로워하고 있다는 것을.

그렇지만 은희는 참았다.

“데이브. 저를 도와준다고 하니 고마워요. 하지만 아무 일도 없어요. 만약에 무슨 일이 생겨 도움을 필요로 하면 그때 요청하겠어요. 그때 도와주실 거죠?”

“물론입니다. 언제라도 말씀하세요. 은희 씨 부탁이라면 만사 제쳐놓고 제일 먼저 하겠습니다.”

데이브는 은희가 커피를 좋아하는 것을 알고 새로 커피를 만들었다.

“아직 포트에 커피 많이 남아있는데 왜 또 새로 만드세요?”

“시간이 지난 커피는 향도 없고 맛이 없지요. 은희 씨 위해 제가 신선한 커피를 만들고 있습니다.”

그렇게 데이브는 때맞춰 은희의 비위를 맞추며 약국에서 일도 잘하고 있었다.

하루는 그 날도 데이브와 은희가 약국에서 같이 일하는 날이었다.

약국은 조용하다가도 바쁜 시간이 되면 같은 시간에 많이들 모여들어 갑자기 약국 창문 밖에 환자 여럿명이 줄을 서서 기다렸다. 그 중에 한 사람이 유독 키가 컸다. 그 사람의 처방과 얼굴을 보는 순간 은희의 두뇌가 빠르게 회전되고 있는 듯싶었다.

‘레이몬드다. 맞아 저 사람이다.’

미나의 재판소에서 우연히 마주친 사람이었다. 윌리암스 의사의 집에 찾아간 날이었다. 은희가 주차한 차 몇 블럭 떨어진 곳에 SUV차를 세워놓고 차 밖으로 나오는 것을 보았던 바로 그 사람이었다. 아니 무엇보다도 멀리 떨어져 제대로 보이지는 않았지만 저 사람이 은희에게 총을 겨누고 있었다. 주위에 서 있는 사람보다 그는 키가 머리 하나 만큼 더 컸었다.

'레이몬드 저기 서 있는 사람이 분명하다.'

순간적으로 은희의 몸이 얼어가고 있었다. 움직이지 못한 채 부동자세가 되어 있었다. 저 사람이 위험하다는 신호를 은희의 뇌 파장에 보내고 있었다. 은희의 몸이 반사작용에 의해 돌격자세로 변하고 있는 듯했다. 싸우느냐 아니면 도망가느냐 둘 중의 하나를 선택하라고 지시하고 있는 듯했다. 싸우는 것도 힘들지만 도망가는 것도 쉽지는 않았다. 그래선지 몸이 부동자세로 그냥 얼어붙고 있었다. 도망가던 다람쥐가 갑자기 움직이지 않고 뻣뻣이 서 있듯이.

환자가 많아서 바빠서인지 데이브는 은희의 변하는 태도를 눈치 채지 못하였다. 데이브가 레이몬드 환자를 도우려 약국 창구로 나갔다. 그 둘은 반갑게 서로 떠들며 말했다. 데이브는 다른 환자들에게도 원래 말하는 것을 좋아했다. 약에 대한 상담뿐만이 아니라 개인적인 문제들로도 항상 상담이 들어오고 있었다. 주로 자동차 고치는 문제, 뒷마당 잔디, 풀 깎는 기계 등이었다. 그 둘이 하는 소리가 은희 귀에도 들렸다. 조금 아까 왔던 다른 환자와는 뒷마당 잔디밭에 물 꼭지를 몇 개나 해야 잔디가 시들지 않게 물이 골고루 가나 그림까지 그리며 어느 위치가 좋다고 계산까지 하며 설명해주고 있었다. 약사보다 철물점 가게에서 일을 하면 더 적성에도 맞고 돈도 많이 벌 것 같았다.

그런데 이번에는 윌리암스 의사에 대해 그 둘이 서로 이야기하고 있었다. 은희의 귀가 곤두세워졌다. 은희가 들으려고 하는데 다른 전화가 울렸다. 새 처방을 받으면서 그들이 하는 이야기를 같이 들을 수는 없었다. 전화가 끝나니까 이미 그 둘도 이야기가 끝났는지 처방약만 받고 레이몬드는 떠나고 있었다. 약국 창구 앞에 줄지어 서 있던 환자가 다 떠나자 약간 조용해진 시간을 틈타 은희가 데이브에게 물어보았다.

"아까 줄지어 서 있던 환자 중에 레이몬드라고 키 큰 환자하고 말하고 있었지요? 그때 윌리암스 의사 이야기 하는 것 들었는데 제가 다른 전화 받느라고 못 들었어요. 무슨 이야기하고 있었나요?"

데이브 약사의 얼굴이 순간적으로 확 변하고 있었다. 놀라는 표정이었다. 은희까지 알아차릴 수 있을 만큼 놀라는 표정이었다.

"별거 아닌데요. 그런데 왜 윌리암스 의사 말한 내용에 궁금해 하십니까? 전혀 모르겠다고 몇 달 전 저한테 말한 것 같은데요. 이제 윌리암스 의사가 누구인지 기억이 나십니까?"

은희는 데이브가 레이몬드를 얼마나 많이 알고 있는지 궁금해졌다. 약국을 통해서 안 환자이겠지만 데이브처럼 약에 대한 상담뿐만 아니라 개인적인 문제까지 들으며 말하기 좋아하는 사람이라면 레이몬드를 환자로서 뿐만 아니라 사적인 면도 더 많이 알고 있을 것 같았다. 은희는 데이브를 통해 레이몬드를 조금 더 알고 싶었다. 자기에게 총을 겨눈 범인이 레이몬드 같았지만 전혀 증거도 없었고 그에 대해 아는 것도 없었다.

'레이몬드가 정말 범인이라면 어떻게 내가 일하는 이곳에 나타날 수 있을까.'

아니면 범인은 그와 비슷한 사람일수도 있었다. 쌍둥이 아니면 형제? 범인과 환자 레이몬드는 은희의 기억에 비추어 너무 닮았다. 그렇지만 단정 지을 수는 없었다. 며칠 전까지만 하여도 은희의 기억력은 형편없지 않았던가? 지금 저 사람 같다고 하면 아무도 은희를 믿어주지 않을 것이다.

"데이브 약사. 제가 대답하면 저를 도와주시겠어요? 얼마 전에 저를 도와준다고 제가 다짐 받았잖아요. 우선 제가 물어보고 싶은 것은 데이브와 레이몬드 환자와는 처음 어떻게 알게 되었어요? 이 약국을 통해서인가요. 아니면 그 전부터 개인적으로 알고 있었나요?"

은희는 단지 데이브가 레이몬드를 알고 있어 레이몬드의 사적인 것에 대해 물어보고 싶어 질문하고 있었다. 그러나 데이브는 무척 당황하고 있었다.

"은희 씨. 저는 레이몬드를 개인적으로 전혀 모르고 있어요. 물론 이 약국에 처방을 갖고 와서 약 지어 주면서 알게 되었지요. 그리고 은희 씨 기억이 돌아왔느냐의 질문에 대답을 하면 도와 달라고 하는데 물론 은희 씨 도와

줄 수 있는 거라면 도와주겠어요."

"실은 제 기억이 돌아 왔어요. 이 사실은 아직 아무도 모르고 있으니까 누구에게도 말하지 마세요. 데이브만 알고 계세요. 아직 저희 남편도 모르고 있으니까요. 지금 상황으로는 제 기억이 돌아왔다는 것이 좋은 일인지 나쁜 일인지도 모르겠어요. 그런데 왜 제 기억이 돌아왔다는 것을 데이브에게 말하는 이유는 저를 도와준다고 했기에 말하고 있는 거예요. 윌리암스 의사와 레이몬드에 대해 알고 있는 만큼 저에게 말해주세요."

"아. 그랬군요. 은희 씨 기억이 되돌아 왔군요."

데이브의 목소리가 잠기고 있었다.

"얘기해 주세요. 데이브가 알고 있는 환자 레이몬드와 윌리암스 의사에 대해서."

"레이몬드는 다른 사람보다 키가 크죠."

은희는 데이브에게 말하고 싶었다.

'그건 저도 알아요. 키 큰 외모 말고 다른 내용에 대해 말해주세요' 하고.

"레이몬드는 백인 우월주의 같은 백인으로서의 건방진 기질과 생각들을 말하긴 하지만 이야기 하다보면 곧 친해질 수 있어요. 그 나이의 젊은 백인 청년들 대부분 비슷하다고 봅니다. 레이몬드 또한 잠을 제대로 못 이루는지 수면제 처방 또 두통이 있는지 두통처방약을 받아 가고 있어요. 그게 레이몬드에 대해 알고 있는 전부입니다. 윌리암스 의사는 뇌 외과 수술 전문의지요. 그 아들 윌리암스 의사는 정신과 환자들을 치료하는데 얼마 전에 죽었다고 들었습니다. 아들 윌리암스 의사에 대해 이야기하고 있었어요. 제가 많이 도움을 주었나요? 더 알게 되는 게 있으면 은희 씨에게 전하겠습니다."

"고마워요. 대답해주어서요."

데이브가 은희에게 말한 것은 이미 은희가 알고 있었던 사실이었다.

"그런데 지금까지 들은 거 이미 제가 다 기억되고 있는 사실들이에요."

데이브의 얼굴 표정이 놀라고 있었다.

"그래요. 제 기억력이 며칠 사이에 거의 백 프로 돌아온 것 같아요. 제 기억력이 맞는지 데이브하고 맞추어 보고 싶어요. 만약에 틀리면 틀리다고 말해주세요. 제가 사고 나던 날 윌리암스 의사 집에 찾아 갔었지요?"

데이브는 맞다고 고개를 끄덕였다.

"제가 왜 윌리암스 의사 집에 찾아 갔을까요? 제 친구 아니 저 보다 훨씬 나이가 어린 제가 아는 사람 남편 살인 사건 때문이에요. 저는 제 친구가 남편을 죽였다고 믿지 않고 있었어요. 그걸 증명 하려면 그날 그 자리에 있었던 사람을 만나야 했어요. 그 사람이 윌리암스 의사였어요. 재판은 이미 끝났고 제 친구 미나는 무기 징역 선포를 받았는데 아직도 그게 저를 괴롭히고 있어요. 모른 척 해야 하는지 아니면 다시 조사를 해야 하는지. 제 양심은 계속 조사를 하라 하고 다른 쪽에서는 누군가 가족이 나처럼 다시 다칠지 모르니까 가만히 잠자코 있으라하고."

"은희 씨 제가 은희 씨라면 잠자코 있겠습니다. 은희 씨 말로는 그때 범인들이 은희 씨 아들 영철이를 해치게 할지도 모른다고 그랬어요."

"예, 저도 그게 무서워요. 그런데 바로 그거 때문에 더욱 제 친구가 죄가 없다는 것을 확신하게 되는 거예요. 제가 그날 윌리암스 의사 차가 사고 현장 앞에 주차하고 있는 것을 보지 않았었다면 이렇게까지 끼어들려고 하지 않았을 거예요. 저는 윌리암스 의사 차를 보았어요. 그렇다면 윌리암스 의사는 틀림없이 범인이 가게 문밖에 나오는 것을 목격했을 거예요. 그 키 큰 사람을요."

"은희 씨 지금 뭐라고 말했어요. 키 큰 사람이라니?"

"제가 의심하는 사람이에요. 그 사람은 키가 컸어요. 누구라고 이름은 말 못하겠지만."

"아들을 사랑한다면 남의 일에 끼어들지 마세요. 그들은 아주 나쁜 사람일 수도 있어요. 아들을 납치하여 해치게 한다고 했으면 그렇게 할 사람들이에요."

"예, 조심하겠어요."

데이브와 이야기한지 며칠이 지났다. 학교에서 수업이 끝나 시간이 한참 흘렀는데도 집으로 돌아와야 할 아들이 나타나지 않았다.

처음에는 친구 집에 들렀거니 하고 기다리고 있었다. 아니면 예기치 않은 일이 생겨 그걸 해결하고 오느라 늦는 것이라 생각하였다. 전에도 한두 번 늦게 온 적이 있었다.

한번은 과학 경쟁에 제출한 프로젝트를 전시가 끝난 후 집으로 갖고 가는데 오해가 생겨 영철을 학교에서 집까지 바래다주기로 한 부모가 먼저 가 버린 적이 있었다. 하나는 음악을 틀어 키운 식물이었고 또 하나는 음악 없이 키운 식물이었다. 우연의 일치였을 수도 있었지만 음악을 틀어놓은 화분 속의 씨앗에서 빨리 새싹이 나왔고 콩 입사귀와 줄기도 무럭무럭 더 빨리 자라고 있었다. 영철은 화분 옆에서 하루에 한두 시간씩 바이올린 연습을 하였다. 본인이 실수하지 않는 잘하는 연주곡을 골라서 연주를 하였다. 곡조의 이름은 멜로디였다. 영철의 왼손가락이 줄 선을 눌러 흔들어주면서 높은 음을 낼 때마다 아름다운 바이올린의 소리가 간드러지게 흘러나오고 있었다. 음악으로서 식물에게 사랑의 대화를 전해주고 있었는지 모른다. 그래서였는지 음악을 듣고 자란 식물이 듣지 않고 자란 식물보다 더 빨리 자랐고 싱싱해 보였다. 그렇게 시도한 영철의 가설과 하루하루 자라난 식물의 키를 도표로 만들어 그래프 곡선을 그려 결과를 제출한 영철의 자연과학 작품이 3등으로 뽑혀 학교 과학관에 일주일 이상 전시된 적이 있었다.

전시가 끝난 후 모두 자기 작품을 집으로 갖고 가라고 한 날 영철은 알았지만 다른 친구 부모는 모르고 있었다. 그 친구 부모는 한참을 기다려도 나타나지 않자 영철의 부모가 직접 데려간 것으로 알고 자기 아들만 데리고 집으로 가 버린 것이었다. 과학관에 가서 화분 두개와 도표와 그래프가 붙어 있었던 화판을 날라 온 영철은 아무도 자기를 기다리는 사람이 없다는 것을 알아차리고 혼자 학교에서 집까지 걸어온 적이 있었다. 등에는 책가방을 멘 채 두 손에는 콩잎 줄기와 함께 무거운 흙이 들어있는 두 화분과 또 두터운 도표 화판과 같이.

그래서 한 시간 이상이나 집에 늦게 도착한 적도 있었다. 이번에도 그런 비슷한 일이 일어났거니 생각하였다. 한 시간은 그렇게 흘렀다. 두 시간 세 시간이 또 흐르고 있었다. 세 시간이 지나도 영철이 나타나지 않자 은희 마음속이 초조해지며 불안해졌다. 친구들 집에도 전화 걸어보고 집 밖으로 나가 서성거리며 혹시나 영철이를 만날까 기다리고 있던 은희가 왜 시간이 이리 늦게 가는지 그때서야 뼈저리게 느껴졌다. 7시가 되어서야 남편이 직장에서 돌아왔다. 이미 영철이 오기로 한 시각보다 5시간이나 지난 시간이었다. 더 이상 참지 못하고 경찰에 전화를 하자 경찰서에서는 왜 이제야 전화 하느냐고 물었다. 그 전부터 전화하고 싶었으나 끈기 있게 꾹 참고 이제야 전화를 건 은희였다.

"아이가 행방불명되면 적어도 3시간 안에 전화 걸어 연락을 해주어야 아이를 살린 채 찾을 확률이 높은 것으로 통계가 나오고 있어요. 일찍 전화를 하시지 왜 지금까지 기다렸습니까?"

"일찍 전화하고 싶었어요. 그런데 혹시나 집으로 올까 해서."

은희는 경찰서에서 묻는 말에 그렇게 대답을 하며 자기가 어리석었다는 것을 알아채었다.

'혹시나 집으로 올까 해서? 그래. 집으로 그냥 돌아올 아이인데 경찰서에 전화를 걸며 호들갑 떨면 웃음거리가 되겠지. 나는 나 자신의 생각을 더 했던 것일까? 아이의 안전보다 나 자신의 웃음거리만 더 생각하고 있었던 것일까? 아니야. 나는 정말로 아이의 안전을 생각하며 경찰에 빨리 전화 걸고 싶었었어. 그런데 지금까지 꾹 참고 기다렸던 것은 경찰을 괴롭힌다고 생각했

기 때문이야. 만약에 아이가 지금이라도 집으로 돌아온다면 난 경찰에 전화
한 것이 바쁜 그들을 괴롭히는 것이라고 생각했기 때문이야. 경찰도 할일이
무척 많을 텐데 하면서.'

　하룻밤이 지났다. 신문, 라디오, TV 뉴스에 영철의 이야기가 계속 나오고
있었다. 며칠이 또 지나고 있었다. 학교와 동네 사회 단체기관에서 영철사진
이 들어간 포스터를 만들어 방방곡곡에 붙였다.　이곳 경찰뿐만이 아니라
FBI도 참가하여 조사를 하고 있었다. 그런데도 실마리는 풀리지 않은 채 시
간만 계속 가고 있었다. 시간이 많이 흘렀는데도 영철의 사라진 단서를 찾
아내지 못하고 있자 이제는 사람들이 영철이 살아있을 가능성이 희박하다
고 쑥덕거렸다. 은희는 그렇게 쑥덕거리는 사람들의 말을 듣고 싶지 않았다.
은희의 머릿속에는 지금 아들이 잠깐 친구 집에 있다가 곧 엄마하고 부르며
나타날 것만 같았다. 은희는 밤마다 꿈을 꾸고 있었다.

　영철이었다. 영철이 은희에게 손을 내밀고 있었다. 은희가 영철의 손을 잡
으려 하나 잡히지 않았다. 딱 일인치만 더 가면 잡을 수 있을 것 같았다. 그
런데 그 일인치가 그렇게 가까우면서도 멀었다. 잡힐 듯 잡힐 듯하면서도 잡
히지가 않았다. 은희의 온몸에 식은땀이 흐르고 있었다. 그러다가 은희는 잠
에서 깨어났다. 은희는 제대로 잠을 자지 못하여서인지 심신이 피로해지고
있었다. 은희가 다니는 교회에 알려지자 전교인이 예배시간 시작 기도 중 영
철이를 빨리 찾게 해 달라고 통성기도 하였다.

　물에 빠진 사람이 지푸라기라도 붙잡고 살아남고 싶어 하듯 은희를 위해,
영철이를 위해 기도하는 사람이 나타나면 그 기도하는 사람의 기도가 정말
로 이루어진다고 믿고 싶은 마음이었다. 그래서인지 은희가 일하는 약국에
환자가 찾아와 은희와 영철이를 위해 기도해 준다고 했을 때 서슴없이 기도
해 달라고 하였다.

　경찰은 영철이 다니던 학교와 집을 중심으로 점점 거리를 넓혀가며 공원

과 나무 숲속 호숫가 등 사람이 별로 다니지 않는 외진 곳을 경찰 개를 데리고 다니며 수색하였다. 다른 한편으로는 아이 찾기 운동 사회단체와 학교에서는 아직도 희망을 버리지 않고 있었다.

영철 얼굴이 들어간 사진 포스터를 서로 나누어가 가게와 백화점등 사람이 많이 다니는 곳을 찾아가 벽에 붙이며 자원 봉사를 하였다. 봉사원들은 돈을 전혀 받지 못하는데도 자기 시간을 써가며 마치 자기 아이가 없어지기라도 한 것처럼 걱정을 해 가며 서로가 서로에게 위로의 말을 전하고 있었다. 사진 포스터를 이곳저곳 열심히 벽에 붙이고 있었다. 그럼에도 아들이 없어진 지 시간이 너무 오래 지나 가자 아직도 아이가 살아 있을 수 있다는 가능성이 아주 적다는 주위의 공론이 나돌았다.

과학실에서 본인이 한 숙제 프로젝트를 집어 들고 학교 주차장으로 돌아온 영철은 이미 자기를 태워주기로 했던 반 친구 엄마와 그 친구가 떠나버린 것을 곧 알아챌 수 있었다. 과학실에 가기 전 까지만 해도 붐비던 차들이 거의 빠져나간 채 학교 운동장은 한적해 있었다. 가끔 늦게 나타난 부모가 차를 급히 몰고 나타나 혼자서 기다리고 있던 아이를 태우고 집으로 향하고 있었다. 전에도 이런 일이 있었던 때를 생각하며 영철은 전화를 걸어 다른 사람에게 알리지 않고 곧바로 집으로 걸어가려고 마음먹었다. 집까지 걸어가는 데는 그렇게 가깝지는 않았지만 아주 먼 곳은 아니라는 생각이 들었다.

처음에는 차들이 많이 다니는 큰길 도보를 걷고 있었다. 그러자 쏜살같이 달리는 차들이 뿜어내는 매연냄새가 영철의 속을 메슥거리게 하였다. 평상시 주로 차안에 앉아 있어 지나쳤던 큰 길이라 눈에 보이지 않는 냄새였기에 모르고 있었는데 차 한대씩 영철의 옆을 지날 때마다 머리까지 아파왔다. 큰 바다 태평양과 가까운 베이지역이라 항상 맑고 파란 하늘을 보면서 들여 마셨던 공기라 맑고 깨끗한 줄로만 알고 있었는데 걷고 있노라니 도로변의 공기는 달리는 차들 때문에 여전히 탁하고 메스꺼웠다.

영철은 조금 더 시간이 걸리더라도 차들이 많이 달리지 않는 주택가 뒷길로 해서 집으로 갈려고 뒷골목으로 들어갔다. 공동 숙제 프로젝트 때문에 친구 집에 여러 번 와서 같이 숙제를 한 적이 있는 동네라 집으로 가는 방향을 놓치지 않으며 어렵지 않게 길을 혼자 걷고 있었다. 큰 행길과 달리 뒷골목 주택가는 달리는 차도 없었지만 지나가는 사람 하나 없이 조용하였다. 부모들은 모두 일을 하러 직장을 나갔는지 아니면 집안에서 집안일을 하느라 나오지 않고 있는지 주택가 도로변은 전혀 인기척이 없어 바람에 흔들리는 가로수 나무 잎사귀 소리만 들리고 있었다.

그때였다. 아무도 지나가는 사람이 없는 길거리에 차 한대가 느리게 지나가고 있었다. 집을 찾는지 잠깐 섰다가 다시 앞으로 움직이며 지나가는 영철이 옆에 차를 멈추고 있었다.

"학생. 올리브 스트릿이 어디인가 말해주겠나?"

차 창문을 내리고 운전하던 사람이 영철에게 물어 보았다.

"올리브 스트릿은 방향이 이쪽과 반대편으로 알고 있어요. 저쪽으로 가면 큰 행길이 나오는데 그 다음에 이쪽과 반대 방향으로 운전해 가면 올리브 스트릿과 마주칠 거예요."

영철은 올리브 스트릿에 살고 있는 친구 피터를 생각하며 방향을 설명해 주고 있었다. 영철은 바이올린을 했고 친구 피터는 첼로를 하였다. 그래서 음악회가 있을 때마다 영철의 엄마가 친구를 태워다 주기도 하였고 친구 엄마가 영철을 집까지 태워다 주기도 하였다. 그래서 올리브 길 이름은 영철이에게 익숙한 이름이었다. 지금 피터는 올리브 스트릿에 살고 있지 않았지만.

피터 아빠가 총에 맞아 죽은 이후, 할아버지도 돌아기셨고 또 엄마는 감옥소에 있으니, 피터는 사회복지 단체에서 제공하는 포스터 부모를 만나 생전 이름도 얼굴도 모르는 외부 부모 밑에서 보호를 받으며 눈치 보며 살고 있었다. 왜 그러한 일이 친구 피터에게 일어났는지 피터를 생각할 때마다 안 되었다는 마음만 일어나고 있었다.

"학생, 나는 이쪽 길을 잘 모르는데 내 차에 타서 가르쳐 줄 수 있겠나? 내 그 길을 찾은 후 다시 이곳에 바래다줄 텐데. 그렇게 해 주겠나?"

영철은 차 안에 타라는 말을 들으며 순간적으로 엄마가 어렸을 때부터 주의해 오던 말이 떠올랐다.

'잘 모르는 사람이 너에게 접근하거든 가까이 가지 마라. 남이 너에게 차를 태워준다고 했을 때 절대로 그 차에 타서는 안 된다.'

"죄송합니다. 아저씨. 저는 빨리 이쪽으로 집으로 가야합니다. 엄마가 기다리고 있어요. 안녕히 가세요."

자전거를 타고 학교에서 집으로 돌아오던 한 학생이 자동차 뒷 방향으로 나타났다. 전혀 인기척이 없던 뒷골목에 자전거 지나가는 모습이 나타나자 운전수는 알았다며 그냥 지나갔다. 영철은 다시 집을 향해 걷고 있었다. 햇볕 때문인지 들고 있는 숙제 프로젝트가 무거워서인지 집으로 걸어가는 길이 생각보다 힘들었다. 오늘은 엄마가 직장에 가지 않고 쉬는 날이라고 했었는데 전화를 걸어 엄마한테 부탁했었던 게 좋았을 텐데 하는 후회도 일어났다. 과학실에서 숙제과물을 집어 들고 학교 주차장으로 돌아왔을 때, 전화를 걸려면 다시 교무실까지 한참을 걸어야 했다. 또 한편으로 오랜만에 엄마가 쉬는 날 조금이라도 엄마를 편하게 하고 싶었다. 대부분 엄마가 직장에서 쉬는 날, 영철이와 영철이 친구들을 수업이 끝난 후 학교에서 집까지 엄마가 바래다주었는데 오늘만은 친구 엄마가 하는 날로 순번이 되어 있었다.

그렇게 자주 일어나는 경우가 아니었기에 엄마 자유 시간을 방해하고 싶지가 않았다. 어쩌면 엄마는 저녁 반찬을 사러 가게에 가 있을지도 몰랐다.

또한 엄마는 쉬는 날이면 운동을 하느라 공원에 가 한 바퀴 두 바퀴씩 걷고 있었다. 엄마가 가게 아니면 공원에 있을 것 같아 교무실에 가 전화를 하지 않았는데 그래도 엄마가 집에 올 때까지 조금 기다리더라도 전화를 했었을 걸 하는 생각이 들고 있었다. 그런 생각을 하며 걷고 있는데 다시 느리게 지나가던 차가 영철이 옆으로 지나가며 다시 서고 있었다. 아까와 다른 골목이었는데 이곳도 저번 골목처럼 지나가는 사람이 하나도 보이지 않는 한적한 길이었다. 운전하는 사람의 얼굴을 보니 똑같은 사람이었다. 영철은 다소 놀라는 표정을 하며 모른 척하고 빨리 앞으로 걸어갔다. 차는 그렇게 빨리 앞으로 향하고 있는 영철이 옆으로 다시 천천히 다가오고 있었다.

"학생, 학생. 물어볼 게 있는데 잠깐만 서 주게나."

영철은 더 이상 모른 척할 수가 없어 운전하는 사람의 얼굴을 쳐다보았다.

"아저씨. 아직도 올리브 스트릿 못 찾았어요? 제가 이쪽 방향이 아니라 반대방향이라 했잖아요."

"어. 그 반대방향으로 갔었는데 여전히 길 이름 팻말이 나오지 않아. 학생이 아직도 걷고 있을 것 같아 되돌아 온 거야. 혹시 학생 또래 나이 학교 친구 중에 피터라고 알고 있나?"

"피터요. 왜요?"

"나는 사회 복지 단체에서 왔어. 피터가 살고 있던 올리브 스트릿에 가서 알아보아야 할 일이 생겼거든."

영철은 그제야 마음을 놓았다. 조금 아까까지 왜 두 번씩이나 차를 멈추면서 물어 보나 수상한 사람이라고 생각했던 의심과 불안감이 없어졌다. 그러지 않아도 친구 피터를 도와주고 싶은 마음이 굴뚝같이 있었는데도 전혀 도와주지 못하고 있었던 차였다.

"피터요. 제 친구에요. 잘 알고 있어요. 제가 피터를 위해 도와줄 일 있으면 말씀해 주세요."

"피터를 잘 알고 있다니 내가 운이 좋군. 피터가 살고 있던 집을 몰라 헤매고 있었는데. 그렇다면 학생이 내 차에 타서 가르쳐 줄 수 있겠나? 그 다음에 학생 집까지도 바래다줄 테니까."

"그렇게 하겠어요. 제가 피터 집은 잘 알고 있어요."

영철이 그 자동차 안으로 들어갈 때 운전수는 자동차 백미러를 통해 주위를 살피고 있었다. 아무도 지나가는 사람이 없었다. 한 사람의 목격자도 없는 것. 그게 그가 바라고 있었던 거였다. 쥐도 새도 모르게 해치워야 한다.

백미러를 통해 인기척이 없는 주위를 보며 오늘은 참 운이 좋았다고 생각하고 있었다. 요사이 며칠 영철이 뒤를 따라 다니며 기회를 찾고 있었으나 오늘 같이 좋은 찬스가 생기리라 기대 못하고 있었었다. 폭력이라도 써서 자동차 안으로 집어넣어 보려 했었는데.

"아저씨. 피터가 살던 동네 올리브 스트릿은 저쪽 방향으로 운전해야 나올 텐데요."

운전사는 영철의 지적에 아랑곳없이 계속 다른 방향으로 달리고 있었다. 일언반구 말대꾸도 하지 않은 채 차는 이미 고속도로를 향해 돌진하고 있었다. 그제야 영철은 불안한 예감이 들고 있었다. 차 문을 열고 뛰어 내려 볼까도 생각 해 보았지만 차는 60마일 이상 고속도로를 미끄러지듯 빨리 달리고 있었기에 잘못 뛰어내렸다가는 도리어 고속도로에 부딪혀 튕겨나가 크게 다치거나 그냥 즉사할 것만 같았다. 입을 꾹 다문 채 앞으로만 달려가고 있는 운전수를 바라보며 영철은 다시 말을 걸고 있었다.

"아저씨. 왜 아무 말씀도 하지 않는 거예요. 제 친구 피터는 어떻게 알고 있어요. 사회 복지 단체에서 나왔다는 것 사실이 아니죠. 설마 저를 납치하기 위해 피터이름을 댄 것은 아니겠지요?"

"맞다. 네가 말한 대로다."

혹시나 했었는데 대답을 직접 듣고 확인하니 영철도 겁이 나고 있었다. 뉴스와 신문에 가끔 나오는 기사처럼 어린아이 여자나 남자 아이를 잡아다가 성희롱 강간을 하며 즐기려는 것일까. 대부분 그런 일을 한 후에 죽은 시체로 발견되고 있었다. 아니면 돈이 필요하여 나를 미끼로 부모한테서 돈을 받아내려는 것일까.

"아저씨. 돈이 필요하세요? 그래서 저를 납치하는 건가요? 그렇다면 잘못 선택한 것 같아요. 저희 가족은 가난하지는 않지만 그렇게 많은 돈을 갖고 있지는 않아요."

"네가 그걸 어떻게 아느냐?"

"예, 제가 아빠만 일하고 엄마는 집에서 쉬며 집안일도 하고 여가 생활을 즐기지 왜 계속 힘들게 일하냐고 물어 보았어요. 그랬더니 지금 저희가 살고 있는 집도 대부분 은행 융자 받아 장기간 갚아야 하는 빚도 있고 또 제 대학 학비 준비하려면 두 분이서 계속 일해야만 한다고 그랬어요."

"네 대학 학비 준비 하느라고 네 부모가 일을 하고 있다니 너는 좋은 부모 만났구나."

"예, 그렇게 생각해요. 아저씨는 어떠했어요?"

"나는 아주 어렸을 때에 부모가 돌아가서 너처럼 그렇게 부모 사랑 받으며 자라나지 못했다. 그리고 보면 세상은 참 불공평 하구나. 어떤 아이들은 엄마 아빠 두 부모가 있는데 어떤 아이들은 하나는커녕 둘 다 없으니. 또 어떤 아이는 부모가 일하며 자식 돌보니 자식은 먹고 입고 살 돈 걱정 하지 않아도 되는데 다른 어떤 아이들은 먹고 살기 위해 이일 저일 가리지 않고 막일해야 하니."

"아저씨 말씀대로 세상이 불공평하다는 것이 맞기도 하지만 또 틀릴 수도 있어요. 세상사람 얼굴이 다 틀리게 생겼지만 불공평 한 것은 아니잖아요. 가정 형편이 남들과 비교해서 나쁠 수는 있지만 그것 때문에 더 열심히 노력하면 나중에는 더 잘 될 수가 있으니까요."

"나중에? 나중에 언제? 죽은 다음에? 다 소용없는 짓, 그렇게 노력하는 게 헛되고 헛될 뿐이야. 고생만 하다가 불쌍하게 인생을 끝내고 있을 뿐이야."

"지금 이 세상에서 가난하게 지낸 사람은 다음 세상에는 부자로 태어난다고 해요. 세상은 저희 눈에 불공평하게 보이지만 보이지 않는 눈으로 다 공평하게 돌아가고 있다고 들었어요.”

“누가 그런 엉뚱한 말을 하더냐? 죽으면 끝이지 다음 세상에 부자로 태어난다?”

“저희 반에 인도에서 온 반 친구가 있어요. 하루는 너무 가난하게 사는 인도사람들 고생하는 모습을 보며 이야기하고 있었어요. 그 친구 말에 의하면 가난하게 살며 고통을 받으면서 이 세상에서 값을 치러야만 한대요. 그 이유가 무엇이냐고 물어보니까 그 사람들이 태어나기 전 전 생애에서 잘못을 하였기에, 아니면 부자로 살고 있었는데 혼자 욕심만 부리며 살았기에 지금 고통을 받고 있는 것이라 했어요. 지금 이 세상에서 고통을 받고 그 값을 치르면 다음 세상에서는 부자로 태어난다고 했어요. 그렇게 이야기를 듣고 보니 세상이 불공평한 것만은 아니잖아요. 다음 세상에서 부자로 살 수 있다면 지금 가난한 것 참아낼 수 있잖아요.”

“네 반 친구가 그런 이야기를 하더냐? 흥미롭긴 하구나. 윤회 사상을 말하는 힌두교인가 본데 난 그 힌두교에서 소를 신으로 생각하는 사람들 전혀 이해가 되지 않는다. 소는 그렇다 치자. 우리에게 우유도 주고 밭농사, 논농사할 때 일하는 것 도와주고 있으니. 하루는 텔레비전에서 인도에서 믿는 종교들을 보여주는데 이건 쥐새끼들을 신이라고 예배하는 종교가 다 있더구나. 그렇게 머리가 나쁜 사람들 같아 보이지 않았는데 어떻게 그런 쥐새끼들을 성스럽게 여기며 예배를 하는지 전혀 이해가 되지 않았어. 너도 그 반 친구에 이끌려 힌두종교에 소속되어 있느냐?”

“아니에요. 저는 일요일마다 교회를 다니고 있는 기독교인 입니다.”

“그래. 그런데 어떻게 기독교와 다른 힌두교 사상을 나에게 말하고 있었느냐? 기독교는 한 번 사람이 죽으면 다시 이 세상에 태어난다고 말하지 않고 있지 않느냐?”

“맞아요. 기독교에서는 저희 모두 죄인으로 태어났지만 그리고 또 이 세상에서 살면서 여러 모양으로 잘못을 하며 죄를 지을 수 있어 그 죄 때문에 영원히 살지 못하고 지옥으로 떨어져 형벌을 받아야 하는데 예수님이 저희 죄값 대신 십자가에 못 박혀 돌아가셨기에 저희는 더 이상 죄인이 아니라고 했어요. 저희가 저희 잘못을 뉘우치고 예수님을 영접하면요. 그러면 죽어서도 영원한 삶을 산다고 믿고 있어요."

"영원한 삶, 죽은 후의 영원한 삶, 그 것 참 애매모호하다. 어떻게 영원하게 산다고 정확하게 이야기를 해 주지 않고 있어. 그런 면에서 보면 힌두교에서는 다시 이 세상에 태어나 살고 또 늙으면 죽고 다시 또 이 세상에 태어나 살고…… 그것도 영원히 사는 건데 차라리 힌두교가 정확하게 어떻게 산다고 알려주고 있어 이해하기가 훨씬 쉽다. 그게 사실이라고 아직도 믿어지지는 않지만 말이다. 그래 너는 어떻게 하여 기독교인이라 하면서 네 친구 힌두교 말을 내게 하였느냐?"

"아저씨가 이 세상이 불공평하다고 하니 갑자기 그 반 친구 한 말이 생각 났어요. 저도 처음에는 그 친구가 한 말에 조금 놀랐거든요. 아저씨에게 쉽게 이해시키고 싶었어요. 그 친구 말에 의하면 모든 결과는 원인이 있어서 일어난다고 했어요. 왜 남들과 비교하여 가난하게 태어나 배고프며 힘들게 일하며 고통을 받고 있느냐 그게 결과라고 보면 원인은 틀림없이 있다는 거예요. 그 전에 잘못을 하였기 때문에 그 값을 치루고 있는 것이래요. 만약에 그 값을 치루지 않거나 피하려고 하거나 더 큰 잘못을 저지르며 나쁘게 살아가면 그 다음 결과는 더 비참하게 배가 된다고 했어요."

"네 말 가만히 듣고 있노라니 네가 나를 판단하고 있는 것 같아 굉장히 기분이 나쁘다. 네 말에 의하면 아니 네 친구 말에 의하면 내가 어렸을 때 부모를 잃고 가난하고 힘들게 살아온 원인이 내가 잘못한 게 있어서 그렇게 되었다는 게 아니냐?"

목소리가 신경질적으로 변하고 있었다.

"꼭 아저씨가 잘못한 게 아니고 아저씨의 부모, 아니 그 조상이 잘못한 것

이 있더라도요. 제 이야기는 아저씨를 판단하고 있었던 것이 아니라 제 친구
가 한 말을 설명하고 있었던 거예요."

"뭐? 내 잘못이 아니라 내 부모나 조상 때문에? 그렇다면 내가 아닌, 다른
사람 잘못 때문에 내가 그런 힘든 상황의 고통을 받았어야 했다고. 그거야
말로 세상이 불공평한 거야. 왜 내 잘못도 아닌데 내가 벌을 받느냐? 그렇다
면 따지고 봐야지 속이 풀리지."

"그래요. 저도 교회에 가서 주일 학교 성경공부시간에 인간의 첫 조상 아
담과 이브가 지은 죄 때문에 저희 모두 죄 있게 태어난다고 했을 때 불공평
하다고 느꼈어요. 저도 따지고 싶었어요. 그렇지만 결과는 존재한다는 것을
알아챘어요. 저희 모두 죄성이 있다는 것 인식하게 되었거든요."

"너는 나이가 어린데도 꽤 생각이 깊구나. 너 같은 나이 어린아이들은 사
탕 알이나 빨아먹으며 좋아하고 아이스크림이나 먹으며 시간 보내는 줄 알
았는데. 옛날과 달리 세상이 많이 변하고 있어. 내가 너 만했을 때는 만화책
이나 좋아했어. 심심하면 친구들하고 뒤에서 남들 골탕 먹이는 걸 좋아했었
는데. 가게에 들어가 물건 훔쳐오는걸 재미로 했으니까. 친구들하고 경쟁을
해가며 누가 더 많이 훔쳐오나 재미로 했지 죄의식은 전혀 느끼지 못하고 그
런 짓들을 했어. 스릴까지 느끼며 심심했던 시간을 보냈었는데. 나만 그랬던
게 아니야. 나를 중심으로 내주위의 많은 친구들이 그랬다니까. 그렇게 못하
면 바보 취급당했거든. 요사이는 다들 너 같이 지내느냐? 학교 공부만 하면
심심할 텐데. 글쎄 팩맨이나 수퍼마리오 같은 게임기계들이 나와 게임하다보
면 시간도 잘 가고 심심하지는 않겠지만. 어떠냐? 너희 반 친구 중에 심심하
니까 재미있게 해 주겠다며 너 꼬여내는 반 친구들은 없느냐?"

"있어요. 아저씨. 저에게 마약을 팔려고 다가오는 반 친구도 있었어요."

"너는 초등학교에 불과한대도. 벌써 학교 안에 약을 팔려는 아이들이 있
어? 너는 그 아이들이 접근할 때 어떻게 대하느냐?"

"절대로 화를 내지 않고 상냥하게 대해요. 그렇지만 단호하게 거절을 해

요. 제가 약을 살 마음이 없다는 것을 정확하게 알려주고 있어요. 그러나 다시 만나도 친절하게 그 친구에게 대하지만 제 마음 속으로는 그 친구와 더 이상 가까워지지 않으려고 거리를 두고 피하고 있어요.”

“약을 파는 네 반 친구들은 돈이 필요해서 파는 가난한 아이들이더냐?”

“아니에요. 도리어 정 반대인 것 같아요. 그런데 들리는 말에 의하면 부모가 이혼을 했고 부모 모두 일만 하느라 아이 돌볼 시간이 거의 없다고 했어요. 부모들은 돈을 벌어 서로 많이 돈을 주어 환심을 사려고 하는데 그 많은 돈으로 쓸게 없으니까 약을 하며 빠져들었다가 이제는 약 살돈이 다 떨어져 그 돈을 마련하려고 학교에서 반 친구들에게 약을 판다는 소문을 들었어요.”

“너는 그 반 친구를 너희 선생님이나 경찰에 가 알렸느냐?”

“아니요.”

“왜?”

“아저씨라면 어떻게 하겠어요?”

“……”

레이몬드는 생각하고 있었다. 영철이한테 가 약을 팔려고 했던 아이들은 대부분 모두 레이몬드를 통해 약이 나가고 있었기에 그랬다. 알리지 말라고 답하기도 어색했고 경찰이나 선생님에게 가 알리라고 말할 수는 더더구나 없었다.

“왜 말씀이 없으세요?”

“글쎄 나는 모르겠다.”

“저도 그래요. 아저씨. 물론 약을 학교 안에서 파는 것은 잘못된 일이자만 제가 그 말을 선생님한테 하여 그 친구가 다칠 생각을 하니까 전혀 말을 꺼낼 엄두가 나지 않았어요. 그 친구 혼자 스스로 약 팔지 않고 올바른 길로 돌아오기만 바라며 기다리기로 했어요. 제가 그 일에 끼어들고 싶지가 않았던 거예요.”

"그래 잘 했다. 그런 일에 상관하면 너만 다친다."

'너는 네 엄마하고 다르구나. 네가 네 엄마보다 현명해. 네 엄마도 너처럼 남의 일에 끼어들지 않았으면 내가 지금 너를 잡아가지도 않았을 거고 너도 다치지 않았을 텐데.'

자동차는 고속도로를 빠져나와 밖으로 나가고 있었다.

"아저씨 어디로 가고 있는 거예요? 집으로 돌아갔으면 좋겠어요. 너무 늦게 가면 엄마가 집에서 기다리며 걱정하고 있을 거예요."

"그게 바로 내가 원하는 거다. 네 엄마가 너 때문에 걱정하는 것. 그래서 너를 납치한 거야."

"아저씨는 그렇게 나쁜 사람으로 보이지 않아요. 아저씨. 제가 아무에게게도 아저씨가 저를 여기까지 데리고 왔었다는 것 말하지 않을 테니 저를 제자리로 바래다주세요. 아저씨 차에 처음 탔었던 그곳으로요."

"내가 그렇게 나쁜 사람으로 보이지 않는다고. 나는 세상에서 객관적으로 말하는 소위 나쁜 사람에 속하고 있어. 태어나면서부터 나쁜 사람인지 아니면 태어나고 난 후 환경 때문에 나쁜 사람이 되는 건지 질문들을 하는데 나는 후자라고 보고 있어. 먹고 살기 위해서 그러는 거야. 살아남으려면 한 가지 선택을 해야만 하거든. 내가 죽지 않으려면 그 상대편을 죽여야 하고 내가 다치지 않으려면 상대편을 다치게 해야 하는 거야. 다치거나 죽이려고 하는 대상을 인격체로 보거나 가정 형편들을 보며 감정에 치우쳐서는 나쁜 일을 할 수가 없어. 단지 화살을 쏘는 사람이 과녁에만 정신 집중하고 활을 당기듯이 내 눈에는 사람들이 과녁, 나무 판때기로만 보이고 있어. 너도 마찬가지야. 내 눈에는 네가 인격체가 없는 과녁 등그런 나무 판때기로만 보이고 있어."

"제가 아저씨하고 이렇게 대화를 하고 있는데도요? 아저씨. 아저씨는 먹고 살기위해 나쁜 일 하고 있다고 하는데, 나쁜 일 하지 않으면서도 먹고 살 일자리를 찾으면 되잖아요. 여기는 미국이에요. 학교에서 배웠어요. 미국은 기

회의 나라라고요. 가난하게 이민 온 많은 다른 나라 사람들이 열심히 일해
서, 또 조그마한 아이디어라도 실생활에 적용해 크게 성공하여 사는 사람이
많은 곳이 미국이라고 들었어요. 아저씨도 여기저기 찾아보면 좋은 일자리
찾아 돈 만들 수 있다고 확신해요. 돈을 모은 다음 장사나 개인 사업을 해
도 되고요."

  "운이 좋은 사람들이나 일이 잘 풀려 크게 성공하였겠지. 그게 전체의 몇
퍼센트나 되겠어? 그 적은 인원들 성공한 사례 이야기만 신문에서 자주 떠드
니까 미국 대다수가 그렇게 성공해서 잘 살고 있는 걸로 보고 있을 뿐이야.
미국이 기회의 나라이기도 하지만 유혹의 나라라고 봐. 그런데 한번 빠지면
나올 수가 없어. 내가 말하는 유혹은 술 담배 도박 중독을 말하는 게 아니
야. 그러한 유혹도 빠져 나오기 힘들겠지만 자기 생명의 위협을 느끼지는 않
거든. 조직단체에 한번 들어가면 빠져나오기가 힘들어. 네 말 대로 나쁜 일
하지 않으며 먹고 살 일자리를 찾아보려고 빠져나오려고 하는 사람 몇 번
보았는데 모두 허망하게 시체로 발견되고 있어."

  "아저씨 듣고 보니 무서운 조직단체들이네요. 그렇지만 그 이유 때문에 계
속 나쁜 일 할 수 없잖아요. 교회에서 주일 학교 선생님이 이세상은 잠시 왔
다가는 휴게소 정도에 불과하대요. 시간이 화살처럼 빠르게 지난다고 했어
요. 죽은 후 다음세상에서 오랫동안 행복하게 살려면 지금 이 세상에서 나
쁜 일 하는 것을 그만 두서야 해요."

  "나도 너만큼 어렸을 때는 순진하게 그렇게 생각했어. 주일학교 선생님 하
는 말이 다 맞다고 생각했지. 그런데 언제부터인가 내 마음에 의혹이 들기
시작했어. 종교도 조직단체와 비슷하다고 느꼈어. 일단 종교단체에 들어가
면 거기서 만든 룰에 따라야 하고 그렇게 하지 않으면 나쁘다고 평가를 받
는 게 싫었어. 이제는 아예 죽은 후에 다른 세상이 있다는 것도 믿어지지 않
아. 이 세상이 나에게는 끝이야. 시간이 빨리 흐르는 것은 사실이지만 난 지
금 살고 있는 이 세상으로 만족할거야."

"아저씨. 만약에 아저씨 생각이 틀리다면요. 죽은 후에 세상이 있고 지금 살고 있는 이 세상에서 잘못한 것 때문에 그때 가서 벌을 받는다는 게 사실이라면요?"

"죽은 후의 세상이 있다고 믿지 않는다니까. 왜 자꾸 귀찮게 물어보느냐. 너나 죽은 후에 세상이 있다고 혼자서 생각해. 이 세상사는 것도 골치 아픈데 죽은 후 세상까지 걱정하며 살고 싶지 않다. 네 말대로 만약 있다고 치자. 그때 가서 걱정할 거다. 그리고 이미 난 사람도 여럿 죽였어. 네 말대로라면 죽은 후 벌 받을 게 이미 정해져 있으니 앞으로 남은 인생 죽을 때까지라도 여기서 잘 살다 가야겠다. 나쁜 일을 해서라도."

"아니에요. 아저씨. 아저씨가 이미 사람을 죽였다면 나쁜 일 한 건 사실이에요. 그렇다고 계속 나쁜 일하며 이 세상을 끝내면 벌을 받지만 지금이라도 예수님께 잘못했다고 용서를 빌면 예수님이 아저씨 죄값 대신 십자가에 돌아가셨기에 그 전 잘못 모두 용서 받는다고 배웠어요. 대신 더 이상 나쁜 일 하지 말아야 해요. 그래야 죽은 후 저 세상에서 행복하게 살 수 있어요."

"너는 나이도 어린 게, 내가 꼭 전도사 말 듣는 것 같구나. 너만 그러냐? 아니면 너희 교회 나가는 네 나이 또래 아이들 다 너 같으냐? 일요일에 교회 나가면 몇 명 정도나 나오느냐? 주일 학교 네 나이 또래는 몇 명이나 되고?"

"교회 전체 출석수가 700명 정도 된다고 들었어요. 저희 반은 10명 정도예요."

"그러냐. 예전에는 나쁜 일을 하면 우선 양심이 나를 괴롭혔는데 이제는 모든 게 무디어졌어. 사람을 죽였는데도 전혀 내 양심이 나를 괴롭히지 않고 있어. 너한테 아주 다 솔직히 털어놓고 말을 하마. 피터 아버지를 내가 총을 쏴서 죽였다."

그 말을 듣는 순간 영철은 긴장을 하고 있었다. 이제야 왜 자기가 이 자동차에 실려 어디론가 달려가고 있는지 이해가 되고 있었다. 그렇다. 지금 영철이 옆에 있는 사람은 위험한 사람이었다. 나쁜 사람이었다. 그렇다고 자기 옆에 운전하며 자기 속, 비밀을 털어놓고 이야기 하는 사람 옆에서 긴장감 어린 얼굴을 보이면 아니 될 것 같아 영철은 의도적으로 태연해 보려고 노력하고 있었다. 그러한 영철의 속마음을 모르는 레이몬드는 계속해서 말을 잇고 있었다.

"그래 네 친구 피터 아버지 말이다. 내가 왜 총을 쐈는지 아느냐? 내 말을 듣지 않았어. 아까도 내가 너한테 말했지. 한 번 조직단체에 들어와서 나가려 하면 생명이 위태롭다고."

"피터 아버지가 조직단체에 들었을 리가 없어요. 그런 조직단체에 들지 않아도 벌써 가게에서 돈을 많이 벌고 있었는데요."

"그래, 피터 아버지는 돈을 벌며 집값도 내고 피터는 첼로도 배우며 가끔 가족끼리 여행도 하면서 잘 지내고 있었어. 그런데 돈 욕심이 많았어. 더 빨리 부자가 되고 싶어 했던 거야. 그래서 우리 조직단체의 한명 유혹에 빠져 들어간 거야. 사람들이 술병과 거기서 파는 잡동사니 껌, 과자들만 사러 간 것이 아니고 그 가게를 통해 보통 데서 살 수 없는 약을 구할 수가 있었어. 다른 물건들은 소매로 팔았지만 약만은 도매로 했어. 그러니까 여러 사람들한테 시달리지 않으면서 짧은 시간에 목돈을 만들 수가 있었지. 문제는 피터 아버지가 자기가 내준 마약들이 가게 주위에 있는 중고등학교뿐만이 아니라 초등학교까지 들어가 사고 팔리고 있다는 사실을 알아낸 후부터 나에게 더 이상 도매를 못하겠다고 나왔기 때문이야. 피터 아버지는 이미 내 얼굴을 알고 있고 우리의 비밀을 알고 있는데 그가 빠져나가 경찰에라도 말하면 누가 다치겠어. 그 날 아침 피터 아버지와 한동안 말을 하였지. 자기 현금기 서랍 속에 있는 권총까지 나에게 내준 것 보면 나를 그래도 신임하고 있었던 것 같아. 그런데 자기 아들이 다니는 초등학교에까지 마약이 매매되는 것은 전혀 하지 못하겠다고 했어. 아들이 초등학생이니 더 예민했었던 것 같아. 서로 잠깐 논쟁을 벌이다가 내가 그를 향해 총을 쏜 거야. 그런데 피터 아버지를 죽인 사람은 내가 아니라 피터 엄마로 되어 감옥소에 구류되어 있잖아. 그렇다면 내가 양심의 가책이라도 받아야 하는데 이제는 무디어져서 전혀 받고 있지 않아. 그러니 네 말에 의하면 지금이라도 예수님께 잘못했다고 용서를 빌라고, 그래야 용서를 받는다고 하는데 양심의 가책을 전혀 못 받아서 그런지 용서를 빌 마음이 조금도 생기지 않고 있어. 내 말뜻은 회개할 마음이 전혀 일어나지 않고 있다는 거야.”

“아저씨. 저는 피터 엄마가 피터 아빠를 죽일 사람으로 보이지는 않았지만 피터 엄마가 다른 남자와 불륜의 관계가 있었다는 소식을 듣는 순간 아마도 피터 아빠를 죽였을 거라고 생각하고 있었어요. 범죄 뉴스를 보면 많은 경우 다른 사랑하는 사람이 생기면 자기의 부인이나 남편을 죽이잖아요. 그런데 이제 보니 저의 엄마 생각이 맞았어요. 엄마는 끝까지 피터 아빠를 죽인 사람은 피터 엄마는 아니라고 믿고 있었어요.”

“바로 그거야. 거의 완전 범죄였는데 너희 엄마의 그 의심 때문에 일이 자꾸 비뚤어지고 네가 여기까지 오게 된 거다. 내가 여러 번 너희 부모한테 경고를 주었었다. 특별히 너희 엄마한테는 너를 이용해서 경고 했었다. 그러니 네가 잘못되거나 다치는 건 다 네 엄마 잘못이다. 네 엄마 고집이 너무 세서 그렇게 된 것이니까 네 엄마나 원망해라.”

“아저씨. 한 가지 더요. 피터 엄마가 피터 아빠 총을 쏘았다는 것을 본 목격자가 있었어요. 아저씨 말대로라면 아저씨가 총 쏘는 것을 보았어야지 왜 피터 엄마를 보았다고 증언했을까요? 그 목격자의 증언 때문에 재판에서도 12명의 배심원들이 피터 엄마가 죄가 있다고 판결을 내리는데 큰 작용을 하였다고 들었는데요.”

“그래서 완전 범죄라는 게 아니냐? 그 목격자는 내가 그 전날 돈 주고 산 사람이야. 그 가게에 자주 오는 단골손님이긴 하지만 술에 찌들어 사는 돈 없는 비렁뱅이야. 돈 500불을 줄 테니 그 시간에 나타나 이러이러한 것을 보았다고 증언하라고 하니 내 말을 듣고 그렇게 한 거야.”

“윌리암스 의사도 아저씨와 같은 조직 단체에 연결이 되어 있나요?”

"아니다. 우리 계획에 의하면 그 날 아침 윌리암스 의사 같은 사람이 그곳에 와서 그렇게 오래 주차하고 가는 것을 전혀 예상 못하고 있었어."

"그렇다면 아저씨. 왜 윌리암스 의사가 그 앞에 오래 주차하고 있었을까요?"

"나도 그것을 모른다. 단지 추측하는 것은 윌리암스의 아들이 약이 필요하지 않았나 그 정도뿐이야. 윌리암스 의사는 지혜로워 너처럼 무엇을 목격하고 안다고 해도 남의 일에 끼어들 사람이 아니야. 문제는 너희 엄마가 윌리암스 의사가 그 사고 현장에 있었던 것을 알고 그를 통해 사건의 실마리를 캐보려고 해 일을 더 복잡하게 만들고 있는 거야."

차는 고속도로를 빠져나왔지만 여전히 빠른 속도로 앞을 달리고 있었다. 아까와 다른 것은 아까는 고속도로 주변에 큰 건물이 보이고 주택가와 가로등이 보였었는데 지금의 고속도로 주변은 가도 가도 끝이 보이지 않는 벌판만 보이고 있었다는 것이다.

어느 쪽으로 가고 있나 팻말을 보려 해도 전혀 길 이름 팻말이 나타나지 않고 있었다. 영철은 어떻게 하면 빠져 나올까 궁리하고 있었다. 주유소에 들어가 용변이라도 보러 가면 전화라도 하게 되어 이곳이 어느 정도에 있어야 한다는 생각이 들어 위치를 연구하고 있었으나 감이 전혀 잡히지 않고 있었다. 어렸을 때에 엄마가 여러 번 당부했었던 것처럼 잘 모르는 사람의 차에 타지 말았어야 하는데 이미 여러 번 후회해 본들 소용없는 일이었다. 앞으로 이 아저씨가 자기를 어떻게 할 것인가 궁금해지고 있었다. 그러한 영철의 마음을 읽은 듯 한동안 말이 없었던 레이몬드가 다시 말을 하였다.

"나는 내가 한번 하겠다고 하면 꼭 하고 마는 성격이거든. 내 말을 듣지 않는 사람, 본때를 보여 주어야 하거든. 너희 엄마한테 여러 번 경고 했었어. 남의 일에 간섭하지 말라고. 너도 지금 마찬가지야. 도망갈 생각 아예 하지마. 내가 듣기로는 네가 후리몬트에 있는 청소년 오케스트라 콘체르토 마스터라고 들었는데 사실이냐?"

"예, 사실이에요."

"샌프란시스코 오케스트라 가서 보았는데 대단하더라. 거기는 몇 년을 사사 받아야 겨우 멤버가 된다고 굉장히 자부심들을 갖고 있더라. 여기 후리몬트도 그러냐?"

"후리몬트 오케스트라는 생긴 지 얼마 되지 않았어요. 그래서 샌프란시스코만큼 들어가는데 경쟁이 치열하지는 않아요. 그래도 오디션 받아야 해요."

"바이올린에서 제일 잘해야 콘체르토 마스터가 된다고 하던데. 너는 어떻게 그 자리를 확보했느냐?"

"바이올린 선생님이 잘 가르쳐 주어서 그래요."

"바이올린에서는 손가락이 중요하지?"

"예, 아저씨. 제 바이올린 선생님은 제가 농구하다가 잘못 받아 손가락 다 치니까 다시는 농구하지 말라고 할 정도예요."

"그러냐. 내가 손가락을 물어보는 이유는 너희 엄마한테 경고했었다. 바이올린에서 그렇게 중요하다는 네 손가락을 다 잘라버리겠다고. 나는 이미 네 엄마한테 하겠다고 했기에 네 손가락을 잘라내야만 해."

끔찍한 일이었다. 손가락을 잘라낸 후 아파올 고통보다 그동안 수년을 배워온 바이올린을 손가락 없이는 더 이상 못한다는 생각이 드니 처량한 생각이 들었다. 바이올린은커녕 글도 못쓰고 컴퓨터, 타자도 못 찍으며 그런 병신으로 살아야 하다니 앞이 캄캄해지고 있었다.

"아저씨. 언제 그렇게 할 계획인가요?"

영철이의 목소리가 떨렸다.

"이제 곧 차가 멈추는 곳에 가서."

"아저씨. 아저씨가 제 손가락을 잘라내기 전에 엄마하고 통화하게 해 주시겠어요?"

"잘라내기 전은 안 돼. 하지만 자르고 난 후는 꼭 전화연락을 하게 하마. 그게 내 의도이니까. 내가 하지 말라면 내 말을 따랐어야 했었다는 걸 너희 엄마가 알고 있어야 해."

"아저씨가 제 손가락을 자르고 난 후, 아저씨가 무사하리라 보세요?"

"아저씨가 무사하리라 보냐고? 네가 네 걱정대신 내 걱정을 하고 있느냐? 아니면 나를 위협하는 것이냐? 조그만 게 겁도 없이 지금 나를 위협하느냐?"

"아저씨. 생각해 보세요. 조금 아까 저희 엄마 고집 때문에 일을 더 복잡하게 만들고 있다고 하였는데 제가 보기에는 아저씨가 일을 더 복잡하게 만들고 있어요."

"어째서 그러냐?"

"아저씨가 원하는 건 저희 엄마가 피터 엄마 일에 끼어들지 않는 것이면 다 되잖아요. 그렇다면 제 손을 자르기 전 기회를 주셔야죠. 제가 엄마와 전화 통화해서 잘 설득시키면 그리고 긴박성을 이해시키면 저희 엄마는 아저씨 말은 듣지 않더라도 제 말은 들을 거예요. 그러면 모든 게 아저씨 원하는 대로 되었으니 다 해결된 것이잖아요. 그런데 제 손을 자른 후 전화를 하면 제가 엄마한테 무슨 부탁을 하겠어요. 제 전화소리를 듣고 경찰이 이곳을 찾아내어 제 손이 이미 잘려진 것을 보면 아저씨는 감옥행에다 큰 벌을 받을 수 있다는 거예요."

"네 말을 들어보니 그렇기는 하다만 내가 경찰에 잡혀 감옥행하는 것은 염려하지 않아도 된다."

"왜요? 왜 그렇게 장담하세요?"

"나는 권력이 있는 사람들을 직접적으로는 모르지만 내 보스가 나를 뒤에서 뒷받침 하고 있어. 나의 보스이기도 하고 아저씨인 알후레도만 해도 경찰 법조계, 정치계 등 많은 사람들과 연관이 되어 있거든. 또 내 아저씨 알후레도의 보스는 더욱 발이 넓고."

"아저씨. 그렇게 뒤에서 아저씨 뒷받침하는데 왜 저희 엄마가 윌리암스 의사를 찾아가 실마리를 풀어보려는 데는 겁을 내는 건가요? 그것도 그냥 뒷받침해 줄 걸로 알고 높은 사람들 백만 믿고 무시해버리면 되잖아요."

"그랬어야 했었는데 너무 늦었어. 너희 엄마 기억력이 되돌아 와서 내가 네 엄마한테 총을 겨눈 것을 알아차리고 있어."

"아저씨가 저희 엄마한테도 총을 쏘았나요? 그렇다면 윌리암스 의사를 만나고 집으로 돌아오다 차가 비탈길로 미끄러졌는데 그때 저희 엄마 머리에 총을 박은 사람도 당신이었어요? 왜 저희 엄마까지 죽이려고 했었나요? 그때도 완전범죄였네요. 아직까지 경찰이 아무도 범인을 잡지 못하고 있으니."

"그래. 피터 아버지 사건을 완전 범죄로 무마하려면 너희 엄마를 죽여야만 한다고 나는 믿었어. 너희 엄마가 그때 죽었으면 바로 네 말대로 감쪽같이 아무도 모르는 완전범죄가 되었을 텐데. 지금 네 엄마가 살아남아 그때 일을 기억하고 있는 거야."

"저희 엄마 기억 못해요. 제가 알기로는 윌리암스 의사도 기억 못하고 있어요. 그 의사가 엄마의 뇌수술을 해 주었고 그 의사를 찾아가다 사고가 난 사실도 모르고 있어요. 제가 장담해요."

"네 엄마 기억력이 되돌아 온 것을 얼마 전에 들었어."

"그럴 리가 없어요. 제 아빠도 모르고 저도 모르는 일이에요."

"네 엄마 기억력이 되돌아 온 것을 알고 너를 잡으러 학교 근처에서 서성거리며 며칠 보낸 거야."

"그렇다면 이제 어떻게 하실 거예요? 저희 엄마가 의심하는 게 싫어 죽이려 했다면 저도 죽일 거예요?"

"이제 너도 내 비밀을 모두 알아버렸으니 살려두면 안되겠지. 그러니 자꾸 나한테 말을 걸지 말았어야지. 내 비밀을 몰랐으면 손만 잘리고 말았을 텐데, 이제는 살려둘 수가 없게 되었어."

"아저씨 비밀을 안다고 하나씩 하나씩 다 쏘아 죽이면 앞으로 몇 명이나 더 많이 죽일 거예요? 아저씨야 말로 의심 병에 걸려 아저씨 주위에 있는 사람들 모두 죽이겠어요."

"그건 네가 상관할 바가 아니야."

차는 드디어 벌판에 놓여 있는 창고 근처로 가고 있었다. 그 창고 근처는 다른 아무 건물도 눈에 들어오지 않고 있었다. 헛간처럼 보이면서도 제법 큰 사이즈였다. 버튼을 누르자 창고 문이 열렸다. 창고 안은 어두웠는데도 시커멓고 낡아빠진 자동차 한 대가 주차하고 있는 게 눈에 들어오고 있었다. 창고 안으로 들어와 다시 버튼을 누르자 창고 문이 닫혔다. 타고 온 자동차 헤드라이트 이외에는 전기가 없어 방은 어두웠다.

영철의 입에 테이프를 붙이고 손과 발을 노끈으로 묶기 시작하자 영철의 가슴은 뛰고 있었다. 테이프를 입 이외에 눈에도 붙이고 있었다. 영철은 눈이 가려지자 너무나 자기 자신이 무력해 보였다. 이렇게 된 것이 아저씨는 엄마의 잘못된 고집 때문이라고 하였지만 영철은 그렇게 생각지 않았다. 엄마는 옳은 일을 한 것이었다. 피터엄마가 피터 아빠를 살해한 것이 아니라면 피터 엄마는 석방되어 나와야만 했다. 영철이 이렇게 잡혀 온 것은 엄마 잘못이 아니라 자기 자신의 실수였다. 남의 차에 타는 것이 아니었다. 이제 이렇게 무기력하게 되어버린 이런 처지에 앞으로 무슨 일을 할 수 있겠는가.

영철은 주일학교 시간에 배웠던 여러 가지 성경내용을 생각해내고 있었다. 몸은 비록 무기력하게 변해도 정신 상태와 마음만은 성경내용을 생각하며 강해지고 싶었다. 그때 다니엘의 이야기가 생각났다. 사자굴 속에 떨어졌는데도 하나도 다치지 않고 나왔다는 다니엘을 생각하며 영철은 하나님께 기도하였다. 열심히 마음속으로 기도하자 자기 몸도 다니엘처럼 찢기거나 다치지 않고 살아남을 것 같은 마음이 일어났다. 무서워서 가슴이 두근거리고 몸이 벌벌 떨리던 증세가 조금씩 사라지고 있었다.

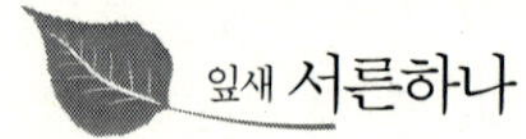

직장에서 돌아온 영철이 아빠 현수와 또한 직장에서 돌아온 은희 둘만의
저녁식사가 끝나고 잠시 쉬고 있는 시간이었다. 보통 그 시간은 영철이가 바
이올린 연습을 하고 있거나 수영 연습이 있는 날은 수영을 막 끝내고 집에
왔기에 샤워 실에서 몸 닦으며 물 튀기는 소리가 들리는 시간이기도 하였다.
세 사람 중에 단지 한 사람이 없는데도 집안은 너무 조용해서 텅 빈 집처럼
적막하기 짝이 없었다.

현수의 얼굴은 어두워 있었다. 마치 소낙비 오기 전 검은 구름으로 뒤덮
인 하늘같았다. 사진에서 남들보다 10년은 더 어리게 보이던 남편의 얼굴이
며칠 사이 변하고 있었다. 남편의 풀죽은 얼굴표정, 할아버지 같이 늙어버린
모습을 보며 측은한 마음이 일어났다. 검은 구름이 뒤덮인 하늘 같이 어두
운 남편의 얼굴을 보며 얼마 전에 남편을 미워하고 분노하던 자기 모습이 떠
올랐다. 10여 년 동안 영옥이에 대해 한마디도 꺼내지 않았던 남편에 대해
섭섭함이 변해 분노로까지 변하기는 했어도 어쩌면 남편은 은희가 지금 남
편의 모습처럼 어두운 얼굴을 하며 평생을 사는 게 측은한 마음이 들어서
입을 다물고 있었던 것 같았다.

남편이 자기에게 품었을 측은한 마음을 은희가 지금 느끼고 있었다. 남편
의 어두운 얼굴을 밝게 해 보려고 궁리를 하였으나 방도가 없었다.

현관 앞 응접실 천장에 붙어있는 크리스탈 샹델이아 불빛이 거실을 환하
게 비추이고 있는데도 방안 분위기는 어둡고 침침하기만 했다. 조심스러워
아무 말도 못하고 있을 뿐이었다.

그때였다. 갑자기 초인종 소리가 나자 남편 현수가 현관문을 열며 알렉스

경관과 이야기 하는 소리가 들렸다. 은희는 남편이 서있는 현관문 쪽으로 급히 달려 나오며 흥분된 목소리로 물어보고 있었다.

"마침내 찾았어요. 그렇죠? 지금 우리 아들 어디 있는 거예요?"

"이곳에서 멀지 않은 곳 세보 공원 숲속에서 실종된 당신의 아들과 비슷한 어린 아이의 몸이 발견되었습니다……."

동녘이 밝아오면서도 찢어질 듯한 은희의 괴성이 계속 다시 울리고 있었다. 누구를 향하여 저렇게 소리 지르고 있는 것일까. 상대편 없이 혼자서 발악하고 있는 모습이 정신병동에 갇혀 소리 지르는 정신병자의 모습으로 연상되었다. 저러다 은희는 미쳐버리는 것이 아닐까. 아니 어쩌면 이미 미쳐버린 게 아닌지.

영철 침대 위에 엎어져 울고 있는 은희였다. 침대에는 아직도 아들의 땀 냄새가 배어있어 살아있었던 체취를 느낄 수 있었다. 침대 옆에 있는 영철의 책상과 책꽂이 위에 아들의 사진들도 보였다. 하얀 유니폼에 곤 색 줄이 들어간 야구복과 곤 색 야구 모자를 쓰고 야구 방망이를 들고 찍은 사진이 은희 눈에 들어왔다. 그 옆 사진은 노란색 웃옷과 진초록 바지 유니폼을 입고 축구공을 잡고 있는 모습이었다. 지금도 어려보이지만 그때 얼굴은 더 아기처럼 어려 보였다. 아기처럼 어려보이는 얼굴과 함께 고사리 같은 손들이 캔디를 사먹던 모습이 5년 전 일인데도 바로 엊그제처럼 생각났다.

초등학교 1학년이 되자 학교에서는 계절마다 다르게 가을 학기에는 야구 또는 티볼, 봄 학기에는 축구단원을 모집하였다. 방과 후 연습시간이나 휴일이 되면 아이들보다 부모들이 더 극성이었다. 다른 아이들 아빠들은 연습시간과 시합 때마다 빠지지 않고 나와 관람객석에 앉아 자기 아이들이 공을 치거나 잡을 때마다 두 손을 들고 응원들을 하는데 영철이 아빠 현수는 빠지는 경우가 더 많았다. 밀리온 달라 돈이 왔다 갔다 하는 회사 프로젝트의 회사 일에 책임감을 다하다보니 아들 연습시간과 시합장에 다른 아빠들처럼 나가고 싶어도 빠지고 있었다. 그러다보니 은희는 아빠 대신 엄마라도 열심히 나가 관람하고 응원하려고 하였다. 그러나 은희도 토요일 일요일 공휴일은 다른 약사와 돌아가며 일을 하여야지 매번 빠질 수는 없었다.

어느 날 은희는 토요일 시합하는 날 와서 티볼 단원 모금운동을 위하여 캔디를 팔라고 지시를 받았다. 시합을 하는 날 엄마들이나 아빠들이 캔디를 팔아 남는 이익금을 단원들이나 행사를 위하여 쓰는 게 목적이었다. 그 전에도 모금운동을 한다고 하여 집에서 먹다버린 콜라 깡통들을 모아오라 하여 알루미늄 리사이클을 하여 돈을 모으고 있었다. 은희는 약국에서 일을 하여야했기에 캔디 파는 자원봉사일 보다 차라리 현금을 기증하는 게 낫다 싶어 하우스 맘에게 물어보았다.

"저 토요일 시합하는 날 일하거든요. 저 대신 다른 사람이 할 수 있을까요?"

"영철이 엄마 빼놓고 다른 사람들 이미 돌아가며 다 했어요. 이번 시합이나 다음번 시합 토요일은 영철 엄마 차례니까 꼭 와서 아이들을 위해 캔디 팔아주세요."

"그렇지만 저는 일하는데요. 일하지 않는 학부형이 하고 저는 차라리 100불정도 현금으로 기부하겠어요."

은희가 100불 현금을 기부하면 통통하고 둥그런 얼굴을 가진 그 하우스 맘이 기뻐하리라 예상하였다. 그러나 예상과는 정 반대였다. 그녀의 상냥했던 둥그런 얼굴이 화난 얼굴로 싹 변하고 있었다.

"여기 학부형 중에 일하지 않는 엄마가 어디 있어요? 영철이 엄마뿐만 아니라 다른 아이들 엄마들도 다들 일하고 있다고요. 시합하는 날 일하기로 되어 있다면 다른 직장 사람과 바꾸어 보도록 하세요. 아들 시합하는 날 캔디 파는 학부형이 되었다하면 틀림없이 직장에 일하는 사람이 영철 엄마대신 일해주리라 보고 있어요."

그녀의 말은 맞았다. 은희가 약국에 가서 그 이야기를 하니 다른 약사가 대신 그날 일해 주겠다고 하여 은희는 시합 날 경기장에 와서 캔디를 팔았다. 야구 단원, 축구 단원 모집할 때 종이에 규칙을 지키겠다는 서약서 내용 중에 학부형이 돌아가면서 자원봉사 하겠다고 무심코 서약했던 것이 기억되었다. 간이 이동식으로 조그맣게 만들어진 나무 상자 속, 마치 지붕이 있는 구루마 크기의 가게였는데도 캔디 종류가 어찌나 많은지 겨우 외우며 배웠다 하면 그 뒤에 서 있는 아이는 다른 캔디를 원했다. 은희의 캔디 파는 일이 서투르고 느리다 보니 아이들 줄은 더 길게 늘어났다. 거기다 한 아이는 5센트 닉클 동전 하나 내놓고 빨강색 하나, 노란색 하나, 파랑색 하나 그리고 초록색 둘 달라며 하나하나 천천히 주문하고 있었다. 다 골라 집어 봉지에 넣어주면 마음이 변했는지 다시 돌리고 모두 초록색 캔디로 다섯 개 달라고 했다. 사탕 다섯 알 다 팔아보았자 5센트, 이익은 1센트인 1전도 남지 않을 텐데. 시간이 계속 흐르고 있었다. 뒤에 서 있는 다른 아이들이 참지들 못하여 성급히 고사리 같은 손들을 서로 내밀며 이름들이 제각기 다른 사탕들을 요구하고 있었다. 그러한 아이들을 보며 처음에는 조바심도 나고 어느 때는 짜증이 나기도 하였지만 다섯 개 사탕 알들을 사들고 마치 보화라도 얻은 것처럼 좋아하는 밝은 얼굴 표정들을 보며 그제야 은희는 자원봉사의 기쁨을 느끼고 있었다. 비록 은희가 그날 하루 종일 고생하여 캔디 판 전 이익금이 10불이 넘지 않는다 해도 고사리 같은 손을 가진 어린아이들이 시합을 직접하고 난후 배가 고팠을 때 자기네들이 원하는 캔디를 얻고 기뻐했다는 그 사실이 돈 액수보다 훨씬 더 소중하고 가치 있다고 깨닫게 되었다. 은희가 반나절 소비한 그 시간이 아이들에게도 봉사한 엄마들에게도 또 은희 자신에게도 더 의미가 있었다.

　야구 방망이를 옆으로 올리고 진한 남색으로 목 주위에 V모양으로 가장자리를 돌려 입은 영철의 얼굴은 야구복 때문인지 표정이 참신하고 또렷하게 눈에 들어왔다. 은희는 사진을 보고 또 보고 있었다. 아직도 아들이 죽었다는 것이 믿어지지 않았다. 축구 볼을 네트에 발로 차 집어넣고 좋아서 엄마를 부르며 뛰어오던 그때처럼 지금도 곧 다시 다타날 것만 같았다.

영철이 없는 세상.

은희는 그것을 생각할 때마다 외마디 소리를 지르며 발악하고 있었다.

'왜. 무엇 때문에? 조물주이신 하나님. 왜? 도대체 이유가 무엇입니까? 제가 잘못한 게 있다면 저한테 벌을 내리지 왜 아이들을 데려갔습니까? 제가 잘못한 게 있습니까? 제가 무엇을 잘못했습니까? 가르쳐 주세요. 저는 모르겠어요. 저는 정말 바보인가 봅니다.

제가 이렇게 괴로워하는 것, 이게 당신이 원하는 것입니까? 지금까지 열심히 살아왔습니다. 직장에 가서도 열심히 일하였고 집에 와서도 집안일 하느라 아이 뒷바라지 하느라 남편 도와주느라 열심히 살아온 것 밖에 생각이 나지 않습니다. 무엇을 잘못했습니까? 가르쳐 주세요. 교회도 열심히 다녔습니다. 일요일 빠지지 않으려고 무척 노력했어요. 약국 문 여는 일요일 날 약사들이 돌아기며 하니까 할 수 없이 빠졌지요. 헌금도 꼬박꼬박 냈어요. 하나님께 속이지 않는 십일조 내느라고 무던히 노력도 했어요. 교회에서는 주일 학교 선생님도 하며 어린아이들 성경공부도 가르쳤어요. 저는 하느라고 열심히 했어요. 미국에 와서 지금까지 그렇게 바쁘게 바쁘게 열심히만 살았던 것 같아요. 그래요. 제가 전혀 잘못한 게 없이 살고 있었다고 말하는 게 아니에요. 어느 때는 감정이 폭발하여 참지 못하여 남편에게도 화를 냈고 아이에게도 화를 냈어요. 직장에서나 친구들 주위 사람들 미워한 적도 있어요. 그렇지만 밤에 자기 전에 항상 제 자신을 반성하며 하나님께 잘못하였다고 회개하면서 기도했잖아요. 하나님은 용서해 주신다고 약속하셨잖아요. 저도 모르면서 지은 죄가 있기에 이렇게 큰 벌을 내리는 것입니까. 조물주이신 하나님, 너무나 저에게는 가혹합니다. 너무나 가슴이 아파 견딜 수가 없어요. 이제는 너무나 가슴이 아파 숨 쉬는 것도 힘들어요. 하나도 아니고 둘씩이나. 하나님, 자식을 저에게 줄때는 언제이고 왜 이렇게 지금은 데리고 갑니까? 이유가 무엇입니까?'

다음날 소식이 알려지면서 전화소리가 계속 울리고 있었다. 대부분 같은 교회에 다니는 교인들에게서 오는 전화였다. 담임 목사님을 비롯하여 음악 목사님 행정 목사님, 교육 목사님 그리고 주교반 식구들, 목장 식구들. 그들은 전화를 걸기는 하였으나 어떻게 위로의 말을 하여야 할지 몰라 말을 얼버무리고 있었다. 소식이 알려지기 전에 전 교인이 예배시간에 간절히 아이를 찾아달라고 통성기도를 하였을 때는 그나마 희망이 있어서인지 기도 목소리도 힘차고 컸었다. 그런데 이제 기도와는 다른 뉴스를 접하자 전화 거는 사람들의 목소리는 희미하고 혹시라도 자기네들이 하는 위로의 말을 듣고 위로대신 상처라도 더 받을까 제대로 말을 잇지 못하고 있었다. 현수는 계속 울리는 전화소리에 예민해져 전화선 코드를 뽑아 버렸다. 전화소리가 들리지 않자 사방이 조용해진 것 같았다.

은희는 벌써 이틀째 영철이 방에 들어가 식사는커녕 물도 마시지 않고 있었다. 걱정이 되어 몇 번 달래 보았으나 효과가 없었다. 이제는 은희 자신이 직접 기운 차리려는 마음이 스스로 일어날 때까지 기다려 볼 뿐이었다. 짐승 소리같이 울부짖던 그녀의 괴성도 다시 조용해지고 있었다. 먹지도 않고 마시지도 않고 있으니 소리 낼 기운도 없어진 것 같았다.

현수는 아래층 소파에 앉아 있었다. 소파에 앉아있는 현수의 모습이 풀죽은 광목처럼 맥이 없었다. 은희가 이층에서 내려오는 소리가 들렸다. 계단을 하나하나 내려오는 은희의 발자국 소리가 들리고 있었다. 거실 문을 열고 들어온 은희가 부엌 쪽으로 가지 않고 현수가 앉아있는 소파에 와 현수 옆에 나란히 앉았다. 그러더니 현수 어깨에 은희 머리를 기대고 있었다. 자기 몸에 기대고 싶어 하는 은희를 보니 가엾은 생각이 들었다. 현수는 그렇게 하는 은희가 기대게 어깨를 더 내주고 다른 팔로 은희 등을 다독거렸다.

'이제야 은희가 다시 기운을 내고 정상생활 계도로 돌아오려 하는구나.'

현수를 쳐다보는 은희의 눈망울에서 다시 큰 눈물방울이 맺히며 뺨 위로 주르륵 흘러내렸다.

"제 소원 하나 들어주겠어요?"

"물론 들어주어야지."

"약속해야 해요."

"당신이 정말로 원하는 것이라면 그리고 내 힘으로 할 수 있는 것이라면 약속할 수 있어. 말해봐. 당신의 소원 들어줄 테니."

"지금 제가 너무나 원하고 있는 거예요. 그런데 제가 여러 번 시도 해보려고 했으나 제 힘으로는 아니 되네요. 그래서 부탁하는 거예요. 도와주세요."

"도와줄게. 무얼 하려고 했기에 당신 혼자 힘으로는 못하겠다는 거야?"

"며칠 생각했어요. 죽고 싶어요. 그런데 쉽지가 않아요. 그래서 제 자신이 더 실망스럽고 미워지고 있어요. 제가 죽을 수 있도록 쉽게 죽을 수 있도록 도와주세요."

은희의 목소리가 산속에서 산울림처럼 멀리서 메아리치며 들려오고 있는 것 같았다.

'죽고 싶다니? 이제야 정신을 차리고 영철이방 이층에서 아래층으로 내려온 줄 알았는데. 아직도 은희는 제정신이 아니구나.'

"당신이 며칠 잠을 설치더니 신경쇠약증에 걸린 것 같군. 우선 의사가 처방내준 수면제 약 먹고 잠을 자 보도록 해보고 잠을 깨고 난 후 대화를 합시다. 잠을 푹 자면 기분이 풀릴 것 같으니까."

얼마 전 의사에게 찾아가 처방 받아온 수면제 알약이 있었다. 의사가 처방을 내주었기에 약은 받아왔지만 은희가 약사라서 그런지 약을 먹지 않고 있어 약병 안에 알약은 줄어들지 않은 채 그대로 있었다.

"그래요. 그 약병 안에 있는 수면제 알을 한 알 대신 모두 다 삼킬까도 생각 했었어요. 그런데 잠만 자고 다시 깨어날까 보아 두려웠어요. 비닐봉지를 머리 위에 뒤집어쓰고 코와 입이 막히면 산소가 없어 죽을 것 같아요. 그런데 제 의식이 조금이라도 남아 있으면 답답해서 봉지를 제 손으로 다시 풀어 버릴 것 같아요. 그러니 제가 수면제 알약 먹고 정신없이 잠에 골아 떨어졌을 때 제 의식이 없어 제 의지로 아무것도 하지 못할 때 플라스틱 비닐봉지를 제 머리 속 얼굴위로 넣어 주세요. 아니면 제가 목욕탕 물속에 들어가 있을까요. 잠이 깊게 들으면 물속에 가라앉아도 숨이 막히고 답답해도 올라올 의식과 기운이 없어 그냥 죽을 수 있겠지요. 아니면 칼로 제 손목에 있는 큰 핏줄을 자를까요. 아니 목을 노끈으로 매고 천장위에 달아 메는 게 더 쉬울까 어느 게 가장 좋은 방법인가 생각했어요. 도와주세요. 저 정말로 바보로 보이죠. 혼자서 쉽게 죽지도 못하고 도와달라고 하고 있으니."

"당신이 나에게 말도 하지 않고 그런 일을 혼자 저지르는 것보다 나에게 부탁하고 있는 것을 고맙게 생각하고 있어. 당신이 죽는 것을 도와달라고 하면 내가 도와줄게."

현수는 마음과는 정반대의 말을 하고 있는 자신의 목소리를 들으며 짐짓 놀라고 있었다. 그렇지만 지금 은희에게 왜 그런 생각을 하느냐며 비난을 하면 은희가 현수 몰래 그런 일을 저지를 것만 같았다. 우선 도와준다고 은희 마음도 달랠 겸 은희 의견에 동의를 표하며 공감대를 만들고 싶었다.

"그래 은희 당신 마음이 지금 너무 속상해서 그런 생각하고 있는 것 알고 있어. 그렇지만 당신이 죽으면 나 혼자 어떻게 살지? 아이는 또 낳으면 되잖아. 그렇지만 당신 없이는 나 혼자 살아갈 수 없을 것 같아."

"내일 모레면 곧 저희 둘 나이가 50이 되어 가는데 어떻게 아이를 낳는다고 하세요. 만약에 낳는다고 하더라도 아이가 아직 초등학교 다닐 때 엄마 아빠 모두 환갑나이가 되잖아요. 늙은 부모 때문에 친구들한테 놀림 받아 기죽으며 학교 다니는 아이 만들고 싶지 않아요. 지금 제 나이에 아기 생긴다는 보장도 없고요. 영철이도 임신이 되지 않아 몇 년 고생하다 간신히 만든 아이였어요."

"정 우리 아이가 생기지 않으면 아기를 입양하여 키우는 방법도 있잖아. 그러니까 아기가 생기지 않을까보아 너무 지레 스트레스 받지는 말아. 기른 정도 낳은 정 못지않게 크다고 하거든. 문제는 아이보다 당신하고 나하고 사이좋게 잘 지내며 늙어가는 게 더 중요하다고 보고 있어."

"사이좋게 둘이만 지낼 수가 없어요. 당신 마음속 깊이 저를 미워하고 있는 것 저는 알고 있어요. 그런데 어떻게 사이좋게 지내겠어요?"

"무슨 말을 하는 거야? 내 마음속 깊이 당신을 미워하고 있다니? 내가 언제 당신 미워한다고 말한 적이 있었나?"

"당신이 말을 하지 않더라도 바보가 아니면 추측할 수 있지요. 당신의 두 아이를 모두 제 잘못으로 잃어버렸는데요."

"당신 지금 금방 뭐라고 말했어? 당신의 두 아이라니?"

"아 그래요. 당신의 두 아이가 아니라 우리의 두 아이예요. 다시 숨이 제대로 쉬어지지 않고 있어요. 가슴이 아파요. 가슴이 저릿저릿 아파오고 있어요."

은희는 두 손으로 가슴을 누르고 있었다. 얼굴색도 하얀 종이 빛으로 바래가고 있었다.

"은희 지금 당신 금방 우리의 두 아이라고 그랬어?"

"맞아요. 하나도 아니고 둘씩이나. 그래서 가슴이 찢어질 듯한 통증이 반복되고 있어요. 숨이 제대로 쉬어지지 않아요."

은희는 말도 쉬어가며 천천히 더듬거리며 말하였다.

"가슴이 아파오면 말하지 말고 가만히 쉬고 있어. 찬물 떠올 테니 물도 마시도록 해."

"그래요. 현기증 때문에 곧 쓰러질 것 같아요."

영철 아빠 현수가 컵에 찬물을 떠왔다.

"은희야. 잘 들어. 둘이라고 당신을 비난한 게 아니었어. 단지 내가 물어본 것은 당신이 둘이라고 말을 한다면 당시의 옛 기억이 돌아왔다는 것에 놀란 거야. 나는 당신 기억 되돌아 온 것을 모르고 있었거든. 언제부터 알고 있었던 거야? 기억이 되돌아 왔다고 왜 나한테 말하지 않았어?"

"지금 생각해 보니 영철이가 없어지기 며칠 전이었어요."

"영철이가 없어지기 며칠 전이라? 은희 혹시 당신 기억이 되돌아 온 것 나

290

말고 다른 사람한테 말한 적 없었겠지? 그럴 리가 없겠지. 남편인 나한테도 말하지 않았는데. 기분 나빠하지 마. 혹시나 해서 물어본 것뿐이었으니까. 당연히 당신은 아무 사람한테 말하지 않았는데 내가 공연히 물어봐 당신을 의심했다고 당신이 또 예민해질까 걱정이 되는군.”

은희는 기억이 되돌아온 사실을 데이브 약사한테 말했다고 말을 막 하려는 순간이었다. 그런데 대답을 꺼내기도 전에 현수의 자문자답하는 말을 들으니 데이브한테 남편보다 먼저 말했다고 말하기가 쑥스러워져 입을 다물고 가만히 있었다. 이미 지나간 것 말할 필요가 없다고 느꼈다. 그러나 현수는 다른 생각을 하고 있었다. 은희가 기억이 되돌아 온 사실을 다른 사람이 알고 있다면 그 사람이 영철이 없어진 사건과 연관이 되고 있지 않을까하는 의심이 들었다. 그렇지만 은희는 남편인 자기에게도 말을 하지 않고 있었는데 다른 사람에게 이야기 하였다는 것이 전혀 납득이 되지 않았기에 말 꺼낸 것조차 은희에게 미안해하였다.

은희가 다시 풀이 죽은 자세로 기운 없이 현수의 한쪽 어깨에 머리를 기대었다. 잠을 재우고 싶었다. 잠을 푹 자고 나면 정신이 맑아져 지금처럼 헛소리를 하지 않을 것 같았다. 은희의 기억이 되돌아 왔다니 이제야 현수는 은희의 울부짖던 며칠 밤과 낮이 이해가 되고 있었다. 한아이만 잃어버려도 마음이 괴로울 텐데 두 아이를 잃어버린 죄책감이 무겁게 은희를 짓누르고 있었을 것이다. 거기다 제대로 잠을 못자고 있으니 은희의 몸과 마음은 지치고 지칠 대로 망가져 죽고 싶다고 죽여 달라고 헛소리를 하고 있는 것 같았다.

“의사 선생님이 처방해준 수면제 알약 한 알 먹고 잠을 자도록 해봐.”

“스무 알 약병 속에 있던데 다 먹을래요. 다 먹어도 잠자고 다시 깨어날까 봐 두려워요. 저 도와준다고 약속했잖아요. 경찰에서 당신을 의심하지 않도록 약 먹기 전에 유서 쓰겠어요. 유서를 써서 제 자발적으로 죽고 싶어 자살한 것이라고 확실히 알리도록 하겠어요.”

“우선 한 알만 먹고 잠을 자고 나서 깨어난 후 다시 생각한 다음 결정하도록 해. 죽는 것을 그렇게 쉽게 결정하면 후회할거야. 죽고 난후 후회하면 그 때는 이미 너무 늦잖아."

"쉽게 결정한 게 아니에요. 그리고 후회하지 않을 거예요. 그게 저에게는 제일 좋은 선택이에요. 제 마음은 변하지 않을 거예요."

"당신은 당신이 죽고 난 후 경찰이 나를 의심할까봐 걱정하고 있었는데 비록 경찰이 나를 의심하지 않는다 해도 나의 남은 인생은 양심의 가책을 받으며 후회하며 살게 될 것 같아. 당신의 계획대로라면 한 알이 아니라 스무 알 먹어도 깨어날지 모르니까 플라스틱 비닐봉지를 당신 얼굴에 씌워 달라 하였으니 당신을 죽인 것은 당신이 아니라 결국 나 자신이 될 터이니."

"그래요. 당신에게 말하지 말고 조용히 죽어야 했었어요. 그런데 그렇게 쉽게 죽어지지가 않았어요. 당신은 제가 죽는 것을 쉽게 결정하고 쉽게 죽으려 한다고 말씀하셨는데 정 반대예요. 쉽게 죽어버리는 사람들 용기가 있어서인가요. 저는 왜 그렇지 못하죠. 지금까지 살아온 것도 결단력 없이 바보처럼 살아왔는데 죽을 때도 바보같이 제대로 죽지도 못하고 있으니까요."

"당신이 혼자서 결정하여 죽지 못한다고 바보 같다고 비난하려 말한 게 아니었어. 당신이 혼자 결정치 않고 나에게 말해준 것 고맙게 생각하고 있어. 나에게 말도 안하고 죽어버렸다면 지금쯤 충격을 받아 더 괴로워하고 있었을 거야. 그래서 당신이 나에게 도움을 청했을 때 기꺼이 도와주겠다고 약속한 거야. 약속을 하였으니 당신의 마음이 변하지 않는 한 그 약속을 지켜야 한다는 것도 알고 있어."

"제 마음은 변하지 않았어요. 저는 죽어야만 해요. 아니 정말로 죽고 싶어요. 도와주세요."

"그래. 당신이 정 원한다면 당신하고 약속을 하였으니 도와주겠는데 당신도 내 부탁을 하나 들어주어야겠어."

"제가 하고자 하는 일을 반대하는 거만 아니라면요. 부탁을 듣겠어요. 한 가지만 부탁하세요."

"그래 한 가지만 부탁할거야. 당신하고 나하고 결혼식 올리고 살림 차리며 산 지 벌써 20년이 넘었어. 우리에게서 갓난아기 시절 유아기 시절을 빼버리면 우리 인생의 반평생을 서로 같이 살아 온 거야. 어찌 보면 당신은 이제 내 몸의 그림자 같이 나의 일부분이 되어 버렸어. 그래선지 당신이 잘못되면 내가 잘못되는 것 같아. 이제 우리가 삶과 죽음의 경계선에서 이런 이야기를 하고 있는데 당신이 먼저 간 저 세상을 생각해 보게 되었어. 나는 당신이 저 세상에 가서도 잘되기를 바라고 있어. 당신은 미국에 와서 교회를 매주 잘 다니고 있었어. 나는 제대로 나가고 있지 않았지만. 그런데도 어렸을 때부터 집안에서 들었던 이야기가 생각나는 거야. 우리 집안은 철저한 불교집안이지만. 그런데 불교 집안이나 크리스천이나 다른 어느 종교에서도 자살을 하면 저 세상에서 좋은 곳으로 못가고 지옥으로 가 벌을 받는다하고 있잖아."

"지옥, 벌 그런 말 꺼내지 마세요. 그런 것 생각하고 싶지 않아요. 당신은 지금 그러지 않아도 용기와 결단력이 없어 제대로 쉽게 죽지 못하여 실망스러워하는 제 자신에게 용기를 더 저하시키고 있을 뿐이에요. 그렇지만 이미 제 마음은 정해져 있어요. 당신이 또 다른 무슨 말을 하여 제 마음을 변하게 하려 하여도 소용이 없을 거예요."

"그래 알고 있어. 당신의 마음이 이미 정해져 있다는 것을. 그리고 또 내가 당신의 의사 결정을 변하게 할 수 없다는 것도. 내가 말하고자 했던 한 가지 부탁은 그게 아니었어. 그러니까 조금 더 내 설명을 들어봐. 아까도 말했지만 당신은 나의 일부분이 되었어. 그래서 당신의 몸이 아프면 내 몸도 아프고 당신의 마음이 아프면 내 마음도 아파오고 있어. 또한 당신이 잘되면 내가 잘된 것 같고 당신이 기뻐하면 나도 기쁜 거야. 그런데 이상하지. 나보다 당신이 더 좋게 되기를 바라고 있는 나를 보게 되었어. 보통 이 세상 사람들이 말하듯이 저 세상에 천당과 지옥이 있다고 한다면 그리고 이 세상에서 우리가 한 행위 때문에 천당과 지옥으로 갈려져 간다면 당신이 스스로 목숨을 끊은 것 때문에 지옥으로 가는 것 원하지 않아. 당신이 시키는 대로 내

가 당신의 목숨을 끊게 한다면 나는 당신을 살인한 행위 때문에 지옥 가는
데도 당신이 자살한 행위 때문에 지옥 가는 것을 면하게 되니까 그렇게라도
해야 되겠다는 마음이 드는 거야. 당신이 지옥 불에 떨어져 고통 받는 것 상
상하기도 싫은데도 차라리 그 고통을 내가 받는다면 당신을 위해 참아 낼
수 있을 것 같아. 당신을 너무 사랑해서 의도적으로 살인했다고 하면 남들
이 듣고 무슨 말도 되지 않는 모순이라고 할 터인데도. 그래 은희야. 결혼해
서 20년 동안 제대로 표현을 하지 않고 살아왔지만 난 당신을 깊이 사랑하
고 있어. 그러니까 당신이 아이 둘 잃은 것 때문에 내가 당신을 미워한다고
생각해서 죽으려 한다면 그건 잘못생각하고 있는 거야. 아이가 있거나 없거
나 당신은 나에게 아주 중요하고 없어서는 안 될 반려자야. 아직 내가 말하
려고 했던 한 가지 부탁 아직 하지 못했지만 그 전에 마음이 변할 수 있다면
좋겠어."

은희의 눈에서 눈물이 다시 주르륵 흘렀다.

"그래요. 처음에는 그렇게 생각해서 죽고 싶었어요. 하나도 힘든데 둘씩이
나. 그것도 모두 제 잘못 때문에 일어난 일이에요. 당신의 눈을 마주칠 면목
이 없었어요. 적어도 두 번째 아이만은 당신의 말을 들었다면 사고를 면하지
않았을까하며 저를 괴롭히고 있어요. 그래요. 당신이 저에게 말했던 것 다
기억나고 있어요. 윌리암스 의사를 만나러 가겠다고 제가 고집하던 아침 당
신은 영철이 안전을 위하여 저와 헤어지겠다고 했었어요. 그때는 그 말이 야
속하였지만 당신 말대로 우리 불쌍한 아들 영철이가 당한 거예요. 당신이 저
를 미워하지 않는다고요? 아니 그건 거짓말이에요. 입장이 바뀌어 제가 당
신이라면 아내 목을 비틀어 놓았을 거예요. 따귀를 때리고 집에서 내쫓았
을 거예요. 당신 입으로는 저를 미워하지 않는다고 지금 말하고 있지만 제
가 지금 너무 괴로워 하니까 당신은 저를 동정하고 있는 것에 불과해요. 언
젠가 시간이 흐르면 당신은 다시 기억이 떠올라 저를 죽이도록 미워할 것임
에 틀림없어요. 그런데 지금 당신은 저를 미워하기는커녕 사랑하고 있다고

안심시키고 있어요. 그게 당신의 진심이 아니다하더라도 아니면 동정심이라 하더라도 그렇게 말하고 있는 당신의 말을 듣고 있으니 눈물이 나네요. 당신이 하는 말이 진심으로 우러나와 하는 말이라고 제 마음에 다가온 것 같아요. 그래요. 그런데 당신이 절 미워해서 죽으려 했던 것만은 아니에요. 처음에는 당신한테 미안해서 그랬을 거예요. 그런데 이제는 제 자신이 미워 견딜수가 없어 죽고 싶은 거예요. 제가 당신한테만 잘못한 게 아니에요. 정말 용서를 받아야 할 사람은 당신이 아니라 영옥이와 영철이에요. 제 잘못으로 이미 저 세상에 가버린 영옥이와 영철이에게 어떻게 용서를 받겠어요. 제발 저를 말리지 마세요. 제 마음을 약하게 만들지 마세요. 아직 한 가지 부탁하지 않았다고 하였는데 이야기해 주세요. 궁금하네요."

"당신이 꼭 죽어야만 한다고 고집하면 그래 내가 당신을 죽이도록 하겠어. 이제 약을 먹고 나면 다시는 깨어나지 못할 수도 있을 거야. 약 때문이 아니라 내가 당신 얼굴에 비닐봉지를 뒤집어씌우면 당신은 산소가 모자라 질식해서 죽는 거야. 저 세상 사람이 되어 있을 수도 있어. 약을 먹어 너무 깊은 잠에 빠져들기 전에 당신이 미워했던 사람들 용서해 주었으면 하고 부탁하는 거야. 그게 한 가지 부탁이었어."

"무슨 뜻이에요? 설마 제가 미워했던 사람이라니 영철이를 잡아가 손가락 마디를 다 잘라내 죽인 그 사람을 용서해 주라는 것은 아니겠죠."

"맞아. 그 사람이야. 은희가 미워할 사람이 그 사람 말고 또 누가 있겠어?"

"왜요? 어떻게 그 나쁜 놈을 어떻게 용서해 줄 수 있겠어요."

"나는 불교 집안에서 자랐어. 우리 부모님은 철저한 불교신자였지. 그래서 인지 나에게는 기독교인으로의 신앙심도 별로 없고 기독교 아닌 어느 종교라도 종교적인 사람이 결코 아닌데도 이 생각이 맘에 걸리고 있어. 언젠가 연세대학교 교양과목 중 성경공부 강의를 듣고 있었던 것 같아. 다른 내용은 대부분 다 잊어버리고 있는데도 딱 한 가지만 생각나고 있는 거야. 주기도문의 한 구절이었어. 우리가 우리에게 잘못한 자를 용서하듯이 우리 죄를 용서하시고. 처음에는 맹목적으로 읽었는데 어느 날 갑자기 내가 다른 사람 잘못을 용서하지 않으면 하나님도 나를 용서치 않고 받아주지 않을 거라는 생각이 들게 되었어. 그래서 은희한테 부탁하는 거야. 내 마음에 그 내용이 요사이 더 심각하게 다가오고 있거든."

"어떻게, 어떻게 그 사람을 용서할 수 있겠어요. 할 수만 있다면 그 사람을 잡아내어 갈기갈기 찢어 죽이고 싶어요. 우리 어린 아들이 그렇게 처참하게 죽었는데. 그 사람이 제 앞에 있으면 손발을 묶어놓고 침을 뱉고 싶어요. 아니 냄새나는 오물을 퍼다가 얼굴에 뿌리고 싶어요. 제 발바닥으로 코를 눌러 뭉뚱그려 놓고 싶어요. 그렇게 해도 제 속이 풀리지 않네요. 어떻게 해야 제 속이 후련해질까요. 그런 그 사람을 용서하라고요? 제가 절대로 들어 줄 수 없는 부탁이에요. 왜 그런 부탁을 하고 있는 거예요. 하나님 때문이세요? 하나님이 무서우세요? 저에게 벌을 줄까봐 무서워서 그러는 거예요? 저는 이제 무섭지 않아요. 지금 이미 받은 벌보다 더 무서운 벌이면 얼마나 더 무섭고 괴로울까요? 지옥 불에 떨어져 제 몸이 지글지글 익어간들 지금의 제 마음보다 괴롭지 않을 것 같아요. 제가 그 사람을 용서 못해서 하나님이 저를 지옥 불에 던지더라도 상관없어요. 용서하라고요. 그렇게 충고하는 당신도 미워요. 제 마음이 터질 것 같아요. 쓰라려 숨을 못 쉬겠어요."

은희는 말하다말고 다시 괴성을 지르고 있었다. 그녀의 얼굴이 웃는 표정을 하는 것 같더니 다시 찡그리며 왔다갔다 자꾸 바뀌어 가고 있었다. 은희가 미쳐가고 있는가. 가끔 길거리나 공원에서 집 없는 거지들 중에 미치광이 같은 사람이 혼이 빠진 것처럼 멍하게 있다가 혼자말로 중얼거리며 걸어가는 것을 본적이 있었다. 은희가 지금 그 짝이 되어가고 있었다.

"그래 은희야. 소리 그만 지르고 이 약 한 알 먹고 잠들도록 해봐."

제 풀에 기운이 빠졌는지 은희가 고개를 끄덕이며 알약과 물을 삼켰다. 시간이 어느 정도 지나자 은희가 잠이 들어가는지 조용해졌다. 현수는 잠들어가는 은희의 얼굴을 바라보고 있었다. 20년 전 만났을 때의 앳되고 청초

한 모습은 없어졌지만 현수의 눈에는 여전히 은희가 처음 만났을 때의 모습 그대로였다. 어쩌다 저렇게까지 되었을까. 가여운 생각이 들었다. 소파 카우치 위에서 은희가 몸을 옆으로 기댄 채 잠이 든지라 햇볕이 세게 들어오는 것을 막기 위하여 거실 패티오 창문 커튼을 쳐서 그런지 방안은 어둡고 무거운 공기가 돌고 있었다.

침침하고 어두운 방구석 소파에 푹 눌러앉아있던 현수의 머리도 점점 침침해지며 무거워지고 있었다. 현수도 은희와 같은 유혹이 오고 있었다. 나도 잠에 푹 빠져 깨어나지 않았으면. 과연 저 세상이 있는 것일까. 지금 이 세상에서 이것저것 생각하면 머리만 복잡하고 분통이 터지는 일만 일어나고 있는데 그냥 여기까지 산 것으로 끝내고 가버리면 얼마나 좋을까. 아이도 없는데 은희마저 가버린다면 굳이 혼자 살 이유도 없을 것 같았다. 글쎄. 남들은 새장가 가라고 이야기할 것이다. 색시 감 여자들은 많이 있다고. 그런데 그런 방향으로는 전혀 구미가 당기고 있지 않았다.

간혹 신문에 보면 둘이 너무 사랑하는데 부모가 반대한다고 주위에서 불륜의 관계로 눈총을 받는 게 싫어 남녀가 같이 죽는 일도 일어나고 있었다. 그 두 사람은 저 세상에서 같이 지낼 수 있을까? 그렇게만 된다면 현수도 은희 혼자 보내고 싶지 않았다. 현수도 은희 따라 죽는 게 최상의 방법으로 보였다.

'은희를 내가 죽인다. 왜? 은희를 너무 사랑하여서? 그리고 나는 은희가 죽은 후에도 계속 살아남아 지낸다.'

왜 은희가 잠들기 전에 같이 죽자는 말을 하지 못했을까. 은희를 지옥에 보내지 않게 하기 위하여 자살대신 자기가 죽이겠다고 한 말이 너무 어리석어 보였다. 아까는 왜 그게 은희를 위하는 길이라고 생각 하였던가. 은희를 천당에 보내기 위해 대신 자기가 지옥에 가는 것이. 그렇게 자기 희생하는 것이 무척 의인다워 보여서였을까. 오랫동안이 아닌 잠시이기는 했지만 현수는 은희를 보호하려는 마음이었다. 그런데 지금 얼마 되지도 않아 자기의 생각이 얼마나 어리석었다고 판단되고 있으니 자기의 생각에 참된 영원한 것이 과연 존재하고 있는가 의심이 되고 있었다.

영원히 은희를 사랑할 수 있을까. 그것도 인생의 잠시만이 되는 게 아닐까. 사랑도 하지 않으면서 은희를 죽인다면 그거야말로 끔찍한 살인행위를 저지르는 것이었다. 두 가지 갈림길에서 선택을 해야만 했다. 무엇이 옳고 무엇이 그른지 전혀 판단이 서지 않았다. 계속 왔다갔다 흔들리고 있었다.

'은희와 약속을 하였으니 약속은 지켜야하겠지. 은희와의 약속을 지킨 후 나도 곧 은희를 따라가야겠어. 내 목에 노끈을 묶고 천장에 매달려 죽는 게 제일 쉬울 것 같아.'

어두운 방안에서 은희 잠자는 것을 보고 있던 현수도 은희의 생각에 전염되었는지 산다는데 의미를 잃어버린 후 어둡고 깊은 골짜기로 계속 빠져 들어가며 우울해지고 있었다. 죽음의 여신은 이미 은희를 사로잡은 후 현수에게도 손짓하며 유혹하고 있는 듯 현수는 구렁텅이에서 헤어나지 못하고 있었다.

잎새 서른둘

은희는 잠에 빠져들어 가고 있었다. 처음에는 약을 먹어도 정신이 더 말똥해지고 전혀 약 효과가 나타나지 않는 것 같더니 시간이 지나며 조금씩 정신이 흐려지며 잠에 빠져 들어갔다. 며칠 밤낮을 잠을 자보려 해도 이루지 못하다 이제야 간신히 잠이 들고 있어서일까. 꿀맛같이 달콤하게 빠져 들어갔다. 마음도 편안해지고 있었다. 이것이 단지 약기운 때문이었을까. 아니면 조금 전 은희가 남편의 조언을 다시 되새기며 실행하고 있어서일까. 은희는 알약을 삼키고도 잠을 못 이루고 있었다. 정맥주사를 맞지 않고서는 알약이 은희 뱃속에 들어가 위에서 녹은 후 다시 장을 통해 피 속으로 들어가 두뇌에 시그널을 보내기까지 시간이 걸리는 것을 약사인 은희는 알고 있었다. 그것이 10분이 걸릴지 30분이 걸릴지 알 수 없었으나 지금 은희에게는 10분이 10시간처럼 길게 느껴졌다. 시간이 멎어있는 것처럼 느리게 흘러가고 있었다. 어쩌면 30분이 지나도 지금의 은희에게는 한 알의 약 효과가 너무 낮아 작용하지 않을 것만 같았다. 한 알 더, 두알 정도 먹어야 약 효과가 나타나 잠이 들것 같아 은희는 약병을 찾고 있었다. 그런데 은희가 알약을 몽땅 삼킬 것을 두려워한 남편은 이미 약병을 감추어 놓은 상태였다. 남편에게 자기 속마음을 털어놓고 이야기한 것이 후회스러워졌다.

'죽으려면 아무에게도 말하지 말고 혼자 죽었어야지 왜 남편에게 말을 하였던고.'

아직도 철부지 어린아이처럼 행동하고 있는 자신의 모습에 실망스러워졌다. 결혼하기 전까지는 부모님 밑에서 결혼 후에는 남편 밑에서 자기 의사를 혼자 결정하지 않고 물어보며 지금껏 살아왔던 습관이 이제는 죽는 것까지도 혼자 결정 못하고 남편에게 말해버린 어리석은 자기의 모습에 실망하였다. 그러면서 은희는 남편이 한 말을 다시 생각하였다. 남편은 은희가 죽으려 하는 것에 대해 반대하고 있었다. 그러니까 약병도 감추어놓고 있지 않은가. 그러면서도 남편은 은희가 죽는 것을 도와준다고 약속하고 있었다. 한 가지 약속하에. 은희가 미워하고 있는 사람을 용서하는 약속 하에. 은희가 그 사람만은 절대 용서 못한다는 것을 이미 알고 있기에 그런 약속을 하자고 했을까. 그래. 남편은 자기가 자살하는 것도 원하지 않으면서 더더구나 자기를 남편 손으로 죽일 위인도 되지 못했다. 20년 이상을 살았으면 그 정도는 은희도 남편을 알고 있어야 했다. 남을 해치지 못하는 남편의 성격을.

하지만 남편은 남에게 약속을 하면 책임감 있게 하는 성격이었다. 함부로 아무렇게나 약속도 하지 않았지만 일단 한 약속은 꼭 지키는 사람이었다. 남편은 마음은 내키지 않더라도 자기와 한 약속 때문에 은희를 죽이려 한다는 것을 은희는 잘 알고 있었다. 살 의미를 잃고 너무나 괴로울 때 그래서 죽고 싶을 때 스스로 죽지 않고 남이 대신 나를 죽여준다는 그것만이라도 큰 위안이 되었다. 그러기위해서는 남편이 한 제안을 들어야했다. 잠이 깨어난 후 거짓말로 남을 벌써 용서했다고 말할 수는 없었다.

은희는 미워하는 사람을 생각하였다. 아들 영철이를 해친 사람을 생각하고 있으니 다시 오장육부가 뒤틀리며 메슥거렸다. 증오에 가득 차 가슴속이 검게 타오르고 있어 숨이 제대로 쉬어지지 않았다.

'어떻게 그 놈을 용서할 수 있을까? 시간이 지나면 잊혀서 용서할 수 있을 텐데.'

아니 한동안 다른 일에 바빠 잊어버리고 살 수는 있겠지만 다시 생각할수록 용서는커녕 더 미움만 커질 것 같았다. 은희는 남편을 생각하고 있었다. 아들 영철은 은희만의 아들이 아니라 현수의 아들이기도 했다. 그렇다면 남편은 자기의 아들을 죽인 그 나쁜 놈을 미워하지 않고 있다는 것일까. 남편은 아들이 죽거나 말거나 아무 감정이 없다는 것일까? 그럴 리는 없었다. 남편도 은희처럼 괴로워하고 슬퍼하며 분노하였을 것이다. 그렇지만 그는 지금 미워하는 그 대상을 향하여 용서해보려고 노력하고 있음에 틀림없었다. 그러기에 은희에게 그러한 제안을 하고 있을 것이다. 왜? 대학교 교양과목으로 들었던 기독교 과목시간에 마음에 와 닿았던 성경구절 중 예수님이 우리에게 주고 간 주기도문 중의 한 구절이 그의 마음을 움직이고 있어 그대로 실천해 보려고 하고 있어서였다.

"우리가 우리에게 죄지은 자를 사하여 준 것 같이 우리의 죄를 사하여 주시고. 우리가 우리에게 잘못한 자를 용서하듯이 우리 잘못을 용서하여 주시고.'

우리가 용서받기 위해서는 먼저 우리도 남을 용서하여야 했다. 남편은 은희에게 그 말을 전하고 있었다. 은희는 남편의 그러한 태도에 놀라고 있었다. 남편을 만나고 난 후 지금까지 남편이 은희에게 종교적인 이유로 설교를 하거나 강요를 한 적이 한 번도 없었다. 은희는 교회에 열심히 다니는 다른 남자 교인을 볼 때마다 남편인 현수도 그 교인처럼 일요일 매주 빠지지 않고 믿음생활 하면 좋겠다고 항상 바라고 있었었다. 은희는 아이를 데리고 교회에 나가 아이들 성경공부도 가르치는 주일학교 선생님도 하며 매주 빠지지 않으려하며 다녔지만 남편은 회사 일이 바쁘다는 이유로 교회를 잘 다니지 않고 있었다. 어쩌다 나와도 예배시간 중 목사님 설교 시간에 잠이 들어있는 남편을 볼 때마다 남편은 믿음이 없는 사람으로 보이고 있었다.

현실 생활은 남에게 피해주지 않으면서 잘하고 있지만도 그러한 행동을 하니 믿음이 적은 영적 저능아로 보일 때도 있었다. 어쩌면 은희는 목사님 설교시간에 열심히 잘 듣고 있는 자기와 남편을 비교하며 자기는 영적으로 성숙되어 있다하며 남편을 판단하는 영적 교만에 빠지고 있었는지도 모른다. 영적 저능아, 그렇게 단순하게만 살아오던 남편의 입에서 그러한 제안이 들어왔을 때 은희는 남편에게 놀라고 있었다.

영철이가 없어지고 난 그날부터 은희 자신은 망가지고 있었다. 다른 사람들이 기도하여 주면 잠시 되돌아오기는 하였지만 영철이의 시신을 보고 난 이후 은희는 완전히 망가져버린 자신을 느끼고 있었다.

하나님? 은희에게는 더 이상 하나님이 의미가 없었다. 지금 누군가 은희에게 접근하여 기도를 하여 준다고 하면 고맙기는커녕 짜증과 신경질만 생겼다. 기도? 의미가 없는 하나님에게 무슨 기도를 할 수 있단 말인가? 처음에는 은희가 하나님에게 분노하고 있는 줄 알았다. 그러나 이제는 분노도 없었다. 조물주 창조주를 생각하고 싶지도 않았고 그냥 무시해 버리는 것이 제일 좋아보였다. 그렇게 망가져 버린 은희의 귀에 성경공부도 제대로 하지 않고 교회 출석도 제대로 하지 않았으며, 피곤하면 예배시간에 졸기까지 하는 영적 저능아로 보였던 남편의 말이 계속 울리고 있었다.

'당신이 미워했던 사람을 용서해줘.'

'그 사람이 영철이한테 한 행동을 보면 그놈이나 그놈의 자식이나 그 형제나 가족들이 모두 죽으라고 저주를 하고 싶은데 어떻게 용서를 하죠?'

은희는 자기에게 아직도 반문하고 있었다.

그때였다. 눈을 감고 있어서였는지 멀리서 어릴 때 처음 만났을 때의 양이 얼굴이 나타났다. 보고 싶은 얼굴이었다. 혜화국민학교 3학년 때였던 것 같았다. 양이에게 소중했던 그녀의 전 재산의 일부인 몽당연필을 받으며 은희가 좋아하고 있었다. 수줍어하고 말 제대로 못하는, 그래서 왕따 당하는 은희를 양이는 씩씩하게 도와주었던 것이 주마등같이 지나가고 있었다. 학교 수업이 끝나면 둘이서 손잡고 손을 흔들며 집으로 걸어가던 모습도 보이고 있었다. 그러면서 둘만의 제일 좋은 친구가 되자고 손깍지 끼며 약속하던 모습도 보이고 있었다. 어려운 환경에 처해도 서로 잊지 않고 꼭 도와주기로 약속하면서.

양이는 여러 번 은희가 어려움을 겪고 있을 때마다 나타나 도와주곤 하였었다. 골목길에 나타난 그 무섭게 보였던 남자아이 앞에서도 그랬고. 그런데 이제는 은희가 양이를 도와줄 순간이었다. 양이 아빠가 정치범으로 몰려 감옥에 들어갔을 때 은희는 겨울 창문사이에서 새어나오는 끽끽거리는 바람소리만 듣고 있었다. 아니 은희는 중학교를 들어갔고 양이는 돈이 없어 학교를 못 다니고 있었다. 양이가 배가 고파 종3의 매춘 가에서 몸을 팔고 있다는 소문도 돌고 있을 때였다. 양이를 도와주고 싶었다. 그런데 연락이 되고 있지 않았다. 그런데 어느 날 학교를 가러 합승 버스에 몸을 실은 후였다. 버스 백미러에 양이가 은희를 보고 뛰어오는 게 보이고 있었다. 다림질을 하여 하얗고 빳빳하게 만들어진 하얀 웃옷과 까만 교복치마를 입고 있던 은희에게 양이의 옷은 누가 보아도 구질구질하고 때가 낀 옷을 빨지 않고 오랫동안 입은 듯 더러워 보였다. 양이는 오랜만에 우연히 은희를 보아 반가워서 버스를 타고 있던 은희를 향해 뛰어오고 있는데 은희는 그러한 양이를 백미러로 보아 알고 있으면서도 못 본 체 모른척하며 앉고 있었다. 그때 버스에서 내리면 은희와 양이는 만날 수 있는 시간이었다. 버스는 움직이고 있었다. 움직이는 버스를 보면서도 양이는 헐떡거리면서 뛰어오고 있었다. 잠깐이나마 은희의 모습을 보고 싶어서였는지. 버스에 속력이 붙자 양이는 더 이상 뛰지 못하고 바닥에 주저앉고 있었다.

'얼마나 보고 싶은 양이였던가? 그런데 왜 나는 모른 척 했던가?'

백방으로 양이의 연락처를 알려고 알아보던 은희가 막상 양이가 먼저 나타났는데도 모른척하고 있었다. 그것이 양이와 본 마지막이었다.

은희는 울고 있었다. 양이는 은희처럼 공부도 잘했고 학교생활도 잘하고 은희보다 성격이 활발해 먼저 친구도 잘 만들고 리더십도 있었다. 그런데도 부모 잘못만난 것과 그때의 사회제도 때문에 그녀와 자기는 너무나 다른 길로 가고 있었다. 은희는 양이를 생각하며 울고 있었다. 조금도 도와주지 못했던 자기를 생각하며. 도와주기는커녕 모른 척 하며 버스에서 내려오지 않았던 자기의 이중인격에 수치를 느끼며.

영철이를 죽인 사람이 무슨 이유로 그랬는지 모르지만 자기 자신보다 더 나빠 보이지 않았다. 그 사람이나 은희 자신이나 모두 못된 사람이었다. 구제 불능의 사람들이었다. 은희는 용서를 빌고 있었다. 은희 자신을 위해서 그리고 영철이를 죽인 사람을 위해서. 아니 어쩌면 은희가 아닌 다른 힘이 은희를 통해 용서를 빌고 있는 것 같기도 했다. 은희가 그렇게 하려 하지 않았는데도 두 사람을 위해 용서를 빌고 있었다. 구제 불능 두 사람 모두 용서를 받고 있다는 마음이 일어나며 은희 마음이 평화로워 졌다. 은희는 남편의 조언대로 실행하고 있는 자신을 보며 이제 잠에서 깨어나면 용서를 하였다는 말을 하고 싶었다. 그리고 더 이상 자기를 죽이지 않아도 된다고 말하고 싶었다. 이제는 스스로 목숨을 끊을 생각도 없어졌으니 남편이 도울 필요가 없어졌다고.

약기운 때문이었을까? 은희는 꿀맛보다 더 달콤하게 잠에 푹 빠져 들어가고 있었다.

현수의 발이 비틀거렸다. 마치 술에 취해 걷는 양 마음먹은 대로 몸이 제대로 가지 않고 흔들거리고 있었다. 술에 취해 있었다면 정신은 몽롱해도 기분이라도 좋으련만 지금의 현수는 혼돈상태에서 검은 덩어리가 몰려와 가슴과 머리를 짓누르고 있었다. 방안이 어두워서일까? 한 걸음 한 걸음 걸을 때마다 검은 구렁텅이 구멍 속으로 발을 내딛고 있는 기분이었다. 곤하게 잠이 든 은희에게 다가가고 있었다. 손에는 은희 얼굴에 씌울 비닐봉지를 들고 걸어가고 있었다.

'은희가 깨어난 다음 마음을 바꾸어보도록 다시 한 번 말해볼까?' 그러자 다시 다른 생각이 들었다.

'아니야. 나는 벌써 여러 번 은희에게 물어보았어. 도저히 은희는 마음 바꿀 생각하고 있지 않았어. 지금 곤히 잠들어 있을 때 편안하게 그녀를 빨리 보내 주자. 너 은희에게 약속해 놓고 지금 와서 왜 이럴까 저럴까 망설이고 있는 거야. 빨리 해치워. 약속을 했으면 말에 대한 책임을 지라고.'

현수가 비닐봉지를 은희 머리에 씌우고 있었다. 목에까지 내려온 비닐봉지를 보며 갑자기 호기심도 일어나고 있었다. 이제 공기가 통하지 않도록 목 근처까지 내려온 비닐봉지를 묶어버리면 투명한 비닐봉지 속으로 보이는 은희의 얼굴이 어떻게 변하려나. 그대로 편안하게 잠이 들어 지금의 얼굴로 갈 것인지 아니면 얼굴빛이 푸른색으로 변하여 고통에 찬 얼굴표정으로 갈 것인지. 이렇게 죽이는 방법이 별로 좋지 않다는 생각이 들었다. 화학시간에 들었던 유명한 화학자의 행동도 생각나고 있었다. 화학자의 이름은 잊어버렸지만 사람들이 아직 모르는 것들을 발표하여 사회에 공헌을 많이 하는 유명한 화학자라 했다. 그에게 호기심이 있었다. 아무도 시아나이트의 맛을 모르고 있었다. 강력한 독성 때문에 죽는다는 것을 알고 있으면서도 그는 시아나이트의 맛을 알아내고 싶었다. 짠 맛일까. 쓴 맛일까, 떫은 맛일까, 단 맛일지도 몰라. 아니 맛이 전혀 없는 무 맛일까. 그는 자기처럼 시아나이트 맛에 호기심이 있는 사람들에게 답을 주기 위하여 시아나이트 맛을 보자마자 그 맛을 종이에 적으며 죽어가려 하고 있었다. 또한 맛이 어떻다는 발표도 하여 사회에 공헌도 할 겸. 그런데 종이에 답을 쓰기도 전에 독성이 너무 세서 혀에 대자마자 죽어버렸다고 하였다. 추측들은 이렇게 저렇게 하겠지만 이 세상에 시아나이트 참 맛을 아는 사람이 아직 한 사람도 없다고 하였다.

현수는 갑자기 시아나이트 독을 구했으면 좋겠다는 생각이 들었다. 그렇게 빨리 죽었으면 했다. 그러한 독극물을 어디서 구한다? 보통 약국에서는 팔지 않을 것이다. 권총이 낫지 않을까. 권총은 돈을 주면 권총가게에 가서 살 수는 있었다. 그러자 얼마 전에 은희가 머리에 총을 맞은 후 얼굴전체가 퉁퉁 부어올라 아픔에 고통스러워하던 모습이 떠오르고 있었다. 급소를 정확하게 맞기 전까지는 죽을 때까지 아파서 괴로워할 것 같아 권총도 좋아 보이지 않았다. 급소만 정확하게 알고 있다고 하면 권총보다는 부엌에 놓여 있는 도마 칼이 더 쉬워보였다. 권총 사러 가게까지 나갈 필요도 없고 또 총을 사려면 이것저것 질문에 대답하여야 하고 등록해야 하는데 까다롭다고 들었다. 도마 칼을 사용하는 것도 다른 것에 비하면 쉬워 보였지만 급소를 제대로 모르는 현수가 은희를 잘 못 찔러 깨어난 후 피 흘리며 신음소리 내며 고통스러워하는 것을 상상하니 그것도 전혀 쉬운 방법 중에 하나가 되지 못하고 있었다. 은희는 죽는 방법도 은희로서는 제일 쉽고 현명한 방법을 선택한 것 같았다.

목에 내려온 비닐봉지를 양쪽으로 꼭 묶어보려고 한쪽을 조였다. 현수가 비닐봉지를 은희 얼굴에 집어넣고 있을 때였다.

한편 경찰서에 있는 수사관 알렉스 경관은 시체 병리 실에서 나온 검사 결과의 연락을 받고 있었다.

"뭐라고요. 그 아이의 몸이 영철이가 아니라고요. 아니 어떻게 된 거지요. 사흘 전에 아이의 부모가 직접 영안실에 찾아가 아이의 몸을 보고 자기 아이라고 확인을 했는데. 치아 구조가 다르다고요. 그 아이의 부모는 베트남에서 왔고 베트남 갱들의 장난이라고요. 그렇다면 자기 아들이 죽은 것으로 알고 있는 김은희 씨 집에 빨리 연락을 해야겠어요. 연락해 주어서 감사합니다."

알렉스 경관은 전화를 계속 걸고 있었다. 전화 줄을 잡아 빼었기에 전화는 계속 통화 중 소리만 나고 연결이 되지 않았다. 그걸 모르는 현수는 아내 머리와 얼굴 위에 씌운 비닐봉지를 공기가 돌아가지 않게 양쪽으로 조이고 있었다. 은희의 하얀 얼굴이 산소가 부족해서인지 푸른빛으로 변하고 있었다. 살인, 그리고 본인은 자살. 내일이면 신문에 나올 기사가 눈에 어른거렸다. 그렇담 유서라도 한 장 써내고 로프를 목에 감고 천장에 매달릴까? 현수를 아는 주위 사람들의 수군거리는 말소리가 현수의 귀에 들려오고 있었다. 고등학교 친구들, 대학교 친구들, 또 회사 사람들, 친척 동네 사람들의 말소리가.

처음에는 설명이라도 해서 이해를 시켜야겠다는 생각이 들었다. 그러자 어떻게 현수와 은희의 속마음을 이해해 줄 것인가 의문부터 들었다. 그들이 무어라고 떠들던 현수에게는 이제 아무 상관이 되고 있지 않았다.

'당신들이 나와 똑같은 상황이 되어보지 않았으면서 나와 은희에게 잘했다 못했다 하면서 판단하지 마라. 나를 손가락질 하며 비웃지 마라. 그렇지만 당신들이 정녕 나를 향해 비웃고 싶다면 실컷 떠들어라. 당신들이 비웃든 말든 이제 나는 상관치 않겠다.'

현수는 주위 사람 중에 어머니와 아버지의 얼굴이 떠올랐다. 이제 조금 있으면 저 세상에 가 있을 자기를 보고 있노라니 어머니, 아버지 모습이 지워지지 않고 떠오르고 있었다. 주위사람들은 무시할 수 있었으나 부모까지는 무시하며 그냥 가버릴 수는 없었다. 한국전쟁 육이오가 일어났을 때 현수의 부모는 서울에 살고 있었다. 그들은 서울 밖 남쪽으로 피난을 가면서 서울 길거리에 수없이 죽어 쓰러져 있는 시체를 보았다고 했다. 너무 많이 죽은 사람이 많아 치울 시간이 없었기에 밟으며 지나치고 있는 죽은 시체들로 길거리에 널려 있었다고 했다. 전쟁의 참사를 직접 눈으로 목격을 해서인지 현수 부모님은 현수 가족이 미국으로 가는 것을 대찬성하였었다.

"그래 언제 또 전쟁이 날지 모르니 너의 가족 하나만이라도 미국에 가서 살고 있으면서 우리 가족의 대를 이어다오."

부모님은 다시 6.25가 일어나면 한국에 있는 가족은 모두 죽을지 모르니까 너희 한 가족이라도 그곳에 가서 잘 살며 자손을 이으라고 말한 것 같았다. 그러나 미국 와서 멀다는 이유로 또 시간이 아침저녁 달라 잠자는 시간에 깨울까봐 전화 못했다며 안부 전화도 제대로 못하고 생일날 명절 한번 그동안 제대로 찾아보지도 못하며 효도 한번 못한 못난 아들이 송구스러웠다. 어머니는 현수가 결혼하기 전 총각으로 있을 때 현수를 보며 걱정스럽게 충고를 하곤 했었다.

"남자는 자고로 여자를 잘 만나야 한다. 여자하나 때문에 남자 인생 망치는 것 많이 보아 왔단다. 너무 얼굴만 보고 정하지 마라. 마음씨도 보아야 하고 하는 행동도 예의바라야 하고 그러려면 집안도 보아야 하는 거야. 집안이 좋아야 교육 잘 받아 좋은 사람 나오는 거란다. 학교 교육 지식 교육을 말하는 게 아니야. 사람 됨됨이 교육이야. 알겠니? 그리고 일단 네 여자로 받아들었으면 너도 여자를 존대해주고 네 몸처럼 아껴주어야 해. 너를 믿고 사는 사람을 업신여기거나 다른 여자한테 눈을 돌려 마음 아프게 하면 네가 언젠가 벌 받게 되어있어. 알아듣겠니?"

"염려 마세요. 어머니. 명심하겠습니다."

미국에 와서 크게 성공하여 부모를 기쁘게 하지는 못할망정 아들과 며느리가 함께 죽었다는 것을 보여야하니 패배자의 기분이 되어 전혀 한마디도 말할 용기가 나지 않았다. 그렇다고 모른척하고 떠나려니 그것 또한 현수의 마음을 무겁게 하고 있었다.

'그래. 전화라도 하여 마지막으로 어머님 목소리라도 듣고 가자. 무조건 잘못했습니다 하고 어머님께 말하자. 그러면 지금 무슨 뜻인지 모르지만 내일

아침 뉴스나 다른 사람을 통해 아들이 죽은 것을 알면 왜 오늘 그 말을 했
는지 아시겠지.'

현수는 은희의 목 근처 비닐봉지 한쪽을 꼭 묶다말고 다시 풀어 놓은 채
전화 옆으로 갔다. 그동안 전화가 너무 자주 걸려 와서 전화 줄을 빼놓고 있
어 전화연결이 되지 않고 있었다. 전화선을 연결하자마자 1번을 눌렀다. 전
화 1번과 2번은 전화번호 기억 장치가 되어 있어 따로 일일이 전화번호 10번
이상을 누르지 않아도 전화가 곧 연결이 되었다. 전화벨이 울리는 소리가
들렸다. 마침 어머니가 수화기를 들었다.

"어머니. 저 현수입니다. 안녕하세요."

"거기 지금 몇 시나 되었니? 여기는 새벽 6시인데 왜 그동안 너희들 전화
받지 않고 있는 거냐? 계속 전화 걸었는데 통화 가는 소리는 들리는데 아무
도 받지 않고 있었어. 어떻게 된 거냐?"

"예 어머니. 그러지 않아도 어머님 목소리 듣고 싶어 전화하고 있어요."

"그러냐? 나는 그것도 모르고. 어젯밤 꿈이 아주 좋지 않았어. 그 다음부
터 걱정이 되어 자지도 못하고 계속 전화하고 있었던 거야. 영철이 엄마 어떻
게 지내고 있냐? 네가 잘 위로해 주어라. 밥은 먹고 있겠지. 먹기 싫어도 미
음이라도 끓여서 먹어야 해. 병나지 않으려면 먹어야 해. 영철이 엄마 옆에
있냐? 좀 바꾸어 다오."

"여러 날 못 자다가 조금 아까 수면제 먹고 잠이 깊게 들었어요."

"그래. 그럼 깨우지 마라. 잠을 자야지 사람이 살지. 얼마나 마음이 괴로웠
겠니? 나는 엄마가 아니라 할머니인데도 영철이 생각하면 가슴이 터질 것 같
이 아파오는데. 영철이 아빠. 너도 얼마나 마음이 괴롭겠니. 그렇지만 이겨내
야 한다. 이제 지나간 것은 다 잊어버리고 살아야 해. 내 말 알아듣겠느냐?
왜 조용해. 왜 아무 대답이 없어?"

"예. 어머님 말씀 잘 듣고 있습니다."

'어머님 이제 너무 늦었습니다. 어머님 말씀 잘 알아듣겠는데요. 그렇지만

308

은희와 저 이 세상을 버리고자 마음먹었는데요. 저희 둘 다 영철이와 영옥이가 먼저 간 저 세상으로 가려고 합니다.'

현수는 그렇게 생각하며 어머니 말을 듣고 있었다. 그렇지만 차마 그 말을 입 밖으로 꺼낼 수는 없었다. 그러한 현수의 생각을 알고 있는 듯 어머니는 다시 다짐하고 있었다.

"네가 알아들었다니 마음 놓겠다. 어제 꿈에 너희 둘이 나타났어. 며느리는 하얀 치마와 저고리를 입고서. 머리는 생머리 긴 머리를 한 채. 그걸 보는 순간 내 가슴이 섬뜩했단다. 그런데 며느리 앞에 영옥이와 영철이 비슷한 아이가 나타난 거야. 조금 뒤에는 너도 나타났단다. 그래서 내가 놀라 전화하는 거란다. 왜 이런 꿈을 꾸었는지 무슨 일이 너희 둘한테 나타나려는 건가 하고 걱정이 되어서야. 그저께 영철이 외할머니가 찾아왔었어. 나를 보더니 무조건 허리를 굽혀가며 절을 계속 하는 거야. 그러면서 자기 딸을 살려 달라고 하는 거야. 왜 그런 말씀을 하시느냐고 하니까 자기가 부덕해서 전생에 죄를 많이 지어 은희 같은 딸을 낳았고 그 딸이 부덕해서 아이 둘을 잃어버렸으니 용서해 달라고 빌러 왔다고 하더라. 외할머니는 몇 년 전 서울에 찾아왔었던 영철이를 보면 너무 사랑스럽고 예쁘지만 그래도 이제는 자기 딸이 더 불쌍하다는 거야. 네가 혹시라도 화가 나서 자기 딸 내쫓기라도 할까보아 모든 죄를 외할머니한테 돌리고 용서해 달라고 자기 딸 살려달라고 울면서 사정사정하더라. 그러니 내 말 잘 들어라. 영철이 엄마가 혹시라도 자기 잘못 때문에 일어난 일이라고 하면 꾸짖지 마라. 액땜한 거라고 그래. 더 큰일이 일어 날 수 있었는데 그 일을 막아준 거라고 해. 물론 영철이한테는 아니 되었고 가슴 아픈 일이지만 그 일이 일어나지 않으면 너희 둘이 더 큰 사고가 일어날 수 있었어. 그걸 액땜이라고 하는 거야. 불교에서는 그렇다. 그런 나쁜 일이 일어나는 것이 너희 잘못이기 전에 조상들이 잘못한 것과 우리 전생에까지 거슬러 올라가 잘못한 것 등이 있어서 지금 당하고 있는 거야. 그러니까 받아들여야 해. 그렇지 않으면 더 큰 업보로 너희들에게 다가올 수 있어. 어쩌면 영철이 외할머니보다 내가 더 알게 모르게 지은 죄 때문에 너희들이 이 고통을 받고 있는 것 같아. 너한테 미안하다. 며느리한테도 미안하다고 전해. 여기서는 전혀 며느리 꾸짖지 않고 있으니 마음 편안하게 잊고 지내라고 전해라."

"예, 어머님 말씀 감사합니다. 그렇게 전하겠어요."

무조건 잘못했습니다 라고 전화하려던 현수의 입에서 감사합니다 라는 말이 나오고 있어 현수도 당황하고 있었다.

'어머니. 왜 어머니가 저에게 미안하다고 말씀하고 계세요. 어머니는 저를 낳아주시고 키워주셨는데 저에게 잘못한 게 없는데도 왜 저에게 미안하다고 하십니까? 제가 어머님께 미안하다고 말하려 했었는데 그 기회를 놓쳐버렸습니다.'

수화기를 내려놓고 현수는 잠시 생각에 잠겼다. 전화선을 연결하지 말았어야 했었다. 한쪽 마음에서는 은희와 한 약속을 빨리 해 치우라하고 있고 다른 쪽 마음은 약속을 꼭 지켜야하는 의무가 어디 있느냐하며 반문하고 있었다. 그제야 현수는 자기가 은희에게 비닐봉지를 씌운 행동이 이해가 되고 있었다. 현수가 은희를 죽이지 않아도 은희 스스로 알리지 않은 채 죽어버릴 것 같아서였다. 그렇게 되면 현수 혼자 남을 것이다. 이미 아이 둘을 잃어버렸는데 아내마저 떠나 혼자 남아 살고 싶지가 않아서였다. 그것이 가장 큰 이유였지, 은희와 한 약속을 지키기 위해 은희가 죽는 것을 도와준다는 것은 가장 큰 이유를 감추기 위한 핑계에 불과하다는 것을 알아차리고 있었다.

어머니와의 전화 대화 때문에 다시 주저거리고 있는 자기 자신을 발견하면서 현수는 재촉거리고 있었다.

'그래. 마음먹었을 때 빨리 해치우자.'

현수는 은희가 죽은 후 자기도 곧 죽을 준비로 천장 주변 못을 발견하여 단단한 로프를 걸었다. 그리고 빠지지 않게 로프를 자기 목에 걸어 보았다. 그것이 준비되자 현수는 은희에게 다시 다가가고 있었다. 은희가 잠들기 전에 마음이 변한 것을 모르는 현수는 은희 혼자 떠나보내기가 싫어 그녀를 사랑하는 마음으로 그녀의 약속을 들어주고자 은희에게 다가가고 있었다. 비닐봉지 속에 머리와 얼굴이 파묻혀 있어 숨쉬기가 어려울 텐데도 은희는 세상모르게 쌔근거리며 푹 잠이 들어 있었다.

그때였다. 다시 전화벨이 따르릉 울리고 있었다. 방해를 받지 않으려면 전화선을 떼어버렸어야 했는데 부모님과 전화 한 후 전화 줄을 뽑아내는 것을 잊어버린 것이다. 전화소리를 못 들은 척하고 있었다. 아무도 전화를 받지 않으면 메시지 남기고 전화를 끊어버리겠지. 현수는 은희 얼굴위에 덮혀있는 비닐봉지를 조이고 있었다. 산소가 모자라 고통이 오는지 은희의 얼굴빛이 초록색으로 변하며 일그러지고 있었다. 그런데 전화소리가 귀에 거슬려 왔다. 전화가 울리다 아무도 받지 않으면 혼자 끊어버리겠거니 기다렸는데 전화는 다시 또 계속 걸려오며 울리고 있었다. 은희 목에 힘주던 손을 멈추고 전화 줄을 빼 버리려 전화기 옆으로 걸어가고 있었다. 그러자 갑자기 궁금해지고 있었다. 자기가 죽기 전에 받는 마지막 전화가 될 것이다. 그 마지막 전화가 누구에게서 온 것일까 궁금해지고 있었다. 광고 전화일수도 있었다. 마지막에 죽기 전에 받는 광고 전화는 무엇이 될까. 무시하려고 하였으나 그래도 그냥 궁금해지고 있었다.

'그래 이제 마지막 전화가 누구에게서 오는가 알아내고 전화선을 끊어버려야겠다.'

현수가 다시 전화로 가서 수화기를 들었다.

"지금 당신이 하고 있는 것 당장 그만 두십시오."

난데없이 전화기에서 나오는 말소리를 들으며 현수는 놀라고 있었다. 현수는 주위를 둘러보았다. 커튼을 치었기에 방안은 어두웠고 커튼에 가려 있어 밖에서 기웃거려도 안에서 무엇을 하는지 도저히 아무도 알 수가 없었다.

"저는 김은희 씨가 다니는 교회의 안 목사입니다. 성가대를 담당하는 음악 목사입니다. 그런데 김현수 씨가 지금 무슨 일을 하려고 하는지 저는 전혀 모릅니다. 하지만 곧 그만 두세요. 지금 하려고 하던 일을 곧 그만 두세요."

"아니. 왜 저에게 그러한 말씀을 하는지요?"

전화를 마지막으로 받아보고 죽으려 했던 현수의 온몸에 전율이 일어나고 있었다. 놀라서 소름이 끼칠 때 피부에 일어나는 그러한 오톨도톨한 반응이 일어나고 있는 것 같았다.

"저도 모릅니다. 저희 교회 성가대 일원인 김은희 씨가 어려운 일을 겪고 있는 것을 듣고 기도를 하고 있었습니다. 그런데 기도 중에 갑자기 전화를 지금 하라는 마음이 일어났습니다. 몇 번이고 망설였는데 마음이 불같이 뜨거워지며 전화를 하지 않으면 제가 견딜 수가 없었습니다. 그리고 지금 김현수 씨가 하려고 하던 것을 그만두라고 말하라고 불같이 뜨거워진 제 마음을 통해 제 입술로 나오고 있습니다. 제가 실례를 하였다면 용서해 주십시오. 그러나 저는 김은희 씨와 그 가족을 위해 기도하는 중 그러한 마음이 일어난 것이라는 것만 알리고 싶습니다. 하나님은 지금 말씀하고 계십니다. 하나님은 김현수 씨 당신을 무척 사랑하고 계십니다. 하나님은 당신과 당신의 아내 김은희 씨 그리고 당신의 가정을 사랑하고 계십니다. 안녕히 계십시오."

오톨도톨한 피부반응을 보이면서 온몸에 전율이 일어나던 현수의 눈에서 눈물이 주르륵 흘러내리고 있었다. 죽기 전 마지막으로 받으려던 전화를 받고 부터 현수의 태도와 마음이 급격히 변하고 있었다. 이것이 과연 우연의 일치란 말인가? 더 이상 현수에게는 우연의 일치로 보이지 않고 있었다. 현수와 은희가 있는 방은 커튼으로 가려져있어 컴컴하여 아무도 안을 들여다 보지 못하게 되어 있었는데도 한 분인 그 분의 눈에는 보이고 있었다. 창조주 하나님은 기도 중에 있는 음악 목사님인 안 목사님을 통하여 현수에게 말하고 있었다. 은희가 죽는 것을 돕지도 말고 현수 너도 죽지 말라고.

다시 시간이 지난 후 전화가 울리고 있었다. 전화선을 연결한 후 두 번째로 오는 전화였다. 조금 아까까지는 끊어버리려던 전화였지만 현수는 다시 전화를 받고 있었다. 두 번째 전화 수화기를 들으니 알렉스 경관에게서 온 전화였다.

"시체검사를 해보니 아드님이 아니라는 것이 밝혀졌습니다. 그때 보았던 아이는 영철이와 나이가 비슷한 베트남계 아이였습니다. 갱단에 의해 서로의 원한관계로 아이를 그렇게 죽인 것으로 보고 있습니다. 다시 연락드리겠습니다."

그렇다면 아직 영철이가 살아있다고 다시 희망을 가져도 될 것인가. 이렇게 오랜 시간이 지났는데 아직도 살아있다는 가능성은 적지만 현수의 가슴은 설레고 있었다. 우선 은희 옆에 가서 자고 있는 그녀의 머리에서 비닐봉지를 빼내었다. 은희는 그녀 머리위로 봉지가 씌워져있었던 것도 모른 채 쌔근쌔근 작게 코까지 골며 잠자고 있었다. 비닐봉지를 은희 얼굴에서 빼어낸 후 현수는 은희 옆에 무릎을 꿇고 앉았다. 소파 위에서 잠자고 있는 은희의 얼굴 이마 위로 현수는 입을 맞추었다. 은희의 얼굴이 가련해 보였으나 지금의 현수의 눈에는 더욱 사랑스러워 보였다. 현수는 눈을 감고 무릎을 꿇은 채 계속 기도하고 있었다.

'감사합니다, 하나님. 다른 사람을 통하여 당신의 목소리를 듣게 하여 주시니 감사합니다. 저 혼자 제 의지대로 다 해결하려 하였던 저를 용서하여주십시오. 어리석고 바보 같은 저를 그대로 죽게 내버려 두지 않고 살려 주시니 감사합니다. 병원 영안실에서 보았던 어린아이의 시체가 영철이가 아니라고 연락이 왔습니다. 저와 은희는 죽은 아이의 모습이 너무나 영철이와 흡사해서 영철이가 이미 죽었다고 믿고 있었습니다. 아직 어디에 살아 있는 건가요? 희망을 가져도 되는 건가요? 아니 이렇게 시간이 흘렀는데도 나타나지 않는 아이를 보고 이미 죽어있을 아이를 보고 헛된 꿈만 꾸다 나중에 또 나쁜 소식 듣고 낙망하여 쓰러지는 게 아닐까요? 하나님 저는 보고 있지 않지만 당신은 환히 보고 있습니다. 아직 영철이가 살아있다면 지켜주십시오. 그러나 영철이가 이미 죽었다하는 또 다른 소식 듣고도 은희와 저 더 이상 충격을 받지 않고 현실을 있는 그대로 지혜롭게 받아들이며 살아갈 수 있게

인도하여 주십시오.'

　현수가 무릎을 꿇은 채 눈물 흘리며 은희 옆에서 기도하고 있는 사이에 은희가 깨어나 현수를 보고 있었다. 현수는 아직도 눈을 감은 채 기도하고 있었기에 은희가 깨어나 자기를 보고 있는 것을 인식하지 못하였다.

잎새 서른셋

　테이프로 눈이 가려져 보이지는 않았지만 영철은 자기 몸이 창고 안 가운데 둥그런 기둥이 있는 곳으로 끌려가 기둥과 함께 묶이고 있는 것을 느낄 수 있었다. 조금 움직여 보려고 몸을 꿈틀대었더니 도망가려는 의도로 알아챘는지 손목과 발목을 노끈으로 더 아프게 죄어 묶었다. 잠시 침묵이 흐르고 창고 안을 왔다 갔다 하는 발자국 소리만 들리더니 어디서 전기 톱날을 구해왔는지 칼 가는 소리가 들렸다. 영철은 아빠가 토요일, 일요일 주말 쉬는 날이면 시어즈 백화점에서 사온 연장 전기 톱날 을 이용하여 나무를 자르며 선반 등을 만들어 집에서 사용하는 것을 보았기에 그 소리에 익숙해 있었다.

　레이몬드는 전기 톱날이 작용을 하나 하지 않나 먼저 사용해 보고 있는 것 같았다. 나무대신 쇠를 자르고 있었는지 잘라내는 소리가 소름이 끼쳤다. 그 소리가 영철의 귀에는 사자가 배고파 울부짖는 소리 같았다. 영철은 하나님께 다시 기도하였다. 머릿속과 마음속으로만 조용히 기도하던 영철이였으나 쇠 자르는 전기 톱날의 날카로운 소리를 들으며 영철은 소리를 내어 외치며 기도하고 있었다. 테이프로 입을 봉해 무슨 소리인지 단어는 전혀 들리지 않은 채 외치는 소리가 레이몬드의 귀에도 들렸나 보다. 이 한적한 벌

314

판 창고 앞에 지나가는 사람이 없겠지만 혹시나 하여 레이몬드는 외치는 소리가 귀에 거슬렸다. 그는 영철의 눈과 입에 붙였던 테이프를 떼어내고 눈을 부라리며 따귀를 때렸다.

"조용해. 소리 내면 당장 죽여 버릴 테야."

얼떨결에 얻어맞은 그의 손바닥 자국이 아프고 매서웠지만 눈을 감았을 때는 소리만 들렸는데 눈앞에 전기 톱날이 바로 앞에 다가와 보이자 그게 더 충격적으로 얻어맞는 기분이었다.

"아저씨. 한 가지 할 말이 있어요."

"그래. 큰 소리만 지르지 않으면 들어주지."

"다시는 큰 소리 내지 않을게요. 아저씨가 저에게 아저씨 비밀을 이야기 하였듯이 저도 아저씨가 아직 모르는 일을 말하려고 해요."

"내가 아직 모르는 일이라. 그게 나하고 무슨 상관이야."

"어쩌면 아저씨에게 영향을 미칠 것 같아 그래요."

"나에게 영향을 미칠 것 같다? 그럼 말해봐."

"저희 엄마한테 쌍둥이 자매가 있어요."

"쌍둥이 자매라? 그래서? 나는 너희 엄마한테 쌍둥이 자매가 있었는지 전혀 모르고 있었는데."

"너무 똑같이 생겼어요. 저도 조금 멀리 떨어져서 보면 착각할 정도예요. 엄마가 그러는데 대학시절 서로 다른 강의실에 들어가도 교수님들이 분간하지 못했다고 했어요. 저희 엄마는 그 이모보다 수학을 잘해서 미적분 시간에는 그 이모대신 시험장에 들어가 대신 시험 치르기도 했고 또 저희 엄마가 유기화학 시험보기 전 날 바쁜 일이 생겨 제대로 외우지도 못하고 공부를 안 해 걱정하면 그 이모가 대신 시험 쳐 주었다고 했어요. 친구들도 교수님도 몰랐다고 했어요."

"네 엄마도 이제 보니 형편없는 사람이야. 그렇게 공부해서 약사가 되었다면 네 엄마 약사자격 믿어도 되겠어? 그건 그렇고 별로 좋지도 않은 이야기를 자식한테 말하는 것 보니 이해가 되지 않아. 보통 엄마들 그 반대이던데. 자식들한테 자기들이 어렸을 때 잘 했던 것들만 과장되게 이야기 하던데."

"예. 저희 엄마는 솔직하게 말하는 걸 좋아해요. 엄마가 저에게 그런 이야기를 한 이유는 그만큼 그 이모와 제 엄마가 똑같이 생겨 분간할 수 없었다는 것이에요."

"그게 나한테 무슨 영향을 미친다는 거야?"

"아저씨 이해 못하겠어요? 그날 피터 아빠 사고 날 가게 앞에 주차했었던 윌리암스 의사의 차를 보았다는 사람이 저희 엄마대신 그 이모인 것 같아서요."

"그럴 리가 있나?"

"어느 때는 이모가 저희 집에 와서 엄마 대신 엄마 차를 타고 다니며 엄마 일을 도와주고 있어요."

"분간을 못할 정도라면 그 이모가 너희 집에 왔을 때 너는 그 이모한테 엄마라고 부른 적도 있니? 너희 아빠는 어떠냐? 그 쌍둥이 이모를 자기 아내로 착각 하는 것은 아니겠지?"

"조금 멀리 떨어지면 착각해도 저와 제 아빠는 분명히 구분할 수 있어요. 저희 엄마가 그 이모 보다 약간 더 통통해요. 얼마 전 아저씨한테 머리에 총을 맞고 난후 수술 한 다음부터는 더 여위어 보이지만요. 그리고 눈썹 모양도 조금 달라요. 그 이모가 다소 직선으로 보이는 눈썹대신 저희 엄마는 곡선이에요. 그렇지만 다른 사람들은 금방 분간을 못해요."

"네 말을 들어 보니 너와 네 엄마 이외에도 그 쌍둥이 이모를 잡아 없애야 하겠구나."

"바로 그거예요. 아저씨는 아저씨 조직단체의 비밀을 지킨다는 이유로 피터 아빠, 또 저희 엄마, 그리고 저를 죽이면 끝이 나는 것으로 알지만 아저씨가 모르는 사람 중에도 그렇게 연관이 되어 저희 이모처럼 알고 있는 사람들이 여럿 있을 거예요. 그렇다고 하나 하나 모두 없앨 수는 없잖아요. 더 많이 죽일수록 꼬리가 잡혀 경찰에서, 연방 경찰에서 알아낼 거예요. 조직단체는 결국 해산되고 그 조직단체에 가담했던 사람들 경찰에 끌려가 모두 벌을 받게 되어 있어요."

"내가 있는 이 회사 조직단체에 대해 함부로 말하지 마라. 나는 이 조직에 가담한지 몇 년 아니 되었지만 아저씨 알후레도만 하더라도 십년 이상 일했어. 아직까지 아무 탈이 없었던 이유 중 하나는 나처럼 조직 비밀을 철저히 지켜보려했기 때문이라고 나는 보고 있어. 그리고 두 번째 이유는 사회 곳곳에 권력이 있는 사람들과 연결이 되어있는 거야. 그 사람들은 우리 조직에 전혀 가담이 되어 있지 않고 우리 조직단체가 어떠한 것인지도 모르지만 이모 저모로 우리한테 뇌물이나 정보 등 도움을 받은 사람들이라 우리가 부탁할 때에 모른 척 할 수가 없지. 한 가지 예를 들까? 얼마 전에 경찰에 신고 전화가 걸려왔어. 마약 파는 사람들이 아파트 203호에 살고 있다고. 그런데 그 아래층 103호로 바뀌어 연락을 받은 경찰이 습격했을 때, 무죄한 103호 주민만 혼쭐이 났지. 아래층에서 시끌벅적 할 때 이층에 살던 진짜 마약 팔던 사람들은 다들 도망을 가버렸고. 뭐 그런 식이야. 그날 경찰의 심한 대우로 혼쭐이 난 103호 아파트 주민이 경찰을 상대로 고소를 하겠다고 나오고는 있지만 항상 실수는 있는 법이니까 아무도 우리하고 연관된 것을 의심하는 사람도 없고 아무튼 우리하고는 더 이상 문제가 되고 있지 않는 거야."

레이몬드는 조직단체의 비밀을 지키는 것이, 그래서 자기가 사람을 죽이는 것이 조직의 안전을 위해 스스로 충성을 다하는 양 설득을 시키고 있었다. 또한 자기가 있는 조직단체는 어설프게 우후죽순처럼 생긴 초라한 단체가 아니라는 것을, 그래서 권력의 보호를 받고 있다는 것을 그것이 비록 정당한 보호가 아닌데도 자랑스럽게 말하고 있었다. 그러한 레이몬드의 의견에 영철은 동의 할 수가 없었다. 나쁜 일을 하는 조직단체는 언젠가 허점이 나타나 꼬리가 붙잡혀 세상에 밝혀지리라 보고 있었다.

영철이 왜 갑자기 쌍둥이 이모 이야기를 꺼내고 있는지, 처음에는 영철 자신도 이해가 되지 않았다. 그렇지만 그냥 당할 수만은 없었다. 손이 묶이고

발이 묶이고 눈과 입이 막히니 너무나 무기력해 버린 자신의 모습이 안타까
워졌다. 손발이 묶이지 않는다 해도 자기보다 훨씬 체격이 큰 레이몬드를 때
리고 도망갈 수는 없었겠지만 이제 손발까지 묶이고 보니 더 힘이 없는 자기
모습이었다. 그러자 영철에게 레이몬드의 약점이 눈에 띄었다. 레이몬드는
의심이 많은 사람이었다. 그리고 모든 것을 완전하게 의심 없게 만들려 하고
있었다. 그러한 약점을 이용해 보자는 생각이 영철의 마음에 불현듯 일어나
고 있었다. 그래서 쌍둥이 이모가 없는데도 영철은 이모 이야기를 하고 있
었다.

아주 어렸을 때였다. 다섯 살 정도였을까. 영철의 친구들은 형도 있었고
누나도 있었고 아니면 동생도 있었다. 영철은 그러한 형제자매 가진 친구들
이 볼수록 부러웠다. 그래서 자기도 옆집에 사는 친구처럼 동생 하나 갖고
싶다고 엄마에게 졸랐다. 여러 번 조르는 아들에게 더 이상 아기를 가질 수
없다는 말을 하기가 안 되었는지 엄마는 영철이에게 상상의 쌍둥이 이모 이
야기를 해 준적이 있었다.

"영철아, 엄마도 너 만큼 어렸을 때에 동생이 있는 친구들이 제일 부러웠단
다. 엄마 옆집에 일란성 쌍둥이 친구가 살았었어. 둘이 항상 재미나게 사이
좋게 지냈어. 엄마는 항상 알아보지 못했어. 누가 언니인지 누가 동생인지.
둘 다 엄마하고 잘 놀았지. 그런데 어느 날 엄마가 같이 놀자고 찾아 간 날,
언니가 아프다고 동생이 나하고 놀지 못하겠다고 했어. 자기는 아픈 언니 옆
에서 심부름도 해야 하고 언니와 같이 놀아야 한다고. 엄마는 집으로 돌아
오면서 무척 심심했단다. 그때 엄마도 쌍둥이로 태어났으면 얼마나 행복했을
까 하며 꿈을 꾸고 있었단다. 그때 엄마는 지금 내 앞, 내 눈에는 보이지 않
지만 나와 똑같은 자매가 어디 있어 나하고 같이 놀고 싶어 한다는 확신이
들었어. 그 다음부터는 항상 그 자매하고 이야기 한단다. 내가 감기라도 걸
려 아프면 내 옆에서 위로도 해 주고 내가 외로워하면 힘내라고 북돋아 주
고 내가 시험 잘 보면 같이 기뻐하고. 어느 때는 정말 쌍둥이 자매가 있는

걸로 착각이 들 정도야. 영철아. 너도 아빠와 엄마 모두 너보다 나이가 많아 언젠가 먼저 이 세상을 떠날 텐데 너 혼자 남겨 두면 외로울까 걱정이 될 때도 있단다. 그렇지만 너도 엄마처럼 눈에 보이지는 않지만 너와 똑같은 형제가 있어 너와 같이 놀아주고 싶어 하고 너를 돌보아 주고 싶어 한다는 것 생각하며 살아라. 어떤 사람들은 그걸 수호천사라고도 하며 지낸다고 해."

"엄마 그 쌍둥이 자매 이름도 있어요?"

영철은 이 세상에 존재하지 않는다는 것을 알면서도 혹시라도 엄마가 이름을 지었을까 하여 짓궂게 물어 보았다.

"그럼, 있고말고. 엄마 이름은 은희고 그 이모 이름은 명희란다. 한국에서는 형제자매 이름 만들 때 이름 속에 똑같은 한 자를 집어넣거든. 엄마 이름은 은혜롭게 빛난다는 뜻이 있고 이모 이름은 밝게 빛난다는 뜻이 있어. 둘 다 예쁜 이름이지?"

"이모 이름도 외할아버지와 외할머니가 지었나요?"

"아니 그건 내가 지었어. 할아버지 할머니는 엄마의 상상의 쌍둥이 자매 모르고 있어. 이건 엄마하고 쌍둥이 이모만의 비밀인데 너한테 알려 준거야. 그런데 이상하지. 나중에 외할머니 하고 다른 이야기 하다 알았는데 외할머니가 또 딸을 낳으면 명희라고 이름 지으려고 했었대. 그래서 나도 놀랐어. 내가 나 혼자만 알게 그 이름을 지었는데 그리고 아무에게도 말하지 않았는데 어떻게 이름을 나하고 똑같게 지었을까 하고. 우연치고는 너무 똑같이 이름을 지었잖니."

영철은 그 이후에도 엄마가 대학 다닐 시절 쌍둥이 친구들이 강의실에서 바꾸어 앉거나 다른데서 시험 보았는데도 아무도 알아채지 못하였다는 엄마 친구의 말을 이야기 하며 웃은 적이 있었다. 영철은 어렸을 때에 들었던 엄마의 이야기를 레이몬드에게 하고 있었던 것이었다. 너무나 자연스럽게 이야기를 하니 누가 들어도 영철엄마에게 쌍둥이 자매가 있어 보였다.

"너희 쌍둥이 이모도 약사로 일하고 있느냐?"

“예.”

“어디서 일하고 있어?”

“노바토시에 있는 카이저 병원 약국에서요.”

엄마 친구 중에 중고등학교, 대학교를 같이 나왔는데 미국 이민 와서 엄마와 같이 약사가 되어 노바토시에 있는 카이저 병원에서 일하는 분이 떠올라 곧바로 대답하고 있었다. 혹시라도 그 엄마 친구까지 다치면 어쩌나 생각이 들었지만 얼굴이 전혀 닮지 않았으니까 그건 나중에 걱정하기로 하였다. 우선 곧바로 대답을 하지 않으면 자기가 거짓말한 것이 탄로가 나 더욱 혼쭐이 날판이었다.

“이모 이름이 무어냐?”

“명희라고 해요.”

“멍희? 내가 한 발음이 맞냐?”

“멍희가 아니라 명희예요.”

“명희?”

“예. 맞아요.”

영철의 생각은 적중하였다. 레이몬드는 칼 갈던 것을 멈추고 전화를 걸머 물어보고 있었다.

“은희 약사한테 쌍둥이 자매가 있다는데 들은 적 있습니까?”

영철의 귀에는 상대편 전화 받는 사람의 대답하는 소리가 들리지 않았다.

“전혀 모른다고? 왜 물어보느냐고요? 둘이 너무 똑같이 생겨 은희 약사가 일하는 곳에 와서 일해도 아무도 알아채지 못한다고 하여서. 우리는 은희 약사 뒤만 쫓고 있었는데 그 쌍둥이 자매도 우리의 일을 알고 있으면 훼방꾼이 될 것 같아 염려가 되고 있으니 조사해 주시오.”

영철의 귀에는 아무 말도 들리지 않았다. 그러나 이번에는 전화를 오래 붙잡고 듣는 모습을 보니 쌍둥이 자매 이야기 이외에도 다른 말들이 오가고 있는 것 같았다. 한참을 듣고 난 후 그는 말하였다.

"아무튼 노바토시에 있는 카이저 병원 약국에서 약사로 일하고 있다니 알아봐 주십시오. 이름은 명희라고 합디다. 둘 다 희자는 같군요."

명희라는 이름을 대면 카이저 병원 약국에는 그러한 약사 이름이 없다는 것을 영철은 이미 알고 있었다. 그래도 영철은 지금 시간을 벌고 있다는 생각이 들었다. 그렇게 말한 것을 후회하고 있지는 않았다. 엄마 친구 이름은 명희가 아니라 혜란이었다. 명희라는 이름은 없어도 한국인 약사가 일하고 있으면 얼굴을 확인하기 전까지는 그렇게 영철을 의심만 할 수는 없었다. 엄마 친구 이름들이 대부분 그랬다. 직장에서는 미국 이름들을 쓰고 있었다. 그리고 결혼하기 전 성과 결혼 후의 성이 변하여 많이 혼돈되고 있었다. 혜란 이름도 이혜란, 양혜란이 되었다. 같은 동네에 사는 한국 사람들은 또 딸이나 아들 이름을 따서 누구 엄마라고 불렀기에 정작 이름을 아는 사람이 드물었다. 또 직장에서는 미국 이름을 썼기에 그래서 누가 김명희를 물으면 헬렌 양이라고 생각 할 수도 있었기에 그랬다.

시간을 벌고 있다는 영철의 생각도 적중하였다. 레이몬드는 전화를 끊은 채 또 다른 곳에 전화를 걸고 있었다. 그는 칼을 언제 갈고 있었는지 잊어버린 듯 선반 위에 올려놓은 채 전화를 통해 이야기 하며 밖으로 나갔다. 그렇게 행동하는 그의 모습이 무척 당황거리고 있었다. 영철의 귀에 간혹 그가 크게 말하는 소리만 들리고 있었다.

"시키는 대로 따라 하지는 않았지만 제 딴에는 이것이 최고의 해결책이라 생각해서 하고 있었습니다."

그날 그렇게 창고의 차고 문을 닫고 나간 후 레이몬드는 돌아오지 않았다. 영철은 손발이 노끈에 묶인 채 몸도 기둥에 묶여 움직일 수가 없었지만 계속 서 있으니까 온몸이 피곤해졌다. 저녁식사 할 시간도 훨씬 지났는지 허기가 지고 배가 고프기 시작하고 있었다. 그러다가 몸이 노곤해지면서 잠에 떨어졌다. 막 잠에서 깨어난 영철은 왜 자기가 여기에 있는지, 이곳이 어디인지 분간이 되고 있지 않았다. 그러다가 '아 내가 잡혀 왔구나.'하며 기억이 되돌아왔다.

'이렇게 잡혀 왔었던 게 그냥 꿈이라면. 그래서 정상으로 돌아가 엄마 아빠 옆에 있으면 얼마나 좋을까.'

매일 사용하였을 때는 몰랐는데 푹신한 침대 큐숀 매트위에서 다리를 쭉 펴고 따뜻한 이부자리에서 잠자던 시간이 대조적으로 부각되며 그리워지고 있었다. 무엇보다도 그리운 것은 엄마와 아빠의 체취였다. 영철은 주로 이층 자기 공부방에서 숙제와 공부를 하고 있었지만 아래층 부엌에서 엄마가 음식 준비하는 것, 설거지 하는 것 등 간간히 들리는 소리와 함께 엄마의 움직임을 느낄 수 있었다. 엄마가 집에 있다는 그 사실 만이라도 전혀 불안감도 없었고 마음이 안전 되어 공부도 잘 되었던 것 같았다. 그러한 엄마의 체취가 전혀 없는 이 창고 안에 혼자 있다는 인식이 영철을 불안과 절망으로 몰고 있었다. 가끔 학교 숙제가 너무 많아 숙제하기 싫은 때도 있었지만 자기 방에서 공부하고 숙제하던 그 때가 얼마나 행복하였던가 지금에서야 뼈저리게 느껴졌다.

제대로 잠은 다시 깊이 들지 않았지만 기둥에 묶인 채 자다 깨다 하며 영철은 사람이 오기를 기다리고 있었다. 깨어있을 때는 시간이 너무 느리게 흐르고 있었다. 창고 문과 벽 틈새 사이로 연하게 빛이 스며들었다. 그 희미한 빛 사이로 선반 위에 놓여 있는 전기 톱날 칼이 눈에 들어오고 있었다. 그제야 영철은 아직도 자기 손목이 자기 몸 안에 붙어있다는 사실에 감사하고 있었다. 손목이 묶여진 상태로 손가락 열개를 이리저리 움직여 보았다. 손가락 하나하나가 그 손가락 크기의 다이아몬드 가치보다 더 귀하고 소중하게 느껴졌다. 시간이 많이 흘러 자다 깨다 하며 일어났기에 새벽이 되었는지 한나절이 되었는지 알 수가 없었다.

지금쯤은 아빠와 엄마가 영철이 납치된 사실을 알고 영철을 구하러 오고 있을 것만 같았다. 이제 조금만 기다리면 무사히 이 기둥에서 풀려나와 집으로 돌아가리라 생각되었다. 그런데 기다리는 시간이 너무 느리게 흐르고 있었다. 몇 분 조금이 몇 시간으로 느껴지고 몇 시간은 몇 달로 느껴지고 있었다. 시간이 멈추어버린 것 같았다. 창고 벽과 창고 문 틈새로 흐릿하게 들어오던 햇살도 더 이상 보이지 않고 다시 어두워지고 있었다. 그렇게 하루가 지나고 또 이틀이 지나고 있었다. 처음에는 배만 고프고 목이 말라 참을 수 없었으나 이제는 소변도 보아야하고 큰 배설물도 나오려 하는데 그걸 참으려고 하니 더 힘이 들었다. 그러다 참지 못하여 바지 밑으로 배설물이 흘러내리고 있었다. 창고 안이 추워서인지 바지 안으로 흘러내리는 액체와 덩어리가 따뜻하게 느껴졌다. 냄새가 영철의 코에 맡아지고 있었다. 조금은 창피해지고 있었지만 어쩔 도리가 없었다. 이틀 사흘 그렇게 시간이 지나가고 있는데 창고 밖으로 차가 와서 멈추는 소리가 마침내 영철의 귀에 잡혔다.

  차고 문이 열리며 사람이 나타났을 때 영철은 기대했던 엄마와 아빠, 그리고 경찰대신 레이몬드만 다시 혼자 들어오는 것을 보며 가슴이 내려앉는 것 같이 실망하였다. 사흘 만에 나타난 레이몬드는 영철이 물어보는 말에는 일언반구도 하지 않고 무척 서두르고 있었다. 우선 그는 영철의 손가락을 잘라내려고 쓰려던 전기 톱날을 다시 창고 벽장 안으로 집어넣었다. 그러한 레이몬드의 행동을 보며 영철은 잠깐 동안이나마 안심을 하였다. 아마도 마음이 바뀌어 자기를 집까지 바래다주려 하나보다 하고. 그런데 레이몬드는 영철의 몸을 기둥에서 풀어내자마자 다시 두 손목을 노끈으로 묶었다. 그리고 두 발목에 묶여있던 노끈은 풀어 놓은 채 영철이에게 구석에 주차하고 있는 차 쪽으로 가라고 지시하고 있었다. 처음 창고에 들어왔을 때 보았던 구석에 있는 낡고 오래된 검은 큰 차 쪽으로. 영철은 레이몬드가 시키는 대로 걸어가고 있었다. 아무래도 느낌이 이상하였다. 왜 레이몬드는 같이 따라오지 않고 그 곳 같은 자리에 서 있는 것일까? 갑자기 궁금증이 생긴 영철은 차를 향해 앞으로 걸어가다 말고 뒤를 바라보니 레이몬드가 재킷에서 권총을 꺼내 영철의 등을 겨누고 있었다. 등골이 오싹해졌다. 영철은 더 이상 앞으로 걸어가지 않고 레이몬드의 눈을 똑바로 쳐다보았다. 영철의 입에서는 아무 말도 나오지 않고 있었으나 그 말 한마디 말보다 눈빛이 더 강렬하고 세게 부르짖고 있었다.

'당신이 나를 그런 식으로 죽이면 무사할 것 같아?'

'그래. 어쩌면 네 말마따나 죽은 후 지옥 가 벌 받는 건 둘째치고라도 지금 이 세상에서도 경찰에 잡혀 들어갈지도 모르지.'

둘이서 아무 말도 하지 않고 있었으나 서로의 눈빛 속에서 그들의 생각은 교차되고 있었다. 이제 방아쇠만 잡아당기면 끝날 일이었다.

'저 조그만 녀석이 건방지게 내 눈을 뚫어지게 쳐다보고 있어. 그러거나 말거나.'

그의 손가락이 방아쇠를 건드려 움직이려는 순간 갑자기 다른 묘안이 떠오르고 있었다.

'저 아이를 죽이는 것보다 잠시 살려두어 내가 위험이 닥칠 때 인질로 삼아보는 게 낫겠다.'

레이몬드가 자기를 뒤에서 뒷받침하며 보호해 주리라 믿었던 알후레도가 사라진 게 엊그제였다. 살인청부업자에게 총을 맞고 죽은 시체로 발견되었다. 아무도 왜 그가 죽임을 당했는지 현재로는 알 수가 없었다. 비슷한 조직단체가 생겨 자기들의 영역을 넓히려고 그렇게 할 가능성도 있었다. 그러나 그러기 전에 지금까지 항상 알후레도의 보스가 그를 지켜주고 있었다. 함부로 아무나 그들 영역을 침범할 수는 없었다. 그렇다면? 레이몬드가 한 가지 믿고 싶지 않은 사실이 가능할 수도 있었다. 같은 조직단체에서 자기 아저씨를 죽인 것은 아닐까? 왜? 항상 보스와 잘 지내고 위의 말을 잘 들어와 관계가 좋았던 알후레도였기에 그런 일이 일어난다는 것은 거의 있을 수 없는 가능성이 희박한 일이었다. 어쩌면 자기 때문에? 그저께 여기서 알후레도 아저씨와 전화할 때만 해도 아저씨는 살아있었는데, 하지만 전화 통화를 할 때 아저씨의 목소리는 노여움에 차 있었다. 시키지도 않은 일을 하고 있다고. 아이를 납치한 뉴스가 지금 라디오, 텔레비전에서 계속 나오고 있다며 왜 그런 바보 같은 일, 시키지도 않은 일을 하고 있어 아저씨도 보스한테서 소리를 지르며 꾸중을 듣고 있다고. 그렇게 생각이 미치자 레이몬드는 자기 신변이 두려워지고 있었다. 레이몬드를 지켜주던 권력의 뒷받침인 알후레도가 이미 없어졌기에 자기 자신을 자기 혼자 지켜야 한다는 결론이 나왔다. 어쩌면 자기 자신도 알후레도 아저씨처럼 쥐도 새도 모르게 같은 조직단체에서 명령을 받아 청부살인업자를 통해 죽임을 당할 수도 있었다. 아니 그러기도 전에 경찰에서 증거를 잡아 경찰서에 잡혀 들어갔을 때, 이제는 같은 조직단체에서 아무도 레이몬드를 도와 막아주려 하지 않을 것이다. 그렇다면 그러한 일이 생겼을 때를 대비하여 증거를 없애는 것도 중요하지만 인질을 하나 잡아놓고 협상을 하는 게 더 낫다 싶었다. 레이몬드는 방아쇠를 잡아당기는 시늉만 하면서 영철이를 향해 소리 지르고 있었다.

"그 차 뒤 트렁크 열고 그 안으로 들어가."

두 손이 묶여 손을 못쓰는 것을 본 레이몬드는 차 쪽으로 가 트렁크 덮개를 올리고 있었다. 들어가고 싶지는 않았지만 레이몬드의 권총 구멍이 눈앞에 보이니 영철은 할 수 없이 시키는 대로 하고 있었다.

"아저씨. 목이 마르는데요. 화장실도 가야하고요."

"잔말하지 말고 그대로 들어가."

그렇게 말은 하였지만 만약에 죽으면 인질로 가치가 없을 것 같아 레이몬드는 플라스틱 병에 들은 물 한 병을 트렁크 속에 던져주며 문을 닫아버리고 있었다. 트렁크 안에 갇힌 영철은 좁은 공간에 들어 누워있어야만 했다. 오랜만에 마시는 물맛은 영철의 타는 목 줄기를 타고 내려가며 그렇게 맛이 있을 수가 없었다. 꿀꺽꿀꺽 마시던 영철은 더 마시고 싶었지만 만약의 경우를 대비해 반병만 마시고 남겨두고 있었다. 그렇게 영철이를 차 트렁크에 집어넣고 레이몬드가 사라져버린 지 또 다시 오랜 시간이 흐르고 있었다. 하루, 이틀, 사흘 아니 일주일도 더 지나가고 있었다. 어쩌면 이 주가 더 지났는지도 모른다. 캄캄한 창고 안의 차 트렁크 속은 더 캄캄하여 희미한 햇살이 들어오는 것도 전혀 볼 수 없었기에 낮이 오는지 밤이 오는지 전혀 알 수가 없었다. 첫날 아껴 먹었던 반쯤 남았던 물이 없어진지도 벌써 오래 전 일이었다. 이렇게 늦게 나타날 줄 알았으면 하루에 한 모금만 물을 먹고 참을 것을 하며 후회해 본들 플라스틱 병 안에서는 한 방울의 물도 나오지 않은 채 영철의 입술만 바짝바짝 타 들어가고 있었다. 입술뿐만이 아니었다.

트렁크 속으로 들어오기 전부터 화장실을 못 가 바지 안에서는 오줌과 똥이 뒤범벅이 된 채 냄새를 풍기고 있었는데 이제는 그것도 말라 딱딱해지고 있었다. 그 위에 새로 나온 오줌의 액체가 흥건히 젖어 오면서 좋지 않은 냄새를 풍기고 있었다. 좁은 공간의 트렁크 안이라 공기가 밖과 통하지 않은지라 좋지 않은 냄새가 더 좋지 않은 냄새로 변하며 심해지고 있었다. 영철의 코는 이미 둔해져서 냄새가 나쁜 것은 그렇게 자극받고 있지는 않았다. 그렇지만 목이 타 오르는 것은 참을 수가 없었다. 그러면서 영철의 의식이 조금씩 희미해지고 있었다. 잠이 오는 게 아니었다. 잠이 올 때도 의식이 희미해지며 잠이 들었지만 지금하고는 조금 다르다는 것을 영철은 알아챌 수 있었다. 어쩌면 이렇게 조금씩 의식이 희미해 가다 저 세상으로 넘어가는 것 같았다. 다시는 엄마와 아빠를 보지 못하고 이 트렁크 안에 갇혀 죽어 가다니. 영철은 다시 정신을 차려보려고 이로 입술을 깨물어 보았지만 소용이 없었다. 정신이 점점 더 혼미해지고 있었다. 그러다가 정신을 잃어버리고 말았다. 잠시 동안 아무 생각이 나지 않은 채 시간만 흐르고 있었다. 다시 정신이 들었을 때, 영철의 눈에는 트렁크 안에 있는 자기 몸이 움직이지 않고 가만히 누워있는 것을 볼 수가 있었다. 자기 몸이 보이는 닫힌 트렁크 밖으로 낡고 빛바랜 검은 자동차가 창고 안에 놓여 있는 것도 보이고 있었다. 그 창고 안에는 얼마 전 영철이가 묶여 있었던 기둥도 눈에 띄고 있었다. 왜 그러한 것들이 영철의 눈에 들어오는지 처음에는 이해가 되지 않고 있었다. 자기는 틀림없이 트렁크 안에 있어 그러한 창고 안의 기둥이 눈에 보일리가 없을 텐데. 영철은 다시 덮개가 닫힌 트렁크 밖과 안을 동시에 보고 있었다. 그 안에 자기의 몸이 움직이지 않고 가만히 누워있는 게 다시 보이고 있었다. 그제야 영철은 자기의 혼이 몸에서 빠져나와 이리저리 몸 주위를 살피고 있었다는 것을 알아챌 수 있었다. 아니 지금 꿈을 꾸고 있는지도 몰랐다. 이렇게 트렁크 안에 갇혀 아무도 자기가 여기 있는 줄도 모른 채 죽고 싶지는 않았다. 그래 성경공부 시간에 주일 학교 선생님이 말한 요나가 고래 뱃속에 며칠 있다가도 고래가 토해내서 다시 살아났다는 말이 생각나고 있었다. 이차 트렁크는 고래 뱃속같이 캄캄하지만 언젠가는 고래가 입을 벌려 요나가 나오듯이 자기도 트렁크 안에서 나올 수 있을 것 같았다. 이렇게 혼이 빠져나와 여기저기 둘러보고 있는 것은 꿈꾸고 있는 것에 불과 하다고 자기에게 속삭이고 있었다. 그런데 그 꿈꾸고 있는 곳에 자기보다 나이가 많은 여자 아이가 나타나고 있었다.

"영철아 정신 차려. 정신이 흐릿해지면 안 돼. 조금만 더 참고 기다려야 해."

"누구세요?"

"나는 네 누나야. 영옥이라고 해."

영철은 엄마가 차사고 난후 뇌수술 받고 난후 자기의 이름대신 영옥이를 부르던 것을 기억하고 있었다. 나중에야 알았지만 영옥이 누나는 자기보다 훨씬 어렸을 때 두 살 반 정도 나이에 죽었던 것으로 알고 있는데.

"그래 네가 무슨 생각하고 있는지 알고 있어. 나는 아기 때 죽었지만 그래서 네 생각에 나는 항상 아기로 자라지 않고 정지해 있을 것 같지만 이 세상 속도로 똑같이 다른 세상에서도 자라고 있었어. 그러니까 내가 너보다 먼저 태어났으니까 너한테 누나가 되는 거야. 엄마는 엄마 잘못으로 내가 죽은 줄 알고 그렇게 괴로워하다 기억력까지 상실하고 말았는데 엄마 잘못만은 아니란다. 영철아 지금 너처럼 정신이 희미해질 때 내 의지가 약했던 거야. 엄마는 곧 나왔어. 내가 참지 못해서 그런 사고가 난거야. 너도 지금 나하고 마찬가지야. 네가 이겨야 해. 정신이 희미해 간다고 쓰러지면 안 돼. 엄마를 만나거든 누나 잘 자라고 있다고 전해 주어. 언젠가 엄마가 누나 사는 세상에 오면 이해할 수 있다고 말해주어. 절대 누나 때문에 괴로워하지 말라고 전해주어. 영철아. 너는 아직 누나가 있는 곳에 올 때가 아니야. 누나가 해 드리지 못하고 온 누나 몫까지 영철은 엄마 아빠에게 해야 해. 정신 차려. 영철아. 정신 차려."

꿈 치고는 너무나 영옥이 누나는 살아있는 사람처럼 느껴지고 있었다. 영철은 누나의 따뜻한 체온도 느껴졌고 안아주었을 때 누나의 포동포동한 살도 단단한 뼈마저 느낄 수 있었다. 누나는 영철의 쓰러진 차 트렁크 안에 들어와 영철이에게 정신 차리라며 몸을 꼭 안아주고 있었기에 그랬다. 누나가 안아 주어서인지 아니면 우연의 일치였는지 영철의 혼이 몸 안에 다시 들어와서인지 트렁크 밖은 보이지 않은 채 캄캄한 트렁크 덮개 안만 보이고 있었다. 갑자기 머리가 굉장히 아파오고 있었다. 머리가 너무 아파오니 토하고 싶었다. 먹은 것도 없는데도 뱃속에서 무엇인가 나오고 있었다. 먹은 것이 없어서인지 쓸개물이 나오고 있었다. 쓸개 물 때문에 입이 무척 써 다시 더 토하고 싶었다. 그래서 영철은 다시 토하고 있었다. 토하기 전에는 속이 메슥거리며 무척 힘들었는데 토하고 나니 많이 시원해지며 마음까지 편안해지고 있었다. 영철은 다시 잠이 오고 있는 듯했다. 아까처럼 의식이 흐릿해 가고는 있었으나 이번에는 토를 하고 난후라 그런지 의식이 흐려지며 기분도 좋아지고 있었다. 그래서 깨어나고 싶지가 않았다. 이렇게 기분이 좋은 상태에서 그냥 계속해서 잠들고 싶었다. 누나 영옥이를 본 것이 다만 꿈이었을까. 아니면 정말로 저 세상에 살고 있는 누나가 찾아 왔었던 것일까. 이해가 되지 않고 있었다. 그래 단순한 꿈이었을 거야. 그렇지만 단순한 꿈이라 하더라도 누나를 만나니 기분이 좋았다. 엄마를 보면 누나가 영철에게 한 말 꼭 전하고 싶었다. 엄마 잘못만이 아니라고. 그래. 그 말을 엄마에게 전하기 위해서라도 이 트렁크 안에서 죽어서는 아니 되었다. 그런데 언제나 사람들이 여기 나타나 영철이를 구해줄것인가 .

조금 더 참으라고? 그냥 이렇게 잠들어 버리는 게 제일 좋은 것 같은데.

영철은 저 세상을 생각하다 같은 반 인도에서 온 친구의 말을 떠 올리고 있었다. 그 친구 말에 의하면 지금 우리가 살고 있는 이 세상으로 다시 태어난다고 했었는데. 이 세상 어느 곳으로 태어날까? 다시 엄마 아빠 똑같은 부모 밑으로 태어나면 얼마나 좋을까. 어느 나라에? 영철은 한국에서 태어나고 싶었다.

어느 날이었다. 영철 반 친구 중, 중국에서 온 친구의 엄마가 빨간 봉투에 복 돈을 넣고 음력 설날 반 친구들에게 나누어 준적이 있었다. 그때 엄마는 한국에서도 설날이 되면 색동저고리 바지 입고 할아버지 할머니 삼촌 외삼촌 고모 이모 등에게 큰절 세배를 하면 건강히 잘 자라라며 좋은 축복 말도 해 주시고 그 이외에 세뱃돈도 받는다고 하였었다. 그 이야기를 듣던 영철은 그렇게 온 가족이 가까이 지내며 재미있게 사는 한국에서 살지 미국에 왜 이민 왔느냐고 따진 적이 있었다. 영철은 그러한 한국에서 태어나고 싶었다. 다시 태어난다면 미국이 아닌 한국에서 태어나고 싶었다. 그림에서 보니 재기도 차고 널도 뛰며 그네를 차고 재미있게 보내는 모습이 평화롭고 아름다워 보였다. 여기는 엄마 아빠 빼놓고는 세배할 사람도 없는데 한국에서 살면 친척들이 근처에 사니까 여기 저기 설날 세배하러 다니면 세뱃돈 받아 돈도 많이 모을 것 같았다.

미국에서는 할로인 때에나 괴상한 모습으로 변장을 한 채 이집 저집 여러 집 다녀 겨우 사탕 한두 봉지 모아 오는 게 고작인데 한국에서는 큰돈은 아니라 해도 적은 돈 동전이라도 어린아이들에게 돈을 준다는 것이 어린아이를 그만치 어른처럼 대우하고 인정해주는 것 같아 좋았다. 세뱃돈 때문만 한국이 마음에 드는 건 아니었다. 엄마 이야기에 의하면 시골에 가면 아직도 시냇가 고랑에서 개구리가 뛰어 오르는 게 보인다고 했고 잠자리가 날아다니며 버드나무나 포플러 나무 등 큰 나무에서는 한 여름 매미가 시원하게 운다고 하였다. 그러한 자연 속 시냇가에 발 담그고 물장난하며 살고 있는 사람들이 너무 부러웠다.

여기는 어떠한가. 학교에서 집까지 걸어오는 것도 위험하여 부모들이 아이를 바래다 주고 데리러 오지 않는가. 국민 학교까지 마약이 매매되고 있지 않은가. 위험하다고 집 밖에 나가 놀지 못하게 하지 않은가. 권총 갖기가 너무 쉬워 총 맞아 목숨 잃는 청소년들 뉴스가 빈번이 들리고 있지 않은가. 마약, 권총 때문에 범죄가 쉽게 일어나는 이곳이 무엇이 좋다고 엄마 아빠는 아름다운 한국을 떠나 미국으로 이민 와 살고 있는 것일까.

영철은 한국으로 가고 싶었다. 다음 세상이 있다면 한국의 시골, 시냇물이 흐르는 냇가 근처에 할아버지, 할머니, 삼촌, 외삼촌, 고모, 이모, 사촌들이 근처에 사는 곳에 태어나는 것이 영철의 소원이었다. 그러한 소원을 하며 영철은 다시 의식이 희미해지고 있는 자신을 느끼고 있었다. 가빠오던 숨도 이제는 한번 숨쉬기가 아주 힘들다는 것을 느끼고 있었다. 어떤 때는 심장 근처까지 칼로 찌르는 듯한 통증도 오고 있었다. 한번 숨을 더 들이켜 보다 심한 통증 때문인지 더 이상 살고 싶다는 의지도 사라져가고 있었다. 의식이 없어졌다 다시 의식이 되돌아 올 때마다 영철은 간절히 소원하고 있었다.

'이 지구에서 가장 아름다운 나라, 한국에 가서 살고 싶다. 엄마와 아빠의 고향 그곳에 태어나 살고 싶다.' 하며.

손톱사이로 들어간 화분속의 흙을 씻으며 신문에 실려 있는 사진을 옆으로 들여다보며 많이 익숙지는 않으나 그렇게 낯설어 보이지 않는 얼굴 같아 제니퍼는 고개를 갸웃거리고 있었다. 어디서 본 사람이었다. 그런데 금방 생각이 나지 않았다. 나이는 많이 들어 보이는데 같은 학교에 다니는 학생은 아닌 것 같고 수업을 강의 하는 강사님이나 교수님 중에 한 분인가? 그런데 왜 신문에 사진이 실린 것인가? 신문 일주일 치를 모아놓았던 상자 속을 그냥 쓰레기통에 버리려다 잠깐 멈추고 그 사진이 나온 신문 기사를 읽었다. 사진의 인물 이름이 알후레도였다. 사진의 얼굴과 알후레도라는 이름이 합쳐지자 갑자기 생각이 떠올랐다. 제니퍼가 직장에 들어와서 얼마 되지 않았을 때였다. 보스보다 훨씬 나이가 들어 보이는 중년 신사가 양복 정장을 하고 사무실로 찾아온 적이 있었다. 그는 깍듯이 머리를 숙이며 보스에게 대했는데도 닫힌 사무실 방문 안에서 보스의 고함치는 큰 소리를 들은 적이 있었다. 비서로 일을 하며 시간이 지나면서 대부분 고객들 이름도 얼굴도 잊혀지고 있었지만 알후레도 만은 이름도 얼굴도 기억이 되었다.

그런데 신문 기사 내용이 제니퍼를 놀라게 하고 있었다. 사건에 관여하여 조사받고 있던 중에 갑자기 총에 맞아 죽었다고 하였다. 아직 그 범인을 찾지 못한다는 기사 내용이었다. 누가 죽었을까? 왜? 여러 가지 의문이 떠오르면서 혹시나 보스였던 월터가 이 사건에 조금이라도 연류가 된 것이 아닌가하는 의혹이 생겼다. 제니퍼는 버리려던 신문을 다시 집어 들고 월터에게 다가섰다. 7층에 있는 발코니에서 캘리포니아의 따사로운 햇볕을 쬐며 커피를 마시고 있는 월터의 모습이 며칠 전에 비해 무척 평화롭게 보이고 있었다.

"이 신문에 난 이 사람 왜 총에 맞아 죽었어요?"

"상대편에게 무언가 잘못한 게 있나보지. 나는 그렇게 생각하는데."

"이 사람 알고 있죠?"

"나는 전혀 모르는 사람인데."

"한 번도 본적이 없어요?"

"응 한 번도 본적이 없어."

"당신이 이 사진에 있는 사람 만났던 것 저는 기억하는데요. 단 하루이긴 하였지만 제 기억이 생생해요. 왜냐하면 당신이 고함지르는 소리가 사무실 문밖까지 들렸거든요. 한 번도 당신이 회사에서 화내는 것을 본적도 없었고 들은 적도 없었기에 제가 놀래서 더 기억하고 있는 것 같아요."

그의 얼굴 표정이 약간 변하였다.

"다른 사람을 착각하고 있는 것 아니야? 알후레도라는 이름은 흔하거든. 그런데 당신이 사무실 문 밖에서 들었다는 내용이 무엇이었어?'

"내용은 자세히 들리지 않았어요. 목소리가 크게 울려서 무척 화나 있다는 것만 짐작할 수 있었어요."

"당신이 머리 좋은 것은 알고 있어. 그 오래 전 일까지 기억하고 있다면 당신 기억력도 아주 좋다는 것 알아. 하지만 내가 하는 일에 끼어들지 말았으면 좋겠어."

"끼어들지 않겠어요. 하지만 당신이 저에게 거짓말하는 것은 싫어요. 제가 착각하고 있다고 하는데 그때 그 사람이 이 신문에 난 사람하고 얼굴도 이름도 같잖아요. 그런데 왜 한 번도 만난 적 없다고 하는 거예요? 거짓말 하는 사람을 신뢰할 수 없고 신뢰할 수 없으면 사랑도 못할 것 같아요. 사랑도 안하면서 어떻게 부부가 되어 한평생 살 수 있겠어요."

"당신에게 거짓말 하며 살고 싶지 않아. 당신이 나에게 거짓말 하면 나도 당신을 사랑 못할 것 같아. 그런데 한 가지 말하고 싶은 것은 회사에 대한 비밀은 나도 그 비밀을 지키기 위해서는 당신에게 거짓말을 하게 만들고 있어. 위험한 내용이 있어서 그래. 그리고 당신이 이런 회사 비밀 내용을 들으면 다시는 나를 좋아하지 않을 것 같은 직감도 들고 있고."

"당신이 없으면 이제 저는 이 세상 혼자서 못 살 것 같아요. 비밀 내용이 아무리 나쁜 것이라도 저희 둘 사이를 갈라놓지는 못할 거예요. 안심하세요. 말씀해 주세요."

"그렇게 비밀을 알고 싶어?"

"예. 제가 당신을 사랑하니까 비밀도 서로 공유하며 살고 싶어요."

월터는 뚫어지게 자기를 쳐다보며 대답을 기다리고 있는 제니퍼를 보며 더 이상 입을 다물고 있을 수 없었다.

"나의 보스가 내린 결정이었어."

"무슨 뜻이에요? 설마 회사 일을 잘 못해서 당신의 보스가 알후레도에게 총을 쏘기라도 했다는 거예요?"

"아니. 보스가 나에게 명령해서 나는 보수의 명령에 응했던 거야. 그래서 총에 맞아 죽은 거야."

"당신이, 당신이 정말로 당신이 직접 알후레도에게 총을 쏘았어요?"

제니퍼의 목소리와 얼굴이 같이 긴장되며 말도 더듬으며 떨고 있었다.

"아니 청부살인을 시켰어. 직접 내가 총을 쏘지는 않았지만 내가 죽인 것이나 다름없지. 그래서 그동안 스트레스 받아 내 얼굴이 어둡고 찌푸리고 다녔던 거야. 결정하기까지 나도 많이 힘들었거든. 나의 보스 말을 무시할 수도 없었고 나는 알후레도의 가정을 잘 알며 그는 십여 년을 나에게 충직하게 일을 잘 해왔는데."

"이제 보니 무서운 회사네요. 어떻게 십여 년을 일해 온 사람을 죽일 수 있어요. 마약이라도 비밀리 거래하는 회사라면 몰라도 저는 그런 무서운 회사인지 전혀 몰랐어요."

"바로 그런 일에도 관여된 회사라서 그런 거야."

"그런데 어떻게 저는 조금도 눈치 채지 못했죠."

"그러니까 군대로 치면 알후레도는 일선에서 일하고 있었고 나는 후방에서 일하고 있었던 것과 비슷해. 일선에서 일하는 사람들은 적군을 맞이하듯 직접 마약을 사고파는 것이 눈에 보이지만 후방에서 일하는 군인들은 적은 보지 않고 머리들만 굴리면서 작전 지휘하는 거야. 법조망을 피해가며 모든 서류들을 법에 맞게 꾸미고 있으니 제니퍼 같은 비서는 알아챌 수 없었던 거야. 마약 거래는 부수입이고 그 부수입이 대부분 현금거래들이라 많은 현금을 은행에 직접 집어넣으면 걸릴 수가 있어 법조망의 눈을 피하기 위해서는 돈 세탁이 필요했거든. 그래서 다른 정식 회사로 운영되며 법에 전혀 이상이 없게 꾸미며 회사를 운영하는 게 내 임무였으니까."

"그런 위험한 회사에서 일하는 것 무서워요. 당신도 언젠가는 누군가 알후레도처럼 당신에게 총을 쏠 것 같아 두려운 생각이 들어요."

"바로 그거야. 이제는 내가 원한다고 회사에서 마음대로 빠져나올 수가 없어. 나를 빼놓고 다른 사람들은 회사 비밀도 모르고 직접 운영 책임을 맡지 않았기에 언제라도 그만 둘 수 있지만 내 경우는 내가 그만 두는 날 어느 누군가 나타나 나를 쥐도 새도 모르게 죽인다고 할 수 있어. 회사의 비밀을 알 때까지 승진되기도 쉽지 않았지만 빠져 나가기는 더 어렵다는 것을 알게 되었어. 지금 이 상태에서 최상의 방법은 입 다물고 아무 일도 없었다는 듯 정상으로 돌아가 일하는 것뿐이야. 지금 그렇게 하고 있으니까 아무 일도 일어나지 않을 거야."

제니퍼의 속이 메슥거렸다. 임신 초기에 느끼던 입덧이 나서 메슥거리던 때와 비슷하기도 하였지만 증세가 갈수록 심해지고 있었다. 어느 때는 가슴 속이 울렁거리며 현기증이 나 쓰러질 것만 같았다. 층계를 내려가다 속이 울렁거리며 숨이 가빠졌다. 심장의 박동소리가 불규칙하게 뛰면서 속이 울렁거리고 있었다. 혹시 임신 중독증과 같은 임신 말기에 오는 위험한 증세가 있는가 하여 산부인과 의사와 만나 정기진단을 받았는데 아무 이상이 없고 아기와 산모가 다 건강하다며 제니퍼를 안심시켰다. 그러고 보니 월터에게서 비밀내용을 듣기 전에는 마음이 편안하고 즐거웠었다. 아기가 태어난 후 얼마 있다가 결혼식도 성대히 올릴 계획이었고 아기도 아빠와 엄마 밑에서 자랄 생각을 하니 파란 하늘도 작은 화분속의 꽃들도 아름답게 보이고 있었었다.

그런데 이제는 누군가 그녀의 뒤를 쫓고 있는 듯 불안해 지고 있었다. 밤에도 중간 중간 깨어나 다시 잠을 못 들은 채 침대에서 몸만 뒤척이고 있었다. 차라리 비밀을 모르고 있으면 더 좋았을 것 같았다. 낮에 TV에 나오는 뉴스를 보는데 마약거래를 하다 잡힌 사람들이 수갑에 채워 줄줄이 잡혀 나가는 장면을 보고 있노라니 속이 메슥거려왔다. 마치 월터가 수갑에 채워 잡혀가고 있는 듯 보이자 두려움에 숨까지 멈출 것 같았다. 어렸을 때 있었던 천식호흡곤란증이 다시 발작하는 느낌이었다.

저녁을 먹으면서 월터가 근심스럽게 그녀에게 물어보고 있었다.

"당신 얼굴색이 핏기가 없이 하얘 보이는데 어디 아픈 것 아니야?"

"의사 보았는데 저도 아기도 다 건강하다고 해요."

"다 건강하다니 기쁘군. 그래도 조금이라도 이상하면 한 의사 말고 다른 의사한테도 가 종합 의견을 들어 보도록 해요."

"그렇게 할게요. 그런데 월터씨도 일 년에 한번 정도는 건강 진단 받고 있어요?"

"나는 어렸을 때 중이염으로 귓병 한 번 앓아본 후 의사 본 적이 없어. 내 체격을 봐. 내가 아프게 생겼나. 나 같은 사람만 있으면 의사들 다 굶어 죽을 거야."

"그래도 건강진단 받다가 빨리 알아내면 오래 사는데 늦게 발견하면 위험하다고 들었어요."

"왜 내가 곧 40이 되어 가니까 걱정이 되나보군."

"애기 아빠가 되잖아요. 애기는 세상에 나왔는데 아빠가 없으면 저 혼자 힘들어서 못 키울 것 같아요."

"걱정 마. 애기 위해서라도 오래오래 건강하게 살아야지. 당신이 내 건강을 걱정해 주니까 고마워. 당신 말대로 의사한테 가 정기 진단을 한 번 받아보도록 할게."

저녁을 먹은 후 그날 밤 월터의 손이 그녀의 몸을 만지고 있었다.

시간이 흐르고 있었다. 예전 같으면 이미 그녀의 몸이 사시나무 떨듯 움직이며 전율을 받고 있을 텐데 그녀는 몸도 움직이지 않은 채 가만히 누워있었다. 아까 TV에서 보았던 장면이 그녀의 눈에 어른거리고 있었다. 수갑을 채워 잡혀가던 나쁜 사람들 중의 한명이 자기 몸을 쓰다듬고 있는 생각이 들었다. 월터는 예전과 달리 감각이 둔해진 그녀의 몸을 의아하게 생각하며 더 정성스럽게 쓰다듬고 있었다. 시간이 흐르고 있는데도 그녀는 전혀 즐거워하지 않고 있었고 월터 혼자만 흥분해 가고 있었다.

충계를 내려오고 있던 그녀는 어지러워 눈을 감으니 더 현기증이 나고 있었다. 의사 선생님 말 대로 뱃속에 있는 아기를 위하여 좋은 음악 듣고 좋은 그림을 보며 좋은 생각을 하고 싶은데 그렇게 해도 마음이 편안해지지 않았다. 누구에겐가 자기의 속마음을 털어놓고 싶은 생각이 간절히 일어났다. 그러나 그건 월터와 자기만의 비밀이어야 했다. 제니퍼는 충계를 내려오기 전에 읽었던 다른 신문기사 내용을 생각하고 있었다. 초등학교 다니는 남학생이 납치된 사건이었다. 혐의자로 그들이 의심하고 있었던 갱 두목으로는 알후레도를 지명하고 있었다. 그런데 문제는 조사가 시작되고 있는 중에 그는 총을 맞아 변사체로 발견되자 납치 사건은 해결이 되지 않은 채 아직도 아이를 찾고 있다는 내용이었다. 엄마가 흐느끼며 울고 있는 것을 찍힌 사진도 신문에 실려 있었다. 마약거래 때문에 알후레도가 죽은 것으로 알고 있었는데 왜 어린아이 유괴사건과 관련된 기사가 나오고 있는 것일까.

신문에 어린아이의 엄마가 약사라고 써 있었다. 제니퍼는 그 아이의 엄마가 일하는 약국에 찾아가 보고 싶었다. 제니퍼가 약국을 찾아 갔을 때는 한쪽 창구에서는 이미 처방이 지어진 약들을 받으러 줄을 서 있는 환자들이 기다리고 있어 약을 내주고 있었다.

다른 창구 창문으로는 신문기사를 읽고 온 환자들이 서로 걱정을 하며 아이의 엄마인 여자 약사와 말을 주고받으며 위로를 하고 있었다. 그들이 하는 말이 제니퍼의 귀에 들어왔다.

"도와드릴 테니 부탁할 것 있으면 이야기해 주세요. 예를 들어 아이의 사진이 들어간 큰 포스터를 벽에 붙이라 하면 저희가 이 동네 벽을 돌아가며 붙이겠어요."

"고마워요. 이미 사회봉사 미아 찾는 단체 봉사원들이 와서 그런 일들을 다 시작했고 도움 받고 있어요."

제니퍼 차례가 되었다. 은희는 그녀가 약 받으러 온 환자로만 보고 있었다.

"이제 곧 아기 낳을 때가 된 것 같아요. 배가 많이 불렀네요. 기쁘시겠어요. 축하드립니다. 약에 대한 질문이 있어서 서 계신가요?"

"예, 제가 임신 중에 먹는 비타민을 먹으면 변비가 되어서요."

"비타민 속에 있는 철분 때문에 그리고 임신 중에 몸에 생긴 호르몬 때문에 변비가 생기고 있어요. 빈혈증이 없으면 의사 선생님과 상의해서 철분의 양이 적은 비타민으로 바꾸어 보도록 하세요. 그리고 섬유질이 많은 음식을 섭취하도록 하고 운동도 적당히 하면서 물도 하루에 8잔 이상 마시도록 하면 변비 증세가 나아지리라 봅니다. 천연 변비 완화제가 있긴 하지만 사과나 플럼 과일 속에도 그런 성분이 있으니 그런 과일을 먼저 먹어보도록 하세요."

"고맙습니다. 약사님, 좋은 정보를 많이 가르쳐 주어서요. 또 한 가지 약사님께 물어 보겠어요. 신문에 보니 약사님의 10살 된 어린 아들이 사라졌다고 하던데 마음이 많이 괴로우시겠어요. 그런데도 약국에 와서 일을 하다니 장해요."

"집에 있으면 시간도 가지 않고 걱정만 하는데 여기 와서 일하고 있으면 시간이 빨리 가고 있어서 그래요."

"그런데 어떻게 해서 알프레도가 당신의 아들과 관련이 있다고 의심을 하게 되었나요?"

"제 아들이 후리몬트에 있는 오케스트라 바이올린 연주하는 것을 알고 하루는 협박 전화가 왔었어요. 말을 듣지 않으면 손가락을 다 잘라버린다고요. 그때 전화 내용은 녹음 되지 않았지만 전화번호는 알아낼 수 있었는데 그 전화가 알프레도의 집 전화더군요. 제가 좀 더 지혜롭게 대처했어야 하는데. 신문에서 너무 떠드니까 누군가 알프레도를 없애버린 것 같아요. 이제는 범인도 누구인지 모르고 아이 소식도 감감무소식이에요. 그나마 아이를 찾을 수 있는 기회까지 잃어버린 거예요."

"알프레도가 아들을 납치한 범인으로 보세요?"

"그럴 수도 있겠지만 그 사람이 아니더라도 살아있었다면 제 아들을 납치한 범인을 알고 있었을 거예요. 범인을 찾을 수 있게 그리고 제 아들이 무사하게 저를 위해 기도해 주세요."

그때 제니퍼 뒤에서 기다리던 다른 환자가 앞으로 나오며 말하고 있었다.

"제 이름은 알리스예요. 저도 같이 기도하겠어요. 우리 여기 있는 세 사람이라도 같이 약사님 아들이 무사하게 해 달라고 기도해요. 여기 이렇게 서서 지금요."

그래서 세 사람은 서로 손을 잡고 약국 카운터 앞에서 기도를 하였다. 알리스가 입으로 중얼 거리며 기도하고 있는데 서로 손을 잡은 손과 몸을 통해 전기가 찌릿하게 오며 몸이 감전된 듯 얼얼해지고 있었다. 기도가 끝난 알리스가 말하였다.

"저희 기도 중에 성령님이 오셨어요."

그러자 제니퍼가 물어보았다.

"그걸 어떻게 아세요?"

"기도 하는 중에 제 몸에 전기가 찌릿하며 오더니 기도 중에 마음이 편안해 졌어요. 그래서 성령님이 찾아오신 줄 알았어요. 전에도 제가 아주 어려워 밑바닥에서 헤맬 때 그런 경험이 있었거든요. 그래서 알아요."

"사실은 저도 손으로 부터 시작해서 온몸이 찌릿하게 전기가 와서 왜 이런가 했어요. 진심으로 깊게 기도하고 있었던 중이었거든요."

제니퍼도 덩달아 말했다. 제니퍼도 은희도 기도 중에 몸에 전기가 찌르르 왔지만 왜 이렇게 몸이 변하나 의아하게만 생각하며 그냥 감정이 복받쳐 나타나는 몸의 증세인줄 알았었다. 하여튼 기도를 하다가 이렇게 전기가 몸에 온 것은 처음 겪어보는 경험이었다.

"아드님 꼭 찾을 수 있도록 도와드리겠어요."

제니퍼는 은희에게 약속하며 안심시키고 있었다.

집으로 돌아온 제니퍼는 아파트 근처에서 들려오는 성당 종소리를 듣고 있었다. 전에도 매번 같은 시각에 울리고 있었을 종소리였을 텐데도 못 듣고 있다가 이곳에 와서 처음으로 듣고 있었다. 월터와의 비밀을 가슴속에 묻은 채 평생 모른 척하며 살아갈 수 있을까?

납치 된 어린아이의 얼굴이 눈에 떠올랐다. 두 손과 발에 노끈이 묶인 채 테이프로 입을 막아놓은 가엾은 어린아이의 모습이 환상으로 눈앞에 나타나고 있었다. 그 환상을 지워버리려고 그녀는 머리를 흔들고 있었다. 그러나 성당의 종소리가 한 번씩 울릴 때마다 어린아이의 환상은 더 또렷하게 눈앞에 어른거렸다.

'약국의 약사에게 어린아이를 찾게 기도해 주겠다고 약속하지 않았던가? 약속을 했으면 약속을 지켜야지.'

제니퍼는 성당의 종소리를 들으며 아이를 찾게 해 달라고 기도하였다. 아이의 엄마 마음이 가슴속으로 전해지며 마음이 아파왔다. 아이가 다칠까봐 걱정하는 엄마 마음이 되어가며 불안해 지고 있었다.

'내 아이도 아닌데 왜 이렇게 민감해지고 있지?'

계속 제니퍼는 기도하고 있었다. 처음에는 단순히 약속을 지키기 위해 기도하기 시작했는데 이제는 어린 아이 엄마 마음이 되어 간절히 기도하고 있었다. 눈에서 눈물이 나고 있었다. 기도를 계속할수록 눈물이 펑펑 쏟아지면서 이제는 콧물까지 나오고 있었다. 그렇게 기도를 하고나니 가슴이 아까보다 훨씬 시원해졌다. 어지러움 증도 없어지고 있었다.

제니퍼는 저녁을 먹은 후 잠깐 볼일이 있다하며 아파트 밖을 나왔다. 경찰서로 가서 신고를 하고 싶었다. 전화로 하는 것보다 직접 가서 말을 해야 할 것 같았다. 제니퍼가 주차한 후 경찰서 안으로 들어가려하니 다시 마음이 변하며 두근거렸다. 문 입구에서 당직자가 나와 무슨 일이냐고 물어보고 있었다.

"신고할게 있어서 왔는데요."

“그럼 안으로 들어와서 테이블 앞 의자에 앉으세요.”

경관은 예의 바르게 그녀가 앉으려고 하는 의자를 손수 빼어주며 자리를 권하였다. 경관은 테이블 앞에 놓여있는 컴퓨터를 두드리며 질문하고 있었다.

“아가씨 성함과 주소를 알려 주십시오.”

“제니퍼 윌슨인데요. 주소는 샌프란시스코 12번지 포크 스트릿 아파트 번호는 711입니다.”

제니퍼가 주소를 말하자 컴퓨터에 주소를 입력하던 경관이 말하고 있었다.

“아. 그 주소에 월터가 살고 있죠. 참 좋은 사람이에요. 제 친구 경관이 후리몬트에 있는데 월터와 아주 가깝게 잘 지내고 있어요.

제 친구 통해서 가끔 듣는데 그에 대해 아주 좋은 말만 하고 있어요. 인관관계가 좋아 아주 큰 인물이 될 거예요. 그런데 신고할 내용이 무엇입니까?”

제니퍼는 할 말을 잊어버렸다. 말을 못하고 우물쭈물하고 있는 그녀의 불룩 나온 배를 경관이 쳐다보고 있었다.

“신고를 하려고 왔었는데 마음이 변했어요. 그냥 가겠어요.”

“누가 자동차 유리라도 깨어놓고 도망이라도 갔습니까. 요사이 그런 일이 많이 일어나서요. 차안에 있는 가방이나 지갑을 두고 가면 영락없이 유리창을 깨고 훔쳐가는 도둑들이 많아서요. 여기까지 왔으니 신고를 하세요. 저희가 신고 번호를 주면 보험회사에 가 말해 보험 값 받아낼 수 있습니다.”

“다시 생각해 보고 오겠어요.”

제니퍼는 경찰서까지 왔다가 신고도 못하고 가자 큰 한숨을 쉬었다. 월터가 다칠까 걱정을 하고 있는 자기 자신을 바라보니 아직도 그를 사랑하고 있는 자기 안의 모습을 부인할 수는 없었다. 그럼에도 어린 아이를 찾기 위해 알후레도를 죽이라고 청부살인을 시킨 월터를 신고를 하려고 했었다. 그런데 설상가상으로 이번에는 신고를 접수하는 경관이 월터를 알고 있었다. 제니퍼는 집으로 돌아가고는 있었지만 자기가 이럴수록 아이가 더 위태해진다는 촉박감이 엄습해 오고 있었다. 그러자 갑자기 옛날 친구의 도움이 받고 싶었다. 제임스가 변호사가 되어 이곳으로 왔다는 소문을 이미 듣고 있었다. 그가 자기를 찾고 있다고 들었으나 아직까지 한 번도 만난 적이 없었다. 법률공부를 하고 왔으니 제니퍼가 물어보면 좋은 조언을 받을 것 같았다. 월터를 크게 다치게 하고 싶지가 않았다. 그러면서 어린아이 찾는 방법을 도와줄 것 같았다.

"제임스, 저에요. 시간을 내서 저 한번 만나 주겠어요."

제니퍼가 전화 걸고 있었다.

"당신이 전화를 하다니 너무 반가워 제니퍼. 지금 어디 있어요? 지금 곧 제니퍼 보러 나가겠어요."

"오늘은 너무 늦은 것 같아요. 내일 낮에 날이 밝을 때 만났으면 해요. 법에 대해 물어볼게 있어 전화했어요."

"제가 전공한 것이 법이니 얼마든지 물어보세요. 아직 저도 모르는 게 많지만요. 아는 한 다 설명해 줄 수 있어요. 내일 법률 사무소에 일하러 가야 하니까 지금 어디에 있어요? 그동안 제니퍼와 통화하려고 여러 번 시도 했는데 전화번호도 끊겼고 헤이워드에 살던 집에 찾아가니 이사 갔고 직장에 전화하니 오래전에 그만 두었다 해서 어떻게 지내나 무척 궁금해 하고 있었는데 지금 어디에서 전화하고 있는 거예요?"

"샌프란시스코시에 있어요. 기어리와 반네스 만나는 곳에서 전화하고 있어요."

"잘 되었네요. 저도 그 근처 아파트에 살고 있어요. 직장이 샌프란시스코 다운타운에 있거든요. 제니퍼가 있는 쪽으로 가는데 5분도 걸리지 않아요. 반네스 카페에서 기다리고 있어요. 제가 곧 나가겠어요."

"제임스 그런데 저 만나기 전에 한 가지 말씀 드릴 게 있어요. 저 보고 제가 많이 변했더라도 놀라거나 실망하지 마세요."

"절대 그러지 않을 테니 꼭 기다리고 있어요."

제임스는 허둥지둥 겉옷을 집어 들고 밖으로 뛰어나갔다. 그렇게 빨리 서두르지 않으면 제니퍼가 카페에서 기다리다 곧 가버릴 것 같아서였다. 뉴욕에 본부가 있는 법률 사무소에서 샌프란시스코 지부에 있는 법률 사무소로 발령이 나 이사 온 지도 벌써 여러 달이 지나고 있었다. 이쪽으로 오게 된다는 발령을 받자마자 제임스는 그녀를 만나는 부푼 가슴을 안고 찾아 왔었다. 그러나 예상과는 달리 제니퍼의 행방은 묘연했다. 그녀가 쓰던 전화번호가 끊겨져 있기에 그녀의 친구들에게 전화를 걸어 새 전화번호를 물어보았었다. 그런데 그녀의 친구들마다 옛 전화번호만 알고 있지 새 전화번호와 새 주소를 알고 있는 사람이 하나도 없었다. 그녀의 친구들을 통해 그녀의 엄마가 몸이 불편해서 양로원에 거주하고 있다는 사실을 알아내 찾아 갔었다. 고등학교 다니던 시절 제임스의 얼굴을 많이 보았을 텐데도 제니퍼의 엄마는 제임스를 전혀 기억 못하고 있었다. 간호사 말에 의하면 제니퍼 엄마가 알츠하이머 증세가 있어 어느 때는 딸도 알아보지 못한다고 하였다.

제임스의 고등학교 친구들은 그가 명문대학 에서 법대를 졸업하고 좋은 직장에 취직이 되어 법률 변호사로 일하고 있는 것에 모두 부러워하며 한마디씩 칭찬을 하였다. 그런데도 제임스 마음 한구석이 뻥 뚫린 듯 허전해지고 있었다. 정작 칭찬을 받아야 할 사람을 찾지 못하고 있어서였다. 알고 있는 사람 30명이 칭찬 하는 것보다 제니퍼 한 사람이 칭찬하는 것이 제임스에게는 더 의미가 있었다.

그만치 제임스가 지금까지 열심히 공부하고 바른 길로 가며 성공하고자 한 이유 중의 하나가 제임스 자기 자신에 대한 성취감 이외에도 제니퍼를 위한 성취감이 있었기 때문이었다. 이름 있는 법률 사무소 들어가기도 어려웠지만 특히 날씨가 좋은 캘리포니아 베이 지역 지부로 와서 일하려고 하는 사람이 많았는데도 제임스가 뽑혀 제니퍼가 살고 있는 이곳으로 오게 된 것은 무척 행운이라고 생각하고 있었다. 이제 제니퍼만 만나면 제임스가 계획하던 인생 설계가 모두 착착 순조롭게 진행되고 있었다. 그런데 이 지역에 와서 여러 달을 찾고 돌아다녔는데도 제니퍼와 전혀 통화가 되고 있지 않았었다. 그래서 멀리 떨어져 살고 있나보다 생각하고 있었다. 그런데 바로 옆 5분도 걸리지 않는 샌프란시스코 같은 옆 동네에 살고 있었다니.

제임스는 그녀의 목소리를 들은 기쁨으로 흥분되어 혹시나 다시 제니퍼가 카페에서 기다리다 말고 행방이 묘연한 곳으로 사라져버리지나 않나하는 조바심을 하며 카페 문안을 들어서고 있었다. 저녁시간이어선지 카페 안은 붐비고 있었다. 대부분 남녀 한 쌍이 짝이 되어 앉아 있었는데 샌프란시스코시답게 남자둘이 팔짱을 끼고 한 쌍이 되어 앉아있는 곳도 여럿 보였다. 외롭게 혼자 앉아 기다리는 여인이 보였다. 제니퍼임에 틀림없었다. 제임스는 제니퍼를 향해 그 테이블로 걸어갔다. 그때 제니퍼가 제임스를 알아보고 일어나고 있었다. 멀리서도 제임스 눈에 제니퍼의 불룩 튀어나온 배가 들어오고 있었다. 제임스의 가슴이 순간적으로 철렁거리며 뛰고 있었다.

'아 저래서 많이 변해도 놀라지 말라고 했구나.'

절대 그러지 않겠다고 대답한 자기 말을 생각하며 태연해 보려 했으나 제임스의 얼굴도 약간 창백해가고 있었고 손과 다리 무릎 부분이 부들거리며 떨리고 있었다. 제임스는 제니퍼 옆 의자에 앉으며 의식적으로 얼굴에 미소를 띠며 말하였다.

"오랜만이야. 제니퍼, 우리가 마지막으로 본 게 언제였더라. 엊그제 같은데, 벌써 일 년이 지났어."

"2년이 넘었어요."

"그렇게 오래 되었나? 2년이라?"

그렇게 한참동안 둘은 아무 말도 못하고 서로 쳐다보고만 있었다. 그 둘의 대화를 들은 한 여자가 뒤돌아보며 제니퍼의 배를 보고 있었다. 2년 동안이나 서로 보지 못했다면 당신 뱃속에 있는 아기는 이 남자 게 아니잖아요. 그런데 배불뚝이를 한 채 왜 다른 남자를 만나고 있나요. 그렇게 생각하며 보고 있는 것 같았다.

"저희 밖에 나가 걸으면서 이야기해도 괜찮겠어요?"

"그렇게 하지. 카페 안은 공기도 탁한 것 같으니까. 밤공기가 차가우니까 자동차 운전하며 이야기해도 좋고."

제임스는 제니퍼를 차에 태운 채 반네스 길 북쪽으로 가다 휘셔맨 관광지로 유명한 부둣가 근처에 가 차를 잠시 세웠다. 멀지 않은 곳에 있는 관광지 명소였지만 저녁시간이라 시간이 지나선지 차를 세울 공간이 있었다. 밤바다는 낮에 보던 푸른 수평선 넓은 바다와 달라 어두운 하늘과 맞닿아 무섭게 보이고 있었다. 멀리 반짝거리는 불빛이 희미하게 보이고 있었다.

"제임스. 저보고 실망했지요?"

제임스는 대답을 못하고 있었다. 아니라고 대답하려니 거짓말 하는 것 같고 그렇다고 대답하려니 제니퍼 마음을 아프게 할 것 같았다. 제임스 가슴은 지금 쓰라리며 아파오고 있었다.

"제니퍼, 친구들한테 알리지 않고 결혼식은 언제 올린 거야?"

"아직 결혼식 올리지 못했어요. 아기 낳은 다음에 올리려고 했어요. 배부른 제 모습이 부끄러워 친구들 하고도 연락을 끊고 살고 있었던 거예요. 말하지 않아서 미안해요. 제임스한테 전화 올 때마다 여러 번 말할 기회가 있었었는데 그냥 저만 단념하라는 말 밖에 할 수가 없었어요."

"애기 아빠는 확실히 제니퍼 앞날을 책임 질 수 있는 믿을 만한 사람이야?"

제니퍼는 대답할 수 없었다. 차라리 사랑했느냐고 물어왔다면 사랑하고 있다고 대답했을 것이다. 그런데 제임스는 믿을 만한 사람이냐고 묻고 있었다.

"모르겠어요."

"모르겠다고? 그런데 어떻게 아기까지 갖고 결혼할 생각을 하게 되었어? 서로 믿고 신임하는 게 결혼생활에서 제일 중요한 인자인데."

"사랑하면 눈이 먼다고 하잖아요. 제 눈이 멀었던 것 같아요. 저 말고 제임스는 어떻게 지내셨어요. 좋은 아가씨 만나고 있다고 믿고 있어요. 그전에 사진 보내준 그 매력적인 선배 아가씨하고 계속 사귀고 있나요?"

"말을 다른 방향으로 돌리지 마."

제임스가 신경질적으로 대꾸하고 있었다. 제임스가 지금 화가 나 있다는 것을 제니퍼는 알고 있었다. 고등학교 시절 제임스가 부모 때문에 의견이 맞지 않아 갈등이 생기면 그의 목소리가 변하고 있었다. 눈치 빠른 제니퍼는 제임스가 화가 난 것을 알고 등을 다독거리며 제임스의 말을 들으며 화난 마음을 풀어주곤 했었다. 그러나 지금은 부모 때문이 아니라 제니퍼 때문에 화가 나 있어보였다.

제니퍼가 제임스의 화를 풀려고 하면 더 화를 낼 것만 같았다. 가만히 입을 다물고 있을 수밖에 없었다. 아무 말도 않고 가만히 앉아있는 제니퍼를 보니 신경질 적으로 대꾸한 제임스가 도리어 자기가 올린 언성 때문에 미안해져 제니퍼가 가엾게 보이고 있었다.

"제니퍼 우리 오래 전 고등학교 시절로 돌아가 보자."

이상한 일이었다. 제니퍼도 방금 전 고등학교 시절로 돌아가 제임스가 화가 나 있을 때 자기가 제임스 등을 다독거리던 장면을 연상하고 있었는데 제임스도 고등학교 시절을 생각하고 있었다.

"제니퍼 우리 같이 다니던 교회 생각나? 고등학교에서 멀지 않은 곳에 있었잖아. 그 교회 목사님 중에 청소년부를 맡은 워커 청소년 목사님이 우리에게 종이를 내 주었어. 그때 제니퍼는 고등학교 1학년이고 나는 졸업반이었던 것 같아. 그 종이 내용은 이랬던 것 같아. 나는 결혼할 때까지 숫총각이나 숫처녀로 지내는 것을 하나님께 약속한다. 그 종이에 이름을 적으라고 목사님이 말씀 하셨어. 강요는 하지 않았지만 종이에 이름을 적고 성결 된 삶을 살아보겠다고 하나님께 약속하라고."

"예. 제임스 생각나요. 그때 킥킥거리고 웃으며 이름을 적지 않은 사람들이 더 많았어요. 또 몇 명은 이름을 적어냈고요."

"나는 이름을 적어낸 사람 중에 하나야. 그때부터 나는 유혹이 올 때마다 하나님과 한 약속을 지키느라고 노력했어. 그런데 그 종이에 이름을 적으며 하나님께 약속할 때 나는 한 가지 더 약속한 게 있었어. 하나님 제가 사랑하는 여자가 있습니다. 아직 때가 되지 않아 결혼을 못하지만 결혼식을 올릴 때까지 절대로 그녀를 다치지 않겠습니다. 그리고 결혼 후 그녀의 앞날을 책임지고 보살피겠습니다. 그러자 그때 갑자기 한 의문이 떠오르고 있었어. 너는 좋아하지만 만약에 그 여자가 네가 아닌 다른 사람을 좋아한다면, 그런데 그 다른 남자가 제대로 보살피지 않으면 그래도 네가 그 여자를 책임지고 보살피겠느냐고. 그때만 해도 난 그 여자가 나 말고 다른 남자를 좋아하거나 사랑한다는 것은 아예 상상을 못했으니까 절대로 그럴 리가 없을 거라고 확신하면서도 그래도 만약에 그런 일이 생기면 여전히 나는 그 여자 앞날을 책임지고 보살피겠다고 하나님께 약속했어."

"그래요. 제임스. 그 여자가 누구인지 모르지만 참 부럽군요."

제니퍼는 제임스가 말하는 그 여자가 제니퍼 자신이라는 것을 잘 알고 있었지만 모른 척 하는 것이 더 좋아보였다. 의견을 물으려 만나려했지 동정을 받으려 만나자고 한 건 아니었다. 그 여자가 누군지 모르지만 참 부럽다는 말에 제임스의 어두웠던 얼굴 표정이 환해졌다.

"제니퍼 그때 워커 목사님 앞에 이름을 적어 낸 사람이 나 뿐만 아니라 제니퍼도 쓴 걸로 알고 있었는데."

"맞았어요. 저도 이름을 적어 냈어요. 그런데 전 하나님과의 약속을 어겨버렸어요. 하나님과의 약속을 별로 대수롭지 않게 생각한 것 같아요. 그래서 지금 벌 받고 있는 것 같아요."

"무슨 뜻이야. 지금 벌 받고 있다니?"

"그것 때문에 오늘 뵙자고 한 거예요."

"자세히 이야기 해줘."

"아기가 임신되었다는 것을 너무 늦게 알았어요. 4개월이 지난 후였죠. 보통 때도 월경이 정규적으로 나오지 않았기에 대수롭지 않게 생각했어요. 아기를 낙태시킬 수 없었어요. 뱃속에 있는 아기가 너무 자랐다고 의사가 낙태하는 것을 거부했어요. 이게 다 벌 받고 있는 게 아니겠어요. 하나님과 한 약속을 지켰다면 아기가 생기지도 않았을 거고 또 아기의 손가락 발가락도 다 생겼는데 뱃속에서 죽이느냐 살리느냐하며 고민하지도 않았을 텐데요.”

“제니퍼 닮은 예쁜 아기가 나올 텐데. 이미 생긴 아기 죽일 생각은 아예 하지 마.”

“예. 그래서 저도 생각을 바꾸었어요. 시간이 지날수록 뱃속에 있는 아기 사랑하는 마음도 더 강해지고 있어요. 아기 낳고 아기 아빠와 결혼하려고 계획하고 있었어요.”

“그 남자를 사랑해서 결혼하려는 거야, 아니면 아기를 가졌기에 그 남자와 할 수없이 결혼하려는 거야?”

“사랑하고 있어요. 그래서 그 남자와 결혼하고 싶었어요.”

제임스의 얼굴표정이 괴로운 듯 일그러지고 있었다. 자기가 사랑하는 여자의 입에서 다른 남자를 사랑하고 있다는 말을 들으니 기분이 좋을 수가 없었다.

“그런데?”

“그 사람의 비밀을 알게 되었어요.”

“그 남자가 당신에게 비밀이라고 하여 말을 했다면 내가 들으면 아니 될 것 같소. 당신이 나에게 비밀이라고 말을 하면 더 이상 비밀이 되지 않고 당신도 그 비밀을 나에게 말한 것을 후회하게 될 터이니.”

“맞아요. 제임스. 당신에게도 어느 누구에게도 말해서는 아니 되는 비밀이에요. 그런데 그 비밀을 지키고 있으려니 제가 속이 타서 벌을 받고 있는 느낌이에요.”

“제니퍼, 우리 법조계에서는 남의 비밀을 꼭 지켜주게 되어 있어요. 제 직업상 남의 비밀을 듣지 않으려하는 자세가 나왔을 뿐이에요. 제니퍼가 그 비밀 때문에 속이 타서 벌을 받고 있다니 더 궁금해지는군요. 제가 제니퍼한테 비밀 내용을 듣더라도 법적으로 조언만 해주고 전혀 듣지 않은 것으로 하겠어요. 그러면 그 사람과는 비밀이 여전히 될 수 있을 겁니다. 자. 저한테

이야기 해 보세요."

"요사이 신문에 나온 어린아이 납치 사건 기사 읽었어요?"

"예. 신문과 라디오 TV 방송에서 계속 나오고 있으니까요."

"그 납치 사건과 관련된 알후레도가 혐의자로 수색을 받으려 하다가 죽은 시체로 발견되었잖아요."

"그런 사건하고 비밀하고 무슨 연관이라도 있습니까?"

"예. 알프레도를 죽인 사람이 제 뱃속에 있는 애기 아빠 월터에요."

"뭐, 뭐라고요?"

"예. 저도 너무 놀라서 제대로 믿어지지가 않았어요. 직접 죽이지는 않고 돈을 주고 남을 시켜서하는 청부살인 했다고 했어요."

"그 이야기를 누구한테 들었어요?"

"월터한테서 직접 들었어요."

"제니퍼. 그럴 리가 있겠어요. 아마 농담으로 했을 겁니다. 남자들은 여자 친구 놀래주느라고 그런 거짓말을 한다고 해요."

"저도 그랬으면 너무 좋겠어요."

"만약에 그게 사실이라면 어떻게 그런 위험한 남자하고 교제하고 있습니까? 어떻게 그런 남자를 아직도 사랑한다고 말할 수 있습니까?"

"예, 어느 때는 회의에 빠지면서 우울증도 생기고 있어요. 그렇지만 그동 안 사귀어온 정이 있어서인지 아직도 월터를 사랑하고 있는 저를 발견하고 있어요. 그리고 앞으로 태어날 아기 아빠이기도 하고요. 월터를 다치지 않게 하면서 납치된 어린아이를 빨리 구해지도록 정보를 제공하는 방법을 의논하 러 전화한 거예요."

제임스는 제니퍼가 이해가 되지 않았다. 그가 범죄자인 것을 알면서도 아 직도 그를 사랑하여 그가 다치지 않게 그의 편이 되어 수비까지 하려고 제 임스를 불러낸 것이 아닌가. 제임스에게는 법을 어긴 범죄자는 마땅히 벌을 받아야 했다. 그래야만 공정한 사회의 공의가 이루어진다고 보고 있었다. 물

론 동기와 상황에 따라 변호사가 변호하여 체벌을 줄일 수는 있지만 범죄자
는 어디까지나 범죄자였다. 법을 어기는 범죄자는 또다시 쉽게 법을 어길 수
있어 위험한 사람들이었다. 제임스는 제니퍼의 신변이 걱정되었다

"제니퍼, 지금 그 남자하고 동거하고 있나요."

"예."

"그렇다면 오늘도 그 남자가 사는 집으로 들어가려 합니까?"

"그러고 보니 시간이 많이 지났어요. 빨리 들어가야 해요. 친구 만나고 잠
깐 볼일 보고 온다하고 나왔거든요."

"제니퍼, 전 당신이 다칠까 봐 걱정이 무척 됩니다. 그 남자가 다른 사람을
죽이게 하는 사람이라면 당신이라고 가만히 두겠어요?"

"절대로 월터가 저를 다치게는 하지 않아요. 그런 식으로 월터를 의심한
적 한 번도 없어요."

"다치지 않게 한다는 것을 누가 보장합니까? 그걸 어떻게 확신 합니까?"

"월터는 저를 사랑하고 있어요. 그래서 그가 저를 다치지 않게 한다는 것
을 믿고 있어요."

"제니퍼는 지금 철없는 어린 소녀가 아닙니다. 현실을 직시하세요. 우선 다
른 사람의 범죄 사실을 알고 있으면서도 보고를 하지 않다가 나중에 알려지
면 제니퍼도 형사처분을 받아 감옥소에 갈 수가 있습니다."

"제임스 잠깐만요. 월터도 윗사람한테 명령을 받아서 청부살인 시킨 거라
고 그랬어요. 자기는 알프레도와 오랫동안 같이 지냈기에 그 가족도 잘 알고
있어서 그것 때문에 많이 괴로웠다고 했어요. 월터는 자의에 의해 사람을 죽
인 게 아니에요. 윗사람의 명령에 단지 복종했을 뿐이에요."

"월터가 나쁜 사람이 아니라면 윗사람의 명령에 복종하지 않았을 겁니다.
윗사람이 시켜서 할 수 없이 했다. 왜? 이유가 무엇이든 간에 그런 식으로 얼
버무리며 합리화 시켜서는 아니 됩니다. 제니퍼도 그렇게 그 사람을 방어만
하지 말고 앞으로 어떻게 될 것인가 똑바로 내다보세요."

처음 만났을 때부터 핼쑥하게 보이던 제니퍼의 얼굴이 더 핼쑥해지고 있
었다. 의식적으로 제니퍼가 월터를 방어하고 있었을 뿐이지 제니퍼의 잠재의
식 속에는 제임스가 한 말 그대로 생각되었기에 그랬다.

"사실은 오늘 제임스에게 전화걸기 전에 경찰서에 신고하러 갔었어요. 실
종된 아이와 알프레도와 월터가 다 연관이 돼 있는지는 몰라도 신고를 해서
실종된 아이를 빨리 찾고 싶었어요. 그런데 실종된 아이 찾는 것 외에도 제
잠재의식 속에 제임스가 말하듯이 월터가 알프레도를 청부살인을 통해 죽
인 것은 옳은 일이 아니었다고 말하고 있었어요."

"그래서 경찰서에 가서 월터를 신고 했나요?"

"아니요. 경찰서 가서 경관 앞에까지 가서 앉아 있었는데 아직 신고를 못
했어요. 월터가 다칠 것 같은 두려움이 왔어요. 그래서 제임스에게 전화한
거예요."

"그 경관 앞에 가서 어느 정도 보고를 하고 왔나요? 경관이 무엇을 물어
보던가요?"

"제 이름과 제 주소를 물어 보았어요. 그런데 주소를 말하자 컴퓨터 화면
에 월터의 이름이 나오는지 월터를 잘 아는 경관이었어요. 그래서 더욱 신고
를 못한 것 같아요."

"경관이 월터를 신고하러 온 것을 조금이라도 눈치 챘나요?"

"아니에요. 경관은 제가 자동차 밴더리즘 같은 사소한 일로 신고하러 온
걸로 알고 있었어요."

"그렇다면 잘 되었군요."

"무슨 뜻이에요?"

"제니퍼가 아직 안전하다는 말이지요. 저는 법조계에서 일을 하다 보니 여
러 가지 얽히고설킨 일들을 보고 있습니다. 그래서 제니퍼의 신변을 우려하
고 있습니다. 이번 케이스도 얼마나 복잡하게 얽혀 있는지는 몰라도 우선 월
터의 두목이 월터에게 지시하였다 하는데 그러한 조직 단체에서 경관을 알

고 있는 사람이 있다면 아니 그 경관은 모른다 해도 컴퓨터에 제니퍼가 신고한 내용을 찍어놓은 보고를 읽고 누군가 연락을 취하면 보고가 올라가기도 전에 제니퍼가 쥐도 새도 모르게 사라질 수가 있지요. 한 가지 사건을 해결하려다 5명 10명씩 연줄연줄 죽어가는 것도 보았어요. 조직단체들은 자기네 조직단체를 지키기 위해 모든 것을 법을 지키며 일하는 것처럼 만들어 놓고 법조망을 피해가며 그러한 악독한 짓들을 하고 있어요. 제니퍼가 그러한 값없는 희생양이 되어서는 아니 되지요."

"그러한 공공기관에서 그런 일이 일어 날 수 있다는 걸 상상해 본 적이 없어요."

"다 그렇다는 것은 아니에요. 그렇지만 조심해야죠."

"그렇다면 어떻게 해야 할까요?"

"증거를 정확하게 만들어야 해요. 만약에 제니퍼가 신고를 하였는데 월터가 자기는 제니퍼에게 그런 말 한 적이 없다고 하면 어떻게 되겠어요. 알프레도를 청부살인 한 것도 그 죽인 사람을 경찰이 잡을 때까지 월터가 시켰다는 증거가 없지 않겠어요. 제가 조그만 녹음테이프기를 줄 테니 다시 월터에게 물어 녹음해 놓으세요."

"월터는 어느 정도 죄 값을 치러야 하나요?"

"조직단체에서 보석금을 많이 내고 몇 개월 후에 곧 풀려나오기도 해요. 물론 재판을 받아 배심원 12명의 결정에 따라 최종 선고가 나오기는 하지만 돈을 많이 낼수록 형기가 줄어들기도 합니다. 피고 변호사와 재판관이 서로 의논하여 결정합니다."

"월터를 감옥소에 집어넣으면서까지 신고를 해야 하나 다시 주저하게 되네요. 그 비밀 내용도 본인은 말하려고 하지 않았었는데 제가 자꾸 물어보니까 저를 신용해서 말한 것이었는데 이제 와서 그걸 이용하니 제가 배신하는 것 같아 마음이 아파요."

"제니퍼, 당신 마음이 정 그렇다면 제가 못들은 것으로 하겠어요. 당신과 월터 둘만의 비밀 제가 못들은 것으로 하겠어요. 그러니까 당신이 신고를 하지 않아도 되고 아니 신고하기 원하면 신고해도 됩니다. 당신 마음에 달려 있어요. 그런데 신고를 하든지 신고를 하지 않든지 월터와는 헤어졌으면 합니다. 당신과 뱃속의 아이 모두 위험하다고 생각지 않으세요? 당신이 뱃속의 아이를 사랑한다면 월터와 헤어지세요. 당신의 신변을 위해서는 제가 보기에도 당신이 신고하지 않는 게 더 나아 보이는군요. 지금까지 월터에게서 아무것도 듣지 않았고 그래서 아무것도 아는 것이 없다 하고 지냅시다."

"예, 그렇게 하려고 여러 번 마음먹었었지요. 그런데 제 마음이 편치 않아요. 평생 불안과 죄의식에 살 것 같아요. 나중에라도 유괴된 아이가 다치거나 죽기라도 하면."

"이미 유괴된 어린아이는 죽었는지도 모르잖소."

"제 마음속에서 누군가 자꾸 어린 아이가 아직 살아있다고 말하고 있어요. 제 예감이라고 하나, 직감이라고 하나. 그래서 제가 월터에게서 들은 것도 없고 아는 것도 없다하고 마음먹자마자 마음이 안절부절못하며 초조해지고 있어요. 빨리 신고하지 않으면 저 때문에 아이가 다칠 것 같아서요."

"제니퍼, 내가 당신을 사랑하고 존경하는 이유 중의 하나가 바로 그거예요. 당신은 예감이나 직감이라고 하는데 그것보다 당신의 양심이 살아있는 거예요. 내가 고등학교 시절 나쁜 길로 빠져들어 갈 때 나는 그게 나쁜 길인지도 모르고 있었어요. 어느 게 옳다 나쁘다 구분도 못하는 무 판단 시절에 당신의 양심이 항상 나를 좋은 길로 인도하였어요, 자. 그렇다면 당신의 살아있는 양심이 인도하는 대로 진행하구려. 테이프에 녹음 할 때 조심하고."

"한 가지 약속해 주세요. 월터가 저 때문에 감옥에 들어가도 월터의 형기가 줄어들도록 도와주세요. 제임스가 법조계에서 일하고 있으니까 그쪽에 연관된 사람들을 통하여 형량을 줄어들 수 있도록 도와주세요."

"내가 할 수만 있다면 제니퍼를 도와준다고 약속할게."

"저녁 늦게 어두운데 어디 갔다 지금에야 오는 거야?"

제임스를 만나고 돌아온 제니퍼를 보며 TV를 보다말고 월터가 물어보고 있었다.

"친구 만나러 갔다 온다고 했잖아요."

"몇 달 동안 제니퍼가 친구 만나러 가는 걸 본 적이 없어서. 샌프란시스코 시내에 사는 친구인가? 이름이 뭐야?"

"메리라고 해요."

얼떨결에 제니퍼는 가장 흔한 이름을 대고 있었다.

"어떻게 알게 된 친구야?"

"고등학교 친구예요."

"그러면 낮에 만나지 왜 이렇게 어두운 저녁에 만나러 갔어. 저녁 어두운 거리는 낮보다 훨씬 위험하잖아."

"이 동네 사는 친구가 아니에요. 내일 아침은 직장일 때문에 사람을 만나야하고 오늘 저녁밖에 시간이 없다고 해서요."

"어떻게 당신 전화번호도 알고 연락이 되었네."

"메리가 저한테 전화한 게 아니고 제가 전화했는데 연락이 되었어요. 마침 오늘 저녁 이곳으로 온다고 해서."

"다음에는 이곳에 와서 만날 친구가 있으면 여기 이 아파트로 오라고 하여 여기서 차도 마시며 이야기해. 나는 당신이 곧 온다고 하고 나갔는데 오지 않으니까 걱정하고 있었어. 그런데 어디 가서 이야기하고 온 거야?"

"반네스 카페에 갔었어요."

"그랬었군, 바로 지척에 두고 걱정하고 있었군. 당신이 고등학교 친구를 집에 데리고 와서 대화하고 있으면 나도 같이 들을 수 있잖아. 예를 들어 당신이 고등학교 시절 사귀던 남자친구 이름이 뭐라고 했더라. 그 법학공부하고 있다는 친구. 맞아 제임스라고 했던 것 같아."

제니퍼는 월터의 얼굴을 걱정스레 쳐다보았다. 메리라는 이름을 대면서 거리낌 없이 거짓말을 하고 있었는데 혹시 월터는 제니퍼가 제임스를 그 카페에 가서 만나고 있었던 것을 이미 알고 있었던 게 아닌가하였다. 걱정스레 쳐다보는 제니퍼의 눈을 월터는 한참 쳐다보고 있었다. 그의 눈도 한동안 무표정인 듯하다 심각해 보였다.

"농담해서 미안해. 다시는 그 사람 이름 꺼내지 않기로 약속했는데 제니퍼가 이렇게 늦게 밖에 나갔다가 들어오면 그 남자친구 생각부터 떠올리고 있는 나 자신을 보고 있어. 자 이제 그만 물어볼 테니 몸이나 씻어."

제니퍼가 걱정하고 있는 것과는 정반대로 월터는 곧 환한 미소를 머금고 쳐다보았다.

제니퍼는 목욕실로 들어가 금방 틀어놓은 따뜻한 물속에 몸을 담그며 생각에 잠겼다. 뿌옇게 김이 오른 목욕실 유리창 밖에는 제니퍼가 탕으로 들어오기 전에 벗어놓은 옷가지들이 접혀 놓여 있었다. 속내의 팬티, 브라 위에 스커트와 윗도리 재킷도 그 위에 벗어 놓았다. 그 윗도리 재킷 속에는 제임스가 건네준 조그만 녹음기 테이프도 들어가 있었다. 제임스는 녹음기 사용 방법이 아주 간단하다고 설명하고 있었지만 사용하기도 전에 갖고 있다는 그 자체만도 벌써 마음속이 꺼림칙하였다.

'월터가 발견해서 물어보면 뭐라고 대답하지? 예전부터 갖고 싶었던 장난감 하나 샀다고 할까.'

고등학교 때 제 2외국어 시간인 불어와 스페인어 시간이면 그렇게 작은 녹음기를 들고 와서 녹음하던 친구들이 떠올랐다.

'그래 스페인 발음 배운다고 하는 게 더 낫겠다.'

　그렇게 변명할 구실을 하나 만들어 놓고 있으니 조그만 녹음기가 주머니 속에 있어도 아까보다 그렇게 부담이 되지 않았다. 그렇지만 아직도 언제 월터에게 적당한 말을 꺼내 그가 알프레도를 청부살인해서 죽였다는 말을 다시 유도할 수 있을까를 생각하며 그가 말하기 전 빨간 버튼을 누를 수 있을까를 생각하니 마음이 두근거렸다. 제임스는 녹음기 사용법을 가르치며 버튼이 여러 개 있는데 녹음 버튼과 플레이 버튼을 동시에 같이 누르라고 설명해 주었다. 제니퍼가 연습 삼아 두 버튼을 동시에 눌러보니 웅웅거리는 테이프 돌아가기는 소리가 들리고 있었다. 제임스 귀에는 작게 들리고 있었는지 모르지만 잠 못 이루는 밤에는 시계의 똑딱거리는 소리가 무척 크게 들려오듯 제니퍼의 귀에는 테이프 돌아가는 웅웅 소리가 크게 들렸다. 이미 월터가 한 말이 녹음 되어 있는데 웅웅거리는 테이프 돌아가는 소리 때문에 월터가 나중에라도 알아차리면 어떻게 대답을 하지. 전혀 변명할 구실이 없었다. 녹음 같은 것 다 잊어버리며 지내고 싶었다. 이것저것 따지며 생각하다 머리가 아파오니 머리도 식힐 겸 탕 속의 물밑으로 머리를 담그고 있었다. 그래서인지 월터가 욕탕으로 들어오는 것을 눈치 채지 못하였다.

　월터는 제니퍼가 곧 몸을 씻고 나오기를 밖에서 기다리고 있었다. 집밖에 나가 연락도 없이 곧 돌아오지 않아 어디서 다치기라도 한 것이 아닌가 걱정하며 기다리다가 한참 늦게야 제니퍼가 들어왔을 때는 마음 조리며 기다리고 있던 때라 반갑기도 하였지만 한편 화가 나 있기도 하였었다. 그런데 옛날 남자친구 제임스라는 이름을 꺼낸 자기의 말실수 때문에 혹시 제니퍼가 마음의 상처라도 입었을까 보상하고 싶은 마음이 일어나고 있었다. 보통 때는 욕탕에 들어갔던 제니퍼는 곧 나오곤 하였었다. 긴 머리는 아직 젖어 살랑거리며 흔들거렸고 뜨뜻한 욕탕 물속에서 나와선지 그녀의 홍조 빛을 띄며 윤이 나는 얼굴의 혈색은 어린 아기 피부처럼 예쁘고 건강해 보였다. 그러한 제니퍼를 보고 있노라면 직장에서 골치 아프고 피곤했던 일들도 다 잊어버리고 제니퍼의 젊은 기운이 월터의 몸으로 전염되는 듯 옮아오고 있어

젊음의 신선함을 재충전 받고 있었다.

그런데 오늘은 욕탕 안으로 들어간 제니퍼가 시간이 많이 지났는데도 나오지 않고 있었다. 문을 살짝 열어보니 그녀가 벗어놓은 옷가지들이 가지런히 접혀있는 곳에 그녀의 분홍색 삼각팬티가 눈에 들어왔다. 자기가 벗겨 내리던 그 삼각팬티만 보아도 그의 마음에 벌써 욕망이 일어나고 있었다. 욕탕 창문에 뿌연 김이 서려 자세히는 보이지 않았지만 뿌연 김 사이로 움직이는 제니퍼의 몸이 더 신비스럽게 까지 보이며 월터를 자극하고 있었다. 풍선처럼 부풀어 오른 그녀의 배가 전혀 밉지가 않았다. 도리어 그 풍만한 그녀의 몸매에서 생명의 원천이 되는 신비함을 느끼며 푸근함과 아름다움을 함께 보고 있었다. 부풀어 오른 그녀의 배 그대로 자연스럽게 그림을 그리고 싶은 마음이 일어났다. 그림을 그리기 전 그녀를 우선 즐겁게 해 주고 싶었다. 자기가 말실수를 하여 그녀가 상처라도 입었다면 더 즐겁게 보상하고 싶었다. 그는 자기 옷을 벗은 채 가만히 물속으로 들어가고 있었다.

그제야 물속에 머리를 담그고 있던 제니퍼가 깜짝 놀라 말하였다. 허리에 찼던 물이 월터가 들어오니 물이 넘쳐 목까지 올라오는 기분이었다.

"여기 들어오면 어떡해요. 배부른 모습 보이기 싫어요. 나가세요. 어서요."

"당신 배부른 모습이 왜 미워. 난 그걸 그리고 싶은데. 얼마나 아름다운지 그림을 그리고 나서 보면 당신도 알거야."

물속에서 움직이는 월터의 손은 마술사의 손과 같이 제니퍼의 머리를 식혀주고 있었다. 그의 묵직하고 두툼한 그것이 제니퍼의 등 밑으로 느껴지며 그녀의 허벅지 두 다리 사이로 들어오고 있음을 느낄 수 있었다.

"월터 그만 하세요. 이게 무슨 짓이에요. 저희가 물속에서 이러면 뱃속에 있는 아기한테 교육상 좋지 않아요."

제니퍼는 월터의 묵직함과 단단함을 그녀의 몸 안에 받아들여 죄어보고 싶은 마음이 간절히 일어나고 있는데도 입 밖으로는 정 반대의 말을 하고 있었다.

"이런 나쁜 짓 하지 말라고요. 아기가 배울까 봐 걱정이에요."

"제니퍼, 왜 이게 나쁜 짓이라고 생각하나? 뱃속에 있는 아기 아빠와 엄마가 서로 몸을 만지며 사랑하고 즐거워하면 아기에게도 좋은 영향을 미치지 나쁜 짓이라고 보지는 않아요. 하지만 물속에 있었던 균이 당신 몸속으로 들어가 아기에게 해를 끼친다면 나쁠 거야. 우리 침대로 옮아갑시다. 내가 당신 안고 침대로 데리고 갈게."

"고맙지만 제 몸도 무겁고요. 제가 침대까지 걸어가겠어요. 몸이 젖었으니 우선 타월로 닦아야겠어요."

제니퍼는 벗어 놓았던 옷가지와 함께 타월을 집어 들고 탕 밖으로 나갔다. 아직 목욕탕 안에 있는 월터를 생각하며 잠시 시간을 벌었다고 생각하며 윗도리 재킷 안에서 작은 테이프 레코더를 꺼내 두 버튼을 누르고 있었다.

얼굴을 아래로 향한 채 침대위에 누워있는 제니퍼의 엉덩이가 월터의 눈에 들어오고 있었다. 이미 욕탕 물속에서 홍분되고 있었던 월터라 더 이상 주저거리고 있을 수 없었다. 그가 제니퍼의 엉덩이 뒤에다 입김을 뿜어대며 입술과 혀를 대고 맛있게 빨아 당기려하는 순간이었다.

"왜 당신이 청부살인을 시켜 알프레도를 죽였는지 아직도 믿을 수가 없어요."

"제니퍼. 나는 당신에게 그 사실을 말한 것을 후회하고 있소. 잊어버려요. 나도 그 생각만 할 때마다 죄책감으로 괴로워하고 있소. 당신에게 이미 털어 놓았으니 컵 속에 있는 물을 엎어놓은 격이요. 이제 와서 아니라고 거짓말 할 수도 없고."

월터의 혀가 제니퍼의 가장 예민한 곳을 습격하고 있었다. 월터의 혀가 맛있는 아이스크림을 핥아먹듯, 녹아내리는 아이스크림을 핥아 먹듯 빨리 움직이며 제니퍼의 비밀스러운 조개 살 사이에 있는 예민한 부분을 핥고 있었다. 제니퍼는 더 이상 참을 수 없어 괴성을 지르고 있었다. 괴로움 때문에 나는 소리와도 비슷했지만 괴로움 때문에 지르고 있지는 않았다. 그녀의 쾌감이 극도로 향하여 자극을 참을 수가 없어 더 이상 혀를 움직이지 말라고 지르는 괴성이었다.

그녀의 비밀스러운 계곡에서 부드럽고 미끈미끈한 윤활유가 폭포처럼 흘러나오고 있었다. 월터의 그 끝이 제니퍼의 몸 안에 바닥에 딱 닿자마자 월터의 신음 소리도 커지고 있었다. 제니퍼는 월터의 남성을 잘록하게 죄어주었다 풀어주었다 하고 있었다. 제니퍼가 그럴 때마다 월터의 기분만 고조로 올라가는 게 아니었다. 제니퍼 자기도 그러면서 기분이 고조로 올라가고 있었다. 어쩌면 오늘 밤 마지막이 되어 한동안 못 볼 월터를 위해 자기의 알고 있는 모든 테크닉을 동원해 그를 기분 좋게 하고 싶었는지 모른다. 월터 또한 자기가 한 말 실수의 보상심리로 제니퍼를 더 기분 좋게 하려는 마음이 있었다. 그 둘은 하나가 되어 서로가 최선을 다하고 있었다. 어느덧 둘 다 정신이 몽롱하게 오락가락하면서 구름위로 두둥실 떠다니고 있었다. 땀이 나도록 움직였던 그 둘은 땀을 식혀가며 아직도 황홀한 기분 속에 취해 잠깐 누워 있었다. 잠이 살며시 맛있게 찾아오는 기분 좋은 시간이기도 했다.

사랑이 없으면 뒷 애무를 할 수가 없었다. 일이 끝나면 잠이 맛있게 찾아오기 때문에 코를 골며 잠들어버리는 게 십상인데 월터는 제니퍼의 젖꼭지에 혀를 대면서 간지럽히고 있었다. 그녀의 젖가슴에 손가락으로 부드럽게 원을 그리며 문지르고 있었다. 아까는 거센 파도가 휩쓸려가는 강한 기분이었고 지금은 물이 찰랑찰랑 거리는 기분이면서 기분이 올라가고 있었다. 평온한 행복감이 찾아오고 있었다.

"제니퍼 당신 나를 사랑하고 있어?"

월터가 뒷 애무를 하며 물어보고 있었다. 조금 전 월터와의 접촉에서 강렬한 황홀감을 맛보았던 제니퍼는 그것을 회상하며 또 지금의 평온한 행복함을 맛보고 있던 제니퍼는 주저 없이 대답하고 있었다.

"당신을 너무 사랑하고 있어요. 월터. 당신 없이는 어떻게 살까 걱정이 돼요."

"당신이 나를 사랑하고 있다니 나는 행복하오. 이제 아기까지 생겼으니 아이를 잘 키우도록 더 열심히 일하고 돈도 많이 벌도록 하겠소."

"아이를 위해서라도 지금 다니는 직장을 그만두었으면 해요. 저는 가난하게 살아도 괜찮아요. 월터 제발 다른 직장을 구하세요."

"제니퍼 전에도 말했잖아 나는 더 이상 내 마음대로 빠져 나올 수가 없어. 나도 여러 번 생각해 왔어. 위험하지 않은 직장으로 바꾸어 볼까하고. 그런데 너무 늦었어. 지금 다니고 있는 직장에 다니는 게 제일 위험하지 않다는 사실을 발견한 거야. 다른 직장 자체는 위험하지 않더라도 다른 직장으로 옮기면 내가 위험하게 된다는 거야. 알아듣겠어? 알프레도 사건 때문에 내가 위험해보여 직장 옮기라고 하는데 내가 잘 하고 있으니까 제니퍼는 너무 걱정하지 마."

"청부살인업자 시켜 알프레도를 죽인 후 당신은 양심의 가책을 받지 않았어요?"

"물론 받았지. 그렇지만 윗사람의 명령은 따라야만 하는 거야."

"또 다시 그런 명령을 받으면 또 다른 사람을 죽여야 하는데 그런 양심의 가책을 받는 회사에서 어떻게 계속 일하려고 하세요?"

"사회악은 항상 존재하기 마련이야. 이 세상은 선과 악이 항상 같이 존재하고 있어. 내가 하지 않으면 나대신 다른 사람이 내일을 하고 있을 거야. 당신은 당신의 양심으로 일하고 살아가면 이 세상이 모두 선으로 변할 것 같아? 우리가 그렇게 바랄 수는 있지만 그런 세상이 절대로 오지는 않아. 그렇다면 누군가 사회악 쪽에서 일을 하며 발란스를 맞추며 이 사회를 만들고 있어야 하는데 나는 단지 일을 하고 있을 뿐이야. 내가 생계를 꾸미기 위해서 일하는 것뿐이지. 그게 선이든 악이든 상관치 않겠다, 양심의 가책을 받지 않겠다 그러면서 일하고 있는 거야."

"아까 양심의 가책을 받았다고 했잖아요."

"알프레도는 특별히 내가 잘 아는 좋은 사람이었어. 나는 그를 죽이고 싶지 않았어. 알프레도의 아내를 알고 있었고 고등학교 다니는 그의 아들을 알고 있는 나로서는 알프레도를 살리려고 여러 가지로 애를 쓰고 다녔어. 소용이 없었어. 그를 죽이라는 윗사람의 명령을 듣지 않으면 내가 위험하다니까."

"그렇다면 알프레도를 죽인 것은 당신 잘못이 아니잖아요. 당신의 윗사람이 시킨 거니까 당신 보스 잘못이잖아요. 당신이 양심의 가책을 받을 필요가 없어요."

"내 잘못이 아니었다고 그렇게 볼 수도 있겠지. 그런데도 마음의 가책이 와서 며칠 동안 잠을 이루지 못했어."

"알프레도 집에서는 알프레도를 죽인 사람이 당신이라는 것을 알고 있나요?"

"추측은 하고 있겠지만 단정은 못 지었을 거야. 청부살인업자들은 증거 없이 깨끗이 처리 하거든. 그러니까 전문적으로 돈을 받고 일하는 거야. 그리고 난 알프레도 장례식에 가서 부인과 자식에게도 위로하면서 슬픈 표정을 지으면서 서 있었거든."

"알프레도 가족은 당신을 증오하는 눈으로 보지 않던가요?"

월터는 부엌 찬장으로 가 위스키를 한 병 꺼내들고 있었다. 냉장고에 가 얼음조각을 잔에 채운 뒤 위스키를 따라 단숨에 들이켜고 있었다.

"그래 그들은 나를 증오하는 눈으로 쳐다보고 있었어. 증거는 없어도 그들은 범인이 나라는 것을 알고 있었던 게 틀림없어."

"그들이 당신에게 소리 지르며 원망하지 않던가요?"

"아니. 아무 말도 하지 않고 쳐다보고만 있었어. 원망하는 눈으로, 아니 증오하는 눈빛으로."

그렇게 월터가 말하며 테이블 앞에 있었던 의자를 잡아 빼고 있었다. 그 의자위에 걸어놓았던 제니퍼의 재킷이 떨어졌다. 재킷이 떨어지며 주머니 속에 넣었던 작은 녹음기 때문에 쇠붙이 부딪히는 소리가 부엌 바닥에 떨어지며 일어나고 있었다.

"무슨 소리지?"

제니퍼의 가슴이 순간 철렁거리며 뛰고 있었다. 월터가 제니퍼의 재킷을 집어 올리려고 하고 있었다.

"화장품 콤팩트를 주머니에 넣었나 봐요. 거울이 붙어 있거든요. 제가 재 킷을 치울게요."

"그렇다면 당신이 치워."

월터는 구부려 재킷을 집으려다 말고 다시 허리를 펴 위스키 잔을 입에 대 고 있었다.

"오랜만에 위스키를 마시니까 빨리 취하는 것 같아."

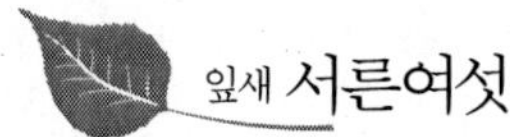

　　제임스는 제니퍼가 건네준 녹음테이프를 듣고 있었다. 테이프 내용 속에는 월터가 살인청부업자를 시켜 알후레도를 죽였다는 사실을 말하고 있었다. 이 테이프 하나면 증거로서 충분했다. 그를 유치장으로 보내는 데는 다른 어 느 것과는 비교될 수 없이 중요한 역할을 하는 자기 고백이면 충분했다. 그럼 에도 잠시 제임스는 잠시 망설이고 있었다. 그는 후폭풍을 생각하고 있었다. 월터가 소속하고 있는 조직단체가 얼마나 오래되었고 얼마나 퍼져있는지 모 르지만 잘못 건드렸다가 제니퍼가 다칠까 걱정되고 있었기에 그랬다.

　　테이프를 돌리고 또 돌렸다. 그럴 때마다　월터의 말소리 이외에도 제니퍼 의 말소리 그리고 그녀의 쾌락에서 나오는 비명 소리도 같이 들리고 있었다. 처음에는 테이프를 쓰레기통 속으로 던져버릴까도 생각하고 있었지만 마음 을 가라앉히고 다시 틀고 있었다.　화가 나기도 하고 마음도 착잡해졌다. 월 터의 고백을 자연스럽게 녹음하기 위해 제니퍼가 그러한 상태에서 녹음을 하였다고는 하지만 자기가 사랑하는 여자가 다른 남자와 몸을 뒤섞이면서 내지르는 비명소리는 제임스를 비참하게 만들고 있었다. 제니퍼의 그러한 비명소리도 듣기도 힘든데 조금 후에는 월터의 거친 숨소리가 커졌다 작아졌다하며 남자의 신음소리가 터지고 있었다.

"제니퍼 나를 사랑하고 있어?"하고 물어보는 그의 말에 "월터 당신을 너무 사랑하고 있어요. 당신 없이 어떻게 살까 걱정이 돼요."그녀의 목소리가 제임스의 귀를 울리고 있었다. 그녀가 자기에게 해야 할 말을 다른 사람에게 하고 있는 것 같아 기분이 불쾌해졌다. '월터 당신을 너무 사랑해요.' 가 아니라 '제임스 당신을 너무 사랑해요.'라고 해야만 하는데.

왜? 왜? 제니퍼는 이미 월터가 범죄자인 것을 알고 있으면서도 사랑한다는 말이 그렇게 나올 수 있을까? 제니퍼가 대답하는 그 목소리 억양은 너무나 간절히 나오고 있어 제임스 귀에도 그녀가 거짓으로 말하고 있지 않다는 것을 단박에 알 수 있었다. 월터의 무엇이 그녀로 하여금 그렇게 사랑한다는 말이 나올 수 있게 하는 것일까? 그제야 제임스는 자기가 제니퍼를 사랑한다고 하면서도 무언가 부족하게 했었다는 것을 알아챘었다. 제임스가 공부를 열심히 한 것도 제니퍼를 행복하게 해주고 싶어서였는데. 졸업 후 그냥 직장에서 일하며 사회에서 돈을 벌고 싶었는데도 제니퍼는 자기가 대학을 가 더 고등교육 받기를 원하였기에 법률 대학까지 간 것이었는데. 교회를 처음 나간 것도 제니퍼가 같이 교회를 나가자하여 나간 것이었는데. 처음에는 건성으로 교회를 다녔지만 제니퍼가 열심히 다니며 예배와 성경 공부를 착실히 하기에 자기도 같이 성경 말씀대로 살려고 변하고 있었는데. 그래서 제임스 제니퍼 둘 다 고등학교 다닐 때 하나님께 서약하지 않았던가. 결혼하기 전까지는 총각 처녀로 몸을 지키겠다고.

그렇다면 제니퍼가 제임스뿐만 아니라 하나님까지 배신한 것일까? 처음에는 그렇게 생각이 들었었다. 그러나 그게 아니었다. 제임스가 그녀에게 무언가 부족하게 했었다. 잘못이 제니퍼 보다 제임스에게 있었다는 그 무엇을 지금에야 알아챌 수 있었다. 제임스는 자기는 하나님께 한 약조를 지켰다고 생각하고 있었는지 모르지만 사실은 그게 아니었다. 제임스는 제니퍼를 만났을 때에 마지막 그것만을 피했지 둘은 뜨겁게 입맞춤도 했었고 서로의 몸도 애무하며 온몸을 뜨겁게 달구었었다.

제임스 눈에만 자기와 제니퍼가 순결하다고 생각하였던 것이지 하나님의 눈에는 둘 다 이미 약조를 지키지 못한 사람들이었다. 도리어 제임스의 그러한 행동이 제니퍼를 더 욕망의 유혹으로 빠뜨릴 수도 있었다. 제니퍼가 자기 이외의 다른 남자와 자기가 없는 동안 육체적으로 뜨겁게 지냈다는 그 것에 그녀를 더 이상 비방할 수만은 없었다.

다시 정신을 집중하여 테이프를 들었다. 청부살인업자를 시켜 사람을 죽이는 남자라면 가만히 내버려 두었다가는 언젠가는 더 위험한 일이 제니퍼에게 일어날 수도 있었다. 그 때 왜 그 전에 무슨 수를 쓰지 않고 내버려두었나 하며 후회해서는 아니 되었다. 어쩌면 제니퍼의 말대로 월터가 유치장에 들어가 그 죄 값을 치른 후 유치장에서 나온 후는 그 조직단체에 다시 들어가지 않고 사는 게 최상의 선택이기는 하였다. 제니퍼는 제임스를 믿고 찾아온 것이었다. 그렇지만 그녀의 부탁과 요구대로 월터를 짧은 시간만 유치장에 있게 하고 풀려 나올 수 있게 할 수 있을는지는 자기도 자신이 없었다. 제니퍼에게 자기는 범죄 담당 변호사가 아니라고 말하고 싶었으나 그녀의 얼굴을 보는 순간 무조건 도와주어야겠다는 마음만 일어났었다. 그녀는 제임스가 변호사 자격증을 받았다고 하니 만능 변호사로 착각하고 있었는지도 모른다.

변호사에도 전공이 틀린 분야가 많았다. 회사를 위해 일하는 상법 변호사, 범죄자를 위해 일하는 범죄 담당 변호사, 이혼 등을 위해 일하는 가정 변호사, 자동차 사고 등으로 일하는 상해 변호사, 아이디어 발명품 등을 위해 일하는 발명 특허 변호사 등등……. 제임스는 회사를 위해 일하는 상법 변호사였지 범죄자를 위해 일하는 변호사는 아니었다. 그런데도 그녀의 부탁에 모른 척 할 수는 없었다.

‘그녀가 위험하지 않도록 도와주어야 한다.’

그녀의 배부른 모습을 보아도 배신감 대신 그녀가 처량하게 되었다는 안타까운 마음만 일어나고 있었다.

‘그녀가 나를 필요로 하는 때면 그게 무엇이든 돌봐주어야 한다.’

제임스는 그녀가 갖고 온 녹음테이프를 쓰레기통에 던져 버리고 싶은 마음을 없애고 그의 도움을 원하고 있는 그녀를 도와주려 친구 범죄 담당 변호사에게 전화를 걸며 일을 시작하였다.

탐정 형사 알렉스는 방금 샌프란시스코 지역에서 온 전화를 받고 곰곰이 생각에 잠겼다. 요즈음 몇 년간 자기가 관활하고 있는 지역, 후리몬트에서 연줄연줄 일어나고 있는 범죄 사건들, 대부분 해결이 되지 않아 미해결 상태로 종지부를 찍고 파일 함 창고 속으로 들어간 사건들이었다. 어쩌면 지금 걸려온 전화내용에 의해 그 사건들이 해결될 수도 있다는 가능성을 생각하고 있었는지도 모른다. 알렉스는 사건이 일어날 때마다 가장 유력한 혐의자로 레이몬드를 지적하였다. 리커 스토아 사건도 그러했고 은희의 사건도 그러했고 바로 얼마 전에 일어난 영철의 납치사건 경우도 알렉스는 레이몬드를 혐의자중 제 일인자로 지목하고 있었다. 그럼에도 레이몬드는 그때마다 알리바이가 있었고 증거 불충분으로 풀려 나갔다. 영철이 사라진 미아 사건이 생겼을 때에도 알렉스 경관은 레이몬드를 불러 추궁하였다.

“당신은 한 달 전경에 20년 된 포드 회사차 썬더버드를 샀습니다. 왜 그 차가 보이지 않습니까?”

“제가 그 차를 샀는지 어떻게 압니까?”

“당신 옆집에 사는 사람이 알려 주었어요. 그 옆집 사람이 말하지 않더라도 아는 방법이 있지요. 당신의 은행잔고를 조사하여 아는 방법도 있고요. 당신이 한 달 전에 중고 자동차 파는 곳에 갔다 왔다는 게 은행잔고 발란스를 보면 알 수가 있지요.”

"그렇게 개인의 사생활을 허락도 받지 않고 조사하면 법에 걸리는 것 모르겠습니까? 당신은 제 기본적인 인권을 침범하고 있어요. 경찰에서 일한다는 알량한 자부심 때문에 그 권력을 남용하며 저를 괴롭히고 있습니다. 저는 제 변호사를 사서 당신을 고소할 것입니다. 당신이 한번 혼나봐야지 다시는 저를 이렇게 대우하지 않으리라 봅니다."

"의심이 가는 혐의자를 조사하거나 물어 볼 수 있습니다. 제가 당신의 인권을 침해했다고는 생각지 않습니다. 다시 물어 보겠어요, 말씀해 주시겠습니까? 왜 한 달 전에 산 검정색 8기통 차 썬더버드가 보이지 않습니까?"

"제가 대답을 하지 않으면 저를 잡아가려 합니까?"

"대답을 하지 않는다고 잡아갈 수는 없습니다. 당신은 저에게 묵비권을 행사할 수 있습니다. 그렇지만 당신이 고용한 변호사에게 우리는 같은 질문을 할 것입니다. 결국은 알아낼 것입니다. 더더구나 그 차가 범죄에 사용되었다고 하면은 조만간 당신은 변호사를 통하거나 그렇지 않거나 당신은 대답을 하여야 합니다."

"좋아요. 그렇다면 지금 말씀드리겠어요. 제가 한 달 전 자동차를 산 것은 사실입니다. 오래되어 낡아 보이는 상태가 좋지 않은 차였어요. 폐차 처분 직전의 모습이었지요. 그래서 집 밖에 세워놨었어요. 별로 신경을 쓰지 않고 있었지요. 그런데 어느 날 집 밖에 나와 보니 차가 온데간데없어졌어요. 저는 오래되고 낡은 차라 누가 제 차를 훔쳐 가리라고는 전혀 예상을 못하고 있었습니다. 나중에 알고 보니 오래된 포드 회사 썬더버드차를 수집하는 사람들이 많다고 들었어요. 아마도 낡은 부분을 고쳐 새 칠을 한 다음 팔아먹으려고 훔쳐간 것 같습니다. 새 칠을 한 다음 경매에 붙이면 오래된 차를 수집하는 사람들이 엄청난 값을 지불하고 사 갑니다."

"자동차를 도둑맞았으면 그 때 경찰에 보고를 하였어야지. 왜 가만히 기다리고 있었습니까?"

"워나 싸게 산 차라서요. 아직 보험도 들지 않았거든요."

수사관 알렉스 경관은 레이몬드의 말을 백퍼센트 믿을 수는 없었다. 무언가 석연치 않는 대답이었다. 그렇다고 레이몬드가 한 말을 전적으로 부정할 수는 없었다. 그러한 일도 일어날 수 있었기에 그랬다. 새 차들은 훔쳐간 후 차 부품을 따로 분리해 멕시코로 가져간 후 거기서 다시 조립해 감쪽같이 만든 후 조금 싼 가격으로 팔아먹는다고 하였다. 새 차뿐만 아니라 이제는 오래된 차들도 그들의 눈에 팔아먹을 가치가 있어선지 차들이 없어진 후 찾을 길이 없었다. 레이몬드가 증거를 남기지 않고 송사리처럼 요리조리 빠져나오자 레이몬드의 보스인 알후레도를 추적 조사하려던 계획을 세웠었다, 대상을 바꾸어 조사하면서 레이몬드의 결점이나 실수를 찾아보려던 의도였었다. 그러나 대상을 바꾸어 시작하기도 전에 알후래도가 청부살인업자에 의해 시체로 발견되었다. 레이몬드를 의심하면서도 그를 잡아넣을 찬스를 놓치고 만 것이었다. 그런데 알후레도의 보스인 월터는 레이몬드보다 더 증거 없이 일을 깨끗하게 마무리 하고 있었다. 월터를 의심하였어도 한 번도 그를 혐의자로 지목한 적이 없었다. 그런데 지금 월터의 입에서 그가 알후레도를 청부살인업자를 시켜 죽였다고 실토를 한 말을 듣고 있으니 놀라운 일이었다.

과연 영철의 납치 사건과도 관련이 있는 것일까? 아니면 단지 월터와 알후레도 두 사람만의 관계 때문에 일어난 일이었을까? 테이프 녹음만 듣고서는 영철의 사건과 관련이 있는 것은 아직 알 수가 없었다. 그럼에도 수사관 알렉스는 한 가닥 희망을 갖고 있었다. 레이몬드, 알후레도 그리고 월터 그 셋은 서로 연관이 되어있지 않은가. 어서 빨리 월터가 있는 곳을 찾아가 그를 추궁하는 길 밖에 없었다.

그동안 힘들게 꼬였던 일들이 쉽게 풀릴 수 있을 것만 같았다. 요사이 계속 라디오, 신문, TV에서 떠들고 있는 후리몬트의 10살 된 남자아이 납치 사건을 해결할 수도 있을 것 같았다. 그는 사건의 실마리를 벌써 알아낸 양 흥분되었다. 샌프란시스코 경찰서에 감금되어 있는 월터를 찾아가고 있는 그의 발걸음은 빨라지고 있었다.

수사관 알렉스가 관할구역이 다른데도 불구하고 월터가 잡혀있는 샌프란시스코를 찾아갔을 때 예상과는 달리 그에게서 영철의 정보를 전혀 알아낼 수가 없었다. 그는 알후레도는 알고 있다고 대답은 하였다. 그러나 레이몬드는 듣기만 하였지 본적이 한 번도 없다가 알후레도의 장례식에서 처음이자 마지막으로 멀리서 한번 보았다고만 말하였다. 월터는 레이몬드의 태도와 달리 묻는 말을 피해가지 않으며 순순히 대답하고 있었다. 누가 보아도 그가 범죄자 같아 보이지 않았다. 그럼에도 알후레도를 죽였느냐의 질문에 그렇다고 순순히 대답하였다. 그렇게 거짓말도 하지 않고 순수해 보이는 사람이 왜 알후레도를 죽이고 유치장까지 잡혀왔는지 이해가 되지 않았다. 이미 제니퍼가 테이프를 넘겨준 사실을 알아서일까. 그렇게 다른 거짓말 않고 솔직하게 대답하는 월터인지라 영철의 사건은 전혀 모른다고 하니 알렉스 경관도 그 말을 의심 없이 곧이 받아드리고 있었다.

후리몬트로 되돌아오는 알렉스 경관의 발에 힘이 빠지고 있었다. 한 가닥 희망을 걸었는데 사건의 실마리를 풀 수 없으니 기대했던 것이 무너지며 무능한 수사관으로의 자기 모습에 낙심되고 있었다. 다시 오리무중 미해결의 사건으로 종지부 찍히고 있는 이번 사건은 어른과 달리 어린아이가 포함되어 있어선지 마음속으로 더 죄책감이 밀려오고 있었다. 마치 꽃 화분에 가끔씩 물도 주어야 꽃도 피고 잎새도 파랗게 되는데 잊어버리고 며칠이 지나면 바짝 말라 죽어버리듯이. 언젠가 수사관 알렉스 딸이 어디서 들었는지 꽃 화분에 있는 화초의 이야기를 하였다.

"아빠, 화분에 있는 꽃에 물을 주지 않으면 꽃이 목마르다고 죽지 않겠다고 물 달라며 비명소리를 지르고 있다고 해요. 그 비명소리의 소리 파장을 사람의 귀로는 인식하지 못할 뿐이래요. 사람의 듣는 귀가 한계가 있어서 너무 큰 소리도 못 듣고 너무 작은 소리도 못 듣는다고 과학시간에 배우기는 했지만 꽃이 목마르다고 비명 소리 내는 건 미처 몰랐거든요."

딸에게서 그 이야기를 듣고 부터 알렉스는 아침에 바빠서 문 밖을 나가려다 말고 다시 들어와 일주일에 서너 번씩 꼭 물을 주었다. 그냥 너무 바빠 무시하고 직장으로 가 버린 날은 눈앞에 화초가 살려달라고 눈앞에 어른거리기도 했다. 목이 마르다고. 비쩍 누렇게 말려 죽이지 말라고. 지금 알렉스는 그러한 자책감이 밀려오고 있었다. 10살짜리 어린 남자아이의 수사가 자꾸 늦어질 때마다 말라 비틀어 가는 화초 위로 남자 아이의 얼굴이 겹쳐가며 물 한 방울이라도 조금 일찍 주면 살릴 수 있을 텐데 하며 초조해졌다.

월터를 막 만나고 돌아온 수사관 알렉스는 다리에 힘이 빠졌다. 경찰서 자기 자리로 돌아와 깊숙이 자기 몸을 의자 속으로 집어넣고 이생각저생각 헤아리고 있었다. FBI에서 온 사람들 신문사, TV에서 뉴스를 취재하러 온 사람들로 경찰서 안은 보통 때보다 두 배나 많은 사람들이 왔다 갔다 하며 붐비고 있었다. 정신이 집중되지 않았다. 그럴 때 그의 책상 위 전화가 울리고 있었다.

"경찰견을 데리고 공원을 수색하던 수색 팀에서 연락이 왔습니다. 10살짜리로 보이는 동양 남자아이 시체가 발견되었다고 합니다. 아직 납치되어 사라진 영철이라는 아이로 확인은 되고 있지 않지만 너무 흡사하다고 합니다."

그 이야기를 전화로 듣는 알렉스의 가슴이 가라앉았다.

"한 가지 더 말씀드릴 것이 있습니다. 아이의 손가락이 모두 잘라져있어 지문으로 어린아이가 누구인지 찾기는 힘들다고 합니다. 디엔에이나 치아로 판정하려면 며칠 더 시간이 걸릴 것으로 보입니다."

'손가락이 모두 잘려져 있다고?'

수사관 알렉스 손이 떨리고 있었다.

누가 그런 잔인한 짓을 죄 없는 어린아이에게 하고 있단 말인가? 그러면서 알렉스는 얼마 전 그러한 협박을 받았다고 보고를 받은 영철의 가족을 생각하고 있었다. 그러한 보고를 받고 또한 영철의 엄마가 운전하다 차가 구르는 사고도 나고 그래서 한동안 경찰서에서 그 가정을 보호하기 위하여 서너 명의 경찰관을 보내어 집 근처를 배회하며 순찰하게 하지 않았던가. 다 소용

없는 일이었다. 한번 타깃이 된 사람은 당하고만 마는 법이었다. 경찰이 보호하는 것도 재정적으로나 시간적으로나 한계가 있었다. 경찰이 보고를 받고도 그들을 영원히 지켜줄 수는 없었다.

저녁신문을 보고 있던 제니퍼는 월터의 기사이외에도 실종 되었던 아이의 시체가 발견된 뉴스를 읽고 있었다. 마음이 언짢아지고 있었다. 제니퍼가 사랑하는 남자를 가슴 조마조마하게 속여 가며 테이프에 녹음을 해 월터를 넘겨준 이유 하나는 납치되어간 어린아이를 찾아내고 살려 보려는 의도에서였다. 제니퍼는 알후레도와 레이몬드가 연결된 기사를 읽고 자기 나름대로 추측을 하고 있었을 뿐이었다. 이제 손가락까지 잘려진 채 발견된 아이도 월터가 시켜서 된 일일까? 제발 그 아이의 죽음은 그가 시킨 것이 아니기를 바라고 있었다. 월터의 신변과 앞날이 걱정되고 있었다. 알후레도를 청부살인 업자를 시켜 죽인 것은 윗사람의 명령에 의해 하고 싶은 마음이 없었는데도 할 수 없이 하였다고 하니 그 윗사람의 이름을 대면 그렇게 큰 벌을 받지 않고 나올 수 있었을 것 같았다. 그러나 어린아이를 그렇게 끔찍하게 죽인 사건에 연류가 되어있다면 쉽게 풀려나지 않을 것 같았다. 제니퍼는 하루가 다르게 불어 오르는 배를 어루만지면서 후회하고 있었다.

'녹음을 하지 말았어야 했는데. 테이프를 제임스에게 갖고 가지 말았어야 했는데.'

월터가 그날 이미 저녁 경관들이 나와 유치장으로 끌려 나간 후였기에 더 그랬다.

제니퍼 이외에도 신문에 난 기사들을 읽으며 어린아이를 찾는데 혹시 자기가 도와야만 되지 않을까 망설이던 사람이 하나 더 있었다. 윌리암스 의사였다. 영철의 엄마 은희가 자기 집까지 찾아 왔었던 날이 회상되었다. 손녀딸이 나오는 음악 연주회 후리몬트 청소년 오케스트라에 참석하여 영상을 찍어 녹화해 보려고 새로 산 비디오기를 아내가 운전하는 도중 잘 나오나 시험하고 있었다.

한동안 잊어버리고 있었다.

손녀딸이 하프를 연주하는 것을 찍으려던 비디오기는 그날 저녁 사용해보지도 못한 채 차 트렁크 속에 들어가 있었다. 자기는 은희 머리를 관통한 총알 때문에 거기에만 더 정신을 쏟고 있었기에 다른 것은 다 잊어버리고 있었다. 수술이 끝난 후 손녀딸의 연주회는 이미 다 끝난 후였다. 손녀딸에게 미안한 마음이 생겨서인지 그 비디오기를 더 보려하지 않았는지도 모른다. 몇 달 동안 열어보지 않았던 그 비디오기 속, 시험 삼아 찍었던 밤 풍경이 어떻게 나왔을까 궁금해지고 있었다.

특별한 대상물이 있어서 그것을 찍으려고 돌린 것이 아니었다. 그때 파는 비디오기로서는 제일 비싼 가격을 주었다. 다른 비디오기보다 비싼 이유 중의 하나는 밤풍경을 찍을 수 있다고 하였다. 성탄절이 되면 집 앞에 달아놓는 전등들의 빨강색, 초록색, 하얀색 등 반짝거리는 것을 찍고 싶었다. 비가 오던 그날 저녁 자동차 뒤꽁무니들 빨강색 행렬이 산등성이를 돌아가기며 마치 크리스마스트리 위에 감겨 놓은 전등불처럼 보이고 있었기에 시험 삼아 찍고 있었다. 그때 비디오기의 초점이 자동차 뒤꽁무니의 빨강색 불만 보고 있지 않았던 것이 갑자기 회상되었다.

무슨 일이 일어났나 궁금하여 마치 망원경을 보듯 자기는 렌즈의 줌을 이용해 사고가 난 방향을 향하여 가까이 더 크게 찍히게 돌리고 있었다. 어쩌면 그때 사고 현장에 있었던 자동차들과 사람들도 찍혀 있을 것 같았다.

'왜 지금까지 그 생각을 하고 있지 못했을까? 그때 사고 난 직후 그 비디오기 테이프를 경찰에 주었다면 범인들은 잡혔을 것이고 그랬었다면 10살짜리 어린아이는 납치되지 않았을 텐데.'

윌리암스 의사의 마음은 착잡해졌다. 아니다. 윌리암스 의사는 자기의 생각을 부인하고 있었다.

'처음 그 기계를 만진 것이고 시험 삼아 찍은 것이었기에 내 기술이 부족해서 녹화됐을 리가 없다. 만약에 녹화가 됐다 하더라도 밤에 찍은 거라 뿌옇게 나왔을 것이다. 차번호는커녕 차 모양도 제대로 알아볼 수 없을 것이다. 사람모양이 어떻게 잡힌단 말인가? 불빛도 없는 사고 현장에. 시간 낭비다. 찍었나 돌려 볼 필요가 없다.'

뿌옇게 나와 보이지 않아도 한번 정도는 돌려보아야 했었다. 왜 지금까지 그 생각을 하지 못했을까. 자기는 사건에 될 수 있는 대로 끼어들고 싶지 않아 자기 자신의 생각을 부인하며 잊힌 상태로 살아왔다. 그러한 자기의 모습이 발견되면서 마음이 착잡해지고 있었다. 어린아이가 지금은 끼어든 사건이었다. 어린아이를 살리고 싶었다. 며느리가 보내준 사진, 손녀 딸 얼굴이 들어간 후리몬트 청소년 오케스트라의 전체 사진 속에 바이올린 콘체르토 마스터인 영철의 얼굴이 보이고 있었다. 지금처럼 계속 망설이다가 아이가 죽으면 자기에게 책임이 있을 것 같았다. 아무도 자기에게 책임이 있었다고 추궁하지 않더라도 자기 자신이 자기에게 책임추궁하며 괴롭힐 것 같았다.

윌리암스 의사는 차 트렁크 속에서 그날 이후 써보지 않은 비디오기를 들고 수사관 알렉스에게 전화를 건 후 경찰서로 비디오테이프를 들고 왔다.

"그 날 병원에서 환자 수술 후 보고 오랜만입니다. 반갑습니다."

"그렇군요. 그동안 안녕하셨습니까?"

"웬일로 찾아 오셨습니까?"

"요사이 뉴스에서 떠들고 있는 10살짜리 어린아이 납치 사건 때문에 왔습니다."

"도움이 될 만한 정보라도 갖고 왔습니까?"

"그랬으면 합니다. 사실은 그날 납치된 어린아이의 엄마 사고 현장 날 우연히 찍었던 비디오기를 갖고 왔습니다. 아직 저도 돌려 보지는 않아 모르겠는데요, 혹시라도 해서 무엇이 잡히지 않을까 하여 갖고 왔습니다."

"그때 은희 씨가 선생님을 만나고 돌아오는 길이었지요. 제가 기억하기로는 은희 씨 남편이 당신을 의심하던 것 같은데 왜 그랬을까요? 은희 씨 남편에게 윌리암스 의사가 수술중이라고 하니까 놀라던 모습이었어요."

"예, 실은 은희 씨가 그날 저를 찾아온 이유가 제가 리커 스토아 총격사고 때, 제가 그 주차장에서 오래 주차하고 있었습니다."

"그랬어요?"

수사관 알렉스는 무척 놀라는 목소리로 반문하고 있었다.

"은희 씨가 저를 찾아온 이유는 저보고 피터 엄마 재판에 목격자 증인으로 나와 달라고 부탁하러 왔었습니다."

"그럴 만도 하군요. 사건 현장 주차장에 오래 있었다고 하면. 그런데 은희 씨는 선생님이 주차장에 있었다는 것을 어떻게 알았죠?"

"그날 약국으로 가다가 제가 주차하고 있었던 것을 본 것이지요. 제가 그 전에 은희 씨 약국에 가서 처방약을 받아온 적이 있었기에 제 얼굴을 기억하고 있었던 거예요."

"윌리암스 의사 당신은 무슨 이유로 사건 당시 그 주차장에 오래 주차하고 있었나요?"

윌리암스 의사는 잠시 입을 다물고 있었다. 바로 이 이유 때문에서였다. 목격자가 되어 피터 엄마 재판에 끼어들고 싶지 않았던 이유가 바로 이 질문을 받으면 거짓말을 한다고 해도 남에게 피해 줄 것 같지는 않았다. 그렇지만 남의 일에 끼어들지 않으면 끼어들지 않지 거짓말까지 하며 설명하고 싶지는 않았다. 남을 해롭게 하는 거짓말이 아닌데도 거짓말 하는 자체가 자기 자존심을 상하게 하고 있었다.

"윌리암스 의사 다시 한 번 여쭈어 보겠는데요. 왜 사건 당시 그 주차장에 오래 주차하고 있었나요?"

"말씀드리지요. 제 아들을 위해 약을 사러 갔었습니다. 그래서 기다리고 있었습니다."

"약이요?"

수사관 알렉스의 목소리는 아까보다 더 크게 놀라는 목소리로 변하고 있었다.

"당신은 약 처방을 쓸 수 있는 의사가 아닙니까? 약방도 아니고 알코올을 파는 리커 스토아 앞에서 약을 기다리고 있었다니 이해가 되지 않는군요."

"제 아들도 약을 처방할 수 있는 의사입니다. 저는 뇌수술 전문 외과 의사이고 제 아들은 심리학 전공인 정신과 내과 의사입니다. 그래요. 둘 다 의사인데도 아들이 필요한 약을 살수가 없었어요. 술병과 과자, 캔디 등을 파는 그 가게 리커 스토아에 가면 판다고 하기에."

"윌리암스 의사, 지금 불법 약들을 말씀하고 있는 건가요?"

"예, 그래요. 마리화나예요. 제 아들이 중학교 시절 학교에서 야구 시합을 하다가 3rd base에서 뛰어가며 공을 받으려다 미끄러져서 넘어졌어요. 미끄러지며 척추를 심히 다쳐 그 이후로는 척추 신경 일부분이 마비가 되어 한 쪽 다리도 못쓰고 양팔로 나무목발 크러치를 사용하며 다니고 있지요. 그 이후 제 아들이 척추 때문에 오는 후유증으로 아파할 때마다 제 마음이 더 아파왔지요. 아들을 위해 할 수 있는 일이라면 조금이라도 덜 아프게 할 수 있는 것이라면 무엇이든지 하고 싶었어요."

윌리암스가 그 말을 하고 있을 때는 거의 울먹이는 목소리였다.

"아. 그렇게 힘든 일이 있었군요. 그런데도 아드님은 그 들어가기 어렵다는 의대를 들어가 정신과 의사까지 되었으니 대단합니다."

"그래요. 아들은 다행히 어려운 역경을 잘 극복하고 공부도 열심히 해서 의사가 되었지요. 그런데도 척추 때문에 오는 신경 통증 때문에 몸도 마르고 항상 아파하는 것을 아빠로서 느낄 수 있었어요. 통증 약을 계속 쓰다 보니 중독도 되고 나중에는 내성 때문에 약효과도 없어져 통증에 쓰이는 마약 처방 용량이 자꾸 올라가게 되더군요. 그런데 제 아들에게는 마리화나가 통증도 감소하며 입맛도 돋구어주어 몸도 마르지 않는 것을 알게 되었지요. 보통 약국에서는 살수가 없지요. 그런데 그 리커 스토아에서는 살수가 있었답니다. 그 날도 그 이유 때문에 그곳에 오랫동안 기다리고 있었답니다."

"솔직하게 말씀해 주셔서 감사합니다. 다른 질문을 하나 더 하겠는데요. 윌리암스는 그날 피터 엄마 미나 씨가 남편에게 총을 쏘는 것을 보았습니까?"

"보지 못했습니다. 저는 누가 총을 쏘았는지 전혀 모릅니다. 그 때문에 제가 사고 현장 주차장 앞에 오래 주차하고 있었더라도 목격자로 나타나지 못하고 있었습니다."

"윌리암스, 총 쏘는 장면은 보지 못했더라도 총 소리는 들었겠지요?"

"예, 들었습니다."

"총소리를 들은 후 가게에서 누군가 나오지 않았습니까?"

"예, 나왔습니다. 그렇지만 그 사람이 총을 쏜 건지 그 안에 있었던 아내가 쏜 건지 저는 구별할 수가 없습니다."

"잘 알았습니다. 그 가게에서 나온 사람 제가 사진 보이면 알아볼 수 있겠습니까?"

"벌써 오래전 일이라 기억이 날지 모르겠습니다. 정확히 모르면 비슷하더라도 모른다고 하겠습니다. 비슷한 사람을 적당히 지적하고 싶지는 않습니다."

"윌리암스 의사가 지적하더라도 꼭 그 사람이 범인이 되는 건 아닙니다. 또 여러 가지 증거가 합쳐져야 하니까요. 하지만 윌리암스 의사가 그날 보았던 비슷한 사람을 지적해 주면 저희가 진짜 범인과 가짜 범인을 골라 찾아내는 데 많은 도움이 되지요. 윌리암스 의사도 죄 없는 사람이 범인으로 낙인 찍혀 감옥소에서 오랫동안 형벌을 받는 것을 원하지 않겠지요."

수사관 알렉스는 여러 명의 사진이 들어간 종이를 갖고 왔다. 3명의 얼굴은 전혀 다른 모습이었다. 그러나 나머지 3명의 얼굴은 서로 비슷해보였다. 이 사람 같기도 하고 저 사람 같아 보이기도 하고 있었다. 윌리암스 의사가 고르지 못하고 있자 이번에는 알렉스 경관이 다른 사진을 갖고 왔다. 얼굴만 있는 대신 전체 키 모습까지 나타나게 비교되어 있는 사진들이었다. 그제야 윌리암스 의사는 주저치 않고 키가 큰 레이몬드를 찍어 골라내고 있었다.

수사관 알렉스는 윌리암스 의사가 갖고 온 비디오기 테이프를 돌리고 또 돌리고 있었다. 밤에 찍은 영상이라 예상했던 대로 흐리게 나왔다. 크게 기대는 하지 않았지만 증거의 자료로 쓰기에는 너무 불분명했다. 이 테이프를 TV 방송국에서 돌리면 과연 시청자들 중에 누구라고 알아내고 전화할 사람이 있을까? 그 사건에 가담했던 사람이 아니고서야 얼굴을 분간하기가 어렵게 뿌옇고 흐리멍덩했다. 한 사람도 전화 걸지 않을 것 같았다. 아니 어쩌면 비슷하게 보이는 얼굴을 자기 나름대로 상상하면서 너무 많은 사람들이 전화 걸 수도 있었다. 다 다른 사람들을 지적하면서.

줌 렌즈를 이용해 얼굴을 가깝게 다가가 크게 보이는데도 분간이 되지 않고 있으니 자동차도 마찬가지였다. 차모양도 어느 차 모델인지 제대로 알아내기 힘든데 번호판에 있는 번호를 읽어낼 수는 더더구나 없었다.

언젠가 10년이 지나 지금보다 기술이 발달되면 이 자료를 증거 잡아 범인을 가려낼지도 모르겠다.

10년 전 증거 불충분으로 미해결된 사건들이 요사이 10년 전 자료를 사용하여 범인을 찾아내고 있었다. 10년 전의 옷에 말라 굳어진 피 한 방울을 이용해 DNA를 찾아내 범인을 잡아내기도 했고 사진에 찍힌 각도를 정확이 계산해 내어 진짜 범인도 다시 골라내고 있었다.

수사관 알렉스는 마음이 안타까워지고 있었다. 10년 후 윌리암스 의사가 보내준 비디오기 테이프를 자료로 진짜 범인을 잡아내면 무슨 소용이 있단 말인가. 지금 알아내야 했다. 사라진 10살짜리 남자아이와 조금이라도 연관이 되어 있다면 지금 당장 이 영상을 증거로 범인을 잡아 내 어린아이가 어디에 있나 달구쳐 알아내어야 했다. 이 비디오기를 들고 온 윌리암스 의사에게도 미안한 마음이 들었다. 그가 경찰서에 들어와서 한 말들이 그가 알았던지 몰랐던지 다 녹음이 되어 있었다. 수사관 알렉스는 그가 솔직하게 불법 마리화나를 사러 가게 앞에서 기다리고 있었다는 말이 녹음되어버린 것에 마음이 걸렸다. 할 수만 있다면 그 대답을 지워버리고 싶었다. 그렇지만 알렉스 경관 혼자만 일하는 곳이 아니었다. 여러 명이 일하는 곳에서 그렇게 할 수는 없었다. 경찰서 안에서 증거로 사용되는 녹음된 테이프를 지워버린 것이 발각되면 자기는 당장 해고감이 될 것이었다.

월리엄스 의사가 아들의 아프고 괴로운 것을 막기 위하여 할 수만 있다면 무엇이든 하고 싶었다고 울먹이며 말을 했을 때 알렉스 경관도 자기도 자식을 갖고 있었기에 아빠의 마음을 충분이 이해하고 있었다. 마리화나를 사서 법에 어긋나는 행동은 했어도 남을 해친 것은 아니었다. 그럼에도 다른 경관들이 이 테이프를 들으면 월리암스 의사를 가만히 두지 못할 것이었다. 그렇게 되면 의사로서 자격정지를 받아 한동안 병원일도 하지 못할 것이다. 어쩌면 그런 위험을 알고 있었기에 총소리를 들은 직후 목격자로 나타나지 않았다가 어린아이가 맘에 걸려 지금에야 나타났는지도 모른다. 그렇다면 그가 소원하는 대로 어린아이를 찾아 살려낼 수 있게 충분한 증거가 될 만한 영상으로 찍혀 왔어야 하는데. 그가 의사 자격정지를 받더라도 그가 찍은 비디오 때문에 범인을 찾아냈으면 마음의 보상을 받을 수 있었을 텐데.

알렉스 경관의 귀에 화초의 비명소리가 들리다 너무 지쳐 이제는 소리도 내지 못하고 누렇게 말라가고 있는 모습이 보이는 듯했다. 그런데 이상하게도 말라는 있어도 아직 살아있는 듯싶었다. 빨리 다가가 물을 주면 곧 다시 살아날 것 같았다.

알렉스 경관은 제니퍼를 통해 받아온 녹음테이프를 증거로 월터가 감금되어있는 것에 중점을 두고 그가 다니던 회사를 집중적으로 수색하고 있었다. 월터가 잡힌 후 회사 안은 술렁거리고 있었다. 처음에 회사 안 직원들은 그가 왜 잡혀갔는지 아무도 몰랐다. 그들은 단지 보스가 세금 탈세 혐의로 수색 받고 있는 정도로 추측하고 있었다. 회사 안은 경찰서에서 온 사람들과 외부의 전문회계사 사람들로 북적거리고 있었다. 그들은 장부하나하나를 꼼꼼히 뒤지고 있었다. 회사 안에 있는 사무실 하나는 IRS세금 조사를 위하여 10년 된 서류도 버리지 않고 모아 있었기에 자유롭게 돌아가기 힘든 좁게 보이는 방이 있었다. 그 방에는 많은, 오래 된 서류함 박스 마다 차례대로 검은 잉크 글씨체로 년 수와 달수가 쓰여 있었다. 그 좁은 방에 외부에서 온 사람들이 서너 명씩 들어가 박스 안에 있는 서류들을 꺼내 복사도 하고 팩스도 해가며 조사들을 하고 있었다. 며칠 지나자 이제는 F.B.I. 옷을 입은 여러 명의 사람들까지 나타나 방안에 들어가 조사를 하자 그제야 보통일이 아닌 심상치 않은 일이 일어나고 있음을 직원들은 느낄 수가 있었다. 그 외부사람 중에 제임스도 포함되어 있었다. 처음에 제임스가 증거가 되는 월터의 녹음테이프를 경찰에 전해주어서인지 FBI에서는 전문적인 사람의 도움이 필요하자 제임스에게도 회사장부 조사하는 여러 명 중의 한사람이 되어달라고 요청을 해 왔다. 범죄가 전공이 아니고 회사법인 변호사였기에 회사 장부를 보면 다른 사람들보다 쉽게 이상한 점을 발견하리라 생각해서였다. 그러나 장부를 조사하면 할수록 완벽하게 숫자가 맞추어져 있었고 회사는 빈틈없이 법에 맞추어 돌아가고 있었다.

'무언가 잡히겠지. 옷을 털어 먼지 안 나는 사람 있을까.' 속담도 떠올리며 제임스는 다시 꼼꼼하게 되돌아가 따져보고 있었다. 그럴수록 시간만 흐르고 있었다. 정상적으로 법에 맞추어 경영하는 회사에서조차 현금으로 쓴 돈들이 영수증이 발견되지 않은 채 제대로 정리 되지 않아 조사와 추궁 대상이 되고 있었는데 월터의 회사는 장부상으로 전혀 이상한 점이 발견되지 않았다.

제니퍼가 건네준 테이프가 아니었으면 어느 누구도 이 회사를 조사해서 의심하려는 사람이 없었을 것이었다. 어쩌면 너무 완전하게 장부가 정리되어 있다는 것이 수상할 수도 있었다. 이중장부가 어디 숨겨져 있는 것인가. 제임스는 이 회사가 정상적으로 운영하는 회사가 아니라는 것을 이미 알고 와서인지 맞게 보이는 장부 내역 하나하나 다 의심스러웠다. 십만 불 이상의 돈이 투자용으로 싱가포르에 있는 한 회사에 나가 있었다. 국제 투자 금으로 들어왔었던 일부의 돈이기도 하였다. 그 회사가 실제로 존재하지 않는 유령 회사인 것 같아 전화를 하여 추적해 보기도 하였다. 결과는 제임스의 생각과는 전혀 어긋나 있었다. 싱가포르에서도 유명한 투자회사의 하나였다.

'돈 세탁을 어떻게 하고 있기에 이렇게 모든 것을 정상적으로 꾸며놓고 회사를 운영하고 있는 것일까?'

회사를 조사하면서 가장 놀라운 발견은 회사의 소유가 월터이름으로 되어 있었다는 것이었다. 그렇다면 월터는 부자, 부유한 부류에 속하고 있었다. 어떻게 가난하게 자라 돈도 없고 자본금도 없었던 월터가 이렇게 체계 있는 회사를 만들었는지 궁금해졌다. 제니퍼에게서 듣기로는 월터는 가난한 가정에서 자랐다고 하였다.

그건 제임스 제니퍼도 마찬가지였다. 가난하게 자라났던 사람들만이 알 수 있는 한 가지 바랐었던 공통점이 있었다. 어렸을 때 가난한 시절 누군가 꿈을 물어보면 커서 부자가 되고 싶었던 게 공통된 꿈이었을 것이다. 그것도 그냥 돈만 많이 있어 돈 쓰는 것이 아니라 회사를 운영하면서 직원들에게 월급도 주며 그들의 가정 생계를 도와줄 뿐만 아니라 사회에 기부금도 내고 장학금도 주고 나이든 노인들 양로원도 도와주는 일들도 하는 그런 부자가 되고 싶었던 것이다.

나이가 들면서 그건 그저 기분 좋게 꾸어보는 꿈에 불과하다는 것을. 회사 만들 자본금 모으려 착실히 일하다보면 세월이 흘려 어느새 머리가 백발이 되어 버리는 것을. 회사를 차리려면 자금 자본금이 필요했다. 처음에 제임스는 월터가 다니는 회사가 다른 회사의 분점정도로 알고 있었다. 테이프 내용을 들어보아도 그랬다. '알후레도 를 죽이고 싶은 마음 없었는데 위에서 시키는 것 했을 뿐이야.'라고. 그렇다면 월터의 위 회사를 찾아내야 하는데 무슨 일이 생기면 월터 혼자서 다 책임지는 독립된 회사로 존재하고 있었다. 제임스는 월터의 담당 변호사에게 전화를 걸었다.

"크리스 변호사, 저는 제임스 변호사예요."

"웬일로 전화하셨습니까?"

"월터를 변호해줄 변호사라고 들었습니다."

"맞습니다."

"궁금한 게 있어서 전화했습니다. 월터의 보스가 누구인지 알려주시겠습니까?"

"저도 여러 번 물어보았는데 아직 대답을 듣지 못했습니다. 그래서 저는 모릅니다. 그런데 저에게 대답을 하였다하더라도 저는 월터를 대변하는 변호사이므로 그에게서 들은 것은 비밀로 하고 남에게 말하지 못하는 것 제임스 변호사도 알고 있겠지요?"

"예, 알고 있습니다. 그런데도 물어보는 이유는 보스이름을 모르면 월터가 더 큰 형벌을 받을까 걱정이 되어서 물어보고 있습니다."

"제임스 의사를 모르겠습니다. 월터가 벌을 받는 게 싫었다면 녹음된 테이프를 왜 경찰에 넘겨주었는지요? 제가 알기로는 제임스 변호사인 당신이 월터의 여자친구에게 고의로 녹음을 시켜 그가 잡혀 온 것으로 알고 있었는데요. 이제 제임스 당신 원하는 대로 되었으니 월터가 형벌을 많이 받을수록 더 잘된 것 아닙니까?"

"제가 녹음된 테이프를 경찰에 넘긴 것은 사실입니다. 그렇지만 월터의 여자친구에게 고의로 녹음하라고 시킨 적은 없습니다. 오해하지는 마십시오."

"오해해서 말을 지어내는 게 아니었어요. 제임스 당신이 제니퍼의 남자친구였었고 결혼까지 약속한 사이였는데 자기가 끼어들었다고 월터가 저한테 말했어요. 솔직히 말씀해 주세요. 그가 한 말이 사실입니까? 결혼까지 약속했었던 사이가 사실입니까?"

제임스는 잠시 입을 다물고 있었다. 아마도 크리스 변호사도 증거로 사용된 녹음된 테이프를 듣고 또 들었을 것이다. 어떠한 생각들을 하였을까? 여자의 쾌락에서 내지르는 비명소리를 들으며 남자의 거센 숨소리를 들으며 무슨 생각들을 하였을까? 값싼 에로 영화를 보듯 싸구려 여자로 그녀를 전락시키고 취급하고 있었는지도 몰랐다. 크리스가 어떻게 보듯 상관없었다.

아직까지도 제니퍼는 제임스에게 소중한 여인네였다.

"사실입니다. 제가 법대를 가려 뉴욕시로 떠나기 전까지만 해도 같이 지냈습니다. 하지만 제가 공부하는 동안 제니퍼는 여기 남아 직장을 다니다 보스인 월터와 가까이 지내게 되었지요. 제니퍼는 월터를 많이 사랑하고 있어요. 아기까지 임신했고요. 월터가 다니는 회사가 정상적이 아니라는 건 요사이 와서야 알게 되었어요."

"잠깐만, 말을 중단 시키겠습니다. 죄송합니다. 말 중단시켜서. 단도직입적으로 물어보겠는데요. 제임스 당신도 지금 여전히 제니퍼를 사랑하고 있습니까?"

"그걸 왜 물어보는지 알 수가 없군요. 거짓말 하고 싶지는 않고 제 대답을 듣고 크리스 변호사가 오해라도 할까봐 대답하기가 곤란 하군요."

"솔직하게 예 아직도 사랑하고 있습니다. 아니요. 전혀 그런 감정 없습니다 하고만 말씀해 주세요. 지금 저한테 한 이야기는 다른 곳에 가서 말하지 않고 둘만의 비밀을 보장하겠습니다."

"그렇다면 대답을 솔직하게 하지요. 예. 저 제임스는 아직도 제니퍼를 마음속으로 많이 사랑하고 있어요. 그러니까 이렇게 아직까지도 도와주고 있는 것이고요."

"제가 생각하기로는 그녀를 정말 사랑하고 있어 도와주고 싶으면 월터를 계속 감옥소에 있게 해야 합니다."

"아니요. 제 마음이 진정 그것을 원한다 해도 지금 제니퍼가 원하는 것은 월터가 벌을 조금 받고 나온 후 그와 새 생활을 하는 것이에요. 그녀는 저와 지내는 것을 원하지 않고 있어요. 월터가 감옥소에서 죄 값을 하루바삐 치루고 나온 후 그와 함께 살기를 원하고 있어요."

"제가 장담하지요. 제니퍼는 월터의 돈에 그리고 회사의 제일 높은 지위에 마음이 넘어간 것입니다. 남자들이 여자의 예쁜 얼굴, 몸 맵시, 애교 등 미모에 빠지듯이 여자들은 남자의 권력, 지위, 돈에 빠져들어 가지요. 이제 월터가 감옥에서 나와 돈도 없고 지위도 없으면 사랑하는 마음이 식어간다는 것 제가 장담한다는 거지요. 이제는 법률 변호사로 성공한 당신을 제니퍼가 더 사랑할거라는 것 어느 누구라도 단박에 알 수가 있지요. 그러니 그녀를 정말 사랑해서 위하고 도와주려면 월터를 계속 오래 감옥소에 있게 하여야 합니다."

"크리스 변호사. 당신은 월터의 변호사인데 그의 변호사로 일하는 것 같지 않고 마치 검사로 일하고 있는 듯 들립니다."

"아 제가 제임스 변호사 입장에서 말을 하다 보니 헛소리를 하고 있군요. 하하하……. 사실은 지금까지 제가 한 말이 실수를 해서 한 말이 아닙니다. 잘 들으세요. 제가 여러 번 월터와 만나 이야기 했어요. 당신 보스의 이름을 알고 싶다고요. 녹음된 테이프에 의하면 보스가 시켜서 알후레도를 죽였다고 하는데 그 보스가 누구인지 가르쳐 달라고 했습니다. 월터가 자기는 보스가 없다고 했어요. 다 자기가 계획해서 한 일이라고 합디다. 만약에 그게 사실이라면 당신이 모든 죄 값을 치러야 한다고 말했습니다. 모든 죄 값을 자기가 다 받겠다고 하더라고요. 그래서 다시 말했죠. 그 죄 값이 아주 클 수도 있다고요. 많은 보석금이나 몇 년 징역으로 끝나는 게 아니라 무기 징역이나 심하면 사형까지도 갈수가 있다고 했습니다. 그렇게 말을 했는데도 보스가 시킨 것이 아니라 자기가 계획하여 저지른 것이라 하더라고요. 그게 사실이라면 크리스 변호사 나는 당신의 형을 줄일 자격을 갖추고 있지 못하니 나를 해고 시키고 다른 변호사를 고용하라고 했어요. 그런데도 나를 해고 시킬 마음이 전혀 없다고 합디다. 월터가 왜 그렇게 고집을 피우는지 저는 알 수가 없어요. 대부분의 사람들은 감옥소에 들어오면 형을 줄여 보려고 노력하는데, 더더구나 사형이라는 언도까지 나올지 모른다하면 자기네들이 무죄라고 거짓말들 하며 애걸복걸 하는데. 월터의 경우는 끝까지 본인이 시켜 죽인 거라며 자기에게 불리한 거짓말을 하고 있으니 저는 월터의 속마음을 알 수가 없습니다."

이렇게 저렇게 살아야 하는 것이 마음에 불편하더라도 내색을 하지 않고 살아왔던 이유 중의 하나가 다른 사람들 눈에 은희 자신이 올바르게 보이고 싶어서였을 것이다. 자기의 단점을 감추고 살아오다보니 이제는 남에게 보이고 있는 그것이 어느새 정상이 되어 정말 그 것이 자기인양 착각하며 살아오고 있었다. 그러다 은희는 자기의 참모습을 들여다보고 있었다.

기억이 되돌아 와서일까. 자기 내면의 모습이 보이고 있었다. 얼마나 모순 투성이인 은희 자신인가. 어리석은 잘못을 저지른 자기의 모습이 보일 때마다 제대로 판단을 하지 못해 잘못을 저지른 과거의 모습이 보일 때마다 은희는 자기 자신이 너무 미워졌다. 그러한 미움이 뼈 속을 타고 가슴속으로 들어오는지 쓰려오고 아파왔다. 그녀의 얼굴은 웃는 얼굴이 아니라 슬픔과 수심으로 가득 찬 핼쑥한 얼굴로 변하였다. 입맛이 없어서 제대로 밥을 먹지 못하고 있었고 기운도 없어 보였다. 말도 꼭 필요한 대답 이외에는 하지 않고 있었다. 누가 보아도 그녀는 풀이 죽은 초췌한 모습이었다.

남편 현수는 그러한 은희가 가련해 보였지만 어쩔 도리가 없었다. 일부러 식당에 데리고 가 저녁을 시켜 억지로 먹여도 한 숟갈 두 숟갈 입에 대다 말았다. 옆에서 무슨 좋은 말을 아무리 많이 해도 소용이 없다는 것을 알고 있었다. 은희를 더 피곤하게만 만들고 있었다. 본인이 스스로 마음이 되돌아오기까지 기다리는 수밖에 없다는 것을 알고 있었다. 그러나 은희가 마음을 강하게 먹지 않고 자꾸 야위어 가자 현수의 마음도 답답해졌다.

하루는 현수가 은희를 붙잡고 말하였다.

"우리 새벽기도 같이 가볼까?"

　은희가 남편에게 전혀 기대해보지 않았던 현수의 제안에 의아한 듯 남편을 쳐다보았다. 그만큼 그 전에 은희는 교회에 열심히 나갔어도 남편은 바쁘다는 이유로 제대로 나가지 않고 있었기에 그랬다. 어쩌다 은희가 교회에서 은혜 받은 말씀을 진심으로 남편에게 전해도 남편은 건성으로 대답하였기에 그랬다. 도대체 남편은 평생 교회 근처에 가보지 않을 사람으로 보였었다. 그러한 남편이 지금 은희에게 같이 교회에 가자고, 그냥 교회도 아니고 새벽기도에 가자고 물어보고 있으니. 은희는 남편을 쳐다보며 소리 내어 대답하는 대신 고개를 위 아래로 끄덕이며 가겠다고 동의를 표시하였다. 남편은 지금 같이 가자고 하지만 내일 새벽이 되면 더 자고 싶어 언제 말을 했었느냐 하며 이불속으로 머리를 파묻힐 것임에 틀림없었다. 그만큼 새벽기도가 어려운 것을 은희는 알고 있었다. 아침 새벽잠은 더 달고 그래서 오래 끌며 더 자고 싶은 게 상정이었다. 그런데도 은희는 남편의 제안에 감동을 받았다. 남편이 그 제안을 실현치 못한다하더라도 물어보는 것 자체가 좋았다. 그만큼 그 전에 은희가 남편에게 같이 교회가자고 했을 때 남편은 항상 시큰둥하게 교회를 대해왔었기에 변한 남편의 모습에 은희가 감동을 받고 있는 듯했다.

　다음날 새벽 4시 반이 되자 시계가 요란하게 울렸다. 시계 울리는 소리를 무시하고 머리를 이불속으로 파묻으려던 남편은 은희의 예상과는 정반대로 침대에서 벌떡 일어나 옷을 갈아입고 있었다. 새벽길, 아직도 해가 뜨지 않아 캄캄한 밤길 고속도로에서 현수와 은희는 교회를 향해 차를 달리고 있었다. 새벽공기는 차가와도 항상 더 신선하게 느껴지고 있었다. 하늘의 별도 더 반짝거리는 것 같았다. 한동안 둘은 차안에서 아무 말도 하지 않고 있었다. 밀폐된 차안의 공간에 둘만이 나란히 앉아 어둠속 공간을 헤쳐 앞으로, 앞으로 나가고 있는 듯했다. 한동안 앞에도 가는 차가 없었고 뒤에 따라오는 차가 없었기에 마치 Black Hole을 뚫고 지나가듯 우주의 공간에 서 날아가는 기분도 들었다. 서로는 침묵하고 있었지만 우주의 공간에 둘만이 있는 것 같이 더 가깝게 느껴졌다.

"그 날 안 목사님한테서 전화가 왔었어. 당신이 지금 무엇을 하고 있는지, 무엇을 하려 하는지 저는 모릅니다. 그렇지만 당장 그만 두십시오 하고."

현수는 말하고 있었다.

"그 말을 듣는 순간 소름이 끼쳤어. 내 온몸에 있는 피부가 반응을 일으키는 것 같았어. 아니 소름이라는 단어보다 충격을 받았다는 표현이 더 맞을 것 같아."

은희는 듣고 있었다. 남편이 무슨 말을 하고 있는 것일까. 자기는 전혀 모르고 있었던 일이었다.

"그래 은희야. 안 목사님은 우리의 나쁜 소식을 듣고 우리를 위해 기도를 하고 있었대. 그런데 전화를 걸어 그만 두라는 말을 하라는 마음이 계속 일어나서, 참을 수 없이 계속 일어나서 실례가 되는 줄 알지만 우리에게 전화를 하였다는 거야. 그 전화를 받기 바로 전 난 당신이 원하는 대로 비닐봉지를 당신 얼굴에 씌워 목덜미 쪽을 묶고 있었어. 그리고 당신을 그렇게 한 후, 나를 위한 내 목에 걸 노끈도 옆에 준비해 놓고. 그런데 이상하지. 전화를 받지 않고 끝내려 했는데 마지막 이 세상에 오는 전화가 누구인지 궁금해지고 있었어. 그게 광고 전화라 한들 알고 싶었어."

캄캄한 자동차 안이라 보이지는 않았지만 은희의 두 눈에서 눈물방울이 떨어지고 있었다. 눈물이 주르륵 흘러 내렸다. 은희가 원하는 것이면, 은희에게 약속한 것이면 그것이 어떠한 것이든 바보처럼 지켜주는 남편에게 미안하고 고맙기도 하여서였다. 그러나 남편만의 사랑이 아닌 그 무엇보다도 비교 할 수 없는 하나님의 사랑이 안 목사님의 기도 중에 전하여진 것에 그녀는 눈물을 흘리고 있었다.

교회 전체 인원수에 비해 새벽기도에 온 사람은 얼마 되지 않았다. 앞뒤로 세어 보아도 20명이 넘지 않았다. 20명 중의 대부분은 직장에 나가지 않는 사람들이기도 하였다. 새벽기도회를 참가하고 직장에 나가려면 직장에 늦기도 하겠지만 점심시간이 되기도 전에 온몸이 나른해지며 잠이 쏟아져 오기도 해 직장 일을 정상으로 하는데 곤란을 받아 남에게 눈치가 보이기도 하였다. 아마도 새벽기도회를 참가하고 싶어도 가지 못하는 것은 그 이유 때문이 가장 크기도 하였다.

현수와 은희는 나란히 앉았다. 둘은 마음속으로 조용히 기도를 하고 있었다. 입으로 소리를 내지 않고 기도하고 있었지만 그 둘은 서로의 기도 내용이 일치되고 있음을 알고 있었다. 영철이를 보호해 달라는 간절한 마음이었다. 아직도 어딘가에 살아있음을 소원하고 있었다. 현수는 한 가지 더 기도하고 있었다. 은희가 정신적으로, 심적으로, 그리고 육체적으로 건강하게 정상으로 되돌아오게 해달라고. 그 둘의 기도가 무르익어 갈 때쯤 목사님의 아침 성경구절 강해가 간단히 이어지고 있었다. 기도를 막 한 다음이라 그런지 목사님의 성경해석이 머릿속으로 더 잘 들어오고 있었다. 말씀이 꿀맛처럼 달다는 말이 이제야 이해가 되었다.

집으로 다시 되돌아와 직장으로 가면서 은희는 오늘 아침 들었던 성경구절을 다시 떠올렸다.

항상 기뻐하라. 항상 감사하라. 무슨 환경에서든 기뻐하라고. 은희는 의식적으로 얼굴에 미소를 지어 보았다. 웃는 얼굴을 만들고 있었다. 안으로는 잘못을 저지른 자기 모습이 보여 자기 자신이 미워 마음이 쓰라리게 아파오면서도 얼굴을 웃고 있노라니 해괴망측한 얼굴표정이 만들어지고 있지 않나 걱정이 다소 되고 있었다. 그럼에도 은희는 아침 새벽기도 시간에 목사님께서 하신 말씀을 실행해 보려 안간힘을 쓰고 있었다. 기뻐하라. 나쁜 환경에서도. 기뻐하라고. 속으로는 울고 있으면서도 기뻐해보겠다고 기뻐하라는 그 한마디 말씀 잡고 무조건 순종해 보고 싶은 은희의 마음이었다. 감사하라고. 불평하지 말고 조그맣고 당연한 것에도 감사하라고. 남편하고 아침 새벽기도 간 것에 감사하고. 직장에 와 일 할 수 있는 것에 감사하고. 미국에서 태어난 미국 사람처럼 영어를 못하고 억양이 있는데도 은희가 약 설명해 줄 때마다 고마워하는 환자들이 있어 감사하고…….

은희는 쉬는 시간 커피를 마시면서도 맛있는 커피향내를 코로 들이키며 즐길 수 있는 것에도 감사하고 있는 자기를 보고 있었다. 그래서인지 커피 맛도 예전에 비해 더 맛이 있었다. 남편 현수 이외에도 은희 주위에서 은희를 가장 많이 볼 수 있는 사람은 같은 약국에서 파트너로 일하는 데이브 약사였다. 풀이 죽어 있어 초췌해 보이던 은희의 얼굴이었다. 은희의 아들이 없어진 것을 알고 있는 데이브였기에 은희의 마음이 다시 예전과 같이 정상으로 돌아오기만 기다리고 있었다. 데이브가 위로를 한다고 은희가 쾌활하게 예전처럼 돌아오리라는 가능성이 없어보였기에 그 또한 현수처럼 시간만 지나라 시간이 지나면 차차 나아지겠지 하며 기다리고만 있었다.

그러던 어느 날 은희의 얼굴이 웃고 있는 것을 발견하고 있었다. 슬픔과 수심으로 가득 찬 핼쑥한 얼굴에 어느 때는 눈물이 그렁그렁 큰 눈물방울에 젖어 있었던 눈이 환자를 보며 눈웃음도 치고 있었다.

"은희 약사, 오랜만에 웃음소리 들으니 저도 즐겁군요."

"병균만 전염되는 게 아니라 즐거운 기분도 전염되는군요."

"확실히 맞는 말이에요. 그동안 며칠 은희 약사가 슬퍼하여 저도 슬펐었는데 오늘 웃으니까 저도 웃음이 나오며 즐거워지고 있어요."

"그동안 제가 약국에 너무 많이 빠져 이 약국에 경험이 없는 다른 약사들이 와 일하느라 데이브 약사가 많이 힘들었죠. 항상 고마워하고 있어요."

"당연히 도와주어야죠. 꼭 힘든 것만은 아니에요. 은희 약사가 일하는 날 제가 일하였기에 오보타임 돈 받아 그동안 돈 많이 벌었어요. 세금으로 다 없어지긴 하지만."

"그래요. 오보타임 일하면 1.5배 받기는 하지만 세금을 더 많이 내야 하니까 돈을 많이 벌더라도 힘든 건 사실이에요."

"솔직히 계속 쉬는 날 없이 일하느라 힘들었어요. 그런데 은희 약사한테 쌍둥이 자매가 있다고 들었어요. 이럴 때 와서 일해 주었으면 참 좋았을 텐데 생각했었죠. 은희 약사 쌍둥이 자매도 약사라고 하던데. 이름이 무어라고 하더라? 멍멍멍……?"

'멍멍멍……?'

은희는 잠시 데이브가 강아지 짓는 소리를 내고 있는 것으로 착각하고 있었다. 그래. 미국에서는 개 짖는 소리가 '바우와우'로 들리는지 그렇게 표시되고 있지만 한국 사람들 귀에는 '멍멍멍'으로 들리고 있었다. 그래서 데이브가 한국 사람이 듣는 개 짖는 소리를 발견하여 흉내 내고 있다고만 생각하고 있었다. 처음에는 아무 의미 없이 그렇게만 생각하고 있었다.

데이브는 다시 은희에게 물어 보았다

"멍희, 맞아. 은희 씨와 같은 희가 멍 다음에 있었다고 했지. 내 기억력이 좋지 않아 이름을 잊어버리고 있었네요. 은희, 멍희 자매 이름에 글자 하나가 공통으로 붙었다고 했어요."

은희의 머릿속이 망치로 얻어맞은 것처럼 갑자기 빙빙 돌았다.

"멍희 맞지요? 제가 맞게 발음 했나요?"

데이브는 은희를 쳐다보며 물어보고 있었다. 은희는 떨리는 가슴속을 가라앉히며 태연하게 대답하려 노력하였다.

"멍희가 아니라 명희예요."

"아 맞다. 명희, 제가 이번엔 맞게 발음 했나요?"

"네, 이번엔 맞게 했어요."

"노바토시에 있는 카이저 병원 약국에서 일한다고 들었어요. 여기서 한 시간 반 걸리기는 해서 멀기는 하지만. 그래도 가끔 와서 도와준다고 하던데. 자주 오나요?"

"네."

'노바토시에 있는 카이저 병원 약국?'

은희는 친구를 생각하고 있었다. 한 번도 말한 적이 없는데 어떻게 데이브가 은희 친구가 거기서 일하는 것을 알고 있을까? 무엇보다도 명희라는 이름을 어떻게 알고 있을까?

명희 그 이름은 남편 현수도 모르는 이름이었다. 이 세상에 단 한사람 그 이름을 아는 사람은 아들 영철이 밖에 없었다. 은희의 머리는 다시 회전하고 있었다. 여기저기 기억을 더듬으며 짚어보고 있었다. 혹시 영철이 이외에도 명희라는 자기 상상의 쌍둥이 자매 이야기를 한 적이 있었는지. 그래 아주 옛날 엄마하고 말 한 적이 있었다. 그러나 엄마조차도 은희가 만들어낸 상상의 쌍둥이 자매 이야기는 모르고 있었다. 그저 엄마는 또 딸을 낳으면 명희라는 이름을 짓는다고 했을 때 은희는 이미 그 전에 쌍둥이 자매를 만들고 있었고 이름까지 명희라고 지은 후였기에 이름이 같은 것에 놀랐을 뿐이었다. 쌍둥이 자매 명희라는 이름까지 알려준 사람은 틀림없이 영철이 하나였다. 그것도 아주 오래전 영철이 어렸을 적인데.

은희의 머리가 이것저것 생각하며 빠르게 회전하고 있는 있었다. 데이브 약사는 은희에게 계속 말을 걸었다. 은희는 태연하려고 노력하였다. 그러나 쉽지는 않았다. 어느 때는 태연하게 대답을 했다고 생각을 했는데도 떨리는 목소리가 새어 나오고 있었다. 그러면 그 떨려나오는 자기 목소리에 은희가 더 놀라고 당황하고 있었다. 태연해지려고 할수록 식은땀이 나왔다. 그러한 은희의 태도를 데이브는 수상하다고 눈치 채고 있는 것 같았다.

"볼이 발갛게 변하는데 웬일이십니까?"

"아니에요. 제가 커피를 너무 많이 마셨나 봐요. 조금 흥분도 되고 카페인이뇨 작용 때문인지 화장실에 가야하는데 참고 있어서 그래요."

"아, 그러면 참지 말고 다녀오세요."

"그럴게요."

은희는 약국 문을 나가 밖으로 걸어 나왔다. 두 발 두 다리가 휘청거리고 있었다.

'그렇다. 데이브다. 왜 지금까지 몰랐던가? 직접적이든 간접적이든 영철이의 범인은 데이브임에 틀림없다. 영철이에게 듣기 전에는 어떻게 그가 명희라는

이름을 알고 있단 말인가.'

은희가 기억이 되돌아 왔을 때, 데이브에게 기억이 되돌아 왔다고 말했었다.

'아, 그때 말하지 말았어야 했는데.'

은희는 공중전화기 쪽으로 가려다 잠시 멈추고 사방을 둘러보았다. 어쩌면 데이브의 한패가 어디선가 자기를 보고 있을 것 같았다.

'절대로, 절대로 내가 눈치 챈 것을 데이브가 알아내면 아니 된다. 자연스럽게 행동하자.'

그럼에도 은희는 수사관 알렉스 경관에게 한시 바삐 이 소식을 전하고 싶었다.

'당신, 혹시 당신 기억이 되돌아 온 것 다른 사람에게 알린 적 있어?'

남편 현수가 은희에게 물어본 적이 있었다.

'미안해. 그렇게 물어보는 내가 당신을 의심한 것 같아서 미안해. 남편인 내가 있는데 당신이 나 이외에 다른 사람에게 먼저 말할 리가 없었겠지.'

은희가 대답을 하기도 전에 남편은 자문자답 하고 있었다. 두뇌가 논리적인 남편은 이미 알고 있었다. 은희의 기억력이 되돌아 온 것을 아는 순간 아들 영철이가 위험해진다는 것을. 그런데 왜 남편이 질문했을 때 자기는 데이브한테 말했다는 말을 못하고 입을 다물고 있었을까? 그때 대답했었다면 지금쯤 아들을 살려서 집으로 되돌아오게 할 수 있었을 텐데. 남편의 자문자답 속에 은희의 대답을 듣기도 전에 말하는 남편의 말 뜻 속에 은희를 너무 신임하고 있어서 남편을 실망시키고 싶지 않아서였을까? 아니면 데이브를 신임하고 있어서였을까?

그건 사실이었다. 명희라는 이름을 듣기 전까지 데이브를 의심한 적은 한 순간도 없었다. 그러했기에 데이브의 도움을 받아 레이몬드의 신상을 알아보려 했었다. 믿는 도끼에 발등 찍힌다는 속담이 떠올랐다.

'그래, 어쩌면 너무 늦었는지도 몰라. 아들 영철이 이미 죽었다 하더라도 시신이라도 어디 있나 발견해야 되지 않겠어.'

'아니야, 아니야. 아직 죽지 않았어. 어디선가 엄마가 오기를 애타게 기다리고 있을 거야.'

은희는 화장실을 가다말고 식수가 나오는 스탠래스 작은 분수대 옆 벽에 기대 잠시 눈을 감았다.

비탈진 낭떠러지에 나무뿌리를 잡고 떨어지지 않으려고 안간힘을 쓰고 있는 아들이 보이고 있었다. 엄마인 은희가 아들 손을 잡으면 낭떠러지에 떨어지지 않고 구할 수 있었다. 그런데 뿌리를 잡고 있는 영철의 손에 은희 손이 닿지 않았다. 조금만 더, 조금만 더. 은희는 영철의 손을 잡고 싶었다. 아니 이러다가는 영철이 대신 은희가 낭떠러지 밑으로 굴러 떨어질 것 같았다. 상관이 없었다. 은희 몸이 산산조각이 나더라도 아들 영철이를 살리고 싶었다. 은희의 입술이 중얼거렸다.

"아버지, 아버지. 하나님 아버지. 제발 우리 영철이 살려 주세요."

백 번 아니 천 번 이상 되풀이 하고 있었다. 하루에 만보 이상 걸으면 건강해진다는 말이 있어 걷고 있듯이 은희는 만보 이상 한보한보 걸을 때마다 똑같은 말을 되풀이 하고 있었다.

'살려 주세요. 아들 영철이를 살려주세요. 하나님 아버지. 살려 주세요.'

'영철이 대신 저를 데리고 가시고 영철이는 살려 주세요. 저를 데리고 가 하나님이 쓰시고 싶은 대로 쓰세요. 재물로 쓰시고 싶으면 저를 쓰세요. 대신 영철이는 살려주서야 해요.'

은희는 기도를 하면서도 자기가 어리석게 하고 있다는 것을 알아챌 수 있었다.

'하나님, 하나님의 재물은 흠이 없어야 하는데 저는 재물로 쓰기에 너무 흠이 많군요. 죄송합니다. 하나님. 제가 건방지게 자격도 되지 않으면서 하나님 재물로 쓰라고 홍정하는 기도를 하여서 죄송합니다. 하나님, 그렇지만 약속하셨죠. 예수님의 피로 저희 죄를 깨끗하게 해 주신다고. 제가 지은 잘못들, 죄 용서해 주세요. 회개 합니다. 그렇다면 흠 많은 저를 우선 예수님의

피로 깨끗하게 해 주세요. 그리고 다시 기도 하겠어요. 이제 저를 다시 받아 주세요.'

은희의 기도도 조금씩 성장하고 있는 듯했다. 아니 은희가 보기에 그랬다. 지금 은희가 한 가지 원하는 것이 있다면 영철이가 어디엔가 살아있다면 살려내고 싶은 것 그것 하나뿐이었다. 그래서 그녀는 그동안 교회를 다니며 목사님 설교시간 예배시간에 배우고 들은 모든 총 지식을 동원하여 하나님의 마음에 드는 기도를 하고 싶었을 뿐이었다.

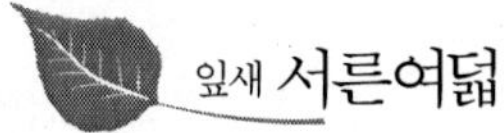

잎새 서른여덟

알렉스 경관은 은희에게서 온 전화를 받았으나 그녀가 말하는 내용이 이해가 되지 않았다.

'같이 약국에서 일하고 있는 파트너 약사 데이브가 범인 중의 하나같다고? 쌍둥이 자매의 이름을 아들 영철이에게만 이야기 했는데 지금 들었다고? 직접 범인이 아니라 하더라도 아들 영철이 데려가 있는 곳을 알 수 있을 것 같다고?'

무슨 말을 하고 있는 것일까? 아들을 납치당해 잃어버리더니 정신이 나가 잘못된 상상을 하며 추측하고 있는 것이 아닐까. 알렉스 경관은 은희가 하는 말을 놓치지 않고 듣고 있었다. 은희의 목소리는 아주 작게 들렸다. 아마도 누군가 들으면 아니 될까 걱정을 하며 비밀리에 말하고 있는 듯했다. 중간 중간 목소리가 끊기다가 다시 말을 시작할 때 목소리는 떨리고 있었다. 그 떨리는 음성으로 보아 그녀는 지금 몹시 흥분하고 있었다.

'남편 말에 의하면 첫 번째 아이도 20년 전쯤에 잃어버렸다 하던데.'

그래서 말도 되지 않는 말을 하고 있는 것 같았다. 처음에는 그냥 듣다가 그녀의 말을 무시하고 전화를 끊을 준비를 하고 있었다. 요사이 윌리암스 의사는 비디오 비디오기까지 갖고 오고, 제니퍼 아기씨는 녹음테이프까지 갖고 와서 혐의자를 지목하면서도 증거 불충분으로 잡아들이지 못하고 있었다. 지금 은희가 한 말이 은희 추측대로 사실이라 하더라도 그 들었던 말 갖고만 어떻게 범인을 잡아내고 영철이 있는 곳을 알아 낼 수 있단 말인가.

은희는 다시 알렉스 경관에게 아주 작은 목소리로 물어 보고 있었다.

"어떻게 할까요. 사실은 저한테 쌍둥이 자매가 없어요. 사람들 마다 다 다른 수호천사가 있듯이 제가 혼자 만들어 낸 이야기였어요. 그런데 데이브 약사가 이름까지 정확히 말하고 있어요. 명희라고요. 무슨 이유로 제 아들이 그 말을 했는지 저는 알지 못하지만 저는 그 말을 부인해서는 안 된다는 생각이 들었어요. 그래서 명희 쌍둥이 자매가 있는 것으로 데이브 약사는 알고 있어요. 그가 눈치 채지 않게 자연스럽게 하려 하는데 잘되지 않고 있네요."

그제야 수사관 알렉스 경관도 은희가 왜 흥분하고 있는지 감이 잡히고 있었다.

"은희 약사 잘 들으세요. 보통 때와 똑같이 태연히 지내야 합니다. 만약에 데이브 약사가 이번 사건에 포함된 범인 중의 하나라면 제게 한 가지 방법이 있습니다. 증거를 잡아야 합니다. 제가 비밀리에 약국전화에 도청기를 붙이겠어요. 약국 전화에 도청기가 있다는 사실을 그가 알아내면 모든 게 수포로 돌아갑니다. 그러니 은희 약사는 전과 같이 자연스럽게 데이브를 대하세요."

"있지도 않은 쌍둥이 자매 카이저 병원 노바토시에서 약사로 일한다고 거짓말 하고 있자니 제 마음이 막 떨려요. 그런데 제 아들을 찾아내기 위해서는 제가 떨리면 안 된다는 것을 깨달은 순간 제 마음이 더 떨리고 있어요. 어떡하죠. 데이브가 눈치 챌 것 같아요."

"조금만 참으세요. 오늘 밤 약국 문이 닫힌 후, 사복 비밀경찰이 들어가 아무도 눈치 채지 않게 설치할 것입니다. 그들이 하는 대화내용을 잡아내야 합니다."

"약사의 허락 없이는 법으로 사복비밀경찰이라도 약국에 함부로 못 들어 오게 만들어져 있어요. 마침 제가 약국 장으로 일하고 있으니 잘되었네요. 제가 나타나겠어요."

"다른 사람이 알아채서는 아니 됩니다. 그렇다면 케이마트 스토아 문이 닫힌 시간, 일하던 직원들이 모두 퇴근한 시간 새벽 2시에 봅시다. 그 시간에 청소부들이 일하고 있기는 하겠지만 청소부들은 케이마트 회사와는 별도로 다른 청소 회사 직원들이 와서 일하고 있기에 말을 쉽게 전하지 못할 것입니다."

"알았어요. 새벽 2시에 나오겠어요."

은희와의 전화를 끊고 알렉스 경관은 가장 지목하고 있는 혐의자 레이몬드의 조사 자료를 다시 점검하고 있었다. 그가 쓴 모빌 전화와 집 전화 내역을 하나하나 다시 따져보고 있었다. 혹시 데이브 약사와 전화했던 기록이 나오나 해서였다. 전화비 받는 전화 쓴 내용 장부에 데이브 약사와의 개인적인 전화번호는 전혀 나오지 않고 있었다. 그렇다면 아무 연관이 없단 말인가? 은희 약사가 잘못 생각하고 있었던 것일까? 또 시간 낭비만 하려하고 있는 것일까?

시간이 흘려 새벽 2시에 조용히 도청장치를 약국전화기에 설치한 그 날 아침 9시가 되었다. 그날은 데이브 약사 혼자 일하는 날이었다. 어느 때와 같이 약국전화는 바쁘게 울렸다. 대부분 약처방 리필을 원하는 전화였고 간간히 의사 사무실에서 새 처방 요청이 전화로 들어오고 있었다. 약국 테크니션이 전화를 받고 새 처방은 데이브 약사에게 건네주었다. 이번에는 리필도 아니고 새 처방도 아닌데 데이브를 바꾸어 달라는 환자가 있었다. 약에 대해 질문을 하려나 생각하고 있었다.

"데이브, 레이몬드에요."

그 전화내용을 듣는 순간 알렉스 경관은 다소 긴장하고 있었다.

'레이몬드라니. 그 혐의자 아닌가? 그가 자기 약을 타러 데이브와 이야기하려는 것일까? 아니 약사는 바쁘니까 그냥 테크니션한테 이야기해도 될 터인데.'

"레이몬드 잘 지내고 있어요? 어제는 월요일, 일주일 중에 제일 바쁜 날이라 은희 약사와 같이 일했어요. 그런데 레이몬드가 얼마 전 저에게 물어본 것 은희 약사에게 물어보니 사실이더군요."

"데이브, 무얼 물어보았더니 그게 사실입니까?"

"저는 전에 전혀 몰랐었는데 얼굴이 똑같은 쌍둥이 자매가 있다는 것, 이름이 명희, 아니 명희라고."

"그렇다면 그 아들 영철이가 한 말이 거짓이 아니군요."

알렉스 경관은 갑자기 의자에서 박차며 일어나고 있었다. 전화 통화내용에 레이몬드라는 이름을 처음 들었을 때는 다소 긴장하며 듣고 있었는데, 이제는 온몸을 곤두세우며 긴장하고 있었다.

'바로 이거다. 그래. 그 둘은 서로 연관이 되어 있었다. 그들은 수상히 보이지 않으려고 이렇게까지 교묘한 방법을 이용하고 있었던 것일까?'

전화비 내용 청구서에 몇 월 며칠 몇 시에 전화 건 시각과 전화번호가 다 나오고 있으니까 레이몬드는 데이브 약사의 개인 전화번호를 사용치 않고 있었다. 약국 전화로만 통화를 하고 있었기에 약을 타기 위해 전화 쓴 것으로 알았지 다른 나쁜 범죄를 저지르기 위해 약국으로 전화 걸었던 것을 그동안 알렉스 경관은 전혀 눈치 채지 못하고 있었다.

"레이몬드. 그 아이는 지금 어떻게 되었나요? 그때 은희가 기억이 되돌아왔다는 말을 하지 말았어야 했는데. 설마 어떻게 한건 아니겠죠."

"지금쯤 말라 비틀어 쓰러져 있을 거요. 물 한 병 주고 온 게 벌써 몇 주가 지났으니."

"말라비틀어지다니?"

데이브의 목소리가 커졌다.

"누가 듣겠소. 조용히 하구려."

"아무도 들을 사람 없으니 걱정하지 마시오. 옆에 있는 약국 테크니션은 우리가 평범한 말하는 줄 알 거니까."

데이브의 목소리가 커진 것 이외에도 알렉스 경관의 가슴도 크게 뛰었다.

'말라비틀어지고 있다니? 빨리 찾아내야 한다.'

비가 오지 않아 말라 비틀어 가는 잎새에 아침 이슬이 잎새를 살려 내듯이 살려내고 싶었다. 물을 주어 꽃 화분에 시들어 죽어가는 난초를 살리듯이 찾아낸 후 빨리 물을 주고 싶었다. 일 초, 일 초, 똑딱똑딱, 촌각이 지금은 아까웠다.

전화가 끊기고 얼마 되지 않아 여러 대의 경찰차가 건물밖에 둘러싸이고 있었다. 하얀 가운을 입고 처방약을 주며 약을 설명하고 있던 데이브는 갑자기 약국 안으로 들이 닥치는 경찰과 FBI 옷을 입은 경관들에 둘러싸이더니 수갑을 차고 밖으로 끌려 나갔다. 약을 받으려고 줄서서 기다리던 환자들은 영문을 모른 채 눈들이 동그랗게 커져 멍하니 쳐다보고만 있었다.

레이몬드의 집으로도 경찰차 여러 대가 윙윙 소리를 내며 달려가고 있었다. 이러한 일이 일어날 것이라는 것을 예측이라도 하고 있었듯, 아니 이미 그전에 예행연습이라도 많이 해 왔다는 듯이 멀리서 경찰차의 사이렌 소리가 들리자마자 레이몬드는 잽싸게 집 뒤쪽으로 빠져나가 차안으로 들어가자마자 도망가고 있었다. 차는 전속력을 내며 빠르게 지그재그로 도망갔다. 아슬아슬 부딪힐 듯 말듯하며 차선을 바꾸어가며 도망갔다. 그 레이몬드의 차 뒤로 여러 대의 경찰차들이 소리를 내며 따라갔다. 한 번은 레이몬드의 차가 너무 속력을 내며 회전을 하다 거의 뒤집어질 뻔하자 알렉스경관이 따라가는 경찰차에게 메시지를 보내고 있었다.

"너무 속도를 내지 말라. 당신 차들이 속도를 내면 범인 차는 더 속도를 낼 것이고, 그러다가 범인차가 뒤집어져 죽기라도 하면 우리는 어린아이가 어디 있는지 물어볼 수가 없다. 어린아이를 찾기 위해서는 범인을 생포해야 한다. 알았느냐. 절대 죽이지 마라. 오버."

알렉스 수사관 말이 옳았다. 경찰차들이 빠르게 꽁무니를 뒤로 지지지 않자 레이몬드도 아까보다는 조금 느린 속도로 그러나 여전히 다른 차들 보다는 훨씬 빠른 속도로 고속도로를 빠져나가고 있었다. 차는 복잡한 시내를 빠져나가 시골길 고속도로를 달렸다. 한참을 달리며 가니 고속도로 좌우로 아무 건물도 보이지 않고 한없이 넓은 평야만 펼쳐지고 있었다. 레이몬드는 경찰들이 자기를 잡으러 오는 것 같아 우선 차속으로 들어가 몸을 숨긴 후 도망하고는 있으나 어디로 가야할지 도무지 판단이 서지 않고 있었다. 끝까지 시치미를 떼고 자기는 잘못한 게 없다고 잡아 뗄 것을 공연히 도망가려다 더 자기 잘못을 보이고 있는 것 같은 자신이 어리석어 보였다.

지금이라도 자동차를 멈추고 자기는 잘못한 게 없다고 말할까? 아무도 자기가 영철이를 창고 안 차 속에 가두어 온 것을 모르고 있었다. 그렇다면 자기가 말만 하지 않으면 아무도 모를 것이다. 아까 데이브 약사와 한 말 때문인가? 데이브가 나를 배신하고 알리기라도 했단 말인가? 그럴 리가 없다. 그도 나하고 공범인데. 데이브의 여자친구는 약에 중독된 여자다. 데이브는 그 여자친구의 요구 때문에 번번이 자기의 신세를 지고 있었다. 얼마나 여러 번 그가 불법적으로 자기를 통해 약을 사들이고 여자친구의 환심을 사들였던가. 그러했던 사실을 경찰에 알리면 데이브는 약사로 끝장이다. 무엇보다도 힘들어하고 걱정하는 것은 약을 구하지 못했을 때 일어나는 중독증상의 금단현상이었다. 그녀는 벌벌 떨었고 괴로움에 못 이겨 얼굴이 일그러지곤 하였다. 여러 번 그러한 중독증상을 끊어보려고 데이브도 그녀도 같이 노력을 해왔건만 일단 그녀의 금단 현상이 나타나 경련을 일으키며 일그러져 괴로워하는 모습에서는 포기하고 다시 급하게 전화를 걸어 비싼 가격이라도 상관치 않고 법에 어긋나는 마약을 그녀를 위해 구하곤 하였었다. 레이몬드는 그러한 데이브가 자기를 경찰에 일러바치리라고 생각이 되지 않았다. 그렇다면 자기가 잘못하고 있는 거였다. 이렇게 도망하고 있는 게 아니었다. 멈추고 싶은 생각이 굴뚝처럼 일어나고 있었다.

그렇지만 지금 멈춰서 왜 도망하였었느냐하고 물으면 무어라고 대답하지. 그리고 만약에 그들이 내가 영철이를 창고 안에 가두고 있는 것을 알고 있다면 어떻게 하지. 이럴 때 알후레도 아저씨가 있으면 물어 보고 싶었다. 이럴 때일수록 아저씨가 더 보고 싶어졌다. 아저씨는 처음부터 레이몬드가 자기와 같이 일하는 것을 원하지 않았었다. 그래서 자기는 아저씨에 대해 많이 섭섭해 하고 있었다. 이제야 아저씨가 왜 자기가 그가 일하는 곳에 들어오기를 원하지 않았었는지 이해가 되었다. 바로 지금처럼 도망을 하여야했기에 그랬을 것이다. 아저씨가 위험하다는 말을 할 때마다 자기는 왼쪽 귀로 듣고 오른쪽 귀로 흘려보냈던 것 같았다.

레이몬드의 차 기름도 줄어가고 있었다. 기름이 다 떨어지면 차는 자기가 원하든지 원하지 않든지 멈추게 될 것이다. 자기가 조금 더 빨리 가자 뒤따라오던 여러 대의 경찰차들도 더 속력을 내고 있었다. 자기가 속력을 줄이자 뒤따라오던 차들도 간격을 일정하게 두고 속력을 줄이고 있었다. 경찰들은 이미 알고 있었다. 차의 기름이 떨어지면 차가 멈춘다는 것을. 그러니까 빨리 자기 앞뒤를 쫓아와 막지 않고 일정한 간격을 두고 계속 따라오고만 있는 거였다. 혹시라도 도망이라도 갈까 보아 하늘 위로는 헬리콥터가 자기 차 위로 계속 따라오고 있었다. 레이몬드는 자기도 모르는 사이에 영철이 있는 창고 쪽 방향을 향해 달리고 있었다.

'영철이를 인질로 잡고 실랑이를 벌여 볼까.'

'그런데 한동안 가보지 않았는데 그 아이는 아직 살아있을까? 만약 이미 죽어버렸다면 인질로 쓸 수도 없지 않은가.'

만약에 아이가 이미 죽었다고 하면 더 이상 모른다고 발뺌도 할 수 없고 자기는 사형감이 분명했다. 거의 영철이 있는 창고 쪽 도로변으로 들어왔다가 그 생각이 미치자 방향을 바꾸어 다른 방향으로 가려하고 있었다. 기름도 거의 다 떨어지고 있었다. 얼마 가지 않으면 창고가 나올 텐데. 그가 방향을 바꾸어 달리는 순간 다른 경찰차가 레이몬드가 달려가는 앞 방향을 향하여 튀어 나오고 있었다. 레이몬드는 급히 차를 멈추고 차 문에서 뛰어나와 달렸다. 이 벌판에서 자기 몸을 숨길수도 없었고 갈 곳은 자기가 아는 창고 밖에 없었다. 우선은 그곳으로 피해 숨어들어가 자기 몸이 보이지 않게 하는 수밖에 없었다. 창고 안은 어두웠다. 어두운 창고 안에 썬더버드 자동차가 눈에 들어오고 있었다. 그 자동차 기름탱크 안에는 아직도 기름이 많이 있다는 생각이 들었다. 아이 몸이 숨겨져 있는 뒤 트렁크를 열어보고 싶었다. 아무소리도 들리지 않고 있었다. 시간이 급하자 열어 보려던 생각을 바꾸고 그는 운전석 앞자리로 급히 들어갔다. 그는 차안에 들어가 키를 돌린 채 창고 문 밖을 빠져나와 다시 도망갔다. 오래된 차라 그런지 차는 잘 달리고 있지 않았다. 아무리 엑셀러레이터 발을 밟아도 속도는 올라가지 않았다.

차가 속력을 내려하면 텅그렁 텅그렁 엔진 깨지는 듯한 소리가 더 크게 울렸다. 레이몬드를 뒤 쫓아 왔던 경찰차들은 다시 오래된 검은 썬더버드차 뒤꽁무니를 쫓아가고 있었다.

조금 뒤 늦게 뒤쫓아 왔던 알렉스 수사관은 더 이상 레이몬드의 차를 쫓지 않고 창고 안을 수색하고 있었다. 레이몬드가 도둑맞았다던 차는 이 창고 안에 있었다. 그렇다면 남자아이도 이곳에 숨겨 놓았을 게 틀림없었다. 어린아이를 묶었을 때 쓰였던 것 같은 노끈이 기둥 밑에 풀어져 있는 게 눈에 들어왔다. 아이가 어디 있을까? 만약에 이미 죽었다면 어느 구석에 숨겨 놓았을까? 창고 안은 어두컴컴해 제대로 보이지 않았다. 헤드라이트를 켠 채 알렉스 경관은 여기저기 천장과 벽 그리고 바닥을 눈여겨보고 있었다. 차가 있었던 자리로 보이는 곳까지 뿌연 먼지 같은 모래흙과 마른 짚이 널려있는 바닥에 어린아이의 발자국이 기둥에서부터 차 있는 곳까지 걸어간 게 눈에

떴었다. 어른의 발자국도 여기저기 있었지만 탐정 수사관인 알렉스 경관의 눈에는 한 줄로 나란히 걸어간 발자국은 어른 사이즈가 아닌 어린아이 것임을 곧 알 수 있었다.

'그렇다면 남자아이는 살아서 걸어 차까지 갔었을 텐데.'

전화소리가 갑자기 울렸다.

"알렉스 수사관님, 저희가 쫓아가던 범인 차가 덤불속으로 피하더니 그 앞에 있는 벼랑을 보지 못하고 굴러 떨어지고 있어요. 아. 차에서 불이 나고 있네요. 그냥 내버려 두어야겠어요. 범인이 운이 좋으면 혼자서 기어 나오겠지요. 그 범인을 구하려다 저희 경관이 불에 타 죽을 것 같아요."

"아니요. 어린아이가 그 차안에 있습니다. 어린아이를 구해야 합니다. 그리고 그 범인도 살려서 내 오도록 하세요."

"아닙니다. 어린아이는 전혀 보이지 않고 있어요. 아주 위험한 상태입니다. 몇 초 후면 차가 혼자서 폭발할 것 같습니다."

"잘 들으세요. 어린아이가 차 트렁크 안에 있는 것 같아요. 어린아이를 살렸으면 합니다."

"아 그렇다면 최선을 다해보겠습니다……"

경관은 제대로 말을 끝내지도 못하고 폭파하려하고 있는 차를 향하여 뛰어 가고 있었다. 그의 목숨은 상관치 않고 위험한 불속으로 뛰어가는 젊은 경관을 주위에서 지켜보고 있는 사람들에게는 무모한 짓을 하고 있는 것으로 보였다. 그러나 아무도 말리지 못하고 그저 바라보고만 있을 뿐이었다.

젊은 백인 경관이 차까지 뛰어 갔을 때, 차는 폭발하기 바로 전처럼 보이며 불이 활활 옮아가고 있었다. 차가 굴려가며 문이 찌부러졌는지 힘을 주어도 제대로 열리지 않았다. 간신히 문을 열자 구르면서 잠깐 정신을 잃었다가 막 깨난 레이몬드가 엉금엉금 차문으로 엎드려 기어 나왔다. 젊은 경관은 옆 좌석과 뒷좌석 모두 살폈으나 어린아이는 보이지 않고 있었다.

경관은 운전대에 있는 자동차 키를 빼내 트렁크를 급히 열고 있었다. 어런아이가 정신을 잃은 채 누워 있는게 보였다. 그 아이를 보는 순간 경관은 '아.'하며 탄성을 지르고 있었다.

'아이를 꺼내자.'

아무 생각도 없었다. 아이가 살아있나 죽었나 체크할 여유도 없었고 그러한 생각조차 들지 않았다. 우선 아이를 꺼내고 차가 폭발하기 전에 차에서 멀리멀리 도망가자 하는 마음뿐이었다. 10살짜리 남자 아이를 트렁크에서 꺼내는 것은 생각보다 무거웠다. 그가 트렁크 안에서 무엇인가 꺼내느라 끙끙거리며 시간을 지체하는 것 같았다. 멀리서 지켜보고 있던 여러 경관들은 안타까워하며 꺼내는 것 그만두고 빨리 도망가라고 소리치고 있었다.

"위험하다. 내버려두고 차에서 부터 멀리 뛰어라. 서둘러라. 어서."

사람들의 외치는 소리를 무시하고 그는 여전히 트렁크 안에 있는 무엇인가를 꺼내려고 미적거리고 있었다. 그 미적거리는 순간이 몇 초 밖에 되지 않는데도 보고 있는 사람들의 눈에는 오랜 시간으로 느껴졌다. 불에 타고 있는 차를 멀리서 보고 있는 사람들의 마음은 조마조마 했기 때문에 상대적으로 더 길게 느껴지고 있었다. 그때 젊은 경관은 어린아이를 꺼내서 등에 메고 있었다. 그제야 그 모습을 본 모든 사람들이 소리 지르며 외치던 것을 멈추고 잠잠해졌다. 아니 갑자기 나타난 어린아이의 모습을 보고 경악에 찬 얼굴빛을 하며 두 손을 꼭 잡고 손안에 힘을 주며 마음속으로 응원하고 있었다. 빨리 뛰라고.

'조금 더 빨리. 조금 더 빨리.'

경관이 어린아이를 등에 업고 몇 발자국 뛰기도 전에 차는 커다란 굉음소리를 내며 터졌다. 경관이 땅바닥에 엎드리는 게 잠깐 보이다 차 옆으로 번진 불길 때문에 더 이상 보이지 않고 있었다. 불길은 더 크게 옆으로 위로 번지고 있었다. 차가 있었던 자리는 검은 연기가 솟아오르며 검붉은 불꽃화염들이 소용돌이치며 미친 듯 춤을 추고 있는 것 같았다. 그 불속을 사람들은 아연실색하여 말도 잊어버린 채 슬픈 눈으로 지켜보고 있었다. 시간이 흐르고 있었다. 불길도 조금씩 가라 않고 있었다. 그러자 다시 벌판 바닥에 엎드려있는 경관의 모습이 보이고 있었다. 그제야 소방차와 앰불런스 차가 경적을 울리며 달려오고 있었다. 너무나 순식간에 일어난 일이라 다른 경관들은 어리벙벙한 채 어쩔 줄 몰라 하며 엎어 쓰러져있는 젊은 경관의 몸이 있는 곳으로 조심스럽게 다가갔다. 차가 폭발하면 자기가 죽을 것을 뻔히 알면서도 달려간 동료 경관에게 감격하고 있었다. 그럼에도 이렇게 자기 희생당하고 땅바닥에 쓰러져 있는 모습에 슬픔이 아픔으로 변해 마음을 치고 있었다. 저 젊은 경관을 낳은 부모님이 알면 얼마나 마음 아플까 해서였다.

그가 이미 죽었다고 생각하고 있었는데 그의 몸이 조금 움직이고 있었다. 모두들 그에게 급히 다가가 보니 10살짜리 어린아이를 자기 가슴과 배안으로 놓고 감싸고 있었다. 그래선지 어린아이 몸은 전혀 타지도 않았고 데지도 않았는데 경관의 등 경찰복은 불꽃에 튀겨 연기가 나고 있었고 그 불에 타 헤어진 옷 밑으로 등은 붉은 잿빛으로 변해 있는 것으로 보아 등 부분이 모두 불에 타 데어 있는 것 같았다.

자동차 타는 냄새, 휘발유 냄새 속에 섞여 살타는 냄새가 코에 맡아졌다. 고기 타는 냄새와 비슷한 사람 살타는 냄새를 진하게 맡으면서 그가 아직 살아있다는 게 기적처럼 느껴졌다. 젊은 경관, 어린아이 그리고 레이몬드 셋을 태운 앰불런스 차가 급히 병원으로 달리고 있었다. 앰불런스 차가 지나간 후, 자동차 불이 났던 현장에 창고에서 수색하고 있었던 알렉스 수사관이 나타나 사건 이야기를 다시 들으며 현장을 조사하고 있었다. 자동차와 젊은 경관이 엎어져 쓰러져 있었던 곳까지 줄자로 거리를 재고 있었던 경관이 말을 하였다.

"한 발자국 늦게 갔더라도 자동차와 너무 가까워 타 죽었을 겁니다. 한 발자국 앞으로 더 간 게 기적입니다. 센 불길이 여기까지 미치지 않았거든요."

또 다른 경관이 말을 하고 있었다.

"저는 어린아이를 꺼내기 전에 자동차가 폭발하는줄 알았어요. 자동차는 이미 불에 활활 타고 있었거든요. 이상하죠. 꼭 어린아이 꺼낼 때까지 폭발하는 게 잠시 멈추고 기다리고 있었던 것 같아요. 저는 그게 기적으로 보입니다."

"저는 일 초가 매우 짧다고 생각하고 있었어요. 그런데 수영선수들 보면 특별히 그 올림픽 경기 때 보면 십분의 일초, 아니 백분의 일초로 일, 이등이 판가름 나잖아요. 이번에 동료경관이 그 백분의 일초 때문에 아이도 구하고 본인도 살아남았다고 보아요. 그렇게 아슬아슬 했었지요."

그들은 모두 동료경관의 용감함에 우선 감탄하고 경외하며 칭찬하는 말을 아끼지 않고 있었다. 그들은 화상증세가 궁금해졌다. 그러자 한 경관이 수사관 알렉스 경관에게 제안하고 있었다.

"알렉스 수사관님, 저는 같은 동료경관으로 부끄럽습니다. 한 동료는 자기 목숨도 생각지 않고 뛰어가서 아이를 구하다가 다쳤는데. 만약에 화상을 너무 많이 입어 자기 몸으로 피부이식이 되지 않으면 제 피부 쓰라고 제가 자원하겠습니다."

그러자 옆에 있던 다른 경관들도 이구동성으로 말하고 있었다.

"저도요. 저도요. 저도 그렇게 하겠습니다."

"고맙소. 당신들의 제안 고려하겠어요. 그 젊은 스티브 경관이 그렇게 위험을 무릅쓰며 몸에 화상까지 입었는데 우선 어린아이가 꼭 살아났으면 합니다. 오랫동안 물도 마시지 못하고 차 트렁크 속에 갇혀 있었던 것 같은데 생명에 지장이 없는지 걱정이 됩니다. 우리 동료경관이 자기 목숨까지 잃을 뻔하며 구하려던 어린아이니까 꼭 살아났으면 해서요. 이제 그걸 알아보러 병원으로 가야 하겠습니다."

수사관 알렉스 경관으로부터 영철이를 찾았다는 말을 듣는 순간, 은희의 가슴은 쿵쾅쿵쾅 뛰고 있었다. 더 자세한 설명이 뒤따르나 하고 그녀는 잠시 기다리고 있었다. 그는 찾았다는 말만 전화에 대고 알려주고 있었지 더 이상의 말을 하고 있지 않았다. 쿵쾅쿵쾅 뛰고 있던 은희의 심장은 수사관으로부터 더 이상의 설명이 없이 침묵이 흐르고 있자 가슴이 얼어붙는 듯 얼굴과 손이 싸늘해지고 있었다.

'아, 아무 말이 없는 것을 보니 죽었다는 말을 하려나 보다.'

그러자 알렉스 수사관이 다시 말을 꺼냈다.

"왜 아무 말씀 없으십니까? 마침내 아들을 찾았다는데 기쁘지 않습니까?"

알렉스 수사관은 은희가 말하기를 기다리고 있었나보다.

"아직 살아 있지요?"

은희는 떨리는 목소리로 조심스럽게 물어 보았다.

"네."

수사관의 대답을 듣자마자 은희의 가슴은 기쁨으로 다시 더 크게 쿵덩쿵덩 뛰고 있었다. 알렉스 수사관은 대답을 한 후 잠시 멈추더니 다시 말을 이었다.

"하지만 오랫동안 물을 마시지 못하여서 몸의 극심한 탈수 증세로 정신을 못 차리고 있어 지금 현재로는 위독한 상태입니다. 또한 당신의 아들을 구하려고 자동차 불길 속으로 뛰어든 경관 한 명도 심한 화상을 입어 위독한 상태입니다. 둘 다 지금 병원으로 수송되어 중환자실에서 치료받고 있습니다."

"알렉스 수사관님, 아들 영철이를 찾아주셔서 감사합니다. 너무나 고마운이 마음, 무슨 말로 표현해야 할지 모르겠어요. 다시 한 번 감사드립니다."

"아직은 생명이 위독한 상태입니다. 의사는 지금까지 아직 살아 있다는 게 기적이라 합니다. 장담을 못한다고 했어요. 그래서 저도 기도하고 있어요. 영철이를 지금까지 지켜주신 하나님, 꼭 살려주십시오 하고."

"고마워요. 알렉스 수사관님, 제 아들을 위해 기도도 하여 주시니 정말 고마워요. 지금 곧 병원으로 달려가겠어요."

병원으로 차를 달리고 있는 은희의 마음은 혹시나 병원에 가기도 전에 영철이 죽기라도 하면 어쩌나 하는 의심이 생길 때는 불안하기도 하였으나, 의심의 불안한 마음으로 채워지기보다는 아들 영철이를 볼 수 있다는 설렘으로 더 가득차고 있었다.

설렘. 은희는 그전에도 이렇게 설레 보았던가 기억을 더듬고 있었다. 사랑하는 남편과 데이트 하던 시절 만나기전 설레었다. 아니 아주 어렸을 때 처음으로 국민학교 들어가기 전, 부모님이 사준 책가방을 머리맡에 두고 내일 아침이면 처음으로 학교를 다닌다는 생각에 빨리 학교에 가고 싶어 잠 못 이루고 설레던 기억이 떠오르고 있었다. 그러나 그 어느 것도, 오늘 이처럼 설레어 본 적이 없었다.

잃어버렸던 아들, 다시는 못 볼지도 몰랐던 아들이 살아있다니. 그리고 조금 후면 만날 수 있다니.

'감사합니다. 감사합니다……. 하나님.'

그녀가 입속으로 감사합니다 라는 말을 중얼거리고 있을 때마다 마음속은 설렘과 기쁨으로 벅차오르고 있었다.

중환자실로 들어간 은희의 마음은 뭉클해졌다. 중환자실 침대에 누워있는 두 환자의 몸에는 정맥주사 폴에서 연결된 튜브 줄들과 심장전도기에 연결된 줄들로 가득 차 가련해 보였다. 그러나 그 무엇보다도 살타는 냄새가 아직도 배어나오고 있어 은희의 코에 진득하게 맡겨오자 은희의 뭉클해진 마음은 은희로 하여금 저절로 무릎을 꿇게 만들었다. 은희는 아무 말도 못하고 무릎을 꿇은 채 눈을 감고 두 손을 가지런히 모은 채 기도부터 하고 있었다.

'하나님 아버지, 저렇게까지 온몸이 불에 타면서도 제 아들을 구하려고 하였던 저 젊은 경관을 살려주십시오. 저 경관이 너무 불쌍하고 미안해서 저는 몸 둘 바를 모르겠습니다. 제가 어떻게 이 은혜를 저 사람에게 갚아야 합니까? 제발 저사람 살려 주십시오.'

은희의 눈에는 눈물이 흐르고 있었다. 은희가 일어서지 못하고 계속 무릎을 꿇은 채 중환자실 바닥에서 기도를 하고 있자 지나가던 간호사가 나가라고 말을 하려다 잠시 쳐다보고 다시 다른 곳으로 지나갔다.

'하늘에 계시는 하나님 아버지, 제가 당신에게 한 약속을 지키게 도와주십시오. 영철이를 살려주시고 저를 대신 하나님 재물로, 그 무엇이든 저를 데리고 가 쓰시고 싶은 대로 쓰라고 했어요. 하나님께 기도하고 약속하였지만 솔직히 어떻게 하는 것이 하나님 재물로 쓰이는 것인지도 모른 채 하나님께 약속부터 했어요. 하나님, 알려 주세요. 하나님께 한 약속 꼭 지키고 싶어요.'

은희는 눈을 감고 입 밖으로 아무 소리도 내지 않은 채 간절히 기도하고 있었다. 부동자세로 조용히 기도하고 있었지만 그녀의 눈에서는 눈물이 코에서는 콧물이 흘러나왔다. 그것을 본 젊은 간호사가 은희에게 나가라고 말을 하려는 것을 눈치 챈 나이든 간호사가 내버려두라고 신호하고 있었다. 대신 나이든 간호사는 눈물과 콧물을 닦을 휴지를 조용히 갖고 와 은희 무릎 위에 가만히 올려놓고 지나갔다.

'사랑의 하나님 아버지, 저의 기도에 응답해 주서서 감사합니다. 제 아들을 이렇게 볼 수 있게 하여 주시니 너무 감사합니다. 아들을 찾은 제 마음이 얼마나 기쁜지 하나님 아시죠. 저에게는 돈도, 명예도, 권력도 아무 필요도 없고 의미도 없다는 것을 지금에야 알아챘어요. 잃어버렸던 아들을 찾았을 때의 이 기쁨, 아무것하고도 비교할 수 없어요. 하나님, 도와주세요. 앞으로 남은 인생, 당신이 기뻐하는 일하며 살고 싶어요. 제가 하여야 할 일들을 가

르쳐 주세요.'

갑자기 젊은 간호사가 큰 소리를 냈다.

"아이가 깨어난 것 같아요. 움직이고 있어요."

침대 앞에 무릎을 꿇고 있던 은희가 일어나자 영철의 눈이 은희 눈과 마주쳤다.

"엄마, 누나 만났어요. 누나가 엄마한테 꼭 전하라고 했어요. 엄마의 잘못이 아니라고 해요. 누나는 지금 잘 지내고 있대요. 엄마한테 돌아가서 이 말을 꼭 전해야 한다며 제 정신이 약해지면 안 된다고 하며 나에게 힘을 주었어요."

"그래, 영철아. 고맙다. 누나가 한 말 전해 주어서. 엄마는 영철이 보니까 지금 너무 행복하다."

은희 이외에는 아무도 그들이 하는 말을 이해할 수 없었다. 조금 후 간호사가 담당 의사를 모시고 와 다시 진단하고 있었다.

"예상을 뒤엎고 빨리 회복되고 있습니다. 아마도 며칠 후면 중환자실에 있을 필요 없이 보통 병동 입원실로 가도 되리라 봅니다."

조금 있으니 젊은 경관도 의식이 되돌아와 의사와 이 말 저 말 많이 하고 있었다. 젊은 간호사가 중환자실에 있는 다른 나이든 간호사에게 이상하다는 듯 고개를 흔들며 말을 하였다.

"정말 이해가 되지 않아요. 저 아이의 보호자 엄마가 오기 전, 의사선생님이 아이의 생명이 위태롭다고 진단했었어요. 어쩌면 오늘 밤을 넘기기 힘들 것 같다고요. 저 의사 선생님은 항상 맞추었어요. 중환자실에 들어와 임종 전 환자들, 앞으로 하루, 그러면 하루 후에 죽고 앞으로 3시간 그러면 세 시간 후에 죽었거든요. 저 아이가 병원에 들어 왔을 때 입었던 바지, 냄새가 많이 났지만 젖어 있지 않았어요. 죽기 전에는 소변을 보지 못한다고 해요. 신장 기능이 멈추어 소변을 보지 못한 게 며칠 지난 것 같다고. 랩 결과도 좋지 않게 나왔고요. 그런데 이상하죠. 엄마가 와 무릎 꿇고 조용히 앉아 눈물, 콧물 흘리더니 아이가 정상으로 돌아온 것이 정말 이해하기 힘들어요. 저는 콧물까지 흘리니까 더러워 밖에 있는 기도실에 가서 기도하고 오라고 내보내려 했었거든요.”

“내가 보기에는 저 아이의 엄마가 간절히 기도 하는 모습, 그래서 기도의 응답을 받는 기도의 은사가 있는 분 같아. 그래서 내가 아까 내보내지 말고 그냥 내버려 두라고 신호했던 거예요.”

“그걸 어떻게 알았어요?”

“중환자실에서 20년 이상 간호사로 일하다 보니 어떤 때는 느낌이 오고 있어요. 글쎄 그런 느낌을 직감이라고 하려나 아니면 분별의 은사라고 칭해도 되는지. 분별의 은사. 그건 제가 그냥 만들어 본 문장이고요. 제 자랑으로 오해하지는 마세요. 하여튼 임종하는 환자들을 많이 대하다 보니 어떤 사람들은 죽기 전 편안하게 미소 지으며 가는데, 아니 죽은 후의 모습이 편안하게 보이는데 그 얼굴 위로 밝은 빛이 날아 올라가는 게 보이곤 하였어요. 처음 간호사로 일했을 때는 왜 그런지 몰랐는데 많이 접하다 보니 아, 저 영혼은 천당으로 가고 있구나 하는 생각이 들더라고요. 또 어느 때는 얼굴도 일그러지고 숨이 끊어진 후 검은 그림자 같은 모습이 얼굴 위로 날아기는 걸 보곤 했어요. 아마도 검은 옷을 입은 지옥의 심부름꾼들이 나타나 영혼을 지옥으로 데려가는 것 같았어요. 20년 이상 간호사로 일하다 보니 경험에 의해 그러한 것이 눈에 띄는 것 같아요.”

“저는 아직 임종하는 환자보고 그런 느낌 받아 본적 없는데요. 단지 얼굴이 일그러지는 환자 보면 암이나 다른 병 고통 때문에 괴로워 얼굴이 일그러지는 줄 알았어요.”

“그럴 일이 더 많죠. 암에 걸려 고통스러워하며 간다고 다 지옥 가는 건 아니니까요. 제가 말하는 건 그것하고는 다른 임종 시각을 말하는 거예요. 암으로 아파 고생하면서 죽어가더라도 숨이 끊어지기 바로 전 평안한 모습으로 떠나는 환자들이 있어요. 틀림없이 그들은 숨이 끊어지기 바로 전 빛이 나는 하얀 천사들을 보고 있는 모습이었고 또 그 환자 머리 위로 빛이 날아 올라가는 게 제 눈에 보이고 있었거든요. 과학적으로는 설명하기 힘든 체험적인 것을 말하고 있을 뿐이에요. 그래서 아까 그 아이의 보호자가 무릎 꿇고 기도하는 모습을 보았을 때 제가 내버려두라 한 거예요."

"아, 그랬었군요."

나이든 간호사의 말대로 은희의 기도가 간절하여서 영철이 회복되고 있었던 것일까. 무엇이 이유이든 간에 은희는 하루하루 기쁨과 감격에 넘쳐 영철이를 바라보며 지내고 있었다. 알렉스 수사관을 찾아가 다시 감사하다고 말하는 것도 잊지 않았다.

"알렉스 수사관님, 제 아들 영철이가 이렇게 살아 있다는 게 꿈만 같아요. 수사관님 덕분이에요. 천만 번 감사 드려요."

"제가 생각하기로는 영철이를 찾은 것은 영철이 쌍둥이 이모 명희 씨 덕분인 것으로 봅니다. 저보다 명희 자매에게 더 감사드리세요."

알렉스 수사관은 그렇게 말을 하며 한눈을 찡긋하며 윙크하고 있었다.

잎새 마흔

어느덧 시간이 많이 흘렀다. 그 이후에 은희 주변에 있었던 사람들이 어떻게 지내고 있나 알아보자. 우선 미나 이야기부터 시작하자. 레이몬드가 죽지 않고 산 채 잡혔기에 연결된 범죄 사건이 하나씩 풀리고 있었다. 영철의 납치 사건 이외에도 리커 스토아의 주인의 총격 사고까지. 미나가 범인이 아니라 레이몬드가 범인이었을 거라고 알렉스 수사관이 의심을 하게 된 것은 윌리암스 의사가 와서 이야기 한 후였다.

　탐정 수사관 알렉스는 우선 미나가 총을 들고 보았다는 목격자를 찾아 다시 조사를 시작했다. 법정에서 자기가 가게에 들어갈 때 아무도 나오는 것을 보지 못했다고 말하던 그 목격자는 끝까지 그게 사실이라고 주장하였지만 윌리암스 의사가 주차장에서 레이몬드가 나오는 것을 보고 한 사람이 들어가는 것을 보았다는 말에 자기의 진술을 번복하고 있었다. 지금이라도 사실대로 말하면 체벌이 가벼워질 수 있다는 수사관의 말을 듣고 그는 돈 오백 불을 레이몬드에게서 받는 조건하에 거짓 증언을 했다고 자백했다. 남편을 죽인 죄의 대가로 사형언도를 받을 뻔 했는데 간신히 무기징역으로 평생을 감옥에 갇혀 그나마 다행이라고 생각했던 미나가 감옥에서 나오게 되었다. 미나에게 똑같이 보이던 하늘이었다. 그런데도 감옥에 들어가기 전 하늘과 다시 세상을 자유롭게 살 수 있다하며 감옥에 나와 보는 하늘은 전혀 다르게 보이고 있었다. 감옥에 들어가기 전에 보이던 숨이 막힐 것 같은 하늘과는 달리 감옥 밖의 파란 하늘 속에는 울창한 숲속에서 숨 쉬며 가슴 속 깊이 들이키고 싶은 신선한 숲속 공기의 아름다움이 퍼져있었다.

　미나는 무죄인데도 유죄로 되어 감옥에 가있었다는 것을 나라에서 보상하기 위해 준 얼마금의 보상금과 남편을 미나가 죽인 것으로 되어 보험회사에서 거부하던 남편의 액수가 많은 생명보험금까지 받을 수 있었기에 갑자기 갑부가 된 기분이었다. 물론 세금을 떼고 나니 돈은 다시 줄어들었지만 미나에게는 평생을 일하지 않고도 지낼 수 있는 돈 같았다. 그녀는 그 돈을 이용하여 선물 가게라도 하나 차릴까 아니면 샌드위치 델리 가게라도 하나 차릴까 궁리하고 있었다.

　미나는 은희와 같이 은희가 다니는 교회를 다니고 있었다. 그러던 어느 날 미나는 아들을 데리고 다른 주로 이사를 가버려 연락이 두절되었다. 은희에게도 전화번호 등 연락처를 남기지 않고 떠나버렸기에 아무도 그녀가 어떻게 살고 있는지 연락이 되지 않아 모르고 지냈다.

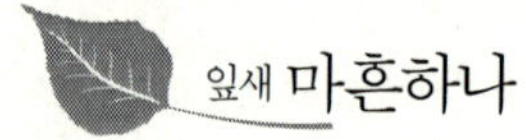

월터가 그 윗사람의 이름을 대지 않으면 자기에게 불리하다는 것을 알면서도 그는 끝까지 모든 게 자기가 한일이라고 하였다. 그의 변호사가 그를 위해 여러 각도에서 변호를 많이 하였지만 결과는 좋지 않았다. 무슨 이유에서였는지 레이몬드가 물어보지도 않고 결정한 일까지 월터 자기가 시켜서 일어난 일이라고 말하였기에 레이몬드의 형기는 생각보다 줄어들고 있었다.

반면에 여러 번의 재판으로 오랜 시간이 지난 후 마지막 재판에서 월터는 사형 선고를 받았다. 그 사형선고를 받는 날 법정에 제니퍼와 제임스가 나란히 앉아 지켜보고 있었다. 법정에서 나온 제니퍼가 제임스에게 소리를 질렀다.

"제임스, 어떻게 이런 결과가 나오게 만들었어요. 당신을 믿고 부탁한 거였는데. 월터보다 제임스 당신이 더 나쁜 사람이에요."

그녀는 거의 히스테릭하게 악을 쓰며 제임스를 향해 소리 질렀다. 법정에서 나온 사람들이 지나가며 제니퍼가 악을 쓰는 소리에 놀란 듯 쳐다보았다.

"제니퍼 진정해요."

제임스는 제니퍼의 어깨에 손을 얹으며 그녀를 조용하게 하려고 안아주며 감싸러 하였다.

"제 몸에 손대지 마세요."

제니퍼는 앙칼지게 다시 악을 쓰고 있었다.

"제니퍼 저도 열심히 노력했어요. 제임스를 위해서라기보다 당신이 원하고 있기에."

"저를 위해 노력했다는 결과가 고작 이거예요? 저는 재판 결과를 받아들

일 수 없어요. 항소해야겠어요."

"당신이 항소하기를 원하면 그렇게 해요. 다시 한 번 노력해 봅시다."

"제가 조사하고 항소해서 기필코 월터를 살려내겠어요. 다시는 당신의 도움 받지 않겠어요. 제 근처에도 오지 마세요."

그렇게 말하며 제니퍼는 제임스가 부르는데도 뒤돌아보지도 않고 가버렸다. 제니퍼가 얼마나 속이 뒤틀려있는지 제임스도 충분이 이해하고는 있었지만 여러 명이 보는 앞에서 제니퍼가 악을 쓰고 있었기에 제임스도 모욕을 당하는 기분이었다. 제니퍼가 떠나버리고 난 후 제임스는 재판소 근처에 있는 스타벅스 커피 집에 들어가 차를 한잔 마셨다. 기분이 씁쓸했다. 자기는 월터의 변호사도 만나고 여러 가지로 제니퍼가 원하는 방향으로 하려고 노력했지만 결과는 너무 가혹하게 나왔기 때문이었다. 사형선고까지 받으리라고는 예상하지 못하고 있었기에 더 기분이 씁쓸했는지도 모른다.

월터가 직접 사람을 죽인 적은 한 번도 없었다. 그렇지만 월터는 자기가 모두 시킨 거라고 법정에 시인하였다. 제니퍼의 말에 의하면 그의 두목이 월터에게 명령한 것이기에 그런 범죄가 일어났다하는데 월터는 그 사실을 부인하고 있었다. 도무지 알 길이 없었다. 왜 윗사람이 시켰다는 것을 부인하고 있을까. 정말로 월터 혼자 회사도 설립하고 그 많은 마약거래 등을 하며 범죄 사건들을 총 책임 하에 혼자서 하고 있었단 말인가. 그가 혼자서 한 게 아니라는 사실만 밝혀지면 그에게 여전히 체벌은 있을지언정 이렇게 까지 가혹한 체벌은 받지 않았을 것이었다.

스타박스 집에 있는 조그만 테이블 앞에 혼자 앉아있는데 한 남자가 들어오더니 자기 테이블 앞에 있는 의자를 끌어당기며 물어보지도 않고 앉고 있었다. 월터의 변호사였다. 그도 재판결과가 좋지 않아선지 별로 기분이 좋아 보이지 않았다.

"제임스 변호사. 당신한테는 더 잘 된 것 아닙니까. 이제 당신이 사랑하는 여자가 당신한테 다시 돌아올게 분명하니까요."

　　그가 하는 말이 제임스를 위해 한 말이라 하더라도 지금 제임스의 귀에는 비꼬는 말로 들리고 있었다. 의자에서 일어나 주먹으로 얼굴을 한대 갈겨주고 싶은 심정이 일어났지만 제임스는 참고 있었다.

　　'당신 그따위 식으로 재판 결과 나오게 다른 사람을 변호한다고 치면 일치감치 변호사 일 그만두고 다른 직종을 찾아보시오.'

　　그렇게 소리 지르고도 싶었다.

　　"지금 아무 말도 듣고 싶지도 않고 하고 싶지도 않군요. 먼저 가겠습니다."

　　제임스는 의자에서 일어나 밖으로 나왔다. 앙칼지게 자기에게 대들던 제니퍼를 떠올리며 그녀도 전에 비해 변해도 많이 변했다고 생각이 들었다. 이전의 제니퍼는 그런 성격의 여자가 아니었다. 그렇게 변한 제니퍼를 생각하면서 제임스는 다시는 그녀를 보지 않겠다고 마음먹었다. 그렇게 발끈해하며 화내던 제니퍼 때문에 제임스도 마음의 상처를 입고 있었다.

　　얼마 전에 법정에서 월터가 소유했던 모든 물건들을 팔기로 되었던 날 가서 제니퍼의 나체를 그린 그림을 모두 사가지고 왔었다. 남들에게는 쓰레기일지라도 제임스에게는 남에게 주고 싶지도 않고 팔고 싶지 않은 귀중한 그림이었다. 스케치한 그림을 보고 있노라니 그림에 대해 잘 모르는 제임스였는데도 무척 멋있게 보였다. 연필 자국 하나하나가 강약이 달라 살아 움직이는 것 같았다. 붓으로 먹물을 먹힌 후 글을 쓸 때만 힘이 나타나는 줄 알았는데 그림의 스케치할 때 쓴 연필 자국에도 힘이 나타나고 있었다. 나체의 그림이라 성만 강조한 싸구려 그림이라 생각 했었는데 전혀 더러운 느낌이 나타나지 않았다. 아니 그 정반대였다. 그림 속에서 성결한 모습이 보였다. 창조주가 만든 여러 가지 걸작 중에 여자의 나체의 모습이 그렇게 성결하고 아름답게 보인다고 생각해 본 적이 없었다. 제임스는 그 성스럽도록 아름다운 그녀의 몸매에서 아니 연필 자국의 움직임 속에서 슬픔도 느끼고 있었다. 움직이는 그 연필자국의 강약에서 아련하게 슬픔의 아름다움이 전해지며 제임스는 그림속의 예술 작품성을 그제야 이해하고 있는 자기를 발견하고 있었다.

월터는 알고 있었을까. 이 그림을 그리면서. 자기가 사랑하던 이 여자 때문에, 그 여자의 배신 때문에 자기가 사형선고를 받을 것이라는 것을. 아마 정확히는 몰랐어도 무언가 그에게 말하고 있었는지도 모른다. 그러지 않고서야 왜 이렇게 슬픈 아름다움이 이 그림 속에서 전해지는 것일까.

제임스는 월터의 범죄 행위에 대해서는 미워하고 벌을 받아야한다고 생각하면서도 월터가 그린 그림만은 미워할 수가 없었다. 그가 만일 그림 쪽 방향인 화가로 이 세상을 살아갔었다면 무척 성공했었을 텐데 하며 아쉬워하고 있었다.

제니퍼는 월터가 사형선고를 받은 며칠 후 그가 있는 감옥소를 찾아 갔다. 그녀의 손에는 벌써 3살이 넘은 아기가 안겨 있었다. 제임스의 말을 듣고 녹음해서 테이프를 넘겨주었던 게 엊그제 같은데 벌써 3년이나 흐르다니.

"월터. 저를 용서해 주시겠어요. 저 때문에 당신이 사형선고를 받았는데. 저는 한 평생 당신한테 미안해서 어떻게 살죠."

"제니퍼 저는 벌써 당신을 용서 했어요. 물론 처음에는 상심했죠. 그렇지만 제가 받을 죄의 대가라는 것을 알고 난 후부터 당신을 미워한 적 없어요."

"그런데 당신이 받을 죄의 대가가 너무 크다고 봐요. 사형이라니. 왜 당신은 그게 당신의 보스가 시킨 거라고 말하지 않는 건가요. 지금이라도 늦지 않았어요. 저는 항소하려고 해요. 당신의 보스가 한 거라는 것을 제가 찾아내야겠어요. 절대로 당신을 죽이고 싶지 않아요. 당신이 죽은 후 저 혼자 살 수 없어요. 도와주세요. 당신에게 시킨 보스 이름을 저한테 알려주세요. 그러면 당신을 지금이라도 살릴 수 있어요."

"제니퍼. 잘 들어요. 절대로 앞으로 알아내려고 하지 말아요. 당신이 위험해져요. 내가 죽지 않으면 나뿐만 아니라 당신도 아기도 우리 모두 죽어요.

당신과 아기를 살리려고 내가 이렇게까지 하고 있는데 만약에 당신이 알아내려하면 나의 죽음이 대가 없는 죽음이 되고 말아요.”

“그렇다면 당신이 저하고 아기를 위해서 일부러?”

“맞아요. 어차피 죽을 건 확실히 알고 있었고 이렇게 해야 당신과 아기만은 살릴 수 있었기에. 당신은 조직 단체가 얼마나 조직적이고 교활하고 영리한지 아직 모르니까 이해가 되지 않겠지만요. 제니퍼. 제가 사형 선고를 받을 거라는 것을 저는 이미 알고 있었어요. 한 사람이 죽어야만 조직이 살아남아요. 그렇지 않고 제가 입을 열기 시작하면 꼬리에 꼬리를 물고 많은 사람들이 연줄연줄 잡혀 들어가고 죽음을 당하게 될 거요. 그걸 막으려고 조직에서는 당신과 우리 아기가 제일 먼저 대상이 될 것이요. 내가 죽음을 선택함으로 조직이 당신을 그리고 아기를 해롭지 않게 한다는 건 알 수 있소. 그들은 모르는 것 같지만 이미 당신과 나 사이를 알고 있어요. 나만 입을 다물고 있으면 되는 거예요.”

“당신은 죽는다는 게 무섭지 않으세요. 어떻게 그렇게 쉽게 결정하세요.”

“물론 죽는다는 건 무섭지요. 특별히 저처럼 죄를 많이 지은 사람은. 그런데도 당신이 내 아기를 가졌다는 말을 들은 순간부터 나는 그 아기에게 사랑을 느끼게 되었어요. 그 아기만은 잘 자라나야 된다고 지키고 싶었어요. 내가 해보지 못했던 것 내가 하고 싶었던 일들을 그 아기가 다 해보는 게 나의 소원이었고요. 어쩌면 나대신 내 분신인 나의 아기가 이 세상에서 나의 삶을 산다고 하는 생각이 들어 그렇게 무섭고 서글프지만은 않아요. 단지 아기가 안전해야 한다는 생각이 더 들고 있소. 그러니 제니퍼 당신이 정말로 나를 사랑하고 있다면 나대신 앞으로 아기를 더 많이 사랑하고 안전하게 키워주시오. 그러려면 더 이상 이 일을 밝히려 항소하지 말아주세요. 나는 죽으면서도 행복하오. 처음에는 당신이 나를 속인 것을 알고 무척 괴로웠는데 이제 보니 당신이 아직도 나를 사랑하고 있었다는 것을 알 수 있어요. 그래서 행복해요. 당신과 같이 지낸 시간이 내 생애 가장 즐거웠고 소중했어요.

진심으로 고마워요. 그러니 나에 대해 절대 미안해하지 마시오."

둘이 같이 만나서 이야기 하는 시간이 한정 되어 있었다. 서로는 막힌 유리창을 통해 보고 있었지만 서로의 표정으로 사랑하고 있는 것을 확인할 수 있었다. 시간이 다 되었다고 간수가 나타나자 제니퍼가 아기를 올려 월터에게 보여주었다. 월터는 그 아기를 한참이나 뒤돌아보며 안으로 걸어 들어가고 있었다. 제니퍼가 보니 월터의 눈에 눈물이 고여 있는 것 같았다. 집으로 되돌아오는 제니퍼의 눈에도 눈물이 고여 들고 있었다.

제임스는 다시는 제니퍼를 보지 않겠다고 마음먹고 있었는데도 며칠 동안 연락이 되지 않자 걱정이 되었다. 혹시라도 상심하여 제니퍼 자기 자신을 다치게라도 했을까 걱정이 되고 있었다. 자기의 아기가 아닌데도 3살 난 제니퍼의 아기 제후가 눈에 어른 거렸다. 아기가 태어나기 전부터 아기의 아빠가 감옥소에 들어가 있어 아기는 거의 제임스와 제니퍼가 보아왔기에 더 그랬는지 모른다. 제임스가 제니퍼를 찾아와 월터의 일로 이야기할 때 아기는 항상 제니퍼 옆에서 놀고 있었다. 제후의 얼굴은 입 쪽으로 보면 제니퍼 같았고 눈과 이마 쪽으로 보면 월터의 얼굴을 보는 것 같았다. 어떻게 보면 꼭 월터를 복사기 기계로 복사한 것처럼 똑같았다. 그런데도 아이스크림 가게에 아기를 데리고 가면 돈 받는 점원은 말하고 있었다.

"아기가 아빠하고 똑같이 생겼어요. 잘 생겼어요. 아이 귀여워라."

하며 제임스와 아기 제후를 번갈아 쳐다보며 미소 지었다. 그런 말을 점원에게 들을 때마다 제임스도 제후가 자기 아들처럼 느껴지기도 했다. 제후 같은 제임스의 아기가 하나 더 있었으면 좋겠다는 생각도 들고 있었다. 그러나 그건 제임스의 소망에 불과 했다. 제니퍼는 전혀 제임스와 잠자리를 같이 하지 않고 있었다. 여러 번 제임스가 시도 하였지만 번번이 거절을 당하고 있었다. 차라리 뉴욕에 있는 학교에 가기 전에는 애무라도 허락했는데 이제는 그것도 못하게 하고 있었다.

"제임스 당신은 성공했어요. 당신은 당신과 같은 레벨이 어울리는 배우자를 만나야 해요. 당신이 성공해서 저는 아주 기뻐요. 성공한 당신을 보면 행복해요. 그렇지만 저는 당신에게 맞는 자격이 되지 않는다고 생각해요. 다른 여자를 찾아 결혼해서 좋은 가정을 만드세요."

"제니퍼 나한테 맞는 자격 있는 여자가 되지 않다니? 왜 그런 생각을 하는 거야?"

"그래요. 당신은 대학을 나와 변호사가 되어 법률 사무소에서 일하고 있지만 저는 대학도 졸업하지 못했잖아요."

"아니 그것 때문이라니. 내가 도와 줄 테니 당신은 다시 대학을 다니도록 해요."

"아기도 있는데 어떻게 대학을 다니겠어요?"

"당신이 대학에 가 강의를 듣는 시간은 내가 아기를 보도록 하겠소. 아니면 아기를 탁아소에 맡기던가. 돈은 내가 낼 테니까."

"월터가 감옥소에서 나오자마자 다시 살 건데요. 다른 생각 하지 마세요. 한번 배신했지 두 번 배신하고 싶지 않아요."

"그게 오랜 시간이 되면 어떻게 하려고 그래. 요사이 같아서는 무기 징역이 될 수도 있을 텐데."

"상관없어요. 그때까지 기다리겠어요."

월터가 감옥소에 나올 때까지 만이라도 같이 지내자고 해도 제니퍼는 고개만 흔들고 있었다. 그러한 제임스에게도 다른 여자들의 유혹이 많이 들어왔다.

하루는 뉴욕에서 같이 지내던 친구중의 하나가 결혼을 하여 뉴욕을 가게 되었다. 결혼식장에는 콜롬비아 대학에서 만났던 여자선배도 와 있었다. 그날 저녁 제임스는 그 여자 선배 집에 초청을 받아 저녁 밤을 지내고 있었다. 여자 선배는 제임스가 처녀 총각이었던 것을 알고 깔깔거리며 웃고는 있었지만 무척 감동을 받은 것 같았다. 그날 밤 한 몸이 되고 난 후 시간만 되면 샌프란시스코로 비행기를 타고 날아와 제임스와 즐기고 뉴욕으로 돌아가곤 하였다. 그녀는 은근히 제임스가 그녀에게 프러포즈를 하게 만들고 있었다.

제니퍼는 아기 제후가 갓난아기였을 때는 집에서 아기를 보고 지냈지만 웬만큼 크자 다시 직장에도 나가 일하고 있었고 학교도 틈틈이 나가며 조금씩 몇 과목씩 이수하고 있었다. 하루는 아기 봐줄 사람이 필요로 하자 제임스가 봐 주겠다고 하여 제임스 집에 맡기고 직장에서 늦게 끝마쳐 아기를 데리러 제임스 집에 들어갔다. 차임벨 소리를 울려도 아무도 나오지 않기에 잠이 든 것으로 알고 제니퍼는 갖고 있는 열쇠로 문을 열었다. 거실에서 잠이 들어 있는 제후가 눈에 들어왔다. 제임스가 잠이 든 것으로 알고 깨우지 않고 나오려고 종이쪽지에 아기를 데리고 간다는 내용을 적고 아기를 안고 나오는 순간이었다. 한 여자가 욕실에서 나오고 있다가 제니퍼와 마주쳤다. 그 여자는 타월만 걸치고 있었지 거의 나체였다. 조금 후 제임스도 타월만 걸친 몸으로 욕실에서 나오고 있었다.

갑자기 제니퍼와 마주친 제임스는 마치 도둑고양이가 무엇을 훔치다 들킨 격으로 어쩔 줄 몰라 당황하고 있었다. 나중에야 설명을 들었는데 그날 갑자기 뉴욕에서 선배 누나가 찾아왔었는데 아기가 잠이 들었기에 그러고 있었다며 솔직하게 털어놓고 있었다. 제임스는 제니퍼에게 미안해하며 어쩔 줄 몰라 용서를 빌고 있는 듯 했다. 마치 그들의 행위가 금지된 장난인 듯 제니퍼에게 양해를 구하고 있었다.

"제임스 당신이 잘못하고 있었던 거 전혀 없어요. 그 선배 누나와 결혼하면 아주 잘 어울릴 거예요. 둘 다 배우자로서 자격도 비슷하고요."

"제니퍼, 자격 운운 하지 마. 나는 제니퍼 이외에는 결혼할 생각 해 본 적 없어요. 제니퍼가 월터를 기다리고 있다 하지만 난 제니퍼가 나한테 올 때까지 기다릴 거예요. 내 진심은 당신한테 있는데 내가 선배 누나와 그러는 걸 당신한테 들키다니. 미안해요."

"미안해하지 마세요. 우선 전 당신의 아내가 아니에요. 그러니까 저한테 미안해 할 필요가 전혀 없어요."

"그래도. 그런 모습으로 당신의 마음을 다치게 하고 싶진 않아요. 솔직히 그 선배 누나가 뉴욕에서 찾아와 그걸 할 때마다 그러고 있는 여자가 선배 누나가 아니고 제니퍼면 얼마나 좋을까 매번 생각하고 있어요. 선배 누나한테도 미안해서 그 이야기를 꺼냈어요."

"그 선배 누나한테 그런 말도 다 했어요? 제임스 당신은 신사인 줄 알았는데 괴팍한 말로 선배 누나 맘을 상하게 하는 군요. 제임스 저와 당신이 거의 약혼한 사이였었지만 제가 먼저 그 약속을 깼어요. 다시는 저한테 책임감이나 죄책감이나 미련 같은 것 갖지 마세요."

그렇게 말하고는 있었지만 제임스 눈에는 아직도 제니퍼가 자기를 좋아하고 자기를 의지하고 있는 듯했다. 그러지 않고서야 아기를 자기에게 맡기지도 않았을 것이다. 자기에게 기대고 있는 여자에게 상처를 준 자기 자신에게 말하고 있었다. 아무리 선배 누나가 나하고 결혼하기를 원해도 프러포즈하지 말자. 그래 나는 제니퍼가 아니면 아무 누구와도 결혼하지 않겠다고. 월터의 사형선고는 어찌 보면 제임스에게 제니퍼와 결혼할 수 있는 기회를 확실히 해 주는 듯했다.

그런데 제임스는 그 결과에 기뻐해야하는 데도 제니퍼의 상심한 마음을 느끼며 기쁘기는커녕 씁쓸한 마음이 며칠 계속되고 있었다. 이제는 그 결과 때문에 혹시 제니퍼가 우울증이라도 걸려 자신을 자해라도 할 까보아 걱정이 되고 있었다. 다시는 만나지 않겠다고 마음먹었었는데 며칠도 못 가 만나서 확인하지 않으면 잠이 오지 않았다. 아기 제후도 눈에 아른거리고 있었다.

제임스는 제니퍼의 아파트에 가 초인종을 누르고 있었다. 문 입구에 나와 서있는 제니퍼가 무척 가련하고 기운 없이 보였다. 그녀는 아무 말도 하지 않고 있었다.

"제니퍼. 나보고 가라고 하지 말아요."

아파트 안으로 들어오라 하지 않는 제니퍼가 제임스한테 당장 꺼져버려라 할까 걱정이 되는지 그는 말하고 있었다.

"당신도 보고 싶었지만 아기 제후가 너무 보고 싶어 왔어요."

아기 제후의 이야기를 하자 그제야 제니퍼는 제임스를 안으로 들어오라고 하였다. 안에서 장난감 가지고 놀고 있던 제후가 제임스를 알아보고 반갑게 졸랑거리며 뛰어와 제임스 품에 안겼다. 제후와 제임스가 플라스틱으로 만든 가벼운 배구공만한 크기의 공으로 던지고 받으면 놀고 있는 동안 제니퍼는 저녁 준비를 하고 있었다. 저녁을 먹고 난 후 제니퍼가 설거지를 하는 동안 제임스는 집으로 돌아가지 않고 또 제후 옆에서 동화책을 읽어주고 있었다. 제니퍼는 그러한 제임스를 묵묵히 쳐다보고 있었다. 제후 아기가 잠이 들었다. 별로 말이 없는 제니퍼의 눈치를 살피며 제임스는 그냥 자기 집으로 가려고 일어나고 있었다.

"제니퍼 다시 또 찾아올게."

"잠깐만요."

나가려는 제임스를 제니퍼가 잡고 다시 소파에 앉혔다. 그녀는 금방 먹었던 저녁 테이블에 촛불 2개와 포도주 잔 두개를 갖다 놓고 있었다. 촛불 심지에 불을 붙이자 그녀는 방안의 불을 끄고 조용한 음악을 틀었다. 도리어 제임스가 속으로 놀랐지만 제니퍼가 하는 대로 조용히 보며 기다리고 있었다. 아기는 자고 있었고 아름다운 음악이 흘러나오니 예전에 만나던 그 시절로 돌아가기는 듯 했다. 제니퍼는 말을 별로 하지 않고 있었지만 그녀가 무엇을 하려 하는지 무엇을 원하고 있는지 제임스는 느낄 수 있었다. 그녀의 몸매를 본 지 5년 이상이 지났는데도 그녀의 몸매는 여전히 아름다웠다. 아기를 낳고 나서인지 더 요부로 보이고 있었다. 월터가 사형선고를 받고 아직 이 주도 지나지 않은 것 같은데 제임스도 어리둥절하고 있었다. 그 일이 끝나자 제니퍼는 엎드려 울고 있었다.

"제임스. 이게 당신이 원하던 거였어요? 저희 둘이 한 몸이 되는 것. 당신과 제가 하나님께 결혼 전까지 순결을 지키겠다고 약속하고 약속을 저버리고 이제야 한 몸이 되었군요. 기분이 어떠세요. 제가 밉지 않으세요?"

"전혀 밉지 않아. 이제 당신하고 한 몸이 되었으니 당신을 책임지고 지켜주겠어요."

"아니에요. 당신이 저한테 동정하는 건 싫어요. 선배 누나하고도 한 몸이 되었었으니 책임지셔야 하잖아요. 둘 중의 좋은 사람으로 선택하세요. 예전부터 저를 알아왔다는 이유로 저를 택하지는 마세요."

"나한테는 항상 제니퍼 뿐이야. 동정하는 것도 아니고. 전에도 말했잖아. 다른 여자와 그 일을 하면서도 제니퍼 생각을 하고 있었다고."

"상상의 속에서는 자기 나름대로 판타지를 만들 수 있어요. 그래요. 그래서 오늘 당신의 그 판타지를 깨어보려고 당신하고 그 일을 한 거예요. 오늘 알았죠. 제니퍼하고 해도 별거 아니구나하고요. 저는 하기 전부터 알고 있었어요. 오늘 당신이 저와 일을 끝내고 더 이상 흥미가 없어져 저를 찾아오지 않을 거라는 것도. 지금 당신이 저를 찾아오지 않는다는 것은 월터도 없는 저에게는 너무 외로워 고통이 된다는 것도 알아요. 그런데도 그 위험을 알면서도 당신하고 이 일을 한 것은 제 기분이 즐거워지라고 한 게 아니었어요. 당신한테 고맙다고 무언가 드리고 싶었어요. 월터를 위해 제가 법정에 나갈 때마다 저를 도와준 것 그리고 무엇보다도 아기 제후를 도와준 것 등 당신한테 선물을 하고 싶었는데 당신이 이걸 제일 원할 것 같았어요. 당신에게 고맙다고 제 마음을 표현할 수 있고 즐겁게 해줄 수 있는 방법이 제게는 이것 밖에 없었어요."

"제니퍼 그동안 내가 여기 와서 매번 내가 당신에게 시도했는데도 당신이 응하지 않다가 오늘 전혀 기대하지 않고 있다가 당신과 그 일을 해서 어리둥절한 것뿐이야. 당신에게 실망하고 흥미가 없어진 게 아니니까 울지 말아요."

"아니에요. 제가 운 것은 월터를 생각하며 울은 거예요. 월터가 그런 끔찍한 범죄조직 단체에 있는 것은 저도 용서할 수 없이 싫지만 월터 자신은 좋은 사람이었어요. 왜 어떤 사람은 한 번 길을 잘 못 들어서면 그런 비참한 인생길의 마지막을 살아야하나 생각하고 있었어요. 제가 하나님께 한 약속을 지켰으면 월터와 저는 서로 이렇게 되지 않았을 텐데 하고 생각하고 있었어요."

"제니퍼. 이제 남은 사람이라도 잘 살아야 하지 않겠어요. 특별히 제후를 위해서라도."

"그래요. 월터가 제게 바라는 소원 하나가 있다면 제후를 안전하게 잘 키워 달라 했어요."

"제니퍼. 내가 제후를 책임지고 잘 키우겠어요. 너무 걱정하지 마세요. 자 이제 그동안 머리 아팠던 것 다 잊어버리고 제 어깨에 머리를 기대세요."

"당신이 제후를 키우면 다른 사람들이 뒤에서 손가락질 하지 않을까요. 당신 제임스는 공정하게 사회를 이끌어 가야하는 법을 지키는 법률 변호사인데 이 세상에서 저주 받는 범죄자, 마약딜러의 아들을 키우고 있다고. 당신이 제후한테 잘해주는 것 보면 저는 너무 행복하지만 당신의 명예를 다치게 하고 싶지 않아요."

"다른 사람이 무어라고 하던 나는 상관 않겠소. 그들이 가십을 떠들 때마다 나를 낮추어 상대적으로 자기네들 기분이 좋아질지 모르지만 그건 내가 상관할 바 아니요. 내게 중요한 것은 내가 당신을 돌볼 수 있다는 것과 아기 제후를 돌볼 수 있다는 것이요."

제니퍼와 제임스는 그날 이후 더 다정하게 지냈다. 아직 제니퍼가 원하지 않아 결혼은 하지 않았지만 그들은 같이 살고 있었다. 그게 월터도 바라는 것이라고 제니퍼는 생각하였다. 왜냐하면 그래야만 아기 제후를 가난에 찌들지 않고 해주고 싶은 것을 해주며 고등교육 받을 환경을 만들면서 안전하게 키울 수 있었기에.

닥터 윌리암스는 여러 가지 질문을 받았다. 왜 그날 피터 엄마가 있었던 리커 스토아 앞 주차장에서 기다리고 있었는지, 누가 가게 문 앞에서 나오는 것을 보았는가 하고. 그는 거짓말은 하지 않았다. 본대로 솔직하게 말하였다. 그가 왜 거기서 기다리고 있었느냐의 질문에도 솔직히 대답을 하였다. 아들의 약 때문이라고. 닥터 윌리암스의 의사 면허증이 한동안 자격정지를 받게 되자 그의 훌륭하고 명성 높았던 권위에 먹칠을 하게 되었다.

은희는 닥터 윌리암스에게 고마웠다. 그가 솔직하게 말하지 않았으면 미나의 사건은 여전히 오리무중이 되었을 것이었다. 은희는 닥터 윌리암스의 집을 다시 찾아가고 있었다. 고맙다고 꼭 인사를 하고 싶었다. 사고가 나기 전이 첫 번째이고 이번이 두 번째 찾아가는 것이었다. 이번에는 남편 현수도 같이 갔다. 은희는 사고가 난 곳을 지나가며 내려다보니 그때 일이 꿈같이 되살아나고 있었다.

은희가 리버모에 있는 닥터 윌리암스의 집에 치즈와 크래커 과자, 올리브 기름과 포도주가 들어있는 선물 광주리를 사들고 초인종을 눌렀다. 옥수수빛 머리의 아내가 나와 반가이 맞아주었다.

"꼭 한 번 더 만나 뵙고 싶었어요. 제 머리도 수술하셨는데 인사도 못했잖아요. 죄송해요. 이렇게 선생님 직장도 잃어버린 게 다 제가 만든 것 같아요."

"은희 씨 때문이라고 생각하면 안 됩니다. 저도 몇 달 동안 집에서 쉬게 되었으니 더 잘 되었지요. 하고 싶었던 일도 할 수 있고요."

"다른 의사선생님의 말을 들으니 시간이 촉박해서 제가 위험했었다고 했어요. 다들 꺼려하는 수술을 마침 선생님께서 마다않고 했기에 제가 살아났다고 그랬어요. 선생님 정말 고마워요. 제 목숨의 은인이세요."

"이렇게 찾아와서 고맙다고 말하니 저도 기쁩니다. 보통 수술이 끝나 시간이 지나면 다들 잊어버리고 고맙다고 찾아오는 환자가 없거든요."

"또 하나 고맙다고 말씀 드려야겠어요. 제 머리 뿐만도 아니고 제 기억도 되살아났어요. 또 제 친구 미나도 감옥에서 나오게 된 이유가 모두 선생님 덕분이에요. 감사합니다. 그런데 제 기억이 되돌아오니 제가 잊어버리고 있었던 저의 잘못이 생각나서 제 자신을 용서할 수 없이 미워지긴 해요."

그렇게 말하는 은희의 목소리가 낮아지며 목이 잠겨 허스키 소리가 나고 있었다. 갑자기 무슨 생각을 떠올리며 자기감정을 억제하고 있는 것 같았다. 그때 윌리암스 의사가 은희 보고 가까이 와 앉으라고 하였다. 은희 옆에는 남편 현수도 있었고 윌리암스 의사 옆에는 그의 아내도 있었다. 그는 은희 손을 잡고 기도를 하겠다고 하였다. 그가 눈을 감고 기도를 시작하자 주위에 있었던 모두들 조용히 눈을 감고 기도에 동참하였다. 그제야 은희는 처음 윌리암스 의사 집에 왔을 때 골동품 가구 위에 붙어 있었던 인상 깊었던 그림의 주인공이 닥터 윌리암스가 아닌가 생각이 들었다. 그는 큰 소리를 내지 않았지만 진심으로 은희를 위해 기도하고 있는 것을 느낄 수 있었다.

기도가 끝나자 은희의 마음도 한결 평화로워지며 따뜻해졌다. 그가 기도를 마치고 말을 하기 시작했다.

"저희 아버님이 목사님이었어요. 그래서 저도 이런 습관이 몸에 배었답니다. 특별히 누군가 은희 씨처럼 자기 자신을 용서할 수 없다는 말을 하며 감정이 흥분될 때는 그래요. 은희 씨뿐만 아니라 저도 저 자신을 도저히 용서할 수 없을 때가 있습니다. 그래서 그 마음이 제게 더 전해지고 있는 것 같아요."

"선생님도 용서할 수 없을 때가 있다니요? 저는 제 딸을 차 안에 두고. 아 기억하고 싶지 않아요. 그런 저를 어떻게 선생님과 비교 하겠어요."

은희는 다시 울상이 되어가며 슬픈 목소리로 변하였다.

"제 아들이 야구를 하고 있었습니다. 2구에서 3구로 뛰어가며 공을 잡으려고 하였지요. 그때 너무 빨리 움직이다 미끄러지며 넘어져 그 이후로 척추 신경이 다쳐 다리 하나가 마비가 되어 제대로 걷지도 못하게 되었지요. 은희 씨 마음속에 질문이 생기고 있는지 저는 알아요. 그게 왜 아빠 잘못이냐고요. 그래요. 제 잘못이에요. 그 전날 제가 아들한테 다그쳤어요. 야구를 할 때 답답하게 하지 말라고요. 야구하는 팀 아이들 중에서 네가 제일 느릿느릿 느림보처럼 움직인다고요. 그러다 그 다음날 그런 일이 일어난 거예요. 아들은 아무 말도 하지 않았지만 저는 제 아들이 등이 아파 얼굴을 찌푸릴 때마다 제 마음이 아팠습니다. 도저히 제 자신을 용서할 수 없었습니다."

그렇게 말하는 닥터 윌리암스의 눈에 눈물이 고여 드는 것 같았다. 그는 은희의 마음을 알고 있었다. 절대로 자신을 용서할 수 없다는 은희의 마음을.

"아들을 볼 때마다 저는 아들의 아픔을 없애주려 수단방법을 가리지 않았습니다. 다행히 아들은 크러치를 사용하며 학교를 다니며 친구들한테 놀림도 받았을 텐데 잘 커 갔습니다. 들어가기 힘든 의대도 들어가 정신 심리학 의사도 되었고요. 그런데도 통증에 의한 약 때문에 결국 약과 관련되어 심장마비로 젊은 나이에 얼마 전에 죽었습니다. 아들을 저 세상에 보내던 날 저도 죽고 싶었어요. 저보다 먼저 저 세상에 보낸 아들한테 미안해서예요. 아니 제 자신이 미워서예요. 저를 용서할 수 없이 미워서였어요. 그렇게 시간을 보내다 은희 씨 사건이 일어난 날이었어요. 그날도 제 아들의 손녀딸 비디오를 찍어준다 그 전부터 약속했던지라 사고 난 차안의 사람이 은희 씨인지도 모르고 잠깐 섰다 가려고 했었는데 다친 사람이 은희 아가씨인 것을 알고 그냥 지나칠 수 없었어요. 한동안 그냥 손녀딸한테 갈까하며 많이 주저했지요. 그런데 아들 생각이 나더라고요. 이제는 아들 통증을 걱정하지 않아도 되는구나 했었는데 누군가 아들 대신 아픈 사람을 보살피라는 그 마음을 갖게 해주었어요. 무어라고 하나. 제가 어렸을 때 목사님인 저희 아버지 설교 말씀 중 사마리아 여인이 길가다 다친 사람을 그냥 지나치지 않았다는 그 이야기가 잊히지 않으며 자꾸 떠오르고 있었어요."

그는 잠시 조용히 생각에 잠기고 있는 것 같았다.

"제가 수술 결과가 나쁘게 나오면 제 의사 면허증에 문제가 생길 수 있다는 위험을 무릅쓰고도 은희 씨 수술을 할 수 있었다는 것에 제 자신이 무척 기뻤습니다. 제 자신을 용서하지 못하며 미워하기 보다는 이제는 제 자신이 곤경에 빠지는 일이 있더라도 남이 잘되는 것 보며 살기로 하니 제 자신이 용서되고 있었어요."

그는 다시 말을 이었다.

"은희 씨도 많이 괴로우면 혼자 슬퍼하지 말고 심리학 정신과 의사 선생님도 만나 상담을 하면 더 좋아질 수 있어요. 제가 말할 수 있는 것은 저한테 일어났던 일만 말할 뿐이라 별로 도움이 되지 않을 지도 몰라요. 은희 씨나 저나 자신을 용서 못한다는 점에서 말하고 있었는데 그건 스스로에게 독이 되고 있었어요. 은희 씨와 은희 씨 주위에 있는 사람들을 행복하게 만들기 위해서는 자신을 빨리 용서해 주세요."

그렇게 알게 모르게 은희 아들 영철이를 도우려던 은희 주위에 있던 사람들 중에 하나씩 의사 면허증 자격 정지 처분을 여러 달 받아 직장에서 돈도 받아오지 못했고 다른 하나는 사랑하는 남자가 사형 선고까지 받고 있었다. 은희는 우연히 아기와 같이 약국에 찾아온 제니퍼와 이야기를 하다 그 사실을 알게 되었다. 그럼에도 제니퍼는 은희가 영철이를 찾은 것을 신문에서 읽었다며 자기 일처럼 좋아하였다.

십년 이상의 시간이 흘러갔다. 열 살짜리 은희 아들이 그때는 은희 보다 키가 작았었는데 이제는 훌쩍 커서 옆에 서면 은희가 한참을 위로 쳐다보아야 했다. 아들이 대학을 샌디에고로 가겠다고 한 후 몇 년이 흘러 또 다시 졸업할 때가 다가왔다. 시간이 정말로 화살처럼 빠르게 흘러가고 있었다.

은희가 샌디에고로 아들을 찾아간 날이었다. 샌디에고 대학 안에 있는 존 무어 빌딩으로 아들을 보러 갔을 때 아들 영철이와 피터가 대학 빌딩 안에 있는 카페에서 차를 마시고 있었다. 은희는 피터를 보자 무척 반가웠다.

"너 오랜만이다, 어떻게 지내나 궁금했었는데. 엄마는 잘 있어?"

피터도 은희를 보자 무척 반가워했다.

"안녕하세요. 저희 엄마 잘 있어요. 저와 영철이는 벌써 4년이나 같은 학교 다니고 있었는데요."

"그러니? 영철이가 이야기 안 해서 전혀 몰랐어. 영철아 너 피터 만났다고 왜 엄마한테 말하지 않았어?"

"엄마가 나한테 물어보지 않았잖아요. 왜 엄마 피터가 궁금했었어요?"

"당연하지. 갑자기 소식이 끊어졌으니까. 피터야 너희 엄마는 너하고 영철이하고 같은 학교 다니는 것 알고 있었니?"

"저희 엄마도 모르고 있어요. 저도 영철이처럼 엄마가 제게 물어보지 않으니까 말한 적이 없어요."

"너희 젊은 세대들은 이해 못하겠다. 옛날 친구 만났으면 부모한테 말해 줘야지. 조금 섭섭해지려고 한다. 영철이가 피터하고 같은 대학 다니고 있는 줄 알았으면 그동안 내가 너희 엄마한테 전화 걸어 어떻게 지내나 안부 물어보고 했을 텐데."

"저희 엄마 여기 와 있어요. 며칠 전에 콜로라도에서 비행기타고 와서 며칠 있다가 다시 떠날 거예요."

"그러니. 그럼 만나고 가야지."

"새 아빠하고 와서 같이 있을 거예요."

"엄마가 새로 결혼했어? 그런데 왜 나도 부르지 않았지."

"아빠가 미국사람이에요."

아빠가 미국 사람이라는 말을 듣는 순간 은희는 로버트 마이어를 생각하고 있었다.

'설마 아내가 한국 여자, 선자라고 했던가. 그 여자와 이혼하고 미나랑 살고 있는 게 아니겠지. 그렇다면 미나는 남의 집안을 망가뜨려 놓은 것 아니야.'

"제가 엄마한테 영철이 엄마 여기 있다고 전화하겠어요."

피터가 전화하자 조금 있다 피터 엄마가 카페에 도착 했다. 같이 온 미국 남자는 로버트 마이어가 아니었다. 무척 젊어보였다.

"안녕하십니까. 은희 씨. 만나서 반갑습니다. 저는 소아과 의사 다니엘 윌슨입니다. 아내 미나로부터 은희 씨 이야기 많이 들었습니다."

"안녕하세요. 처음 뵈어서 반갑습니다. 저는 미나 친구 이름은 김은희라고 해요."

"이렇게 두 분이 오랜만에 만났으니까 오늘은 제가 제 아내 미나 옆에 있지 않고 자리를 피하고 있겠습니다. 오랜만에 많이들 이야기 하다 가세요. 샌디에고 바닷가가 유명하니까 제가 운전해서 거기까지 모셔다 드리겠습니다. 해변 가 모래사장 이외에도 언덕 위에서 내려다보는 바다도 아름다워요."

은희와 미나는 둘이서 오솔길을 걸어가고 있었다. 오솔길 옆으로 그 지역 특유의 토리 소나무가 뻗어 있었고 소나무 가지 사이로 멋있게 펼쳐진 해변 가의 풍경이 눈에 들어왔다.

"벌써 십 년이 더 지났어요. 아무 연락처도 남기지 않고 떠나 버려서 많이 궁금했어요."

"저한테 말 놓으세요. 저보다 훨씬 어른이신데요."

"미국에서 살다보니 저보다 훨씬 나이가 어려도 존댓말을 써야만 마음이 더 편해요. 습관이 안 되어 말 놓으려면 거북해서 말할 때 더듬거리니까 그냥 존댓말 쓰게 놔두세요."

"제가 죄송해서 그렇죠."

"그런데 그동안 어떻게 지냈어요."

"그때 콜로라도로 떠나서 지금까지 거기서 살고 있어요. 그런데 아무 연락도 없이 갑자기 떠나서 많이 죄송해요."

"말 못할 사연이 생겨 갑자기 떠나겠거니 그렇게 생각하고 있었어요. 그러니 미안해하지 마세요. 그런데 지금 남편은 어떻게 만났어요. 결혼식 할 때 연락해 주었으면 참석했을 텐데."

"몇 번씩이나 부르려고 마음먹었었는데. 그냥……"

그녀는 말을 하려다 중단해 버리고 있었다. 미나는 오랜만에 만난 영철 엄마를 보며 그 옛날 십여 년 전의 아픈 기억이 되돌아 와서일까.

은희와 미나는 한참을 서로가 말을 하지 않고 해변 가에 가까운 언덕 오솔길만 조용히 걸어 올라가고 있었다. 어쩌면 너무나 말하고 싶은 게 많아서 무슨 말을 먼저 어떻게 하나 정리하고 있는지도 모른다. 은희는 미나가 그때 마음의 상처 때문에 갑자기 사라졌다면 그 상처를 지금 와서 이야기하며 할퀴고 싶지 않았다.

사람들 마다 마음의 상처를 받는다. 그것이 남의 잘못일 수도 있고 자기의 잘못일수도 있다. 그러나 그것이 자기의 잘못일 때는 더 치유가 어렵다는 것을 은희는 뼈저리게 느끼고 있었다.

"무죄라고 다시 판결을 받았을 때 너무 기뻤어요. 감옥 밖으로 나올 수 있었으니까요. 그러나 감옥 밖의 삶이 감옥 안의 삶보다 더 힘들었어요. 판결은 죄가 없다 라고 받았는데도 주위의 사람들은 여전히 저를 못된 여자, 남편을 죽인 여자로 수군거렸어요."

"아무도 그러지 않았는데 본인이 지레 그렇게 생각한 건 아니에요?"

"아니에요. 직접 제 앞에 와서 크게 소리 지르며 나쁜 년이라고는 하지는 않았지만 저는 알 수가 있었어요. 느낄 수가 있었어요. 어떻게 알았냐고요. 제가 피터를 위해 그리고 또 피터가 원하니까 교회를 갔어요. 교회 건물 안으로 걸어가고 있으면 등 뒤가 따가웠어요. 뒤에 걸어오는 사람들 시선이 느껴질 때 등이 따갑잖아요. 그래 저도 모르게 뒤 돌아보면 그들이 수군거리는 모습 이외에 저를 향한 눈들이 매서웠어요. 그때 처음으로 저는 사람의 눈이 얼마나 무섭다는 것을 알았어요. 그리고 사람이 입을 막아도 눈으로 욕을 할 수 있다는 것을 알았어요. 그들의 경멸에 찬 눈빛, 그들의 입가에 찬 비웃음. 더 이상 견딜 수 없었어요."

"그렇다면 교회 사람들 때문에 떠났군요. 교회에 와서는 위로를 받고 교인들끼리는 서로 사랑을 베풀라고 배우면서 그런데도 교인들이 결국 미나 씨를 쫓아냈어요. 차라리 교회를 나가지 않았다면 그런 상처를 받지도 않고 아픔도 없었을 텐데. 왜 우리는 교회를 오래 다닌 사람들조차도 그렇게들 하죠. 그리스도의 사랑을 전하려 한명이라도 전도하여 교회에 모시고 오라고 하고서는 그런 식으로 상처를 주면서 마음먹고 교회에 온 사람을 쫓아내는지 모르겠어요."

한동안 미나가 아무 말도 하지 않고 있었다. 십 년 전 그때를 생각하고 있어서인가. 그러더니 그녀는 다시 말을 이었다.

"사실은 제가 갑자기 사라진 건 그것 때문만은 아니었어요. 솔직히 제가 지금 말하려는 게 더 크게 작용했던 것 같아요."

"그게 뭔데요."

"제가 목사님을 혼자 짝사랑한 것 같아요. 목사님은 전혀 저한테 관심이 없었는데요."

"짝사랑하는 게 꼭 나쁘다고 보지는 않아요. 제가 중고등학교 때 지리 선생님, 또 생물 선생님, 체육 선생님 짝사랑하는 친구들 많았어요. 지리 선생님은 총각 선생님이니까 이해가 되는데 생물 선생님, 체육 선생님은 결혼해서 부인이 있는걸 알면서도 혼자 속으로 좋아하였던 거 서로 말했던 것 같아요. 공연히 짝사랑하는 선생님 근처에 가면 마음이 두근거렸거든요. 시간이 지나면 언제 혼자 속으로 좋아 했었냐 하며 까마득하게 다 잊어버려요.”

“저는 더 심각했던 것 같아요. 목사님은 다른 교인들처럼 저를 매서운 눈으로 쳐다보지도 않았고 제가 불쌍해 보였는지 항상 잘 해주셨어요. 저와 피터를 위해 기도도 해 주고요. 힘내고 살아가라는 목사님의 기도를 느낄 수 있었어요. 그런데 저는 그저 목사님을 중고등학교 시절처럼 순수하게 짝사랑 하는 게 아니라 제가 불쌍해서 잘해주는 목사님을 유혹하고 싶은 마음이 일어났어요. 얼마나 그 유혹이 강했던지요. 사모님의 하얗고 깨끗한 얼굴을 보면서 질투도 나고 그러다보니 어떻게 목사님을 꼬여내서 넘어뜨릴까 목사님 가정을 깨뜨려 놓고 싶은 마음도 들고요. 제가 천성적으로 꽃뱀인가 보다 하고 알아차렸지요.”

은희는 미나가 지금 어느 목사님을 말하고 있나 궁금했지만 물어보지는 않았다. 10년 전 미나는 남편을 잃고 이미 남자를 아는 혼자 사는 여자의 몸으로 남자에 대한 욕망이 강렬히 일어날 수 있었을 것이다. 그러나 그 남자가 바깥세상 남자가 아니라 거룩함을 중요시하는 교회 안의 목사님이었기에 더 괴로워했을 것이다. 그녀는 전혀 그녀의 육체를 탐하지 않고 단지 그녀의 환경이 불쌍해서 잘 살펴주는 목사님에게 정신적으로 육체적으로 혼자 사랑에 빠졌던 것이 틀림없었다.

“제가 싫어졌어요. 얼마 전에는 남편을 죽이더니 다시 죄를 지어 이번에는 아들 민우 피터를 죽이려고 하려느냐? 그런 생각이 들자 제가 무서웠어요. 그래서 떠난 거예요. 제 자신이 어느 남자나 넘어뜨릴 만큼 자신이 있다 하는 그 꽃뱀 같은 자신만만함이 무서워졌어요. 다시 한 번 그런 요망한 죄를 지으면 아들을 데려 갈지 모른다는 생각이 미치자 제가 너무 미워진 거예요.”

“갑자기 떠난 후 아무도 모르는 곳에 가서 혼자 고생 많이 했을 것 같아
요.”

“예 처음에는 지리도 모르고 특히 콜로라도로 제가 간 지역은 캘리포니아
하고 달라 동양인이 별로 없고 백인들이 많은 동네로 갔었기에 더 힘들었어
요. 특히 백인 남자보다 백인 여자들이 더 경계하는 것 같았어요. 친구하기
도 힘들고요. 동양인은 캘리포니아가 살기에 제일 마음 편안하다는 것을 거
기 가서 알았어요.”

“지금 남편은 어떻게 만났어요?”

“아들 피터가 아파서 병원에 갔었어요. 그때 이 남자는 그 병원 레지던트
의사였는데 그 다음 제가 하는 커피 집에 나타나곤 했어요. 한 번도 결혼하
지 않았던 총각의사라 처음 저한테 청혼했을 때 저는 농담하는 줄 알았어
요. 나이도 저보다 어리고 또 의사고 해서 저는 시부모가 절대 반대할 줄 알
았는데 예상 외로 아들이 사랑하는 여자라서 그런지 저하고 피터한테 잘 대
해주어요. 피터도 아빠를 좋아하고요.”

“아주 잘 되었네요.”

“네 저도 그렇게 생각해요.”

“어려운 때를 지나 다시 좋은 시간을 보낼 때가 있어서 좋아요. 어려운 때
를 지났기에 이렇게 찾아온 시간이 더 좋고 소중하게 느껴지는지도 몰라요.”

“저는 그 어려웠었던 시간이 십여 년이 지났는데도 어느 때는 식품점에 가
서 장을 보면서 아직도 음식 포장을 보며 무심코 설탕성분이 있나 체크하고
있는 저를 보고 혼자 놀라곤 해요. 설탕 성분이 얼마나 들어가 있나 칼로
리가 얼마나 되나하면서요 그러다가 당뇨병이 있었던 피터 아빠는 지금 없
는데 왜 내가 피터 아빠 음식 장만 저녁식사에 신경을 쓰고 있구나 하고요.
십 년이 지나도 저는 아직도 피터 아빠가 살아 있다고 착각하며 살고 있다
는 생각이 들었어요. 지금의 남편인 미국 소아과 의사가 옆에 있는 데도요.
처음 만나 사랑했던 피터 아빠는 제 인생의 첫 사랑이어선지 아직까지도 가

습속 깊이 지워지지 않고 있다는 것을 알 수 있었어요."

그녀는 큰 한숨을 쉬며 말하고 있었다.

"어떤 때는 피터 아빠와 제가 미국에 오지 않고 한국에 있었다면 지금쯤 어땠을까 하는 생각이 들어요. 미국 와서 피터 아빠가 돈 버느라고 너무 고생을 많이 했어요. 물론 그가 돈 욕심이 많았던 것은 사실이에요. 저는 전혀 몰랐는데 저의 리커 스토아를 통해 불법 약 마리화나 등이 판매 되었다고 하잖아요. 한국에서는 전혀 그런 분이 아니었는데 왜 그렇게 돈 욕심을 냈을까. 그렇지만 초등학교 어린아이한테까지 마약을 팔아야 되는 걸 알게 되자 피터 아빠가 못 하겠다고 하여 총에 맞은 거래요. 초등학교 어린 아이들에게는 절대 불법 약을 팔지 못하겠다고 한 피터 아빠의 고집을 제가 듣는 순간 전 피터 아빠가 존경스러웠어요. 피터 아빠도 그 조직단체의 말을 듣지 않으면 위험하다는 걸 너무나 잘 알고 있었을 거예요. 알면서도 고집을 피웠다는 건 어린아이만은 다치게 하고 싶지 않겠다는 거예요. 아무리 미국사회가 불법 약들 때문에 썩어 들어가도 우리 미래의 순진한 어린 아이들만은 포함시키고 싶지 않다는 건 우리 모두의 소망일거예요. 피터 아빠는 그걸 지키느라 죽은 거예요."

은희는 미나가 피터 아빠를 두둔하는 말에 조금은 놀라고 있었다.

법정에서 듣기로는 피터 아빠가 미나를 때려서 멍이 들고 부상까지 입었었는데. 첫사랑이야 말로 가슴에 진하게 남아 잊히지 않는 것일까. 그렇게 생각하는 은희의 마음을 읽기라도 하듯 미나는 계속 말을 잇고 있었다.

"그래요. 피터 아빠는 왜 그렇게 돈 욕심이 많았을까 하고 생각해 보았어요. 돈이 그렇게 많지 않아도 우리는 즐거운 삶을 같이 살 수 있었을 텐데 하고요. 어쩌면 저와 피터를 조금 더 호강시켜보려고 그런 불법 약을 팔기 시작했을 거예요. 저희는 리커 스토아를 인수하긴 했지만 빚이 많았어요. 진열해 놓아야 할 위스키며 각종 술병들 재고 값만도 엄청 많았었고 거기다 건물 사용 임대비, 또 그 가게 주인들이 만들어 놓은 권리금등. 피터 아빠는 그 빚을 갚으려고 열심히 일했어요. 그러다 보니 남들은 집을 샀는데 저희는 집을 못 사고 계속 아파트에서 빌려 살았어요. 다운 페인먼트 할 돈을 웬만큼 모아 살려고 하면 집값은 어느새 저희가 저축했던 돈과는 비교도 되지 않게 올라가 버렸어요. 피터 아빠는 항상 작은 모양이라도 좋으니 제 집을 장만하고 싶어 했어요. 집 한 채는 사야 아메리칸드림을 이룬 첫 발자국이라고 하였거든요. 그래요. 또 피터 아빠는 자기는 옷을 사 입지 않고 사고 싶은 것 사지 않으면서도 아들이 갖고 싶어 하는 장난감, 자전거는 아까워하지 않고 돈을 썼어요. 저와 아들한테 조금이라도 더 많이 사주기 위한 욕심 때문에 피터 아빠가 불법 약 매매하는 사람의 꾀에 넘어간 것 같아요. 리커 스토아에는 온갖 질이 나쁜 사람들이 술병 사러왔다가 그런 종류의 이야기들 하잖아요. 저는 그랬던 피터 아빠를 왜 눈치 채지 못했죠? 제가 원하는 건 그게 아니었는데. 그렇게 남들 보다 더 많이 돈을 갖고 싶어 하지 않았었는데. 저의 마음을 모르는 남편은 그런 식이라도 돈만 많이 벌면 제가 좋아하는 줄 알았던 것 같아요. 가게 장부는 남편이 맡아 계산해서 저는 잘 몰랐는데 언제 부터인가 돈이 남게 들어오고 있어 집도 큰 집을 골라 샀어요. 저는 큰 집을 사니까 한동안 좋아했죠. 그렇지만 이상하게 시간이 갈수록 남편의 성격이 변하고 있었어요. 화도 쉽게 잘 내고 어떤 때는 참지 못하여 집안의 물건을 집어 던지기도 하면서 괴팍스럽게 변해갔죠. 한국에서는 다정다감했었고 항상 저를 먼저 생각해 주던 분이었거든요. 저는 그게 당뇨병 때문에 나타나는 증세인 줄만 알았거든요. 그렇게 불법으로 돈을 버는 피터 아빠는 얼마나 스트레스가 많았겠어요. 마음이 괴로워했을 피터 아빠는 아랑곳없이 저는 들어온 돈 지폐만 세면서 돈 많이 벌었다고 좋아하고 있었으니. 저 같은 바보가 없을 것 같아요."

　은희는 듣고 있었다.

　'바보라고 했어요? 그렇지만 미나 씨만 바보가 아니에요. 저는 더 바보였어요.'

은희의 가슴은 뭉클해지고 있었다. 미나는 지금 지나간 시간을 후회하고 있었다. 돌아갈 수 없는 지나간 시간을.

둘이는 서로 공통점이 있었다.

'그래요. 우리 모두 바보였어요. 미나 씨도 저도.'

"제가 감옥에서 나온 후 피터 아빠가 죽기 한 달 전 들었던 생명 보험금을 받았어요. 질이 좋지 않은 사람들이 요사이 가게에 나타나 들었다고 했지만 피터 아빠는 이미 그때 앞으로 일어날지도 모를 일에 대비하고 있었던 것 같아요 저와 피터에게는 너무 큰 액수였어요. 피터 아빠는 제대로 미국 와서 한 번도 크게 써 보지도 못하고 제가 다 받으니까 피터 아빠에게 죄송했어요. 피터 아빠, 제가 원한 건 이렇게 많은 돈이 아니었어요. 당신은 써보지도 않고 왜 이렇게 많은 돈을 남겼어요. 이 많은 돈의 반을 당신께 다시 돌려드리려고 합니다. 저는 절대로 제 이름을 밝히지 말라 하고 제가 떠나기 전 그때 남편의 생명을 바꾸어 받은 생명보험금 중 3억 원 정도를 교회에 헌금 했어요."

"아 그때 그 많은 액수를 교회에 헌금했던 분이 미나 씨였네요. 저희는 그 당시 실리콘 밸리에서 한창 주식 값이 올라가고 있는 크리스탈 컴퓨터 회사 부사장이 낸 것으로 다들 알고 있었는데. 그 분은 교회에 더 이상 교회에 나오지 않는다고 해요. 들은 말에 의하면 30만 불이라는 헌금 액수가 나오니까 교회에 다니는 여러분들이 자꾸 전화 걸어 돈 빌려달라고 귀찮게 해서 교회에 더 이상 나가기 싫다고 했대요. 저런 공연히 미나 씨 때문에 다른 한 분이 교회에 못 나오게 되었어요. 사실 그때 30만 불이면 지금도 큰 돈이지만 그때는 더 큰 돈이잖아요. 만 불 2만 불까지는 한사람이 헌금하는 것을 종종 봤지만 30만 불 한국 돈으로 3억 원이면 꽤 큰 금액이라 대단하다고 많이들 놀라고 있었거든요."

"자랑하려고 말씀드린 건 아닌데요. 제가 그걸 말했던 이유는 저는 죽은 남편한테 돌리고 싶은 마음에 했었는데 교회에 그렇게 헌금을 하고 난후에 제가 재정에 쪼들려 본 적이 한 번도 없었어요. 그걸 말씀 드리고 싶어 말을 꺼낸 거예요. 뭐라고 하나, 장사가 안 돼도 마음에 여유가 생기더라고요. 또 한 번은 만 불정도 사기를 당한 적이 있었거든요. 전 같으면 무척 속상했을 텐데 30만 불에 비하면 만 불은 아무것도 아니잖아 하면서 기분도 나쁘지 않고 제 통도 커지는 기분이었어요. 어쩌면 지금 제 남편 소아과 의사 다니엘 윌슨도 그러한 제 두둑한 배짱에 끌린 것 같아요. 그 사람은 저한테 일 달라도 받은 적 없었지만요. 한번은 피터를 데리고 소아과 병원에 갔는데 한 아픈 아이와 엄마가 왔어요. 그런데 그 아이 엄마가 일하던 곳에서 직장을 잃어 보험이 없다고 했어요. 아이는 열이 나고 많이 아픈데 돈이 없으니까 병원에 일하는 사무원이 돈이 없어도 받아 주는 다른 시립 병원까지 가야한다 했어요. 저도 처음 미국 와서 아팠던 기억이 나더라고요. 그때 피터 아빠가 저를 데리고 오클랜드에 있는 하이랜드 시립 병원에 갔었는데 저처럼 공짜로 진료 받으려 하는 환자가 너무 많아 하루 종일 병원에서 기다렸다 진료는 받았지만 아주 많이 지쳤던 게 기억났어요. 그 환자 아이의 병원비를 제가 낼 테니 아기를 진찰해 달라고 했거든요. 제가 쓴 돈은 그때 천 불 이었는데 병원 측은 무척 놀랐던 것 같아요. 그 병원에서 레지던트로 일하던 다니엘이 제 커피 집에 와서 가끔 놀리곤 하죠. 너는 커피 한잔 팔면 일불도 남지 않는데 어떻게 천 불이나 선뜻 남에게 줄 수 있었느냐고요."

"남에게 베풀수록 더 많이 되돌아온다는 말이 그냥 생긴 말이 아닌 것 같아요. 제가 말하는 말은 남에게 잘 보이려고 가식으로 베푸는 게 아니라 미나 씨처럼 순수하게 도와 줄 사람을 도와주었을 때를 말하는 거예요. 그리고 교회에도 순수한 마음과 기쁜 마음으로 헌금하면 몇 배 이상으로 신기하게 되돌아 받는 경험을 저도 하고 있어요."

"너무 제 이야기만 계속 떠들고 있었던 것 같아요. 한국말을 하지 않고 지낸 것이 하도 오래되어 이렇게 한국말로 계속 떠드니까 기분도 상쾌하고 속이 풀리네요. 이제는 제 이야기 그만하고 은희 씨 이야기 듣고 싶어요."

"저는 계속 약국에서 일하면서 집과 일하는 직장인 약국을 쳇바퀴 돌 듯 매일 다니고 있어요."

"언젠가 저한테 말씀했었죠. 저하고 비슷한 친구가 있었다고요. 그래서 저한테 어려운 일이 생기면 그 친구 생각이 나서 더 도와주고 싶다고. 성함이 양이 씨라고 그랬던 것 같아요. 갑자기 궁금해지네요. 어떻게 지내고 있나 해서요. 만난 적이 있어요?"

은희는 아무 말도 못하고 한참동안 바다 수평선만 바라보고 있었다. 그러는 그녀의 눈에 눈물이 고이고 있었다.

"보고 싶으세요?"

대답 대신 은희는 위 아래로 고개만 끄덕였다.

"그렇게 보고 싶으면 한 번 찾아보지 그러세요?"

한참 지난 후 은희는 고개를 좌우로 흔들었다.

"너무 시간이 지났어요. 지금 인생의 뒤안길에서 그 친구를 만난들 제가 무슨 도움이 되겠어요. 하지만 저는 양이가 지금 행복하게 잘 살고 있다고 믿고 싶어요. 틀림없이 재미있게 잘 살고 있을 거예요. 양이가 보고 싶을 때마다 꼭 그렇게 행복하게 살 수 있도록 도와달라고 기도 했었어요. 그런데도 혹시라도 잘못된 기로의 삶에서 살고 있는 것을 제가 목격할까 봐 두려움이 먼저 와서 찾을 수가 없었어요. 그 친구의 잘못된 삶의 시간을 제가 어떻게 돌아가 보상할 수가 있겠어요. 사실은 전 처음 미나 씨 보면서 이상하게 제 친구 양이를 생각하고 있었어요. 미나 씨가 제 친구 양이 보다 훨씬 나이가 어린데도 이상하게 미나 씨 얼굴 모습이며 성격이 제 친구하고 비슷한 느낌을 받았거든요. 양이는 틀림없이 지금 행복하게 살고 있을 거예요. 지금 미나 씨처럼요."

바람이 살랑거리며 은희와 미나의 얼굴을 건드리며 지나갔다.

"피터는 대학을 졸업하면 어디에서 일할 건가요?"

은희는 화제를 돌렸다.

"샌디에고 대학 다닐 때 법률사무소 학생 신분 인턴으로 일하던 곳에서 요. 한동안은 거기서 일한다고 했어요."

"법률 사무소에서 일했다면 변호사나 검사가 되려고 하나보죠. 4년제 대학을 나왔으니 이제 전문대학 법대에 지망하려고 준비하나 보죠."

"아니에요. 피터는 변호사나 검사 등 법률인이 되는 것에는 흥미가 없대요. 다른데 적을 두고 있어요."

"다른 데라니?"

"일하면서 저녁에 학교를 다니겠다고 하여 저도 처음에는 법대에 들어가려고 그러나보다 그렇게 생각했어요. 그런데 엄마가 원하는 법대보다 신학대학을 들어가고 싶다고 했어요."

"아주 잘 생각 했는데요. 신학대학을 나와 목사가 되면 존경 받고 얼마나 좋아요."

"저는 아들이 목사가 된 다음에 남들이 저 목사의 엄마가 예전에 이러이러 했더라 뒷말 할까봐 그게 걱정이 되는 거예요. 결혼하여 남편과 아들까지 있었는데 다른 유부남하고 간통을 했다며 수군거리면 제 아들이 어떻게 목사로서 존경 받으며 하나님 일을 할 수 있겠어요? 저는 아들이 보통 회사 다니면서 그냥 평범한 사람으로 살았으면 좋겠어요. 아무리 생각해보아도 목사님으로 일하려면 본인도 너무 힘들 것 같아요."

"신학대학을 나온다고 다들 목사가 되지 않는다고 들었어요. 많이들 들어가기 전과 마음이 변하여 다른 길로 들어간다고 해요. 하나님이 부른 사람만이 성직자가 될 수 있고 또 하나님이 불렀다 하더라도 그 부름에 순종한 사람만이 목사님이 되는 거라고 들었어요."

"글쎄요. 믿음이 큰 엄마들은 자기 아들이 꼭 목사가 되게 해 주십사고 성심껏 기도한다던데 저는 믿음이 적어서인지 아들이 목사가 된다는 게 탐탁지 않았어요. 도리어 목사가 되지 않게 해달라고 하나님께 기도하였던 것 같아요. 그런데 얼마 전에 제 아들이 저한테 자기는 신학대학을 나와도 여기 미국에서 목사가 되려는 게 아니고 이북을 가겠다고 했어요. 제가 얼마나 놀랐는지."

그 말을 듣는 순간 은희도 놀랐다.

'이북을 가겠다고. 그렇다면 피터와 아들 영철은 벌써 말들이 오갔던 것일까?'

몇 달 전에 아들 영철은 의과 대학에서 합격 통지서를 받았다. 위낙 경쟁률이 심해 합격 통지 받기가 힘든 전문 의과 대학이라 은희와 현수는 무척 기뻤다.

"엄마 기쁘시죠. 제가 외과 의사가 되어 아픈 사람들 수술을 하며 아픈 것 많이 낫게 할 거예요."

"그래 훌륭한 의사가 되어라. 너무 돈에만 집착하여 의사되어 돈 많이 벌 생각 말고 돈 없는 불쌍한 사람들도 아프면 네가 의사로서 성심껏 도와주어야 한다. 그래야 네가 의사된 것 하나님이 기뻐하신단다."

그렇게 말을 끝내자마자 영철은 말을 이었다.

"엄마, 저는 의사가 되자마자 북한으로 가려고 해요."

"아니 너 지금 금방 뭐라고 했어. 북한으로 간다고?"

"예, 북한에 가고 싶어 해요. 얼마 전에 친구 친척분이 북한에 병원 건물 짓는 걸 도와주느라고 갔다 왔대요. 그런데 건물은 남한 정부와 남한 기업체에서 보조 받은 돈으로 현대식 최고급으로 지을 수는 있겠지만 과연 그 병원이 잘 운영 될는지는 희박하다고 했어요. 제일 먼저 새로 나온 최신 의료 기계들을 계속 공급받아야 하겠는데 그러한 예산과 계획이 없고 무엇보다 가장 힘든 것은 북한에 가서 일하려는 의사가 없을 거라 했어요. 한 달 계속 일해도 의사들 급료가 백 불이 넘지 못한다고 했어요. 그 이야기를 듣는 순간 의사가 되자마자 제가 가야지 마음먹었습니다."

은희는 아들 영철이한테 그 이야기를 듣는 순간 화가 나서 피가 머리위로 솟구치고 있었다.

'왜 내 아들이 이렇게 어리석은 생각을 하고 있을까. 너 북한이 얼마나 무서운 덴지 알기나 해. 엄마는 어렸을 때부터 그런 이야기만 듣고 자라났어.'

아들한테 대꾸를 하고 싶었으나 아무 말도 못하고 참고 있었다. 다 큰 아들한테 엄마의 생각을 지금 다짜고짜 말하면 아들은 다시는 엄마에게 자기 미래의 꿈을 말하지 않을 것만 같았다. 엄마가 조금 전에는 불쌍하고 아픈 사람들을 도와주라고 말해놓고 이제 곧 그런 것 질색이라고 말하면 엄마는 속과 겉이 다른 위선자로 보일 것 같았다. 아들이 의과 대학 인터뷰 준비할 때 큰 지진이 난 하이티를 도와주러 가겠다고 했을 때도 쓰나미 때문에 핵 공장이 쓰러져 핵전파가 나와 위험한 일본을 가서 다친 사람들 도와 준다고 했을 때도 또 아프리카의 신발도 없이 아이들이 걸어 다니는 가난한 나라 나이지리아에 간다고 했을 때도 그렇게 놀라지는 않았었다. 그런데 아들이 정색을 하며 북한에 간다고 하니 은희는 놀라서 아들 앞에서 아무 말도 못하고 얼굴빛만 화가 난 모습으로 바뀌었다

"은희 씨 말씀처럼 시간이 지나면 생각하는 방향이 많이 변했으면 좋겠어요. 그래서 북한 간다는 말을 하지 말았으면 해요."

"제 아들 영철이도 의사가 되면 북한 간다고 했어요. 영철이와 피터가 같이 가려고 이미 계획을 세우고 있는 것 같아요. 북한이 그리 쉽게 변하는 것도 아닌데 둘이 갔다가 무얼 어떻게 하고 오겠다는 건지 모르겠네요. 공연히 북한에 가서 그들이 듣기 싫어하는 필요 없는 말해서 얻어터지기라도 할까봐 지금부터 걱정이 되네요."

"영철이도 북한에 간다고 했어요? 어떻게 둘이서 그런 생각을 하게 되었는지 걱정이네요. 설득시켜 둘 다 못 가게 말려야 할 텐데요. 피터 말을 들어보면 북한에 가는 동기가 저희가 생각하는 것과는 다르고 아주 순수한데 놀랐어요. 제가 공산국가에서는 종교인을 싫어한다. 공산국가는 종교를 인정하지 않는데 너는 거기 들어가 그들에게 종교가 있다고 설득하려 가는 거냐? 그들의 생각을 네 생각으로 고치려고 하느냐고 물어보니 자기는 종교에

대해서는 전혀 이야기 하지 않을 거라고 했어요. 그러면 거기 가서 뭐할래 그러니까 그냥 그 사람들이 하라는 대로 복종하며 열심히 일하면서 하나님의 사랑만을 보이고 싶다고 해요, 입이 아니라 몸으로 보이겠다면서요. 어이가 없어요. 아직도 너무 어려서 저런 생각을 하나도 싫고요. 어쩌면 이 아들이 거짓이 아니라 정말로 그 생각을 하나 싶어 앞날이 걱정되어 아찔한 생각도 들어요."

"제가 영철이 아빠한테 아들이 의사가 된 다음에 북한에 가고 싶다 하니까 영철이 아빠는 도리어 아들이 장한 생각을 하고 있다며 잘 생각했다고 격려를 해 주어야지 웬 필요 없는 걱정하느냐고 저를 핀잔주었어요."

여기 미국에서 일하면 보통 회사에서 회사원으로 일하면 평균 한 달 봉급이 3천불일 때 의사 한 달 봉급은 2만 불이 넘는다고 하던데 그 돈도 마다하고 북한에 가 한 달에 백 불 받으며 의사로 일하고 싶은 마음이 왜 들었을까. 공산국이니까 의사건 회사원이건 음식 만드느라 부엌에서 일하는 사람이건 청소부이건 모두 한 달에 봉급을 똑같은 액수를 받는 것 같았다. 문제는 돈이 아니었다. 언제 부터인가 그들에게는 같은 언어를 하는 한민족의 어린 아이들이 제대로 먹지 못해 배가 튀어나온 사진들을 신문과 매스컴을 통해 보고 듣고 있었다. 그들은 정치나 이데올로기 사상에는 그리고 권력에는 전혀 무관심이었고 단지 같은 언어를 하는 한민족의 어린아이들이 그들의 형제나 자매인 것 같아 무조건 도와주고 싶은 마음이 일어난 것이었다.

'하나님 언젠가 제가 하나님께 저를 제물로 써 달라고 대신 제 아들은 살려달라고 기도 했었지요. 제가 하나님과의 약속을 못 지켜서입니까? 왜 저 대신 제 아들을 다시 데려 가려 합니까. 그 위험한 곳에 저는 제 아들을 보내고 싶지 않습니다. 차라리 저를 데리고 가세요. 저보고 북한에 가라고 하면 남은 인생 거기서 일하며 살겠습니다.'

은희는 하나님과 흥정하고 있었다.

'은희야. 지금 네 나이도 생각해야지. 내일 모레면 60살이 다되어가는 네 나이에 가서 무얼 어디서 어떻게 하겠다는 것이냐. 너보다 좀 더 나이 어린 사람이 가는 게 하나님이 원하는 거야. 그리고 너보다 나이 어린 사람들도 시간이 지나면서 많이들 생각이 변하고 있어. 그래 하나님이 부른 사람만이 갈 수 있는 거고 또 그 부름에 순종한 사람만이 가는 거야. 먼 옛날 미국 선교사들이 한국에 와서 순교하였듯이. 그 사람들이 한국에 갔었기에 오늘 많은 남한 사람들이 복음을 알고 지내잖아. 아들이 가고 싶다면 가게 해. 너는 이제 아들을 놓아 주어야해. 네 품안에 있는 어린 아들이 아니야. 다 성장한 아들을 아직도 네 품안에 있는 아기마냥 움켜잡고 네 마음대로 움직이려하면 안 되지. 아들이 북한에 북한 동포들 아픈 몸을 치료하러 간다면 하나님은 북한 동포를 너무나 많이 사랑하고 있기에 그 아들을 통해 그러한 마음을 주시는 거란다. 하나님은 네가 아니라 네 아들이 북한에 가서 일하는 걸 원하고 있어.'

'그렇다면 저는 무엇입니까. 하나님께 한 약속을 지키고 싶습니다. 너무 나이가 들어가고 있지만 무언가 가르쳐 주세요. 제 나이가 들어 제물로 쓰이지는 못할망정 뜻있고 하나님께 기뻐하는 일을 하고 싶습니다.'

'세상에는 자기가 저지른 잘못 때문에 상처받고 우울하게 지내는 사람이 많단다. 은희 네가 그랬듯이. 바깥에 나타나는 얼굴만 보고는 알 수가 없지만 의외로 이야기 하다보면 그러한 상처 때문에 죄의식으로 괴로워하는 사람들이 많아. 은희는 그러한 사람들을 도와주어야 해. 조금 전 미나와 말을 주고받듯이. 될 수 있는 대로 많이 그들의 이야기를 듣고 있으면 단지 들어주는 것만으로도 그들이 치유 받을 수 있어. 들어주기만 하는 것이 쉬워 보아도 또 그렇게 쉽지만은 않단다. 그런데 은희는 잘 들어주고 있어. 미나뿐만 아니라 앞으로 많은 다른 사람들에게도 그렇게 하면 그들이 마음의 상처를 치료 받을 거야. 그게 네가 할 수 있는 일이며 하나님을 기쁘게 하는 거란다.'

은희는 자기와의 자문자답 생각이 마치 하나님과 대화하듯 하고 있었다.

그건 마치 60이 다 되어가는 나이 인데도 5살짜리 어린 자식이 부모에게 어리광 피우는 것 같았다.

태평양을 바라보는 서쪽 해변 가로 해가 지면서 하늘 전체가 온통 붉은 빛으로 물들고 있었다. 지는 해는 슬프다고 했다. 그런데도 온 하늘이 진한 오렌지 빛으로 붉어오는 장관을 보고 있노라니 창조주의 예술 작품 걸작을 보고 있는 것 같이 멋있었다. 지는 해 밑으로 언덕 위에 있는 초목이 눈에 들어오고 있다.

캘리포니아는 겨울을 제외하고는 봄, 여름, 가을 8개월 이상이나 여러 달 동안 계속 비가 오지 않아 바닷가 언덕 위의 땅바닥이 메말라 있었는데도 물이 전혀 없는 땅과 바위 위에 뿌리를 내린 작은 나무들 초목의 잎사귀는 시들지 않고 억세게 자리 잡고 살아 있었다. 누가 물을 주고 있는가. 주위를 둘러보아도 따로 물주는 사람이나 물관 파이프 인공 장치는 뿌리 밑에 전혀 없었다.

은희는 날이 저물어 가면서 공기가 차지며 밤이슬과 아침이슬이 그 잎새 위에 고이고 있는 오묘한 자연의 이치에 감동하고 있었다. 그건 십여 년 전 아들이 자동차 안에서 목말라 거의 죽어가고 있을 때의 모습으로 회상되고 있었다. 그러면서 그때 잎새 위의 이슬처럼 아들을 도와 목마르지 않게 살려 냈던 그 사건이 주마등처럼 떠오르고 있었다. 물이 모자라 말라 비틀어가고 있는 아들을 살리려 이슬방울처럼 적시던 많은 도움의 손길들. 이제는 우리 아이들이 방울방울 이슬이 되어 다른 목마른 잎새를 적시려고 하는구나.

"하나님, 할 수만 있다면 할 수만 있다면요, 제 아들이 북한에 가는 것을 피하게 도와주십시오. 아들이 북한에 가면 다칠 것만 같아요. 얻어 터져 반신 불구가 될 것만 같아 두려워요."

은희는 여전히 하나님께 자기의 심정을 거짓 없이 기도하면서 안간힘을 쓰며 은희의 마음을 전하고 있었다.

"하나님, 할 수만 있다면요. 제 아들 마음을 바뀌게 하여 북한에 가지 않게 해 주세요. 제 아들 대신 다른 사람을 보내주세요."

'다른 사람을 보내 주세요?'

기도를 하는 은희의 마음속에 찔림이 오고 있었다. 아직도 얼마나 이기적인가? 시간이 지나도 철저하게 변하지 않는 자기 내면을 보며 은희는 자신의 수치스러움을 느끼고 있었다.

'주님, 저를 불쌍히 여겨 주세요. 저만 생각하는 이기적인 죄악 된 저의 생각들 저의 죄를 용서해 주세요.'

그때였다. 해지는 저녁노을 붉은 구름 속으로 은희가 들어가고 있었다. 그러면서 하늘과 바다 수평선 속으로 은희는 아주 작은 점으로 변하는 느낌이었다. 은희가 알 수 없는 어떠한 큰 힘이 그 녀 속으로 들어오고 있는 것일까? 아니면 그녀를 밀어내고 있는 것일까.

공간과 시간이 갑자기 없어지는 기분이었다. 아주 먼 옛날 같이 멀게도 느껴졌지만 바로 어제 아니 지금 바로 일어나고 있는 것도 같았다.

은희는 10여 년 전 아들 방 침대 위에서 울고 있었다. 아니 우는 게 아니라 발악하고 있었다. 영안실에서 보았던 손가락이 잘라진 아들의 시체 때문에. 그녀의 울부짖는 소리는 어느덧 허파에서 새어나오는 바람소리 같이 끊어지듯 연결되고 있었다. 짐승 같이 변하여 몸부림치면서 괴성을 질러대며 울부짖던 그때의 아픔이 느껴지고 있었다. 영철이가 아닌 영철이와 닮은 베트남계 아이의 부모는 얼마나 마음이 아팠을까.

조그만 점으로 변했던 은희 자신이 다시 온 우주와 일치가 되어 우주만큼이나 광대하게 큰 마음속이 되어 평안해지고 있었다. 그 순간은 시간도 존재하지 않았고 더 이상 공간의 제한도 없었다. 은희가 우주였고 우주가 은희였다.

그래, 지금 영철은 이렇게 살아서 의사가 되어 북한에 있는 한국 동포를 도와준다고 하지 않는가. 영철이 살아있지 않은가.

'그것이 정녕 당신이 원하는 것이라면 저는 더 이상 붙잡지 않겠습니다. 지금까지 아들을 잃어버리지 않고 살아온 값진 보배로운 시간들 있게 하여 주심을 감사합니다. 자기 자신보다 남들의 가난과 아픔을 더 생각하게 하는 아들로 성장하게 하여준 것도 감사합니다.'

은희는 자기 자신의 마음은 아직도 아들이 북한에 가서 일하는 것을 반대하느라 안간힘을 쓰고 있었는데도 자기 마음과 달리 그러한 기도가 나오는 것에 놀라고 있었다. 그런데도 마음속은 형용할 수 없는 편안함으로 가득차고 있어 더욱 놀라고 있었다. 그 편안한 마음속으로 설렘이 오고 있었다.

오늘이 아닌 내일, 새로운 내일에 대해.

목마른 잎새들을 적시고 있는 아침이슬을 느끼며 갈증을 해소한 시원함이 전해지며 그녀는 말하고 있었다.

"감사합니다, 감사합니다, 감사합니다."

The End